Das Netz der Gier

Andreas Manuel GRUSS

ISBN: 1500381438
ISBN-13: 978-1500381431

1 ERWACHEN

Bangkok 04:30 Uhr Ortszeit – 95 Prozent Luftfeuchtigkeit. Schweißperlen rinnen von meiner Stirn und brennen salzig in Augen- und Mundwinkeln. Ich schwebe noch zwischen Traum und Wirklichkeit - dem Zustand bewusster und unbewusster Wahrnehmung, in dem die Bilder erst langsam an Schärfe gewinnen. Ich glaubte mich noch in diesem Traum, als ich die sanften Melodien vernahm, die in mein Zimmer drangen. Gleich einem beruhigenden Flügelschlagen weit entfernter Engel, die ihre Stimmen zu sphärischen Klängen erheben. Töne, unwirklich und doch so real, voller Vitalität. Fing ich an zu halluzinieren? Bildete ich mir die wohlklingenden, säuselnden Oktaven, die mich behutsam aus dem Schlaf sangen, nur ein?

Eine ungewohnte Erfahrung, wo ich eigentlich jeden Morgen dem hektischen Bau- und Autolärm gnadenlos ausgeliefert war. Begleitet vom ungeduldigen Gehupe entnervter Menschen, die am frühen Morgen durch die Straßen hasten, sich der täglichen Tretmühle ihres Jobs ergeben und in meinem Kopf lautstark ihren Existenzkampf ausfechten.

Befremdlich dagegen dieser Reigen leiser Töne, die an der Fassade des Hinterhofs wider hallten, gleich dem betörenden Locken mythischer Sirenen. Sie entwickelten eine Dynamik, die beständig an Intensität gewann, um kurz darauf wieder abzuschwellen. Ein Singsang, so nah und doch so fern, berauschend, alle Sinne belebend. Vertrautheit ergriff mich und die Klänge malten bezaubernde Bilder in meinem Kopfe, malten und malten, verwoben meine verschwommenen Erinnerungen mit dem, was ich jetzt real hörte: eine Ouvertüre …, das hingebungsvolle Stöhnen einer sinnlichen

Frau, mit der sie ihre Wonne an der innigen Berührung ihres Liebhabers unverhohlen zum Ausdruck brachte. Sie genoss hörbar jede zärtliche Berührung, jede Liebkosung.

Wie gerne hätte ich mich über die Terrasse geschlichen, mich dem Zimmer genähert, aus dem das Stöhnen drang, um der sinnlichen Intimität verstohlen beizuwohnen. Ihre Gesichter zu beobachten, den Bewegungen und Windungen ihrer nackten Körper zu folgen, den Schweiß auf ihrer Haut zu erahnen, den Duft süßer Verführung einzuatmen.

Wenn die beiden Liebenden die Regie führten, so führte meine Phantasie die Kamera, die meinem geistigen Auge jedes Detail visualisierte. Wie im Film verfolgte ich das Versinken, das sich Fallenlassen der beiden. Ihre endlose Hingabe, der Durst nach Erfüllung geheimer Leidenschaften, das Eintauchen in tranceähnliche Zustände, der Ebene des Hier und Jetzt entschwindend, nur Fühlen, Schweben, Fallenlassen.

Die sphärisch anmutenden Arien des Präludiums schienen nicht enden zu wollen bis die Arie zum Duett verschmolz und nach einer ekstatischen Fuge behutsam ausklang.

Ich schlug meine Augen auf – kein Traum – ich war hellwach.

„Was für eine Nacht … was für ein Morgen. Jetzt eine kühle Dusche“, murmelte ich entspannt vor mich hin, schraubte den Kaltwasserhahn voll auf und wusch den Schweiß von meinem Körper. Ich schmunzelte verschmitzt, als mein Weckruf der besonderen Art noch einmal in meinem Kopf Revue passierte. Ich hätte den Liebesgesang mit meiner Sprachbox aufnehmen sollen. Im Wecker meines Smartphones gespeichert, gebührte ihm dann unangefochten Platz eins in der Hitparade aller Klingeltöne, wie einst in England der Kultsong *Je t'aime … moi non plus*, gesungen oder besser gesagt gestöhnt von Jane Birkin & Serge Gainsbourg. Mein heutiger Favorit steht dem in nichts nach. Ein wunderbarer Einstieg in einen neuen Tag, lebendig mit einem Hauch erfrischender Erotik. Lediglich selbst als Akteur in diesem Lustspiel mitzuwirken und nicht nur als Statist oder Voyeur aus der Ferne zu fungieren, hätte dem Ganzen das Sahnehäubchen aufgesetzt.

Man kann eben nicht alles haben, gab ich mich bescheiden und seufzte hörbar. Ich zog eine sandfarbene Sommerhose an, streifte mein luftiges Safarihemd über und schlenderte nach einem ekelerregenden Kaffee langsam in Richtung Narai Hotel. Dort hatte der internationale Welthilfe-Kongress, diesmal unter der Leitung der BNC, bereits seine Pforten geöffnet. Mag sein, dass der Begriff ‚Kongress' zu hoch gegriffen ist für 40 bis 50 Teilnehmer diverser Wohltätigkeitsorganisationen, die in Thailand tätig sind. Immerhin, und das muss man ihnen zugutehalten, tauschen sie unter der Schirmherrschaft der thailändischen Regierung einmal jährlich ihre Tätigkeitsberichte aus, einschließlich ihrer Probleme, mit denen sie vor Ort zu kämpfen haben. Zu meinem Verdruss - ich bin ein ungeduldiger Mensch - muss ich immer wieder feststellen, wie Teilnehmer sich in einem hitzigen verbalen Schlagabtausch über Ursache und Wirkung von Erfolg und Misserfolg ihrer Aktivitäten den Mund fransig reden. Alles, aber auch wirklich jede Kleinigkeit wird bis zum Gehtnichtmehr ausdiskutiert. In ewigen Debatten versucht jeder, seine eigene Organisation in höchsten Tönen zu loben, lässt Fehler ungenannt, bagatellisiert Pannen und findet für Rückschläge schnell anderweitige Schuldige.

Nicht so die Blue Note Convention, kurz BNC, die diesmal als Gastgeber fungierte und mit der mein Arbeitgeber einen regen Kontakt pflegt. Sie hat es sich zur Aufgabe gemacht, in Drittländern gegen Menschenhandel von Kindern und Frauen vorzugehen. Ihre Bemühungen zielen vor allem dahin, die Grundlagen für die Armut und damit für Prostitution und Kinderarbeit zu beseitigen. In vielen Städten Asiens haben sie Anlaufstellen eingerichtet, wo sich misshandelte Frauen und Kinder melden können. Sie betreiben außerdem Schulen, Frauenhäuser und Kinderheime, unterstützen die Eltern armer und kinderreicher Familien und fördern die Schulbildung.

Diese Projekte vorzustellen ist Tagungsthema des diesjährigen Welthilfekongresses. Ich hoffte, durch die guten Kontakte zur BNC und deren Netzwerk eventuell eine Spur von Elaine zu finden. Elaine ist die Tochter von Monique und Robert, einem befreundeten Ehepaar von mir und meinem Chef Pierre.

Es war keine drei Wochen her, als Elaine, ein lebhaftes und adrettes Mädchen von acht Jahren, auf dem Heimweg von der Schule, im 12. Pariser Arrondissement Reuilly, entführt wurde. Unfassbar, mitten am helllichten Tage hielt ein dunkler Transporter neben dem Trottoire. Zwei vermummte Gestalten sprangen heraus, griffen sich das Mädchen, zerrten es in den Wagen und rasten davon. Der Wagen, den einige Passanten recht gut beschreiben konnten, war, wie sich herausstellte, gestohlen. Später fand man ihn außerhalb von Paris in einem Waldstück abgestellt. Die

Kriminaltechnik fand keinerlei forensische Hinweise, weder auf Elaine, noch auf ihre Entführer, der Wageninnenraum war klinisch sauber – das Werk von Profis.

Allein die akkurate Planung, die schnelle und reibungslose Durchführung der Tat und eine ausbleibende Lösegeldforderung sprechen für das Werk internationaler Schlepperbanden, meint zumindest Bernard Bordier, Capitaine der Pariser Polizeipräfektur, mit dem ich des Öfteren einen regen Erfahrungsaustausch pflege. Übrigens eine rühmliche Ausnahme, was schnelles Handeln und bereitwillige Unterstützung angeht. Der Capitaine hilft mir bei meinen Recherchen, lässt mir gelegentlich Material zukommen und freut sich, im Gegenzug an meinen internationalen Erkenntnissen teilhaben zu dürfen. So wäscht eine Hand die andere. Außerdem ist Capitaine Bordier ein feiner Kerl, geradeheraus, mit einem scharfsinnigen Verstand und reichlich Humor ausgestattet.

Bestärkt wird seine Meinung, Elaine müsse Opfer von Menschenhändlern geworden sein, durch die Aussage einer glaubwürdigen Zeugin, die den Hergang der Tat genau beschreiben konnte. Sie beschwor, zwei Männer mit osteuropäischem Aussehen beobachtet zu haben.

Kidnapping auf offener Straße, so weit ist es in unserem schönen Land bereits gekommen. Es ist unglaublich zu was sich Kriminelle mittlerweile in unseren Breiten erdreisten, noch dazu in einem Land, dem die Strukturen von Mafia-Clans mehr oder weniger fremd sind. Man kennt die italienische Mafia, die Albaner-Mafia, die Mafia in Rumänien, Bulgarien, Serbien, Russland, Georgien, aber in Frankreich, Deutschland, Holland oder den skandinavischen Ländern? Nein, keinesfalls vergleichbar!

Gerade wegen dieser Tatsache war es verwunderlich, einem, wie sich zeigte, bestens organisiertem Netzwerk gegenüberzustehen, einer Organisation, die nirgends brauchbare Spuren hinterlassen hatte, eine Organisation, die es überhaupt nicht zu geben schien. Deshalb, trotz der Zeugenaussagen, vernahm man immer wieder Einwände, die behaupteten, es handele sich um eine Einzelperson, die für die Entführung verantwortlich sei und irgendwann Lösegeld fordere. Womöglich hielt sie das Kind irgendwo versteckt oder hätte es bereits getötet. Die Einsatzleitung schenkte diesen Bedenken jedoch wenig Glauben und suchte hartnäckig an allen Orten, mobilisierte alle Départements und benachrichtige alle angrenzenden Länder. Hunderte von Polizisten fahndeten unter Hochdruck, führten Razzien durch, hoben Schlupflöcher im Rotlicht-Milieu aus und gingen allen erdenklichen Hinweisen nach - nichts! Bis heute keine Spur.

Da ich seit Jahren zum Thema ‚Internationaler Menschenhandel', recherchiere, sah sich mein Chef Pierre veranlasst, mir den ‚Fall Elaine' ans Herz zu legen. Ich sollte alle verfügbaren Kontakte nutzen, Hinweisen nachgehen, mögen sie noch so klein sein, um den Eltern von Elaine die Gewissheit zu vermitteln, nicht allein gelassen zu werden. Dort, wo die Arbeit der Polizei an bürokratische Hemmnisse stößt, wollten wir sie unbeirrt weiterführen.

Mir war klar, dass dazu eine gehörige Portion Optimismus und Durchhaltevermögen gehört, aber wir waren es Monique und Robert und natürlich der kleinen Elaine schuldig. Seit unserer Schulzeit verband uns eine tiefe und lebhafte Freundschaft. Sie führte uns durch Tiefen und über Höhen, immer zusammenhaltend, immer in der Gewissheit, Rückhalt zu bekommen, wenn Not am Manne ist. Und nun befanden wir uns wieder in einem Tal, in dem wohl tiefsten Tal unseres bewegten Lebens.

Und deswegen, allein deswegen bin ich hier, höre gelangweilt den eintönigen Vorträgen zu, warte auf die Pausen, die mir die eine oder andere Gelegenheit ermöglichen würden, gezielte Nachforschungen anzustellen. Die Angaben von Interpol und EUROPOL brachten uns diesbezüglich kaum weiter. Wir konnten den Dossiers zwar entnehmen, wie die Handelsrouten für illegale Ware, für Drogen und Menschen derzeit verliefen und welche Länder sich als Hauptabnehmer entpuppten, aber wie sich die Netzwerke der Kartelle darstellten, wie hoch die Korruptionsrate in der Politik und bei der Polizei einzustufen ist, das erfuhren wir nicht. Essentielle Fragen, die es galt zu klären. Und ich fragte.

Zu meinem Erstaunen stieß ich auf beklemmendes Schweigen, keiner der Kongressteilnehmer traute sich so richtig mit der Sprache heraus, als hätten alle Angst. Aber wovor?

Ich konnte mir keinen Reim darauf machen und grübelte still: „Ihnen droht doch keine Gefahr. Was lässt sie schweigen? Wollen sie den Tatsachen nicht ins Auge sehen oder leben sie in ihrer Scheinwelt, in ihrem selbst erbauten, raffiniert konstruiertem Luftschloss?"

Oder lag es an meiner Person und einer gewissen Aversion mir gegenüber? Meine Statements und Kommentare in diversen Zeitungen finden nicht nur Liebhaber, dessen bin ich mir bewusst. Zu provokant meinen viele. Ich solle nicht jeden und alles anschwärzen, solle behutsamer mit meinen Mitmenschen umgehen, nicht so direkt und konkret werden. Ihrer Meinung nach solle ich die Leichen, die viele im Keller verwahren, im selbigen ruhen lassen und nicht antasten.

„Lieber sachte um den heißen Brei herumreden, meinen die wohl. Nicht mit mir", grollte ich. „Ich stelle mich nicht auf ihre Stufe, nein, das mache ich gewiss nicht. Ich entwürdige mich nicht zum Zauderer, zum Knecht der Herrenmenschen und der Dompteure, die ihre Vasallen als Marionetten tanzen und springen lassen. Weder bin ich ein Angsthase, noch ein Arschkriecher, noch jemand, der alles gut redet, alles billigt, sagen wir lieber billigend in Kauf nimmt. Auch bin ich nicht blind oder schwerhörig, ich sehe sehr wohl, was um mich herum und in der Welt geschieht und nach welchen Regeln es geschieht."

Für eine ganze Reihe meiner Journalisten ‚Kollegen' gelte ich als Querulant, der unnötig Staub aufwirbelt, als einer, der sich nicht dem Mainstream beugt, sondern lieber gegen den Strom schwimmt, gewillt ist, Mauern einzureißen, Tore aufzubrechen, um an die Wahrheit zu gelangen, was auch immer die Wahrheit sein mag oder was man uns als diese andrehen möchte. Ich lasse nicht locker, bohre mich tief in die Materie, sauge die Informationen heraus, die keiner preisgeben möchte, was mir den Beinamen ‚Zecke' einbrachte. Manche nennen mich hinter vorgehaltener Hand auch einen Nestbeschmutzer, weil ich den Weltjournalismus weder für frei noch für ehrlich halte. Irgendeiner steht immer als Geldgeber hinter einer Zeitung oder einem Sender, natürlich, und wer könnte es ihm verdenken, mit eigenen Interessen im Sinne. Und die wenigen, die ihren Job ernst nehmen, in ihm eine Mission sehen, die müssen damit rechnen, gemobbt, entlassen, verhaftet, gekidnappt oder gar getötet zu werden.

Für Menschen, die wie ich geartet sind, manche bevorzugen dafür lieber das Wort entartet, ist es schwer, verteufelt schwer, sich zu behaupten in dieser Welt des Scheins. Andererseits bescheren mir meine offenen Worte auch Erfolg. Doch kein Erfolg ohne Schattenseite, so oft wie man mir als Retourkutsche ans Bein pinkelte. Da benötigt man schon eine dicke Elefantenhaut, um in aufrechter Haltung den Schlamassel abzuschütteln, mit dem man beworfen wird.

Wie dem auch sei, es ist meine eigene Schuld, ich wollte und will es ja

Gejammer, wie schlecht es Ihnen ginge, sie kaum noch in der Lage seien, ihren wohltätigen Aufgaben nachzukommen. Wo sie in Wahrheit keinerlei Grund zum Lamentieren haben, denn dank reichlich sprudelnder Spendengelder logieren sie standesgemäß in Luxushotels – Klimaanlage, Minibar, Pool, Spa & Wellness inklusive.

Im krassen Gegensatz zu mir, der sich die Nacht in einem kleinen, stickigen Zimmer der Kategorie ‚Budget' um die Ohren schlagen muss. Nicht, weil sich meine Agentur kein komfortableres Hotel leisten könnte, nein, es ist mein eigener Wunsch, im 00-Sterne-Adventure-Hotel zu nächtigen, daher eigentlich kein ‚muss'. ‚Muss' nur in der Hinsicht, weil ich nicht anders kann. Ich käme mir schäbig vor, mir sämtliche Annehmlichkeiten zu gönnen und im gleichen Atemzug mit mitleidsvoller Miene vorzugeben, den Ärmsten der Armen helfen zu wollen. Das ist pervers. Schließlich handelt es sich um deren Geld, das ich verschwenderisch veruntreuen würde.

Hinzu kommt, dass ich 4-Sterne-Kästen generell meide. Sie öden mich schlicht an. Man wacht in ihnen morgens auf und könnte sich, gemäß dem ersten Eindruck, theoretisch überall auf der Erde befinden. Die Räume inklusive Frühstücks-Buffet vermitteln weltweit einen ähnlichen Stil: Formula ‚L' wie langweilig.

Genau deswegen ziehe ich meine familiären Herbergen vor. Man weiß nie, was einen erwartet, man spürt in ihnen das Leben pulsieren, voller Überraschungen und Abwechslung. Kein Tamtam, keine aufgesetzte Freundlichkeit, fern jedes Snobismus und abstoßender Dekadenz. Es wird nichts zur Schau gestellt, man ist wie und wer man ist. Um die Spur einer Ahnung vom Leben der Leute und seinem Land abzubekommen, sollte man sich mitten ins Getümmel werfen, hinein in den alltäglichen Überlebenskampf mit seinen facettenreichen Schicksalen und Lebensbildern.

Nur Mut, keine Scheu vor fremden Sitten und lokaler Küche. Mögen die Speisen manchmal recht abenteuerlich ausfallen, sie entsprechen der regionalen Gepflogenheit, atemberaubend, spannend, exotisch. Jedes noch so kleine und unbedeutende Straßenlokal versetzt mich weit mehr in Begeisterung, als die steifen Restaurants der Nobel-Schuppen oder Hotels. Ich liebe das kunterbunte Treiben, den Charme der Einfachheit und des Proletariats. Ich liebe es, Menschen zu beobachten, ihre Gesichter, traurige und fröhliche Gesichter, die Bände sprechen. Ich liebe ihre Marotten, ihre Ausstrahlung, ihre ungezwungene Natürlichkeit. Ich liebe die knisternde Atmosphäre, zu deren Teil ich werde. Eindrücke, die den Alltag mit Farbe füllen, mich inspirieren. Ich spüre, wo ich bin und dass ich bin.

„Ein Grund mehr, mir zuerst einen guten Kaffee zu gönnen, ins Konferenzgetümmel werfen kann ich mich noch früh genug", entschied ich leise. Was schert es mich, ob der erste oder vierte Redner bereits mit seiner eitlen Selbstdarstellung begonnen hat. Verpassen? Nein, verpassen würde ich sicherlich nichts.

Während ich so über meine Situation hier auf dem Kongress sinnierte, über Sinn und Zweck meiner Teilnahme, sofern hier überhaupt eine Sinnhaftigkeit herausgearbeitet werden könnte, kehrte sich meine Gemütsverfassung urplötzlich um, meine Stimmung sackte ins Depressive und es überkam mich ein seltsames Gefühl der Beklemmung. Hatte ich mich da selbst hineingesteigert? Ich wusste es nicht. Es war anders als sonst, wo Frustration von mir Besitz ergriff, mich die Wut über meine lieben Kollegen packte.

Ich sah mich einer Paranoia ausgesetzt, die ich zuvor nicht kannte, glaubte mich Tausenden von Augen ausgesetzt - Augen, die mich zu durchbohren schienen. Mir war, als legte mir eine unsichtbare Macht Schlingen um Hals und Körper, als zurrte jemand diabolisch lachend einen Gurt fest um meine Brust, immer enger, ähnlich des Würgegriffs einer Anakonda, die ihre Kiefer ausklappte, um mich mit ihrem riesigen Maul zu verschlingen.

Erschrocken suchte ich nach einer Ursache für diese lästigen Tagträume und glaubte sie in den Nachwirkungen der vergangenen Nächte zu finden, in denen ich nur unzureichend Schlaf fand. Dennoch musste es für meine überspannten Wahrnehmungen einen Auslöser geben. Wurde ich tatsächlich beobachtet oder war es ausschließlich meinem Bauchgefühl anzulasten, welches mir diffuse Angst einflößte?

Eine innere Stimme warnte mich vor dem Kommenden, warnte mich davor, das bevorstehende Kongressprogramm leichtfertig runterzuspulen, mahnte mich, wachsam zu sein. Es schien wie ein böses Omen. Irgendetwas bahnte sich an, nahm seinen Lauf und war nicht aufzuhalten, zog mich unnachgiebig in einen Strudel wirrer Phantasien. Irritiert musterte ich meine Umgebung, vermochte allerdings keine Anzeichen für mein

Unbehagen auszumachen. In der Hoffnung, rasch auf andere Gedanken zu kommen, hielt ich nach einem Café Ausschau.

Tatsächlich luden in einer Shoppingmall, an der ich vorbeikam, internationale Restaurants, gemütliche Cafés und kleine Bars zum Verweilen ein. In einer Cafeteria lagen sogar internationale sowie örtliche Tageszeitungen aus. Ich überflog die Schlagzeilen der ‚Bangkok Post'.

„Aha, da steht es ja bereits in der Zeitung …", grummelte ich vor mich hin. Genau wie René, unser Mitarbeiter in Kuala Lumpur und mein alter Freund, es bei seinem Anruf letzte Nacht behauptet hat. Aus meiner erhofften Ablenkung wurde also nichts, ich bemühte mich, Fassung zu bewahren, denn die Schlagzeile lautete: *Neue Fälle von Kinderhandel in Thailand - Polizei machtlos.*

Darunter: *Einer Mutter wurden von einem Kinderhilfswerk 120 US Dollar Abfindung für zwei ihrer Kinder geboten. Der Deal galt für drei Monate, in denen die Kinder in Bangkok Blumen verkaufen sollten. In dieser Zeit sollte die Mutter monatlich weitere 100 US Dollar erhalten. Der Köder versprach für Mutter und Kinder ein lukratives Geschäft. Doch weder erhielt die Mutter das Geld noch kamen die Kinder zurück.* – Kein Einzelfall, die Mafia des internationalen Menschenhandels lässt grüßen.

Weiter unten im Artikel las ich, im Visier der Ermittler stünde kurzzeitig die Hilfsorganisation ‚THAI ORCHID', der man jedoch nichts anlasten konnte. Sie beschäftige laut Geschäftsunterlagen ausschließlich volljährige Blumenverkäufer und das ganz offiziell. Wieder eine Spur, die im Dunkel verlief. René hatte schon Erkundigungen über diese Firme eingeholt - nichts. Es wird immer schwerer, die Verursacher ausfindig zu machen, und ihnen obendrein noch Tatbeteiligung nachzuweisen. Bezahlte Zeugen finden sich genügend, Zeugen, die hoch und heilig versichern, es liefe alles norm- und regelgerecht ab – belegt von öffentlich besiegelten Dokumenten. Der Schwindel fällt meist erst nach Jahren auf, wenn überhaupt.

Verlockende Geschenke erleichtern den unterbesoldeten Staatsdienern die Entscheidung, ein Auge oder gar beide zu schließen und ihr Siegel auf gefälschte Papiere zu drücken, die die Kinder älter erscheinen lassen, als sie tatsächlich sind. Die Identitätsverzerrungen aufzudecken, ist nahezu unmöglich, sitzen doch alle Beteiligten im gleichen Boot, einschließlich der Eltern. Ob diese Masche gleichermaßen auf die THAI ORCHID zutrifft, wer kann das schon sagen? In jedem Fall konfrontierte mich diese Nachricht mit den nackten Tatsachen und bescherte mir einen herben Rückschlag für meine, dank der morgendlichen Sonate, aufgehellten Laune.

„Hallo, lieber Alltag, Du hast mich wieder“, spottete ich wohl etwas zu laut, denn umliegende Gäste drehten ihre Köpfe fragend in meine Richtung. Mit Unschuldsmine senkte ich meinen Blick und widmete mich meiner Zeitung, diesmal aber stillschweigend.

Erst neulich habe man zwei Mädchen tot aufgefunden, las ich weiter, eins etwa 9, was mich aufhorchen ließ und mir umgehend den Angstschweiß aus den Poren trieb, das andere um die 13 Jahre alt. Ihre armen Körper waren geschunden, die Genitalien aufgerissen, die Haut mit blauen Flecken übersät. Sadisten hatten sie brutal missbraucht, danach tot geprügelt und wie Unrat im Fluss entsorgt. Die Mädchen waren, wie sich herausstellte und ich in den folgenden Zeilen lesen konnte, osteuropäischer Herkunft, was meinen Adrenalinausstoß drosselte. Die Bestie Mensch – oder sollte ich sagen, die Bestie Mann - hat zugeschlagen.

Kaum zwei Wochen zuvor hatten Beamte der Zollbehörde, wie man mir berichtet hatte, einen Container entdeckt, aus dem bereits Verwesungsgeruch drang. Es handelte sich nicht um verdorbenes Tierfleisch, sondern um elf junge Frauen, ebenfalls aus Osteuropa, die in der Hitze des Containers verdurstet und qualvoll ums Leben gekommen sind.

Mir wurde schlecht und ich bestellte einen Magenbitter, der zwar meinem Magen half, aber nicht meinem malträtierten Gemüt. Ich sah mich vor einer Bühne stehend, die ein durchscheinendes Leinentuch abschirmte. Dahinter boten skurrile Gestalten ein stummes Schattenspiel, bei dem Menschen gezerrt und geprügelt wurden. Ich ahnte die Schreie, sah mich aber außerstande einzugreifen, hier vor der Bühne. Sah mich als Beobachter, als Zuschauer. Ein Zustand ohnmächtiger Hilflosigkeit und Passivität, ein Zustand, in dem meine Phantasien von neuem ihr zermürbendes Spiel mit mir trieben.

Ich schreckte auf, als mir bewusst wurde, wie wenig ich von meinen Mitstreitern im Kampf gegen den Menschenhandel zu erwarten hätte. Die Bemühungen der BNC in Ehren, doch was nützen Beteuerungen und Aktionspläne, wenn im Hintergrund der schnöde Mammon gnadenlos die

Regeln diktiert? Ich stünde mit meinem Anliegen, radikal gegen die skandalösen Zustände vorzugehen, allein auf weiter Flur, kämpfte ein aussichtsloses Gefecht gegen die berühmten Windmühlen.

Zu groß sind die Gewinnerwartungen großer Medienkonzerne, was Auflagen und Einschaltquoten anbelangt. Einschaltquoten und Verkaufszahlen als Zauberworte, die so manchen übereifrigen Journalisten und Presseleiter dazu verleiten, seine Artikel aufzupäppeln, sie den Bedürfnissen der Leser und Zuschauer anzupassen, natürlich immer konform zur derzeitigen politischen Meinung. Diese Sensationslust, gepaart mit einem politischen Filter, prägt den Mainstream. Da bleibt wenig Platz für journalistische Ethik und Taktgefühl. Sie siechen dahin zur Bedeutungslosigkeit – oft als hinderliche Anhängsel. Und ich als Fotojournalist mittendrin in diesem monetär verstrickten Kalkül selbstsüchtiger Karrieremenschen.

2 ERINNERUNGEN

Mein Name ist Pascal Ferrol. Mein Beruf: Fotojournalist. Ich wuchs wohlbehütet in Passy auf, dem 16. Pariser Arrondissement, nahe des Bois de Boulogne. Als viertes Kind einer gutbürgerlichen Familie litt ich unter drei älteren Schwestern, Laetitia, Fabienne und Michelle, die mir immer Kopfzerbrechen bereiteten und mich mit ihrem pubertären Getue und Gekicher an den Rand des Wahnsinns trieben. Später gesellte sich ein drei Jahre jüngerer Bruder hinzu, das verzogene Nesthäkchen, dem das Privileg der Rücksichtnahme von Geburt an auf der Stirn geschrieben stand, weil er doch so zart sei, wie Mutter meinte. Ein Privileg, das Philippe gnadenlos für sich auszunutzen wusste, dieser kleine Mistkäfer.

Aber eigentlich liebte Maman alle ihre Kinder gleich viel und gleich wenig, je nachdem wie ihre Laune ihr riet und vor allem unser Betragen. Wie man aber die drei Kröten, die sich meine Schwestern nannten, lieben konnte, das wusste anscheinend bloß eine Mutter.

Na ja ..., eigentlich kamen sie gar nicht so hässlich und unausstehlich rüber, musste ich zugeben, nachdem ich meinen Zorn im Exil ausgesessen hatte. Nur wollte ich mir das nicht ohne weiteres eingestehen, so zickig, wie sie sich manchmal aufführten. Als typisches Beispiel dafür fällt mir der allmorgendliche Run auf die Toilette ein, bei dem es den Dreien vollkommen egal schien, wie stark einem, sprich mir, die Blase drückte. Sie blockierten mit Wonne stundenlang unser gemeinsames Bad, so schien es mir wenigstens, quatschten, kicherten, als hätte sich bei ihnen im Kopf eine Schraube gelockert - Mädchen sind oft so albern. Obendrein schmierten sie sich noch Kriegsbemalung großflächig um Augen und Mund. Ein Pfingstochse wirkte blass dagegen.

Erst später klärte man mich auf, dass dies mit der Pubertät zusammenhinge, was aber sicherlich nicht als Rechtfertigung herhielt, ewig das Bad zu besetzen und dann noch so aufdringlich und penetrant zu stinken.

Als mir gelegentlich herausrutschte, sie sollten es doch mal mit Seife versuchen, anstatt sich mit dem scheußlich riechenden Zeug zu waschen, das sie stolz Parfum nannten, musste ich einer schnellen Hand noch schneller ausweichen. Worin mir mit der Zeit allerdings eine gewisse Perfektion erwuchs, denn ständig gab es ähnliche Anlässe für solche nicht adäquate Reaktionen auf meine offenen, der Wahrheit entsprechenden Äußerungen.

Und überhaupt solle ich mich um meinen eigenen Sch …, na Sie wissen schon kümmern aber gefälligst nicht um sie. Außerdem trauten sie mir sowieso kein Urteilsvermögen zu, wobei sie mich im gleichen Atemzug gern als ignorante Dumpfbacke titulierten. Unverschämtheit, von wegen Dumpfbacke und keine Ahnung? Wo ich doch schon mit sieben Jahren das erste Mal leidenschaftlich geküsst hatte, eine rassige Italienerin. Na ja, so richtig küssen kann man das eigentlich nicht nennen, es war mehr ein eiliger Schmatzer auf die Backe eines sechsjährigen Mädchens. Früh übt sich eben, was einmal ein Meister sein will. Ob mir diese Meisterehre jemals zuteilwurde, kann ich nicht beurteilen. Zumindest ließen mich die jeweiligen Damen meines Herzens höflicher Weise in diesem Glauben - Frauen sind so diplomatisch. Dieses unvergessliche, ja ich möchte behaupten, bahnbrechende Schlüsselerlebnis möchte ich kurz zum Besten geben.

Das kam so. Wir fuhren früher öfters mit unseren Eltern ans Mittelmeer nach Mandelieu. In derselben Ferienanlage machte zur gleichen Zeit eine italienische Familie mit ihrer kleinen Tochter Urlaub. Es war das erste Mal, dass ich mich als strammer Siebenjähriger zu einem weiblichen Wesen hingezogen fühlte, obwohl ich doch dank meiner Schwestern geschworen hatte, nie im Leben mit Mädchen in näheren Kontakt zu treten, als unbedingt nötig. Dieses scheue Reh mit Mandelaugen zeigte sich wohltuend anders, was zu meinem Leidwesen meinen Spielgefährten genauso wenig entging. Vor allem einem schon erwachsenen, ich glaube neun oder zehn Jahre alten Jungen. Er war es auch, der den verwegenen Vorschlag unterbreitete, dem Püppchen, wie er sie nannte, einen Kuss zu geben, als Art Mutprobe.

Es sollte dem Alter entsprechend der Reihe nach gehen, wonach er der Erste sei, Marcel der Zweite und ich der Dritte und Letzte. Gut eingefädelt dachte ich so bei mir, wieder einmal dürfte alles von meiner angelernten Reaktionsgeschwindigkeit abhängen, um dem unheilvollen und unvermeidlichen Schlag auszuweichen. Wie zuhause, nur wäre ich dort nie und nimmer auf die abgefahrene Idee gekommen, eine meiner Schwestern zu küssen.

Aber kneifen wollte ich nun auch nicht und so kam es, wie es kommen musste, dachte ich zumindest nach der erbosten Reaktion von Giulia auf den ersten Backenkuss. Als dann Marcel nachlieferte, stampfte sie wütend auf den Boden.

Jetzt ist alles aus, durchfuhr es mich siedend heiß. Geistesgegenwärtig nutzte ich das Überraschungsmoment und drückte ihr meine Lippen zart auf die Wangen, drehte mich um und ergriff die Flucht. Doch zu meinem Erstaunen erfolgte kein Zetern oder Gekreische, vielmehr wurde ich bei einem vorsorglichen Blick rückwärts, eines Besseren belehrt. Sie strahlte mich an wie ein kleiner Engel, dem etwas Schönes widerfahren ist. Was sollte das denn, fragte ich mich und blieb stehen. Zumindest bestand keine unmittelbare Gefahr mehr, durch Strafmaßnahmen an Leib und Leben Schaden zu nehmen, was mich doch ungemein tröstete.

Im Gegenteil, Giulia näherte sich mir verschämt lächelnd, nahm meine Hand und drückte sich sachte an mich. Eine Sechsjährige drückte sich an einen Halbwüchsigen, was hatte ich da bloß angerichtet?

Ein Loslassen kam für sie anscheinend nicht infrage. Sie schaute mich mit ihren großen Knopfaugen an, folgte jedem meiner Schritte vertrauensvoll und dachte wohl, ich gehöre ihr ab jetzt für immer und ewig - Frauen sind oft so einnehmend. Während sie mich so abdrängte, weg von meinen Freunden, die vor Lachen schadenfroh ihre Bäuche hielten, beschlich mich urplötzlich ein bedrückendes Gefühl der Enge. Ich weiß nicht mehr, ob mir schon der Schweiß auf der Stirn stand wie heute in ähnlichen Situationen, wohl eher nicht. Aber ich kann noch genau nachempfinden wie der unerwartete Zwang, der damals auf mir lastete, meinen Brustkorb unangenehm einschnürte.

Das war mir dann doch zu viel. Ich entriss mich ihren Fängen und suchte das Weite. Wenn ich aber glaubte, damit sei die Angelegenheit ausgestanden, dann hatte ich mich getäuscht - Frauen sind oft so hartnäckig. Sie folgte mir, ich rannte um das Haus, sie hinterher. Ich glaubte im anliegenden Geräteschuppen ein passables und sicheres Versteck gefunden zu haben, sie fand mich, noch ehe ich mich recht versah. Ich sprang hinaus über die Wiese, sie mir dicht auf den Fersen.

Verflixt noch mal …! Womit hatte ich diese Beharrlichkeit verdient, es war doch bloß eine kleine, klitzekleine Mutprobe gewesen. Im Anflug von Panik setzte ich alles auf eine Karte und spurtete verzweifelt und Hilfe suchend in die Gaststube, wo meine Eltern saßen. Ich schlug hinter mir die Tür zu, die aber nicht ins Schloss fiel, sondern ein fürchterliches Geschrei verursachte. Zwischen ihr und dem Türrahmen steckte der rot anlaufende Kopf von Giulia, die mich mit einem fassungslosen Gesichtsausdruck anstarrte. Für sie schien die Vorstellung einer heilen Welt, die sich in ihrem kleinen Kopf allmählich zu formen begann, mit einem Schlag zerbrochen zu sein.

Schuldbewusst keimten in mir augenblicklich schwere Selbstvorwürfe, als aber Giulia bereits ihren Kopf zurückzog und weinend davonlief. Wie versteinert blieb ich stehen, weder fähig zu einem vernünftigen Gedanken noch zu einer Bewegung. Erst nach einigen Schrecksekunden weckte mich das heitere Lachen meiner Eltern aus der Starre, denn sie hatten die Situation sofort richtig gedeutet – sehr blamabel für mich. Vor Scham wäre ich am liebsten im Boden versunken, wo mich keiner mehr hätte sehen können. Vor allem nicht meine Schwestern, die glücklicherweise nicht anwesend waren. Ängstlich malte ich mir in grellen Farbtönen aus, was geschehen würde, was ich zu hören bekäme, wenn sie davon erfahren sollten. Aber meine Eltern zeigten Erbarmen, sie wollten mich nicht noch mehr leiden lassen und schwiegen genießend.

Ich vermochte, mich halbwegs ungeschoren aus der Affäre zu ziehen, zumal Giulia glücklicherweise mit dem Schreck davonkam, zumindest was ihre körperlichen Blessuren betraf. Was ihren jungen Stolz anging, der schon recht gut angelegt zu sein schien, erlitt dieser weit tiefere Wunden, wie ich umgehend zu spüren bekam. Sie strafte mich von nun an mit Nichtachtung, was ich für übertrieben und keineswegs angemessen hielt - Frauen können so verdammt nachtragend sein. Irgendwie wurmte mich ihr Verhalten, denn sie bewahrte sich nach wie vor ihren ausgesprochenen Liebreiz. Ganz im Gegensatz zu meinen Schwestern, die nur erträglich wurden, wenn mich mal eine Krankheit danieder raffte.

Dann kamen sie, brachten mir mein Essen, fragten, was sie für mich tun könnten, schienen ehrlich besorgt und betrugen sich eigentlich ganz leidlich. Jetzt war endlich mal ich das Nesthäkchen, das verwöhnt wurde, um das man sich sorgte. Ich gebe zu, das entschädigte mich für die vielen Bosheiten, die ich auszustehen hatte. Ich genoss daher schamlos die angenehm dosierte Zuwendung. Nur allzu oft konnte ich eine Erkältung nicht vortäuschen, das fiele dann doch auf. Aber die ein oder andere Variante kam da schon noch zum Tragen. So schnell wollte ich die fürsorgliche Ader meiner Schwestern verständlicherweise nicht versiegen lassen. Außerdem begann sich meine Einstellung und Wahrnehmung ihnen gegenüber dadurch langsam zu ändern. Ich lernte all ihre Gefühlsfacetten kennen, ihre Freude, ihr Temperament, ihre oft allzu ernste Besorgtheit. Aber auch ihren Kummer, ihre Wehmut, ihre Traurigkeit, die mich keineswegs kalt, sondern mich im Laufe der Jahre zu einem mitfühlenden Bruder wachsen und reifen ließen.

Es war die Älteste, Laetitia, eine Schönheit, schlank, groß mit langem kastanienbraunen Haar, die ständig unter dem Kummer mit ihrem Freund litt. Er hieß Imre, war ungarischer Abstammung und kümmerte sich wenig um das psychische Wohlergehen von Laetitia, eher wie man sie quälen und erniedrigen könne. Das sei seine Masche mit Frauen umzugehen, wie er mir bei einem Gespräch lehrmeisterhaft gestand. Seiner Ansicht nach müsse man einer Frau ständig in den Arsch treten und sie behandeln wie Dreck. Zuckerbrot und Peitsche. Mal reicht man ihr die Hand, um sie im nächsten Moment fallen zu lassen. Gekonnt dosierte Zurückweisung nannte er das. Die Frauen sollten glauben, sie bedeuteten ihm nichts. Dann würden sie schon angekrochen kommen, versuchen, die verschmähte Liebe zurückzuerobern. Dafür täten sie dann alles, bis hin zur Selbstaufgabe - Frauen sind oft masochistisch veranlagt. Mit diesen psychologischen Tricks schuf er ein einseitiges Abhängigkeitsverhältnis, in dem sich die Frauen zu willenlosen Spielbällen entwickelten.

Nach gleicher Methode verfuhr er mit meiner Schwester. Er strafte sie mit Gleichgültigkeit und Kälte, liebäugelte schamlos mit anderen Mädchen, war aggressiv und rücksichtslos, was die Gefühle von Laetitia betraf, und stach so permanent in ihr zerbrechliches Herz. Oft kam sie tränenverschmiert heim, rannte auf ihr Zimmer, schlug die Tür zu und ward für Stunden nicht gesehen - Frauen sind so zart und leicht verletzbar. Hätte

WIDMUNG

Dieses Buch ist allen denen gewidmet, die sich gegen den Strom stellen und unbeirrt nach der Wahrheit suchen, die sich nicht abbringen lassen von ihrem ideellen Werte-Empfinden und für Gerechtigkeit, Gleichheit und Freiheit eintreten. Explizit widme ich es den Mitarbeitern von EUROPOL für ihren unermüdlichen Einsatz gegen das Organisierte Verbrechen.

INHALT

Sonnenstrahl kein wärmendes Licht, die den erstarrten Seelen Hoffnung schenkten. Die Welt schien wie eine Eiswüste, kalt und leer.

Ich träumte von einer Nacht, die nicht enden wollte, in der die Dunkelheit das Licht verdrängte, in der die Grundfesten der Erde erschüttert wurden und die Seelen ein verzweifeltes Klagen hören ließen. Einer Nacht, in der es keine Schatten gab und in der tiefschwarze Todesvögel ihr drohendes Gekreische ertönen ließen. Einer Nacht, der dem Untergang Geweihte die Liebe opferten.

Ich träumte von einem Licht, einem schüchternen Licht, geboren aus der Zuversicht, das sich erst zaghaft dann heftig lodernd den erkalteten Herzen näherte, allen Verführungen entsagte und den Verblendungen trotzte. Ein mutig Lichtlein, das offene Herzen entzündete, eine Feuersbrunst entfachte und mit dem flammenden Schwert der bedingungslosen Liebe das Dunkel dieser Welt besiegte.

Ich träumte, der helle Morgen brach die Düsternis und ich fand ein fernes Land, in dem mich die Menschen freundlich grüßten und sich untereinander achteten und respektierten. Kein Falsch, kein Neid, kein Hass, der sie leitete. Keine Geltungssucht, die ihnen Angabe, Rang und Namen diktierte, um sich über ihresgleichen zu erheben. Wo dieses Land der Sehnsucht denn zu finden sei, fragt ein jeder.

Ich begann zu erwachen und sah, dieses Land des Lichts lebt in unseren Herzen, in uns selbst, es lebt in Dir und mir.

VORWORT

„Ich träumte"

Ich träumte, ich war ein Hase, dessen Herz angstvoll zitterte vor der Bedrohung schießwütiger Eiferer, die sich so mächtig fühlten, Gott gleich, wenn ihr Finger am Abzug ihrer Flinte zuckte.

Ich träumte, ich war ein Löwe, neugierig und getrieben einer Fährte folgend. Doch der Mensch, den ich jagte, streckte mich nieder und wurde Tier, so wie ich Mensch wurde.

Ich träumte von einem Hort des Friedens, wo alle Waffen ruhten, wo kein Gejagter sich zum Jäger wandelte und kein Jäger erfüllt war von blutrünstiger Mordlust.

Ich träumte als Adler hoch in den Lüften zu schweben, den Blick nach Osten gerichtet, Dinge zu sehen, die keinem Menschen je offenbart wurden. Meine Augen schweiften bis zum Bogen des weiten Horizonts und darüber hinaus, so klar war die Luft, so scharf meine Sicht. Der azurblaue Himmel spiegelte sich in tausenden von Seen und Flüssen, die dem Boden ihr reines Nass schenkten und eine üppige Vegetation entstehen ließen.

Ich träumte von wütenden Stürmen, die das unendliche Grün zu verheeren suchten, träumte von sengender Hitze, die Mutter Erde aufbrach und von Wassermassen, die alles Lose und Wankelmütige mit sich rissen. Allein das in sich Gefestigte fand Beständigkeit.

Ich träumte von bitterer Kälte, die alle Herzen gefrieren ließ. Kein

DANKSAGUNG

Ich möchte hier vor allem meiner Familie und einigen Freunden meinen tiefen Dank aussprechen, die mein Anliegen verstehen und mich ermutigten, die Ergebnisse meiner Recherchen und meine Gedanken zu Papier zu bringenden.

sie mal lieber ihrem vermeintlichen Freund die Tür an den Kopf geknallt, so wie ich damals meiner Kusspartnerin, dann hätte er vielleicht begriffen.

Wenn Laetitia sich dann wieder gefasst hatte, versuchte ich sie aufzumuntern, beteuerte, wie hübsch sie sei und spielend einen neuen Freund fände, zumal sie mit dem jetzigen Idioten nur ihre Zeit verschwende. Außerdem käme dies einer Selbstzerstörung gleich. Mittlerweile zum jungen Mann herangewachsen und im Umgang mit dem anderen Geschlecht vertraut, entwickelte ich mich einerseits zu einem guten Zuhörer. Zudem war ich durchaus in der Lage, mit Worten zu trösten. In Ergänzung zu den Ratschlägen unserer Mutter trug dies häufig seine Früchte.

Es dauerte eine Weile, bis Laetitia einsah, dass eine aufrichtige Liebe anders gestrickt ist. Der Groschen war gefallen, sie beendete die leidige Affäre rigoros und ohne tiefere und nachwirkende Seelenschmerzen.

Heute, wo ich das schreibe, sehe ich die vergangenen Geschehnisse aus einem anderen Blickwinkel, Ursache und Wirkung scheinen mir klarer, Reaktionen nachvollziehbar. Mittlerweile geht jeder seine eigenen Wege und freut sich aufrichtig, wenn man sich einmal im Jahr anlässlich der Weihnachtsfestlichkeiten auf dem kleinen Landsitz in der Bretagne trifft, den unsere Eltern als Feriendomizil damals noch günstig erworben hatten. Er war zwar renovierungsbedürftig, aber mit gemeinsamer Anstrengung und der Hilfe eifriger Hände hatten wir schon einiges erneuert, um dem heimeligen Anwesen Wohnlichkeit einzuhauchen. Auch an den Mädels, die mittlerweile im Bund der Ehe ihr Glück gefunden haben, war die Zeit nicht spurlos vorbeigegangen. Sie hatten sich zu begehrenswerten und charmanten Frauen entwickelt, denen es an vereinnahmender Sinnlichkeit nicht fehlte. Von ihrer alten Zickigkeit war nichts geblieben. Sie wussten, wie sie die Blicke der Männerwelt auf sich ziehen konnten, wussten, wie sie ihre Weiblichkeit als Waffe gezielt einzusetzen hatten - Frauen erweisen sich häufig als unverschämt raffiniert. Und zu allem Überfluss waren sie auch nicht auf den Mund gefallen, das hatte sich seit unserer Kindheit nicht geändert. Mit den Jahren des Abstandes und der geistigen Reifung musste ich anerkennen, wie sich ihre Pausbäckchen zu ausgesprochen schönen Zügen entwickelt hatten.

Und unser Nesthäkchen? Ja, der blieb ein Problem, war er doch zu sehr verhätschelt worden und brachte eigentlich nichts richtig auf die Reihe. Es fehlte ihm an Selbständigkeit, wo ihm in seiner Kindheit quasi alles vorgekaut und jede Schwierigkeit abgenommen wurde. Zwei Studiengänge hatte er bereits abgebrochen, wie auch eine Schreinerlehre. Ihm fehlte schlicht die Motivation, der Biss eine Zukunftsperspektive und ein gesetztes Ziel zu verfolgen – er hatte nämlich gar keins. Unruhe trieb ihn von einem Anstellungsverhältnis zum nächsten und von einer Freundin zur nächsten. Aber ich war mir sicher, er würde sich noch fangen - redete ich mir zumindest ein.

Ich selbst war ja auch nicht viel besser aufgestellt, studierte in Paris, München und London, gondelte durch die weite Welt und lebte bisher ohne feste Bindung. Immer auf der Suche nach neuen Herausforderungen. Ich werde nervös und gereizt, wenn ich länger als drei Monate am gleichen Ort arbeiten muss, wenn kein Wechsel erfolgt, ich nicht gefordert werde. Das sind wohl meine hysterischen Grundängste, die ich auslebe. Ohne Aufgabe, ohne Pläne zu schmieden, Ideen zu entwickeln, würde ich zu einer leblosen Hülle welken.

Der Drang nach Neuem ist es, der mich treibt. Er führt mich in ferne Länder, lässt mich wahrnehmen, wie schön oder weniger schön die Dinge aus einer fremden, ungewohnten Perspektive zu sehen sind. Der profane Alltag ist es, der im besonderen Maße so manchem wachen Geist als Inspiration für seine eigene Kreativität dient. Wach sein, wach bleiben, mit kritischem Auge. Das tägliche Leben schreibt die Geschichte, Geschichten dichten andere. Jene festzuhalten, ist mein Ziel.

Ich passe den rechten Zeitpunkt ab, erfasse Situationen, von Menschen auf der Straße, im Café, bei der Arbeit, in der Rush Hour, beim Shoppen, Sport oder beim Flirt. Ich bilde die Hektik ab, die Sorgen, die Tränen und das Lachen. Ich zeichne mit meiner Kamera ihre Gesichtszüge, ihre Körpersprache, ihre Stimmung. Es ist das Leben, ihr Leben, das mich fasziniert und in dem ich mich selbst wiedererkenne. Es sind Momentaufnahmen, Spiegelbilder einer Epoche, Bruchteile der Unendlichkeit, die strahlende Schönheit der Natur, bevorzugt der weiblichen, die mich inspirieren und die ich mit meiner Kamera einzufangen suche. – Nein …, es ist eher umgekehrt, nicht ich fange sie ein, sie fangen mich ein, sie erheben sich aus dem tristen Alltag, aus der Grauheit einer Uniformität, einer Weichspülergesellschaft ohne eigenes Profil, ohne Rückgrat. Dies ist meine Arena, in der ich spiele, lebe, liebe, lache, fühle und einfach bin.

3 DER AUFTRAG

Es kostete mich reichlich Überwindung, nach der wohlverdienten Kaffeepause ins Kongresszentrum zurückzukehren. Ich erhoffte mir jedoch etwas Auflockerung in den Workshops, die vor wenigen Minuten begonnen hatten, zumal auch Glen daran teilnehmen wollte - immerhin ein Lichtblick. Außerdem waren die Teilnehmer bei den Round-Table-Gesprächen doch eher gezwungen, meinen Fragen Rede und Antwort zu stehen.

„Einen schönen guten Morgen allerseits", rief ich betont freundlich in die Runde, wobei sich meine Mundwinkel zu einem vielsagenden Grinsen verzogen.

„Auch schon da", grollte ein Anwesender mit mürrischem Unterton. Ich verbiss mir eine Antwort und steuerte auf meinen Platz zu, den ich aber nicht ungeschoren erreichte.

„Ist ja typisch, fiepte ein Zweiter zynisch, wobei eine hämische Betonung auf den Worten „Pünktlichkeit gehört wohl nicht zu Ihren Neigungen, wie?", lag.

Nanu? – Diese hohe Fistelstimme. Sie ist unverkennbar und konnte nur einer Person gehören.

„Rainhold, Sie hier?", platzte es aus mir heraus. Die Überraschung war mir ins Gesicht geschrieben. Etwas irritiert, wegen der unerwarteten Begegnung, rutschte ich schweigend in meinen ergonomisch geformten Konferenzstuhl.

Meine Adern pulsierten und meine Gedanken schweiften in vergangene Zeiten, ließen Situationen aufleben, spulten im Minutentakt Kurzfilme vor meinem geistigen Auge ab, als wären sie präsent und weniger das Geschehen in der Runde, das nur noch schemenhaft an mir vorbeizog.

Meine ungeteilte Aufmerksamkeit galt im Moment der aufziehenden Wolke, die nichts Gutes verhieß und meinen Tag zunehmend zu verhageln drohte. Diese Wolke trug den Namen Rainhold Schachermair.

Rainhold, ein Österreicher, dessen streng zurückgekämmtes schütteres, blondes Haar, dessen eng zusammenstehenden Augen, die geierartige Nase, verbunden mit seiner linkisch berechnenden Art, mich schon immer abgestoßen haben. Mit seinem Aussehen assoziiere ich immer einen bekannten Bösewicht aus alten Westernfilmen. Seinen Kunden scheint dies weniger aufzufallen, sie lassen sich von seinem österreichischem Schmäh, seiner Großspurigkeit und seinen protzig zur Schau getragenen Statussymbolen beeindrucken. Mir jedoch geht er mit seiner Wichtigtuerei und seinem unerträglichen Geltungsbedürfnis auf den Senkel. Jeder, der ihn näher kennt, weiß, er ist ein Aufschneider. Erst kürzlich leistete er sich, um sein Image aufzupolieren, für ein erkleckliches Sümmchen einen Diplomatentitel. Seitdem schimpft er sich Konsul von Hintertupfingen oder weiß Gott von wo auch immer. An einem feuchtfröhlichen Abend erwähnte er einmal, bei seiner honorablen Vertretung handle es sich um Entwicklungshilfe, was genau in sein Konzept passe.

Rainhold gehört eigentlich nicht zu den üblichen Besuchern der BNC-Veranstaltungen, meist taucht er dort auf, wo er glaubt, absahnen und Kontakte für sein Charity-Imperium knüpfen zu können. Und hier auf dem BNC-Kongress schien ihm wohl ein geeignetes Revier, seine Köder auszulegen. Mir dabei unerwartet zu begegnen, dürfte ihm mehr als unangenehm sein. Denn kaum einer kennt ihn so gut wie ich, kennt sein wahres Gesicht, weiß von seiner Masche, Kunden zu neppen, weiß von seiner wahren Firmenphilosophie, die einzig und allein einem rücksichtslosen Gewinnstreben gilt und keinesfalls im aufrichtigen Mitgefühl begründet liegt, denn Empathie kennt er nicht. Seit wir uns kennen, hegen wir beide wenig Sympathie füreinander. Ich bin ihm ein Dorn im Auge, ein unbequemer Kritiker. Verständlich, dass unser Verhältnis eher unterkühlt bis eisig zu nennen ist.

Umgekehrt ging es mir auch nicht besser, zu viele unangenehme Erinnerungen wurden durch seine Gegenwart ins Gedächtnis gerufen, als dass ich dem gelassen gegenüberstehen konnte. Ich schluckte bitter. Meine Laune befand sich nun gänzlich im steilen Sinkflug. Was führte er diesmal im Schilde? Vor allem hier, wo er nicht seine ihm typische Klientel vorfindet, schließlich waren keine zahlungskräftige Sponsoren anwesend.

Und die BNC? Die ‚Blue Note Convention', für die hier Glen Riser als Vertreter fungierte, sucht selbst händeringend nach freigiebigen Mäzenen, wobei sie sich stets als seriöses Non-Profit Privatunternehmen bewies, das Menschen aus allen Ländern, Ressentiments überwindend, zusammenführt. Weniger aus beruflichen Gründen als vielmehr aus humanistischen.

Gegründet von den Engländern Robert Preston und Lars Morrison, zwei Freimaurern, denen der Humanitätsgedanke in Fleisch und Blut übergegangen schien. Noch zu ihren Lebzeiten schrieben sie in die Präambel der Stiftung hehre Ziele wie Brücken zu schlagen zwischen Ländern, Leuten und deren Kulturen, zum gegenseitigen Verständnis und Miteinander. Ein humanistisches Bildungssystem aufzubauen, eine freie demokratische Grundordnung zu propagieren, die Menschenrechte als Voraussetzung einer humanistischen Gesellschaft zu integrieren. Einer Gesellschaft, der die Werte Freiheit, Gleichheit und Menschenliebe als Basis dienen. Damals niedergeschrieben, als Statuten proklamiert, damals - und heute? Heute ist nicht allzu viel geblieben von den edlen Vorsätzen. Die BNC hat sich zu einem Welt-Unternehmen entwickelt, das ums Überleben kämpft, von politischen Ambitionen geleitet und nach der Pfeife eigennütziger Sponsoren tanzend.

Doch genug der Trübsal, ich versetzte mir einen inneren Stoß, um mich wieder auf den eigentlichen Zweck meiner Anwesenheit zu besinnen, auf meinen Auftrag. Hoffte ich doch insgeheim, mit Hilfe der BNC, ihrer Datenbanken, ihres Insiderwissens und ihrer vielseitigen Kontakte entscheidende Hinweise über die Arbeitsweise des internationalen Menschenhandels zu erfahren, um so vielleicht der gekidnappten Elaine auf die Spur zu kommen. Mögen die vielen Einzelhinweise auch wenig Brauchbares enthalten, so könnte sich, wenn man sie als Mosaiksteine zusammenfügt, doch ein Muster ergeben. Mal sehen, welche Mosaiksteinchen ich hier mitnehmen könnte.

Ich meldete mich zu Wort, um den bis dato ungeordneten Beiträgen eine Richtung zu geben: „Verehrte Damen und Herren, es tut mir leid, mich verspätet zu haben, ich führte noch ein wichtiges Gespräch“, log ich, „Das Leitthema des diesjährigen Treffens ist das Organisierte Verbrechen, speziell Human trafficing, wie Sie alle wissen. Um diesem Unwesen möglichst bald geeignete Maßnahmen entgegensetzen zu können, bitte ich Sie daher, Ihre diesbezüglichen Erkenntnisse auf den Tisch zu legen. Wir sollten uns einmal darüber Gedanken machen, welche Fakten als Ursachen für den Menschenhandel anzusehen sind. Des Weiteren erachte ich es für sinnvoll, geeignete Strategien zu entwickeln, die diese Ursachen bekämpfen, denn leider arbeiten viele der anwesenden Organisationen rein symptomatisch, weniger kausal.“

Gerrit Borrows, ein Vertreter einer großen englischen Hilfsorganisation gab rasch die Antwort: „Armut und Arbeitslosigkeit - die Schere zwischen Arm und Reich klafft weltweit immer weiter auseinander. Wenn man bedenkt, dass allein in Europa etwa ein Viertel der Bevölkerung an und unter der Armutsgrenze lebt und dem gegenüber 342 Milliardäre stehen, kommt dieses Ungleichgewicht in bedrückender Weise zum Ausdruck. Das

Nettovermögen der in Deutschland lebenden Milliardäre ist in den Jahren 2005 bis 2013 von 197 auf 272 Milliarden EURO gewachsen. Im gleichen Zeitraum stieg der Anteil der von Armut betroffenen Menschen von 12 auf 16 Prozent. Genau in diesem 'Vorzeige' Deutschland, das sich so gerne in der moralischen Führungsrolle sieht, herrscht EU-weit neben Griechenland und Portugal die höchste Einkommensungleichheit."

„Und was sehen Sie, Herr Borrows, als Hauptursachen für diese Entwicklung an?“, fragte ich interessiert. Immerhin schien diese Organisation sich nicht zu scheuen, Roß und Reiter zu nennen.

„Die kann ich Ihnen präsentieren“, meinte der Engländer. „Leider sehen wir uns einer Entwicklung gegenüber, in der sich politische Entscheidungen immer mehr nach Lobbygruppen oder superreichen Einzelpersonen richten. Die Politik, meist ohne ausreichendes Rückgrat, verfügt weder über die geistige Qualifikation, noch über eine notwendige Handlungsfreiheit, sie ist weit abhängiger von der Hochfinanz als je zuvor. Die Folge sind Steuersysteme, die die Reichen begünstigen, nicht die Armen und auch nicht den unteren Mittelstand. Denken Sie doch nur einmal an die lückenhaften Steuergesetze in den Niederlanden, wer lässt solche Schlupflöcher zu?
Und das, obwohl diese Steuersparmodelle allseits bekannt sind und von der Politik geduldet, unserer Meinung nach sogar gefördert werden. Durch diese Steuerersparnisse wachsen die Gewinne der großen Unternehmen exorbitant.“

Ein Teilnehmer aus den USA, Willford, glaube ich, war sein Name, warf wütend ein: „Die ganze Finanz- und Wirtschaftskrise ging doch zu Lasten der Armen, nicht der Reichen und Banken. Der ehrliche Steuerzahler musste für die Gier der Banken und Geldjongleure bluten, er wurde zur Kasse gebeten, nicht die Großverdiener. Gewissenlosigkeit und miserables sowie grob fahrlässiges Risikomanagement wurden noch belohnt. Auch wenn ein paar Köpfe rollen mussten, so gingen die Manager mit vollen Geldbörsen in den Vorruhestand, dank üppiger Abfindungen und ausgeklügelter Arbeitsverträge, die eine Haftung im schuldhaften Schadensfall nicht vorsahen.“ Deutlich war seiner vibrierenden Stimme die Wut anzumerken, die unsägliche Ohnmacht diesem ungerechten System gegenüber.

„Und was tun wir dagegen?“, fragte ich genervt. „Ist es nicht so, dass wir uns blind auf genau die Politiker verlassen, die für diese Entwicklung verantwortlich sind? Wie lange wollen wir uns noch zum Affen machen, zu Marionetten einer Polit- und Geld-Elite? Verdammt noch mal, wir können das nicht länger hinnehmen. So lange es Armut gibt, wird der Menschenhandel blühen. Was sollen die hungernden Menschen anderes tun, sie besitzen nichts weiter als ihren Körper, und den verkaufen sie, entweder zur Prostitution, als Arbeitssklave oder Organspender. Und die verantwortlichen Politiker und Nicht-Regierungs-Organisationen reden, reden und reden, geben Statements heraus und Maßnahmenkataloge, die eigentlich nichts weiter als reine Makulatur sind."

Schweigen war die Antwort. Die meisten senkten betreten ihren Blick ins Glas oder ins Programmheft, als wären sie nicht gemeint, als beträfe sie die Frage nicht. Andere schauten mich fragend an, einige ironisch lächelnd.

Ein Deutscher, er stellte sich als Regierungsrat Krämer vor, entgegnete mir mit galliger Stimme, wahrscheinlich angeheizt durch die Anschuldigungen Borrows: „Was glauben Sie, was wir hier tun, Däumchen drehen?"

„Na ja, vielmehr scheint es mir nicht zu sein. Okay Aktionismus allemal, zum Schein, doch mangelt es meiner Meinung nach an Effektivität und Effizienz", konterte ich schroff, wobei sich meine Stirnfalten bedrohlich wölbten. "Stellen wir doch die Aktionen einmal auf die Prüfwaage. Was tun wir präventiv gegen die organisierte Kriminalität? Wieso heben wir die Steueroasen nicht aus, wieso fließen weiterhin unkontrolliert illegale Gelder über Banken, wieso sind Prepaid Handys noch nicht verboten, bzw. unterliegen keiner strengen Registrierung? Nach wie vor können SIM-Karten ohne Vorlage eines Ausweises online oder telefonisch unter Angabe falscher Daten freigeschalten werden.

Wieso können korrupte Diktatoren, Waffenhändler und andere Kriminelle ihr ergaunertes Geld problemlos in die Schweiz, nach Lichtenstein und anderswo in Sicherheit bringen? Warum werden überführte, aber in der breiten Masse beliebte Steuersünder bevorzugt behandelt, ja sogar hofiert? Sie müssen nicht einmal ins Gefängnis wie Otto Normalverbraucher bei gleichem Vergehen. Und wenn, dann lässt man ihnen Sonderbehandlungen angedeihen. Warum verläuft die Umsetzung neuer Regelungen gegen die Geldwäsche so schleppend? Reichen die bisher ergriffenen Gesetzesänderungen im Strafrecht und in der Strafprozessordnung aus? Wieso hat man es immer noch nicht geschafft, international verknüpfte Datenbanken einzurichten, die es jeder Kriminalbehörde mit einem Klick ermöglicht, über Geldfluss, Besitzverhältnisse, Firmenverquickungen und Bankkonten Informationen abzurufen?" Ich wollte noch weitere Beispiele aufführen, als mich der Deutsche unterbrach.

„Mein Gott, das lässt doch der Datenschutz nicht zu, wir müssen an unsere demokratischen Grundprinzipien denken. Wollen Sie, dass man über Sie und jeden anderen Bewegungsprofile anlegt? Soll zukünftig jeder Gang aufs Klo dokumentiert werden?", regte sich Krämer auf.

„Blödsinn, was reden Sie da für einen Quatsch? Es dreht sich um organisierte Kriminalität, nicht um Ihren Stuhlgang. Ich glaube, das kann man sehr wohl unterscheiden, auch wenn es sich bei beidem um Scheiße handelt.“ Allmählich stieg mir die Galle hoch und ich wurde zornig: „Genau das ist es, was ich meine, für alles finden sich schnell Entschuldigungen, Hemmnisse, die ein Durchgreifen verhindern. Und wer denkt an die Verschleppten, an die Frauen und Kinder, erzählen Sie denen doch ihre Theorie vom Datenschutz. Mal sehen, ob Sie Gehör finden. Schlafen Sie weiter, Herr Krämer!“

Ich war auf dem richtigen Wege, vom Herrn Regierungsrat gesteinigt zu werden, von einigen anderen übrigens auch. Mir wurde schier schwindlig. Da saßen etwa 35 Abgesandte von namhaften NGO's sowie einige Regierungsvertreter und keiner - Glen in seiner Funktion als Gastgeber musste schweigen - traute sich Klartext zu reden, außer Mr Barrows und einer älteren Dame, die sich bedächtig erhob, prüfend in die Runde schaute, mit strenger Miene wartete bis das verhaltene Murren verebbte, um dann ihren Standpunkt mitzuteilen:

„Sehr geehrte Damen und Herren!“ Sie sprach klar akzentuiert, wenn auch in einem etwas gebrochenen Englisch aber mit Nachdruck und unmissverständlich. „Ich vertrete hier eine international agierende Organisation, die sich um traumatisierte Frauen kümmert, um Frauen, die Opfer krimineller Gewalt geworden sind, Frauen, die man verschleppt und jahrelang als Leibeigene in Privathaushalten oder in Bordellen wie Vieh gehalten hat. Wenn Ihnen einmal bewusst wird, wie diese Frauen leiden mussten, was ihnen angetan wurde, sie werden es ja in den nächsten Tagen sehen, wenn wir ein Frauenhaus aufsuchen, dann ändern Sie hoffentlich ihre Meinung und schreiten zur Tat.“ Sie schob eine kurze Pause ein und wendete ihren Blick aufmunternd in meine Richtung bevor sie fortfuhr.

„Was mir bei den meisten der hier anwesenden Organisationen auffällt und missfällt, ist ihre Heuchelei, die Beschönigung der Sachlage einerseits, wenn es um den eigenen Erfolg geht und andererseits das Ausweiden des Leides der Betroffenen, wenn es gilt, Mitleid zu wecken. Abgemagerte Kinder mit großen Augen und leidende Tiere ziehen da am besten. Wohltätigkeit lanciert zur Image-Frage. Mit dem Scherflein im Korb erleichtert man ja nicht zuletzt sein Gewissen. Und ja vielleicht, wenn man Glück hat, springt dann noch ein Sonderplatz im Himmel raus, wer weiß?“

Ein sicherlich kontrovers zu diskutierender Beitrag, der die Gemüter arg erhitzte. Doch bevor es zum Überkochen kam, nahm ich die Dame, eine resolute Thailänderin, in Schutz.

„Meine Recherchen haben ergeben, dass die Mitleidsindustrie, die inzwischen auf 37.000 Hilfsorganisationen weltweit angewachsen ist, immerhin 120 Milliarden Dollar pro Jahr erwirtschaftet. Das weckt Begehrlichkeiten und lockt Kriminelle an."

„Wollen Sie behaupten, wir seien alle Kriminelle?", fluchte ein Belgier, den ich von diversen Veranstaltungen und aus Zeitungsartikeln her kannte. Sichtlich erbost funkelten seine Augen, als wollten er mich lynchen.

„Gott bewahre, nein", bemühte ich mich flugs, die Wogen zu glätten. „Aber ist es nicht bemerkenswert, dass die Transparenz der Hilfsorganisationen häufig zu wünschen übrig lässt, ganz zu schweigen vom hohen finanziellen Eigenaufwand, den viele Organisationen betreiben? Verwenden nicht gerade einige der weltweit größten Hilfsorganisationen von ihren Spendenzuwendungen weit über 50 Prozent für den Selbsterhalt? Das sind gigantische Wirtschaftszweige. Und bitte, das ist nicht allein meine Meinung. Ich erinnere mich an die Zeilen einer französischen Tageszeitung, in der die Schriftstellerin und Professorin Sylvie Brunel, ehemalige Präsidentin einer großen französischen Hilfsorganisation, folgendermaßen zitiert wurde: *In der Welt der humanitären Organisationen herrscht das Gesetz der Omertà. Man darf nicht darüber sprechen, man darf nichts sagen, denn wenn man über eine Organisation negativ spricht, spricht man gleich über alle anderen auch negativ.* Im übertragenen Sinne hieße dies, man dürfe Kurpfuscherei bei Ärzten nicht anprangern, weil damit ein Schatten auf die gesamte Ärzteschaft fallen könnte. Fakten sind Fakten, die auf den Einzelfall zutreffen und die man beim Namen nennen darf, ohne gleich Verallgemeinerungen befürchten zu müssen."

„Kritik an unseren redlichen Bemühungen ist gegenstandslos – wir helfen wo wir können und zwar mit allen Mitteln, die uns zur Verfügung stehen", behauptete der Belgier unverfroren, der eine Hilfsorganisation gegen Armut auf der Welt vertrat. Zur Unterstreichung seiner Aussage erhob er mahnend und zugleich abwehrend seinen linken Arm, an dessen Handgelenk übergroß die goldene Uhr einer Nobelmarke protzte.

Ohne langes Zögern fügte er selbstsicher hinzu: „Hand in Hand mit Politik und Wirtschaft können wir mit beachtlichen Ergebnissen im Kampf gegen Hunger, Arbeitslosigkeit, Kindesmissbrauch und Prostitution aufwarten. Die Agenda, die wir uns vornahmen, ist erfüllt. Die Ergebnisse dazu liegen Ihnen in den Kongressunterlagen vor. Ich glaube mit Genugtuung behaupten zu dürfen, die Zahlen zu den laufenden Projekten sprechen für sich und werden Sie und unsere Sponsoren zufriedenstellen."

„Was für Zahlen?", grübelte ich vor mich hin. „Aus welcher Wunschtüte mag er die gezaubert haben?", murmelte ich zerknirscht. Und bei dem Wort Agenda tat sich in meinem Hinterkopf sogleich ein Pressebild auf, das besagten Redner zeigt, wie er geschmückt mit seiner Klunkeruhr am Pool seines Chalets in Mai Khao lümmelt, umgeben mit schönen

Thailänderinnen, wie er ausgelassen sein seichtes Leben genießt. Ist das seine private Agenda, die sich für ihn dank hoher Spendeneinkommen erfüllt hat?

„Als gutes Beispiel für unseren Erfolg lässt sich das Bali-Haus von Herrn Schachermair vorzeigen“, warf ein Teilnehmer in die Runde, ein Kumpan von Rainhold, wie mir schien, jedenfalls ein neues Gesicht auf der BNC-Tagung. Er erhob sich, drückte das Mikrofon an seine schmalen Lippen und quäkte: „Diese Objekte schaffen für bedürftige einheimische Familien oder ausländische Rentner eine saubere und kostengünstige Alternative. Und alles zum Selbstkostenpreis, bezuschusst von großzügigen Spendern. Das sind Programme, die sich sehen lassen können, mit denen man punktet“, warf er sich in die Brust. Dabei zwinkerte er fast unbemerkt in Richtung Rainhold.

„Ja, ja, die Bali-Häuser“, sagte ich zu mir selbst. Was haben die mit dem Kongressthema zu tun? Im Übrigen hatte ich sie mir angesehen, diese sogenannten Bali-Häuser. Käufer, die glauben, paradiesische Zustände anzutreffen, finden sich durch windige Makler getäuscht. Die Versprechungen von 'luftigen Bungalows im Bali-Stil' fallen zusammen wie ein Kartenhaus.

Luftig ja, durch die Ritzen pfeift der Monsun. Aufgrund der zugigen Bambuswände trocknet der eingefallene Regen zwar schneller und die Bauweise schafft durchaus eine tropische Stimmung, taugt jedoch nur wenig zur dauerhaften Bewohnung. Die Bausubstanz ist so katastrophal, dass selbst hart gesottene Beamte ihre Bedenken anmelden. Was auf den ersten Blick recht romantisch anmutet, hat nach ihrer Meinung kaum eine Chance, einen heftigen Sturm schadlos zu überstehen. Nach örtlichen Verhältnissen mag das als normal gelten, Bambus lässt sich leicht ersetzen, nach europäischen Standards jedoch ganz und gar nicht.

Hinzu kommt die Abwasserfrage. Selbiges läuft weiter in Bäche und Flüsse, eine Kläranlage nach europäischem Standard existiert nicht. Alles nur Schein: tropische Wälder, azurfarbenes Meer an weißen Stränden, frei von Hochhäusern. Gezeigt werden freundliche Asiaten, anmutende Strandschönheiten, gemütliche Restaurants, atemberaubende Sonnenuntergänge, dazwischen Bilder zufriedener Käufer im Schaukelstuhl auf ihrer Veranda – selbstredend alles auf Hochglanzpapier.

Mit solchen aufpolierten Angeboten werden gezielt Aussteiger gelockt, denen das Rentnerdasein in Frankreich, Holland, Großbritannien und Deutschland zu kostspielig wird. Allein 15.000 Deutsche leben derzeit in Thailand, schätzt das Auswärtige Amt. Das Aufwachen aus ihren illusionären und idealisierten Vorstellungen ist meist bitter, denn Leichtgläubigkeit, mangelhafte Sprachkenntnisse und oberflächliches

Wissen um Land und Leute sowie um deren Sitten und Gebräuche brechen vielen naiven Auswanderern das Genick.

Eine unerwartet lautstarke Wortmeldung eines Kongressteilnehmers riss mich aus meiner einsetzenden Lethargie.

„Wir sind nicht schuld an der Misere von Armut, Menschen- und Drogenhandel", meinte er ziemlich aufgebracht und gab damit den breiten Konsens der Teilnehmer wieder.

Anklagend fuhr er fort: „Die hiesige Polizei unternimmt zu wenig gegen die Mafia – sie ist korrupt und steckt mit der Mafia unter einer Decke. Kein Wunder, dass unsere Gelder großteils in dunklen Kanälen versickern", behauptete er wütend.

Die Menge huldigte ihm Beifall, worauf sich ein anwesender Vertreter des Polizeidezernats erhob und diese Vorwürfe erzürnt zurückwies. Mit tief gefurchter Stirn und schneidender Stimme schmetterte er seinem Vorredner entgegen: „Was erlauben Sie sich, es existiert hier keine Mafia, wir haben es mit Einzelpersonen zu tun, mit Kriminellen, denen wir das Handwerk legen werden!"

„Was für eine gequirlte Scheiße reden die da?", raunzte ich giftig, während meine Augen gefährlich wild funkelten. Gelder in dunkle Kanäle? Klar in die eigenen schwarzen Taschen, die, die keinen Boden kennen. Vom krümeligen Überbleibsel müssen dann etliche Prozente für Bestechungen und Einreiseerlaubnisse aufgewendet werden, das ist wahr. Aber das Gros bleibt vielen Hilfsorganisationen selbst. Aufwendungen für den Verwaltungsapparat, fürstliche Gehälter, einen Fuhrpark mit Edelkarossen, erster Klasse Flüge, angebliche Geschäftsräume in Luxusgegenden - man zeigt sich erfinderisch. Gerade erst vergangenes Jahr flog eine ach so ehrenwerte Wohltätigkeitsorganisation auf, weil sie als Sondergratifikation Jahr für Jahr ihre Mitarbeiter, die allesamt männlichen Geschlechts sind, zu Bordellbesuchen einlud. Heimliche Fotos und Aussagen vom Personal des Etablissements beweisen, wie man ausgelassen den Champagner fließen und die Puppen tanzen ließ. Jeder gemäß seines Umsatzes und seiner Stellung im Verein, versteht sich. Dabei zeigt der steuerbegünstigte e.V. ungeniert Farbe. Das heißt, jeder erhält ein farbiges Armbändchen, um gemäß seiner Umsatz-Kategorie sein weibliches Pendant auswählen zu dürfen. Der Chef mit dem roten Armband darf sich eine Luxusnutte mit einem Warenwert von über 2.000 € die Nacht aussuchen. Sein Abteilungsleiter, grünes Bändchen, muss sich mit einer Dame der Preisklasse 1.000 € begnügen. Der Unterste in der Leistungspyramide hat lediglich Anspruch, von einer 100 € Schönheit beglückt zu werden. Man weiß eben, was sich gehört und wem welcher Luxusartikel zusteht.

Das Stichwort ‚Luxus' lenkte meine Gedanken wieder auf Rainhold, denn für ihn steht Luxus an oberster Stelle. Laut eigenen Angaben unterhält Rainhold ein exklusives Appartement in Monte Carlo, eine Dependance im Steuerparadies Singapur, unmittelbar an der Marina Bay, und eine Villa im 13. Bezirk, Wiens erster Wohnadresse für die noble Gesellschaft und für die, die dazugehören wollen. Er fährt zwei knallrote Ferrari, einen silbernen Bentley und liebt es, sich für den Besuch seiner über hundert Hilfsprojekte einen Privatjet zu chartern. Am liebsten besäße er ein eigenes Flugzeug, teilte er mir einmal mit, er tue ja schließlich genügend Gutes und hätte sich diese Annehmlichkeiten redlich verdient.

„Redlich …? Pah!", knurrte ich leise vor mich hin. Das kann er sich leisten, weil über 70 Prozent der Spenden seinen privaten Wohlstand fördern. Der klägliche Rest dient als Alibi. Dieser Heuchler – und das Schlimme, er scheint auch noch an seine eigenen Lügen zu glauben. Ähnlich beim Belgier. Jemand, der es für nötig hält, sich selbst ständig mit dem Attribut 'redlich' zu charakterisieren, hat bei mir schon verspielt. Die Erfahrung lehrte mich, bei solchen Menschen äußerst skeptisch zu sein.

Rainhold, wie viele seiner Artgenossen, ist ein Blender, wortgewandt, ohne Scheu und Skrupel. Er versteht, sich und seine Projekte zu verkaufen, den unbedachten Zuhörer zu überzeugen, einzulullen in ein Gespinst aus Darstellungen wohltätiger Aktivitäten, die seinen angeblichen Altruismus untermauern sollen, jedoch nichts weiter als ein gut durchdachtes Lügengebäude darstellen.

Aalglatt, Pomade im Haar, übertrieben modern gestylt, aus ärmlichen ländlichen Verhältnissen kommend, unterdrückt vom herrischen Vater, der dem Alkohol mehr zugetan war als seinen Kindern, hätte er auch seine Großmutter verkauft. Man könnte sich wieder der Story von der schweren Kindheit bedienen, die für alles herhält und angeblich entschuldigt, was eigentlich nicht zu entschuldigen ist. In meinen Augen reiner Blödsinn, jeder hat die Wahl, selbst zu entscheiden, was gut und was schlecht ist. Immer die Kindheit als mildernden Umstand für späteres Fehlverhalten heranzuziehen, erscheint mir zu kurz gedacht, zu oberflächlich, zumal sie die Möglichkeit bewusster Einflussnahme auf unser Tun verneinte. Die Gesellschaft bietet schließlich die notwendigen Eckpunkte, in Form sittlich-moralischer Werte, während die Lebenserfahrung zusätzliche Vorgaben liefert, nach denen das Verantwortungsbewusstsein entscheiden kann. Kann! Nicht bei Rainhold, ihm fehlt diese Art zu denken, ihn plagt kein Gewissen, was aber mit seiner schwierigen Kindheit nichts aber auch rein gar nichts zu tun hat. Andere hatten auch eine schwere Kindheit und entwickelten sehr wohl ein Gewissen.

Und was diesen vorwitzigen, ja unverschämten Belgier anging, der alle Schuld von sich wies – ich hätte ihm am liebsten die Leviten gelesen, meinem Unmut grünes Licht gegeben, nicht nur ihm, sondern allen Anwesenden die Meinung gegeigt und die wahren Tatsachen um die Ohren geschlagen, denn nichts hat sich in den vergangenen Jahren verbessert, eher verschlechtert. Immer mehr Menschen, vorrangig Frauen und Kinder, werden verschleppt, versklavt und missbraucht. So borniert kann doch keiner sein, ständig mit Scheuklappen herumzulaufen und sich alles und jeden gut zu reden. Sie wollen einfach nicht verstehen, dass uns die Zeit davon läuft und wir mit Schwafeln keine Änderung herbeiführen. Sie wollen nicht verstehen, dass nur eine radikale Umkehr vom bisherigen System, ein hartes Durchgreifen gegen die Organisierte Kriminalität, alle Gesellschaftsschichten einbeziehend, ohne Rücksicht auf Rang und Namen, Erfolg verspricht.

Glen, als zweiter Sektionschef der BNC in Bangkok auf Konsens und Frieden bedacht, erkannte am Feuer meiner Augen, wie er mir später erklärte, die Wut, die in mir hochkochte und warf mir einen mahnenden und gleichzeitig bittenden Blick zu. Glen gehört zu den wenigen, die mich und meinen Enthusiasmus verstehen. Er war es auch immer, der mich zu bremsen wusste, damit ich einige Drehzahlen runterschraubte. Ein feiner Kerl, vertrauenswürdig, aufrichtig und hilfsbereit. Hinzu kommt seine ehrliche Art, die Dinge anzusprechen, wie sie sind, ohne Umschweife, ohne Verschnörkelungen. Das macht ihn mir rundum sympathisch.

Glen hatte es wieder einmal geschafft, mich zur Räson zu bringen. Ich beruhigte mich und schnappte nach Luft, während in mir Selbstvorwürfe keimten. Man kann mit Recht behaupten, die Diplomatie der feinfühligen Umschreibung habe ich nicht gerade erfunden. Manchmal bricht es aus mir heraus, scharf akzentuiert, hart und manchmal eine Nuance zu polarisierend. Okay zu stark polarisierend – manchmal, nicht immer, aber immer ..., na ja, man kann mit der Zeit schon seinen Frust kriegen und tut sich schwer, seinen Zorn über all die Ungerechtigkeiten zu unterdrücken.

Dabei kann ich mich glücklich schätzen, einen Arbeitgeber gefunden zu haben, der meine Marotten duldet, wenn auch nicht immer gut heißt. Die Pariser Agentur ‚Flaubert & Gaillac' steht voll hinter ihren Mitarbeitern, lässt niemanden im Stich, sorgt sich um deren Belange und hilft ihnen, wo sie kann. Gedankt wird ihr dies mit Loyalität und Fleiß. Aus dieser Symbiose erwächst ein familiäres Arbeitsklima, getragen von einem gegenseitigen Gefühl der Verantwortung und Verpflichtung.

Mein Chef und Freund Pierre Flaubert, mit dem ich mich bis zum heutigen Tag sieze, ist zwar ein Querkopf von altem Schrot und Korn, aber immer geradeaus und direkt. Den Endfünfziger zeichnet eine breite und hohe Stirn aus, die Intelligenz und Durchsetzungsvermögen verrät. Eine Batterie von Lachfalten um die Augenwinkel zeugen von Humor, Witz und Optimismus. Mit Frotzeleien geizt er genauso wenig wie mit seinem für ihn typischen Sarkasmus. Wohl aber mit Lob, das selten seine Lippen verlässt. Man muss schon sehr genau auf seine Körpersprache achten, die er wie ein Pokerspieler unter Kontrolle weiß, um seine Regungen richtig deuten zu können. Mit meinem fotographischen Blick fürs Detail entgehen mir Veränderungen zwar selten, die richtige Auslegung musste ich mir allerdings erst mühsam erarbeiten. Pierre ist keine Persönlichkeit, die jedermann liebt, sehr wohl aber achtet und respektiert. Sei es wegen seiner Authentizität oder seines unbeugsamen Sinns für Gerechtigkeit, den niemand aus dem Kurs zu lotsen vermag. Mit Schleimern und hinterhältigen Verleumdern verfährt er rigoros, er setzt sie umgehend vor die Tür. In seiner Hilfsbereitschaft und aufopfernden Freundschaft setzt er Maßstäbe, die kaum zu überbieten sind.

So war er es, der sich von Anfang an rührend um Monique und Robert kümmerte, Tag und Nacht stand er ihnen zur Seite, spendete Trost und setzte alle Hebel in Bewegung, um mehr Licht ins Dunkel um das mysteriöse Verschwinden von Elaine zu bringen. Als einer dieser Hebel fungiere ich. Wo auch immer sich Hinweise auftun, sich eine neue Spur ergibt, auch nur erahnt wird, Pierre schickt mich auf ihre Fährte, so wie zum diesjährigen BNC-Kongress, über deren Hilfsprojekte ich offiziell Berichte verfassen soll. Dies dient mehr als Vorwand, um den wahren Grund meiner Teilnahme, sagen wir, etwas zu verschleiern. Dieser liegt nämlich in den Milieurecherchen, wie Pierre es nennt, an die ich in Zusammenarbeit mit der BNC leichter herankomme, die BNC dient mir quasi als Türöffner zu Akten und Polizeiberichten, an die ich sonst nur schwerlich gelangte. Wir hofften, dadurch Aufschluss zu erhalten, wie die Schleuserbanden organisiert sind, wie ihr Netzwerk aufgebaut ist, wer die Lieferanten sind, wer die „Ware“ in Europa besorgt, wo sich Zwischenlager befinden und wo wir letztendlich für weitere Nachforschungen ansetzen könnten.

Sein Partner, Francois Gaillac, ein spröder Charakter, Mitte 60, hochgeschossen und dünn, leicht zugeknöpft, stellt mehr einen Buchhalter dar, allerdings mit wachen Augen, denen nichts zu entgehen scheint. Korrektheit und Sinn für Gerechtigkeit sind Attribute, mit denen er anscheinend von Geburt an verwachsen ist. Seine zurückhaltende und wortkarge Art verleiht ihm den Anstrich von Unnahbarkeit. Nichtsdestotrotz verstehen wir uns. Vor allem kann man sich auf ihn verlassen – und er sich auf mich.

Beide gewähren mir den nötigen Freiraum, in der Wahl meiner Methoden kreativ zu sein, legen aber ebenso wie ich, Wert auf korrekte Recherchen und wahrheitsgemäße Berichterstattung, wobei sie mein kritisches Hinterfragen tolerieren, meist sogar begrüßen.

***

Endlich folgte das von mir sehnsüchtig erwartete Briefing durch die BNC. Zu lange dauerten mir die ermüdenden Referate und Wortgeplänkel, die doch keine neuen Erkenntnisse brachten. Mark Tanner, Chef von BNC Bangkok und Glens Vorgesetzter übernahm diese Aufgabe. Tanner, ein energischer Typ mit Durchsetzungsvermögen, eisigen Augen und verlebtem Gesicht, duldet keine Widerworte. Ein ausgeprägtes Kinn, tiefe Stirnfalten so wie eine prägnante, drohende Stimme unterstreichen seine Unnachgiebigkeit. Er gilt als Macher, ehrgeizig und vorausschauend, der gradlinig seine Ziele verfolgt. Für mich ist er bis heute ein Mysterium und schlecht zu durchschauen.

„Meine Damen und Herren“, ertönte die sonore Stimme Marks, „Ich gehe davon aus, von Ihnen in Kürze Berichte, Fotos sowie Filmmaterial zu erhalten, die die humanitären Erfolge der BNC dokumentieren. Die Essenz daraus wird einer Gruppe von Sponsoren vorgelegt. Parallel schicken wir sie an Fernsehsender und Magazine, die unsere weltweiten Strategien unterstützen. Es erübrigt sich also, über die Qualität Ihrer Arbeit zu diskutieren. Bedenken Sie, wir verfolgen ein gemeinsames Ziel. Ich hoffe, hiermit als Vorreiter wie als Vorbild zu fungieren.“

Dabei drehte er sich souverän einigen Vertretern von Mitbewerbern zu und blickte ihnen streng und unmissverständlich in die Augen. Ein Blick, dem nur wenige standhielten.

Da haben wir es wieder, diese Bevormundung. Das meinte ich mit meiner Kritik. Ich suchte Blickkontakt zu Glen und schickte ihm ein alles sagendes Augenzwinkern hinüber. Lachend hatte er meine Reaktion bereits erwartet.

Als würden meine Gedanken von einer Axt getrennt, ertönte erneut die eisige Stimme Tanners: „Um sich besser in der Stadt zurechtzufinden, weise ich auf den Termin 14:00 Uhr in der Business Lounge des Hotels hin. Nach dem Lunch wird dort jedem sein eigener Stadtführer zugeteilt. Ich wünsche viel Spaß und einen guten Appetit“, endete er seine Ansprache, wobei ein teuflisches Zucken um seine Mundwinkel huschte.

Einen Touristenführer? Das fehlte mir gerade noch. Ich bin gewohnt, allein meine Runden zu drehen und nicht unter Aufsicht, wie in einem totalitären Staat. Anscheinend wollte Tanner nichts dem Zufall überlassen, alles sollte dem Wunsche seiner Majestät, des Herrn Präsidenten, entsprechen, also seinem. Die Absicht dahinter war klar und unmissverständlich, nämlich meine Arbeit wie die der anderen zu überwachen. … „Merde!“

Beim verabredeten Mittagessen im ‚Golden Gate' mit Glen, Massenabfertigungen im Hotel mochten wir beide nicht, gönnte ich mir nur einen Kaffee, denn der Appetit war mir gehörig vergangen. In unserem lockeren Gespräch ging es unter anderem um meinen Unmut über diese Form der Überwachung. Ich muss gestehen, ich bewunderte immer wieder Glens unermüdliche Versuche, mich zu besänftigen und zu motivieren. Nach der kurzen Zwiesprache betrat ich missmutig die Business Lounge vom Narai Hotel.

„Entschuldigung", stammelte ich überrascht, als ich die dort anwesenden hübschen Damen sah, die mir erwartungsvoll entgegenlachten.

„Ich dachte, hier wäre ein Treffen der BNC, so steht es zumindest an der Eingangstür", wobei sich mein Gesicht zu einem feinen Lächeln verzog. „Könnten Sie mir bitte sagen, wo dieses Treffen stattfindet?"

„Da sind sie hier absolut richtig", meldete sich eine melodisch anmutende Stimme, die zu einer ausgesprochen reizenden Erscheinung gehörte. Elegant gekleidet mit ebenmäßigen Gesichtszügen hob sie sich nicht nur wegen ihrer Natürlichkeit von den anderen Schönheiten ab. Sie schwebte nahezu aus der Menge und strahlte mir mit ihren Mandelaugen offen ins Gesicht.

„Wenn Sie wollen, zeige ich Ihnen die Stadt und alle Projekte, die mit der BNC zu tun haben", wobei sich ihre Mundwinkel vielversprechend nach oben zogen. Wer konnte einem so bezaubernden Angebot schon widerstehen? Jegliche Abneigung gegen eine Aufsicht, einschließlich der Querelen der letzten Stunden, verflogen augenblicklich.

„Okay", antwortete ich leicht unbeholfen, „wie geht es denn jetzt weiter?" fügte ich erwartungsvoll an.

„Es ist alles vorbereitet, unten warten bereits Taxis, oder bevorzugen sie Tuk Tuks?", wollte das bezaubernde Wesen wissen.

„Das kommt ganz darauf an, wo wir hinfahren. Wenn uns die Fahrt permanent durch die staubige Innenstadt führt, ziehe ich dem offenen Tuk Tuk ein Taxi vor", gab ich ehrlich zu.

„Gut, dann ein Taxi. Damit nicht alle Teams zum selben Ziel aufbrechen, würde ich vorschlagen, wir suchen heute die Schule in Khlong toei auf, die den Slum-Kindern ermöglicht, eine bessere Schulbildung zu genießen – ist Ihnen das recht?"

„Aber natürlich, Sie kennen sich hier ja besser aus, ich begebe mich ganz in ihre bezaubernden Hände", kokettierte ich mit leichtem Heben der linken Augenbraue.

„Da sind sie bestens aufgehoben", lachte sie frech.

Wir verließen das Hotel, stiegen in eins der wartenden Taxis und stießen in das unvorstellbare Getümmel dieser asiatischen Metropole, die einem Ameisenhaufen glich, allerdings dreckiger, stinkender und ständig unter Smog leidend. Gnade dem ortsunkundigen Fremden, der hier der Waghalsigkeit verfällt, seine Fahrkünste zu erproben. Wohl nahezu jeder würde kläglich scheitern, egal wie lange er in Europa unfallfrei gefahren ist. Man musste schon reichlich Fahrpraxis gesammelt haben, um mit den hiesigen 'Geheimzeichen' unter den Fahrern vertraut zu werden. Obwohl ich schon mehrere Male in Bangkok gearbeitet hatte, wurde es immer von Neuem zu einem Erlebnis, wenn die Autos von rechts und links wild drauflos fuhren, die Tuk Tucks behänd zwischendurch und an den Straßenrändern Tausende von Radfahrern und Einzelunternehmern, die Berge von Kohle, Stoffen, Müll oder lebende Tiere kunstvoll auf ihr Zweirad verfrachtet hatten. Das Gefährt selbst erkannte man dann kaum noch als solches. Ein faszinierendes Bild, den Formationen von Zugvögeln oder Fischschwärmen gleichend, die blitzartig auf Signale reagieren, ohne zu kollidieren. Wahrscheinlich hatten die Thais ähnliche Instinkte entwickelt.

Die abenteuerliche Fahrt sorgte für reichlich Abwechslung und lenkte mich von meinem eigentlichen Auftrag, über Wege und Auswüchse des weltweiten Menschenhandels Studien anzufertigen, ab. Leider nicht dauerhaft. Schlagartig überfielen mich immer wieder lähmende Druckgeister, hervorgerufen durch ein übles Stechen in meiner Magengegend, einem sauren Aufstoßen, als braue sich Unheil zusammen. Es tauchten schemenhafte Bilder eines leuchtenden Geistwesens auf, bekleidet mit einem langen weißen Schlafhemd, weit über die Waden reichend, Bilder von Elaine, die mir Nacht für Nacht erschienen. Und jetzt fügte sich das unerwartete Zusammentreffen mit Rainhold hinzu, das mich bedrückte, ich aber nicht einzuordnen, noch weniger kausal zu begründen wusste. Ich zog es vor, nicht tiefer zu graben und ignorierte diese gedanklichen Abschweifungen so gut es ging. Anstelle depressiver Grübeleien suchte ich die Flucht nach vorn, schenkte meine gebündelte Aufmerksamkeit meiner bezaubernden Begleitung, ließ mich von ihrem Charme betören und vor allem ablenken. Schon gelassener und ein wenig aufgedreht ergaben wir uns den Turbulenzen eines brodelnden Molochs von Großstadt, das uns in seinen atemberaubenden Bann zog. Es gab viel zu sehen, zu quatschen und zu lachen, sodass ich kaum merkte, wie die Zeit verstrich. Ich erfuhr von Charine, so hieß meine sympathische Fremdenführerin, sie würde in einem der hiesigen Touristenbüros arbeiten. Der BNC hätte sie und die anderen Mädchen als Hostessen engagiert, um die Kongressteilnehmer kompetent durch die Stadt zu führen, sie die nächsten Tage zu betreuen und als Übersetzerinnen zu fungieren. Keine der Dolmetscherinnen war von vornherein einem BNC-Gast zugeteilt. Die Auswahl war jeder freigestellt. Charine hatte mich erkoren, ein Umstand, der mir sehr gefiel und meinem Ego schmeichelte. Nicht auszudenken, wenn dieses süße Geschöpf an der Seite von Rainhold gelandet wäre – was für eine Verschwendung.

Für den Pseudo-Macho Rainhold, unfähig zu zärtlichen Gefühlen, zählt einzig und allein Quantität, die berühmten Kerben am imaginären Bettrahmen, die seinem Ego dienen. Einmal war mir ein flüchtiger Blick in sein geöffnetes Adressbuch vergönnt, mit dem er beim Telefonieren unvorsichtig gestikulierte. Gut erkennbar wurden dort Frauennamen mit einer unterschiedlichen Anzahl von Sternen bewertet, einer Graduierung, die sich bei ihm auf rein äußerliche Merkmale reduziert. Bei einer Frau die Busengröße und ihr frivoles Erscheinungsbild, auf das er besonders abfährt. Je nuttischer desto besser. Eine hohe Wertschätzung bringt er den Frauen nicht entgegen. Eine Frau besitzt seiner Meinung nach keine Würde, für ihn sind alle Schlampen. Er macht keinen Hehl aus seiner Meinung und unterhält zu vorgerückter Stunde gern den gesamten Bar Tresen mit Storys über seine Eroberungen. Dabei liebt er Untermalungen mit obszönen und primitiven Witzen, über die er selbst am lautesten lacht, ohne zu merken, wie peinlich sie sind.

Sein Qualitätsanspruch bei Kleidern und Accessoires basiert ebenfalls auf Äußerlichkeiten, wie die Etiketten bekannter Modehäuser, deren Emblem er wie ein Lakai zur Schau stellt. Damit gesellt er sich in die Heerscharen lebender Litfaßsäulen, die für Firmen Werbung laufen.

Ich verdrängte sofort weitere Mutmaßungen an die Möglichkeit, Charine hätte ihm zugeteilt werden können. Das hätte mir ungelogen zu einem weiteren Albtraum erwachsen können – Rainhold allein war für mich schon Albtraum genug. Seit dem unerwarteten Wiedersehen fand ich mich gefangen in Hirngespinsten, die sich um seine Person drehten, die mich heimsuchten und mir die freie Sicht verhagelten. Rainholds Bild klebte in meinem Kopf wie eine stachelige Klette, die sich nicht abschütteln ließ. Als würden mich seine Augen ständig beobachten, spürte ich seine unangenehme Nähe, seine aggressive Aura, die nichts Gutes verhieß, die mich von meiner Suche nach Elaine abzudrängen suchte.

Es war allein der sanften Zusprache von Charine zu verdanken, die mich aus dem Sog trüber Vorahnungen herausriss, mir die Fahrt versüßte, eine Fahrt, die viel zu schnell zu Ende ging. Wir hatten unser Ziel erreicht. Ein Blick auf meine Uhr verriet, eineinhalb Stunden im Taxi verbracht zu haben. Mir erschien es eher wie 30 Minuten.

„Dort ist die Schule, übrigens eine unabhängige Einrichtung, wenngleich fast zu 100 Prozent von der BNC finanziert“, wies Charine mich sanft auf meine eigentliche Aufgabe hin, die nun mal nicht im Flirten bestand. Ein entschuldigendes Lächeln umflog dabei ihre Lippen.

„Okay, okay ich habe verstanden“, erwiderte ich gespielt enttäuscht.

Man erwartete uns bereits mit geöffnetem Tor und offenen Armen, nichts sollte dem Zufall überlassen sein, wie mir schien. Egal, ich würde schon sehen, was ich zu sehen beabsichtigte.

Zuerst geleitete man uns in ein karges Lehrerzimmer, in dem das gesamte Lehrpersonal in Reih und Glied aufgebaut stand, wie bei der Abnahme einer Militärparade, die Gesichter zu einem unergründlichen asiatischen Lächeln verzogen.

„Guten Morgen, die Damen und Herren“, durchbrach ich die Stille. Irgendwie erwartete ich insgeheim einen einhelligen Erwiderungsschrei ganz in militärischer Manier, wie „Ja Sir! -Good Morning Sir!“ Weit gefehlt. Hingegen trat eine etwas korpulente Dame in einem blauen Hosenanzug aus der Gruppe, schritt bedeutungsvoll auf mich zu, reichte mir die Hand und eröffnete das Gespräch in gutem Englisch.

„Mein Name ist Chuan, ich bin die Direktorin dieser Schule und begrüße Sie im Namen der Belegschaft recht herzlich“, worauf sich die Reihen lockerten und sich ein zustimmendes Gemurmel durch die Runde zog.

„Es freut mich besonders, Ihnen unsere moderne Schule zeigen und die bisher errungenen Ergebnisse demonstrieren zu dürfen“, fügte sie im Ton vollster Inbrunst hinzu.

„Danke, die Freude ist ganz meinerseits“, erwiderte ich höflich und verneigte leicht meinen Kopf.

„Darf ich Sie jetzt durch die Klassenräume führen?“, fragte die Dame auffordernd und wies mit der Hand auf die Tür. Ohne meine Antwort abzuwarten, begab sie sich auf den Gang. Wir folgten, das heißt, Charine, ich und eine weitere Person, die ich für den Hausmeister hielt.

Im ersten Klassenzimmer angekommen, staunte ich nicht schlecht. Moderne Stühle und Tische, für je zwei Schüler ein Computer, alles sauber und ziemlich neu anzusehen. Frau Chuan merkte meinen überraschten Blick und kam meiner Frage zuvor.

„Die Computer, die sie hier sehen, sind Spenden europäischer Firmen, die ihre technische Ausrüstung in regelmäßigen Abständen modernisieren, also nicht neu, aber wie neu, für uns zumindest.“ Ihr stolzer Unterton war nicht zu überhören.

Die Kinder, alle in dunkelblauer Schuluniform gekleidet, vermittelten einen interessiert-amüsierten Eindruck und schienen begierig, uns ihr Können zu beweisen. Gedacht, getan. Wieder, als hätte man meine Gedanken erraten, wurden wir durch die Bankreihen gelotst, während die Schüler schrieben, rechneten, Tabellen anfertigten und im Netz surften.

Jeder hatte anscheinend eine spezielle Aufgabe zugeteilt bekommen. Es lag mir fern, dieses System zu durchbrechen und das Können der Kinder infrage zu stellen. So flink, wie sich die Finger der Kleinen über die Tasten bewegten, hegte ich keinen Zweifel daran, dass jeder mit allen Aufgaben gleichermaßen betraut werden könne.

„Madame Chuan, eine Frage. Unterrichten Sie hier nur einheimische Kinder oder auch Waisenkinder sowie aus Bordellen befreite Kinder fremder Nationen?"

„Manchmal kommt es vor, dass sogenannte Findelkinder, deren Herkunft nicht geklärt ist, bei uns aufgenommen werden, aber das ist selten der Fall. Derzeit unterrichten wir ausnahmslos Kinder aus den Armenvierteln Bangkoks."

„Haben Sie eine Ahnung, wo man Kinder, die aus Bordellen stammen, hinbringt, gibt es irgendeine Sammelstelle, eine Möglichkeit, wo man sich nach dem Verbleib von Vermissten erkundigen könnte?"

„Da müssen Sie sich an die Behörden wenden, die können Ihnen sicherlich Auskunft geben. Die einzelnen Botschaften werden da sicherlich einen besseren Zugang haben als wir."

„Die BNC unterhält enge Beziehungen zu den Behörden", warf Charine ein. „Fragen Sie einfach Herrn Tanner."

„Ja!", erwiderte ich einsilbig und nachdenklich.

Nach einer kurzen Spanne geistiger Abwesenheit, widmete ich mich wieder den örtlichen Gegebenheiten, sprich der Schule. Schließlich war ich hier, um für die BNC einen Bericht zu verfassen, ohne den mir Tanner in meiner persönlichen Angelegenheit sicherlich nur halbherzig helfen würde. Zug um Zug, gibst du mir, geb' ich dir – das erleichtert ein rasches Vorwärtskommen. Ich fragte daher die Schulleiterin, wie sich die Kinder einfügen würden, weg von ihren Eltern, zumindest zeitweise, die neue Umgebung, wie sie mit den Anforderungen klarkämen?

„Eigentlich ganz gut", wobei mir ein tiefer Atemzug von Madame Chuan nicht entging, der Rückschluss auf einige Sorgen gab, auf ein nicht immer glückliches Gelingen, was die Bemühungen um die Eingliederung der Kinder anbelangte.

„Wir geben uns Mühe, den Kindern spielerisch die nötigen Fertigkeiten und das erforderliche Wissen zu vermitteln", betonte sie bescheiden. „Der springende Punkt ist, die Kinder sind begeistert bei der Sache, fallen den Eltern nicht zur Last, werden von uns eingekleidet und verköstigt. Das wäre nicht das Problem. Das Problem liegt in der Situation der Eltern."

„Wie das?“, wollte ich genauer wissen, kniff meine Augen zusammen, während sich an der Nasenwurzel tiefe senkrechte Furchen bildeten.

„Viele Kinder hier in den Slums sind dazu verdammt, ihre Familie mit zu ernähren. Sei es durch Kinderarbeit unter unsäglichen Bedingungen, durch Prostitution oder indem sie eine Niere spenden. Andere werden verkauft. Siebenjährige Mädchen an Freier, vierjährige Knaben an Scheichs, die diese wegen ihres geringen Gewichts zu Jockeys für Kamelrennen ausbilden“, seufzte sie. Ihren Blick wandte sie dabei zu Boden, um ihre innere Erregung zu verbergen.

„Ich habe davon gehört, gerade erst letzte Nacht von unserem Büro in Kuala Lumpur ... kann denn die Polizei nichts dagegen unternehmen?“ fragte ich zerknirscht.

„Die? ....Wo denken Sie hin, die hält doch meist nur selbst die Hand auf. Häufig drücken sie bei Zuhältern und Schleppern gegen einige Baths beide Augen zu. Nicht selten sind sie es, die den Kontakt zu Pädophilen herstellen.“

Damit schmolz mein Hoffnungsschimmer dahin, bei der Polizei und anderen Behörden Nachforschungen über den Verbleib von Elaine anstellen zu können. Wie sollten mir Mitwisser und vor allem Mittäter, zu denen sich Polizisten entpuppen, Auskunft geben, und das noch freiwillig. Bliebe noch, ihnen, den Polizisten, Angst einzujagen.

„Ich hörte immer, dass Kindesmissbrauch in Thailand mit drakonischen Strafen belegt sei“, schob ich, noch nicht restlos von den Aussagen der Schulleiterin überzeugt, ein.

„Das ist wohl richtig, aber nur wenige werden erwischt, die Korruption blüht in einem Land, in dem die Armut groß ist. Auch ein Polizist hat Familie, die versorgt sein will.“

„Ich verstehe“, murmelte ich nachdenklich. Damit hätte der BNC-Redner recht, den ich zuvor kritisiert hatte. Aber lag ich so falsch, dessen voreiligen Schlüsse infrage zu stellen, ist es nicht immer das Einfachste, im Augenscheinlichen den Buhmann zu präsentieren, um das wahre Kerngeschehen zu verschleiern? Der Schuldige ist ausgemacht und der Betrachter erstmal zufrieden gestellt. In Wirklichkeit lenkt man von der eigentlichen Tiefe des Eisbergs ab.

„Wie weit erstreckt sich die Korruption, was meinen Sie?“

„Bis in die obersten Etagen von Regierung und Wirtschaftsunternehmen“, meinte sie dünn und mit vorgehaltener Hand, wobei ihre Blicke vorsichtig umher glitten, sich gegen unerwünschte Zuhörer absichernd. Als sie sich sicher fühlte, erklärte sie mit gebrochener Stimme: „Selbst Hilfsorganisationen sind manchmal involviert. Ihre

Schutzbefohlenen, die aus irgendwelchen Camps stammen, geprügelt und missbraucht wurden, werden erneut zu Opfern, dienen Pädophilen als Lustobjekt. Die Kinder sind eingeschüchtert, schweigen lieber, als dass sie Ihre Peiniger anzeigen … kein Einzelfall."

Damit sprach Madame Chuan aus, was ich schon länger ahnte, aber nicht so recht wahrhaben wollte.

„Ist nicht überall, wo Moral dick vom Etikett trieft, das Gegenteil drin – Politik, Kirche, Hilfsorganisationen?", gab Charine, die bisher wortlos zugehört hatte, zu bedenken.

Wir schwiegen betreten, während meine Gedanken wie auf einer Formel Eins Strecke dahinrasten, das Gehörte zu analysieren und abzuschätzen, wie meine Aussichten auf Erfolg stünden, hier einen Anhaltspunkt auf Elaines Verbleib zu finden. Ich war diesbezüglich sehr verunsichert und glaubte, hier in Bangkok nur meine Zeit zu vergeuden.

Frau Chuan unterbrach die Stille, um eine Erklärung, eher eine Begründung, für ihren unermüdlichen Einsatz und den ihrer Mitarbeiter vorzubringen.

„Existenzangst, Frustration, schlechte Zukunftsperspektiven, soziale Ungerechtigkeit, mangelnde Zuwendung, von Nestwärme ganz zu schweigen, und den daraus entstehenden Aggressionen sind Anzeichen einer maroden Zwei-Klassen-Gesellschaft, der ein ethisches Wertgefüge abhandengekommen ist. In diesem See verlorener Seelen fischen Kriminelle nach ihren Opfern. Ginge es allen gut, würde das soziale System funktionieren. Existierte ein intaktes Familienleben, fiele niemand unter die Armutsgrenze, gäbe es weder Bedarf, sich zu prostituieren, noch bedürfte es eines Ventils, um seinen Druck in Exzessen abzulassen. Bildung schafft nicht nur die Voraussetzungen für einen besseren Job, sie sorgt auch für einen erweiterten geistigen Horizont, der egoistische Engstirnigkeit und fehlgeleitete Moral aufzuweichen vermag. Dies ist zwar keine Garantie, ein besserer Mensch zu werden, aber es schafft die nötigen Voraussetzungen, objektiv zu urteilen, zu abstrahieren und Selbstreflexion zu üben"

„Hoppla! Erstaunlich, Ihre Fähigkeit zu dieser klaren Analyse", zollte ich ihr meine Anerkennung. „Sie entsprechen damit meiner Überzeugung mehr als Sie ahnen. So mancher würde jetzt versuchen, einzulenken, indem er das berühmte Beispiel vom schwarzen Schaf heranzieht, das es überall gibt und das für alle Schandtaten dieser Welt verantwortlich ist. Aufgrund meiner Erfahrungen habe ich jedoch den Eindruck gewonnen, es müsse sich um Herden mit durchweg schwarzen Schafen handeln, unter denen einige weiße gegen den Strom schwimmen."

„Und von den wenigen weißen kann die Hälfte nicht einmal richtig schwimmen“, warf Charine mit Bedenken ein.

„Dafür scheint mir diese Schule umso mehr ein Musterbeispiel für eine Herde weißer Schafe zu sein, die auch noch schwimmen können“, lobte ich die Direktorin, die ob dieses Lobes um einige Zentimeter zu wachsen schien.

Vermutlich eines der wenigen Hilfsprojekte, die tatsächlich funktionieren, dachte ich mir. Mag es sich in der Momentaufnahme um einen Tropfen auf dem heißen Stein handeln, aber ein steter Tropfen höhlt selbst ihn.

Aufgewühlt und nachdenklich verließen wir nach weiteren zwei Stunden und vielen Schnappschüssen die Lehreinrichtung, bedankten uns für die Offenheit und versprachen, unseren positiven Eindruck per Bild und Ton weiterzuleiten.

Für heute hatte ich genug gesehen, gehört, gedacht – zu viel, das mich bewegte, im Positiven wie im Negativen. Ich war heil froh, am Abend in einem Restaurant, in dem ausgelassenes Treiben, Lachen und Fröhlichkeit herrschten, auf andere Gedanken zu kommen. Für eine Kurzweil vergaß ich im aufgedrehten Geplauder mit Charine mein mulmiges Gefühl, vor allem was meine Nachforschungen bezüglich der vermissten Elaine anging.

Sehr voneinander angetan verabredeten wir, das heißt Charine und ich, für den kommenden Morgen ein weiteres Projekt der BNC aufzusuchen. Welches, verschwieg mir Charine. Ich folgerte, sie wolle mich für den heutigen Tag nicht mit weiteren menschlichen Abgründen konfrontieren, obwohl ich mir denken konnte, wohin uns der Weg führen würde, schließlich hatte die ältere Dame im Workshop eine Bemerkung fallen lassen. Ich äußerte jedoch kein Wort von meiner Vermutung und genoss viel lieber die Feinfühligkeit von Charine, die sehr um meine Nachtruhe bedacht schien. Zum Abschied küsste sie mich flüchtig auf die Wange und wogte elegant zurück ins Taxi, das mich vor meinem 0-Sterne Hotel abgesetzt hatte.

Verträumt blickte ich ihr nach und säumte noch einige Minuten, bevor ich die Herberge betrat und mein Zimmer aufsuchte.

Eine neue Nacht, ein erneuter Versuch, der schier unerträglichen Schwüle zu entgehen. Das Atmen fiel schwer, Druckgeister hämmerten auf meine Brust und entzauberten die wenig schönen Erlebnisse des letzten Tages in Nullkommanichts. Da erschienen sie wieder, die Schwärme grauer Vögel, die aus ihren gespenstischen Löchern krochen, um über meinem Haupt zu kreisen.

Mir wurde schwindlig, mein Körper klebte vom Schweiß, teils hervorgerufen von der Hitze, andererseits aus Wut darüber, was ich heute erfahren hatte. Ich wälzte mich von einer Seite auf die andere, stand mindestens dreimal auf, um mich unter einer kalten Dusche zu erfrischen, bis ich endlich gegen Morgen in einen unruhigen Schlaf fiel.

„Rrrring – Rrrring - Rrrring!" rasselte mein Telefon nervtötend. Ich musste mich erst orientieren, nahm mein Handy und meldete mich mürrisch.

„Ja bitte?"

„Pascal …?", schnarrte eine Stimme am anderen Ende der Leitung.

„Ja, hier Pascal Ferrol", gähnte ich in den Hörer.

„Wie geht es Ihnen, sind Sie schön fleißig?", dröhnte es in meinem Ohr.

Haben die Menschen denn überhaupt kein Benehmen, so früh anzurufen, dachte ich mir noch recht benommen, doch bevor ich dem Anrufer diesbezüglich die Leviten lesen konnte, brüllte die Stimme weiter.

„Mensch Pascal, Sie Schlafmütze, es ist da unten schon 09:00 Uhr. Pennen Sie den lieben langen Tag? War die Nacht so hitzig?", kicherte der Anrufer, den ich jetzt als Pierre Flaubert identifizierte.

„Mein Gott Pierre, Sie Arsch, hier ist es heiß wie in einem Backofen. Ich habe kein Auge zugetan." Ich hörte deutlich sein sarkastisch-diabolisches Lachen und fuhr leicht verärgert fort: „Bei Ihrem nervtötenden Läuten hätte ich es spätestens auf 06:00 Uhr geschätzt. Mir lagen schon einige passende Verwünschungen auf den Lippen, das können Sie mir glauben. ... Spaß beiseite, was gibt's so Dringendes?", lenkte ich freundlicher ein.

„Genießen Sie die Wärme dort unten, hier in Paris steigt das Thermostat gerade mal auf schlappe 17°C. Ihre geliebte Hitze soll Ihnen erhalten bleiben", feixte er, wobei mich seine zum Spott verzogene Visage durchs Telefon anzugrinsen schien. „Sie werden ja in wenigen Tagen Ihre Arbeit in Bangkok abgeschlossen haben … viel kam ja bisher nicht dabei raus, wie Sie mir mailten. Aber Sie haben zumindest den Stein ins Rollen gebracht. Ich bin mir sicher, Tanner und Glen werden am Ball bleiben. – Ich wollte Sie bereits vorwarnen, für kommenden Sonntag, also in fünf Tagen, habe ich Ihnen einen Flug nach Phoenix, Arizona, gebucht. Das Ticket liegt am Schalter der Air France bereit. Abflug 22:20 h. Man wird sie am Flughafen in Phoenix abholen. Ein alter Bekannter erwartet Sie schon sehnsüchtig. Die Sache brennt, ich konnte sie daher nicht auf später verlegen", fasste er seine Anweisungen im Telegrammstil zusammen.

„Und was soll ich dort?", wollte ich missmutig wissen. Meine Stirn schlug dabei tiefe Falten. Bangkok schon so bald zu verlassen passte mir garnicht in den Kram, gerade jetzt, wo ich eine derart charmante Stadtführerin an meiner Seite wusste. Außerdem galt es noch diversen Hinweisen nachzugehen, immerhin hatten sich genügend neue Fragen eröffnet, die unbedingt beantwortet werden sollten.

Ich war gerade im Begriff, meiner Frage eine diesbezügliche Erklärung anzuhängen, als Pierre meinen geplanten Einwand energisch abschnitt: „Alle Details erfahren Sie vor Ort. Vorab möchte ich Ihnen so viel verraten, dass einer meiner Informanten einen anonymen Hinweis erhalten hat. Er betrifft den eskalierenden Menschenhandel in Mexiko. Kinder, minderjährige Frauen und Jungen, vorrangig aus Ost-Europa, finden dort derzeit einen reißenden Absatz. Verschaffen Sie sich selbst einen Überblick, vielleicht finden Sie einen Hinweis, der auf Elaine hindeutet. Offiziell sind Sie Journalist, der den Einfluss der Mafia auf den Touristenverkehr untersucht. Kommentieren Sie alles fein säuberlich und belegen es mit ausreichend Bildmaterial. Wie üblich halt. Das Auswärtige Amt steht gehörig unter Druck. – Und, mein Lieber, seien Sie vorsichtig. Gehen Sie ja kein Risiko ein, Sie sind mir zu wertvoll, um sie zu verlieren … Klar?“

„Klar!“, antwortete ich trocken, alle weiteren Kommentare herunterschluckend. Auf der anderen Seite klickte es und das Gespräch war beendet.

Ich bin ihm wichtig? Wie tröstlich. Er sorgt sich um mein Wohlergehen? „Merde!“, fluchte ich laut und wütend. Diese Sprüche kenne ich von ihm zur Genüge. Da liegen Gefahr und viel Stress in der Luft. Kein Spaziergang wie hier mit Charine. Und die wollte mich um 09:30 Uhr abholen – pünktlich, wie sie betonte. Den Kaffee konnte ich also knicken. Rasch duschte ich, brachte meine Mähne so weit wie möglich in Ordnung, schlüpfte in meine Kleider, packte meine Fotoausrüstung und raste in die Lobby.

„Hallo Pascal, gut geschlafen?“, empfing mich Charine spitzzüngig. „Aussehen tun Sie nicht gerade danach. Sie hätten wohl doch besser ein moderneres Hotel wählen sollen“, grinste sie mit gespielt vorwurfsvoller Miene.

Egal, die Nacht war vorbei und das Lachen von Charine entschädigte mich für meine Albträume.

„Wo geht's denn heute hin?“, fragte ich sie voller erwachendem Enthusiasmus, während der Auslöser meiner Kamera mehrmals klickte, um die natürliche Gestik meiner charmanten Begleiterin einzufangen.

Sie schaute mich prüfend von der Seite an, von oben nach unten und wieder zurück, um dann entschlossen zu bestimmen: „Zuerst einmal in ein französisches Café, wo Sie einen echten und noch dazu frischen Café au Lait bekommen. Ich glaube, der würde Ihnen jetzt gut tun.“ – Wie recht Sie hatte.

„Saftige Croissants gibt es dort übrigens auch."

„Ein Traum - das hört sich vielversprechend an. Einverstanden!", überstürzte ich mich zuzusagen.

„Haben wir denn noch genügend Zeit?", wollte ich mich vorsorglich vergewissern. „Wenn mich schon solcher Luxus erwartet, möchte ich ihn auch genießen, ohne Hast."

„Keine Bange, wir haben!" Dabei strahlte ihr ebenmäßiges Gesicht wie die Sonne am tiefblauen Himmel. Diese Mandelaugen, einfach bezaubernd, ihre anmutigen Bewegungen, ihr Kokettieren. ... Sie musste meine Blicke wohl bemerkt haben.

„Gefalle ich Ihnen?", fragte Sie unverblümt.

„Ja sehr", erwiderte ich, ohne zu zögern. Eine Antwort, die mich im Moment selbst verdutzte, mich aber umgehend mit einem einnehmenden Lächeln von Charine belohnte.

„Sie mir auch", gab sie etwas schüchtern zu. Mir schien sogar, ihre Wangen liefen bei diesem Geständnis leicht rosa an. Wie schön.

In der Tat, das Croissant schmeckte lecker und der Kaffee ...? Der sah aus wie ein französischer Café au Lait, schmeckte wesentlich besser als der in meiner Absteige, der eher einer aufgepeppten Abwaschbrühe ähnelte, aber ein echter Café au Lait? Nein, gewiss nicht. Für hiesige Verhältnisse immerhin eine angenehme Überraschung. Ich genehmigte mir noch einen kleinen Nachschlag mit zwei weiteren Croissants, um stark genug zu sein, einen weiteren Zweig menschlichen Elends zu erkunden.

Unser Ziel lag im Randbezirk Bangkoks: ein Frauenhaus. Schutzbefohlene zwischen 13 und 35 Jahren, Minderjährige, Schwangere und Misshandelte fanden hier ein Refugium vor brutalen Zuhältern, rabiaten Ehemännern und skrupellosen Eltern, wie mir Charine erklärte. Man bemühte sich, nach außen hin möglichst unauffällig zu erscheinen. Kein Außenstehender brauchte zu wissen, dass hinter diesen Mauern Frauen eine Zuflucht suchten und fanden. Deshalb war es mir auch untersagt, vom Außenteil des Gebäudes Fotos zu schießen.

„Menschenhandel und Zwangsprostitution als Form moderner Sklaverei, sind ein enorm wachsender Markt, klärte mich meine Begleiterin auf. „Menschen werden gehandelt wie eine Ware, vergleichbar mit Autos oder Maschinen. Ich habe Ihnen dazu einen internen Bericht der Menschenrechtskommission TORGATOR ausgedruckt, den Sie gerne verwenden dürfen. Hier bitte, Sie können ja selbst lesen", wobei sie mir zwei Blatt Schreibpapier überreichte, dessen Zeilen ich schnell überflog. Zusammengefasst stand da folgender Text:

... Menschenrechtsorganisationen und Interpol schätzen, dass allein in Asien 1,36 Millionen Menschen dem organisierten Menschenhandel zum Opfer fallen. Weltweit sogar 2,5 Millionen, mehr als die Hälfte davon sind Kinder. Die Gewinne aus diesen illegalen Geschäften belaufen sich auf etwa 31 Milliarden US-Dollar jährlich. Der Sextourismus in Thailand erreicht immer neue Rekorde.

Angelockt vom tabulosen Billigsex in den zahlreichen Vergnügungshochburgen von Bangkok, Pattaya, Phuket, Chiang Mai oder der Insel Koh Samui mit ihren aus allen Ländern importierten Mädchen, deren Aufgabe es ist, den alten, geilen Tattergreisen willfährig auf die Sprünge zu helfen. Insbesondere Deutsche begehen in Südost-Asien sexuellen Missbrauch an Kindern und Jugendlichen. Kindesmissbrauch sowie Prostitution, Schutzgelderpressung und Menschenhandel gehören zum Alltag, angeblich mittlerweile in der Hand der russischen Mafia, was die hohe Zahl von ca. 5.000 russischen Prostituierten erklärt, die in Thailand ein klägliches Dasein fristen. Eine Online-Bestellung, wie beim Pizza Bäcker genügt und der Hausservice liefert. Der internationale Menschenhandel, Human Trafficking genannt, boomt wie nie zuvor – weltweit. Es handelt sich nicht um eine thailändische Spezifität, begründet auf den Hunderttausenden, die sich ihr Altersdomizil in Thailand eingerichtet haben. Überall, wo der Sittenverfall zu einer Seuche ausufert und die Gesellschaft in ihrer Dekadenz kaum zu überbieten ist, gehen ruchlose Dienstleister ans Werk. Sie beschaffen, was gewünscht wird. Vielleicht eine blonde Schönheit, vollbusig, nicht älter als 15 Jahre, garantiert mit Jungfernhäutchen? – Kein Problem. Es kann auch gerne eine Niere, Leber oder Augenlinse sein, die darauf angesetzten Landessektionen in Moldawien, Russland, Indien oder Afrika finden das Verlangte – garantiert!

Die weltweite Nachfrage nach Organen ist gewaltig und wächst Jahr für Jahr. Der Preis von bis zu mittlerweile 70.000 Dollar für eine Niere ist für gewissenlose Kriminelle geradezu verlockend. Neben Indien, wo der Organhandel wie ein Basar funktioniert, hat sich verstärkt auf der Sinai-Halbinsel, nördlich von Sharm el Sheikh, das Geschäft dieser perversen Beschaffungskriminalität etabliert. Von Beduinenstämmen entführt, oder von Schleusern abgekauft, fallen afrikanische Flüchtlinge aus dem Sudan, Äthiopien und Eritrea skrupellosen Schlächtern zum Opfer, die den Organhandel wie einen Autoersatzteilhandel betreiben. Nach Angaben der UN Refugee Agency fordern die Beduinen 30.000 Dollar Lösegeld pro Person und mehr.

Die britische Zeitung The Guardian berichtete bereits im Februar 2014, dass im Falle der Zahlungsverweigerung Videobotschaften von grausamen Folterungen des Familienmitglieds an die Angehörigen geschickt würden.

Gelingt es den Kidnappern mit ihren Foltermethoden nicht, das Lösegeld zu erpressen, töten sie ihre Geiseln, schlachten sie aus wie Vieh und verkaufen deren Organe an Organhändler. Auf diese Weise sind nach Schätzungen verschiedener Menschenrechtsorganisationen seit 2007 mindestens 4.000 Menschen auf dem Nord-Sinai spurlos verschwunden. Massengräber, wie dem in al-Sadaka zeugen von diesen unfassbaren Gräueltaten. Die Organe, von ägyptischen Ärzten in mobilen Operationszelten entnommen, werden an Krankenhäuser in Kairo geliefert, wo ein regelrechter Transplantationstourismus blüht. Gerade Patienten aus Saudi Arabien zahlen bis zu 500.000 Dollar für eine Transplantation. Ägypten hat sich demnach zur Drehscheibe der Organ-Mafia entwickelt, während Südafrika als Umschlagort für den Menschenhandel gilt.

Ich schüttelte angewidert den Kopf, während sich meine Lippen verbittert zu schmalen Strichen zusammenzogen. Als Charine meine Bestürzung sah, nahm sie mich am Arm, deutete auf die Einrichtung, die wir besichtigen wollten und lenkte mich mit den Worten ab: „Vergessen wir das Infoschreiben für einen Moment und wenden uns diesem Haus zu, ein Schutzbereich für misshandelte und ausgebeutete Frauen, der fast zu 100 Prozent vom BNC finanziert wird, wie gestern die Schule, die wir besucht hatten. Zusätzliche Spenden sind rar und einen Anschluss an andere Hilfsorganisationen lehnt die Geschäftsführung wegen der zu erwartenden Abhängigkeit ab. Der Heimleitung scheint es essentiell, die wichtigsten Entscheidungen selbst vor Ort fällen zu können und nicht erst auf ein Okay hoffen zu müssen, das vom Wohlwollen eines Vorstandes irgendwo in der Welt abhängt. Ein feiner Zug der BNC, die der jeweiligen Projektleitung nahezu freie Hand lässt. Stimmen Sie mir da zu?“, fragte Sie mich erwartungsvoll.

„Durchaus! – Hätte ich nicht gedacht“, gab ich überrascht zu.

Nach einer kurzen aber herzlichen Begrüßung durften wir uns im wahrsten Sinne des Wortes ein Bild von der Unterbringung machen. Sie entsprach einfachen Verhältnissen und stieß an die Grenzen ihrer Kapazität. Überall lagen Koffer, Kartons und Kleidungsstücke verstreut auf Boden, Bänken, Tischen und Treppen. Bis zu sechs Frauen teilten sich ein Schlafzimmer. Die Küche konnte nur in Etappen genutzt werden, für alle auf einmal bot sie keinen Platz. Trotzdem vermittelte die Unterkunft einen sauberen, farbenfrohen und gemütlichen Eindruck. Alle Bewohner verband ein ähnliches Los, gleich gelagerte Hürden, die man gedachte, gemeinsam besser zu schultern. Hürden, die ihnen eine rigorose und egoistische Männerwelt aufgezwungen hat. Abstand gewinnen von einem bisherigen Leben in Angst, sich einzufügen in eine intakte Gemeinschaft. Anforderungen, die den meisten sehr schwer fielen. Umso leichter, wenn auf dieser Rettungsinsel eine familiäre Atmosphäre lebte.

Fenster und Türen sicherten schwere Riegel und Eisengitter, damit kein Zuhälter, Peiniger oder Schlepper eindringen konnte. Ein schöner ausladender Balkon im dritten Stock lockerte die engen Räumlichkeiten befreiend auf. Ich trat hinaus und bewunderte das kunterbunte Treiben, das sich mir bot. Straßenhändler, Garküchen, mobile Stände mit Früchten, Gebäck und Gemüse säumten die belebten Gehsteige. Von dort drang ein schwerer süßlicher Geruch zu mir empor, vermischt mit den Ausdünstungen von Abfall, Dreck und verdorbenem Obst.

Schräg gegenüber an einer Straßeneinmündung gewahrte ich einen Mann asiatischer Abstammung, der auf jemanden zu warten schien. Hätte er sich nicht zum wiederholten Male neugierig dem Frauenhaus zugewandt und dabei jedes Detail mit einem stechenden Blick zu inspizieren versucht, wäre er mir überhaupt nicht aufgefallen. Just in dem Moment, wo er merkte, von mir beobachtet zu werden, drehte er seinen Kopf beschämt zur Seite. Anscheinend war es ihm peinlich, von einem Europäer gemustert zu werden. Außerdem wollte er als höflicher Asiat sicherlich nicht für neugierig gelten. Irgendwo glaubte ich dieses Gesicht schon einmal gesehen zu haben, konnte mich aber nicht erinnern wo. Vielleicht irrte ich mich auch. Für uns Europäer sehen die Asiaten doch alle ziemlich ähnlich aus. Ich machte mir also keine weiteren Gedanken darum, ob und wenn ja, wo und wann ich ihm begegnet sein könnte. Das war ein Fehler, wie sich später herausstellte.

Am Ende der Führung luden uns die Heimleitung und einige Damen zu einer Tasse Tee und selbst gebackenem Gebäck ein. Eine gute Gelegenheit, mehr über die Praktiken der Schlepper zu erfahren. Leider musste ich feststellen, wie tief die Angst in ihnen steckte und wie wenig sie bereit waren, über die Hintergründe und Abläufe im Milieu zu sprechen. Sie hielten sich weitgehend bedeckt und sprachen lieber über augenscheinliche Missstände ihrer Unterbringung und auch darüber nur ansatzweise.

So blieben genügend offene Fragen, die uns auf der Rückfahrt als Gesprächsstoff dienten.

„Es ist eine Schande, den Zuhältern und Menschenhändlern nicht beizeiten das Handwerk legen zu können“, meinte ich zerknirscht. „Wieso haben die so leichtes Spiel, nicht nur hier, sondern weltweit? Obwohl die Missstände allseits bekannt sind, lässt man die Täter weiterhin gewähren.

„Wahrscheinlich weil sich die Vergehen nur bedingt nachweisen lassen“, argumentierte Charine betrübt. „Zu viele werden bestochen, Dokumente, ja sogar Gerichtsunterlagen verschwinden und die meisten Leittragenden verzehren sich vor Angst auszusagen.“

„Das Augenmerk der Behörden liegt anscheinend mehr auf Schadensbegrenzung“, vermutete ich. „Man betreibt oberflächliche

Kosmetik und kaschiert das darunter liegende absterbende Gewebe: unsere degenerierte Gesellschaft. Die zweite Frage drängt sich auf, wieso haben diese Kreise einen so enormen Zulauf, denn über Kundenmangel brauchen sie sich ja wohl kaum zu beschweren?“

„Weil das Ausleben eigener Triebe noch nie so billig war“, erklärte Charine verärgert. „Dumpingpreise im Schlaraffenland des Sexes – der Patpong Night Market ist voll von verlockenden Offerten, jeder vermag sich auszutoben, mag der Geldbeutel auch noch so mager sein.“

„Billigsex gab es schon seit je her, allerdings handelte es sich dann meist um sehr heruntergekommene Dirnen. Daneben fanden genauso Luxusnutten ihre Freier, ich denke da insbesondere an die Kurtisanen. Das Überangebot an der Ware Sex mag heute dazu beitragen, dem Kunden die Entscheidung zu erleichtern, aber das allein kann es nicht ausmachen“, hielt ich nachdenklich dagegen.

„Arbeitslosigkeit führt zu Frustration, geringe Furcht vor Strafverfolgung macht leichtsinnig und Werbung weckt neue Begierden. Wer in solch trübes Fahrwasser gerät, ist anfällig für verlockende Angebote.“

„Da stimme ich Ihnen voll und ganz zu, Charine. Der Existenzkampf gewinnt an Härte, der Leistungsdruck pervertiert, wer nicht spurt, keine befriedigende Umsätze generiert, fliegt raus – gnadenlos. Die Schere zwischen arm und reich driftet immer weiter auseinander, die Plätze an den fetten Futtertrögen sind rar und daher heftig umkämpft. Um in diesem Kampf zu überleben, sucht der Kämpfer Entlastungsventile seinen Druck abzulassen.“

„Sex, Drugs and Rock’n’ Roll gab es ja schon früher, das ist nichts Neues“, gab Charine zu bedenken.

„So einfach lässt sich das nicht vergleichen. Der Mensch nutzt zwar seit seiner Wiege gezielt Drogen, Sex, Tanz und Musik, um sich zu berauschen, sich auszuklinken, sein Bewusstsein zu erweitern und die Angst vor dem Tod zu mindern. Auch Fälle von physischer Gewalt und Kindesmissbrauch kennt die Menschheit seit Jahrtausenden. Bekanntermaßen missbrauchten bereits die Römer Knaben auf ihren ausschweifenden Gelagen, wurden Frauen besiegter Völker vergewaltigt, Gefangene gequält und gefoltert, alles auf grausamste Weise, das steckt im archaischen Verhaltensmuster des Typus Mann, wobei sich eine Abschwächung bis zum heutigen Tag kaum erkennen lässt.

Neu gestaltet sich für ihn aber der enorme Druck, der auf ihm lastet, hervorgerufen durch gesellschaftliche Normen, Zwänge und Anschauungen. Zudem erfahren viele keinen Rückhalt durch die Familie. Bereits als Kind geht vielen die Nestwärme verloren. Schon früh werden sie auf unsere moderne Leistungsgesellschaft getrimmt, verlernen soziale Kompetenz, Respekt und die Fähigkeit zur Selbstreflexion.

Denken wir nur daran, wie sich die Erziehungsmethoden in den letzten Jahrzehnten verändert haben, weg von hierarchisch, autoritären Methoden zu antiautoritären, in denen bereits bei Kleinkindern ein vernunftbetontes Denken und Handeln vorausgesetzt wird. Den Kindern werden kaum noch Grenzen gesetzt, es sei denn, jene setzen diese selbst. Wir leben in einer orientierungslosen Welt, ohne Halt, ohne Werte, ohne Liebe. Mit Liebe meine ich natürlich nicht die sexuelle, sondern die bedingungslose Menschenliebe. Mit all dem wird der heutige Mensch nicht mehr fertig, er verarmt seelisch und angestaute Aggressionen brechen aus. Ich führte diesbezüglich zahlreiche Gespräche mit Leitern psychiatrischer und psychosomatischer Kliniken, die voll sind mit Frauen und Kindern, die Opfer von Missbrauch und häuslicher Gewalt wurden. Die Zahl der Betroffenen steigt permanent und in erschreckendem Maße, behauptet ein mir bekannter Psychiater und Klinikleiter.

... Aber bitte, Charine, lass uns das Thema wechseln, um ständig Trübsal zu blasen ist die Zeit zu kostbar und davon bleibt uns nicht mehr arg viel, denn ich soll in den USA einer neuen Fährte nachgehen. Mein Chef hat mich heute früh angerufen und mich davon in Kenntnis gesetzt. Leider schon kommenden Sonntag, also in fünf Tagen, sitze ich im Flieger. Gerade jetzt, wo wir uns so gut verstehen“, fügte ich lachend hinzu.

So richtig zum Lachen war mir allerdings nicht zumute, was sich aus meiner Tonlage eindeutig heraushören ließ. Das lag auch daran, in der Causa Elaine nicht weitergekommen zu sein und mir zusätzlich den Ballast Rainhold aufgeladen zu haben. Wenn man es genau betrachtet - die Bekanntschaft mit Charine ausgeklammert - war mein Engagement hier in Bangkok summa summarum ein kostspieliges, zeitraubendes, obendrein ein ziemlich erfolgloses.

Nach einem längeren Atemholen schaute mich Charine, der ich vom Kidnapping Elains berichtet hatte, etwas betrübt an und meinte: „Es bleiben uns noch fünf Tage Zeit für Nachforschungen. Vielleicht ergibt sich doch noch eine heiße Spur und Sie finden einen Hinweis auf die europäischen Sklavenhändler. Nicht aufgeben, jede Nachricht kann von Nutzen sein. Es gibt immer noch Hoffnung.“ Charine zeigte sich rührend darum bemüht, mich aufzumuntern. Ihren schmerzlichen Unterton vermochte sie jedoch nicht zu verbergen.

„Seltsam, irgendwie haben wir uns vom ersten Moment an prächtig verstanden, finden Sie nicht Pascal?“, erkundigte sie sich nach einem kurzen Innehalten mit großen traurigen Augen und einem leichten Beben in ihrer Stimme.

Ich schluckte und brachte keinen vernünftigen Satz heraus, nahm zögerlich ihre zarte Hand, die sich ganz kalt anfühlte, und hauchte einen leichten Kuss auf ihre Fingerspitzen. Als wär uns die Situation peinlich, schauten wir wortlos aus dem Seitenfenster des Taxis.

Menschen und Straßen schienen an uns vorbeizuhasten, geisterhaft mit verzerrten Gesichtern, die Münder zu tonlosen Schreien weit aufgerissen. Eingetaucht im trüben Nebel bedrückender Emotionen, täuschten Illusionen eine unwirkliche, eine fremde Welt vor. Meine Adern schlugen ein Lied des Verzehrens, voller Sehnsucht und Melancholie, ausgelöst und verstärkt durch den emotionalen Ausnahmezustand, in dem ich mich durch all die Vorfälle und Nachrichten befand. Im tiefen Nachsinnen versunken, drückte ich die Hand von Charine wohl immer fester, als wolle ich sie nie mehr loslassen.

„Pascal, wollen Sie meine Hand zerquetschen?“, stammelte sie mit einem gequälten Lächeln.

„Oh! Verzeihen Sie, ich war ganz weggetreten“, bemühte ich mich um eine Entschuldigung. Erneut führte ich ihre Hand behutsam zu meinen Lippen, als könne ich damit ihren Schmerz lindern.

Sie kicherte leicht verlegen und drückte mir ihre warmen Lippen zart auf die Wange.

„Lassen Sie es gut sein, ich bin nicht aus Pappmachee“, betonte sie mit einem Augenzwinkern.

„Wäre auch zu schade, wenn das alles aus Pappe bestünde“, frotzelte ich, wobei meine Blicke bewundernd an ihrem Körper herabglitten.

„He, he! … Nicht übermütig werden“, wehrte sie ab, während sich ihr Gesicht schauspielerisch um einen entrüsteten Ausdruck bemühte.

Als wir das Narai Hotel erreichten, wo ich beabsichtigte, noch einiges zu erledigen, verabschiedete Charine sich mit den Worten: „Übrigens, was hielten Sie davon, wenn ich Sie heute Abend ausführen würde – weg vom trüben Alltag, raus aus Patpong in ein ganz anderes Bangkok und dazu ganz ohne BNC?“

„Toll! … Sehr gerne. Ich könnte heute sowieso keine Zeile mehr schreiben. Ich muss erst etwas Abstand gewinnen und meine Gefühle ordnen“, gab ich bereitwillig zu.

„Wie wäre es mit 20:00 Uhr?

„Abgemacht!“

„Wo soll ich Sie mit dem Taxi abholen, hier oder bei ihrer Abstei … äh Pension?“, fragte sie stichelnd. Untermalt von einem erwartungsvollen

einschließlich ihrer Hintermänner und Strippenzieher werden damit zu einem untergeordneten Übel. Jeder Tag, an dem in den Medien Themen wie Katastrophen, Rassismus, Antisemitismus oder religiöser Fanatismus breitgetreten werden, ist für die Mafia ein gewonnener Tag. Leise spinnen sie heimtückisch ihre klebrigen Fäden zu einem engmaschigen und erdumspannenden Netzwerk, in dem sich jeder verheddern kann. Wenn der Bürger dann irgendwann aus seinem Tiefschlaf erwacht, wird es zu spät sein, die Karten sind längst verteilt, die meisten politischen Bereiche von der dunklen Macht infiltriert und wir als Bürger fristen ein Dasein als Marionetten, als Arbeiterbienen, gefangen und austauschbar. Wie schnell man sich in diesem Räderwerk verfängt, sollte ich bald am eigenen Leibe zu spüren bekommen.

4 ZEITREISE

Es dämmerte bereits, als der Oldtimer vorfuhr. Eine wunderschöne Frau, in elegantem Schwarz gekleidet, mit einer Federstola um die Schultern und dem dazu passenden Haarschmuck, gespickt mit Perlen, entstieg dem Fond – Charine. Ihr anschmiegsames Minikleid verlief so hautnah, dass der seidige Stoff bei jeder Bewegung über ihre weiblichen Rundungen glitt und ihnen unaufhörlich schmeichelte. Das kurze Gesäßteil betonte ihren ausgesprochen ästhetischen Po, dessen runde Konturen sich aufreizend abzeichneten. Ganz im Gegensatz zu vielen Asiatinnen, die diesbezüglich weniger voluminös ausgestattet sind. Unterhalb des hoch geschnittenen Saums folgten ellenlange Beine, wohlgeformt mit markanten Linien, die auf intensive sportliche Aktivitäten schließen ließen. Ihre schönen Füße steckten in edlen schwarzweißen Pumps, die ihren weiblich-erotischen Touch angenehm verstärkten – ich liebe schöne Füße. Als wäre sie darin geboren, bewegte sie sich harmonisch fließend. Das tiefe Dekolleté zierte eine lange Perlenkette. Als weiteres Accessoire diente ihr eine kleine, silberne, mit Pailletten verzierte Abendtasche aus Brokat.

Ich musste tief durchatmen, so berührte sie mein Herz. Ich fing Feuer, mein aufwallendes Blut fing an zu sieden, pochte in Schläfe, Hals und Leiste. Heiß-kalte Schauer kräuselten meine Haut. Wie ein Junge vor seinem ersten Rendezvous. Fehlte bloß noch, vor Schüchternheit rot anzulaufen.

„Mein Gott Charine, wie schön Sie sind", überschlugen sich meine Worte zu einem ehrlichen Kompliment.

„Heute Abend erwartet uns ein spezielles Varieté", kündigte sie verheißungsvoll an und forderte mich mit einer unmissverständlichen Geste auf, in die weiße Limousine einzusteigen. „Wie ich bereits andeutete, handelt es sich um ein rein privates Arrangement, zu dessen Besuch ich mich entschlossen habe. Die Sorgenfalten auf Ihrer Stirn können Sie sich ruhig sparen, Zeitgenossen wie Ihr ‚Freund' Rainhold haben dort keinen Zutritt", neckte Sie mich.

„Meine Freundin Lalana, der ich von Ihnen erzählt habe, bat uns, ihrer traumhaften Inszenierung ‚Gesang der Mondgöttin' beizuwohnen, die zweimal im Jahr stattfindet. Sehen Sie es als eine hohe Ehre an, zu den Gästen zählen zu dürfen. Lalana hatte mich zwar schon wiederholt überreden wollen, daran teilzunehmen aber bisher hatte ich abgesagt. Heute scheint die passende Gelegenheit gekommen, die Einladung anzunehmen", erklärte Sie tiefgründig, wobei Sie gespannt auf meine Reaktion wartete.

„Ich weiß wirklich nicht, wie ich zu dieser Ehre komme, womit ich sie verdient habe? Geschweige denn, was mich erwartet", gab ich ziemlich überrascht zu.

„Und … bin ich nicht underdressed für so eine Festivität – wenn ich Sie so ansehe, doch sicherlich, oder?" Zweifelnd schaute ich an mir herunter und begutachtete kritisch meine saloppe Kleidung.

„Jeder kann erscheinen wie er will, es gibt keine Kleiderordnung. Ob legere oder klassisch, es bleibt jedem selbst überlassen. Oberstes Gebot: Jeden Zwang vermeiden und all seine Sorgen und Hemmungen an der Garderobe abgeben", strahlte sie.

„Oha! Dann würde ich ja als Geist auftreten, so leichtfüßig und durchsichtig wie ich ohne diese Last dastünde. Ein schöner Gedanke, jeglichen Kummer und alle Befindlichkeiten irgendwo wegzuhängen. – Charine, Sie machen mich echt neugierig. Gibt es eigentlich noch andere Regeln, die ich beachten muss?", wollte ich sicherheitshalber wissen.

„Ich werde Sie im passenden Moment einweisen, mal sehen wie schlagkräftig Sie sind." Sie schaute mir tief in die Augen und vermochte ein amüsiertes Lächeln nicht zu unterdrücken.

Weitere Informationen waren aus ihr einfach nicht herauszukitzeln. Charine baute damit eine Spannung auf, in der sie mich gnadenlos zappeln ließ. Was blieb mir also anderes übrig, als mich meinem Schicksal zu ergeben? Nichts.

Angeregt plaudernd fuhren wir durch enge Gassen mit überladener Geschäftigkeit, verließen das Stadtzentrum und passierten nach einer Weile ein mächtiges Eisentor mit goldenen Spitzen, das sich automatisch vor uns öffnete und gleich hinter uns wieder schloss. Wir folgten einer gekiesten Parkallee, flankiert mit Hundert Jahre alten knorrigen Bäumen, deren ausladenden Kronen den Weg überspannten. Nur die Silhouette des Vollmondes schimmerte gelb durch das gewaltige Blätterdach, in dem tropische Vögel ein Nachtkonzert abhielten. Am Ende der Zufahrt erwartete uns eine verwunschene Villa, die, von blühenden Kletterpflanzen überwuchert, durchaus als Kulisse für Dornröschens Schloss hätte herhalten können.

Schweigende Ordonanzen empfingen uns mit einem exotischen Aperitif, der nach Mango, gewürzt mit dem indischen Jaljira schmeckte, und geleiteten uns in einen riesigen Wintergarten, der eher einem botanischen Gewächshaus glich und den Hunderte von Kerzen in ein romantisches Licht tauchten. Das außergewöhnliche Ambiente unterlag vorwiegend weißen und pastellfarbenen Tönen. Dekoriert mit Palmen und stilvollen Vasen, aus denen prachtvolle Blumenbouquets aus Jasmin, Frangipani und Orchideen einen seltsam betörenden Duft verbreiteten. In den Kuppeln der über 5 Meter hohen Räume schaufelten alte Deckenventilatoren im Kolonialstil die warme Luft durcheinander und schufen so eine erfrischende Zirkulation. Wie Elfen schwebten spärlich bekleidete Serviererinnen mit befederten Muscheln, die ihre Brüste und Scham lückenhaft bedeckten, durch die Gäste. Ohne sich aufzudrängen, reichten sie fruchtige Cocktails, Champagner und kleine Kanapees mit Meeresfrüchten oder zart gegrillten Filetstreifen vom Schwein. Anmutige Frauen und athletische Männer in Netzhemden und hautengen Leggins, die jede Feinheit abzeichneten, fächelten mit Palmwedeln einzelnen Sitzgruppen Luft zu. Entspannt aalten sich diese auf orientalischen Diwans.

Dominante Damen bequemten sich, ihre Zehen und Fußballen von Männern massieren zu lassen, die zu ihren Füßen Platz genommen hatten, während sie selbst gelassen in den einladenden Sofas harrten und elegant an einer Zigarettenspitze zogen.

Andere pflegten verhalten Konversation, rauchten Wasserpfeife, tranken Mokka oder labten sich an Cocktails. Auf den filigranen Tischchen standen Flacons mit Eau de Toilette zur Erfrischung nach dem Tanz.

Gedämpfte Musik eines Trios erfüllte den Raum mit leicht melancholischen Klängen. Dazu tanzte ein Paar Tango, anmutig und aufreizend in anschmiegenden argentinischen Kostümen. Der Mann, ein frankophiler Typ, trug seinen gestählten Oberkörper entblößt zur Schau. Als Ausdruck seiner Männlichkeit stach seine leicht behaarte Brust ins Auge, deren unterer Haaransatz V-förmig zum Bauch hin spitz zulief. Dieser glänzte in scharf nuancierten Muskelpaketen wie bei einem römischen Legionär. Jeder Brustmuskel, jeder Bauchmuskel, jede Faser seiner Gesäßmuskeln rundete in der Bewegung eine Ästhetik ab, die sich durch ein Spiel fließender Übergänge, durch ein Auf und Ab auszeichnete. Seine klassisch geschnittenen weißen Hosenbeine endeten oberhalb seiner schwarzweißen Lackschuhe im Retro Look. Mit starken Oberarmen führte er seine Tanzpartnerin, die einem Paradiesvogel glich, elegant über die Bühne. Ihr Oberteil und das knappe Höschen waren im gleichen Stil gehalten wie die der Bedienungen. Zusätzlich schmückten buschige weiße Straußenfedern ihre zarte Taille, an der sie mit einem weißen Ledergürtel befestigt waren. Ihr langes schwarze Kopfhaar hielt ein seidenes, matt schimmerndes Stirnband zusammen, geschmückt mit gekräuselten Daunen und leuchtenden Perlen, während ihre mit Silberbändern bereiften Arme und Fesseln rhythmisch dem Takt der Musik folgten. Dabei schienen ihre nackten Füße über das Parkett zu schweben, leichtfüßig und erotisch.

Dezentes Licht und Nebelschwaden, die aus Bodenritzen und weißen Marmorbrunnen empor waberten, zeichneten das Bild in weicher Unschärfe und schufen den Hauch einer längst vergangenen Epoche. Eine traumhafte Kulisse mit Papageien, exotischen Singvögeln in weißen Volieren und einem zahmen Geparden fingen den nostalgischen Geist der Goldenen Zwanziger Jahre ein. Wie in Zeitlupe stahlen sich Darbietungen und Personen durch das Bühnenbild, unwirklich wie eine orientalische Szene aus 1001 Nacht, verwischten in märchenhafter Weise die Grenze zwischen Realität und Fantasie.

Nach der Tanzeinlage war ich gerade im Begriff frenetischen Applaus zu spenden, als Charine meine Hände energisch drückte und mich davon abhielt. Sie hauchte mir dabei liebevoll ins Ohr: „Das ist die zweite Regel: Kein Applaus! Genieße aber störe nicht durch Lärm. Und die dritte Regel will ich vorsorglich gleich mit verraten: Werde Teil des Spektakels."

Doch wie sollte ich Teil des Bauchtanzes werden, der nun folgte? Eine junge sehr attraktive Frau betrat die Bühne. Ihr Körper strotzte nur so vor

Weiblichkeit und Hingabe. Entgegen sehr üppig ausgestatteter orientalischer Bauchtänzerinnen, fiel sie durch ihre reizvoll akzentuierten Proportionen angenehm aus dem Rahmen. Ihr volles gelocktes Haupthaar zierte ein schlichter Perlenreif anstatt des üblichen Schleiers und weiße Netzhandschuhe bedeckten ihre Arme bis zu den Ellenbogen. Ansonsten bestach sie eher durch eine äußerst sparsame Bekleidung, die aus einem mit Pailletten besetzten schmalen Oberteil bestand, das jeder Erwähnung spottete und einem Tanga, der keine Fragen offen ließ und ihren glatt rasierten Venushügel mit einem Perlmutt glänzenden Bändchen mehr schmückte als bedeckte. Um ihren Bauch klimperten silberne Ketten während kleine Glöckchen jede Bewegung ihrer schmalen Fesseln begleiteten. Ihr ganzer Körper wiegte sich schlangenartig im Taumel der Musik, geschmeidig und voller Liebreiz. Eine perfekte Inszenierung, wie ich sie in dieser Grazie noch nicht gesehen hatte.

Nach dieser berauschenden Darbietung wechselte die Musikkapelle den Rhythmus und spielte Cha-Cha-Cha.

Beschwingt und untergehakt schlenderten wir zu einer der Bars, die in Farbe und Stil mit der gesamten Choreographie verwachsen schien. Der Tresen ähnelte in seinem tiefen Blau einem klaren Nachthimmel, an dessen Firmament zahlreiche Sterne wie Diamanten funkelten. Zapfhähne, Shaker, Gläser selbst die Kristall-Karaffen, die banale Spirituosenflaschen ersetzten, glitzerten in gleicher Brillanz wie alle übrigen Utensilien. Der attraktive Barkeeper, dessen weibliche Züge von seiner engen, weißen Livree noch mehr unterstrichen wurden, schwenkte und schleuderte die Mixer mit einer Fingerfertigkeit durch die Luft, die ihresgleichen suchen. Der süße Boy mit warmen Mandelaugen mixte auf Wunsch jeden Drink.

„Ich habe eine Idee, wir lassen uns für den heutigen Tag einen Erinnerungs-Cocktail mixen“, schlug ich Charine vor. „Was meinst Du?“

„Oh ja“, antwortete sie begeistert. „Wir nennen ihn dann ‚Five Days’. Wenn wir ihn später einmal trinken, werden wir uns immer an diese fünf Tage bis zu Deiner Abreise erinnern. Ein schönes Andenken, findest Du nicht?“

Auf einmal waren wir beim ‚Du’. Die Atmosphäre war so gelöst und vertraut, dass uns das gar nicht auffiel.

„Ich schätze, dann werde ich mir noch oft einen ‚Five Days’ zu Gemüte führen. Doch was nehmen wir als Zutaten?“

„Spontan hätte ich Lust auf Bitter Lemon als Basis“, meinte Charine.

„Dazu passt wohl am besten Wodka – doch dann hätten wir einen simplen Wodka Lemon. Zu einfallslos … das können wir nicht bringen“, überlegte ich.

„Richtig, das geht gar nicht“, stimmte Charine mir zu. „Da fehlt die Herznote. Ich schlage vor, einige cl Mandarinenlikör und Ananassaft beizugeben.“

„Mit einen Schuss Triple Sec abschmecken und ein wenig Limettensirup plus Eiswürfel … das rundet das Ganze ab“, vollendete ich unser Rezept voller Vorfreude.

„Fantastisch.“ Ohne weiter zu diskutieren, gaben wir die Bestellung auf. Der schwule Barkeeper grinste, nahm den Shaker und zauberte uns unseren ‚Five Days’, garniert mit einer Limettenscheibe.

„Klasse!“, meinte ich nach dem ersten Schluck voller Begeisterung.

„Nein, berauschend“, verbesserte mich Charine, kleine Schlucke des Cocktails schlürfend. „Vor allem an heißen Tagen werden wir noch oft an diesen Abend zurückdenken, wart’s nur ab.“ Sie sagte dies mit einem Unterton, der mir erst viel später ins Bewusstsein rückte.

Inzwischen schwenkte die Musik von schnell auf langsam und die leicht sentimentalen Klänge animierten zum Tanzen.

„Komm! …Wagen wir es“, sprühte ich vor Übermut, nahm sie bei der Hand und führte sie auf die Tanzfläche, die sich bereits zu füllen begann.

Körper an Körper, eng aneinander geschmiegt, drehten wir langsame Kreise. Meine Hände ertasteten ihren Körper, als hätte sie nichts an, was an ihrem seidenen Kleid lag, das wie eine hauchdünne Membran zwischen meinen Fingern und ihrer Haut hin und her glitt. Unsere Wangen näherten sich einander sachte und unsere Lippen tauschten vorsichtige Küsse aus.

Nach einigen Tänzen, die unsere Sinnlichkeit entfachten, wendeten wir uns wieder der Bar zu, nahmen schweigend einen frischen ‚Five Days’ und lehnten uns an eine der Marmorsäulen. Hand in Hand blickten wir verträumt auf die Tanzfläche, voller Scheu, die zärtliche Stimmung durch Worte zerreden zu können.

Kurz darauf verstummte die Musik, das Licht über der Tanzfläche erlosch, nur ein einziger Lichtstrahl wanderte, wie von Geisterhand gezogen, zu einer Nische, in der sich ein Paar eng umschlang und innig küsste. Vollkommen ungeniert gaben sie sich ihren Gefühlen hin, als wären sie allein in diesem Raum. Immer leidenschaftlicher wurden ihre Bewegungen, immer begieriger ihre Lippen. Die Atmosphäre begann fühlbar zu knistern und übertrug ein erotisierendes Prickeln auf die wie magisch gebannten Zuschauer.

Während das kurz geschnittene Haar der Gespielin einen schlanken Hals freigab, den ihr Liebhaber mit Hingabe küsste, markierte ihr seidenes Minikleid ihre betörenden Konturen und tänzelte, jeder Bewegung folgend, verführerisch nach unten und oben, so manches Mal ihr Gesäß freigebend - einen Slip trug sie nicht.

Immer intensiver, immer wollüstiger rieb sie sich an ihrem Partner und er an ihr bis sie es nicht mehr aushielten, sich die Kleider vom Leib zogen, um im Liebeswahn gänzlich zu ertrinken.

Ein leises Raunen ging durch die Reihen. Jeder wurde eingefangen, animiert, Teil dieses amourösen Abenteuers zu werden. Die Luft war geschwängert vom betörenden Duft erotischer Leidenschaft.

Ich bemerkte erst gar nicht, wie Charine behutsam meine Hände nahm und sachte auf ihren Unterleib legte.

Geistesabwesend liebkoste ich ihre Lenden. Erst allmählich wurde mir bewusst, wie aus einem fernen Traum erwachend, was geschah, mit uns geschah, wie unsere Körper sich aneinander schmiegten, wie unsere Hände, unsere Lippen sich suchten und fanden. Wir schmolzen dahin und bebten, als würde der Boden unter uns aufbrechen, aus dem sich die Leidenschaft der ganzen Erde über uns ergoss. Zeit und Raum existierten nicht mehr. Wie auf einer Wolke des Glücks schwebten wir erfüllt von ungezähmten Emotionen, frei jeglicher Hemmung. Die Scheu des Gesehen- und Entdecktwerdens wich im Zustand des Verschmelzens.

Als wir aus dieser tranceähnlichen Hingabe für einen kurzen Moment erwachten und sich der Schleier um unsere Augen lichtete, bemerkten wir, wie die Erregung durch das Animierpaar sich auf nahezu alle Paare übertragen hatte. Eine Dame, deren zwei Begleiter ihr zuvor die Füße massiert hatten, lag nun hingebungsvoll auf dem Diwan und ließ sich von ihren Loverboys nach allen Regeln sinnlicher Kunst verwöhnen. Andere taten es ihr gleich und tauchten in einen See überschäumender Gefühle.

Auch wir versanken von neuem in einem unbeschreiblichen Land inniger Vereinigung und Ekstase, klinkten uns einfach aus. Die Zeit blieb für uns stehen und wir nippten an der Ewigkeit.

5 ZERSTÖRTE ILLUSIONEN

Es war gegen 04:00 Uhr in der Früh, erfrischende Luft hing zwischen den Straßen Bangkoks, als mich Charine in meinem Hotel absetzte. Sie küsste mich zärtlich und entschwebte wortlos aber mit einem bezaubernden Lächeln in dem Taxi, dass uns chauffierte – wie eine Fee aus einem Fantasiefilm. In der Situation lag etwas Irreales, als wäre alles nur ein schöner Traum gewesen.

Zurück auf meinem ernüchternden, allzu ernüchternden Zimmer nahm ich eine Dusche und begab mich zur Ruhe. Zumindest hatte ich das vor. Dösend lag ich auf meinem Bett, mit geschlossenen Augen, aber hellwach. Die Rückblende der letzten Stunden fesselte mich zu sehr, als dass ich hätte einschlafen können. In meinem geistigen Auge durchlebte ich die prickelnden Momente erneut, Momente, die mich mit neuer Energie füllten und mich trotz der schlaflosen Nacht am Morgen erfrischt aufstehen ließen.

Eigentlich hatte ich vor, am kommenden Tag Schreibarbeit zu erledigen, ich gedachte die Kühle des Morgens zu nutzen, später gemütlich zu frühstücken und ein wenig zu relaxen. Das nächste Date mit Charine war erst für abends geplant, wobei mich allein der Gedanke daran in überschwängliche Vorfreude versetzte.

Doch wer stand schon gegen 07:30 Uhr vor meiner Tür? Charine. Mit Tränen in den Augen, völlig aufgelöst. Sie fiel mir um den Hals und schluchzte. Zuerst dachte ich, Reue und Scham hätte sie nach dem gestrigen Abend gepackt. Besänftigend streichelte ich ihre Wange, nahm ihren Kopf in beide Hände und küsste zart ihre Stirn.

„Was ist denn bloß los, was bedrückt Dich?“, fragte ich sie behutsam.

„Die Mädchen …“, stotterte sie total aufgelöst.

„Welche Mädchen?“, wollte ich wissen.

„Die vom Frauenhaus, man hat sie entführt.“

„Wie entführt?“, stammelte ich begriffsstutzig.

„Na entführt … Männer brachen ein, schlugen einige Frauen krankenhausreif und zwangen acht andere mit ihnen zu kommen.“

„Oh mein Gott, wie konnte das geschehen?“, versuchte ich mir Gewissheit zu verschaffen. Ich holte mein Taschentuch hervor und trocknete ihr die Tränen ab. Sie sah in diesem Moment so zerbrechlich aus.

„Sie wussten genau, wie sie vorzugehen hatten und wo sich die Sicherheitslücken am Haus befanden. Mit laufenden Motoren warteten vier schwere Limousinen gegen 03:00 Uhr morgens vor dem Gebäude, während mindestens sechs Männer ein von der Straße abgewandtes Fenster samt Rahmen mit Gewalt aus dem Mauerwerk stemmten und eindrangen. Mit großer Brutalität bemächtigten sie sich der Bewohnerinnen. Zwei der Frauen wehrten sich anscheinend besonders heftig. Die Gangster verletzten sie darauf so schwer mit Messerstichen, dass sie nun im Krankenhaus um ihr Leben kämpfen.“

Sie schluckte und holte tief Luft.

„Fünf weitere schwer verletzte Mädchen scheinen über den Berg und außer Lebensgefahr zu sein. Man hat sie geprügelt wie Vieh. Ihre Körper sind mit Prellungen übersät. Einige tragen Rippen-, Arm- und Nasenbeinbrüche davon. Überall bluteten sie aus Schnittwunden, die ihnen die Angreifer mit Messerhieben zugefügt hatten“, erklärte sie tief bewegt.

„Es ist so ungerecht“, seufzte sie verzweifelt. „Ich komme gerade aus dem Krankenhaus, keine will ihre Peiniger beschreiben, geschweige denn als Augenzeugin auftreten. Die Schlepper handeln wie Raubtiere, die ihre Beute wittern, um sie später zu zerreißen. Und ihre Opfer sind die Mädchen, denen die Angst zu tief in den Knochen steckt, um freiwillig auszusagen. Sie fürchten das organisierte Flechtwerk mit den überall versteckt sitzenden Handlangern, denen nichts heilig ist und die für ein paar Doller jeden ermorden. Aus dem gleichen Grund wollen die befragten Nachbarn nichts gesehen haben. Einige mutmaßten, es ginge um einen

Ausflug – um 03:00 Uhr in der Früh – Pah!", fügte sie mit verächtlicher Miene hinzu. „Die Schreie hatte angeblich niemand gehört."

„Das ist symptomatisch in solchen Situationen", murmelte ich vor mich hin. „Wie die drei Affen. Für mich sind es eigentlich vier: Nichts sehen, nichts hören, nichts sagen und nichts tun."

„Die Macht der Syndikate ist zu groß", fügte sie resigniert hinzu.

„So was Blödes" zischte ich durch die Zähne, „jetzt fällt es mir wieder ein."

„Was fällt Dir wieder ein?", fragte Charine mehr schemenhaft.

„Der Mann! … Als wir das Heim besuchten, bemerkte ich einen wenig Vertrauen erweckenden Asiaten, der das Haus genau zu mustern schien." Ich erzählte ihr, was ich gesehen und warum ich mir keine weiteren Gedanken darüber gemacht hatte.

„Jetzt fällt es mich auch wieder ein, wo mir die merkwürdige Gestalt zuvor über den Weg gelaufen ist. Sie führte während der Mittagspause in der Hotellobby des Narai ein kurzes Gespräch mit Rainhold, deshalb fiel sie mir auf. Ich dachte noch bei mir, beide die gleichen Gaunervisagen. ... Und was das Gute daran ist, ich kann die Person ziemlich genau beschreiben. Wenn sie tatsächlich etwas mit der Entführung zu tun hat, wäre das sicherlich von Nutzen", verkündete ich hoffnungsvoll. „Kennst Du zuverlässige Beamte bei der Polizei, oder stecken die allesamt unter einer Decke?", fragte ich Charine erwartungsvoll.

„Haken wir bei der BNC nach, die schmiert ja gezwungener Maßen den einen oder anderen Beamten. Ohne ‚Geschenke' geht hier nichts, musst Du wissen."

„Ja! … Vielleicht vermag Glen mehr zu bewirken, er kennt sich hier schließlich aus und pflegt seine Connections. Versuchen wir es … Komm!" Ich zog sie am Arm und rief ein Taxi.

„Zum Hotel Narai bitte", bat ich den Chauffeur auf Englisch.

Glen, der sein Büro im Hotel Narai betreibt, hörte sich unsere Äußerungen geduldig und mit wachen Augen an.

„Ich habe von dem üblen Zwischenfall bereits gehört", erklärte er missmutig. Seine Stimme vibrierte dabei vor ohnmächtiger Wut, seine Augen weiteten sich und Zornesröte stieg ihm in die Wangen.

„Nach diesem barbarische Akt wird sich kaum noch eine misshandelte Frau trauen, unsere Schutzhäuser aufzusuchen“, vermutete Glen nachdenklich. „Wenn wir jetzt nicht energisch durchgreifen, um den gepeinigten Frauen beizustehen, werden sie uns nie wieder vertrauen. … Diesen Bestien von Menschenhändlern muss endlich der Garaus gemacht werden“, grollte er entschieden, warf seine Stirn in Falten und schlug mit der Faust auf den schweren Mahagoni Tisch.

„Aber wie?“, fragte Charine pessimistisch. „Vielen erscheint das Gefängnis als das geringere Übel, weit besser als die quälende Armut, in der sie leben. Abgesehen davon sind die Verwahrungsanstalten überfüllt und es ist fraglich, ob die Häscher überhaupt inhaftiert werden. Dies ist nur bei Mord zu erwarten. Dennoch zählt ein Menschenleben für sie nicht. Es herrscht das Prinzip der Angst, die alle verstummen lässt. Diese allein reicht meist schon. Also, ich frage Sie, wie soll man eine Wand des Schweigens durchbrechen, wie Zeugen finden?“

„Womöglich hilft ein Phantombild“, warf ich ein, „Man wird doch wohl in der Polizeipräfektur einen Zeichner beschäftigen, oder?“

„Ich rufe sofort einen Bekannten bei der Behörde an, der schuldet mir noch einen Gefallen“, zeigte sich Glen hilfsbereit, griff zum Handy und wählte eine Nummer.

Nach einigen Sekunden schien die Verbindung aufgebaut zu sein.

„Hier Glen, ich brauche Deine Hilfe. Es ist dringend, können wir uns noch heute treffen? Wir brauchen zur Unterstützung einen Phantombild-Zeichner.“ Mit wenigen Worten schilderte er seinem Gesprächspartner die Situation.

Nach einem Moment der Stille meldete sich Glen wieder zu Wort: „Okay dann bis 11:00 Uhr im Revier. – Danke!“

„Was sagte er?“, wollte Charine wissen.

„Er besorgt einen Zeichner und wir treffen uns alle im Polizeipräsidium. Um 11:00 Uhr, wie ich am Telefon sagte.“ Nach einer kurzen Pause der Überlegung schlug er vor: „Kommen Sie, wir gehen schon mal runter in die Lobby und nehmen einen Kaffee, das wird uns vielleicht ein wenig beruhigen.“

Es galt, einen kühlen Kopf zu behalten und das bei tausenden von Bildern, die ungeordnet an mir vorbei schwirrten und keine Chance boten, einen klaren Gedanken zu fassen.

Mir fiel es schwer, zu realisieren, wie die armen Frauen und Mädchen, die wir tags zuvor besucht hatten und die so fröhlich und erleichtert schienen, durch den brutalen Überfall in ihre größte Enttäuschung gedrängt wurden. Was mögen diese armen Wesen alles durchmachen? Ich bemühte mich, sachlich zu bleiben und konzentrierte mich auf die Fratze des Asiaten. Ich musste versuchen, mich an jede Einzelheit zu erinnern, kein wichtiges Detail außer Acht zu lassen, was mir als Fotograph eigentlich nicht allzu schwer fallen dürfte. Die Phantomzeichnung musste unbedingt zur Ergreifung des Mannes führen. Eine andere Möglichkeit blieb uns leider nicht.

„Oh, ich könnte mir selbst in den Ar …, den Allerwertesten beißen“, sprudelte es dann aber aus mir heraus. Ich muss gestehen, ich war etwas verärgert über mich selbst. Wie konnte ich das bloß übersehen, denn es war nicht nur mein Phantombild, das uns helfen konnte. Aufgrund der Tatsache, dass Rainhold vermutlich den Asiaten kannte, konnte davon ausgegangen werden, dass er uns mehr über diese Person berichten kann. „Es ist noch nicht zu spät – hoffe ich zumindest“, rief ich den beiden zu, die mich erstaunt anblickten. Ohne mich genauer zu erklären eilte ich bereits zur Rezeption.

„Entschuldigen Sie bitte“, sprach ich den Concierge an. „Könnten Sie mir bitte sagen, ob Herr Rainhold Schachermair bereits abgereist ist?“

„Einen Moment bitte.“ Der Portier suchte eine Weile in seinem Computer und gab mir zu verstehen: „Herr Schachermair weilt noch im Hause, er hat noch nicht ausgecheckt.“

„Sehr gut … Danke!“

Glen und Charine, die mir inzwischen nachgekommen waren und neben mir standen, hatten die letzten Worte mitgehört. Glen, der von meiner Beobachtung mit Rainhold und dem Fremden noch nichts wusste, fragte mich erstaunt, was ich vorhätte. Mit knappen Sätzen berichtete ich ihm das Erlebte. Schlussfolgernd bestünde immerhin die Möglichkeit, dass Rainhold den Asiaten näher kennt und vielleicht weiß, wo sich dieser aufhält.

Ohne ein Wort zu erwidern, zog Glen sein Handy aus der Brusttasche, drückte die Wahlwiederholung und brauchte wieder nur wenige Augenblicke zu warten, bis sich der Gesprächsteilnehmer meldete.

„Hier noch mal Glen … es brennt. Du musst mit ein paar Beamten vorbeikommen und jemanden verhören. Vielleicht weiß er, wo sich einer der vermeintlichen Kidnapper befindet, zumindest scheint er ihn zu kennen“, rief er erregt in das Mikrofon seines Handys. Dann legte er auf und wendete sich uns zu.

Erleichtert bemerkte er: „Sie kommen“, wobei sich seine Mundwinkel zynisch verzogen.

Keine fünfzehn Minuten später parkte unmittelbar vor dem Hoteleingang ein Polizeiauto. Drei Uniformierte stiegen behänd aus und betraten rasch die Hotellobby. Einer von ihnen, ein schneidiger Typ, steuerte direkt auf Glen zu und reichte ihm freudestrahlend die Hand.

„Na, mein Freund, ist die besagte Person noch im Hotel?“, wollte er ohne Umschweife wissen.

„Ja!“ Glen trat einen Schritt zur Seite und stellte uns den forschen Ankömmling als Lieutenant Samak vor. Lässig gekleidet mit einem hellen Sakko aus feinem Sommerstoff, einem T-Shirt darunter und einer locker anliegenden Hose und Segeltuchschuhen neigte dieser sein Haupt zu einer leichten Verbeugung. Seine Gestik verriet erstaunlicherweise keine Spur von Unterwürfigkeit, wie sie sonst bei Asiaten anzutreffen ist. Samak strotzte nur so vor aufrichtigem aber keineswegs übertriebenem Selbstbewusstsein. Eine Persönlichkeit, die Autorität vermittelt, ohne mit den Muskeln spielen zu müssen.

Ohne Hektik, dafür sachlich und präzise übertrug er seinen Untergebenen Anweisungen, die umgehend ausgeführt wurden. Beide bezogen Posten, um ein ungehindertes Verlassen des Hotels unmöglich zu machen. Nach dem wir den Polizeioffizier unterrichtet und ihn über unser Wissen ins Licht gesetzt hatten, begab sich Samak zum Portier und wechselte einige Worte mit diesem. Sichtlich nervös führte dieser den Hörer des Haustelefons ans Ohr.

„Ah ja, Herr Schachermair, hier ist die Rezeption. Entschuldigen Sie bitte die Störung, Sie werden gebeten, in die Lobby zu kommen, man möchte Ihnen einige Fragen als eventuellen Zeugen stellen.“

Man sah deutlich, wie feine Schweißperlen auf der Stirn des Portiers Gestalt annahmen. Die Situation schien ihm sichtlich unangenehm zu sein.

Rainhold, der an der anderen Seite der Strippe hing, musste über dieses

Ansinnen wohl sehr aufgebracht sein. Zumindest verrieten dies der Gesichtsausdruck des Portiers und die Art, wie er den Hörer immer weiter vom Ohr weg hielt.

„Moment bitte, Herr Schachermair, ich gebe Ihnen den Police Lieutenant“, gab er sichtlich erleichtert zur Antwort.

„Hier spricht Police Lieutenant Samak, ich möchte Sie auffordern, unverzüglich in die Lobby zu kommen, wir haben einige Fragen an Sie!“, zischte er mit energischem Unterton, der keine Widerworte duldete. Sekunden später legte er zufrieden auf.

„Bitte, Glen, meine Dame und Herr Ferrol, wenn Sie sich besser ins Nebenzimmer zurückziehen würden. Ich halte es für ungünstig, wenn man gleich eine Verbindung zu Ihnen herstellen kann.“

Wir folgten der Empfehlung und beobachteten das Geschehen durch einen Türspalt.

Es dauerte nur wenige Minuten, bis Rainhold merklich erregt aus dem Lift stieg. Bevor er einen Schwall an Beschwerden loswurde, die ihm eindeutig auf den Lippen lagen, hob ihm der Leutnant die flache Hand entgegen. Diese unmissverständliche Geste in Verbindung mit der zielstrebigen Mimik des Polizisten, ließen Rainhold all seine Einwände hinunterschlucken.

Etwas freundlicher aber gleichermaßen unnachgiebig wies ihm der Polizeibeamte einen geeigneten Platz an, der eine ungestörte Befragung erlaubte.

„Mister Schachermair, so heißen Sie ja wohl … entspricht dies der Wahrheit?“

„Ja“, antwortete Rainhold kurz angebunden.

„Sie haben vor zwei Tagen in der Nähe des Hoteleingangs mit einem Mann gesprochen, einem Asiaten. Wer war das?“ drang er auf Rainhold ein.

„Ich habe mit vielen gesprochen, ich weiß nicht, was Sie meinen“, wich Rainhold patzig aus, wobei seine Stimme einen kehligen Ausdruck annahm, was seine Unsicherheit verriet.

„Es war gegen 11:45 Uhr kurz vor dem Mittagessen. Die Unterhaltung wurde mir als sehr bewegt geschildert. Außerdem befanden sich zu diesem Zeitpunkt keine weiteren Asiaten in der Hotellobby außer hinter der

Rezeption. Was haben Sie dazu zu sagen?“, bohrte Samak mit zusammengekniffenen Augen.

„Ich weiß wirklich nicht, was Sie meinen“, versuchte Rainhold der Befragung zu entgehen, sichtlich nervöser werdend.

„Vielleicht hilft Ihnen eine Personenbeschreibung des Mannes auf die Sprünge“, forschte Lieutenant Samak mit scharfem Unterton und illustrierte markante Details des Asiaten, die ich ihm kurz zuvor angegeben hatte.

Rainhold schluckte. Deutlich sahen wir, wie sein Adamsapfel rauf und runter rutschte.

„Ach, den meinen Sie“, zeigte er sich bemüht, sich aus der Affäre zu ziehen. „Der Mann ist mir völlig unbekannt. Er quatschte mich an, um mir eine Nutte anzudrehen, ein Pauschalangebot für eine ganze Nacht, äußerst günstig, ein williges Mädchen, für alle Praktiken offen, wie er mir versicherte. Sie verstehen? Drecks Zuhälter der!“, schimpfte Rainhold lautstark. „Nirgends ist man vor denen sicher.“

„Und, haben Sie bei dem Schnäppchen zugegriffen?“, fragte Samak lauernd.

„Ich habe natürlich abgelehnt“, behauptete Rainhold mit ernster Miene, als wäre das für ihn eine Selbstverständlichkeit.

Seine Körpersprache signalisierte hingegen, dass er log. Nur, wie sollte ich meine Annahme belegen? Wir konnten Rainhold unmöglich ohne handfeste Beweise anschuldigen. Als Teilnehmer dieser internationalen Konferenz, noch dazu unter der Schirmherrschaft der thailändischen Regierung, genoss er eine Art Status der Unantastbarkeit. Dadurch hatte er auch Zugang zu allen Berichten, hatte Kenntnis über die Lokalitäten der BNC-Einrichtungen. Sich dann vor Ort, ganz nebenbei während der Führung, alle Vorsichtsmaßnahmen einzuprägen, wär für ihn ein Leichtes gewesen. Schnell teilte ich den anderen meine Überlegungen flüsternd mit, schließlich durften wir keinesfalls gehört werden.

"Richtig!", stimmte mir Glen mit gedämpfter Lautstärke zu. Jeder Kongressteilnehmer wird über das Besuchsprogramm instruiert und weiß daher, wo sich das von uns vorgestellte Frauenhaus befindet. Alle weiteren Projekte, die sich unter der Obhut der BNC befinden, sind ihnen zum Glück nicht bekannt."

Während wir die Vernehmung Rainholds durch den Lieutenant weiter beobachteten, fragte ich mich insgeheim, jetzt doch etwas zweifelnd, ob Rainhold tatsächlich so weit gehen und Interna preisgeben würde? Oder handelte es sich um eine bloße Annahme von mir, geboren aus meiner Antipathie gegen ihn? Es wollte mir partout nicht in den Kopf, wie ein Mensch moralisch so tief sinken konnte. Allerdings zählt Rainhold zu den Menschen, die unter dem Mantel der Wohltätigkeit den Dolch des Eigennutzes tragen. Diesen Dolch hatte er mich spüren lassen, als ich mit nachweisbaren Fakten zu Veruntreuungen und betrügerischen Geschäftsgebaren von Rainholds Firmen an die österreichische Presse herangetreten bin. Die Affäre sorgte damals für einen erheblichen Wirbel, in dessen Strudel einige seiner ‚ehrbaren' Geschäftspartner mitgerissen wurden.

Rainhold sah sich dadurch in der Öffentlichkeit bloßgestellt und zur Gegenwehr genötigt. Nach dem Motto ‚Angriff ist die beste Verteidigung' zeigte er mich wegen Verleumdung und falscher Anschuldigung an, Freunde, die ihn dabei unterstützten, hatte er ja genügend. Nach anfänglichem Bangen, ausgelöst durch eine ungerechtfertigte Hausdurchsuchung meiner damaligen Wohnung in Wien, bei der man mich wie einen Schwerverbrecher behandelte, schöpfte ich wieder Mut. Da ich mir schließlich nichts vorzuwerfen hatte, sah ich dem Ganzen ziemlich optimistisch entgegen, und gewann, wie zu erwarten, den Prozess. Zu Rainholds Verdruss ging für ihn der Schuss nach hinten los, trotz seiner Verbindungen zu Politik und Justiz. Es blieb ihm nach dem Urteil nichts anderes übrig, als seine Scheinverträge zur Steuerersparung zu revidieren. Außerdem wurde einer seiner Hilfsorganisationen die Gemeinnützigkeit aberkannt. Damit handelte er sich neben einer saftigen Strafe eine erhebliche Summe an Steuernachzahlungen ein.

Doch Menschenhandel? War das seine Kragenweite? Ich haderte mit dieser Vorstellung und grübelte, wie ich Rainhold bezüglich der aktuellen Situation einzuordnen hätte. Dabei ging mir der einvernehmliche Gesichtsausdruck nicht aus dem Kopf, den Rainhold und der Fremde bei dem kurzen Gespräch in meinem Gedächtnis hinterließen.

„Ich wette, die kannten sich", unterbrach ich die Stille leise.

„Gibt es keine Möglichkeit Deinen ‚Freund' mit mehr Druck zu vernehmen?", fragte Charine auf ein gesetzliches Hintertürchen hoffend.

„Unter diesen Umständen wohl nicht", gab Glen zu bedenken. „Aber sehen Sie, Samak erhebt sich gerade, gleich werden wir mehr erfahren."

Ohne dem Vernommenen die Hand zu reichen, beäugte Samak sein Gegenüber, als wolle er mit seinem forschenden Blick in dessen tiefste Seele vordringen.

„Herr Schachermair, wir haben laut Kongressunterlagen Ihre Adresse aus Wien, und falls wir noch Fragen haben, werden wir uns an Sie wenden. Und seien Sie gewiss, wir werden noch Fragen haben", versicherte er grimmig, mit dem Unterton einer Drohung.

„Jeder Zeit zu Diensten Herr Lieutenant", versuchte Rainhold seine Unsicherheit zu überspielen. Spöttisch fügte er hinzu: „Der Arm des Gesetzes reicht ja überall hin."

Als er mit versteinerter Miene im Aufzug verschwunden war, traten wir aus unserem Beobachtungsposten und blickten Samak fragend an. Dabei beschlich mich ein mulmiges Gefühl. Ich spürte förmlich, wie sich hasserfüllte Blicke in meinen Nacken bohrten. Spielte mir meine Nervosität einen Streich, war ich vielleicht zu angespannt und sah schon überall Verräter und Verbrechervisagen? Ich verdrängte weitere Gedanken darüber als pure Einbildung. Es gab jetzt Wichtigeres.

„Wollen mal hören, was uns Samak zu berichten hat", sagte ich leicht nervös zu Charine.

„Tja, leider sind uns die Hände gebunden. Er verschweigt uns mit Sicherheit einiges, dennoch habe ich keine Handhabe, ihn hier festzusetzen", eröffnete uns Lieutenant Samak die missliche Lage.

Und nach einer Atempause fuhr er fort: „Wir werden ein Auge auf ihn werfen, auch wir nutzen Kontakte und Netzwerke. Dazu bräuchten wir allerdings mehr Daten zu seiner Person. Herr Ferrol, wissen Sie wo Herr Schachermair seinen Hauptwohnsitz hat? Ist das der in Wien? Hilfreich wären auch Angaben zu seinen Firmen. Wo sind seine Niederlassungen? Kennen Sie welche? Damit könnte ich den Computer füttern und sehen, was der so ausspuckt.

„Ja, kein Problem, da kann ich Ihnen weiterhelfen. Rainhold hat seinen Hauptwohnsitz in Wien, das ist korrekt, seine Firma ist allerdings in Singapur gemeldet. Diese Adresse kann ich Ihnen gleich geben", befleißigte ich mich, dienlich zu sein. „Des Öfteren fliegt er nach Kuala Lumpur, wo er geschäftlich zu tun hat, zumindest sehe ich ihn dort häufiger auf

Wohltätigkeitsveranstaltungen. Seine dortige Bleibe ist mir nicht bekannt. Ich könnte aber unsere dortige Pressestelle kontaktieren, mit der Bitte, Erkundigungen einzuholen. Im übrigen gehören zu seinen Hilfsprojekten mindestens drei Waisenhäuser, von denen ich Kenntnis habe. Eins auf Bali, eins in der Nähe von Manila und ein weiteres in Jakarta. Ich war selbst noch nicht dort und kenne die näheren Umstände nicht, kann Ihnen aber die Adresse raussuchen lassen.“

„Danke, das würde uns viel unnötige Sucherei ersparen. Wäre schön, wenn Sie sich der Sache umgehend annehmen könnten“, bat mich der Lieutenant eindringlich.

„Kein Problem, ich werde mich gleich auf meinem Zimmer darum kümmern“, versicherte ich ihm.

Im Moment gab es nichts weiter zu besprechen, morgen wüssten wir sicher mehr, womöglich auch noch heute, schließlich war es ja erst Mittag. Nach einer herzlichen Verabschiedung ging jeder seines Weges. Charine wollte dringend ins Krankenhaus zurück, um den beiden schwer verletzten Mädchen beizustehen. Glen fuhr sie dort hin. Er selbst beabsichtige, die Sachlage im Frauenhaus unmittelbar vor Ort zu begutachten, während Lieutenant Samak zur Polizeipräfektur aufbrach, nicht ohne zuvor meine genaue Beschreibung des Asiaten von einem seiner Kollegen aufnehmen zu lassen. Ich für meinen Teil verspürte reichlich Appetit und gedachte noch eine Kleinigkeit zu mir nehmen, bevor ich mich an den Laptop begeben wollte.

Nachdenklich schlenderte ich durch die Straßen auf der Suche nach einem passenden Lokal. Kleine Schnell-Imbisse gab es reichlich, nur konnte man dort nicht in Ruhe sitzen. Aus einer von Kochdünsten reichlich vernebelten, aber sauberen Thai-Küche roch es dann aber so verführerisch, dass die Entscheidung schnell fiel, weniger vom Kopf aus, als von Magen und Gaumen, in dem mir bereits das Wasser zusammenlief. Ich nahm an einem der wenigen freien Plastiktische Platz und bestellte mir ein Curry Huhn mit Reis, das bereits wenige Minuten später serviert wurde. Genüßlich verzehrte ich das feurig-scharfe Gericht und nutzte die Zeit, von meinem Smartphone ein Mail an René zu schicken, mit der Bitte, Nachforschungen zu Rainholds Holdings und deren Anschriften anzustellen. Was die Nachforschungen hier in Bangkok anging, so hegte ich arge Zweifel, ob sich die Maschinerie des Polizeiapparates der

Angelegenheit in dem Maße widmen würde, wie wir es erhofften. Waren wir doch Ausländer, öffentlich als „Falang“ beschimpft, mehr oder weniger unerwünscht, die sich obendrein in innere Angelegenheiten mischten. Alles andere als eine gute Voraussetzung für ein erfolgsversprechendes Gelingen unseres Vorhabens.

Eigenartigerweise bekam ich Rainhold hier in Bangkok nicht mehr zu Gesicht, er schien wie vom Erdboden verschluckt. Von der Rezeption erfuhr ich später, er sei kurz nach Mittag überstürzt abgereist. Begründete Verdachtsmomente gegen ihn, die ihn am Verlassen der Stadt hätten hindern können, lagen leider nicht vor. Ich schwor mir aber herauszufinden, was Rainhold mit der Sache zu tun hat. Sollte Rainhold sein Wissen tatsächlich an dubiose Leute weitergeben haben? Wenn ja, wäre das Ausspähen durch den Asiaten erklärbar. Rainhold hatte ja bereits am Vortage das Frauenhaus mit seiner BNC-Gruppe aufgesucht. Ganz unverfänglich. Und Zeit blieb ihm dabei genug, Daten über Sicherheitsvorkehrungen und Bewohnerzahl zu sammeln, um diese später weiterzuleiten. Zusätzliche Details auszuspionieren, gehörte dann wohl zum Aufgabenbereich des Asiaten. Eile schien geboten. Der Chao Pho, der thailändischen Mafia, durfte sehr daran gelegen sein, die Frauen, die ihnen schließlich viel Geld einbringen, so bald als möglich wieder unter ihre Fittiche zu bekommen. Jetzt lag es an uns zu handeln, schnell zu reagieren, um der Chao Pho die entführten Mädchen wieder zu entreißen, und zwar möglichst unversehrt. Wie man dem Asiaten habhaft werden könne, stellte ein weiteres Problem dar, das mich beschäftigte, aber unerwartet eine rasche Lösung fand.

Ich war schon auf dem Heimweg, als mich ein Anruf von Lieutenant Samak aufschreckte. Eine Streife habe auf der Mülldeponie eine Leiche mit durchschnittener Kehle gefunden. Dank meiner exakten Beschreibung von dem Asiaten, müsse es sich bei dem Toten um die gesuchte Person handeln. Außerdem hatte man der Leiche einen toten Fisch im Mund gesteckt. Ganz nach Manier der Mafia, erklärte mir der Lieutenant. Der Fisch im Mund bedeute, wer nicht schweigt wie ein Fisch oder Mist baut, der geht zu den Fischen. Eine Mahnung an alle, egal ob dem Clan zugehörig oder nicht. Die perfide Strategie der Einschüchterung funktionierte bestens. Kein Wunder, dass mir diese Nachricht auf den vollen Magen schlug. Kotzübel, von plötzlichen Kopfschmerzen geplagt zog ich mich in meine Herberge zurück, entriegelte meine Zimmertür, stand gerade im Begriff mich aufs Bett zu fläzen, als ich auf meiner blutverschmierten Bettdecke eine aufgeschlitzte Ratte bemerkte.

„Pfui Teufel", würgte es mich. Das war zu viel, ich hielt mir den Mund zu, rannte auf die Toilette und übergab mich.

Nach einer ergiebigen Magenentleerung und einem therapeutischen Glas Malt Whisky schienen meine Lebensgeister wieder in Schwung zu kommen, auch wenn ich wiederholt sauer aufstoßen musste. Ich telefonierte umgehend mit Glen, um ihm den Vorfall zu schildern. Dieser benachrichtigte seinerseits Lieutenant Samak und keine zehn Minuten später rief mich Glen zurück.

„Pascal, wir treffen uns in einer Stunde in Samaks Büro. Schaffst Du das? Zuvor solltest Du auschecken. Samak rät dir dringend, das Hotel zu wechseln. Er wird Dir ein sicheres empfehlen. Geht das klar, mein Lieber?"

„Ja, ja, geht klar!", wiederholte ich seine Worte hektisch und musste gallig aufstoßen.

Beim fluchtartigen Verlassen meines Hotels glaubte ich, heimlich beobachtet zu werden, konnte aber niemand Auffälligen ausmachen. Schnell zog ich meinen Fotoapparat heraus, stellte auf Video-Modus und filmte meine Umgebung, wobei ich die Kamera im Kreise schwenkte. Vielleicht würden ich oder die Polizei später ein Gesicht identifizieren können. Zumindest dürfte damit ein etwaiger Beobachter ziemlich verunsichert sein. Um zu verhindern, man könne mir die Aufnahmen abjagen, beabsichtigte ich ohne Umwege und vor allem unbelästigt ins Polizeipräsidium zu gelangen.

„Hallo Taxi!", brüllte ich in die Straße und winkte mit einem erhobenen Arm.

Ich sah, wie ein vorbeifahrendes gelbes Taxi bremste und auf mich zuhielt, während ein zweites in grüner Farbe, das auf der gegenüberliegenden Seite stand, mit Vollgas und quietschenden Reifen anfuhr, heranpreschte und dem Ersten zuvorkommen wollte. Gerade noch einen Unfall verhindernd, wich der Lenker des ersten Taxi aus und schimpfte wie ein Rohrspatz während der Mann im grünen Wagen kaum vom Vorfall berührt schien. Vielmehr versuchte er mit hartnäckiger Unverfrorenheit seinen Kontrahenten einzuschüchtern, indem er ihn anpöbelte und sich drohend gebärdete. Eigenartig übereifrig, der Bursche, dachte ich mir. Merkwürdig, wie er gewillt war, sich derart dreist vorzudrängen. Handelte es sich bei seinem Manöver um einen reinen Konkurrenzkampf oder steckten andere Absichten dahinter? Wie auch immer, der Drängler hatte meine Sympathie verspielt und ich stieg, ohne lange zu überlegen, in das erste Taxi. Ich hatte nicht vor, zu warten, ob und wie sich die beiden Streithähne einigten.

„Zum Polizeipräsidium bitte! Wenn Sie mich so schnell wie möglich und auf dem kürzesten Weg dorthin bringen, gebe ich Ihnen 10 Dollar extra“, bot ich dem Fahrer großzügig an.

Das ließ sich der Thai nicht zweimal sagen, trat aufs Gas und raste seinem wütenden Kollegen davon. Einige schnelle Kurven und brenzlige Situationen später erreichte ich wohlbehalten, wenn auch mit Angstschweiß durchnässtem Hemd, die Gendarmerie.

„Danke!“, brachte ich leicht stotternd über meine Lippen und reichte dem Fahrer den versprochenen Bonus, den er freudestrahlend in seiner Brusttasche verstaute. Er versuchte, mir noch etwas mitzuteilen, das ich leider nur halbwegs verstand. Wenn ich seine Gesten und den aufgeregten Tonfall seiner Stimme richtig interpretierte, hat uns das grüne Taxi eine Weile verfolgt. Die letzten zehn Minuten hätte er es allerdings nicht mehr gesehen.

Ich bedankte mich nochmals, vor allem für die Information, und stieg, mich vorsichtig umschauend, aus dem leicht muffig riechenden Taxi. Nach ein paar eiligen Sprüngen betrat ich die Polizeistation und fühlte mich gleich um einiges wohler.

„Ah, da sind Sie schon, Herr Ferrol“, begrüßte mich Lieutenant Samak. „Uns bleibt nicht viel Zeit, man ist Ihnen offensichtlich auf den Fersen. Dafür können nur zwei Gründe vorliegen, entweder möchte man Ihnen Angst einjagen, oder man beabsichtigt, Sie auszuschalten. Quasi als Warnung für eventuelle Nachahmer. Wer als Zeuge gegen die Mafia auftritt, riskiert sein Leben und da wäre es denkbar, mit Ihnen ein Exempel statuieren zu wollen - wie mit der fischbespickten Leiche."

„Das sind ja schöne Aussichten, was können wir dagegen tun und ist meine Begleiterin nicht ebenfalls in Gefahr?“, wollte ich mit Sorgenfalten auf der Stirn ängstlich wissen.

„Wir lassen sie gerade mit einem Einsatzwagen abholen … sie sind schon auf der Rückfahrt. Es geht ihr gut. Sie ist, wie man sich denken kann, nicht das Hauptziel der Verbrecherorganisation – das sind nun mal Sie, Herr Ferrol."

„Sehr beruhigend", erwiderte ich sarkastisch.

„Übrigens habe ich für Sie beide ein Safe House ausgesucht, in dem Sie sich die nächsten Tage aufhalten können. Ich stelle Sie unter Personenschutz, Tag und Nacht. Also machen Sie sich keine Sorgen. Übermorgen sitzen Sie im Flieger und haben bald die leidige Angelegenheit vergessen."

„Das wohl weniger", berichtigte ich ihn angespannt. „Ich fliege nach Mexiko und raten Sie mal, was dort auf mich wartet?"

„Keine Ahnung! … Ein Badeurlaub?", neckte er mich schon zuversichtlicher.

„Weit gefehlt, ich soll recherchieren, welche Auswirkungen das Organisierte Verbrechen, explizit der Drogen- und Menschenhandel, auf die Sicherheit der Touristen hat."

„Schick!" schnalzte er voller Ironie. „Da kommen Sie ja vom Regen in die Traufe, wie es in ihrer Sprache so treffend heißt."

„Sie sagen es, aber glauben Sie mir …", weiter kam ich nicht, wir wurden unterbrochen, denn jemand stieß die Tür auf. Charine stürmte herein und fiel mir um den Hals.

„Oh Pascal, ich hatte solche Angst um Dich, man hat mir auf der Herfahrt alles erzählt. Sieht nicht gut aus – aber Du lebst", überschlug sich Charine im hastigen Wortschwall.

„Halb so schlimm", bemühte ich mich, sie zu beruhigen und ehrlich gesagt - mich selbst auch.

Wenige Minuten später traf auch Glen ein.

„Mensch Alter, da hast Du ja echt Glück gehabt. Stell Dir mal vor, anstatt der toten Ratte hätte man Dir eine giftige Natter ins Bett gelegt. Du wärst nicht der Erste, der nach so einer innigen Bekanntschaft das Land der ewigen Träume aufsucht", scherzte er in seiner makaberen Art.

„Ja, ja Du mich auch …", konterte ich angefressen, wobei sich meine Augen angriffslustig verengten.

„Meine Dame, meine Herren", unterbrach Samak unser Geplänkel. „Seit dem Anruf von Herrn Riser war ich nicht untätig. Ich habe grünes Licht für unser Sonderkommando erteilt. Der Countdown hat bereits begonnen. In der Zwischenzeit fühlen Sie sich als meine Gäste. Im Nebenraum sind einige Erfrischungen bereitgestellt. Natürlich werden sie ständig über den Stand der Dinge unterrichtet. Ich muss mich jetzt für einige Stunden von Ihnen verabschieden, hoffe aber, Sie bald mit guten Neuigkeiten erfreuen zu können." Er drehte militärisch auf dem Absatz kehrt und verließ den Raum ohne weitere Worte.

Jetzt lief alles rasend schnell. Samak hatte einen Apparat in Gang gesetzt, der rasch und effektiv arbeitete, was ich nicht erwartet hätte. Binnen weniger Stunden mobilisierte er eine eigens für solche Fälle trainierte und bereitstehende Spezialeinheit und schlug zu.

Kneipen, Bordelle, Geschäftsräume, Wohnungen und Tarnfirmen wurden zeitgleich ausgehoben und durchsucht. Die Zeit für Maulwürfe der Chao Pho war zu knapp bemessen, um alle Bosse rechtzeitig vor der Polizeiaktion zu warnen und Spuren zu verwischen – der Aktionsplan wurde viel zu schnell abgespult und lief obendrein wie am Schnürchen. Das Ergebnis konnte sich entsprechend sehen lassen: 58 Personen vorläufig festgenommen, davon einige länger. 65 illegal eingewanderte Frauen und 12 Minderjährige wurden aus den Klauen des Verbrecherrings befreit. Sie wurden sofort in betreute und polizeilich gesicherte Unterkünfte überführt.

Durch die Razzien deckte man ein breit gefächertes System an Helfern und Helfershelfern auf. Darunter befanden sich Import- und Export-Firmen, Restaurantketten sowie Lebensmittelhändler. Die Spuren führten unter anderem nach Frankreich, Holland und Rumänien. Einige Frachtbriefe, laut denen Fleisch aus Italien und Pharmazeutika aus Frankreich importiert wurden, machten mich hellhörig. Wir war schon klar, dass die Papiere, die man in einigen Transportunternehmen konfisziert hatte, durchaus der Wahrheit entsprechen konnten, denn der Handel, vor allem der Import und Export dienten häufig der Tarnung und der Geldwäsche. Aber ob das wirklich der alleinige Inhalt war, möchte ich bezweifeln. Vor allem die Routen aus Frankreich interessierten mich. Marseille war hier meist der Ausgangshafen. Ich schrieb mir alle französischen Liefer- und Transportfirmen auf, die den Begleitbriefen zu entnehmen waren und schickte eine Kopie der Liste nach Paris zu Pierre mit der Bitte zur Überprüfung. Und hier in Bangkok waren es Samak und

Glen, die sich der Sache annahmen - sie wussten, wie wichtig mir das war.

Samak meinte mit drohender Stimme: „Wer sich mit uns anlegt, bekommt es hart und unerbittlich zu spüren.“

Ein Umstand, der nicht zuletzt Charine und mir zugutekam. Jeder wusste, sollte irgendein voreiliger Heißsporn uns etwas antun, implodierten die Umsätze des Syndikats für Wochen zu einem Vakuum. Eine Bedrohung für unseren Leib und unser Leben grenzte daher nahezu an der Unwahrscheinlichkeit.

Erneut wurde mir allzu bewusst, wie wichtig es ist, zuverlässige Personen zu seinen Freunden zählen zu dürfen, mit ihnen ein eigenes gut organisiertes Netzwerk aufzubauen und vor allem zu pflegen. Erst dann ist man in der Lage, sich adäquat gegen Übergriffe, sei es durch Verbrecher oder durch Staatswillkür, zu schützen. Nur wer den Rückhalt eines eigenen, einflussreichen Clans genießt, darf auf gerechte Behandlung durch die Justiz hoffen und erhält die Chance, im staatlichen Gewalten-Dschungel zu überleben.

Wieder auf die jetzige Situation zurückkommend, beschäftigte mich eine andere Frage.

„Lieutenant Samak entschuldigen Sie bitte, ich hätte noch eine Frage. Warum werden Razzien als Präventivschläge nicht häufiger durchgeführt? Würde dadurch nicht die Methode der Abschreckung greifen?“

„Erstens fehlt schlicht das Geld dazu, die Regierung finanziert uns nicht so, wie sie sollte und könnte. Zweitens: Je höher die Frequenz der Aktionen, desto höher die Zahl der eingeschleusten Maulwürfe. Drittens würden wir durch solche Vorgehensweisen die Situation derart verschärfen, dass nicht korrupte Mitglieder unserer Einsatztruppe vermehrt mit Morddrohungen zu rechnen hätten.“

„Warum teilt man Ihnen keine ausreichenden finanziellen Mittel zu?“, fragte ich überrascht.

„Das, mein lieber Herr Ferrol, ist eine Frage, die ich mir täglich stelle. Die einzig plausible Antwort, die ich finde, lautet: Die Politik ist zu eng mit der Mafia verstrickt. Beweise habe ich bis dato keine, Vermutungen sowie Anhaltspunkte genügend.“

Nach einer Pause des Abwägens gestand er: „Mein Vorgänger, der anscheinend zu tief im Wespennest gestochert hatte, wurde seines Amtes enthoben, hat alle Pensionsansprüche verloren und lebt seither von der Hand in den Mund. Einige treue Verbündete, zu denen ich mich zähle, unterstützen ihn, wo sie können, finanziell, durch Zusprache und psychologische Betreuung. Wir sind eine verschworene Gemeinschaft, wir lassen niemanden hängen. Nur so wagen wir uns zu Schritten, die ein Einzelner aus Angst nie in Betracht zöge."

„Ein Kampf an zwei Fronten, den Sie da ausfechten müssen", stellte ich verbittert fest. „Ihr Risiko, Schaden an Leib und Leben zu nehmen, ist doppelt so hoch, denn man bekämpft Sie von vorne, seitens der Chao Pho, wie aus den eigenen Reihen, also heimtückisch von hinten. Auf beiden Seiten lauern Heckenschützen."

„Kann man so sehen. Nicht zu vergessen die ständige Bespitzelung. Man weiß einfach nicht, wem man noch vertrauen kann. Sie müssen wissen, Herr Ferrol, die Chao Pho, was so viel wie 'Pate' bedeutet, ist neben der Red Wa, die größere Verbrecherorganisation in Thailand. Sie erfreut sich vieler Verbündeter in führenden Schlüsselpositionen, bei der Polizei, beim Militär, in kommunalen Verwaltungen und im Parlament. Wir unterscheiden 39 einzelne Familienclans in 77 Provinzen, die aber alle in Kooperation zueinander stehen. Ihre Finger haben Sie überall drin, in jedem schmutzigen Geschäft, wie die Mafia in anderen Ländern. Ob es sich um Drogen- und Menschenhandel, um Prostitution, um illegales Glücksspiel, oder Schutzgelderpressung handelt, ist ihnen egal, Hauptsache die Sparte erweist sich als lukrativ."

Samak klang bei seinen Worten sehr deprimiert, rappelte sich jedoch nach einer kurzen Atempause auf und unterbreitete uns einen Vorschlag: „Der Moment ist günstig, alle sind in Aufruhr und die Organisation des Gegners weist erhebliche Unordnung und Lücken auf. Es wäre zweckmäßig, diese Situation dafür zu nutzen, Sie und Charine in eine sichere Unterkunft zu geleiten – kommen Sie!"

Wir folgten ihm in den Keller, was mich zuerst sehr erstaunte, sah aber bald den Sinn darin. Ein geheimer Gang führte durch das unterirdische Bangkok, entlang stinkender Abwasserkanäle mit Myriaden von Ratten. Charine beherrschte sich tapfer angesichts dieser ekelhaften Nacktschwänze. Die wenigen Hundert Meter kamen uns vor wie ein Hindernislauf über kilometerlangen Morast und stechend schmeckenden Unrat. Endlich, viele Abzweigungen weiter, verließen wir das bedrückende

Wirrwarr nasskalter Kanäle und erklommen die rutschige Stiege zum Hinterzimmer eines kleinen Restaurants, das nach typischer Thaiküche roch. Unbemerkt, als kämen wir gerade von der Toilette, nahmen wir nacheinander, in Abständen von einigen Minuten, an einem Ecktisch Platz, der von der Straße her schlecht einsehbar war.

Samak senkte leicht den Kopf, schaute sich forschend um und raunte uns, nachdem er sich versichert hat, dass kein Fremder zuhört, leise zu: „Vor der Tür steht ein verbeulter roter Toyota mit getönten Scheiben und laufendem Motor. Wir werden uns jetzt unverzüglich dorthin begeben. Wenn Sie gleich das Lokal verlassen, unterhalten Sie sich möglichst ungezwungen, vermeiden Sie hektische Bewegungen und angstvolle Blicke. Tun Sie ganz unbekümmert. Ich werde vorne einsteigen, Sie hinten. Alles klar? … Oder haben Sie noch Fragen?“, wollte der Lieutenant wissen.

„Von mir aus kann's losgehen“, bestätigte ich Samaks Frage mit einem unterdrückten Glucksen, um ein weiteres Aufsteigen der Magensäure zu verhindern, denn mir war immer noch schlecht - eigentlich, wenn ich es richtig besah, noch übler als zuvor. Nachdem Charin ebenfalls zustimmend genickt hatte, kommandierte der Lieutenant:

„Also, dann Marsch!“

Leise lachend, im Gespräch vertieft, drängten wir nach draußen und verschwanden einen Moment später im wartenden Wagen, dessen Sitze angenehm nach Lederwachs rochen. Die Limousine beschleunigte verhalten, um ja kein Aufsehen zu erregen. Neugierige Zuschauer sollten glauben, man hätte keine Eile, nichts würde einen treiben – unbedeutende Passagiere eben.

„Wir nehmen einige Umwege in Kauf und legen den einen oder anderen Stopp ein, damit wir ganz sicher gehen können, von niemandem verfolgt zu werden“, erklärte uns Samak.

Die Strecke schien endlos. Wir fuhren vorbei an bunten Fassaden, von denen der Putz bröckelt, unter überladenen Wäscheleinen hindurch, die man von Straßenseite zu Straßenseite, von Haus zu Haus gespannt hatte. Stromleitungen, die aus Hunderten von Einzelkabeln bestehen und wie Lianen wild kreuz und quer verlaufen, drohten jedem Augenblick auf uns herabzustürzen, uns wie Schlangen zu umwickeln. Wir passierten verwinkelte Gassen, die einen penetrant süßlich-sauren Geruch verbreiteten, weiter über Kopfsteinpflaster mit zahllosen Schlaglöchern, die kleinen Teichen ähnelten, gefüllt mit brauner, übel stinkender Brühe. Die ganzen Gassen rochen einfach bestialisch und das, wo mir schon schlecht genug war.

Charin meinte mitleidig: „Pascal, Du bist kreidebleich, kann ich Dir helfen?“

„Nein danke, ist nur eine vorübergehende Übelkeit“, wehrte ich ab.

Endlich verließen wir die verwinkelte Altstadt und nutzten für etwa zwei Kilometer einen vierspurigen Stadtring, der uns einen Blick auf exklusive Einkaufszentren und monströse Wolkenkratzer gestattete.

Und schon stachen wir erneut in überfüllte Nebenstraßen, die im stockenden Verkehr zu ersticken drohten, einmal nach Osten, dann nach Westen, zuletzt nach Norden. Ich fühlte mich verlaufen wie in einem Irrgarten. Mehrmals glaubte ich, dasselbe Gebäude zu erkennen. Ich hatte jegliche Orientierung verloren. Nach weiteren zehn Minuten bog der leise schnurrende Sechs-Zylinder-Diesel in den Hinterhof eines alten Stadthauses – wir hatten unser Ziel erreicht.

„Ich rate Ihnen beiden, die nächsten Tage hier zu verbringen. Das gilt gleichermaßen für Sie, Charine“, drängte Samag inständig. „Herrn Riser hohle ich später ab, ich gehe davon aus, Sie haben noch einiges zu bereden.“

Angst beschlich mich, Angst um Charine. Was würde sein, wenn ich weit weg im sicheren Ausland bin. Sie wäre weiterhin der Gefahr ausgesetzt, Opfer eines Anschlages zu werden. Allerdings bin ich der Zeuge und nicht Charine, ich bin es, auf den die Gangster es abgesehen haben, allein mein Verschwinden machte für diese einen Sinn. Für Charine bestünde folgerichtig nur dann Gefahr, wenn sie sich in meiner unmittelbaren Nähe aufhielte und damit zum Kollateralschaden werden könnte - oder als Druckmittel, was ich bisher nicht bedacht hatte.

Beunruhigt stellte ich die Frage: „Was meinen Sie, Herr Samak, kann Charine nach meiner Abreise wieder in ihr Appartement zurückkehren, oder besteht für sie weiterhin Gefahr?“

„Ich bin der Überzeugung, für Madame Charine liegt kein Grund zur Sorge vor“, wobei er sich ihr zuwendete. „Ich möchte Sie allerdings darum ersuchen, die nächsten Tage diese Unterkunft nicht ohne meine Erlaubnis und schon gar nicht ohne Leibwache zu verlassen. Wenn Sie irgendetwas benötigen, geben Sie dem Wachposten einfach Bescheid. ... Ah ja, noch eines: Keine Telefonate, schalten Sie ihre Handys aus und entfernen sie die Sim-Karte. Ich bringe Ihnen ein Krypto-Handy vorbei, das nicht oder zumindest fast nicht abgehört werden kann, schlecht zu orten ist, keinen Besitzer hat und damit nicht mit Ihnen in Verbindung zu bringen ist."

„Wir werden es uns hier schon gemütlich machen", meinte ich sarkastisch mit einem Unterton der Resignation.

Wir bemühten uns, dem Hausarrest das Beste abzugewinnen, wir hatten schließlich uns. Allein gelassen, inspizierten wir die Räumlichkeiten unseres Unterschlupfs und fanden ein gemütlich eingerichtetes Schlafzimmer, das uns einlud, die Bequemlichkeit der Matratzen nebst ihrer Sprungfedern ausgiebig zu erproben. Lange beschäftigte uns diese Testreihe, die uns die beiden nächsten Tage angenehm versüßte. Zwischen Essen, Trinken und Testen vergingen die Stunden wie im Flug, der mir sinngemäß bevorstand.

Es war soweit: „Flight Number AF 3768 ready for boarding", tönte krächzend der Lautsprecher. Ich hasse Abschiedsszenen ganz im Allgemeinen und von lieb gewonnenen Personen im Besonderen. Es schmerzt, das Herz schlägt Purzelbäume und die Gefühle spielen verrückt. Wenigstens wusste ich Charine in guten und starken Händen, denen von Glen.

6 IN DER SCHUSSLINIE

4 p.m. Phoenix Sky Harbor International Airport, Arizona. Ein Mann erwartete mich am Flughafen, hielt sein Schild eifrig in die Höhe. Darauf mein Name in Großbuchstaben gekritzelt. Sportlich gekleidet mit schlaksigen Bewegungen marschierte er auf und ab, während er gespannt die ankommenden Personen musterte. Man musste ihm ein Bild von mir gemailt haben, so gezielt, wie er plötzlich auf mich zusteuerte.

„Herr Ferrol?"

„Ja, das bin ich, warten Sie schon lange?", fragte ich ehrlich interessiert. Der Flieger hatte nämlich fast eine Stunde Verspätung.

„Nicht der Rede wert, ob ich hier oder im Büro warte, ist egal. Ich werde pro Tag bezahlt, Rumstehen wird nicht abgezogen", antwortete er lakonisch.

„Ich fahr Sie als Erstes ins Büro, man erwartet Sie schon ungeduldig."

Etwa zwanzig Minuten später stand ich Fernando Ruiz gegenüber, dem Chefredakteur der Presseagentur MPA: Mexican Press Agency, mit dem ich schon öfters zu tun hatte. Aus Gründen der Sicherheit leitet er von den USA aus seine Agentur. In Mexiko müsste er mit zu vielen Repressalien rechnen.

„Herr Ferrol, freut mich Sie wohlbehalten wiederzusehen. Hat Sie Señor Flaubert bereits instruiert?", fragte er mich ohne Umschweife und bot mir einen Sitzplatz an.

„Nur insofern, dass die Angelegenheit als äußerst prekär einzustufen ist.

Es ginge um die Verflechtung von Menschen- und Drogenhandel im mexikanischen Grenzland, ein Thema, zu dem ich gerade recherchiere. Auch gäbe es Spuren, die nach Osteuropa führten, mehr weiß ich nicht."

„Ich habe Ihnen ein Dossier zusammengestellt. Hier in dieser Mappe finden Sie alle nötigen Fakten. Lesen Sie später alles in Ruhe durch", instruierte mich Ruiz kurz und reichte mir die Schriftstücke.

„Vorab erlauben Sie mir noch einige Bemerkungen. Ihnen dürften die Drogenprobleme, mit denen wir in Mexiko zu kämpfen haben, nicht unbekannt sein. Seit 2006 forderten die Auseinandersetzungen konkurrierender Drogenkartelle 80.000 Todesopfer. Im Rahmen dieser Drogenkriege kam es zu Entführungen, Erpressungen und Zwangsprostitution. Das Drogengeschäft war bisher das einträglichste Geschäft überhaupt. Seit neustem konkurriert ein anderer Branchenzweig um diesen Platz – der Menschenhandel. Um sich dieses Geschäft nicht entgehen zu lassen, haben sich Drogen- und Menschenhändler zusammengeschlossen und den Markt aufgeteilt. Nicht allein in Mexiko, sondern weltweit. Mexiko bietet mit seinen korrupten Strukturen die besten Voraussetzungen für diese Aktivitäten."

Ich horchte auf. „Wieso gerade Mexiko, Korruption gibt es doch überall?", fragte ich erstaunt.

„Einerseits ist Mexiko Transitland für Flüchtlinge aus armen Ländern. Der Traum von einem besseren Leben lockt sie in die USA und nach Kanada. Oft unter erbärmlichen Umständen dahinvegetierend, sind sie die perfekten Opfer und empfänglich für die Verlockungen redegewandter Verführer. Den Schleppern erst einmal auf den Leim gegangen, ist es bereits zu spät. Für den Transport mit all seinen ‚Nebenkosten' häufen sich ihre Schulden gegenüber den Schlepperbanden zu horrenden Summen an. Es bleibt ihnen nichts anderes übrig, als sich zur Prostitution, Sklaverei oder als Spender von Organen zu verdingen – der Preis der Hoffnung."

„Ein internationales Problem, das, wie mir scheint, immer mehr an Vehemenz und Grausamkeit gewinnt. Ich erinnere mich an eine Pressemitteilung der Deutschen Presse Agentur, ich glaube aus dem Jahre 2001. Darin wird berichtet, dass nach Erkenntnissen italienischer Fahnder die italienische Mafia in den internationalen Organhandel eingestiegen sei. Der Umschlagplatz im Organhandel liege häufig in Osteuropa. Von dort verfrachtet man Mädchen und Frauen wie Vieh in die ganze Welt. Die ortsansässigen Partner in diesem dreckigen Geschäft warten bereits gierig", bemerkte ich zähneknirschend.

„Und in meinem Land ist es nicht anders", vervollständigte Fernando seine Ausführung. „Tausende von Frauen und Kinder werden alljährlich zur Prostitution oder Sklavenarbeit gezwungen. Selbst vor Babys wird nicht haltgemacht – viele kinderlose Paare in den USA sehnen sich nach einem Kind. Die Justiz begünstigt sogar den Menschenhandel, indem sie viel zu geringe Strafen verhängt. Im Falle einer Verurteilung landen Übeltäter, die im Handel mit Frauen verwickelt sind, nicht im Gefängnis wie die Drogenhändler, sondern kommen meist ungestraft davon."

Er machte eine kurze Pause, zog kräftig an einer aromatischen Zigarre, um kurz darauf mit seiner Erklärung fortzufahren.

„Das Ganze funktioniert deshalb so reibungslos weil auf der Schmiergeldliste der Kartelle unter anderem Personen des öffentlichen Dienstes stehen. Erst 2003 wurden 2.200 Beamte der Policía Federal Preventiva, kurz PFP, vergleichbar mit der Bundesschutzpolizei, wegen Bestechlichkeit entlassen. Im Jahre 2006 wurden alle regionalen Kommandanten der PFP des Amtes enthoben und 2010 mussten weitere 4.600 Beamte ihren Hut nehmen.

Die Zetas, eine der einflussreichsten Drogenkartelle, unterhält ein fein gesponnenes Netzwerk bis hin nach Europa. Laut EUROPOL sind Los Zetas und Sinaloa zum Global Player aufgestiegen. Sie haben sich mit den Kartellen Kolumbiens zusammengetan und neue Wege nach Europa erschlossen. Die Pazifikroute wird vom Sinaloa-Kartell mit Hauptsitz in Acapulco kontrolliert. Ihr Oberhaupt ist Joaquín alias „El Chapo" Guzmán, einer der reichsten Männer der Welt. Die Golfroute liegt in der Hand konkurrierender Golfkartelle, vor allem der Zetas, die sich aus ehemaligen Elitesoldaten rekrutieren und sich durch besondere Brutalität hervorheben. Mit Speedbooten schmuggeln sie Drogen über die Cap Verdischen Inseln nach Westafrika. Von dort weiter über neu erschlossene Lieferrouten nach Europa, das den USA und Kanada mittlerweile den Rang im Drogenkonsum abgelaufen hat. Die alten Handelswege werden aber weiter genutzt, um Drogen über Kanada und Island in Europa einzuführen.

Los Zetas importiert z.B. Frauen aus Nordosteuropa nach Mexiko. Die Bezahlung erfolgt mit Kokain. Die Infiltration aller Behörden mit korrupten Informanten ermöglicht es, dass ihnen nur schwer das Handwerk zu legen ist, denn die Kriminellen werden rechtzeitig vor Razzien gewarnt. Ihnen bleibt also hinreichend Zeit, belastendes Material ihrer kriminellen Machenschaften verschwinden zu lassen. Unter diesen Umständen besteht kaum eine Chance, ihnen Straftatbestände nachzuweisen. Niemand läuft ernsthaft Gefahr, gefasst, angezeigt oder gar verurteilt zu werden. Und damit dieses System funktioniert, wird jeder liquidiert, der sich nicht an die Regeln hält."

„Es ist nicht zu fassen, in was für einem Sumpf wir leben", äußerte ich bedrückt. „Waren es nicht auch Mitglieder des Sinaloa-Kartells, die in Spanien festgenommen wurden? Kurz zuvor hatten Fahnder 373 Tonnen mexikanisches Kokain in Algeciras beschlagnahmt. Nicht Kilogramm, sondern Tonnen. Das bestätigt ihre Aussage von den neuen Routen über Westafrika. - Ich komme, wie Sie ja wissen, direkt aus Bangkok. Dort fristen viele Frauen, die ebenfalls aus Osteuropa verschleppt wurden, ihr Sklavendasein. Der internationale Menschenhandel liefert weltweit sein ‚Frischfleisch'. Die einzige Chance liegt in der ständigen Präsenz der Polizei, die so oft sie kann, Razzien durchführt. … Und", fuhr ich nach kurzer Pause fort, „die Menschen müssen mehr Zivilcourage zeigen, gegen die Gangster aussagen und in Zeugenschutzprogramme überführt werden."

„Herr Ferrol, Zeugenschutzprogramme sind so marode, wie der ganze korrupte Beamtenapparat selbst. Die Geheimhaltung ist so lückenhaft und durchsichtig wie ein Schweizer Käse. Ein wirklicher Schutz kann nicht garantiert werden, weder in Mexiko, noch in den USA. Außerdem ist es illusorisch, zu glauben, wir hätten für so viele Zeugen genügend Geld, geschweige denn neue und gesicherte Identitäten.

Aber das soll nicht ihre Sorge sein, Ihre Aufgabe als Zivilist besteht nicht darin, Vergehen aufzudecken, sie sind kein Polizist. Sie können gerne ihre Privatrecherchen durchziehen aber immer unter dem Deckmantel Ihres eigentlichen Auftrags. Und der lautet: Herauszufinden, wie viele Straftaten an Urlaubern aktenkundig sind und die Stimmung der Touristen aufzufangen. Viele Amerikaner und Kanadier überwintern an den sonnigen Küsten der Baja und bringen reichliche Devisen. Der Touristen-Boom hat sich bereits gelegt, vor allem in Anbetracht der verheerenden Zustände in Acapulco, wo täglich mit Schießereien und Entführungen zu rechnen ist - die Menschen haben schlichtweg Angst. Fallen die Touristen gänzlich aus, wäre das ein herber Rückschlag für die öffentlichen Kassen. Die Behörden hätten noch weniger Geld zur Verfügung, um ihren Kampf gegen die

Organisierte Kriminalität zu finanzieren. Die gesamte Region hätte darunter zu leiden – die Mafia zahlt ja keine Steuern."

„Okay, wo soll ich anfangen?"

„Vor dem Haus steht ein Mietwagen für sie bereit. Hotelzimmer sind gebucht. Die Adresse finden Sie auf dem Briefumschlag, den ich Ihnen vorhin gegeben habe. Ruhen Sie sich heute aus, die nächsten Tage werden anstrengend - glauben Sie mir. Morgen fahren Sie dann in den Ferienort Puerto Peñasco, wo der Drogenhandel vermehrt das Alltagsleben US-amerikanische und kanadische Bürger verunsichert. Sehen Sie zu, was sie herausfinden, wie hoch der tatsächliche Gefährdungsgrad ausfällt. Wir benötigen ausreichend Bildmaterial. Dann schreiben Sie einen Artikel für das Travel Magazin „OUTLAND", den wir parallel dazu ans Auswärtige Amt weiterleiten werden."

„Kein Problem, werde ich machen", bestätigte ich ihm meinen Auftrag, verabschiedete mich und fuhr zum Hotel, wo ich umgehend eincheckte.

Es folgte eine weitere miserable Nacht, was sich allmählich zu einer lästigen Gewohnheit entwickelte. Das Frühstück mit lappigen Pancakes und einem Schluck heißem Wasser, der dem Begriff Kaffee spottete, konnte das weiß Gott nicht wettmachen.

Mit dumpfem Schädel suchte ich auf der Karte den Ort Puerto Peñasco im Staate Sonora. Ich wusste lediglich, dass er an der Küste liegt. Endlich fündig, packte ich meine Reisetasche und senkte mich in die unbequeme Blechkiste mit Namen Pontiac, um über die Interstate 10 erst nach Westen und dann die State Route 85 nach Süden zu nehmen. Über Gila Bend durch typische Westernlandschaften mit Tausenden von Kakteen, die Grenzstadt Sonoita passierend, weiter nach Puerto Peñasco.

Dort angekommen, suchte ich das am Ortsrand gelegene Hotel auf, in dem man für mich ein Zimmer reserviert hatte. Es war einfach, aber sauber, Pierre kannte ja meine Vorlieben. Allerdings, was die Einrichtung anging - ehrlich gesagt, das muss man schon mögen. Selbst ich, der den Null-Sterne-Komfort noch für passabel hält, musste bei diesem Anblick erstmal schwer schlucken. Die Wände des schlauchförmigen Zimmers glänzten in einem schmierigen Pastell-Grün, wenigstens zwei davon, die seitlichen. Die zur Straße mit einem Sprossenfenster schimmerte in Ocker, wie die Decke, während die Türseite mit einem Kaminrot die Farbpalette abschloss. Die Möbel dazu verliehen ein Ambiente, das einer Altherrenkammer alle Ehre gemacht hätte. Ein schwerer dunkler Schrank, vermutlich aus dem vorletzten Jahrhundert, so heruntergekommen wie er war, stand platzraubend mitten an der einen Seitenwand. Das ihm gegenüberliegende Bett, ebenfalls aus schwarzbraunem Holz in spanischem Stil, vermutlich einer Grabkammer entliehen, schien bei erster Betrachtung ganz bequem zu sein. Bei einem Testliegen stellte sich jedoch heraus, das die Matratze völlig durchgelegen war. Am Kopfende zwischen Bett und Fenster thronte eine wuchtige Kommode mit quietschenden Schubladen, die geöffnet einen muffig-seifigen Geruch verbreiteten. Dieser Umstand riet mir, Hemden und Unterwäsche besser in der Reistasche zu belassen.

„Das werden wieder Nächte werden, wie ich sie hasste, schlaflos und meinen Rücken marternd“, ahnte ich grummelnd. Das Schönste an dem bunten Wohn-Klo war allerdings letzteres. Es besaß keine Tür, dafür einen vergilbten Plastikvorhang, der ein Hockklo verdeckte, das man so nah an die Wand gebaut hatte, dass es kaum möglich war, breitbeinig darüber zu stehen. Direkt daneben hing ein Duschkopf traurig aus der Wand, der wohl gleichzeitig zum Spülen der Toilette gedacht war. Zumindest fand ich keine andere Spülvorrichtung und das Wasser der Brause lief mangels Duschwanne auf dem abgeschrägten Boden automatisch ins Klo ab. Das einzig Brauchbare in diesem Zwergenraum war das Waschbecken, immerhin groß genug, sich mit angewinkelten Ellenbogen die Zähne zu putzen. Sogar eine schmale Ablage aus wackeligem Hartplastik, oberhalb angeschraubt, erlaubte das Abstellen einiger Hygieneartikel.

Während ich mir diese Notunterkunft, als mehr kann man es mit besten Willen nicht bezeichnen, missmutig betrachtete und Beweisfotos davon schoss, konnte ich mir leiblich das satanische Lachen von Pierre vorstellen, wenn ich ihm diese vorlegen würde. Doch zuvor galt es, diese allerliebste Bleibe erst einmal zu überleben. Um mich zu stärken und nach der staubigen Autofahrt wieder runter zu kommen, suchte ich mir in Hotelnähe eine Cafebar.

Auf deren Terrasse mit Meerblick sitzend, was sich anfangs als recht angenehm gestaltete, bestellte ich einen Café solo. Wenn ich aber glaubte, entspannen zu können, dann hatte ich mich getäuscht. Kaum hatte ich nämlich meine Bestellung aufgegeben, umschwärmten mich emsige Straßenverkäufern, die wohl annahmen, jetzt sei ihre Stunde gekommen. In den höchsten Tönen lobend boten sie allerlei Tinnef feil, falsche Goldkettchen, Imitate von Designer-Sonnenbrillen und illegale Raubkopien von Musik und Filmen. Glücklicher Weise der spanischen Sprache etwas mächtig, hob ich mich, auch dank meines südländischen Äußeren, entscheidend vom Normal-Touri ab. Das verschaffte mir den Vorteil, jedes Mal nach einem freundlichen aber bestimmten „Gracias, no quiero comprar algo!“, nicht mehr belästigt zu werden, zumindest nicht von demselben Händler. Was ich mir jedoch nicht verkneifen konnte, war, andere, von Händlern belagerte Touristen heimlich zu fotografieren.

Ich fühlte mich so richtig in meinem Element. Klick, klick, klick, mein Auslöser arbeitete unermüdlich. Es bereitete mir ungeheuren Spaß, die Vielfalt an pikturesken Motiven einzufangen. Die Nachmittagsstimmung mit ihrer glutroten Sonne, die am Horizont bereits tief über dem Meer hing, das quirlige Treiben belebter Strandpromenaden und Plätze. Ich hielt Eindrücke fest von feilschenden Marktschreiern, überfüllten Cafés, bettelnden Kindern und eifrigen Türstehern, die unschlüssige Passanten in überlaute Lokale lockten. Nirgends fand ich Anzeichen von Argwohn oder Furcht vor kriminellen Übergriffen. Alles schien entspannt und friedlich. Touristen galten ja nicht als Ziel der Drogenkriege, sondern die Mitglieder der sich konkurrierenden Kartelle. Die Gefahr für Touristen bestand hauptsächlich darin, als Kollateralschaden zu enden oder für Mädchen, entführt zu werden. Die Gefahr, mit in diese Auseinandersetzungen hineingezogen zu werden, war sicherlich latent vorhanden, aber nicht allzu groß.

Am heutigen Spätnachmittag war allerdings nichts von dieser Gefahr zu spüren. Ich konnte in Ruhe meinem Job nachgehen und eine Stimmung dokumentieren, die meinen Bericht über das Reiserisiko in Mexiko deutlich entschärfen würde. Beruhigt schlenderte ich noch einige Stunden photographierend auf staubigen Straßen durch die Hotelsilos, bevor ich mich zurück in mein Quartier begab.

Nach einer erfrischenden Dusche, trotz äußerst dünnen Strahls, spürte ich, wie mein Magen anfing zu knurren und mich erneut ins Getümmel dieser, in meinen Augen ausgesprochen hässlichen Touristenhochburg, trieb. Es galt ein zünftiges Lokal für mein Abendessen zu suchen. Ein Gläschen Wein dazu oder drei, mir den kühlen Seewind um die Nase wehen lassen, das war ganz nach meinem Gusto. Der Wein der mexikanischen Baja California wird oft unterschätzt, zu Unrecht, denn das Gebiet liefert beste Voraussetzungen für ein exzellentes Tröpfchen. Immerhin werden dort 80 Prozent des mexikanischen Weins hergestellt. Wenn aus diesen zuckersüßen Trauben schlechter Wein vergoren wird, versteht der Winzer sein Handwerk nicht.

Bei den reichlichen touristischen Angeboten ist es nicht einfach, etwas Ursprüngliches zu finden, wo Lokalspezialitäten angesagt, die Preise zivil sind und man nicht der ständigen Nörgelei von US-Amerikanern ausgesetzt ist. Aber es gibt sie, die kleinen, familiär anmutenden Kneipen, mit lokalem Touch und romantischem Ambiente, so im alten Hafenviertel. Als ich nach einem Schlenker durch dessen Straßen, gegen Mitternacht in meinem Hotel ankam und mein Zimmer betrat, traute ich meinen Augen nicht. Meine Koffer, meine Kleider, alles war durchwühlt, die Schubladen der Kommode herausgerissen, meine Reisetasche ausgeschüttet, die Matratze aus dem Bett gezogen, nichts lag mehr da wo es hingehörte.

„Und mein Laptop …?“, rief ich erschrocken. Verschwunden, mit allen Daten, Notizen, meiner Bildergalerie, einschließlich der zuvor geschossenen Bilder. Ich hätte heulen können vor Wut. Aufgebracht wie ich war, fiel mir erst einige Momente später ein, dass ich, wie ich es immer hielt, alle Fotos auf der Speicherkarte meiner Kamera belassen hatte. Wenigstens sind mir diese erhalten geblieben. Fluchend rannte ich umgehend zum Portier, der sich das Ganze nicht erklären konnte, recht bestürzt tat, aber partout niemanden gesehen und nichts gehört haben wollte. Auch die Polizei, die ich hinzuzog, schüttelte resigniert den Kopf. Verwundert stellte ich fest, wie man meinen Papieren weit größere Aufmerksamkeit schenkte, als der Verwüstung meines Zimmers. Nach einer Weile baten mich die Beamten höflich, ihnen auf die Wache zu folgen. Dort eingetroffen, führte man mich direkt in eine nach kaltem Tabak und Knoblauch müffelnde Amtsstube. Ein schlanker aber drahtiger Offizier der Policía Federal Preventiva, nahm sich meiner an – ein Umstand, der mich doch sehr verwunderte. Was hatte die Staatssicherheit mit meinem Fall zu schaffen? Hielt man mich womöglich für einen Drogenkurier?

Der Comandante, der seinen Namen nicht nannte, schien mich mit seinen stechenden Augen schier zu durchdringen, wie ein Stillet einen Butterberg. Seine knöchernen Gesichtszüge, die eigentlich nicht hässlich waren aber Eiseskälte, Intelligenz gleichsam wie rücksichtsloses Durchsetzungsvermögen verrieten, erweckten in mir wenig Vertrauen. Hinzu kam sein subtiler Sarkasmus in Verbindung mit einer flachen, zischenden Aussprache, die ihn unerbittlich und drohend wirken ließen.

„Was machen Sie hier in Puerto Peñasco? Sind sie Tourist?“, peitschten seine Worte im exzellenten Englisch, was für einen Mexikaner in diese Region untypisch ist, nicht aber für Angehörige der División de Investigación, der Ermittlungsabteilung der Staatssicherheit. Dabei lauerten seine Augen reptilienartig auf meinem Gesicht, um ja keine Regung meinerseits zu übersehen. Sie bohrten sich förmlich in mich hinein, einen Zugang zu meinen verborgenen Gedanken zu finden.

„Nein“, antwortete ich zügig, wobei ich allerdings um meine Fassung rang und sich meine Kehle zuschnürte. „Ich arbeite für eine Presseagentur in Phoenix, Arizona, die für ein Magazin über die Baja California eine Reportage veröffentlichen will.“

„Um welche Art von Beitrag handelt es sich dabei und für welches Magazin?“, zischte er betont leise und ungläubig, wobei sich seine Lippen spöttisch kräuselten.

Ich nannte ihm den Namen des Magazins und erklärte ihm wahrheitsgemäß die Absicht des Reiseberichts, die darin lag, die Sicherheit für amerikanische Touristen zu bewerten.

„Dies muss doch in Ihrem Sinne sein, damit der Touristenstrom nicht abreißt und weiterhin Devisen nach Puerto Peñasco fließen“, lenkte ich ein.

„Was in meinem Sinne ist, lassen sie ruhig meine Sorge sein“, hallte umgehend seine knirschende Stimme zurück, die gleich dem Klang zerspringenden Eises den Raum füllte und eine weitere Frage anschloss.

„Führen Sie noch irgendwelche anderen Gegenstände mit sich, die von Wert sind, eine Kamera z.B. ... oder Drogen?“, bohrte er mit einem Unterton, der einem das Blut in den Adern gefrieren lassen konnte.

„Jetzt war es raus“, dachte ich mir insgeheim.

„Nein, nichts außer meiner Kamera, die ich immer bei mir trage.“

Auffällig eilig wandte er sich mir direkter zu und bat mich, diese sehen zu dürfen. Er hatte sie bisher anscheinend nicht bemerkt, da ich sie immer gut verstaut in einer unauffälligen Umhängetasche trage, die nicht wie eine Fototasche aussieht. Mir fiel sofort die Veränderung in seinen Augen auf, die gleich einer Schlange jede Regung ihres Opfers analysiert, um abzuschätzen, wann der richtige Zeitpunkt des tödlichen Zustoßens gekommen sei.

„Zeigen sie mal her“, befahl er wirsch.

„Da gibt es nicht viel zu sehen“, wagte ich trotzig zu erwidern. „Es ist nur eine Kamera und ich weiß nicht, was dies mit meinem Fall zu tun hat.“ Ich zögerte, ihm meine teure Digitalkamera grundlos auszuhändigen.

„Oh, vielleicht sehr viel, geben Sie das Ding jetzt her oder muss ich es mir holen?“, drohte er schnarrend, wobei seine scharfgeschnittenen, falkenartigen Züge hochkonzentrierte Aufmerksamkeit verrieten.

Ich fühlte, wie mir der Schweiß aus den Poren kroch und folgte eingeschüchtert der Anweisung, wohl wissend, dass mexikanische Gefängniszellen nicht gerade dem Standard eines Drei-Sterne-Hotels entsprechen, nicht mal dem meiner lieb gewonnenen Null-Sterne Hotels. Ja, ihr Komfort muss sogar um etliche Stufen primitiver ausfallen als meine hiesige Notbleibe.

Ohne ihr weitere Beachtung zu schenken, übergab er meinen Fotoapparat einem Kollegen, der damit stillschweigend aber so hastig in einem Nebenzimmer verschwand, bevor ich ein einziges Wort des Protestes herausbrachte.

Was sollte ich bloß unternehmen, ich konnte zu dieser Nachtzeit niemanden in Phoenix oder bei einer Auslandsvertretung erreichen. Mir blieb nichts weiter übrig, als alles brav über mich ergehen zu lassen, obwohl ich innerlich vor Wut schäumte. Glücklicherweise kannte ich solche Fälle aus Intensivkursen für Krisenmanagement, die unsere Auslandskorrespondenten absolvieren müssen. Ich wusste genau, dass ich hier machtlos der Willkür einer Polizeiobrigkeit ausgesetzt und zum „Mitspielen“ verdonnert war. Mein Bitten, mein Notebook als gestohlen aufzunehmen, schien sie wenig zu interessieren, man würde ihn ja sowieso nicht mehr auftreiben, das sei halt ihre Erfahrung und es wäre besser, mich damit abzufinden. Mir blieb nur zu hoffen, dass ihr Interesse an meiner Person ebenso schnell abklingen würde, ein Interesse, das mir eigentlich mehr gespielt vorkam, als wolle man von anderen, weit wichtigeren Dingen ablenken.

Es dauerte nur wenige Minuten, bis der Polizist mit meiner Kamera sichtlich erleichtert zurückkam.

„Alles in Ordnung!“, meldete er, wobei er seinem Chef einen vielsagenden Blick zuwarf. Man hätte ihn sicherlich nicht bemerkt, wäre man nicht Fotograf wie ich, der einen sechsten Sinn für besondere Situationen entwickelt hat. Nur deuten konnte ich die Mimik nicht, dazu waren mir die beiden Figuren noch zu undurchsichtig und sie genauer kennenzulernen, danach stand mir nun wirklich nicht der Sinn.

Egal, ich hatte meine Kamera wieder, das war mir im Moment das Wichtigste. Anscheinend hatten sie in einem eigens dafür präparierten Kameragehäuse Rauschgift vermutet und dies natürlich nicht, wie erhofft, vorgefunden.

Sie ließen mich bewusst in diesem Glauben und ich war heilfroh, endlich die Polizeistation verlassen zu dürfen, obwohl ich meinen Laptop unter diesen Umständen sicherlich abschreiben konnte. Mein Anliegen, über aktenkundige Verbrechen Informationen einzuholen, konnte ich damit auch vergessen. Keine Minute länger wollte ich hier mit der Polizei zu tun haben. Ich hielt deren Verhalten für reine Schikane, ohne zu ahnen, was wirklich hinter der Sache steckte und was mich noch erwarten würde.

Ziemlich sauer räumte ich mein Hotelzimmer auf und beschloss, am folgenden Morgen die US-Vertretung anzurufen, sie zu bitten, ob man sich nicht meiner Sache, sprich meines Laptops, annehmen könne. Wieder geplagt von Albträumen, in denen man mich zusammen mit Straftätern übelster Sorte in ein mexikanischen Gefängnis einlochte und in dem mir Gewaltübergriffe drohten, wachte ich schweißgebadet und wie gerädert auf. Mein Nacken schmerzte, wohl aufgrund der verformten Matratze, und strahlte in meine rechte Kopfhälfte, die mir bei der kleinsten Bewegung zu bersten schien. Hinter meinem rechten Auge fühlte es sich an, als wolle man es ausstechen. Da solche Schmerzattacken mir nicht fremd waren, trug ich immer ein geeignetes Arzneimittel bei mir. Auf meinen weiten Reisen, oft ein sehr nützliches Utensil.

Nach einer Tasse abgestandenen Kaffees und einem Stück trockenen Gebäck, was mein opulentes Frühstück darstellte, rief ich die US-Vertretung an, wo man sich sofort bereit erklärte, mir zu helfen. Man schicke mir einen Mann ins Hotel, der noch am selben Morgen eintreffen würde, um mir bei den notwendigen Behördenformalitäten behilflich zu sein. Überraschenderweise dauerte es keine zwei Stunden, bis ein untersetzter überfreundlicher Amerikaner an meiner Tür klopfte, sich als Baker vorstellte und ohne Umschweife auf den Tatbestand zu sprechen kam.

„Wie es aussieht, gibt es da keinerlei Schwierigkeiten", mutmaßte er optimistisch. „Dennoch sollten wir uns an eine genaue Vorgehensweise halten und diese jetzt erörtern", fügte er mahnend hinzu.

Der zügige Ablauf schien mir vielversprechend - ein Umstand, der mich beruhigte und meine Stimmung hob.

Das Blatt wendete sich erst, als wir auf dem Polizeirevier erschienen und sich die beiden Staatsvertreter allein in einem Nebenzimmer besprachen. Nach etwa einer viertel Stunde erschien mein Begleiter mit leicht gesenktem Haupt. Man merkte ihm deutlich an, wie peinlich ihm die Situation war.

„Herr Ferrol, es tut mir unendlich leid, aber ich kann Ihnen da nicht helfen", erklärte er mitfühlend. Dabei wirkte er äußerst nachdenklich und verstört.

„Warum denn nicht", entfuhr es mir etwas unfreundlich, „Warum in aller Gottes Namen, können Sie da nichts machen, sie waren doch vorher überzeugt, alles würde schnell über die Bühne gehen. Es ist doch nur ein Diebstahl, wobei mein Laptop entwendet wurde, oder?"

„Eben nicht", wendete er ein. „Bitte fragen Sie mich jetzt nicht weiter, Herr Ferrol, lassen Sie uns bitte sofort gehen", wobei er meinen Arm energisch packte und mich zum Ausgang zerrte.

Ich wollte draußen sofort nachhaken, was los sei, holte schon tief Luft, kam aber nicht dazu, denn Baker bemerkte sofort meine Absicht.

„Seien Sie bitte um Himmels willen still, ich erkläre Ihnen alles später", zischte er leise, ohne dabei die Lippen zu bewegen. Ich bemerkte seine unterschwellige Nervosität, die er eigentlich recht gut zu kaschieren wusste, aber mir dennoch nicht entging.

Zügig steuerten wir seinen Wagen an und fuhren umgehend zum Hotel zurück. Betreten schwieg ich, obwohl meine Gedanken nach Antworten fieberten.

„Herr Ferrol, bitte packen Sie sofort Ihre Sachen, das Auschecken übernehme ich für Sie, wir dürfen keine Zeit verlieren." Dabei stieß er mich ungeduldig Richtung Hoteltür.

„Kommen Sie gleich wieder runter, ich warte hier", rief er mir hinterher.

Mir war jetzt richtig mulmig zumute, eine unbestimmte Angst beklomm mich. Meine Gedanken kreisten wirr durch meinen immer noch angespannten Kopf, was sicherlich nicht gerade zu meiner Beruhigung beitrug. Hastig warf ich meine sieben Sachen wahllos in die Reisetasche, rannte die Treppe hinunter und lief zu dem schon ungeduldig wartenden Beamten.

„Fahren sie hinter mir her, wir müssen sofort zur Grenze, dann haben wir etwas Ruhe und ich werde Ihnen alles erklären", empfing er mich, drehte sich um und saß auch schon in seinem tiefschwarzen SUV.

Mir blieb nichts anderes übrig, als seinen Anweisungen Folge zu leisten, auch wenn es nicht nur meinem Kopf, sondern jetzt auch noch meinem Magen immer schlechter ging. Heftige Übelkeit machte mir zu schaffen, mein Puls raste, ohne dass ich mich körperlich angestrengt hätte. Der Schweiß rann mir über Nase und Wange. Die Unsicherheit, nicht zu wissen, was eigentlich los ist, trocknete mir den Mund aus. Meine Hände zitterten, als ich den Wagen stotternd zum Starten brachte. „Was war das für eine Scheiße", dachte ich mir, „wo in aller Teufels Namen bin ich da wieder hineingeraten?"

Wir fuhren, nein wir rasten aus der Stadt, ungeachtet des vorgeschrieben Speed-Limits, ohne Rücksicht auf Straßen- und Verkehrsverhältnisse. Ich hatte Mühe, auf dieser „Rallye Sonora" mit ihren staubigen Pisten dicht hinter dem Amerikaner zu bleiben. Und das in einem alten Pontiac mit Plattfedern, der bei jeder Bodenwelle in die Höhe sprang, um beim folgenden Landeanflug seine Bodenbleche samt Frontspoiler zum Singen zu bringen. Manchmal kam ich mir direkt wie ein Känguru vor, das querab in die Steppe davon hüpfen wollte.

Kurz vor der Grenze drosselten wir unser Tempo, damit die Staubwolke hinter uns verflog und wir den Anschein von braven Touristen erweckten.

„Verrückt, das waren wir doch auch. Touristen. Ich zumindest, oder nicht? Warum diese Hetze?", wetterte ich laut vor mich hin, während ich erschrocken mein fahles Gesicht im Rückspiegel betrachtete. Ich war nur noch ein Schatten meiner selbst. Mein sonst so gerühmter Optimismus hatte wohl gerade Urlaub genommen. Erst das Abenteuer in Bangkok und dann dieses mysteriöse Erlebnis.

Die mexikanischen Grenzbeamten waren glücklicherweise tief in Gespräche verwickelt. Sie schienen überhaupt nicht an uns interessiert, was uns ermöglichte, sie ungehindert zu passieren. Bei den US-Grenzposten reichte der Ausweis von Baker, um ein rasches Durchwinken zu erwirken.

Kurz nach Lukeville, dem US-Grenzdorf, stoppte der dunkel verglaste Offroader rechterhand, Baker stieg aus und kam staksend auf mich zu.

„Ist noch mal gut gegangen“, sagte er mit leicht erschöpfter Stimme, „Ich rate Ihnen inständig, die nächsten Monate nicht nach Mexiko einzureisen, sie sind da in eine Angelegenheit hineingeschlittert, die von höchster Brisanz ist.“

„Von was für einer Brisanz?“, forschte ich mit verhaltenem Atem. Oder war es nicht mein Recht, darüber aufgeklärt zu werden?

„Das kann und darf ich Ihnen nicht sagen, zumal man mich nur oberflächlich informierte. Während der Fahrt führte ich einige Telefonate und bekam die Order, Sie an einer erneuten Einreise nach Mexiko zu hindern.“

„Warum, verdammt? Ich habe mir doch nichts zuschulden kommen lassen“, fluchte ich aufgebracht.

„Sie haben anscheinend mit Ihrer Kamera kompromittierende Situationen dokumentiert, die sie nicht hätten dokumentieren dürfen. Ich weiß selbst nicht, was, wo und wie. Fakt ist, man hat Ihnen das Notebook, wie auch den Chip der Fotokamera entwendet“, zeigte er sich nun doch etwas mitteilsamer.

„Das war also der Grund für die Heimlichtuerei mit meiner Kamera und ich dachte, es ginge um Rauschgiftschmuggel, dessen man mich verdächtigte.“

„Nein, mit Nichten, die Angelegenheit ist TOP SECRET und Ihre Kamera war Zeuge eines Teils dieser Mission, soviel kann ich Ihnen sagen. Bitte fahren Sie jetzt heim, reden Sie mit niemandem darüber und belassen es dabei. Und bohren Sie nicht weiter“, drängte er innständig. „Es könnte sonst bitter für Sie enden“, fügte er mahnend hinzu.

„Schon wieder? … Toll! Und was sage ich meinem Chef?“

„Sie finden schon eine Ausrede. Erzählen Sie, man hätte einen Namensvetter von Ihnen auf der Fahndungsliste und das führte unweigerlich zu unangenehmen Verwechslungen und im Falle eines Arrests, natürlich zu einer hohen Kaution. Derartige Ausgaben schrecken immer ab und verhindern, Sie eventuell noch einmal nach Mexiko zu senden.“

Während wir sprachen, sahen wir auf der mexikanischen Seite eine schwarze Limousine mit getönten Scheiben und dahinter einen ebenfalls voll abgedunkelten Geländewagen, die sich beide mit hoher Geschwindigkeit der Staatsgrenze näherten und unmittelbar vor dem Zollhaus harsch bremsten. Zwei dunkel gekleidete Männer stiegen aus, während der SUV vor den Grenzbaum rollte und ihn versperrte. Geschmeidig schälten sich aus selbigem bewaffnete Polizisten, die sofort jeden Grenzgänger gründlich kontrollierten.

„Was soll das denn", entfuhr es mir, wobei ich mich, ohne es zu merken, ganz klein hinter meinem Wagen aus deren Blickwinkel stahl.

„Teufel noch mal, das war knapp, ich hatte befürchtet, dass sie uns folgen würden – aber so schnell, das hätte ich nicht gedacht", zischte Baker überrascht.

„Und was wollen die?", wobei ich das ‚die' fragend in die Länge zog, um zu erfahren, wer ‚die' seien.

„Sie!", bemerkte Baker mit einem dünnen Lächeln, während er mich erwartungsvoll musterte. „Und ‚die' sind der Geheimdienst. Man hat es sich anscheinend anders überlegt. Die entwendeten Bilder reichen ihnen wohl nicht. Jetzt will man sichergehen, dass Sie nichts ausplaudern. Zumindest will man in Erfahrung bringen, ob Sie überhaupt etwas sahen, das nicht für Sie bestimmt war."

„Oh, mein Gott, was soll ich bloß tun? Ich habe nichts gesehen, wie soll ich das denen vom Geheimdienst klar machen?", fragte ich mit flacher Stimme und weichen Knien.

„Jetzt befinden sie sich ja erstmal in Sicherheit. Hier in den USA, hat der mexikanische PFP keine Machtbefugnis und der ‚Secret Service' wird sie hoffentlich in Ruhe lassen."

„Jetzt reicht es mir aber, was habe ich denn mit der Strafverfolgungsbehörde zu tun? Ich habe keine Straftat begangen", gab ich erregt zurück.

„Sie persönlich nicht, das ist wohl wahr", gab er mit einem Räuspern zu. „Allerdings haben Sie die Kreise des organisierten Verbrechens gestört, sind unversehens und, das gebe ich zu, unbeabsichtigt Teil dieses Kreises geworden."

„Mit dem ich nichts zu tun habe", warf ich schnell ein, wobei sich meine Stimme hob. „Überhaupt, was deuten Sie mit ‚hoffentlich in Ruhe lassen' an?“

„Sie haben insofern damit zu tun, dass Sie Zeuge einer, na sagen wir prekären Situation wurden, einer Situation, die bei Bekanntwerden zu internationalen Verwicklungen führen und gleichzeitig jahrelange Geheimdiensttätigkeit zunichtemachen könnte. Und mit ‚hoffentlich' glaube ich die Einsicht der US-Behörde vorauszusehen. Im Übrigen werde ich mit den verantwortlichen Personen ausführlich reden und sie sicherlich überzeugen können, Sie hätten tatsächlich nichts gesehen. Je mehr ich Ihnen aber mitteile, desto mehr wissen Sie darüber, was man ja gerade vermeiden will. Sie könnten sich bei Befragungen allzu leicht in Widersprüche verstricken.“

„Na fein, das klingt ja überaus beruhigend“, antwortete ich ironisch.

„Sollte es irgendwelche Probleme geben, rufen Sie mich ruhig an. Hier ist meine Telefonnummer, unter der Sie mich Tag und Nacht erreichen können“, versuchte er mir Mut zu machen und reichte mir seine Visitenkarte.

Ich überflog flüchtig den Text, bei dem mir sein französischer Vorname Jerome auffiel und steckte sie dann zitternd in meine Brieftasche.

„Stammen Sie aus Frankreich?“, fragte ich interessiert.

„Ursprünglich wohl, allerdings lebten mehrere Generationen meiner Vorfahren im Osten Kanadas. Als kleiner Junge bin ich dann mit meinen Eltern in die Staaten übergesiedelt.“

Nach einem kurzen unbedeutenden Wortwechsel über seinen Namen und wie die Wege eines Menschen vom Schicksal gelenkt werden, sah ich mich genötigt, unverrichteter Dinge nach Phoenix aufzubrechen. Ich war verunsichert, ziemlich verunsichert, und hatte zugegebener Maßen Angst.

Der Chip meiner Kamera war weg, das hatte ich gleich überprüft. Damit waren auch alle meine so wichtigen Aufnahmen für die Redaktion futsch. Wie sollte ich das der Verlagsleitung plausibel erklären? Doch eigentlich stellte dies momentan mein geringstes Problem dar.

„Halt …!“, durchschoss ein laut artikulierter Gedanke blitzartig mein immer noch von Schmerzen geplagtes Hirn. Ich hatte beim Überspielen der Daten vom Fotoapparat auf den Laptop eine Sicherungskopie auf meinen USB-Stick gezogen, wie so oft, aus reiner Gewohnheit, ganz unbewusst. Da ich die Sicherungskopie vor meinem Abendausflug angefertigt hatte, waren die Fotos zeitlich gesehen davor zwar erhalten, die nach dem Abendessen jedoch verloren, da man die Speicherkarte auf der Polizeistation entwendet hatte. Die brisante Aufnahme, die der mexikanischen Bundesschutzpolizei so wichtig war, konnte eigentlich nur vor meinem Abendbummel entstanden sein, denn zeitgleich mit meinem Abendspaziergang fand ja bereits die Durchsuchung meines Hotelzimmers statt. Genaueres könnte ich erst zuhause eruieren, wenn mir wieder ein Computer zur Verfügung stand.

Die letzten 100 Kilometer kreisten meine Gedanken nur um dieses oder diese Fotos, die ich geschossen habe aber nicht hätte schießen dürfen und um die etwaigen Folgen, die daraus entstünden. Zumindest waren mir meine, für die Redaktion so wichtigen Schnappschüsse geblieben. Die Bilder nach dem Abendessen waren mehr als Füllmaterial gedacht und damit nicht essentiell für den Artikel.

7 LEBENDE TRÄUME

Sichtlich genervt betrat ich das Pressehaus in Phoenix, stürzte hektisch ins Büro der Prokuristin, mit der ich öfters ausgiebig zu flirten pflegte und die sich als einziger Lichtblick in diesem chaotischen Haus hervorhob.

Tiziana, so hieß die Prokuristin, eine rassige Mexikanerin, taxierte mich mit feurigen Blicken und einem einnehmenden Lächeln. Ihre rehbraunen, warmen Augen vermochten meterdickes Eis, desgleichen mein Herz, in Sekundenschnelle zu schmelzen. Gerade heute nach meinem äußerst beunruhigenden Erlebnis in Mexiko, das mir tief in den Knochen saß, erwies ich mich geradezu als sensibilisiert für knisternde Stimmungen dieser Art. Noch nie hatte ich Tiziana so verführerisch wahrgenommen wie an diesem Tag.

Hitzewallungen durchfluteten meinen Körper, durchbrachen äußere Verhärtungen, eine Kruste aus Frust, Altlast und Sorgen, befreiten meine Gefühle, meine Wahrnehmung, meine Sinne. Mit flammenden Pfeilen, die aus der tiefe ihrer Seele zu lodern schienen, mit wellendem, vollen Haar, das weit über ihre Schultern hinabfloss, ihren anmutigen Bewegungen, den vollendeten Formen weiblicher Schönheit, gewahrte ich sie als ein Wesen aus einer anderen, einer fremden, vollkommenen Welt, als ein Bote aus dem Paradies. So unwirklich, so fern und doch so anziehend betörend. Als ich sie ansprach, schluckte ich wegen der mich überwältigenden Gefühle verlegen.

„Hallo Tiziana, wissen Sie, wo der Boss ist?“, fragte ich sie mit belegter Stimme, wobei ich nervös von einem Bein auf das andere tänzelte, als müsse ich aufs Klo. Meine innere Unruhe und meine Verlegenheit war sicherlich nicht zu übersehen, dennoch ging Tiziana nicht darauf ein. Im Gegenteil, sie schwieg, kruschte vielmehr in einem kleinen Büchlein, was mich ungeduldig und gereizt werden ließ. Ich fuhr sie daher etwas unbeherrscht an:

„Tiziana, verflucht, es eilt, ich muss ihm meine Fotos vorlegen. Das war's nämlich mit Mexiko, noch mal kann ich nicht dort hin“, ereiferte ich mich, die Dringlichkeit meines Anliegens zu unterstreichen. Ein Bemühen, das Tiziana lediglich mit einem strafenden Blick und den Worten quittierte:

„Señor Ruiz hat einen Auswärtstermin und ist erst morgen wieder zu sprechen.“ Dabei klang ihre Antwort ungewohnt harsch und unterkühlt. Egal, immerhin hatte ich sie dazu gebracht, sich von ihrem Terminkalender ab- und mir zuzuwenden.

„Kommen Sie erstmal runter, Pascal, und schlafen sich aus. Morgen ist auch noch ein Tag, der Chef läuft Ihnen nicht weg“, lenkte sie jetzt beschwichtigend ein. „Sie schauen überarbeitet aus, ehrlich gesagt ganz schrecklich – das kommt nicht gut an, ist unvorteilhaft für Ihr Image, Señor Ferrol. Sie sollten frisch und überzeugend wirken, schließlich wollen Sie Ihre Story verkaufen“, empfahl sie mir mit eindringlicher Stimme, wobei die Lippen ihres sinnlichen Mundes tiefgründig lächelten, wenn auch ein Hauch von Mitleid darin versteckt schien. Mit diesem ernst gemeinten Rat nahm sie mich am Arm und geleitete mich galant aber bestimmt zur Bürotür hinaus, nicht ohne eine verbale Spitze loszulassen.

„Ihr Männer seid mir so richtige Möchtegern-Machos. Alles muss sich um sie drehen. Läuft es mal nicht nach ihren Köpfen, sind sie genervt und ziehen sich beleidigt zusammen wie eine Mimose.“

So blieb mir nichts anderes übrig, als bis zum nächsten Tag zu warten. Stunden, die ich nutzte, meine Fotos zu sondieren und zu überprüfen, ob ich irgendwo eine zweideutige oder zumindest auffällige Situation eingefangen hätte. Auf dem ersten Blick entdeckte ich nichts dergleichen, ein Umstand, der mich beruhigte. Sollte der ganze Firlefanz, all die Aufregung unnötig gewesen sein? Erleichtert schloss ich den Abend mit einem vollmundigen Rotwein ab und verschob eine detaillierte Bearbeitung der Bilder auf den nächsten Tag.

Erfrischt begann ich diesen, hatte ich doch acht Stunden durchgeschlafen, ganz ohne Albträume, ohne Angstschweiß - ein Novum.

Voller Elan, nicht ohne mir zuvor eine Stärkung in Gestalt eines Cortados und eines Croissants genehmigt zu haben, begab ich mich an die Arbeit. Ich schnitt Bildsegmente aus, vergrößerte sie, optimierte Kontrast und Farbe, um eine harmonische aber effektvolle Stimmung zu erzielen.

Es galt hier und da die Schärfe nachzuzeichnen und … und genau bei der Scharfzeichnung einiger Detailvergrößerungen fielen mir im äußersten rechten Winkel zwei Männer auf, die gemütlich an einem Cafétisch saßen und sich angeregt zu unterhalten schienen. Als Einzelbild festgehalten, sicherlich eine vollkommen unverfängliche Situation, jedoch als Serien-Bildreihe mit zunehmenden Maße verdächtig. Durch diesen einfachen Kniff, den ich beim Fotografieren häufig anwende, nämlich bei bewegten Straßenmotiven Bildserien zu schießen, war eindeutig zu erkennen, wie sich beide Tischpartner gegenseitig etwas zuschoben. Mit der erhöhten Bildfrequenz wird, wie bei einem alten Daumenkino, eine Bewegung simuliert, die ein klarer Beweis für die Transaktion war. Selbst wenn die Aktion einem aufmerksamen Beobachter vor Ort aufgefallen wäre, hätte dessen Aussage nicht als Beweis gegolten – die Bilder schon. Und darum ging es den Agenten, nämlich Beweise zu vernichten.

Hinzu kam, dass die Gesichter der Akteure dank der entsprechenden Tiefenschärfe mit Blende 11 bei ISO 125 erstaunlich gut zu erkennen waren. Einer der beiden, dem Aussehen nach ein Mestize mit scharf gezogener Nase, lächelnd und mit freundlichen Augen, übergab einem vierschrötigen, gut durchtrainierten Weißen mit militärisch kurz geschnittenen Haaren eine Illustrierte. Im Gegenzug erhielt er eine ungewöhnlich dick zusammengefaltete Tageszeitung. Für den oberflächlichen Zuschauer lediglich ein Austausch an Lektüre.

Was wechselte dort seinen Besitzer und warum, stellte sich mir die Frage, was war von derart hoher Brisanz?

Rauschgift …? Dann kann es sich aber höchstens um ein Kilogramm gehandelt haben. Dafür lohnten sich der ganze Aufwand und das Trara, das man veranstaltet hatte, sicherlich nicht. Es würde die Aktivitäten der beiden Behörden weder erklären noch rechtfertigen. Wenn es um Drogenhandel ginge, dann handelte es sich hier lediglich um Kinkerlitzchen in Angesicht der Hunderte von Kilogramm, die Drogendealer monatlich in Mexiko umsetzen.

Oder drehte es sich um Bestechung? Handelte es sich um Schmiergeld,

‚La Mordida' genannt? Für wen stellen meine Bilder, eingeschlossen meiner eigenen Person als Zeuge, eine Gefahr dar? Ich konnte mir einfach keinen Reim darauf spinnen, noch nicht. Vorsorglich verwendete ich natürlich keines dieser Fotos für meinen Reisebericht. Ich löschte sie sicherheitshalber von allen Computern, wo ich inzwischen Kopien aufgespielt hatte. Lediglich eine Sicherungskopie zog ich für alle Fälle zu meinem eigenen Schutz. Dazu begab ich mich in ein Internet-Café und versteckte die Datei sorgfältig in einer anonymen, kaum zugänglichen Datenbank eines Servers der Insel-Republik Vanuatu, der diese Dienste im World Wide Web anbietet.

Was soll's, ausgestanden und vorbei, ich befand mich hier in Phoenix in Sicherheit, weit entfernt aller Zugriffsmöglichkeiten mexikanischer Häscher. Und bereits am nächsten Tag, nachdem ich meinen vollständigen Artikel inklusive Fotos erfolgreich abgeliefert hatte, ging es nach Los Angeles, wo bereits ein neuer prickelnder Auftrag auf mich wartete.

* * *

Ich parkte mein Auto Downtown L.A. und schlenderte durch die wenig anmutenden Straßen Richtung Coopers World, meinem neuen Arbeitgeber entgegen. Von Mal zu Mal mehr, wo ich nach Los Angeles reiste, beschlich mich ein Empfinden der Verlorenheit. Mir schien, als entwickle sich die Stadt zu einem immer hässlicheren Moloch, kälter, dreckiger, abweisender. Mit blassen Menschen, denen ihre Farblosigkeit in ihre ausdruckslosen Gesichter geschrieben standen, gehetzte Menschen, gebückte Menschen. Graue Menschen in grauen Städten. Einen rühmlichen Kontrast bilden Santa Monica und Venice Beach, deren Strandpromenaden sich mit ihrer turbulenten Buntheit wohltuend von der Eintönigkeit der Stadt abheben. Ein sehenswertes Highlight.

Was für ein krasser Unterschied zu Frankreich oder überhaupt zu westeuropäischen Ländern, deren Metropolen mit ihrer romantischen Ausstrahlung überschwänglich protzen. Städte, die stolz ihre Jahrtausend alte Geschichte hautnah zur Schau stellen. Städte, deren Viertel in liebevollem Durcheinander gewachsene Natürlichkeit leben.

Von alldem findet man hier in der neuen Welt keine Spur, oder zumindest fast keine. Das Leben ist hektischer, chaotischer, es fehlt der Liebreiz. Alles ist breiter, weiter, größer, man orientiert sich nach den

Maßen XXXL und das in allen Lebensbereichen.

Ich musste wieder einmal feststellen, dass ich mit Leib und Seele Europäer bin. Dennoch lasse ich es mir nicht nehmen, Vergleiche zu ziehen, bin offen für Neuland, für neue Erfahrungen und Sichtweisen. Zu üppig kokettiert unsere facettenreiche Erde mit Naturschauspielen, Sehenswürdigkeiten und beeindruckenden Kulturen. So atemberaubend wie die Orte, an denen ich bisher verweilen durfte, sein mögen, die Vielfalt Europas, auf einer Distanz von 1000 Kilometern gerechnet, ist unvergleichlich. Gerade diese Abwägungen erfüllen mich mit Heimweh – und dieses erfasste mich gerade just in diesem Moment. Es war wieder an der Zeit, nachhause zu fliegen, in mein geliebtes Frankreich. Im 1. Arrondissement einen Café au Lait und ein butterzartes Croissant im ‚La Petite Parisienne' zu schlemmen. Der Name rührt von einer kleinen Bronzestatue des Künstlers Paul Gauguin, einer Kopie des Originals von 1880, die von der Besitzerin Madame Fleurant stolz in einer Vitrine präsentiert wird. Wie gerne sitze ich dort, genieße es, die vorbei flanierenden Leute zu beobachten, amüsiert den Straßenkünstlern bei ihren Darbietungen beizuwohnen und verträumt den charmanten Französinnen hinterher zu blinzeln, die sich so elegant zu kleiden und zu bewegen wissen. Der Café Besuch war zur Schul- und Studienzeit ein tägliches obligatorisches Muss für meinen Schulfreund René Monnier und mich. Entweder ersetzten wir die eine oder andere langweilige Schulstunde durch lebensnahe Praxis oder trafen uns dort unmittelbar nach Schulschluss. Eine willkommene Alternative zu den Diskotheken und Studentenkneipen von Paris, in denen wir uns als junge Rebellen austobten. Aber die wilden Tage sind vorbei. Heute verabreden wir uns nur noch ab und an, wenn wir beide mal wieder zur gleichen Zeit in Paris weilen. Wir quatschen dann über die alten, schönen Tage, die uns so viel Unbeschwertheit schenkten.

Aber leider ist auch Paris nicht mehr das, was es einmal war. Just bei meinem letzten Besuch zuhause, führte ich ein ausgiebiges Gespräch mit Madame Fleurant. Ihrer Meinung nach fand in den letzten 10 Jahren ein eklatanter Wechsel statt, bezüglich der Leute. Zu viele Zugezogene, die eine andere Mentalität mitbrächten und zu viele Ur-Pariser, die deswegen Paris verließen.

„On vera", fügte sie an, „man wird sehen, was noch so geschieht". Dabei vermittelte sie mir keinen allzu optimistischen Eindruck.

„Schade, wenn dadurch Paris seinen Charme verlöre“, erwiderte ich nachdenklich.

„Es verliert sicherlich nicht seinen Charme, er wird sich allerdings ändern“, betonte sie, „Paris wird sich anders kleiden, ob die neue Mode einem gefällt, steht auf einem anderen Blatt.“

Wo sie recht hat, hat sie recht, dachte ich bei mir, aber ob das dann noch mein Paris ist, wage ich zu bezweifeln.

Doch Paris ist weit weg, die Realität ist hier und jetzt, sie wartet unbeirrt in Gestalt meines neuen Auftrages. Nüchternheit trat anstelle schwärmerischer Träume und ließ das traute Bild verblassen.

Endlich, nach stundenlanger Besprechung in der Werbeagentur und ausgiebigen Unterweisungen zu meinem Auftrag, neigte sich der Tag bereits seinem Ende entgegen. Ich konnte und wollte mich zu nichts mehr aufraffen, zu intensiv hielt mich meine gedämpfte Gemütsverfassung gefangen, die mich in den letzten Wochen pflegte heimzusuchen. Außerdem hatte mich das überlange Briefing meines neuen Arbeitgebers ermüdet. Ziemlich groggy fuhr ich schnurstracks zu meinem Motel und plante den Tag bei einem Glas Rotwein ausklingen zu lassen. Es war so ein Abend, an dem man sich besser seiner Stimmung hingibt, um die Geister der letzten Tage loszuwerden - verdrängen hätte ja doch keinen Sinn.

Ich entkorkte eine Flasche trockenen Rotwein, füllte ein bauchiges Glas, zog das fruchtige Aroma durch meine Nase und nippte prüfend an dem dunkelroten Inhalt. Um mir eine gemütliche Atmosphäre zu schaffen, zündete ich einige Kerzen und ein paar Räucherstäbchen, die ich aus Bangkok mitgebracht hatte, an, legte eine Disk mit sentimentalen Chansons ein und kostete meine empfindsame Seite voller Sehnsucht und Heimweh.

Melodische Lieder von Charles Aznavour, George Moustaki und anderen begleiteten meine wehmütigen Träumereien. Für viele längst vergessene Namen. Für mich symbolisieren sie mein Paris, meine Kindheit, ein behütetes Erwachsenwerden, das Gefühl unendlicher Freiheit, frei von Leistungsdruck und Zukunftsängsten. Nicht, dass ich wieder ein Teenager sein möchte, ganz und gar nicht, es sind die Umstände, die meine Kindheit und Jugend begleiteten. In meinem humanistisch orientierten Gymnasium gab es keine Klassenunterschiede, egal welchem Elternhaus man entstammte, jedem wurde mit gleicher Achtung begegnet. Keiner protzte mit irgendwelchen Firmennamen an Schuhen oder Kleidungsstücken,

Mobbing kannten wir nicht. Man ging ehrlicher miteinander um. Eine Beziehung galt als etwas Wertvolles und die Begriffe Vertrauen und Ehre waren nicht nur zu bloßen Worthülsen heruntergekommen.

Verhangen in meinen melancholischen Gedanken spürte ich das Verlangen, meinen langjährigen Freund René anzurufen. Ich wählte seine Handynummer und zu meiner Freude ging er ran. Er stand kurz vor der Mittagspause und hatte daher Zeit, sich meiner Sorgen anzunehmen. In einem langen Gespräch kramten wir so manche Erinnerung hervor, lachten beherzt und freuten uns an dem gemeinsam Erlebten, wovon wir beide noch heute zehren. Es war eine gute Zeit, voller Chancen und Möglichkeiten, ausgefüllt und getragen von dem unendlichen Optimismus ausgelassener Jugend. Einer Jugend, der alle Tore offen standen, man musste nur den Schritt wagen, hindurchzutreten.

Das Gespräch hatte mich wieder aufgebaut und ich konnte mich entspannter meinem nächsten Auftrag widmen, einem Foto-Shooting unmittelbar am Venice Beach, noch dazu mit einem verrückten Team. Das versprach Abwechslung. Endlich raus aus dem Morast von Drogenmilieu und Menschenhandel, hinein in eine unbeschwerte Herausforderung. Kein Druck, sondern Spaß, viel Spaß, der mich erwartete. Umso mehr, weil es sich um Werbeaufnahmen mit jungen hübschen Mädchen handelte, die sich in atemberaubender Bademode präsentierten – ein Job, der mir ausgesprochen liegt.

Eines dieser zauberhaften Geschöpfe, Belinda, ein sündhaft hübsches Modell portugiesischer Abstammung und gerade mal 20 Jahre alt, hatte es mir besonders angetan. Sie verstand es, mit all ihren Reizen in delikaten Posen zu kokettieren, um ein neuartiges Erfrischungsgetränk äußerst werbewirksam in den Markt einzuführen. Erfrischung à la Belinda. Wer dieser Suggestion widerstehen kann, ist selbst dran schuld. Ihrem Namen ‚Belinda' machte sie alle Ehre, denn ‚linda', aus dem Portugiesischen kommend, bedeutet schön – und schön war sie, verdammt schön! Bei ihr stimmte alles, lief alles im Einklang harmonisch ineinander über, einschließlich ihrer grazilen Hände und reizvollen Füße. Den rechten schmückte am mittleren Zeh ein silberner Ring, den linken um die Fessel ein feingliedriges Kettchen. Beides verlieh ihren Füßen einen zusätzlichen Hauch an Erotik. Kurzum, sie machte mich verrückt und entfachte in mir wilde Träume.

Die zahlreichen Ablichtungen schöner Frauen, das tägliche Miteinander, die prickelnde Erotik, verbunden mit dem Charme sonnenwarmer Tage, brachten uns unweigerlich näher. Ein Rendezvous für einen der nächsten Abende wäre eigentlich nur konsequent, lachte ich in mich hinein. Außerdem war es einer dieser heißen Sommerabende, die geradezu nach einer Abkühlung schrien.

Deshalb lud ich Belinda in die Cocktail Lounge „The Penguin“ ein, die für ihre außergewöhnlich guten Drinks und ihren urigen Barmixer Jimmy Gonzales lokale Berühmtheit erlangt hatte. Gonzales, ein fideler Sechziger, der trotz seines Alters hinter seiner Bar stets wie ein Wiesel umhertänzelte, brachte es fertig, seine Cocktails, die er immer reichlich abmaß, gekonnt durch die Luft zu wirbeln und mit einem breiten Grinsen nach zwei bis drei Drehungen wieder galant aufzufangen. Diese Behändigkeit brachte ihm den Spitznamen Speedy Gonzales ein. In jedem seiner Cocktails spürte man die Hingabe, mit der er deren Zubereitung zelebrierte. Speedy Gonzales liebte seinen Job … und er war ein Künstler seines Faches, ein ‚ever smiling dancer‘.

Was Belinda tagsüber freizügig offenbarte, verhüllte sie abends umso gekonnter. Der Hauch sinnlicher Erotik umwehte sie, reizvoll untermalt durch ihren eng anliegenden weißen Overall, unter dem sich nichts weiter verbarg als nackte Haut – keinen BH, kein Höschen. Die Konturen ihrer Weiblichkeit spielten in nahezu unverschämter Weise mit den Fantasien des Betrachters. Vor allem mit den meinen. Sie machte mich verrückt, mit ihrem braunen Teint, ihrem offenherzigen Ausschnitt, dessen Reisverschluss mit jeder Bewegung tiefer rutschte und die Ansätze faustgroßer, fester Brüste preisgab. Wie magnetisiert starrte ich dorthin. Mich fror. Ein feines Kribbeln durchzog meinen Körper. Kopf und Nacken liefen heiß und ersterer vermutlich auch rot an. Ich senkte verlegen mein Haupt, lachte überdreht, sog am Strohhalm meines Cocktails, um Belinda dann erneut bewundernd anzublicken. Ihr gefiel es, mit ihren Reizen zu kokettieren. Verdammt! … Sie konnte es sich auch leisten. Sie sah einfach hinreißend aus, berauschend schön und sexy. Mit langen Beinen, harmonisch geschwungen, leicht nuanciert - einfach umwerfend.

Und sie warf mich um. Nach einigen Drinks und anregenden Gesprächen führte uns der Weg ganz unvermutet in mein Appartement – wie eigenartig.

Als Absacker und um unter Beweis zu stellen, was ich bei Speedy Gonzales in vielen kostspieligen Besuchen gelernt hatte, mixte ich uns einen ‚Bitter Pearl', eine eigene Création, die ich bevorzugt zur Einstimmung an romantischen Abenden offerierte.

Für zwei Gläser nehme man:

4 cl Campari, 6 cl Gin, 2 cl Grenadine Sirup + 1 Spritzer Angostura. Den Shaker mit frischem Orangensaft und Eiswürfeln füllen und schütteln. Dann in einen Sektkelch füllen und mit prickelndem Champagner aufgießen.

Nach ein paar tiefen Schlucken, die uns schon den Schweiß aus den Poren trieben, fragte sie nach dem Bad, um sich, bedingt durch sommerliche Hitze und Alkohol, ein wenig frisch machen zu dürfen. Ich begab mich derweil auf den Balkon, atmete die schwüle Sommerluft ein und blickte in die unendliche Weite eines sternenklaren Nachthimmels. Keine fünf Minuten später legte sich eine Hand sanft auf meine Schulter, ich drehte mich herum und da stand sie vor mir – splitterfasernackt.

„So ist es besser, nicht mehr so heiß", hauchte sie mit einem frechen, lustvollen Unterton.

Wie ein Blütenkelch öffnete sie betont ihre Lippen, die wie durch den glitzernden Tau eines frischen Morgens benetzt schienen. Wie süß sie lockte, an ihr zu nippen, mich zu laben an ihrer Weiblichkeit. Sie ist die Blume selbst, der Liebreiz, der Frauen zu Rosen erblühen lässt.

Ich erinnerte mich an den Vers:

Lass uns leben,

Leben, solange die Liebe jung ist,

Voll vom Duft der Rosen

Im Meer atemraubender Küsse.

Unbeschwert und frei,

Genießen die Stunden

Voll süßer Zärtlichkeit.

Begleitet von einfühlsamen Klängen, wie denen von Marvin Gaye mit seinem Song "I warnt you", sanken wir dahin, entschwanden der Realität, tauchten hinein in tiefe Sinnlichkeit, verschmolzen ineinander, wurden eins und berührten die Ewigkeit, wenn auch nur für den Moment eines Wimpernschlags.

8 UNGEAHNTE VERWICKLUNGEN

Die leidige Angelegenheit aus Puerto Peñasco holte mich ein, ein Damokles Schwert, das ich im Liebestaumel mit Belinda total verdrängt hatte. Ich war zu gutgläubig, war mir nicht bewusst, immer noch im Fadenkreuz der Geheimpolizei zu stehen. Wie auch, wenn man derartiges noch nie erlebt hat? Wie sollte man unter solchen Umständen die richtige Einschätzung gewinnen?

Eigentlich wollte ich lediglich eine Beschwerde loswerden, meinen Unmut ausdrücken, wie man einen unbescholtenen französischen Staatsbürger derart in Angst versetzen und verfolgen könne. Ich hoffte, damit die Angelegenheit ein für alle Mal aus der Welt zu schaffen. Aus diesem Grunde begab ich mich ziemlich aufgewühlt zum „Secret Service", der in Los Angeles ein Büro unterhält. Eigentlich ein Ding der Unmöglichkeit, man kann nicht einfach ins Büro des Secret Service stiefeln wie in ein Rathaus. Mein Türöffner bestand in Baker, dessen Telefonnummer ich besaß und der hilfsbereit einen Termin mit dem zuständigen Beamten vereinbarte. Dieser Termin war jetzt, 08:30 a. m.

Während ich auf dem Flur, der nach frischem Bohnerwachs roch, wartete, schossen mir die merkwürdigsten Szenarien und Phantasien durch den Kopf. Ich war darin so vertieft, dass ich erst ziemlich spät den kantigen Hünen bemerkte, der gerade das Büro verließ, in das ich bestellt war. Instinktiv wurde ich des forschenden Blickes gewahr, der auf mir lastete. Ich traute mich nicht in sein Gesicht aufzuschauen, erkannte aber sofort, es könne sich nur um den Mann aus Puerto Peñasco handeln. Selbiger, der dem Mestizen ein Päckchen überreicht hatte.

Mir lief es heiß und kalt den Rücken runter, das Blut schoss mir in den Kopf und Zweifel tauchten in mir auf, ob ich hier das Richtige tat. Wie bescheuert musste ich sein, um mich freiwillig in die Höhle des Löwen zu begeben?

Meine Hände fingen schlagartig an feucht zu werden, was bei mir äußerst selten vorkam. Angstschweiß bildete sich auf meiner Stirn, die ich vergeblich mit meinem Taschentuch zu trocknen versuchte. Schließlich durfte keiner merken, dass ich diesen Mann kannte, wäre dies doch ein Beweis, ihm schon einmal begegnet zu sein. Wo sonst, wenn nicht in Puerto Peñasco, hätte dies geschehen können?

„Herr Ferrol …! Bitte treten Sie ein“ ertönte eine unfreundliche Stimme, scharf und durchdringend. Mein Herz rutschte noch tiefer in die Hose. Ungelenk und nervös betrat ich das Büro, das ringsherum mit teuren Edelhölzern ausgekleidet war und eine gediegene, aber sterile Note vermittelte. Der Boden war großzügig mit schweren Perserteppichen ausgelegt, die meine Schritte dämpften. Ein unangenehmer, leicht beißender Geruch nach Desinfektionsmitteln vermischt mit Zigarettenrauch füllte den Raum. Eine einzige Pflanze stand verloren neben dem geschlossenen Fenster und erweckte nicht gerade einen frischen Eindruck. Dürstend ließ sie ihre Blätter hängen, wie ich meinen Kopf. Hinter einem wuchtigen Schreibtisch aus amerikanischer Weiß-Eiche stand ein fülliger, schwitzender Koloss, breitbackig mit blassrotem Kopf und militärischem Kurzhaarschnitt, der viel zu große Ohren preisgab. Ohren, die wie Trichter zum Lauschangriff ansetzten.

Er trug ein weißes Kurzarmhemd mit feinen, grauen Längsstreifen. Um den Kragen schlang sich eine locker gebundene Krawatte, hellgrau mit dunkelgrauen schmalen Balken, die diagonal von einer Seite zur anderen verliefen. Alles in allem eigentlich recht dezent, wenn mein Gegenüber nicht so entsetzlich schwitzen würde. Ein Umstand, den ich seinen gut drei Zentnern anlastete. Mir hingegen erschien der klimatisierte Raum eher zu kühl, was vermutlich einer rein subjektiven Empfindung aufgrund meiner Gemütsverfassung zuzuschreiben war.

Über seiner linken Schulter spannte bedrohlich ein mit einer Pistole bestücktes Holster, das die Achselpartie seines verschwitzten Hemdes verdeckte.

Ohne mir die Hand zu reichen, was mir in Anbetracht seiner und meiner transpirierenden Hände auch angenehmer war, wies er mir einen bequemen Sessel an, in dem ich mich schutzsuchend verkroch.

„Gestatten, Palmer“, eröffnete er das Gespräch hölzern. „Herr Ferrol, ich weiß warum sie hier sind und was vorgefallen ist. Mr. Baker hat mich bereits über die Details ihrer abrupten Abreise aus Mexiko unterrichtet“, fand er ohne Umschweife zum Thema.

„Wie Mister Baker Ihnen bereits mitgeteilt hatte, sind Sie Zeuge einer Aktion des Secret Service und der Policía Federal Preventiva geworden, wenn auch unfreiwillig, was wir Ihnen zugutehalten. Dennoch sind wir nicht in der Lage, darüber stillschweigend hinwegzusehen. Es dreht sich immerhin um Angelegenheiten der Staatssicherheit. Ich werde mich deshalb hüten, Ihnen alle Fakten auf den Tisch zu legen. Seien Sie froh, dass die mexikanischen Kollegen sie nicht erwischt haben, denn die wären weitaus unsanfter mir Ihnen verfahren.“

Für einen Augenblick, in dem er mich intensiv musterte, unterbrach er seine Schilderung. „Die machen kein Federlesen mit Personen, die als Risikofaktor gelten. Die fragen nicht erst, wer oder was einer ist, man setzt Prioritäten. Sie können sich denken, die liegen ganz klar in der Sicherheit des Staates.“

Er schob eine Pause ein, zündete sich gelassen eine Zigarette an, blies den Qualm bedachtsam in die Luft und schaute diesem andächtig nach, wie er von der Klimaanlage eingesogen wurde und auf nimmer Wiedersehen verschwand. Wahrscheinlich wäre ich in Mexiko ähnlich spurlos verschwunden. Wollte er mir dies in der kurzen Verschnaufpause zu verstehen geben?

„Ich hoffe, Sie erkennen die Tragweite, auch ohne Ihnen Staatsgeheimnisse preisgeben zu müssen. Diese würden Sie unnötig in die Sicherheitsstufe eines Geheimnisträgers erheben. Weder haben Sie dazu die Ausbildung noch die Befähigung, geschweige denn die Nerven und die nötige Gelassenheit. Schon ihre Körpersprache verrät höchste Anspannung und Ihre Angst kann man förmlich riechen. Ein Geheimnisträger muss in allen Lebenslagen Ruhe bewahren. Selbst unter Folter darf er nicht redselig werden“, enttarnte Palmer meine Gemütsverfassung und raubte mir gleichzeitig alle Illusionen. Allein bei dem Wort Folter machte mein Herz einen Satz, nicht vor Freude wie sich versteht.

Das Blatt hatte sich unerwartet und drastisch gewendet. Aus meinem anfänglich harmlosen Besuchsgrund entwickelte sich eine Geheimdienstaffäre, in der ich zum Spielball grenzüberschreitender Ränkespiele wurde und ausschließlich selbst der Leidtragende zu sein schien. Ich vernahm Vorwürfe anstatt Entschuldigungen, Warnungen anstatt nachfühlendem Verständnis, Einschüchterungen statt Mut machender Ratschläge. Ich wischte mir verlegen den Schweiß von der Stirn und hoffte, das Gespräch sei endlich zu Ende, als Palmer zu einem erneuten Schlag ausholte.

„Ich bitte Sie, mir noch eine Frage ehrlich zu beantworten. Sollten Sie lügen, würden wir es sowieso herausfinden“, wobei sich seine Mimik zu einer Grimasse verzerrte, die nichts Gutes erahnen ließ.

„Haben Sie noch irgendwo irgendwelche Fotos aus Puerto Peñasco, auf denen Ihnen etwas Ungewöhnliches aufgefallen ist?“

„Nein“, log ich prompt, denn meine Rückversicherung wollte ich nicht ohne weiteres preis- bzw. aufgeben.

„Haben Sie überhaupt noch irgendwelche Fotos aus Puerto Peñasco?“, bohrte er weiter.

„Nur sehr wenige, da man mir ja die meisten abgenommen hatte“, gab ich freiwillig zu, denn man würde es ja anhand des Reisemagazins sowieso herausfinden. „Sie können sie gerne sehen“, bot ich ihm an. „Ich habe alle auf einem Stick.“ Dabei beugte ich mich halb auf, kramte in meiner linken Hosentasche und fingerte den USB-Stick heraus, den ich Herrn Palmer über die schwere Tischplatte zuschob.

Der Agent blickte missmutig auf den Datenträger, drückte dann auf eine Taste seiner Sprechanlage und rief, mit Sorgenfalten auf der Stirn, jemanden herein. Eine Dame im mausgrauen, luftigen Business-Kostüm, passend zur Krawatte Ihres Chefs, durchmaß mit kleinen Schritten fast unhörbar den Raum. Wäre da nicht das leichte Rascheln vom Stoff ihres Rockes, man hätte sie nicht kommen hören. Sie trug ihre Haartracht streng zu einem Knoten zurückgekämmt, den sie mit großen Hornspangen zusammensteckte. Die Wangen eingefallen, ausgeprägte Falten zwischen Nase und Lippen in Verbindung mit tiefliegenden Augen und aschgrauer Hautfarbe ließen auf eine Person mit viel Stress und Frust schließen, welchen sie nicht ausreichend zu bewältigen vermochte. Wortlos nahm sie die Speicherkarte in Empfang und entschwand ebenso leise, wie sie gekommen war.

„Ich hoffe in Ihrem Sinne, wir finden nichts, was die Angelegenheit verkomplizieren könnte“, fügte Palmer besorgt hinzu.

Ich blickte still und verunsichert vor mich auf den Boden, wo meine Schuhspitzen nervös den feinknotigen Perserteppich bearbeiteten. Ich spürte, wie sich Puls und Blutdruck erhöhten. Wusste der Geheimdienst bereits mehr als mir lieb sein konnte? Hatte er mein Versteck im Cyberraum aufgespürt? Fragen, die mir durch den Kopf schossen und meine Schweißdrüsen aufs Äußerste herausforderten.

Während wir warteten, fing Mister Palmer an, mit einigen anscheinend belanglosen Fragen zu meiner Arbeit und Person, mir meine sichtliche Anspannung zu nehmen. Er bemühte sich, Vertrauen aufzubauen. Nebenbei bot er mir ein Glas kühles Wasser an, das ich gerne annahm und begierig auf einen Zug leerte. Beim Nachschenken lenkte er mit einer gezielten Frage wieder auf das eigentliche Thema meines Kommens.

„Wenn man Ihnen als Fotograph und Journalist viel Geld für Fotos und eine, sagen wir mal Enthüllungsstory böte, wie reagierten Sie?“

Ich wusste natürlich sofort, worauf er hinauswollte, und zog mich galant aus der Affäre, indem ich ihm schlagfertig und orakelhaft antwortete.

„Enthüllungsstorys müssen immer dem Volk und damit dem demokratischen Staat in seiner Gesamtheit dienen, nur dann macht es Sinn. Widersprechen sie diesen Prinzipien, handelt es sich um unmoralischen Sensationsjournalismus, den ich verabscheue und nicht billige“

„Eine interessante Argumentation“, meinte er anerkennend. „Da Sie ja durch Ihre Arbeit etwas mehr Einblick in die Bandenkriminalität erhielten, vor allem was die mexikanischen Grenzgebiete angeht, würde es mich interessieren, wie Sie persönlich zu diesen Geschehnissen stehen?“

„Ich kann nur sagen, dem ist unbedingt und mit allen Mitteln Einhalt zu gebieten. Es kann doch nicht sein, dass Menschen aus reiner Profitgier verschleppt, überfallen, ermordet oder süchtig gemacht werden“, teilte ich ihm meine ehrliche Meinung mit.

„Und was würden Sie dagegen tun, was würden Sie empfehlen?“, fragte er hinterlistig.

„Ich hätte nichts gegen ein hartes Durchgreifen, kleinere Dealer eingeschlossen. Diese Kriminellen müssen von der Straße. Es dreht sich um den Schutz ehrlicher Bürger, um Frauen und Kinder.“ Indem ich das vehement und überzeugend rüberbrachte – es entsprach immerhin meiner tatsächlichen Anschauung – wusste ich noch nicht, wie nahe ich damit der Wahrheit kam.

Mittlerweile waren über zwanzig Minuten verstrichen, bis endlich die Mitarbeiterin wieder das Zimmer betrat und für alle vernehmlich erklärte, keine belastenden Fotos auf dem Speicher zu finden. Ich konnte froh sein, mein Bauchgefühl hatte mir den richtigen Rat erteilt, die besagten Bilder auf der Speicherkarte zu löschen und die laufenden Bildnummern der verbliebenen zu manipulieren.

„Ausgezeichnet!“, freute sich Herr Palmer sichtlich, mit einer Ehrlichkeit, die ich ihm durchaus abnahm.

„Nun gut, Sie scheinen vernünftig zu sein und meine Befürchtungen haben sich nicht erhärtet.“ Dabei klang seine Stimme recht zuversichtlich, was wiederum meinen Optimismus nährte.

„Welche Möglichkeiten habe ich, um ein für alle Mal diese missliche Angelegenheit hinter mir zu lassen?“, signalisierte ich mitwirkende Bereitschaft, ohne nach dem tieferen Grund der Brisanz zu bohren, was mir klüger erschien.

„Ich will Ihnen unverhohlen folgenden Vorschlag unterbreiten: Reden Sie mit niemandem über diese Angelegenheit, bewahren Sie absolutes Stillschweigen, selbst im engsten Freundeskreis.“

„Und“, fuhr er nach einer gedehnten Atempause reichlich unsensibel fort, „ich rate Ihnen dringend, die USA zu verlassen und so schnell nicht zurückzukommen – zumindest solange bis Gras über die Sache gewachsen ist.“ Bei diesen Worten, die er allem Anschein nach für einen gut gemeinten Vorschlag hielt, sah er mir fest in die Augen, als wolle er bereits im Vorfeld ein entrüstetes Aufbegehren meinerseits abwiegeln.

„Und wie lange wäre das nach Ihrer Meinung?“, wollte ich wissen, während sich meine Brauen fragend hoben und eine leichte Irritierung ausdrückten. „Ich muss schließlich öfters beruflich her.“

„Ich denke maximal ein Jahr, dann dürfte der Akt geschlossen sein“, verriet er mir zufrieden, wobei sich sein Körper entspannte, er seine mittlerweile dritte Zigarette ausdrückte und die gefalteten Hände auf seinem prallen Bauch ablegte. Dabei schaukelte er mit seinem Drehstuhl hin und her, ohne dabei seinen musternden Blick von mir zu wenden.

„Wenn es sein muss, dann bleibt mir ja nichts anderes übrig“, erwiderte ich betroffen. „Natürlich werde ich mich Ihrem Wunsch beugen … ich bin zumindest froh, dass die leidige Angelegenheit damit ausgestanden ist und nicht noch mehr eskaliert“, gab ich ehrlich erleichtert zu, fiel doch damit die Furcht vor lästigen Nachstellungen weg. Geflissentlich verbarg ich aber meinen unterschwelligen Zorn darüber, unschuldig in eine geheime Staatsaffäre verwickelt worden zu sein und dann nicht einmal mit freiem Geleit, Entschuldigungen sowie finanzieller Wiedergutmachung, was meinen Laptop anbelangt, entschädigt zu werden.

Wir erhoben uns beide und der dicke Palmer begleitete mich plattfüßig in den Gang, wo er mich der Obhut seiner Mitarbeiterin anvertraute und sich für die gute Kooperation dankend verabschiedete.

Nachdenklich und, was meinen Wissensdurst anbelangte, äußerst unbefriedigt schlenderte ich planlos durch die Straßen. Sie lagen im kalten Schatten der Wolkenkratzer, die den Einfall von wärmenden Sonnenstrahlen verhinderten. Erst gegen Mittag, wenn die Sonne nahezu senkrecht steht, würde sich das kurzzeitig ändern. Mich fröstelte. Die hohen Fassaden der Betonblocks drohten sich mir zuzuneigen, unter ihrer Last über mir zusammenzubrechen und mich zu erdrücken. Schnell weg von hier, war im Moment mein einziger Gedanke, einer der wenigen Wünsche, der sich leicht erfüllen ließ. Ich eilte zur U-Bahn und wollte gerade ein Abteil betreten, als mich ein Mann harsch anrempelte, mir eine Tüte vor die Brust drückte und sagte:

„Hier nehmen Sie, stellen Sie keine Fragen“. Mag es der Schreck oder ein Reflex gewesen sein, ich weiß es nicht, vielleicht beides, jedenfalls ergriff ich überrascht die Tüte. Im gleichen Moment tauchte der Fremde in der Menge unter, als hätte die Begegnung nie stattgefunden. Dieser Vorfall ereignete sich derartig schnell, dass ich wie erstarrt stehen blieb. Hilflos und verwirrt blickte ich einem wehenden karierten Hemd nach, mehr vermochte ich in der Kürze nicht zu erkennen. Weder das Gesicht, noch die Gestalt der merkwürdigen Person hätte ich beschreiben können. Nur, dass es sich um einen Weißen, männlichen Geschlechts handelte, das hätte ich mit Sicherheit bezeugen können, mehr aber auch nicht.

Ein kurzer vorsichtiger Blick in die Tüte ließ einen schmalen Umschlag erkennen. Abtastend nahm ich ihn heraus, riss neugierig den Verschluss auf und förderte einige Dokumente hervor. Der geheimnisvolle Umstand der Aushändigung riet mir allerdings, ein genaueres Durchlesen auf später zu verschieben. Hier in aller Öffentlichkeit gäbe es zu viele Beobachter. Vielleicht wurde der Überbringer überwacht. Nervös um mich schauend, von der Geheimnistuerei des Fremden angesteckt, begab ich mich auf dem direkten Weg in mein Appartement. Immer wieder drehte ich mich um, blieb an einem Schaufenster stehen, in dessen spiegelndem Glas ich die rückwärtige Straßenseite überblicken konnte, bemerkte aber keine mir verdächtig erscheinende Person.

„Verflixt, Belinda", zischte ich durch die Lippen. „Sie wartet sicherlich schon sehnsüchtig und voller Sorgen auf mich." In der Aufregung der letzten Stunden hatte ich Belinda total vergessen. Sie wusste von meinem Treffen, jedoch nicht, worum es ging. Damit wollte ich sie auf keinen Fall belasten. Ich kramte mein Handy hervor und rief sie an. Schon bei ihren ersten Worten spürte ich ihre Besorgnis, die ich sogleich zu zerstreuen wusste.

„Belinda, kleiner Frosch, es tut mir leid, es hat länger gedauert, als ich dachte. Ich möchte mich noch schnell umziehen und Dich dann zum Mittagessen einladen, was hältst Du davon?", säuselte ich aufmunternd.

„Ich sorgte mich bereits", gab sie ehrlich zu. „Hauptsache, es ist alles in Ordnung. Das ist es doch … oder?", fragte sie. Zweifel lag in ihrer Stimme.

„Na ja", zögerte ich mit der Antwort. „Sagen wir mal, es könnte schlimmer sein", bemühte ich mich spaßig zu geben. „Ich erzähle Dir beim Essen davon. Ich hole Dich in einer Stunde ab, passt Dir das?"

„Natürlich – komm, wenn Du fertig bist, ich laufe Dir nicht weg, auch wenn ich schon einen gewissen Heißhunger verspüre", lachte sie zweideutig.

Endlich in meiner Wohnung angekommen, staunte ich nicht schlecht über das, was der anonyme Fremde mir zugespielt hatte. Neben einer umfangreichen Liste von Namen und Firmen befand sich ein Dokument darunter, aus dem eine enge Zusammenarbeit zwischen dem Secret Service und der mexikanischen Unidad de Asuntos Internos hervorging. Letztere ist eine Unterabteilung der Policía Federal Preventiva, die sich für innere Angelegenheiten verantwortlich zeigt. Das Dokument gab einen Schriftverkehr wieder, aus dem hervorging, dass in beider Interesse das klare Ziel lag, mittels verdeckter Ermittler, dem Organisierten Verbrechen ein für alle Mal das Handwerk zu legen. Die zahlreichen Entlassungen und Verhaftungen innerhalb der PFP gingen auf das Konto dieser Undercover-Einsätze. Eine höchst gefährliche, eine lebensgefährliche Aufgabe.

Naheliegend, dass die zuständigen Behörden ins Schwitzen kamen, als ihr so ein Trottel von Fotograph in die Quere kam und obendrein den verdeckten Einsatz per Bild festhielt. Nicht ohne Grund fürchtete die Sonderkommission die Enttarnungen ihrer Spitzel. Einerseits ging es um Kopf und Kragen für die Agenten, die wagemutig ihr Leben riskieren und andererseits würde ein Auffliegen der Operation korrupte Beamte vorzeitig warnen, was letztendlich den Erfolg der gesamten Säuberungsaktion infrage stellte und monatelange Arbeit zunichtemachte.

Nach Abwägung dieser Umstände, stiegen in mir Zweifel auf, ob es allein die mexikanischen und letztendlich auch die US-amerikanischen Regierungsbeamten seien, die es auf mich abgesehen hatten, denn an einem ähnlichen Interesse dürfte dem dortigen Kartell gelegen sein. Es war also reiner Selbstschutz, wenn ich versuchte, mich damit zu beruhigen, die Mafia könne von den Fotos eigentlich nichts wissen, es sei denn, ein Spitzel hätte ihnen gesteckt, wie und womit ich in die Angelegenheit verwickelt bin. Beobachter auf dem Polizeirevier in Puerto Peñasco hatte es zur Genüge gegeben. Nicht genug mit den verfänglichen Fotos, jetzt hielt ich zu allem Überdruss auch noch beweiskräftige Dokumente in meinen Händen. Ein weiterer Grund, sich an meine Fersen zu heften. Kurz um, nichts war ausgestanden, es ging alles von vorne los.

Die Namensliste sagte mir nichts. Ich stellte lediglich fest, dass es sich um Vor- und Zunamen verschiedener ethnischer Herkünfte handelte. Aus dem arabischen Raum, aus Asien, aus englischsprachigen Gebieten, aber auch deutsche und osteuropäische Namen waren verzeichnet. Wer diese Leute sind und welche Bedeutung ihnen zukommt, hoffte ich noch zu erfahren. Im Moment schenkte ich den aufgeführten internationalen Firmen mehr Aufmerksamkeit, sie könnten immerhin aufschlussreich sein für die Verwicklung multinationaler Großkonzerne in dubiose Geschäfte düsterer Kartelle und Verbrecherclans.

Einer Randnotiz zufolge, handelte es sich um Firmen, die immer wieder im weiteren Umfeld von Verschleppungen genannt werden. Eigentlich unverdächtig als bloße Notiz, sieht man sie allerdings immer wieder in

Polizeiberichten oder Pressemitteilungen auftauchen, sollte einem das schon zu denken geben. Und das tat es, zumindest bei dem Namen eines der aufgeführten Unternehmen. Sofort stach mir eine Firmenbezeichnung ins Auge, die ich bereits in einem Zeitungsartikel in Bangkok gelesen hatte. Es handelte sich um die Blumenfirma „THAI ORCHID". Kurz entschlossen, mehr über diese Firma zu erfahren, schrieb ich ein E-Mail an Glen in Bangkok, mit der Bitte, nähere Informationen über diese Firma einzuholen, wer in der Geschäftsleitung sitze, womit sie ihre Geschäfte mache u.s.w. Hier in Los Angeles konnte ich ja schlecht nachhaken, ohne mich selbst in die Bredouille zu bringen. Die Unterlagen existierten offiziell ja nicht. Ein Blick ins Internet gab auch nichts her, nur Firmenname und Adresse in Bangkok, mehr nicht.

Das wäre wahrlich ein Volltreffer, wenn die THAI ORCHID in den kriminellen Machenschaften verwickelt wäre, vielleicht wäre damit der Durchbruch geschafft und man tappte weniger im Dunkeln. Ein erster Anhaltspunkt? In jedem Fall schienen die Dokumente von höchster Brisanz zu sein, weit wichtiger als meine Fotos. Deshalb machte ich mich sofort daran, sie in meinen Computer einzuscannen, um sie später auf meinem Sicherheitsserver in Vanuatu zu verstecken.

In gespannter Vorahnung verließ ich das Haus und begab mich zu Belinda, die sich gerade frisch zu machen schien, denn sie empfing mich in einem seidenen Morgenmantel, unter dem sie nichts als ihre gebräunte glatte Haut trug – verführerisch anzusehen. Ihr Körper duftete betörend nach Shalimar und raubte mir die Sinne. Frei nach Goethe könnte man behaupten, halb zog sie ihn, halb sank er hin und ergab sich seinem Verlangen. Und mein Hunger? Was sollte damit sein, der hatte sich verflogen, wer soviel Naschwerk vor sich hat, denkt nicht an banales Futter.

Zwei Stunden später änderte sich das. Wir bekleideten uns beschwingt und suchten ein Lokal, das geöffnet hatte, es war mittlerweile Nachmittag. In Los Angeles stellt das kein Problem dar, genügend Speiselokale servieren rund um die Uhr warme Mahlzeiten, nicht nur Burger oder Fish & Chips. Roberto grillt köstliche Steaks, gut marmoriert und superzart, außen kross, innen englisch, mit Kräuterbutter, Salz und Pfeffer – als Beilage Salat und French Fries. Ich lachte vor Vorfreude.

Nach dem 500-g-T-Bone-Steak war mir das Lachen allerdings vergangen.

„Mein Magen schreit um Hilfe", maulte ich.

Belinda grinste Mitleid heuchelnd, für mich und meinen armen Bauch.

„Ich habe es dir gleich gesagt, Du wolltest nicht hören, Du bist eben unersättlich und zu gierig. Geschieht Dir jetzt recht“, zog sie mich auf.

Zurück im Appartement musste ich mein Hemd öffnen, so spannte die Knopfleiste. Nach einem Whiskey, hier gibt es leider nur Bourbon, und frischer Luft auf dem Balkon gab der Druck allmählich, ganz allmählich nach und ich nickte rundum zufrieden ein. Orpheus schenkte mir das zweite Mal seit Wochen einen ruhigen Schlaf und das für eine Länge von satten zehn Stunden.

Am nächsten Morgen weckten mich ein sanfter Kuss und der Duft von aromatischem italienischem Kaffee, kombiniert mit frisch gebackenen Croissants – meinem unangefochtenen Lieblingsfrühstück.

„He, Hallo! Bin ich etwa im Paradies?“, fragte ich Belinda angenehm überrascht.

„So verhauen wie Du aussiehst, krabbelst Du gerade aus der Mülltonne, mein Lieber“, feixte sie.

„Na ja, die eineinhalb Jahre Altersunterschied muss man ja irgendwie erkennen“, gab ich mich gelassen.

„E-i-n-e-i-n-h-a-l-b Jahre? Du hast wohl die Null vergessen, alter Mann“, schlug sie mir die Wahrheit um die Ohren.

„Au Backe, das war’s dann wohl mit meiner guten Laune“, murrte ich gekünstelt und zog meine Mundwinkel enttäuscht nach unten. „Gib mir 'ne Minute im Bad und ich bin ein neuer Mensch“, schlug ich ihr vor.

„Eine Minute …? Wohl eher eine Stunde und ob dann Dein Bemühen mit Erfolg gekrönt sein wird, wage ich zu bezweifeln“, kicherte sie kopfschüttelnd vor sich hin.

„Nimm mir nicht jeglichen Mut“, jammerte ich, den Beleidigten spielend.

„Och, mein kleiner Pascal, weine nicht, alles wird gut“, sorgte sie sich mütterlich und streichelte mir über mein strubbeliges Haar, wie bei einem kleinen Buben, wobei sie ihr freches Lachen kaum noch an sich halten konnte.

„Das will ich hoffen“, gab ich mich optimistisch.

Behänd – na ja, sagen wir leicht gequält, schälte ich mich aus dem molligen Bett, wankte, immer noch schlaftrunken, ins Bad, um mich an dem Kunststück meiner Verschönerung zu versuchen.

Eine halbe Stunde später saß ich mit Belinda, die mich diabolisch beäugte, am Frühstückstisch – sie hatte Recht behalten, alle meine Anstrengungen waren hoffnungslos danebengegangen. Ich schaute immer noch leicht lädiert und zerknautscht aus, die Haare ungebändigt, wenn auch sonst ganz frisch. Egal, ich fühlte mich glänzend. Und in Belindas Gegenwart, trotz, oder gerade wegen ihrer amüsanten Anspielungen, gleich zweimal.

9 ABSCHIED

Wie es so ist, gibt es immer einen Tag danach, mal schön, mal weniger schön. Heute löste das weniger Schöne das Schöne ab und zeigte sich in Gestalt von Glens Mail-Antwort.

Hallo Pascal,

leider kann ich Dir nicht allzu viel zu der Firma THAI ORCHID mitteilen. Ich habe herausgefunden, dass sie zu einer Holding gehört, die unter dem Namen Thai Orchid Holding N.V. im niederländischen Amsterdam firmiert. Die Gesellschaftsform entspricht einer Aktiengesellschaft, bei der die Gesellschafter nicht namentlich genannt sein müssen und im konkreten Fall auch nicht sind. Wer dahinter steckt, kann nur vor Ort in Erfahrung gebracht werden. Ihr Firmensitz ist in der Koningslaan gemeldet. Mehr ist von hier aus nicht zu eruieren. Tut mir leid, mein Lieber.

Ich habe eine weitere Nachricht für Dich – keine gute.

Von den Mädchen, die sich so tapfer im Frauenhaus gegen die Schlepper zur Wehr gesetzt haben, ist eine ihren Verletzungen erlegen, von den Entführten fehlt weiterhin jede Spur. Lediglich eine wurde, wie sich später herausstellte, bei der Razzia aufgegriffen und den Klauen ihrer Kerkermeister wieder entrissen.

Samak kämpft wie ein Löwe tapfer den Kampf des Unterlegenen. Er gibt nicht auf. Zwei seiner engeren Mitarbeiter wurden wegen nachweislicher

Korruption entlassen. Keine rosigen Aussichten.

Charine lässt Dich recht herzlich grüßen, ihr geht es gut. Manchmal vermisst sie Dich sogar. Ich helfe ihr beim Vergessen so gut, wie ich kann.

Liebe Grüße

Glen

„Aha!“, dachte ich nach dem Lesen der Zeilen. Bahnt sich da etwas an, zwischen Glen und Charine? Eigentlich würde ich es beiden gönnen, vor allem ihr. Sie braucht einen Beschützer, jemanden, der immer für sie da ist.

Der restliche Mail-Inhalt warf einige Fragen auf, die von hier aus nicht beantwortet werden konnten. Ich griff zum Handy und drückte die Schnellwahltaste von Pierre Flaubert.

„Hier Flaubert“, gähnte mich eine tiefe Stimme an.

„Ha, jetzt habe ich Sie wohl beim Schlafen erwischt, wie?“, zog ich meinen Freund auf.

„Mensch Pascal, das mit der Zeitverschiebung ist nicht so Ihr Ding, gell?“, hüstelte er verschlafen.

„Wie Du mir, so ich Dir“, gab ich schadenfroh zur Antwort.

„Pierre“, fuhr ich ernsthafter fort. „Ich brauche Ihre Hilfe. Wenn ich mich recht erinnere, unterhalten Sie gute Kontakte nach Holland. Könnten Sie mir dort einen unverfänglichen Auftrag besorgen, ich muss dringend nach Amsterdam, um über eine Firma zu recherchieren, die mit Menschenhandel etwas zu tun haben könnte. Bereits zweimal ist mir diesbezüglich deren Name begegnet, unlängst in Bangkok und jetzt hier auf einer Liste mit Firmen, die der Korruption und des Menschenhandels verdächtigt werden. Ich schicke Ihnen Namen und Daten per E-Mail. Ich brauche außerdem einen zuverlässigen Ansprechpartner vor Ort, der sich im Milieu und mit Briefkastenfirmen auskennt.“

„Nicht so einfach, wie Sie glauben. Mal sehen, morgen früh, jetzt ist es kurz nach Mitternacht, da erreicht man niemanden, außer man wird von einem Halbwilden geweckt.“ Sein Grollen war nicht zu überhören. „Ich rufe Sie morgen zurück, sobald ich etwas weiß.“ Es klickte, das Gespräch war beendet.

Es wird sich nicht vermeiden lassen, nach Amsterdam zu fliegen, wenn ich weiter an der Sache dranbleiben wollte. Und dass ich das wollte, steht außer Frage, vor allem seit der Tragödie mit Elaine. Ich muss die Transportwege der Schlepperbanden ausfindig machen, unbedingt, nur so besteht eine Chance, Elaine aufzuspüren.

Bis zu Pierres Antwort blieben mir noch 8-10 Stunden, in denen ich mir eine Strategie ausdenken konnte und vor allem, wie ich es meiner kleinen Belinda behutsam beibringen soll. Wir hatten uns zu Beginn unserer Affäre darauf geeinigt, unserem Beruf Vorrang einzuräumen und unsere Gefühle hinten an zu stellen. Alles ganz schön und gut – in der Theorie. In der Praxis sieht das total anders aus. Wer konnte am Anfang unserer Beziehung schon ahnen, wie intensiv sich unsere Gefühle in so kurzer Zeit entwickeln würden? Es sind die Flugzeuge im Bauch, das Feuer des Verliebtseins, die warmen Stürme, die einen ergreifen, emporheben in die Lüfte, einen schweben lassen in ferne Dimensionen. Und jetzt? Unsere Gefühle würden Achterbahn fahren, kurz gesagt ein emotionales Desaster – für beide.

Ich erkundigte mich provisorisch nach Flügen in Richtung Holland, um einen Zeitplan aufzustellen und die verbleibenden Tage sinnvoll zu nutzen. Ein tatenloses Rumsitzen, bei dem wir Däumchen drehend auf meine Abreise warteten, ging uns gegen den Strich, wir würden verzweifelt die Minuten zählen. Warten auf den Abschied? Nein! Vielmehr schwebte mir vor, die restliche Zeit mit Belinda auszukosten, mit ihr etwas zu unternehmen, etwas, das uns als unvergessliches Erlebnis in Erinnerung bliebe, von dem wir zehren könnten. Mehr als eine Woche würde uns kaum zu Verfügung stehen – ich musste so schnell wie möglich nach Amsterdam. Jeder Tag Aufschub könnte die Spuren verwischen. Immer vorausgesetzt, ich liege mit meiner Vermutung richtig. Ich muss das Eisen schmieden so lange es heiß ist, denn in wenigen Monaten kann ein Firmennetz schon wieder ganz anders strukturiert sein. Die Kartelle sind da sehr schnell und findig. Firmen werden gelöscht oder gehen Konkurs, wechseln den Namen, werden übernommen, verschmelzen zu einer Holding, verschieben den Firmensitz von Land zu Land – Hunderte von Möglichkeiten, die Fährten unleserlich zu machen.

Die folgenden Stunden entwickelten sich weit weniger emotional belastend, als ich befürchtete. Wenn ich glaubte, mich würden Vorwürfe erwarten und eine am Boden zerstörte, den Tränen nahe Belinda, dann kannte ich diese großartige Frau nicht. Gefasst, selbstlos und tapfer stellte sie sich der Situation. Ihr war die innere Erregung anzumerken, die Turbulenzen in Kopf und Magen, aber sie nutzte sie nicht als Druckmittel, um mich zum Bleiben zu überreden. Sie gab mich frei. Diese Reaktion überraschte mich so sehr, dass ich weit mehr am Wasser gebaut war als meine linda Belinda, die ihre Gefühle unter Kontrolle zu halten wusste.

„Wir wussten beide von Anfang an, eine Beziehung wie die unsere, unter dieser beruflichen Belastung, könne nicht ewig währen. Kein Traum dauert ewig. Wir wollten es nicht wahr haben, versuchten diesen Tag der Trennung immer weiter nach hinten zu schieben, doch nun ist er da. Ich habe damit gerechnet“, brachte sie mit zitternder Stimme hervor. Nahm mich in ihre Arme und drückte mich fest an sich. Wir verharrten minutenlang ohne ein weiteres Wort aber mit Tränen in den Augen.

Unsere Werbeaufnahmen waren abgeschlossen und damit unsere Arbeit. Nichts würde uns demnach hier in L.A. halten, wir wären frei und ungebunden, zumindest für einige Tage.

„Wir sollten die Tage nutzen, in einen der Naturschutzparks oder ans Meer fahren, was meinst Du?“, fragte ich Belinda aufmunternd.

Sie brachte kein Wort heraus, allerdings begannen ihre wunderschönen Augen langsam zu strahlen und die Mutlosigkeit wich aus ihrem traurigen Gesicht. Wieder umarmte sie mich und kuschelte ihr süßes Näschen an meine Schulter.

Wir brauchten frische Luft, Abwechslung, Ablenkung, Aufmunterung, ach was weiß ich, wir mussten einfach raus aus diesem Stimmungstief.

„Komm, lass uns am Meer spazieren gehen“, schlug sie, wie gewandelt, mit fester Stimme vor. „Schauen wir uns den Ort an, wo Du die ersten Fotos von mir geschossen hast. Du warst dabei ganz schön aufgeregt.“

„Ich und aufgeregt, ich bin doch kein Anfänger“, gab ich ihr zu verstehen.

„Nein, dies nun wirklich nicht, aber ich glaube, so wie Du mich angestrahlt hast, hattest Du Dich wohl ein wenig in mich verguckt, kann das sein“, hüstelte sie ein wenig verlegen. „Na sag schon! Du wolltest mich fotografieren, ohne den Deckel von der Linse zu nehmen, dann bist Du beinahe über das Beleuchtungskabel gestolpert und zu guter Letzt hast Du Dir noch den Mittelfinger in Deiner Fototasche gequetscht. Oder etwa nicht?“

„Das war doch halb so schlimm, der Verschluss hatte geklemmt, mehr nicht. Und das mit der Tasche hatte ich doch sofort gemerkt und meinen Finger weggezogen."

„Ja und das so lautstark, dass sich das ganze Team nach Dir umdrehte. Als es Dein verdutztes Gesicht sah und den Finger, der in deinem Mund steckte, hattest Du alle Lacher auf Deiner Seite", neckte sie mich.

„Mann … ja, es hat im Moment wehgetan, na und?"

„Nichts und … Du warst nervös, gib es zu, los!" Um ihrer Forderung Nachdruck zu verleihen, puffte sie mich energisch in den Arm.

„Die Sonne blendete mich ... und … okay, okay – ich war nervös", ergänzte ich schnell, als sie erneut ansetzte, meinen Arm zu traktieren.

„Na siehst Du, geht doch", lachte sie hämisch, hakte sich vergnügt unter meinen Arm ein und zog mich zum Strand.

Während wir flanierten, lauschten wir dem Rauschen der Brandung und bewunderten die Artisten, die überall ihre Künste darboten. Venice Beach ist eine Attraktion der besonderen Art. Diese Massen an spielenden, lachenden Menschen, Lesben, Schwulen, mit Muskeln bepackten Athleten, die ihre Körper zur Schau stellen. Spärlich bekleidete OP-Schönheiten, smarte Frauen auf Roller Skatings, trendige Jungs auf Skateboard-Bahnen – alles nach dem Motto „sehen und gesehen werden". Auf einem Schild, mitten in einer Grünanlage, ist zu lesen: *Another day in paradise.* Eine einzige Partymeile rund um die Uhr, gespickt mit Süchtigen nach Leben, nach Freiheit, nach Abwechslung, nach Verdrängung – Venice Beach, ein Mekka der Träumer.

Schaut man allerdings genauer hinter die Kulissen, hinter die lachenden Fassaden, ist schnell eine aufgesetzte Sorglosigkeit zu erkennen, eine Unbekümmertheit, die einem vorgeführt wird. Eine Show, die man feiert, als wäre es der letzte Tag auf Gottes Spielwiese. Mir scheint, als agierten sie wie Statisten in einem großen Drama, dessen Regie jemand Fremdes führt. Jemand, der ihnen einen Freiraum suggeriert, ohne sie dabei von den Strippen ihres Marionettendaseins abzuknüpfen. Als suchten sie ein Ventil, einen Ausweg aus der Trübsal des Alltags, so wie wir jetzt. Auszubrechen aus zwanghaften Tagesabläufen, aus zwanghaften Lebensplanungen, wie Schule, Beruf, Haus bauen, Kinder kriegen, Pferd und Hunde halten, eben gesellschaftliche Zwänge, die man sich schnell zu eigen macht, ohne groß nachzudenken. Raus aus dem Spießertum, als Schatten einer überdehnten Gesellschaftsform, die uns Wohlstand anhand festgesetzter Marken, Standards und Verhaltensmuster einbläut. Glück unterliegt nicht mehr einer individuellen Empfindung, sondern einer kollektiven und standardisierten Checkliste, die es gilt abzuarbeiten. Edelmann und Edelfrau, Haus, Pool, Garten, Luxuskarosse als Lifstyle. In der Freizeit, die damit nicht mehr frei ist, Bungee- oder Basejumping vom Staudamm, von der Europabrücke oder von hohen Gebäuden, Wingsuit-Fliegen, Drahtseilakte zwischen Wolkenkratzern, Braveheart-Battle, Ultratriathlon, Extremklettern - alles, was einen Adrenalin- und Endorphin-Kick verspricht. Für die Pausen zieht man sich Koks rein, frönt perversen Liebesspielen mit täglich wechselnden Partnern und ertränkt seinen Frust im Komasaufen. Eben Party, Party und nochmals Party, sich ausklinken aus der ‚Normalität'. Leben allein reicht nicht mehr, es bedarf schon des ultimativen Kicks. – Das gewinnt mir keinen Respekt ab, eher Mitleid.

Endlich kam der erwartete Anruf, der mich aus meinen Grübeleien herausriss.

„Hier Pierre, ich habe mich erkundigt. Sie haben nicht viel Auswahl, lieber Pascal. Eine Agentur sucht jemanden, der die Verhältnisse auf Zeeland kennt und Material für eine Werbebroschüre liefern kann. Fotos, Recherchen, Sie wissen schon. Ich dachte mir, Sie sind schon öfters dort gewesen und habe daher der Agentur ihre Unterlagen gemailt. Sie versprachen mir, die nächsten Stunden zu antworten. Außerdem habe ich jemanden aufgetrieben, der sich im Milieu gut auskennt. Pieter van de Stromen, ein Eigenbrötler, hartnäckig, verbissen, lässt sich nichts sagen und tritt bei den Behörden des Öfteren ins Fettnäpfchen, so wie Sie Pascal", röhrte er lachend ins Telefon. „Sie werden sich blendend verstehen", prustete er vor Freude.

„Sie sind heute vom Schabernack gebissen, wie mir scheint, oder hatten Sie zum Frühstück einen Clown verschluckt?", gab ich mich zerknirscht.

„Pah! Sie werden schon sehen", versuchte er sein sarkastisches Lachen zu unterdrücken. „Übrigens habe ich ihm bereits alle wichtigen Angaben zukommen lassen. Dann kann er gleich loslegen und sie sparen Zeit."

„Großartig! Da haben Sie ja ganze Arbeit geleistet", lobte ich meinen Chef.

„Tja, so bin ich eben – einzigartig großartig, ganz meinem Naturell entsprechend“, kicherte Pierre.

Die schnelle und mitdenkende Reaktion von Pierre freute mich ungemein, aber aufgrund meiner lädierten Stimmungslage, verspürte ich momentan absolut keine Lust, mich auf Pierres Witzeleien einzulassen. Ich schloss daher das Gespräch mit den Worten: „Rufen Sie mich bitte an, wenn Ihnen die Agentur ihre Entscheidung mitgeteilt hat“, und legte auf.

Am selben Nachmittag fuhren wir, den Smog beladenen Kessel der Stadt entfliehend, auf dem Golden State Highway über Bakersfield Richtung Fresno. Wir hatten uns als passenden Mietwagen einen Cadillac Escalade mit Allradantrieb gegönnt, bullig, schwarz, geräumig, eben ein Offroader par excellence. Als Vier-Tages-Paket zu einem super günstigen Preis. Ein Kinderspiel mit solch einem Schlitten den entlegenen Seitenwegen zu folgen. Ein Vergnügen, das wir uns nicht entgehen ließen, um fern ab der Hauptstraßen an einem idyllischen Picknick Areal einen kleinen Imbiss einzunehmen. Zuvor hatten wir uns auf dem Farmers Market von Los Angeles mit einer Flasche Sekt, Käse, Brot und Schinken eingedeckt. Ein traumhafter Nachmittag, die strahlende Sonne, der laue Wind, der das Laubwerk der uralten Bäume zum Tanzen brachte, der Geruch von Moos und Gras, der unsere Nasen umwehte und die ausgelassene Laune, die unsere Herzen zu Freudensprüngen verleitete.

Die Nacht schickte ihre Vorboten, als wir uns wieder auf den Weg machten. Das tiefe Blau des Abendhimmels entwickelte sich zu einem bizarren Schauspiel mit unzähligen Sternen, die am Firmament glitzerten. Von Zeit zu Zeit durchzuckten feurige Kometen mit langem Schweif das Himmelsgewölbe und gaben uns einen stillen Wunsch frei. Beeindruckend diese Stimmung von Verlorenheit, Melancholie und Glück. Belinda warf ihre Mähne aus dem Gesicht und musterte mich.

„Was hast Du dir bei der Sternschnuppe gewünscht“, fragte sie neugierig.

„Hey, das ist geheim, wenn man den Wunsch verraten würde, geht er nicht in Erfüllung“, gab ich ausweichend zu verstehen.

Wir schmunzelten und wussten beide, was wir uns wünschten – zumindest für den Moment.

Die Nacht verbrachten wir in einem kleinen Motel, etwas abgelegen von den Fernstraßen, wo wir den herrlichen Abend draußen, bei einer Flasche Rotwein genießen konnten. Zum Frühstück am folgenden Morgen suchten wir einen Truck Stop auf, den wir tags zuvor am Highway gesehen hatten.

Zwei Spiegeleier, kurz gebraten und gedreht *easy and over* wie man sagt, mit Speck, Grilltomate und Bohnen, hash browns, Champignons satt, Pancakes, Erdnussbutter und Maple Sirup – wer's halt mag. Ich bevorzuge anstatt der Pancakes lieber Toast und Orangenmarmelade. Nicht zu vergessen den typisch amerikanischen Kaffee, der einen umhaut – wenn man die siebte Kanne getrunken hat. Und das alles für $ 2,99. Alternativ bietet ein Frühstücksbuffet neben den eben genannten Gaumenfreuden für $ 4,99 alle Feinheiten US-Amerikanischer Gourmetküche. Dazu gehören Burger, Mehlwürstchen, Müsli, Rührei, gebratener Schweinespeck, weiße Bohnen mit Tomatensoße, Pommes frites, gefärbte Lagerwurst und Schinkenimitat, Brotaufstrich aus unzähligen Zutaten, Muffins, Donuts, und nicht zuletzt frischer Salat. Dazu gezuckerten Orangensaft aus Orangensaftkonzentrat sowie knetfähiges Toastbrot oder Brötchen aus Weizen oder Mais in allen Variationen, weiß, braun, gesprenkelt mit Sesam, Zimt, Haferflocken, Zwiebeln oder Buttermilch.

Dabei liebe ich es eigentlich, gemütlich zu frühstücken oder zu späterer Stunde zu branchen, am schön gedeckten Tisch mich an den lecker zubereiteten Speisen zu erfreuen. Es muss kein opulentes Mahl, nicht exklusiv oder außergewöhnlich sein, es muss schmecken und von guter Qualität sein und kein Kunstprodukt – okay das wäre bereits außergewöhnlich. Und ich muss Zeit haben, es in Ruhe genießen zu können, was dann schon an Exklusivität grenzte. Der schnelle Kaffee an der Theke ist wie der Quicky im Bett, kurz, oberflächlich und ohne Erinnerungswert.

In Italien – in einigen anderen Ländern sicherlich auch – werden in den Cafeterias morgens ab 07:00 Uhr die Espressotassen auf den Tresen aufgereiht und für den Massenansturm vorbereitet. Dann geht alles Schlag auf Schlag, zu Scharen drängen die Arbeitsgänger herein und stürzen sich einen kurzen Schwarzen hinunter. Noch bevor der letzte Schluck den Schlund passiert hat, sind sie bereits wieder auf der Straße. Da gelobe ich mir die Tee Time der Engländer, die ihren 5 Uhr Tee wie ein Ritual zelebrieren. Eine Auszeit, die Ruhe und Entspannung vermittelt. Die gleiche Wertschätzung messe ich meinem Frühstück sowie dem Nachmittagskaffee bei – bloß keine Hektik.

„Was gäbe ich jetzt für ein knuspriges Baguette, ein saftiges Croissant oder ein herzhaftes Sauerteigbrot aus dem Holzkohleofen", lamentierte ich.

„Schmeckt es Dir nicht? Du bist zu wählerisch", behauptete Belinda.

„Nein ganz und gar nicht, es ist schon in Ordnung. Für eine kurze Zeit, eine sehr kurze, mag das amerikanische oder englische Frühstück ja ganz lustig sein, mal was Neues und immer noch besser als Schottlands Schlemmerküche mit Haggis, Black Pudding, Porridge und ihrem so geliebten warmen Räucherfisch. Aber auf Dauer?????"

„Was ist Haggis?", wollte sie wissen.

„Eine Spezialität Schottlands. Ein Schafmagen, gefüllt mit Innereien wie Herz, Leber, Lunge, dann Nierenfett, Zwiebeln und Hafermehl. Gut gepfeffert ein Leckerbissen – für Einheimische."

„Und das kann man essen???????", fragte sie verwirrt, während ihre großen Augen mich ungläubig anstarrten und sich ihr Mund angewidert zusammenzog.

„Mit stählernem Magen und einer exzellenten Galle schon. Was uns nicht unmittelbar zum Tode führt, macht uns hart, sagt der Schotte und setzt noch eins drauf, nämlich den Black Pudding."

„Schokoladen Pudding ist doch lecker".

„Der schon aber Black Pudding ist ein Teig aus Blut und Hafermehl, der zu einer Art Grützwurst kross gebraten wird."

„Ist ja eklig, denen graust es anscheinend vor gar nichts."

„Wenn Du es lieber magst, kannst Du Dir ja Porridge zu Gemüte ziehen – ein Haferbrei mit Butter, Milch, Sahne, Zucker, Honig oder Sirup. Und der Räucherfisch gibt einem dann den Rest."

„Der Räucherfisch, der ist warm, sagtest Du? Aber doch nicht zum Frühstück, oder?", fragte sie lustlos an ihrem salzigen Gummi-Schinken kauend.

„Ja zum Frühstück", betonte ich nachdrücklich. „Neben Tee und den anderen Köstlichkeiten lieben die hartgesottenen Schotten warmen geräucherten Fisch. Total abgefahren, sage ich Dir."

„Igitt! Wem schmeckt den so was?"

„Na hör mal, was auf Deinem Teller liegt, ist nicht weit entfernt von der schottischen Küche. Viele Schotten und Engländer kamen in die neue Welt, ihre Esskultur mit im Gepäck, schmeckst Du das nicht?“, fragte ich erstaunt und wollte sie damit aufziehen.

„Warmen Räucherfisch habe ich hier noch nie zum Frühstück bekommen, auch sonst noch nicht“, wehrte sie ab.

„Warst Du schon einmal in Europa und hast dort so richtig gut gefrühstückt? Ich meine nicht die typischen schottischen oder amerikanischen Restaurants, die mittlerweile weltweit die Esskultur versauen?“

„Nein noch nie. Außer Kalifornien, Mexiko und einige Male New York und Florida, wo ich zu Fotoshootings reiste, habe ich noch nichts von der Welt gesehen. Mit meinen Eltern war ich einmal im Yellowstone National Park, das war's dann auch schon“, bekannte sie mit einem wehmütigen Unterton.

„Weißt Du wie schön es ist, an der Seine in Paris zu sitzen und sich seinen Morgencafé schmecken zu lassen? Oder in Venedig, ... München, ... Berlin?“

„Blödmann, wie sollte ich, wenn ich noch nicht dort war.“

„Dann komm doch mal mit ... fliege mit mir nach Paris, in die Stadt der Liebe. Wir müssen dort ja nicht nur frühstücken“, schlug ich ihr vor.“

„Ich sehe in Deinen Augen, was Du unter „nicht nur frühstücken“ verstehst. Das können wir auch hier“, lachte sie herzhaft.

„Spielverderberin, ich meine es ernst, komm mit, ich zeige Dir meine kleine Welt.

„Hast Du schon“, grinste sie frech.

„Ganz schön mutig die Dame. Ging's Dir letzte Nacht zu gut, dass Du so aufgedreht bist“, feixte ich mit gespielt mürrischer Miene.

„Schlafentzug, nichts als Schlafentzug, Du hast mir ja keinen Schlaf gegönnt“, schob sie mir den schwarzen Peter zu.

„Selbst schuld. Du warst es doch, der sich immer vor Kälte schlotternd an mich kuschelte.“

„Ach ja? Ich brauchte mich nur mal kurz zu rühren und schon fragtest Du mich, ob ich friere“, schmollte sie allerliebst.

„Und ... hast Du, gefroren meine ich?“

„Ja“

„Okay, gut das wir darüber geredet haben.“

Wir lachten gelöst. Wenigstens bewiesen wir Humor trotz des Frühstücks. Der Frohsinn in unseren Adern siegte wieder einmal über unliebsame Gegebenheiten, denen wir beschwingt trotzten. Wenn man sich gut versteht, ist eben vieles leichter zu ertragen. So einiges schwindet zur Nebensächlichkeit, worüber sich mancher unnötig mokieren würde.

Der salzige Farmerspeck hatte mich durstig gemacht und ich kaufte noch einige Flaschen Natural Spring Water. Gut gelaunt und gesättigt setzten wir unsere Reise fort. Über Stockton bis nach Sacramento. Von dort den Lincoln Highway bis an den Lake Tahoe. Auf einem der Parkplätze am See stellten wir unseren Wagen ab und folgten zu Fuß, nur mit dem nötigsten Gepäck versehen, dem Rubicon Trail durch den DL Bliss State Park, der unmittelbar am Seeufer entlang führt. Hinter einem kleinen Waldstück mit knorrigen alten Pinien, empfing uns ein wild-romantisches Uferareal mit groben Felsbrocken, zwischen denen ein mit Kies und Piniennadeln bedeckter Boden zum Ausruhen einlud. Kein Mensch war weit und breit zu sehen. Wir rollten einen Schlafsack über den harten Boden aus, entledigten uns der Kleider und gingen vorsichtig das steinige Ufer hinab, um im See nackt zu schwimmen. Glasklares Wasser umgab uns und zeigte an gewissen Körperpartien seine Kältewirkung. Belindas anmutige Brüste reflektierten im Sonnenlicht und ihr leicht gebräunter Teint gaben ihr das Aussehen einer edlen Indianerin, die geschmeidig wie eine Nixe tauchte und mit dem Wasser spielte, als wäre sie die Herrin dieses Elements.

Es war ein traumhafter Tag, geprägt von Leichtigkeit und Leidenschaft. Wie auf Watte gebettet, entschwebten wir den nüchternen Alltagsfesseln und verloren uns in einem Feuerwerk der Sinne. Versunken in dieser fremden, doch so süßen Welt, kosteten wir jede Minute, jede Sekunde. Wir dachten nicht an morgen, ließen alles geschehen, folgten dem reißenden Fluss unserer Liebe über strahlende Höhen, durch gurgelnde Tiefen, flogen über glatte See hinauf zu den Wolken, tanzten um sie herum, hindurch und glitten wieder herunter. Wir tauchten in die rosaroten Fluten und ließen uns schwerelos in ihnen treiben. Mittendrin, ohne Anfang, ohne Ende, so schien es uns.

Verrückt, wie unsere Sinne mit uns Karussell fuhren. Momente des Glücks und tiefster Zufriedenheit. Die Nacht verbrachten wir in einem

Doppelschlafsack am Lagerfeuer, dessen züngelnde Flammen sich in der Seeoberfläche spiegelten. Bewegt vom weiten Himmel Kaliforniens fügten wir uns ein in dieses Naturschauspiel, bis wir zufrieden einschliefen.

Der Hunger weckte uns. Ich entfachte das immer noch schwelende Lagerfeuer, kochte Wasser für den Kaffee und bereitete das Frühstück vor. Es bestand aus kläglichen Resten der mitgebrachten Fressalien, die uns an so einem traumhaften Morgen in Mutter Natur vollauf genügten. Zu sehen, wie der frühmorgendliche Nebel die Landschaft in einen unschuldigen Schleier hüllte, diente uns als Nahrung, schenkte uns Energie. Die Nacht wich dem frisch entstehenden Leben eines neuen Tages, dessen Bote am östlichen Horizont seine wärmenden Strahlen putzte.

Beschwingt taten wir es dem aufkommenden Tag gleich, wuschen uns im See, streiften unsere Kleider über und wanderten zurück zu unserem Wagen. Wir entschieden uns, heute um den Lake Tahoe zu fahren und danach über Sacramento die Interstate 80 nach San Francisco zu nehmen. In Fisherman's Wharf soll es leckeren Fisch geben, den wir uns nicht entgehen lassen wollten.

Zwar dauerte die Fahrt um den See mit einem Stop in South Lake Tahoe länger als geplant, aber wir erreichten Frisco noch vor Einbruch der Dunkelheit. Zu unserer Enttäuschung fanden wir in Fisherman's Wharf ausschließlich lärmende Touristenlokale, die weniger unseren Geschmack trafen. Insider wüssten sicherlich die angesagten Lokalitäten, die mit ausgezeichneter Küche aufwarten - wir kannten sie nicht. Uns geisterten lediglich die Schwärmereien einiger Kollegen von der Werbeagentur im Kopf herum. Etwas enttäuscht entschlossen wir uns, zuerst auf die Suche nach einem geeigneten Hotel zu gehen. Wir waren nicht auf Luxus aus und unsere Ansprüche waren eher bescheidender Art, ein Umstand, der sich als hilfreich zeigte. Bald hatten wir etwas Preiswertes gefunden, klein aber fein. Mit sauberem Bad und kleiner Kaffeeküche. Zu unserer Erleichterung konnte uns der Portier ein familiäres Restaurant empfehlen, italienisch und garantiert frei von einfallenden Touristenhorden, für die es viel zu versteckt lag. Außerdem machte es von außen einen unscheinbaren, eher leicht schmuddeligen Eindruck, was Unwissende abschreckte. Drinnen allerdings strahlten die gekachelten Wände vor Sauberkeit. Unmittelbar dem Esszimmer anschließend öffnete sich eine wohl geordnete Küche, für jeden gut einsehbar. Auf großer Gasflamme brodelte die Tagessuppe und füllte den kleinen Raum mit dem aromatischen Duft nach Oregano und

Estragon. Alle Speisen frisch zubereitet, nach eigenen Hausrezepten, hatte uns der Portier versichert – kein Fastfood. Wie man den Gerichten auf den Nachbartischen ansah, hatte er nicht übertrieben. Allein der Geruch nach frischen Kräutern, Tomaten und Knoblauch ließ uns bereits das Wasser im Munde zusammenlaufen.

Die Speisekarte war kurz gefasst und bot lediglich sieben Auswahlmöglichkeiten - die Entscheidung fiel uns daher leicht.

Ich bestellte ‚Coda alla vaccinara', also geschmorten Ochsenschwanz während Belinda ‚Bucatini all'amatriciana', eine Pasta mit Speck, Tomaten, Schafskäse, kleinen Peperoni, Olivenöl und Zwiebeln vorzog. Dazu eine Karaffe Wein, echt italienischen wohlgemerkt. Als Wasser das weltbekannte San Pellegrino. Es erstaunt mich auf meinen Reisen immer wieder von Neuem, wie ergiebig diese Quelle im italienischen Valle Brembana in der Provinz Bergamo sein muss. In über hundert Länder exportiert, scheint die Wunderquelle nie zu erschöpfen. Ob in China, Thailand, Vietnam, Malaysia, Mexiko, Brasilien, Argentinien, überall gibt es Italiener und überall gibt es San Pellegrino. Geschmacklich scheint mir das Wässerchen jedoch unterschiedlich, mal mehr nach Kohlensäure, mal weniger, manchmal kraftvoll, in anderen Ländern eher flach und fad. Ich weiß nicht woran das liegt. Ist es mein subjektives Geschmacksempfinden, dass sich je nach Ort, Stimmung und Speisezusammenstellung ändert?

Erstaunlich, denn gerade in Sacramento, wo wir am gleichen Tag durchgefahren sind, schöpft der Mutterkonzern Nestlé, zu dem San Pellegrino gehört, Millionen von Gallonen Wasser aus dem American River ab, reinigt es per Umkehrosmose und gibt anschließend einen Mineral Cocktail hinzu. Gefiltert und desinfiziert wird es dann in Flaschen gefüllt und teuer unter 70 Markennamen, wie dem „Pure Life“, verkauft. Der Einkaufspreis beträgt pro Gallone, die 3,8 Litern entspricht, gerade einmal dem Zehntel eines US-Cents. Verkauft wird es in „aufgewerteter“ Form dann für zehn Dollar. Bei derartigen Gewinnspannen wird jeder Drogenbaron blass vor Neid.

Ich klärte Belinda über meine Gedanken auf, denn sie enthielten einen direkten Bezug zu meinen Recherchen bezüglich wohltätiger Aktionen von Großkonzernen.

„Belinda, hast Du gewusst, dass bei mehr als 164 Milliarden Liter Wasser, die weltweit von Konzernen wie Nestlé, Coca Cola und Pepsi in Flaschen abgefüllt werden, dieses Blaue Gold zu einem heiß umkämpften Markt wird? Und Nestlé spielt dabei keine unbedeutende Rolle. Unterhält der Konzern doch enge Verbindungen zur Schweizer Entwicklungshilfe. Diese finanziert die 'Water Resources Group' – eine Lobbygruppe der größten Getränkehersteller. Unterstützt wird die Lobbygruppe zudem von der 'International Finance Corporation', eine Gesellschaft der Weltbankgruppe, die zur Verringerung der Armut in der Welt beitragen soll. Ziel der 'Water Resources Group' sei es, die globale Wassersituation durch Beratung von Politik und Regierungen zu verbessern. Dass im Schatten dieser sogenannten 'Hilfe' lukrative Geschäfte getätigt werden und gerade Entwicklungsländer unter der Privatisierung von Wasserrechten leiden, verschweigt man tunlichst."

„Wundert's Dich? Es ist hier wie überall sonst auch", meinte Belinda. „Die Gier nach Geld durchzieht alle Ebenen von Gesellschaft und Wirtschaft. Mir ist dies weitgehend klar, außerdem habe ich durch Deine Arbeit bisher so einiges mitbekommen."

„Nicht jeder hinterfragt so kritisch wie Du. Viele nehmen die Gegebenheiten einfach hin. Es ist wie es ist, Zusammenhänge wollen die meisten nicht sehen, denn das würde sie zu sehr belasten. Mag es aus Gründen des Selbsterhalts auch manchmal klüger sein, sie nicht zu sehen."

„Ist doch auch irgendwie verständlich, meinst Du nicht", fragte Belinda. „Wer ständig mit Zweifeln bepackt, alles auf die Waagschale legt, jeden Bissen, jedes Produkt argwöhnisch beäugt, der verliert bald die Freude am Leben. Wer aber glaubt, alles geschehe zum Wohle der Menschen, wie ihm die Werbung weiß machen will, der macht sich selbst etwas vor. Es dreht sich immer nur ums Geld, wie bei dem Erfrischungsgetränk, für das ich Reklame machte. Eigentlich reines Zuckerwasser mit Aromen, Koffein, Wurzelrinde und Kohlensäure. Und sei ehrlich, wer hinterfragt bei jeder Ware ernsthaft gesundheitliche und qualitative Aspekte? Man, also der Normalo *Joe Bloggs*, isst und trinkt was ‚in' ist."

„Da stimme ich Dir voll zu, wer ständig und überall das Schlechte sieht und sucht, der vergiftet seine eigene Lebensqualität. Sein Dasein in einer selbst auferlegten Zwangsjacke zu fristen ist frustrierend und nervenaufreibend. Ich durchlebe dieses Malheur seit Wochen und tue mich hart, mich von diesem Druck zu lösen. Aber bitte, lass uns von etwas anderem sprechen, ich will uns nicht die gute Laune vermiesen und den

Appetit verderben. Schon gar nicht bei einem so lukullischen Mahl. Nicht alles ist schlecht, nicht alles vom schnöden Mammon regiert. Man muss sie nur finden, die Nischen, wo Preis, Leistung und Service gekrönt sind von aufrichtiger Freundlichkeit, wie in diesem kleinen Familienbetrieb hier. Sie gehören für mich zu den bereichernden Highlights, die Mut machen und Lust auf mehr."

Angenehm gesättigt, zogen wir uns zurück in unser kleines Hotel, wo wir den Abend geruhsam mit angenehmen Gesprächen und ein-zwei Gläschen Wein ausklingen ließen. Die Müdigkeit und der volle Magen rafften uns bald dahin.

Der folgende Tag bescherte uns traumhafte Bilder einer faszinierenden Küstenlandschaft. Über Monterey, wo der Roman Tortilla Flat von John Steinbeck spielte, den Highway Number One gen Süden. Entlang windender Kurven durch die Steilküste von Big Sur mit grandiosen Ausblicken auf den wilden Pazifik. Eine atemberaubende Kulisse, in denen sich die Elemente Erde, Wasser und Luft farbgewaltig mit der Sonne, dem Element Feuer vereinigen. So gefangen von dieser monumentalen Üppigkeit, philosophierte ich nachdenklich: „Was für ein traumhaftes Naturschauspiel, zeigt es uns doch, wie klein und unbedeutend wir Menschen sind. Ein Anblick, der uns mahnt, Achtung zu zeigen vor diesem großartigen Geschenk, dankbar zu sein, dieses Paradies erleben, erfassen und bewundern zu dürfen."

Belinda nickte zustimmend und klagte etwas wehmütig: „Die meisten Menschen sind mit Blindheit geschlagen, ihr Blick ist getrübt von Egoismus und Neid, sie sind beseelt vom Materialismus. Jeden Tag schneiden sie ein weiteres Stück von diesem Geschenk ab, drängen die Natur zurück, lassen Regionen versteppen und veröden, lassen unseren Garten Eden zu einer Wüste ohne Liebe verkommen. Und das alles, um für einen Moment reich zu sein. Doch was macht Reichtum aus? Allein die materiellen Güter, das Haben auf dem Bankkonto, Besitztümer, Anzahl und Marke von Autos, oder die Menge der Gespielinnen, die auf der Yacht des vermeintlich Reichen viel Fleisch zeigen? Liegt wahrer Reichtum nicht im Immateriellen, in der Gesundheit von Geist, Herz und Körper? Ist nicht der reich zu nennen, der die Gunst schenkender und erwiderter Liebe, ehrlicher, wahrer Liebe erfährt? Wer der Reichen kann von sich schon behaupten, bedingungslos geliebt zu werden? Wohl nicht einer."

Ich schaute meine kleine Philosophin überrascht an und wunderte mich, wie sich ein so junges Mädchen schon derart tiefschürfende Gedanken macht.

Nach einer kurzen Pause an einer der Picknick Zonen mit Seeblick, trödelten wir weiter an der Küste entlang. Wir ließen das mexikanisch anmutende Santa Barbara hinter uns, vorbei am berühmten Malibu, die Heimat vieler Filmstars, wo die Berge auf das Meer treffen, wie es heißt, zurück nach Santa Monica in mein Motel.

Der Tag des Abschieds kam und spülte uns abrupt von unserer märchenhaften Wolke, tauchte uns ins kalte Nass der Realität. Tief gerührt und mit Tränen in den Augen verabschiedeten wir uns. Uns war bewusst, unsere Wege würden sich nun trennen. Gäbe es irgendwann eine gemeinsame Zukunft? Ein Traum, so entzückend wie verlockend, aber wohl mehr ein Wunschtraum. Vielleicht in einem anderen Leben. Traurigkeit und Schmerz verkrampften unsere Herzen und wir trösteten uns mit einem irgendwann, sicher einmal, bald, vielleicht noch dieses Jahr oder eher – ja eher, ganz gewiss eher. Erst vor Kurzem durchlitt ich einen ähnlichen Abschied, doch mit Belinda war es etwas anderes, es war Liebe.

Im Flugzeug suchte ich mich zu zerstreuen, die reibenden Gedanken über mein Leben abzuschütteln. Mein Leben verlangt nach Beständigkeit, nach Ruhe und Geborgenheit, nach einem Menschen, einem Menschen der sich als Mensch erweist, als wahrer Freund, der mir zuhört, mit mir durch dick und dünn geht, bereit ist, Kompromisse einzugehen, für mich da ist, wie ich für ihn. Doch wie soll unter den gegebenen Umständen meiner unsteten Reisetätigkeit der Durst nach Beständigkeit je eine Chance erhalten, gestillt zu werden, sich zu erfreuen an den Schönheiten gemeinsamen Erlebens, nicht nur für Momente, für Sekunden auf der Lebensuhr. Es sind die Stunden, die das Dasein füllen, die Winde des Lebens, die einen durch Täler und über Höhen tragen, gemeinsam tragen, gemeinsam leiden, gemeinsam glücklich sein lassen. Gemeinsamkeit ist das Ziel zweier unvollkommener Hälften, die in der Verbindung ihre Erfüllung suchen. In der rein sexuellen Paarung, in der man wie der Name schon andeutet, weiterhin als ein Paar aus zwei gegensätzlichen Symbionten besteht, wird diese Grenze nie überwunden. Es bleibt die Sehnsucht nach Verschmelzung zum Ganzen, einer Einheit, nach Überwindung des Ichs zu einem Wir. Wir hatten diese Grenze überwunden.

So intensiv, wie meine Bekanntschaften sind, so sehr fehlt mir der Ruhepol in meinem Leben. Das muss sich ändern. Vielleicht nach diesem Auftrag – ja vielleicht.

10 KNOTENPUNKT AMSTERDAM

Amsterdam, Flug KLM 2028, geplante Ankunft 16:30 – delayed / 2 hours. Das hatten wir dem Wetter in New York zu verdanken. Mit zwei Stunden Verspätung durfte man eigentlich noch zufrieden sein. Stürme hatten den Flugverkehr erheblich beeinträchtigt. Von Los Angeles bis New York lief eigentlich alles glatt. Lediglich die Beinfreiheit ließ zu wünschen übrig. Ich kann mir keine Business Class leisten, das Budget meines Auftraggebers gibt leider nur Economy Class her. Mir blieb also nichts anderes übrig, als meine Beine dem Vordermann oder -frau, ich weiß es nicht mehr, in den Rücken zu stoßen. Die Landung auf dem Kennedy Airport war eine wackelige Angelegenheit. Dennoch wäre es sicherlich zügig weitergegangen, wenn ich nicht einen Aufenthalt von drei Stunden hätte absitzen müssen, drei lange Stunden, in denen sich die Wetterlage zu einem heftigen Unwetter entwickelte. Windböen bis über 160 Kilometer und einem Seitenwind von 55 Kilometer pro Stunde, die auf den Airport zurasten, zwangen uns, am Boden zu bleiben.

Endlich, nach zwei weiteren Stunden, stieg die Boing mutig aber zielstrebig in den Äther, unterbrochen und durchgeschüttelt von erheblichen Fallwinden, die so manchen Fluggast nach der Nottüte greifen ließ. Selbst mir als Vielflieger wurde es flau in der Magengegend. Glücklicherweise schwächten sich in einer Höhe von 30.000 Fuß die Turbulenzen weitgehend ab. Die Passagiere nutzten die Ruhephase und reihten sich in eine lange Schlange vor den ziemlich verunreinigten Toiletten, um ihre Tüten zu entsorgen und den Rest ihres Mageninhalts. … Ich mied fortan die Washrooms und schickte nach der glücklichen Landung auf dem Amsterdamer Flughafen Schiphol drei Stoßgebete an all meine Schutzengel, die einen tollen Job gemacht hatten. Glücklich, wieder festen Boden unter den Füßen zu haben, suchte ich zielstrebig ein sauberes WC auf, um das nachzuholen, was ich mir auf der letzten Hälfte des Fluges tunlichst verkniffen hatte. Danach ließ ich es ruhiger angehen.

Befreit und gefühlsmäßig um Jahre verjüngt, winkte ich einem Taxi und ließ mich in mein Hotel chauffieren. Viel zu erschöpft, um irgendwelchen Aktivitäten nachzugehen, genehmigte ich mir einen Malt Whisky, den ich mir vom Zimmerservice bringen ließ und entschlummerte rasch ins Land der Träume.

Tags drauf orderte ich einen Mietwagen und suchte als allererstes meinen hiesigen neuen Arbeitgeber auf. Dieser beauftragte mich, über die beschauliche Landschaft der Insel Schouwen-Duiveland eine einladende Fotoserie für ein Tourismusbüro in Renesse anzufertigen, quasi als Kontrast zu dem jetzigen, etwas heruntergekommenen Image des Ortes. Dieser leidet nämlich enorm unter den jährlich über Pfingsten einfallenden Horden trinksüchtiger Partyfreeks, die den Ausnahmezustand ausrufen. Grölen, Tanzen, nacktes Fleisch – lautstark dröhnen die Bässe der Rock-Bands. Überall hängen Besoffene rum, ergießen Erbrochenes wie ihren Urin in Ecken, Büsche und an Hauswände – es ist eine einzige Sauerei. Das Münchner Oktoberfest und Balneario 6 auf Mallorca, besser bekannt als Ballermann, lassen grüßen. Kurz, das Dorf ähnelt jedes Mal einem altgermanischen Trinkgelage.

Viele Bürger entfliehen mittlerweile dieser zeitlich begrenzten Müllkippe und suchen sich über Pfingsten eine ruhigere Bleibe. Tourismus ja, dagegen hat man keine Einwände, man lebt schließlich davon. Und den gibt es dort schon seit den frühen 50er Jahren des letzten Jahrhunderts, aber weder in diesem Ausmaß noch in dieser Kategorie. Seit Jahrzehnten schwärmen jeden Sommer Jungendliche von Rotterdam aus, um ein ausgelassenes Wochenende in Renesse zu verleben. Früher verteilten sich diese überschaubar auf den vielen Campingplätzen, Kneipen und Diskotheken. Es bedurfte keiner Straßenabsperrungen wie heute. Renesse und Umgebung boten für alle Platz genug. Der Sommer diente Familien als ein Refugium und Kindern als ein großer Naturspielplatz an langen Stränden, die übersäht sind von Muscheln und kleinem Seegetier. Die Herbst- und Wintermonate sind geprägt von steifen Briesen, die Paare wie Singles bei ausgedehnten Strandspaziergängen als belebend schätzen. Zwischen Westerschouwen und der Küste breitet sich ein ausgedehntes Dünenareal aus. Wunderschöne Kiefernwälder laden zum Wandern ein. Möglichkeiten über Möglichkeiten zur Entspannung, zum Genießen, zum Wohlfühlen, fern ab der Hektik des Alltags und mit Autos überfüllter Straßen.

In den letzten Jahren haftet Renesse jedoch der Ruf an, eine verruchte Vergnügungsmeile mit krakeelenden Trunkenbolden zu sein. Nicht gerade eine Empfehlung für Urlauber, die Ruhe und Beschaulichkeit suchen. Das war der Punkt, wo ich ins Spiel kam. Ich sollte aufzeigen, was Renesse außerhalb dieser einen Woche im Jahr noch zu bieten hat, weg von dem Negativ-Image einer tollwütigen Bierschwemme, die außer Alkohol nur drei Dingen huldigt: Sex, Drugs and Rock'n' Roll. Ich schien meinen Auftraggebern prädestiniert für diesen Job, hatte ich doch als Kind mit meinen Eltern und später als Jugendlicher öfters in der Provinz Zeeland meinen Urlaub verbracht. Ich wusste also, wo ich anzusetzen hatte und mir war klar, dass Renesse aus weit mehr besteht, als aus einer Woche Highlife. Vergessen wir die turbulente Woche um Pfingsten und widmen uns einer der schönsten Nordseeküsten Hollands.

Soweit zu meinem Scheinauftrag, der meinem Hiersein als Vorwand diente, mich aber leider von meinem eigentlichen Vorhaben abhielt, denn wie sollte ich von Renesse aus meine Nachforschungen anstellen können. Es galt also meinen dortigen Auftrag schleunigst zu erledigen, um baldmöglichst wieder hier in Amsterdam zu sein. Vor meiner Abfahrt nach Zeeland wollte ich aber noch unbedingt mit meiner hiesigen Kontaktperson, Pieter van de Stromen, sprechen, um abzuklären, wann und wo wir uns heute noch treffen könnten.

Ich wählte die Rufnummer, die Pierre mir übermittelt hatte, erhielt aber keine Antwort. Zehn Minuten später versuchte ich es erneut – ohne Erfolg. Das Gleiche wiederholte sich die nächste halbe Stunde weitere drei Mal.

„Verflixt, der weiß doch, dass ich ihn heute Nachmittag anrufe, wo steckt der bloß", grübelte ich halblaut.

Zwei quälende Stunden später, die ich in einem Café ausharrte, surrte mein Handy.

„Hier van de Stromen, spreche ich mit Herrn Ferrol?", dröhnte ein markanter Bass am anderen Ende der Leitung.

„Ja richtig, Pascal Ferrol. Ich versuche Sie seit Stunden zu erreichen und war schon bange, ob etwas passiert sei", gab ich etwas ungehalten zu.

„Nicht nötig, alles bestens, doch davon später und besser persönlich. Es ist jetzt 17:35 Uhr. Wir treffen uns um ..., sagen wir 19:00 Uhr. Kaffees werden Sie heute ja schon zur Genüge konsumiert haben, wie ich mir denken kann. Treffen wir uns daher zum Abendessen im 't Blauwe Theehuis, mitten im Vondelpark. Da können wir draußen sitzen, gepflegt essen, haben einen reizvollen Ausblick und sind ungestört. Ich muss zuvor noch etwas besorgen. Passt Ihnen das, Herr Ferrol?", wollte er wissen.

„Mir wäre ein früherer Zeitpunkt zwar angenehmer, aber wenn es nicht anders geht, dann eben heute Abend um 7 Uhr", bestätigte ich den Termin.

„Okay, dann bis später", schloss er und legte auf.

Noch gute eineinhalb Stunden, bis mein Magen und meine Neugierde Befriedigung erhalten sollten, na fein. Bis dahin bliebe mir reichlich Gelegenheit durch die Altstadt zu bummeln. Zu meinem Leidwesen musste ich mir jedoch eingestehen, keine Muße zum Schlendern oder am geschäftigen Treiben entlang der Grachten aufzubringen. Zu fokussiert richtete sich mein Augenmerk auf die zu erwartenden Nachforschungen von Pieter, dem Privatdetektiv. Abenteuerliche Szenarien und Wunschvorstellungen schwirrten durch mein Hirn. Ich malte mir aus, was für einen Zündstoff es böte, wenn sich meine Vermutung bewahrheitete und die THAI ORCHID tatsächlich im Menschenhandel verwickelt wäre. Gedankenversunken führte mich mein Weg gemächlich in Richtung Vondelpark. Beim Teehaus angekommen, wählte ich ein sonniges Plätzchen, das mir erlaubte, die warmen Strahlen der Abendsonne aufzusaugen, denn wie das Chlorophyll der Blätter das Sonnenlicht für seine Photosynthese benötigt, brauche ich es für meine gute Laune.

Das markante Restaurant besteht aus einem einstöckigen Rundbau mit einer großen Terrasse drum herum, die zum Verweilen geradezu einlädt. Eine zweite liegt im ersten Stock in Form eines ausladenden Balkons, der von Rundsäulen getragen, sich wie ein Kranz um den weiß und kobaltblau getünchten Pavillon schmiegt. Die sich nach oben verjüngende Konstruktion erweckt auf den ersten Blick eher den Eindruck einer fliegenden Untertasse, als den eines Teehauses. Ich hätte mehr einen asiatischen Anstrich erwartet aber nicht das Ambiente einer Cafeteria im futuristisch-kühlen Design. Außerdem drücken die Metallstühle nach längerem Sitzen unangenehm an den Oberschenkeln. Die kleine Zahl an bequemen Korbstühlen schien vom Aussterben bedroht. Nichtsdestotrotz, in den Sommermonaten war es ein luftiges Plätzchen, eingesäumt von gepflegten Rasenflächen und Schatten spendenden Bäumen und Büschen, die einen frischen Duft nach Laub, Rinde und geschnittenem Gras verbreiteten.

19:12 Uhr. Mit leichter Verspätung baute sich ein Unikum vor mir auf und versperrte mir dreist die letzten wärmenden Strahlen, der sich zum Schlafen bettenden Sonne. Der Fremde grinste herausfordernd von einem Ohr zum andern und fragte, ob ich der Franzose sei.

„Wenn Sie einen Franzosen mit Namen Pascal Ferrol meinen, dann bin ich das“, grinste ich amüsiert zurück. „Und Sie sind dann wohl mijnheer van de Stromen, richtig?“, fragte ich den Ankömmling.

„Nennen Sie mich einfach Pieter, ist mir lieber“, entgegnete er und setzte sich zu mir an den Tisch.

„Gerne, dann sagen Sie Pascal zu mir.“

„Auch recht!“, gab er sich einverstanden, öffnete in stoischer Ruhe eine Schachtel GITANES, klopfte eine Zigarette heraus und zündete sie genüsslich an.

„Aha! Sie rauchen französische Zigaretten, die sogenannten ‚Zigeunerinnen’, bemerkte ich wohlwollend aber zugleich fragend.

„Ja, das ist wenigstens noch echter Tabak und nicht das parfümierte Zeug“, klärte er mich auf, wobei er leicht mit der Zunge schnalzte.

Der Umstand, dass er GITANES rauchte, machte ihn mir irgendwie sympathisch, erinnerte es mich doch sehr an meine Heimat. Obwohl das eigentlich quatsch ist. Nicht jeder ist mir sympathisch, weil er GITANES raucht. Mon Dieu, wenn ich an die zwielichtigen Gestalten in den Kaschemmen des Hafenviertels von Marseille denke - sympathisch? Sicherlich nicht.

Im Falle Pieter viel als wesentliches Kriterium für ein Sympathieempfinden seine Erscheinung ins Gewicht. Neben seiner liebevollen Behäbigkeit, die eine vereinnahmende Gemütlichkeit ausstrahlt, gewann er vor allem durch seine tiefe Stimme. Und bereits nach dem ersten

Wortgeplänkel, in dem wir uns vom Hundertsten zum Tausendsten durchhangelten, bestach er durch seine außergewöhnliche Wortgewandtheit. Mein erster intuitive Eindruck bestätigte sich vollends. Psychologen behaupten ja, innerhalb der ersten 15 Sekunden formt das Unbewusste eine Einschätzung des Gegenübers.

Und dieses, mein Gegenüber lieferte so einiges an Kuriositäten und Besonderheiten. Pieter van de Stromen ist ein Mann von kräftiger Statur, dessen Alter schwer zu schätzen ist. Das liegt mitunter an seiner wilden Haarpracht, die konfus in alle Richtungen zu fliehen sucht, es aber leider nicht schafft und sich darüber beleidigt, wie eine Schnecke zusammenzieht. Mag er zwischen 45 und 55 Jahre alt sein? Ich kann es wirklich nicht sagen. Seine leicht derangierte Kleidung leuchtet von einer derart irren Farbkombination, die einem Tränen in die Augen treibt. Seinen Kopf hält er leicht zur Seite geneigt mit einem ewigen Grinsen um die Mundwinkel, was ihn spitzbübisch und pfiffig aussehen lässt. Durch seine betont langsamen Bewegungen gibt er ein tölpelhaftes Bild ab, ähnlich einem zotteligen Bär, was den Anschein verstärkt, es mit einem harmlosen Wirrkopf zu tun zu haben.

Na, das kann ja heiter werden, dachte ich bei mir. Ob Pieter das hält, was mein Freund Pierre versprochen hat? Ein wenig zweifelte ich schon. Hier setzte die nüchterne Ratio ein, beeinflusst durch konditionierte, gesellschaftskonforme Beobachtungen, die mein Bauchgefühl Lügen strafen wollte.

„Stopp!“ – Keine unüberlegten Vorurteile, mahnte ich mich still zur Raison. Schon gar nicht wegen seines chaotischen Äußeren. Zumal bei genauerer Betrachtung seinen wachen Augen nichts zu entgehen schien. Sie drückten alles Mögliche aus, nur keine Tranfunzeligkeit. Ich merkte im Laufe des Gesprächs bald, wie seine Aufmachung nur einen Zweck erfüllte, nämlich von seinen Augen und seinem wahren Inneren abzulenken.

Er wollte in voller Absicht seinen Gesprächspartner Glauben machen, er sei ein Luftikus, wenig ernst zu nehmen, ein harmloser Irrer eben. Wer auf sein Spiel hereinfiel und seine Intelligenz unterschätzte, der beging einen eklatanten Fehler. Er hatte das Match bereits verloren.

Mir gegenüber brauchte er sich nicht zu verstellen. Ein Glück, so war es mir vergönnt, seinen wahren spritzigen und humorvollen Charakter kennenlernen zu dürfen. Pieter bewies sich in seinen Erzählungen als ein äußerst scharfsinniger Logiker wie Analytiker zugleich, mit blitzschneller Auffassungsgabe und hervorragender Menschenkenntnis. Neidlos bewunderte ich seine Art, seine Beherrschung und sein schauspielerisches Talent.

Parallel zu unseren Gesprächen begannen wir mit einer Auswahl an Fingerfood, um später beim Hauptgang richtig zuzuschlagen. Mich lechzte nach einer in Butter gebratenen Seezunge, wobei mir bereits im Vorfeld das Wasser im Munde zusammenlief. Zuvor wollte ich jedoch erfahren, was Pieter herausgefunden hatte. Hatte er überhaupt etwas in Erfahrung gebracht? Wenn ja, war es relevant für mein Anliegen, war es verwertbar? Ich war reichlich gespannt und rutschte schon unruhig auf meinem Stuhl hin und her.

„Pieter spannen Sie mich nicht so auf die Folter, es ist schon reichlich spät, was haben Sie herausgefunden", fing ich ungeduldig an zu bohren.

„Mein lieber Pascal, ich sehe Ihren Augen die Ungeduld an, aber nur mit Geduld und Spucke fängt man eine Mucke", antwortete er noch kauend und weise grinsend, schluckte runter und begann mich in seine gewonnenen Erkenntnisse einzuweihen.

„Sie brauchen eine gute Grundlage in Ihrem Magen, um besser verdauen zu können, was ich Ihnen mitzuteilen habe", lächelte er mir vielsagend ins Gesicht. „Greifen Sie zu, die Garnelen in Knoblauch sind ausgezeichnet."

Ich schaute ihn bittend an, sagte aber kein Wort.

„Also gut. Erstens möchte ich Sie ersuchen, niemals Details oder Namen von Dritten am Handy zu nennen. Sie wissen vielleicht, jedes Handygespräch durchläuft Dekoder und wird, gemäß gewissen Schlüsselwörtern, gefiltert und ausgewertet. Unter anderem vom US-Geheimdienst, der diese Überwachung seit Ende der 90er Jahre durchführt, verstärkt nach dem 11. September 2001. Aber das dürften Sie ja wissen. Seien Sie also vorsichtig."

„Müssen wir denn vorsichtig sein?", unterbrach ich ihn beiläufig?

„Aber hallo! … Was glauben Sie? Meine harmlosen Erkundigungen in den schmucklosen Geschäftsräumen der Firma THAI ORCHID müssen so manchen Stein ins Rollen gebracht haben. Ich habe anscheinend schlafende Hunde geweckt. Bei meinem ersten Nachfragen wurde ich vertröstet und beim Folgebesuch ausgefragt wie ein Geheimagent, dem man anlastet,

Staatsgeheimnisse ausspionieren zu wollen. Wozu ich das wissen wolle, was für ein Interesse ich daran hätte und bla, bla, bla. Ich war gezwungen, den unbedarften Ahnungslosen zu spielen, dem einzig und allein daran lag, in Erfahrung zu bringen, wo die Spenden landen, wem sie zugute kämen. Und natürlich, wie viel Prozent der Spenden von der Verwaltung geschluckt würden. Sie verstehen, die berühmten Bitten um Transparenz. Sie können sich nicht vorstellen, wie die Antworten nur so heraussprudelten – nämlich wie bei einer versiegten Quelle. Man drückte mir einige Prospekte in die Hand und behauptete, plötzlich sehr wortkarg geworden, darin könne man alles Wissenswertes nachlesen. Das war's."

„Dumm gelaufen", entfuhr es mir. – „Aber das mit dem Ahnungslosen dürfte für Sie ja kein Problem dargestellt haben", kicherte ich vorlaut. „Und zwingen musste man Sie dazu ja wohl kaum", schob ich neckend nach.

Mit den treuen Augen eines Welpen spiegelte er die Unschuld vom Lande wider und erklärte: „Wissen Sie, in meinem Metier habe ich mir so manche Marotten angeeignet. Sie sind oft sehr förderlich für meinen Erfolg und retteten mich schon mehrmals aus prekären Situationen. Meine Methode half mir auch heute wieder.

Ich blickte ihn fragend an.

„Heute suchte ich die Handelskammer auf, um den Handelsregisterauszug einzusehen. Ich hatte leider erst spät einen Termin erhalten. Zudem rief man per Computer all meine Personaldaten ab, einschließlich meines polizeilichen Führungszeugnisses. Das war natürlich nicht gerade hilfreich, denn ich bin vorbestraft – wurde mal mit einer nicht eingetragenen Handfeuerwaffe erwischt. In meinem Job als Privatschnüffler gehört das zur Tagesordnung. Darum hatte ich meine Mühen, an die gewünschten Informationen zu kommen. Ist auch der Grund, warum ich so spät dran bin", erklärte er mit rollenden Augen. Dabei schaute er fasziniert den ringförmigen Rauchwolken nach, die er in die Luft paffte.

„Rücken Sie schon raus damit, was haben Sie in Erfahrung gebracht?", drängte ich ihn.

„Hier!", sagte er, wobei er umständlich ein verknittertes Faltblatt aus seiner Jackentasche kramte und mir reichte.

Es handelte sich um einen Werbe-Flyer. Ich las die Top Line: ***Kinder in***

Not - Retten Sie Menschenleben !…

Eine effektvolle Aufmachung mit griffigen Slogans und Bildern von Kindern, in Lumpen gehüllt mit großen Augen, die regelrecht nach Hilfe zu schreien scheinen. Arbeitslager, wo Minderjährige auf dem nackten Boden schlafen, wie Heringe dicht an dicht gepfercht. Man riecht förmlich den modrigen Geruch der Unterkünfte. Abgemagerte Gesichter, von Krankheiten gezeichnet, kleine Mädchen, die aus einem über und über mit Unrat verdreckten Bach Wasser zum Trinken schöpfen …

Mahnfotos unsäglichen Leids, unterlegt mit den Worten: Wir appellieren an Ihr Gewissen, greifen sie armen Kindern in Thailand unter die Arme und ermöglichen Sie ihnen ein menschenwürdiges Leben. Unterstützen Sie unsere Arbeit, wir sind vor Ort, wir helfen schnell, unbürokratisch und effektiv!

Spendenkonto 22 22 22 22 333

Und dann folgte der Name einer niederländischen Bank.

Der Handzettel rührt zu Tränen und vermag selbst beim hartherzigsten Leser, Mitleid zu erwecken. Alles in allem ein wirkungsvolles Lay out, gekonnt designed, schockierend und fesselnd. Es erfüllt bei der Mehrzahl der Leser sicherlich seinen Zweck.

„Der Flyer liegt in Banken, Geschäften, Kindergärten, bei Ärzten – vorrangig Kinderärzten – und Apotheken aus. Als Absender zeichnet sich die THAI ORCHID Holding N.V. in der Koningslaan“, erklärte Pieter.

„Wenn Sie von hier in Richtung Südwesten schauen, dort hinter den Büschen, immer dem Asphaltweg folgend, gelangen Sie zur Koningslaan. In unmittelbarer Nähe von der britischen Botschaft und dem österreichischen Konsulat protzen noble, wenn auch zugegebenermaßen kleine Stadtvillen, die es jedoch in sich haben. Die Haustüren sind mit Firmenschildern nur so umpflastert. In den Häusern residieren mehr Firmen, als die Villen Zimmer haben, Toiletten und Besenkammern eingeschlossen. Klingelt man, meldet sich bei allen Firmen dieselbe Sekretärin, die beflissentlich versichert, das Anliegen weiterzuleiten. Natürlich alles anonym. Nirgends findet man Informationen zu den Firmen. Die meisten unterhalten nicht einmal eine Website im Internet, auf der sie sich präsentieren. Allein diese Unterlassung lässt sie bereits verdächtig erscheinen. Wer sich so bedeckt hält und das Licht der Öffentlichkeit scheut, der versucht den wahren Gegenstand des

Unternehmens zu verbergen. Welche Firmen, außer Scheinfirmen hätten ein Interesse daran, außerhalb der Öffentlichkeit zu agieren? Eigentlich nur zwielichtige Unternehmen mit kriminellem Potential. Für diese bieten die „Etablissements“ hier in der Koningslaan oder in der Herengracht sowie nahezu überall in Holland, geeignete Möglichkeiten, Briefkastenfirmen zu installieren. Je nach Geldbeutel und Notwendigkeit in exklusivem oder weniger attraktivem Umfeld. Summa summarum insgesamt 23.000 Briefkastenfirmen im kleinen Holland.“

„Und was für einen Vorteil ziehen die Betreiber daraus?“, fragte ich unwissend.

„Herr Ferrol … ich meine Pascal, wissen Sie, wie das hier in den Nederlanden läuft, bezüglich Steuern und Offshore-Firmen?“, wollte er von mir wissen.

„Nein, keinen blassen Schimmer“, gab ich ehrlich zu.

„Die wenigsten wissen, dass Holland für viele Firmen weltweit der Ausgangspunkt ist, sich legal Steuererleichterungen zu verschaffen und gleichzeitig die Wege des Geldes einschließlich ihrer Besitzer zu verschleiern. Quasi die Vorstufe zum himmlischen Steuerparadies. In der gewählten Firmenform kommt dies bereits zum Ausdruck. Mit N.V. wie bei der THAI ORCHID wird eine Naamloze Vennootschap, also eine ‚Namenlose Partnerschaft‘ bezeichnet. Sie ähnelt einer deutschen Aktiengesellschaft und muss notariell im Handelsregister eingetragen werden. Allerdings brauchen die Gesellschafter namentlich nicht bekannt sein, wie der Name schon sagt. Das übernimmt ein Notar für sie. Er beurkundet bei der „kamer van koophandel“ die Richtigkeit der Eintragungen. Dazu gehören Firmennamen, Firmensitz, Kapital und Gegenstand des Unternehmens“, klärte Pieter mich auf.

„Und es gibt keinen Weg, die Namen der Inhaber herauszufinden?“, fragte ich zweifelnd.

„Der Notar rückt so mir nichts dir nichts keine Daten raus, das können Sie sich ja denken. Er beruft sich auf den Datenschutz.“

„Das war’s dann wohl“, zeigte ich mich enttäuscht.

„Immer langsam mit den jungen Pferden, ich war noch nicht am Ende meiner Ausführungen“, beruhigte er mich mit einem schiefen Grinsen.

Dabei zog er genüsslich an seinem dritten oder vierten filterlosen Glimmstängel.

Ich horchte auf und ein Hoffnungsschimmer flackerte in meinen Augen.

„Die Gesellschaft wird von einem Vorstand geleitet, der seinerseits von einem Aufsichtsrat überwacht wird. Nach der notariellen Beurkundung bedarf es zur Gründung einer N.V. der Unbedenklichkeitserklärung seitens des Justizministeriums. Dort sind die Namen der Vorstandsmitglieder bekannt."

Sein Grinsen wurde noch breiter als bisher und ließ zwei Reihen kräftiger Zähne erkennen. Er meinte: „Dort sitzt eine gute Bekannte von mir, eine sehr gute … Sie verstehen?"

„Sie pimpern mit einer Sekretärin vom Justizministerium … richtig?", ließ ich ihm meine Vermutung unverblümt wissen.

„Na ja … eigentlich … richtig!", bestätigte er.

„Nein, wie skandalös, Sie Unhold Sie", zog ich ihn mit näselnder Stimme auf.

Ohne auf meine Frotzelei einzugehen, fuhr er unbeirrt fort. Nur ein genießerisches Zucken seiner Augenwinkel und ein tiefer Zug an seiner Zigarette verrieten, dass meine Äußerung angenehme Erinnerungen in ihm wachriefen.

„Hören Sie zu", lenkte er schnell wieder auf das eigentliche Thema. „Laut Handelsregister verbirgt sich hinter dem Namen THAI ORCHID eine Organisation, die nicht als gemeinnützig gilt, denn sie zahlt Köperschaftssteuern. Gegenstand des Unternehmens ist unter anderem der Schutz unmündiger Kinder im asiatischen Raum, vorrangig in Thailand."

Dabei schaute er wieder auf das Faltblatt, strich es glatt und las laut vor: „Der Kampf gilt der Ausbeutung, dem Hunger und der mangelnden Schulbildung. Im Rahmen von Förder- und Ausbildungsprogrammen sowie Integrationsmaßnahmen soll den Betroffenen und ihren Familien ein angemessenes Leben ermöglicht werden. Dazu kann der Bau von kleinen Wohnhäusern mit sanitären Anlagen, Waisenhäusern und nicht zuletzt von medizinischen Einrichtungen einen Beitrag leisten", schloss Pieter mit dem Text.

Er machte eine Pause und trank einen tiefen Schluck schwarzen

Darjeeling Tee, den er bestellt hatte.

„Liest man genauer, fallen einem die Formulierungen *unter anderem*, *im Rahmen*, *soll*, *angemessen*, *dazu kann* auf, mit denen eine genaue Definition vermieden wird. Die Aussagen lässt man ganz bewusst im diffusen Licht stehen. Wie groß der Anteil des ‚unter anderem' ist, steht nirgends. ‚Kann' bedeutet ‚muss nicht' – kann eben oder auch nicht. Man hält sich bewusst bedeckt – immer ein Hintertürchen offen. Nirgends werden Garantien gegeben", erklärte mir Pieter.

„Sie outen sich damit als Meister der unverfänglichen Verführung, reden viel ohne wirklich Konkretes auszusagen. Trickreich locken sie die Gutgläubigen, die nicht genau hinschauen und sich durch verlockende Versprechen blenden lassen", ergänzte ich aufgebracht.

„Genau! … Ich will Ihnen jetzt in groben Zügen das Prinzip dieses Netzwerks erklären. Ich halte es für elementar wichtig zu wissen, von wo nach wo die Fäden ziehen. Ohne dieses Wissen stochern Sie im Dunkeln."

Er zog ein kleines, in dunkelbraunem Leder gebundenes Notizbuch aus seiner Jackentasche und warf einen kurzen Blick hinein, um anschließend mit der Aufdröselung seiner Nachforschungen fortzufahren.

„Zu meiner Überraschung handelt es sich bei der THAI ORCHID Holding N.V. nicht um eine Briefkastenfirma, wie ich zuerst vermutete, sondern um eine ganz offiziell arbeitende Gesellschaft, die legal von den Steuervorteilen der Niederlande profitiert. Sie zahlt brav ihre Körperschaftsteuer und fällt deswegen nicht auf.

Das eigentliche Geschäft der THAI ORCHID besteht also nicht in humanitärer Hilfe, sondern in der Transaktion von Spendengeldern, die als reine Durchlaufposten verbucht und damit nicht steuerrelevant werden. Viele Firmen übertragen im Outsourcing-Verfahren Teile ihrer Verwaltung auf außenstehende Firmen, die sich auf spezielle Verwaltungsaufgaben spezialisiert haben. Lediglich der Gewinn, der durch ein ganzes Paket von Abschreibungen möglichst niedrig gehalten wird, unterliegt der Körperschaftsteuer. Und die fällt relativ gering aus. Liegt der Gewinn unter 200.000 € wie bei der THAI ORCHID, kommt ein Steuersatz von 20 Prozent zum Tragen. Im Gegensatz zu Frankreich und Deutschland kommen keine weiteren Unternehmenssteuern hinzu."

„Zwanzig Prozent? So wenig nur?", hakte ich ungläubig nach.

„Ist doch ein verlockendes Angebot, das wir Holländer Euch da unterbreiten, oder? Wir sind eben nett, hilfsbereit, charmant, gut aussehend und natürlich intelligent.“

„Und kein bisschen eingebildet“, fügte ich schmunzelnd hinzu.

„Sie haben es erfasst“, meinte er allen Ernstes. „Aber lassen Sie mich kurz auf die Abschreibungen zu sprechen kommen. Das Prinzip zur Steuerersparung ist eigentlich immer das Gleiche. Man bucht fingierte Rechnungen, die ausländische Firmen für ihre Leistungen stellen. In Wirklichkeit werden die Leistungen nie erbracht, zumindest nicht in diesem Maße. Die Rechnungen dienen lediglich dazu, einerseits den Gewinn zu schmälern, andererseits die Summen zur Zahlung der Rechnungen offiziell und rechtmäßig der Firma zu entnehmen und auf Offshore-Konten zu transferieren. Deshalb erteilt man vorrangig Firmen aus Offshore-Regionen Aufträge und nicht holländischen, bei denen der tatsächliche Arbeitsaufwand durch die Finanzbehörde leicht nachprüfbar wäre. Bei dem Trick mit den Phantomleistungen handelt es sich hauptsächlich um Management- und Marketing-Beratung, für die gepfefferte Honorarnoten erhoben werden. Genau auf diese Branchensegmente haben spezialisierte Fundraising Agenturen in Offshore-Gebieten ihre Dienstleistungen ausgerichtet.

Nehmen wir die THAI ORCHID Holding N.V. als Beispiel. Bei ihr handelt es sich um eine Tochtergesellschaft der Child Hood Europe. Diese stellt hohe Rechnungen für abzugsfähige Aufwendungen an die THAI ORCHID oder verlangt stattliche Lizenzgebühren für Markenrechte. Als Folge sinkt der Gewinn in Holland beträchtlich. Oft so weit, dass Firmen in Holland mit Verlust arbeiten. Dank dieser legalen ‚Manipulationen' gehen Fachleute davon aus, dass maximal 6 Prozent des eigentlichen Ertrags für die Körperschaftssteuer relevant werden. Und laut meiner Kontaktperson beim Finanzamt liegt die Körperschaftssteuer der THAI ORCHID gerade einmal bei 28.000 € …“

„Vermutlich wieder eine Dame – der Informant, meine ich?“, quatschte ich vorlaut dazwischen.

Pieter, dieser Filou, grinste das Grinsen eines Genießers und beäugte mich verschmitzt.

„Lieber Pascal, die Grundlage eines guten Schnüfflers besteht in der Beschaffung von Informationen. Wie man das anstellt, ist oft ein heikles

Unterfangen. Ohne Schmiergeld und hingebungsvolle Selbstaufopferung geht da nichts", erklärte er mir seinen Job.

„Ach ja? … Schmiergeld? Selbstaufopferung? … Nennt man das jetzt so", feixte ich mit Mitleid spielender Miene. „Wobei mir Ihre ‚volle Hingebung' schon eher einleuchten will."

„Hmmm? … Wollen wir nun weiter machen oder nicht?" Dabei vermied er es, auf meinen anzüglichen Einwurf einzugehen.

„Okay, ich bin ja schon still. Wie ist das mit der THAI ORCHID?"

Ohne mit der Wimper zu zucken fuhr er mit seinen Erläuterungen fort.

„Bleiben wir am Beispiel THAI ORCHID und rechnen mal rückwärts. Da 20 Prozent Körperschaftsteuern anfallen, im Falle der THAI ORCHID 28.000 €, muss diese Summe mit fünf multipliziert werden, um den zu versteuernden Gewinn zu errechnen. Dies ergibt also 140.000 Euro. Wenn dieser zu versteuernde Gewinn, wie eben erwähnt, lediglich 6 Prozent des eigentlichen Ertrags darstellt, erwirtschaftet die THAI ORCHID insgesamt 2,33 Millionen Euro. Dank der Unmenge von Abschreibungsmöglichkeiten und fingierter Rechnungen sinkt dann der steuerrelevante Betrag, sprich der zu versteuernde Gewinn auf 140.000 Euro."

„28.000 Euro Steuern bei einem eigentlichen Ertrag von 2,33 Millionen Euro? Das ist Wahnsinn! Da müssen echte Steuer-Jongleure am Werke sein", gab ich anerkennend zu.

„Sind sie! … Das können Sie mir glauben. Die Berater sind allesamt anerkannte Spezialisten, wahre Zauberkünstler, die mit Illusionen zu hantieren wissen. Selbst wenn 140.000 € zu versteuernder Gewinn für eine international agierende Gesellschaft nicht gerade viel ist, so sorgt das bei der Finanzbehörde zumindest erstmal für Ruhe. Die Firma schafft sich damit eine Art Unbedenklichkeitsbescheinigung und entgeht meist unliebsamen Fragen. Man zahlt Steuern und glaubt damit aus dem Schneider zu sein, was man auch meist ist. Das Finanzamt weiß sehr wohl, was da gespielt wird, aber es geht dem Finanzministerium um die Milliarden, die mit diesem todsicheren System in den holländischen Staatssäckel fließen und nicht in die anderer Länder. Ein willkommener Geldsegen, den man sich nicht entgehen lassen möchte."

„Verständlich, wer würde schon gerne auf Milliarden verzichten. Aber zurück zu meinem eigentlichen Problem. Wir kennen jetzt das

Steuersenkungsprogramm der THAI ORCHID und ihren Umsatz, aber wer steckt dahinter? Konnten Sie dazu etwas eruieren?"

„In den Unterlagen des Ministeriums stehen zwei Namen, die den Vorstand bilden: Luuk Hasebrook und ein Kees Bregweg. Beides unbeschriebene Personen, die meiner Meinung nach nur vorgeschoben und wahrscheinlich mit der Verwaltung und Weiterleitung der Spenden beauftragt sind. Man kann sie als bevollmächtigte De-facto-Geschäftsführer bezeichnen, denen, außer ihren Gehältern, keinerlei Ansprüche aus ihrer Tätigkeit erwachsen. Herrn Hasebrook lernte ich bei meinem Besuch kennen. Falls Sie ihm begegnen sollten, ein langer Kerl mit dünnen, blonden Haaren, glatt gescheitelt, fahler Hautfarbe und tief liegenden Augen, die jeden misstrauisch mustern. Für mich ein Indiz, dass er mehr über das wahre Geschäftsgebaren weiß. Oder wollen wir einmal positiv denken, er ist ein gebranntes Kind und hat bisher schlechte Erfahrungen gemacht mit Menschen wie mir, die dämliche Fragen stellen. Auffallend sind seine schmalen Hände aus denen spinnenartige dünne Finger, wie Greifarme herauswachsen. An ihren Spitzen wuchern überlange Nägel."

„Eklig", entfuhr es mir, wobei ich die Gabel mit einem Stück Seezunge, das ich mir soeben in den Mund schieben wollte, angewidert auf den Teller legte. „Da vergeht einem jeglicher Appetit."

Pieter lachte derb und meinte lapidar: „Viel scheinen Sie ja nicht zu vertragen, wie?"

„Ja, ja! Sie sind gut, nicht mal in Ruhe essen kann man … haben wir's jetzt? Sind Sie fertig mit Ihren Ausführungen?"

„Wie bitte?" tat er erstaunt. „Ich beginne gerade erst."

„Ach ja? … Kam mir gar nicht so vor", alberte ich zurück.

„Ich dachte, Sie wollten wissen, wer hinter dem Ganzen steckt, oder haben Sie es sich anders überlegt? – Glauben Sie etwa, dass die beiden Alibivorstände die eigentlichen Strippenzieher sind?" Dabei schaute er mich schief von der Seite an.

„Nein, nein, fahren Sie fort." Ich bemerkte, wie sich Pieter ziemlich genervt am Kopf kratzte, als würde ihn meine Begriffsstutzigkeit jucken und er versuchen, das abzustellen.

„Wer die wahren Hintermänner sind, ist für den holländischen Staat Nebensache. Was zählt, ist allein der vom Notar bestätigte gute Leumund –

und der kann nach Belieben konstruiert werden. Gerade um dubiose Machenschaften zu kaschieren, sprudelt der Erfindungsreichtum. Nehmen wir als Beispiel das Kürzel ‚CHE'. Was denken Sie, wenn sie den Namen ‚CHE' hören? – Na!"

„Ich denke als Erstes an Che Guevara", lachte ich schelmisch und war mir sicher, damit eine ziemlich blöde Antwort gegeben zu haben.

„Richtig! … Und was fühlen Sie dabei?"

„Na ja … Revolution, Kampf gegen das Establishment, Unterstützung der Armen und Unterdrückten." Dabei lächelte ich verkrampft, immer noch im Glauben, es handle sich um einen albernen Jux von Pieter.

„Exakt! … Das ist der Trick. Suggestion lautet das Zauberwort. Passt der Einsatz für Not leidende Kinder nicht haarscharf in dieses Schema?

„Wieso, was hat Che Guevara mit notleidenden Kindern zu tun?", fragte ich Pieter verblüfft.

„Nichts! Aber die THAI ORCHID schon, denn ihr Mutterkonzern ist die „CHE" – eine Abkürzung für Child Hood Europe." Dabei blinzelte mich sein rechtes Auge verräterisch an. Außerdem assoziieren viele Menschen mit dem Kürzel ‚CHE' unbewusst die Confoederatio Helvetica, also die Schweiz, was obendrein einen seriösen Eindruck vermittelt, denn ‚Made in Switzerland' besitzt weltweit nach wie vor einen hervorragenden Ruf. Deshalb verlegen auch so viele Firmen ihren Hauptsitz in die Schweiz."

Er zog genüsslich an seiner Zigarette und beobachtete mich verunsichert, als wolle er abwägen, ob ich endlich gerafft hätte, was er mir soeben penibel entwirrt hatte.

„Verstehen Sie, warum man sich geläufige und positiv belegte Namen zulegt? Eine reine Imagefrage, der Name macht's, nämlich die weiße Weste, zumindest soll sie einem Glauben machen, blütenweiß zu sein. Der Firmenname dient als Tarnkappe. Tatsächlich quillt darunter der tiefschwarze Ruß der Verruchtheit. Wie schwarz, wie verrucht, wie tief Habgier, Neid und Berechnung bereits ihre Auswüchse getrieben haben, vermag keiner nachzuprüfen, dafür hat man gesorgt. Beim Namen CHE oder Child Hood Europe handelt es sich also um nichts weiter als um eine verführerische Verpackung, deren Inhalt sich als Offshore-Firma auf Gibraltar entpuppt."

„Wie … da gibt es Offshore-Firmen?“, fragte ich ungläubig. „Mitten in Europa?“

„Massig, denn der zu England gehörende Felsen verspricht absolute Vertraulichkeit und Diskretion. Gibraltar ist zwar Teil der EU, liegt jedoch außerhalb der Steuerhoheit der EU-Länder – wie es der Name Offshore sagt, liegen diese Firmen weg von der Küste eines Landes, also außerhalb derer Zuständigkeitsbereiche. Ähnlich der Windparks, die weit vor der Küste eines Landes liegen.“

Er paffte wieder einige Rauschschwaden in die Luft und drückte den Zigarettenstummel aus. Der Aschenbecher quoll bereits beängstigend über.

„Und nun kommt der Clou“, hob er seine Stimme.

„Wie? … Immer noch nicht fertig? Allmächt'ger!“, ließ ich barsch Dampf ab, denn zunehmend war mir all der Wirrwarr an dubiosem Versteckspiel in den Kopf gestiegen und brachte diesen zum Kochen.

Pieter warf mir einen rügenden Blick zu.

„Ist schon gut! … Ich reiße mich am Riemen“, versprach ich rasch. „Ich bin mir der Brisanz durchaus bewusst, zu wissen, wie diese verschachtelten Firmenkonstrukte funktionieren. Nur so lassen sich die Wege der organisierten Kriminalität begreifen. Nehmen Sie mir es nicht krumm, aber das ist ganz schön viel auf einmal, was Sie mir da vorsetzen. Und könnten wir uns nicht ein wenig die Füße vertreten, ich kann nicht mehr sitzen, meine Beine schlafen ein, das Blut zirkuliert nicht mehr richtig. Unterwegs findet sich genauso Gelegenheit, mir die weiteren Details zu erklären. Wäre das eine Option?“, fragte ich Pieter beinahe flehend.

Im Übrigen war mir der Appetit gänzlich vergangen. Das Essen, durch das ständige Gequassel kalt geworden, schmeckte sowieso nicht mehr. Da lag sie, meine Seezunge, auf die ich mich so gefreut hatte, erstarrt in kalter Butter.

„Meinetwegen, dann weckt der rote Saft hoffentlich wieder ihre grauen Zellen und spornt sie zu Höchstleitungen an, von denen bisher recht wenig zu merken war“, grunzte Pieter vergnügt. Bei der Gelegenheit zeige ich Ihnen das Haus, in dem die THAI ORCHID ihr Büro hat. Kann nicht schaden, falls Sie mal das Bedürfnis verspüren, Freund ‚Langfinger‘ zu besuchen.“

„Um mir noch länger den Appetit zu vermiesen, wie? – Finden Sie, ich bin zu dick?", scherzte ich.

Ich trank mein Glas Mineralwasser aus, Pieter seinen Tee, dann zahlten wir und gingen. Ein frischer Wind wehte uns um die Nase und die Bäume strahlten eine angenehme Kühle ab. Es tat richtig gut, wieder ein paar Schritte gehen zu können. Sicherlich hatte ich mir schon Kerben in meine Oberschenkel gesessen, zumindest fühlte es sich genau danach an.

„Wo waren wir gerade stehengeblieben?", erkundigte sich Pieter, als er sich erneut eine Zigarette anzündete. Die rote Glut leuchtete wie ein kleines Signallicht in der klaren Nacht. „Ach ja, der Clou", nahm er den Faden wieder auf.

„Auch auf Gibraltar gilt die Verschleierung von Firmen-Internas als oberstes Gebot. Kein Außenstehender erfährt, wem die Firma tatsächlich gehört, denn die Geschäftsführung ist meist Treuhändern übertragen. Das können Anwälte oder sogar Firmen sein.

Zweitens ist der Steuersatz für Unternehmensgewinne auf Gibraltar noch mal um einiges geringer als in Holland." Dabei lachte Pieter wie ein kleines Kind vor Freude, das kurz davor stand, seine Weihnachtsgeschenke auszupacken.

„Dieses Dauergeschenk liegt seit dem 1. Januar 2011 bei popligen zehn Prozent", offenbarte er mir.

„Das ist ja geradezu lachhaft", meinte ich. „Wer diese Möglichkeiten richtig zu nutzen weiß, versteuert einen möglichst kleinen Teil seines Gewinns in Holland mit 20 Prozent, während das Gros der Gewinne auf Gibraltar anfällt und dort nur zu 10 Prozent versteuert werden muss."

„Bingo! Die bessere Durchblutung scheint tatsächlich noch zur Rettung einiger ihrer Zellchen beigetragen zu haben – das lässt hoffen." Dabei grinste mich Pieter in einer derart charmant unverschämten Weise an, dass ich ein herzliches Lachen nicht verkneifen konnte, wo doch eine Entrüstung meinerseits eher angebracht gewesen wäre.

Ohne zu zögern fuhr er fort und stellte mir ein ausgeklügeltes System von Steuerschlupflöchern vor, dass mir Hören und Sehen verging.

„Zehn magere Prozent, mehr nicht, denn Steuern wie Kapitalertrags-, Gewerbe-, Vermögens-, Erbschafts-, Schenkungs-, oder Mehrwertsteuer kennt das Steuerparadies Gibraltar nicht. Außerdem zählen Gewinne von Filialen außerhalb Gibraltars nicht zur Gewinnermittlung und sind damit auf Gibraltar nicht steuerpflichtig. Sogar Firmengehälter und Privatentnahmen von Konten außerhalb Gibraltars, werden generös vom Ertrag abgezogen und wirken sich damit Gewinn mindernd aus. Vollkommen klar, dass Firmenbosse sich fette Gehälter im Ausland genehmigen und nach Gutdünken der Firma Geld entziehen, um den Ertrag auf Gibraltar zu schmälern."

„Wenn sich die Bosse außerhalb von Gibraltar hohe Gehälter zahlen, müssten sie in diesen Ländern doch entsprechend hohe Einkommensteuern zahlen, oder irre ich mich da? Das käme doch dann einer Milchmädchenrechnung gleich."

„Sie irren", lachte Pieter wissend. „Für solche arme, vom Staat gebeutelte Menschen, hat Gibraltar einen Sonderbonus ausgeklügelt, barmherzig wie man dort ist. Ein kleines Bonbon, so zu sagen."

Sein ständiges Grinsen ging mir allmählich auf den Wecker – eigentlich war es nicht sein Grinsen, eher der Umstand, der ihn grinsen ließ.

„Im Schlaraffenland des Geldes wartet ein Willkommensgeschenk für jeden Hilfebedürftigen, dessen Privatvermögen über schlappen 2,4 Millionen Euro liegt. Voraussetzung ist, seinen Hauptwohnsitz nach Gibraltar zu verlegen, wodurch die Steuerpflicht im Heimatland entfällt. Allerdings verpflichtet sich der Umsiedler, nennen wir ihn Mister „X", damit, für mindestens einen Monat im Jahr auf Gibraltar zu wohnen. Außerdem ist er verpflichtet, sein gesamtes Auslandsvermögen zu deklarieren. Bei Erfüllung dieser Kriterien, zahlt er auf Gibraltar eine jährliche Steuer-Pauschale von 35.300 €, egal wie hoch sein jährliches Einkommen ausfällt. Durch diesen Winkelzug werden die hohen Gehälter, die eigentlich im Ausland anfallen, dort nicht versteuert, sondern am Wohnort, also auf Gibraltar und dort mit der mickrigen Steuerpauschale abgegolten. Rechnen Sie sich das mal durch", dröhnte Pieter.

„Okay, wer in Frankreich oder Deutschland laut Einkommensteuererklärung eine Million Euro zu versteuern hat, müsste bei einem Spitzensteuersatz von 45 Prozent 450.000 € Einkommensteuer zahlen. Auf Gibraltar nur 35.300 €. Ist das richtig?", fragte ich Pieter. Eigentlich wollte ich ihm lediglich zeigen, wie gut ich jetzt bei der Sache sei.

„Ja, so bleibt unserem Mister „X" noch ein zusätzliches Taschengeld von 414.700 €, das er in gewinnbringende Geldanlagen stecken kann, um noch reicher zu werden. Ist das nicht wie Weihnachten, Ostern, Geburtstag und

Neujahr zusammen?“, strahlte Pieter vor Begeisterung und ehrlichem Respekt vor solchem Ideenreichtum.

„Und damit unser Mister „X“ seine fetten Gewinne aus Geldanlagen, die er natürlich nicht versteuert, eines Tages legal ausgeben kann“, erklärte Pieter weiter, „bieten ihm Banken zahlreiche Möglichkeiten, diese weiß zu waschen. Eine beliebte Methode ist das Angebot, Schwarzgeld in sogenannte Lebensversicherungsmäntel umzustrukturieren. Das heißt, die nicht versteuerten Gewinne aus Aktien, Investmentfonds und anderen Geldanlagen fließen in Scheinfirmen, z.B. auf den Bermudas, wo sie dann in Lebensversicherungen umdeklariert werden und so lange liegen bleiben, bis die Steuerhinterziehung nach dem jeweiligen Landesrecht der Inhaber verjährt ist. Der klare Vorteil liegt auf der Hand, Lebensversicherungen sind steuerbegünstigt, während auf Aktienerträge und Zinsen für Geldanlagen Steuern anfallen. Wenn man bedenkt, dass die deutsche Steuergewerkschaft das Finanzministerium bereits im August 2011 über diese Machenschaften instruiert hat, erkennt man, wie ernst es wirklich dem Fiskus, sprich den verantwortlichen Politikern ist, seine nobleren Bürger auffliegen zu lassen.“

„Unglaublich! … Wie im Märchen mit dem Goldesel, nur dass der Esel hier der brave Steuerzahler ist.“ Ich kam aus dem Staunen nicht mehr heraus. „Und das mitten in Europa, deren Politiker lauthals tönen, die Steueroasen austrocknen zu wollen. Lachhaft! – Alles falsche Versprechungen, die einzig und allein dazu dienen, die Bürger ruhig zu stimmen.“

Ich merkte, wie mir langsam aber sicher die Zornesröte in die Wangen stieg, umso mehr, wenn ich zum Vergleich mein bescheidenes Einkommen heranzog, einschließlich einem ganzen Rattenschwanz an Steuern, die mich Jahr für Jahr auslutschen.

Angewidert zischte ich: „Das passt doch alles nicht mehr zusammen. Die Großverdiener lachen sich einen Ast ab über die Dummheit der Masse.“

Pieter nickte bejahend.

„Und damit alle Herren und Damen X, Y und Z ihr Geld anonym ausgeben können, stecken die Banken ihnen obendrein eine exklusive Premium-Kreditkarte zu, als Wohlfühlpaket für die Rundumversorgung unterwegs.“

„Sie meinen eine Kreditkarte in Gold oder Platin?“, gab ich mich wissend.

Er aber schaute mich von schräg unten sehr mitleidig an und meinte: „Ihre Allerweltskarten kann auf Antrag fast jeder bekommen und sind durch ein monatlich arg begrenztes Umsatzvolumen gekennzeichnet. Nein, mein Lieber, diese Karten, die ich meine, sind echte Premium-Karten ohne einen lästigen Kreditrahmen, der sich beim Kauf eines Ferraris nur störend auswirken täte. Ich rede hier von Karten wie der World Signia, der Centurion, der Ultima, der Infinite Card, der Palladium Card oder der Coutts & Co. World Card sowie der Merrill Acclades Card.“

Dabei schaute Pieter mit Genugtuung in mein unwissendes, doch reichlich verblüfftes Gesicht. Und tatsächlich, ich hatte von diesen Karten noch nie gehört, ich dachte immer, die Platin Card wäre Luxus pur, für mich zumindest, der sich schon mit seiner Gold Card wie eine Krösus fühlte. Weit gefehlt.

Belehrend, mir etwas zu belehrend, fuhr Pieter fort: „Bargeldlos - Reiche und Kriminelle benötigen kein Bargeld - können die Begünstigten dann weltweit den Service der Banken genießen. Egal ob es sich dabei um VIP-Betreuung, um Valet-Parking-Dienste, günstige Mietwägen der Luxusklasse mit und ohne Chauffeurbereitschaft, Upgrades für 5 und mehr Sterne Hotels oder um die Nutzung einer 24h-Hotline für jede Art von persönlichen Hilfestellungen handelt. Platzreservierungen in Restaurants oder Theater sind da nur die banalsten Dienste. Aber vor allem für unbegrenzte Einkaufsfreuden, dies natürlich, sonst würde es ja keinen Spaß bereiten, zumindest für die mitgebrachten oder gelieferten Turteltäubchen, fast ohne Limit und vor allem ohne, dass sich die Käuferdaten für Fremde zurückverfolgen lassen. Käuferprofile, wie sie bei jedem anderen Kreditkartenbesitzer angefertigt werden, sind dadurch schier unmöglich, liegt die Bank doch außerhalb des Zuständigkeitsbereiches eines Gläubigerlandes.
Zur weiteren Verschleierung der monetären Aktivitäten ihrer Kunden, bietet ein sogenannter Vollservice die Leistungen von Partnerfirmen an, die in Ländern wie Belize sitzen und als offizielle Mieter von Luxusapartments oder Chalets fungieren und deren Mietzahlung diskret übernehmen. Der eigentliche Nutzer bleibt außen vor und taucht namentlich nirgends auf.“

„Wahnsinn! ... Ehrlich Pieter, jeder Firmeninhaber gehörte wegen seiner Blödheit geschlagen, wenn er diese legalen Möglichkeiten nicht nutzen würde – sie sind doch legal, oder?“

„Teils, teils, in jedem Fall handelt es sich um einen Service, der das Großkapital anlockt, wie der Honig den Bär. Und es gibt viele Bären. Aber nicht alle Räuber beschränken sich ausschließlich auf Steuerhinterziehung legaler Umsätze. Im großen Spiel der Begehrlichkeiten mischen vermehrt Piranhas mit, die ihr Geld aus dem Zerfleischen ihrer Beute erpressen. Drogenkartelle und Mafia locken diese Schnäppchenangebote zunehmend, um ihr schmutziges Geld zu waschen. Erst kürzlich flog die Spur mexikanischer Drogenkartelle zu solchen Offshore-Firmen auf, die im illegalen Waffen- und Menschenhandel involviert sind."

„Ich begreife nicht, wie das die europäischen Regierungen zulassen. Sie dulden mitten unter ihnen ein Steuersystem, durch das Milliarden an Steuern in dunkle Kanäle abfließen und damit den einzelnen Staaten Löcher in die Staatskassen brennen. Bezüglich Monaco, der Schweiz, Lichtenstein und Luxemburg hörte man schon öfters von dubiosen Geldmauscheleien, aber von Gibraltar oder gar Holland, nein wirklich nicht."

„Es sind nicht nur diese Länder", unterbrach er mich. „Bulgarien ist z.B. das neue Monaco, die Liste der Steueroasen ist lang. Oder haben Sie schon von Delaware, dem kleinen Staat in den USA gehört?"

„Ja natürlich", erwiderte ich. „Doch was hat das mit unserem Fall zu tun?"

„Nicht direkt etwas, es ist lediglich eine kleine Ergänzung zu Ihrer von der Mainstream-Presse geprägten Meinung."

Ich wollte ihm energisch kontern, wurde aber gleich abgewiegelt mit den mahnenden Worten: „Hören Sie erstmal zu!"

In fast lehrmeisterhafter Art erklärte er mir generös: „In dem zweitkleinsten Bundesstaat an der Ostküste der Vereinigten Staaten leben nicht einmal eine Million Menschen, 70.000 davon in Wilmington. Und genau in diesem verhältnismäßig kleinen Nest firmieren allein in einem Gebäude der North Orange Street 1209 geschätzte 200.000 Unternehmen. Seltsam wie?"

Als er meinen entgeisterten, etwas ungläubigen Blick sah, ergänzte er: „Alles Briefkastenfirmen, jedoch ohne Briefkasten. Insgesamt sind in Delaware über eine Million Firmen, darunter die weltweit größten Konzerne registriert. Warum ist das so?"

Pieter erwartete natürlich keine Antwort von mir, dem mittlerweile der

Mund fassungslos und schier irreversibel offen stand. Darum führte er seine Erklärung weiter fort: „Delaware erhebt für Aktiengesellschaften, die nicht vor Ort produzieren, keine Unternehmenssteuern, außer einer jährlichen Registrierungs-Gebühr. Gewinne aus Lizenzen, Patent-, Marken- und Urheberrechten sind ebenfalls steuerfrei. Trotz des Verzichts auf Steuern nahm der Staat Delaware allein durch die Gebühren rund 867 Millionen Dollar im Jahr 2012 ein. Und weitere Vorteile bringt dieses Geschäftsmodell mit sich: Einmal bewerten internationale Rating-Agenturen die Staatsanleihe von Delaware mit dreifach „A" und andererseits profitiert der Bürger dadurch, dass er keine Mehrwertsteuer zahlen muss und der Einkommensteuersatz von Jahr zu Jahr sinkt. Und das alles in den USA, einem Land, dass weltweit jedes Bankgeheimnis aushebelt, um Steuersündern auf die Schliche zu kommen."

„Das ist unglaublich", gab ich verblüfft zu. „Wer hätte gedacht, dass ein US-Staat und Länder, die mitten in Europa liegen und nicht in der Südsee, also weit ab vom Schuss, als Sprungbrett zur Steuererleichterung dienen. Man kann mir doch nicht weismachen, dass unsere Politiker davon keine Ahnung hätten. Sie wissen sicherlich ganz genau, wen sie an den Honig lassen. Meiner Ansicht nach handeln die Regierungen solcher Länder vorsätzlich kriminell, denn sie unterstützen indirekt die Steuerhinterziehung und das Organisierte Verbrechen, indem sie für deren Handlanger Schlupflöcher schaffen und dulden."

„So ist es, mein Lieber", pflichte mir Pieter bei. „Die internationalen Verflechtungen zwischen Politik, Banken, Wirtschaft, Steueroasen und organisiertem Verbrechen sind doch offensichtlich, denn Gesetze werden nach wie vor von Politikern beschlossen, auch wenn sie von Lobbyisten indiziert und vorgeschlagen werden. Und ändern tun sie erst dann etwas, wenn man ihnen auf die Schliche kommt.

Schauen Sie, Pascal, nehmen wir doch nur einmal die Cum-Ex-Geschäfte. Seit 1992 wissen Behörden, dass Wirtschaftskonzerne, Banken und Investoren gemeinsame Sache machen und mit den umstrittenen Cum-Ex-Aktiengeschäften den Fiskus schröpfen. Hier geht es um Millionen an Steuerbetrug. Man nennt dieses ausgeklügelte System ‚Dividendenstripping'. Vereinfacht dargestellt versteht man darunter die Kombination aus dem Verkauf einer Aktie kurz vor Auszahlung der Dividenden und dem Rückkauf derselben Aktie kurz nach dem Dividendentermin. Aus diesem Geschäft fallen buchmäßig für zwei der Akteure Kapitalertragssteuer an, die allerdings nur von einem entrichtet werden. Durch das geschickte Hin- und Her-Lavieren haben aber nun zwei Investoren Anspruch auf Rückerstattung der Kapitalertragssteuer. Die zusätzlich ergaunerte Rückerstattung teilen sich die drei Investoren unter sich auf. Das, mein Lieber sind Gesetzeslücken, von denen nur diejenigen wissen, die sich Steuerexperten leisten können. Und wie gesagt, die Regierungen wissen davon und lassen sie gewähren.

Es ist ein Netz der gnadenlosen Gier, das kann ich Ihnen versichern. Und alle tun so bedacht auf Moral und Correctness wie die Schweiz, in deren Bankhäusern Diktatoren aus der ganzen Welt Milliarden bunkerten und noch bunkern, Geld, das, wenn wir ehrlich sind, dem Volk gehört. Denken wir an das Nazigold, das den Juden geraubt wurde und dankbare Banker in der Schweiz fand. Genauso finden sich tonnenweise Gold in den Tresoren Schweizer Banken aus Ländern der ehemaligen Sowjetrepublik sowie aus anderen Ländern und Kontinenten. Ich frage mich immer, wie blind sind die Menschen nur, wie desinformiert und gutgläubig? Jeder sollte wissen, wie Machthaber totalitärer Regime ihr Land ausbeuten und Milliarden in die Schweiz schafften und schaffen. Ein tieferer Blick in Schweizer Banken würde unser Blut stocken lassen – noch heute. Und die Blutsauger erfreuen sich nach wie vor am Luxusleben in ihren abgeschotteten Domänen."

Nach einer Gedenkminute meinte Pieter, fast schon ein wenig resigniert.

„Pascal, wir leben in einem Dschungel, in dem einzig und allein das Recht des Stärkeren gilt, inklusive der Erhaltung der eigenen Art. So und nicht anders ist der Hochadel zu verstehen, der größtenteils über Jahrhunderte sein eigenes Volk ausgepresst und fremde Völker grausam unterdrückt und ausgebeutet hat.

Was früher Hochadel und Raubritter waren, sind heute neureiche Familienclans, Banden und Konzerne, die sich untereinander den Kuchen aufteilen. Und genau bei denen werben Offshore-Dienstleister mit dem Slogan: *Vermögen erschaffen, bewahren, vererben.* Klar, die geringen Freibeträge bei der Erbschaftssteuer pro Kind lassen den Reichen und Superreichen keine Wahl, als ins Ausland abzuwandern, wenn sie nicht wollen, dass ihre Erben bis zur Hälfte des Vermögens an den Staat abtreten müssen.

Der Masse hingegen bieten sich keine Alternativen, sie muss im Land ausharren und ist der Raffgier des Staates, sprich der Beamten, die sich dadurch ja selbst finanzieren, ausgeliefert. Wie sagte einst der alte Fritz: *Eine Regierung muss sparsam sein, weil das Geld, das sie erhält, aus dem Blut und Schweiß ihres Volkes stammt. Es ist gerecht, dass jeder einzelne dazu beiträgt, die Ausgaben des Staates tragen zu helfen. Aber es ist nicht gerecht, dass er die Hälfte seines jährlichen Einkommens mit dem Staate teilen muss.*"

„Mir kommen die Tränen, nehmen sie gerade Partei für die Steuertrickser? Oder täusche ich mich?", fragte ich Pieter überrascht.

„Nein, ich will die ‚Trickser', wie sie sie nennen, keineswegs in Schutz nehmen, mich ärgert allerdings die Abzocke und die doppelseitige Moral unserer Politiker. Sind sie es nicht, die einerseits Steuerehrlichkeit einfordern und Steuerhinterziehung als unmoralisch abstempeln, während dieselben Schreihälse absahnen wo sie nur können und ihr Geld am Finanzamt vorbei ins Ausland schleusen? Dort gebunkert wirft es satte Renditen ab – ohne Quellen- oder Zinsertragssteuer."

Pieters Sarkasmus war nicht zu überhören. Und eigentlich traf er mit seiner Aussage den Nagel auf den Kopf. Unsere sogenannten Vorbilder zeigen uns, wie man mit Geld umgeht, wie man es elegant am Fiskus vorbei jongliert. Als Insider kennen sie sich aus mit solchen Transaktionen.

„Ach, … dabei fällt mir ein", wollte ich den Faden weiterspinnen, „das Kapital und die Einkünfte der ausländischen Aktiengesellschaften … wo fließen die hin? Die müssen ja irgendwo, weit entfernt vom Zugriff eines unerwünschten Finanzamts, gelagert sein. Werden die auf Gibraltar gehortet?", fragte ich neugierig.

„Nein! Eben nicht auf Gibraltar, dann würde die EU den kleinen Felsen ja der Geldwäsche beschuldigen. Einer der wenigen Orte, wo Geld noch unerkannt versteckt werden kann, ist bis dato Singapur. Doch das wird über kurz oder lang auslaufen. Gleiches gilt für die Seychellen, die Cayman Islands und einige weitere Länder. Aber ob Sie's glauben oder nicht, das Geld ist am sichersten in ‚Gottes' Hand.

„Sie Spaßvogel, soll es der Kirche gespendet werden? Da träfe es ja gerade die Richtigen", witzelte ich.

„Gottes verlängerter Arm sind die Mönche."

„Mönche? Bei welchen Mönchen? Die verstecken doch nicht die Milliarden der Kapitalgesellschaften und schon gar nicht die der Mafia … oder etwa doch?"

„Doch!“, behauptete Pieter mit Nachdruck und ernster Miene. … „Die Mönchsrepublik Athos, östlich von Chalkidiki wird von Mönchen orthodoxen Glaubens bewohnt. Diese sind tief religiös und haben ein Schweigegelübde abgelegt. – Klingelt es?"

Nach seiner letzten Frage, schaute er mich mit hochgezogenen Augenbrauen an und ließ mir einige Sekunden der Besinnung, ehe er fortfuhr.

„Religiös, Schweigegelübde – eine Diskretion, die seit Jahren unvorstellbar große Vermögen nahezu magisch anzieht, denken Sie nur an die Vatikan-Bank. Und bei den frommen Gottesbrüdern auf Athos ist es deren Agrarbank, die sich unter den Reichsten der Reichen den Ruf eingehandelt hat, diskreter zu sein als jede andere Bank der Welt. Völkerrechtlich gilt sie zwar als Teil Griechenlands aber bereits 1981 wurde ihr von der Europäischen Gemeinschaft ein Autonomiestatus zuerkannt. Somit zählt die Mönchsrepublik steuerlich und zollrechtlich nicht zum Gemeinschaftsgebiet der EU. Fazit: Keine Regierung, weder von Europa noch von sonst wo, kann der autonomen Republik Vorschriften abverlangen. So blüht Gottes Steuerparadies, ein Privileg für Superreiche und noch dazu ganz legal. Mittlerweile sollen sich auf Athos, angezogen vom diskreten Charme der Mönche, Diktatoren, russische Oligarchen wie auch EU-Politiker gegenseitig die Klinke in die Hand geben. Der Ansturm auf die paradiesische Republik ist inzwischen so groß, dass man extra einen Hubschrauberlandeplatz auf dem Felsen baute.“

„Sie erzählen Märchen! … Das kann ich nun wirklich nicht glauben, Sie nehmen mich auf den Arm“, ereiferte ich mich amüsiert.

„Nein, nein, das ist die reine Wahrheit. Oder glauben Sie …?“ Er unterbrach sich kurz. "Seien Sie mir bitte nicht böse, Sie können doch nicht so beschränkt sein, anzunehmen, die Kapitalmärkte würden keine neuen Schlupflöcher finden, nur weil man jetzt auf den öffentlichen Druck hin, einige am ausheben ist“, echauffierte sich Pieter.

„Wer regiert denn die Welt? – Doch das Kapital, oder nicht Pascal? Alle sind gierig nach Macht, Moneten und Mädchen, die drei M’s, die unsere Welt und Politik bestimmen, wie ich immer behaupte. Schauen Sie hinter die Kulissen, wer die Fäden zieht und warum. Folgen Sie der Spur des Geldes. Sie werden mir recht geben. Ich bitte Sie … Menschen wie Berlusconi, Bush, Putin, die russischen Oligarchen, Carlos Slim oder der

BlackRock-Chef Laurence Douglas Fink mit seinen vier Billionen Dollar, ... was machen die mit ihrem Geld? Na … dämmert's?" Er sah mir dabei forschend in die Augen und ergänzte: „Genau, Macht ausüben!"

Nach einem Zigarettenzug fügte er beschwichtigend hinzu: „Ich will damit nicht sagen, Macht sei grundsätzlich negativ zu bewerten. Es kommt immer darauf an, wie die Macht verwendet wird, ob sie missbraucht wird oder zu guten Taten herhält."

Ich schüttelte verwirrt den Kopf und gestand: „Ehrlich gesagt, fühle ich mich wie in einer Waschküche, in der alles verschwimmt, Wahrheit und Lüge, wo Dreckwäsche von der sauberen kaum zu unterscheiden ist. Es verschwindet alles hinter einem nebulösen Schleier, der alles und jeden verdeckt. Jeder scheint mit jedem verbandelt, verklebt im großen Waber, ob Banken, Wirtschaft, Kirche, die Organisierte Kriminalität oder Politiker."

„Sehen Sie Pascal, … genau darum geht es. Wachen Sie auf! Sie müssen sich bewusst werden, dass die Politik bei der Fahrt ins Schlaraffenland der Moneten immer mit an Bord ist. Erst wenn man sie öffentlich bloßstellt und zwingt, zu reagieren, wie Steuerschlupflöcher zu schließen, dann macht sie Versprechungen, gibt sich kämpferisch und stellt sich auf die Seite der Moral – scheinbar. Glauben Sie mir, alles nur Augenwischerei. Die Politik schert sich nur solange um die Bevölkerung, wie diese für sie von Nutzen ist – als Geldgeber und Wähler."

„Ziemlich hart, Ihr Urteil. Meinen Sie nicht, Sie sehen das reichlich überspitzt?", erwiderte ich immer noch zweifelnd.

„Ganz und gar nicht", brummte Pieter. „Da können die Politiker scheinheilig tun, wie sie wollen, sie wissen ganz genau, nach welchen Gesetzen dieses System läuft, sonst hätten sie sich in der Hierarchie erst gar nicht so weit nach oben boxen können. Es kommt nur darauf an, wie geschickt man den braven Steuerzahler hinters Licht führt, damit dieser nicht hellhörig wird. Schauen sie, wie viele Politiker haben in der Wirtschaft Aufsichtsratsposten inne, müssen zwangsläufig informiert werden, streichen allerdings Schweigegeld ein, um nicht auszuplaudern, was sie hören. Aus Dank für die ‚kleine' monatliche Finanzspritze tun die Politiker ihr Bestes, um die Lobbyisten zu unterstützen. Oder glauben sie noch an das Märchen von Neutralität und Unbefangenheit? Okay, wer sich nicht mit der Materie auseinandersetzt, der erfährt auch nichts. Banken und Großunternehmen verteilen schließlich keine Infoblätter an normale Kunden und Angestellte, in denen sie breit erklären, wie man Steuern minimiert und wohin man sein Geld verschieben soll? Da wären die ja schön blöd. Dieser Service ist einer auserwählten Geldelite vorbehalten. Der Tross von kleinen und mittleren Bankangestellten weiß davon nichts, man lässt sie im Argen. Für derart finanzstarke Kunden sind spezielle Berater zuständig, ganz spezielle. Es wäre unklug, jene dem Fußvolk zu überlassen."

Pieter wollte gerade in seinem Wortschwall fortfahren, als er aufblickte, mich anstieß und sagte: „Da wären wir. Schauen sie dort! Das ist die kleine Luxushütte mit dem Büro der TO. Das Haus ist übrigens Eigentum der Child Hood Europe. Auf diese Weise kassiert sie von der eigenen Tochterfirma ordentlich Miete, die sie selbst natürlich auf Gibraltar versteuert."

Wir schauten auf einen Klinkersteinbau mit hohen Fenstern, die von Markisen abgeschattet werden. Auf der Rückseite hat man geräumige Wintergärten angebaut.

„Nicht schlecht, Herr Specht, das ist schon ein nobles Aushängeschild. Allerdings für eine Firma, die sich wohltätigen Aktivitäten widmet, ein wenig zu protzig, wie ich finde. Wenn es sich um einen Finanzdienstleister handeln würde, mag das angemessen erscheinen, für eine Hilfsorganisation, auch wenn sie nicht den Status der Gemeinnützigkeit beansprucht, weniger", übte ich Kritik.

„Tja, die Spenden machen's möglich. Der Marktpreis für dortige Büros ist zwar billiger als in London und Paris, liegt aber immerhin noch bei 450 € pro Quadratmeter Büroraum. Für ein Büro, wie das der TO, das ich auf ca. 150 qm schätze, wären das im Jahr satte 810.000 €. Hinzu kommen Gehälter und Rechnungen für Dienstleistungen des Mutterkonzerns oder von Fremdfirmen. Infolge senkt sich das zu versteuernde Einkommen schnell auf 140.000 €."

Ich schüttelte ob dieser Dreistigkeit verständnislos den Kopf und zweifelte immer mehr, bei solch raffinierter Vorgehensweise je die Hintermänner entlarven zu können. Obwohl, ein Gedanke schoss mir durch den Kopf: „Da fällt mir ein, Sie erwähnten vorhin die Kreditkarten, über diese wäre es rein theoretisch möglich, an den oder die Inhaber solcher Offshore-Firmen zu gelangen – vorausgesetzt man hätte Zugang zu den Bankunterlagen."

„Diese Lücke im System gibt es tatsächlich.“ Pieter setzte ein gerissenes Lächeln auf, als hätte er gerade selbst beschlossen, eine solche magische Firma zu gründen, die alle Steuern wegzaubert. „Ich habe noch ein Ass im Ärmel“, bekannte er stolz. Ich habe es noch nicht gespielt, da ich die heute erhaltenen Informationen dazu benötige.

„Was für ein Ass?“, suchte ich ihm ungeduldig die Information zu entlocken. „Sie haben mich lange genug auf die Folter gespannt, mit Ihren Ausführungen über Netzwerk, Strohmänner, Scheinfirmen und weiß der Kuckuck was noch alles. Ich brauche Fakten, greifbare Ergebnisse, ich benötige Beweise, dass die THAI ORCHID in den Menschenhandel verwickelt ist.“

„Die kann ich Ihnen heute noch nicht liefern, ich muss zuerst einen Bekannten in London kontaktieren. Er arbeitet bei einer weltweit agierenden Bank, die sich auf Großkapital spezialisiert hat und auch auf Gibraltar eine Filiale unterhält.“

„Diesmal ein Mann … ach wirklich? Sie werden sich untreu, lieber Pieter. Aber egal, wann schätzen Sie, werden Sie mehr wissen“, wollte ich, wieder ein Quäntchen zuversichtlicher geworden, erfahren.

„Ich rufe Sie an, sobald ich Nachricht von meinem Informanten … ich sagte Informanten – hinten mit ‚en' – erhalte.“

„Ich habe schon verstanden – ein Mann, keine Frau.“

Wir gingen eine Weile schweigend die Koningslaan entlang und kehrten dann zurück in Richtung Zentrum. Es war starker Tobak, den ich zu verdauen hatte.

„Lieber Pieter, nachdem ihr ominöses Ass erst morgen zum Tragen kommt, hätte ich noch gerne gewusst, wieso sich dieses Schwarz-Weiß-Spiel der Politiker so perfekt tarnen lässt. Journalisten decken doch sonst so viel auf. Und es kann doch nicht jeder Politiker korrupt sein, dies würde ja mein ganzes Weltbild zerstören.“

Pieter wiegte seinen Kopf hin und her und inhalierte nervös den Rauch seiner Zigarette.

„Das, was ich Ihnen eben erzählt habe, ist dem Otto-Normal-Verbraucher nicht bekannt, es liegt außerhalb der Norm dessen, womit er sich gewöhnlich beschäftigt. Welcher französische oder deutsche Bürger kennt sich mit den Steuergesetzen in Holland aus, geschweige denn auf

Gibraltar. Er kennt ja nicht einmal seine eigenen und sieht sich gezwungen, für seine Steuererklärung einen Steuerberater zurate zu ziehen, weil keiner mehr durchblickt. Außer denjenigen, die Steuerrechtler an der Hand haben und diese entlohnen können. Steuerrecht in dieser Paragraphenvielfalt ist also nur für die Reichen und Superreichen gemacht. Das ist pervers.

Wir nehmen das so hin, weil sich dieser Unfug eingebürgert hat. Die Politik stellt sich dumm, ganz bewusst dumm und so lange dumm, bis jemand die Missstände in der Öffentlichkeit medienwirksam zum Kochen bringt. Dann schütteln alle Verantwortlichen bestürzt die Köpfe, wie in einem Possenspiel, schreit gemeinsam nach Aufklärung, um als bald einmütig jemanden als Bauernopfer zu präsentieren. Entschädigt ihn zuvor allerdings heimlich mit einem kleinen Trostpflaster in Millionenhöhe – damit er seinen Mund hält. Der Bauer ist gefallen, König, Dame, Springer, Läufer, und Turm bleiben weiter im Spiel. Letztere stehen für Großkapital, Kirche, Politik, Syndikate und Banken – diese diktieren die Spielregeln. Oder glauben Sie allen Ernstes, solche verschachtelten Steuergesetze würden grundlos ausgetüftelt?"

„Nein, nicht grundlos, sondern der Steuergerechtigkeit wegen."

„Aha! Noch so ein Irrer, der konsumiert ohne nachzudenken. ... Zum Kuckuck noch mal, wie gerecht unser Steuergesetz ist, habe ich Ihnen doch gerade eben breit und deutlich auseinanderklamüsert, oder etwa nicht?" Pieter hörte sich mittlerweile leicht genervt an. Meinen Unglauben deutete er anscheinend als Borniertheit und reichliche Blauäugigkeit. Mit einem tiefen Seufzer der Verzweiflung gab er mir noch eine Chance.

„Je undurchsichtiger für die Masse, desto lukrativer für diejenigen, die sich damit auskennen. Deshalb verdienen die Steuerberater nicht schlecht an unseren Einnahmen. Das verstehen Sie, ja?"

Ich kam mir vor wie ein kleiner dummer Schüler, der vom Lehrer eine Rüge erhielt, weil er geistig beschränkt sei. Ich nahm das Pieter keineswegs übel, hatte er von seiner Warte aus immerhin recht. Was mich wurmte, war mehr meine eigene Unwissenheit, mit der ich bisher treudoof und blind durchs Leben stiefelte. In dem Moment, wo ich mir dessen bewusst wurde, nervte mich das gewaltig. Zu allem Überdruss holte Pieter zu einem weiteren vernichtenden Schlag aus und beraubte mich meiner letzten Illusionen.

„Lieber Pascal, die Macher im großen Spiel des Lebens würfeln in einem realen Monopoly, ohne Rücksichtnahme, ohne Gewissen und ohne Angst, denn sie besitzen haufenweise Ereigniskarten mit dem Wert *Du kommst aus dem Gefängnis frei.* Niemand käme ernsthaft auf die abstruse Idee, ihnen das Wasser abzudrehen. Und wenn doch, es gibt Heerscharen von Anwälten, bestochene Staatsanwälte, Richter eingeschlossen, die umgehend das Wasser wieder zum Laufen brächten. Was die Masse nicht weiß, macht sie nicht heiß. Wir hätten schon längst europaweit … ach, was sage ich, weltweit einfache Steuergesetze für jeden verständlich, aber das bedeutete ja Transparenz. Eine unliebsame moderne Erscheinung, die von den oben genannten Machern zwar vordergründig aber nicht wirklich angestrebt wird. Wer lässt sich schon gern in die eigenen Karten schauen, geschweige denn in seinen Geldsäckel?“

Ich schaute überrascht in sein wütendes Gesicht. Diese verbitterte Wandlung – er musste einiges an Frustrationen erlebt haben.

„Und wenn jemand wagt, Transparenz einzufordern, wie bei den Hilfsorganisationen, dann bekommt er die Rote Karte gezeigt. Stellt er sich stur und bohrt dennoch weiter, drohen die gleichen renommierten Kanzleien, deren Honorarnoten bei 1.000 € pro Stunde und mehr liegen. Hilfsorganisationen und Staat haben es ja, ist ja nicht ihr Geld, das sie ausgeben. Lässt sich doch mit fremdem Geld weit besser und gefahrloser wirtschaften, vor allem, wenn den Verantwortlichen bei Misswirtschaft kaum Konsequenzen drohen. Sollten alle Einschüchterungsversuche fehlschlagen, bleibt noch ein letztes Mittel, dem lästigen Frager wird die Pistole auf die Brust gesetzt – und fertig“, endete Pieter brüsk seine ausführliche Darlegung zu seinen Ermittlungen.

Dieser letzte Satz war von Pieter wohl mehr im übertragenen Sinne zu verstehen und spaßeshalber gefallen. Ich hatte ihn damals gar nicht richtig registriert, erst später. Hätte ich diesen Satz ernst genommen und zu dem damaligen Zeitpunkt auch nur im Entferntesten geahnt, was noch geschehen würde, die gesamte Aktion wäre von mir abgeblasen worden.

Inzwischen waren wir am östlichen Ende des Vondelparks angekommen und dabei, die Singelgracht in Richtung Holland Casino zu überqueren. Mein Kopf brummte von den vielen Fakten. Ich war schlichtweg nicht mehr in der Verfassung, meine Gedanken in ein klares Korsett zu zwängen.

Es gab eigentlich nichts mehr zu besprechen, heute wenigstens nicht. Mir blieb sowieso nichts anderes übrig, als die Antwort des Kontaktmannes aus

London abzuwarten. Pieter würde mich anrufen, sobald er Neuigkeiten hätte.

Irgendwie war mir schlecht und meine Laune vermiest. Ich erinnerte mich an den Rat meines Vaters, Ärger sei recht wirksam mit einem passenden Rachenputzer runterzuspülen. Ich fragte Pieter, ob er noch auf ein kleines Gläschen mitkommen wolle. Er lehnte dankend ab. Er müsse morgen sehr früh raus. Auch gut. Bevor wir uns verabschiedeten, bat ich ihn noch um einen Tipp, wo man nett einen Cocktail schlürfen könne. Ich war zu aufgewühlt, um jetzt mein Hotel aufzusuchen und mich alleine an einem Absacker festzuhalten. Frustverarbeitung fällt leichter in Gesellschaft und nach dieser sehnte es mich.

Pieter empfahl mir das Hard Rock Café, in der Max Euweplein 57-61, gleich hier rechts um die Ecke. Dort könne ich bei frischer Nachtluft draußen sitzen mit Blick auf die Singelgracht. Ich bedankte mich für alles und wir verabschiedeten uns herzlich.

Pieter meinte noch: „Ich möchte mich entschuldigen, falls ich Ihrer Ansicht nach zu heftig wurde. Wissen Sie, wenn einer wie ich täglich im Dschungel ums Überleben kämpft und ständig mit den Machenschaften und Tricks dieser Gangster konfrontiert wird, verliert man jede Achtung, jeden Respekt vor der Politik und all den anderen, ach so ehrenwerten Menschen, die so moralisch tun. Ich hatte das zweifelhafte Vergnügen, einen Blick in die Büchse der Pandora werfen zu dürfen, leider. Sie können sich nicht vorstellen, was sich mir da alles auftat. Also, nichts für ungut, es ist mein Zorn, der manchmal mit mir davongaloppiert, mein Zorn über die Schamlosigkeit der Täter sowie über die Gleichgültigkeit der Unwissenden, die nichts von ihrem Opferdasein ahnen."

„Machen Sie sich keinen Kopf, ich kann Sie gut verstehen, mir geht es oft ähnlich, wenn auch auf einer anderen Ebene. Um all die von ihnen genannten Aspekte zu durchdenken braucht es Zeit. Das schaffe ich nicht von einer Sekunde auf die nächste. Schließlich begebe ich mich auf ein neues Terrain, auf ein Parkett, das mir noch zu schlüpfrig ist. Vielleicht liegt meine Begriffsstutzigkeit auch daran, dass ich zu sehr mit meinem eigenen Trott, mit meinen eigenen Problemchen beschäftigt war."

„Denken Sie mal nach, woher ihre Problemchen, wie Sie sie nennen, stammen, was die Ursachen dafür sind. Schlafen Sie darüber. Und für die Zukunft empfehle ich Ihnen, wachsam zu bleiben. Ihre Ansätze stimmen, bauen sie sie aus. – Passen Sie auf sich auf." Er winkte ein letztes Mal und verschwand in der Menge.

Ich ließ mir im Hard Rock Café einen ‚Five Days' mixen, um auf andere Gedanken zu kommen, schaffte es aber nicht. Die Unverfrorenheit und Kaltschnäuzigkeit mit der geldgeile Firmen agieren und noch dazu unter dem Deckmantel der Moral, geschützt von der Politik, schlägt dem Fass den Boden aus. Ich ertränkte meine Wut in einem weiteren Cocktail.

Mittlerweile waren es vier ‚Five Days' und nichts hatte sich in meinem Kopf geändert. Obwohl … nicht ganz, er wurde immer schwerer, gleich meinen Augenlidern, die jemand mit Blei aufgespritzt haben musste. Bewegen vermochte ich sie kaum noch, meine armen, müden Lider. Ähnlich muss es sich anfühlen, wenn man sich Botox injizieren lässt, zumindest sehen sich die Fratzen verdammt ähnlich. Auch egal, Wodka ist billiger – die Wirkung hält bei der Menge schätzungsweise genauso lange an. Oder? Vielleicht auch nicht. Ich kicherte blöd vor mich hin und grübelte darüber nach, was beim ‚Five Days' fehlte. Als ich das Glas gelehrt hatte fiel es mir auf, es fehlte ein fivter … ich meine fünfter, er heißt ja schließlich auch ‚Five Days', für jeden Tag einen … feinen … kleinen, hob meinen Arm und winkte forsch die beiden Ober heran, um den fivten zu fiven, hi, hi. Rien ne va plus … die frische Luft tut mir nicht gut, machte mir nach dem fivfüften echt schwer sehr zu schaffen. Zu vieeel Sauerstoff ist eben Gift, zahlte und machte mich leicht beschwingt und mit elastischen Knien auf die Socken.

Die Nacht war kurz und gehaltvoll. Ein Blick in den Spiegel am nächsten Morgen verhieß nichts Gutes. Restalkohol und Autofahren? Hmmmm? Ein Spezialfrühstück sollte das richten. Sollte und tat es. Zwei kämpferische Stunden später mit einem halben Liter Rote Beete-Saft, zwei Aalbrötchen (Schouws Palingbroodjes, eine Zeeland- Spezialität), 20 Tropfen Nux vomica D6 plus 25 Tropfen Metamizol und einer Kanne basischen Grün-Tee im Magen, schufen einen neuen Menschen aus mir – verglichen mit dem Elend zuvor.

Mein Auftrag war klar, alle Details besprochen, ich konnte also lostuckern. Ich lenkte meinen Kleinwagen gemächlich über Rotterdam, Stellendam und Ouddorp, entlang des Brouwersdam auf die Insel Schouwen. Von hier waren es nur noch wenige Kilometer nach Renesse zu meinem direkt vor den Dünen gelegenen Hotel ‚De Zeeuwse Stromen', ein

Hotel der gehobenen Klasse. Mein Arbeitgeber in Amsterdam hatte sich nicht lumpen lassen und bereits ein Zimmer für mich reserviert, mit Ausblick über den Swimmingpool zum Grillplatz, umkreist mit urigen Bänken aus Baumstämmen. Hinter einer Busch- und Baumreihe verstecken sich kleine Appartements, die ich noch allzu gut aus früheren Jahren kannte. Noch heute steht dort eine Kiefer, die mein Vater einst gepflanzt hatte. Unsere Familie zog es schon immer ans Meer, einer der Gründe für den späteren Hauskauf in der Bretagne.

Nach dem Auspacken meiner Reisetasche hielt es mich nicht länger in den vier Wänden. Ich musste raus, mir frischen Wind um die Nase wehen lassen, außerdem wollte ich das Meer atmen, mit salziger Luft meine Lungen spülen. Das Wetter spielte mit, die Sonne lachte, und ich verbrachte die nächsten Stunden mit einer ausgiebigen Strandwanderung. Ich tauchte meine nackten Füße in die Gischt der Wellen, hielt in den Steinbuhnen Ausschau nach Seesternen und ließ meinen Blick fasziniert über den weiten Horizont der rauen See schweifen.

Ich lachte vergnügt vor mich hin, watete durch kleine Tümpel, von der Ebbe einsam zurückgelassen, presste meine Fußsohlen in den weichen Sand und betrachtete den Abdruck wie Robinson, der den Fußabdruck von Freitag entdeckte. Wer einmal über den von Wellen riffelig geformten Sandboden gelaufen ist, weiß, wie angenehm diese Massage ist. Auf einmal spürt man seine Füße als lebende Körperteile, die außer Schmerz in beengenden Schuhen plötzlich zu übermütigem Freudentaumel fähig sind. Man sollte öfters barfuss gehen.

Zufrieden legte ich mich am Saum der Dünen nieder, neben einer der weiß angestrichenen Strandbuden, viereckig mit abgeschrägtem Dach und einer Doppeltür auf der Seeseite. Man konnte sie mieten, um seine Strandutensilien wie Sonnenschirm, Windschutz und sonstige Badeutensilien während des Urlaubs aufzubewahren.

Ich träumte von meiner Kindheit, als ich öfters hier in diesen Dünen spielte. Mir kamen die vielen Sandburgen in den Sinn, die ich baute, um der Flut zu trotzen, mich aber stets auf verlorenem Posten wiederfand. Dennoch erhob sich jeden Tag bei Ebbe eine noch größere, noch prächtigere, noch wehrhaftere Trutzburg – die binnen einer Stunde von der Flut dem Erdboden gleichgemacht wurde. Es war der Kampf gegen die Naturgewalten, die sich in vielerlei Gestalt präsentierte.

Den Abend verbrachte ich nach einem ausgezeichneten Abendessen im Hotel. Ich ging früh zu Bett, um mich am nächsten Tag gut ausgeschlafen und frisch meinem neuen Auftrag widmen zu können. Für diesen erstellte ich mir noch eine präzise Checkliste, die ich Stück für Stück abzuarbeiten gedachte.

Der nächste Tag begrüßte mich mit einem strahlend blauen Himmel und, wie ich es liebe, einem leckeren Frühstück - die besten Voraussetzungen für einen erfolgreichen Tag.

Zuerst fuhr ich von Renesse an der Küste entlang in den Naturschutzpark bei Burgh-Haamstede in Westernschouwen, der hervorsticht durch weite einsame Wanderwege, durch ausladende Kiefernwälder, weiten Dünen und weißem Sand. Eine perfekte Kulisse für Fotos, die bei jedem Leser Urlaubsfieber wecken mussten. Einige Stunden später lenkte ich mein Vehikel in Richtung Zierikzee, dem Hauptort der Insel Schouwen. Ich hatte den richtigen Tag erwischt, ein lebhaftes Treiben füllte den Stadtplatz - es war Markt. Für mich ideal, um das bunte Allerlei ortstypischer Gegebenheiten auf meine Kamera zu bannen: Frauen in Trachten, frisches Gemüse, Fleisch, Butter, Fisch, aber auch Handwerkswaren aus der Gegend, wie die unverkennbaren Holzpantinen, genannt Klompen. Mit reichlich gesättigter Speicherkarte meines Fotoapparates beschloss ich nun auch meinen Magen zu sättigen. In einem der besseren Lokalitäten am Platze gönnte ich mir ein biefstuk van de haas, eine Filetsteak vom schwarzen Angus, was sich als ausgezeichnet erwies. Zufrieden und guter Dinge visierte ich die letzten Punkte meiner Checkliste an, die ich mir für heute vorgemerkt hatte. Diese führten mich über Bruinisse und weiter nach Brouwershaven, der letzten Etappe meiner Fototour, bevor es zurückging ins Hotel.

Wenn der nächste Tag genauso kurzweilig verliefe, würde mein Intermezzo hier in Renesse sich wenigstens diesbezüglich gelohnt haben.

Doch es kam anders.

11 DAS SYNDIKAT

Nächster Tag, gleicher Ort, gleiches Frühstück, gleicher strahlend blauer Himmel, gleiche Laune. „Herrlich!", summte ich fröhlich vor mich hin.

Ich genoss die an mir vorbeiziehende Landschaft, die weiten Wiesen, die vom Wind gebeugten Bäume, die ländlichen Weiler, die von Schafen beweideten Flutdämme und dazwischen kleine Weiher, bevölkert mit zahlreichen Möwen und anderen Seevögeln. Begeisterung begleitete meine Arbeit, in der ich voll aufging und die mich vom eigentlichen Grund meines Hierseins ablenkte, was ich als ausgesprochene Wohltat empfand. Ich konnte aufatmen, wieder einmal seit langem. Beschwingt liefen die nächsten zwei Stunden wie am Schnürchen, meine Kamera surrte und klickte vor Vergnügen bis, ja bis mein Handy nervig summte.

„Oh Mann, muss das sein", rief ich laut. Zerknirscht drückte ich die Taste und nahm das Gespräch an.

„Hier Ferrol", meldete ich mich genervt und reichlich unfreundlich.

„Pascal, Sie müssen sofort nach Amsterdam kommen, noch heute", klang es hektisch aus dem kleinen Lautsprecher.

„Wer ist denn überhaupt dran", unterbrach ich den Anrufer schroff, denn ich hatte die Stimme nicht erkannt.

„Ich bin's, Pieter", gab sich mein Unikum aus Amsterdam zu erkennen. „Bitte kommen Sie sofort zurück", drängte Pieter. „Gegen 16:30 Uhr findet ein Treffen einiger einflussreicher Geschäftsleute statt. Leute, die meiner Meinung nach in die Causa TO verwickelt sind. Dubiose Gestalten. Ich habe verlauten hören, es ginge um einen Transport von Frauen."

„Schön und gut, aber was haben wir davon, wenn wir nicht wissen, was sie planen, wir können ihre Unterhaltung ja wohl kaum abhören", gab ich zu bedenken.

„Wir können", flüsterte er zu meiner Überraschung in die Leitung.

„Ähhh! ... Moment mal, versteh ich das richtig, wir können ihre Gespräche mitverfolgen?", erkundigte ich mich ungläubig.

„Exakt!", kam die kurze Antwort.

„Und das erlaubt natürlich keinen Aufschub?", erwiderte ich schnorrig, womit ich meiner mangelnden Begeisterung Ausdruck verlieh. Immerhin fühlte ich mich hier, in der mir so vertrauten Umgebung, gerade pudelwohl. Eine Euphorie, die aber flugs im Begriff war zu verschwinden.

„Wollen Sie in der Angelegenheit weiter kommen oder nicht?", fragte mich Pieter barsch.

„Natürlich ... doch, doch", lenkte ich umgehend ein. „Aber wozu brauchen Sie mich dazu?"

„Ich habe sonst niemanden, der mir assistieren und den Rücken freihalten könnte", betonte er.

„Wozu den Rücken freihalten, haben Sie Angst, man könnte Sie der Polizei übergeben?", witzelte ich.

„Sie Komiker Sie ... die übergeben niemanden der Polizei, das erledigt man in solchen Kreisen für gewöhnlich selbst, ganz diskret. Sie verstehen?"

„Das würde ja bedeuten, ich bin Ihr Rücken, der in der Schusslinie steht, richtig?"

„Genau, oder glauben Sie, die gehen handsam mit einem um. Sie haben mir doch selbst erzählt, wie das in Bangkok lief."

„Ja, aber hier sind wir nicht in Thailand, wir sind mitten in Europa, in einem Rechtsstaat. Das ist doch etwas ganz anderes, meinen Sie nicht?"

„Pah, Sie gehören anscheinend zur Gemeinde der Gläubigen, die den Weihnachtsmann für einen guten alten Mann halten. Das Organisierte Verbrechen kennt keinen Rechtsstaat, es akzeptiert einzig und allein die eigenen Regeln. Im Untergrund gelten andere Gesetze, wie das der Omertá. Dieses Schweigegelübte sowie Macht und Loyalität in einer strikten

Hierarchie sind die Werte, auf denen die Mafiawelt fußt. Und meinem Kontaktmann in London zufolge haben wir es mit der Mafia zu tun. Ich sage Ihnen, das wird kein Zuckerschlecken. Die Mafia arbeitet leise, verschlagen und erbarmungslos. Die machen kein Federlesen", überschlug sich seine Stimme.

„Überredet! … Ich mach mich sofort auf den Weg. Wo sollen wir uns treffen?" fragte ich betroffen.

„Kennen Sie sich am Hafen aus?"

„Nein, aber ich habe ein Navigationsgerät bei mir."

„Gut, wir treffen uns auf dem Parkplatz des Golfclubs Houtrak, Eingang Machineweg 1b. Pünktlich 16:00 Uhr. Geht das klar", wollte er sichergehen.

„Das müsste locker reichen, ich fahre umgehend zum Hotel zurück und checke aus", versicherte ich ihm.

„Prima, jetzt ist es 12:10 Uhr, Sie werden etwa zwei Stunden für die 105 km von Renesse bis Amsterdam benötigen. Sie haben also genügend Zeit, aber beeilen Sie sich trotzdem. Wir müssen nämlich noch ein Stück zu Fuß zurücklegen, genauer gesagt bis zum Container Terminal am Amerikahaven. Dort findet das Treffen statt."

Im Hotel angekommen, orderte ich bei der Dame an der Rezeption meine Rechnung und begab mich dann direkt in mein Zimmer, um zu packen.

Die Zeit drängte und zwei Dinge bereiteten mir Kopfzerbrechen, einmal Pieters Mafia-Fantasien und die Frage, ob er in meiner Angelegenheit fündig geworden sei.

12:40 Uhr

Überhastet verließ ich das Hotel. Zuerst ging alles flott voran, obwohl ziemlich Verkehr herrschte. Ich trat mein Gaspedal fast durch die Bodenwanne und fuhr so schnell ich konnte, immer haarscharf am Führerscheinentzug vorbei. Und das will was heißen, bei der kleinen geschmeidigen Karre.

Doch dann kam es, wie es in solchen Situationen der Eile eben nicht kommen sollte. STAU – ein Unfall blockierte die Autobahn und veranlasste mich zu einem Umweg der viel Zeit kostete, genau gesagt, weit über eine Stunde. Ich versuchte Pieter von unterwegs telefonisch zu erreichen, doch er ging nicht an sein Handy. Nervös folgte ich der Umleitung, den endlos scheinenden Autokarawanen über enge Landstraßen und kleine Dörfer. Endlich nach dreieinviertel Stunden erreichte ich mein Ziel – noch gerade pünktlich. Doch zu meiner Überraschung fand ich am verabredeten Treffpunkt weit und breit keine Spur von Pieter. Der Parkplatz war menschenleer.

15:55 Uhr.

Immer noch kein Pieter in Sicht. War ich zu spät? Mein Herz klopfte bis zum Hals hinauf. Wir sagten 16:00 Uhr, bis dahin sind es noch fünf Minuten. „Also keine Panik, Pieter ist keineswegs die Pünktlichkeit in Person", bemühte ich mich zu beruhigen. „Aber warum hatte er dann so auf Pünktlichkeit gedrängt, gerade er? Vielleicht ist er ja im Restaurant des Golfclubs etwas Trinken gegangen." Ich verwarf diesen Gedanken jedoch gleich wieder und beschloss, mich in Geduld zu fassen und zu warten. Auf diese Weise verstrich eine halbe Stunde ohne Lebenszeichen von Pieter. Alle weiteren Bemühungen, Pieter telefonisch zu erreichen, blieben erfolglos. Es war auch niemand sonst, außer einigen Golfspielern auf dem gut einsehbaren Areal zu erkennen. Ich harrte weitere fünfzehn Minuten aus, ohne Ergebnis. Neben meiner Unruhe stieg jetzt zusätzlich ein mulmiges Gefühl in mir auf. „Wo mag er bloß sein, ist etwas Unvorhergesehenes eingetreten, das ihn aufgehalten hat?", grummelte ich vor mich hin. „Oder ist ihm womöglich etwas zugestoßen?" Er hatte mir mit seinen Ausschmückungen bezüglich der Mafia schließlich ganz schön Angst eingejagt. „Ach was, ihm wird schon nichts passiert sein", versuchte ich mich zu fangen und meinen Blutdruck runter zu schrauben. Bei unserem ersten Treffen schien er auch verschollen, war nicht erreichbar und hatte sich nicht gemeldet. Und dann tauchte er auf einmal aus der Versenkung auf. „Diesmal wird es genauso sein", redete ich mir ein, wodurch das beklemmende Gefühl aber nicht verschwand.

16:45 Uhr

Auf einmal sah ich, wie mehrere Golfer ihre Partie unterbrachen, nach draußen auf den Parkplatz rannten und von hier, wohl in der Annahme ein freies Blickfeld zum Hafen zu erhalten, neugierig zu diesem hinüber schauten. Was sie aufgeschreckt hatte, war mir zu diesem Zeitpunkt nicht klar, aber genau in diesem Moment rasten mehrere Polizeiautos mit Sirene in Richtung Hafen. Ich sah, wie die Golfer mit den Armen gestikulierten und sich erregt unterhielten. Keiner schien allerdings zu wissen, was vorgefallen war. Zu meinem Erstaunen fiel wiederholt das Wort ‚Schietpartijen', also Schießereien, das konnte ich verstehen - die Golfspieler hatten demnach Schüsse vernommen. Mir stockte das Blut in den Adern. Was war geschehen? Ich trat auf die Gruppe zu, die den Hafen nicht aus den Augen ließ.

„Entschuldigung, können Sie mir sagen, was passiert ist", fragte ich auf Englisch.

Einer aus der Gruppe wandte sich mir zu und erklärte in fließendem Englisch, dass es im Containerhafen einen Schusswechsel gegeben haben müsse. Sie selbst hätten davon zwar nichts mitbekommen, jedoch sei der Golfclub aus Sicherheitsgründen von einem Hafenarbeiter telefonisch informiert worden. Mehr wüssten sie selbst nicht.

Jetzt sahen wir, wie ein Krankenwagen eilig in Richtung Container Terminal raste und kaum zehn Minuten später mit Blaulicht, begleitet von einem betäubenden Heulton, zurückfuhr. Kurz darauf näherte sich unserem Parkplatz ein Polizeiauto. Ein untersetzter Mann in schneidiger Uniform und markantem Gesicht stieg aus und steuerte auf unsere Gruppe zu, grüßte knapp und richtete einige Worte an uns. Allerdings auf Holländisch, die ich nur passagenweise verstand. Ich sah, wie die Golfer ihre Köpfe schüttelten und die Schultern verneinend hoben. Nachdem ich weder das eine noch das andere tat, blickte mich der Ordnungshüter fragend an. Ich erklärte ihm auf Englisch, dass ich kaum Holländisch verstehe, worauf er sich in jener Sprache an mich wandte.

„Es hat im Containerhafen eine Schießerei mit einem Schwerverletzten gegeben. Haben Sie irgendetwas gesehen, was im Nachhinein für uns hilfreich sein könnte? Haben Sie vielleicht Autos bemerkt, die zum Containerhafen fuhren oder sich von diesem entfernt haben?"

„Nein, aber ich warte seit geraumer Zeit auf einen Bekannten, der den Containerhafen erwähnte. Wir hatten uns hier verabredet und er ist nicht erschienen, was mich sehr beunruhigt", bemühte ich mich, ihm sachlich Auskunft zu geben. Innerlich aber erfasste mich eine zunehmende Unruhe, denn eine böse Ahnung stieg in mir hoch.

„Wie lange genau warten Sie schon hier und wie heißt Ihr Bekannter?"

„Ich stehe hier seit genau 15:50 Uhr und der Name meines Bekannten lautet Pieter van de Stromen."

„Ah! … Darf ich mal bitte Ihre Papiere sehen?", bat mich der Polizist, der gleichzeitig seinen Kollegen herbeiwinkte.

Ich zog aus der Innentasche meiner Jacke eine lederne Brieftasche, entnahm ihr meine carte d'identité und überreichte sie dem Fragesteller.

„Herr Ferrol, Sie sind Franzose?"

„Ja!"

„Was führt sie hierher, Golfspielen wollen Sie ja wohl nicht, wie ich Ihrer Kleidung ansehen kann?" Dabei mahnte mich der schärfere Tonfall seiner Worte zur Vorsicht, während seine Augen Misstrauen ausstrahlten. Ich sah mich gezwungen, mit offenen Karten zu spielen. Im Übrigen verspürte ich keinerlei Lust, in irgendetwas hineingezogen zu werden. Wer weiß, was hinter der Schießerei steckte. Daher antwortete ich sachgemäß und ohne lange zu überlegen.

„Herr van de Stromen und ich suchen nach Fakten, die eine Beteiligung dubioser Hilfsorganisationen am Menschenhandel belegen. Die Beweise dazu suchen wir unter anderem hier. Mein Auftraggeber ist die Pariser Presse Agentur Flaubert & Gaillac." Dabei reichte ich ihm meinen Presseausweis samt Visitenkarte mit der Adresse meiner Firma. Beides wurde von ihm sehr genau in Augenschein genommen. Inzwischen war der zweite Polizist neben uns getreten und erhielt meinen Ausweis und die Visitenkarte mit denen er sich wortlos umwandte, um den Streifenwagen anzusteuern. Ich blickte ihm etwas irritiert hinterher, denn das Ganze kam mir wie ein Déjà vu Erlebnis vor. Ich muss ziemlich verdattert dreingeblickt haben, denn der Kriminalbeamte bemühte sich umgehend, mir die Notwendigkeit seiner Maßnahme zu erklären.

„Wir sind leider gezwungen, Ihre Personalien zu überprüfen, das ist Routine in so einem Fall. Die Daten der anderen Personen werden ebenfalls erfasst. Der Unterschied liegt allein darin, dass jene Holländer, hier ansässig und damit leicht erreichbar sind. Sie aber nicht." Wobei er zaghaft lächelte, was ich ihm gar nicht zugetraut hätte. „Und ehe Sie wieder aus unserem Blickfeld verschwinden, wäre ich Ihnen dankbar, wenn Sie uns zur Klärung Ihrer Angaben und der Sachlage, die Sie erwog hierher zu kommen, mit aufs Revier begleiten würden." Der Beamte bemühte sich bei dieser Aufforderung, höflich und nicht drohend, aber bestimmt zu erscheinen.

„Aber wieso, was gibt es da klarzustellen?“, wollte ich genervt wissen. „Außerdem habe ich Dringenderes zu tun, ich muss meinen Bekannten finden.“

„Genau um den geht es, er wurde im Amerikahaven angeschossen. Wir haben da noch einige Fragen“, gab er mir unmissverständlich zu verstehen.

Mir stockte der Atem. „Pieter … angeschossen? Mon dieu, qu'est-ce qui s'est passé?“, überschlugen sich meine Worte in meiner Muttersprache. „Was ist geschehen … wie geht es ihm … wo ist er … kann ich zu ihm?“, fragte ich aufgewühlt.

„Später, er wird sicherlich gerade operiert. Sie können nichts für ihn tun, außer uns den Grund seines dortigen Aufenthalts zu nennen. Helfen Sie uns, den oder die Täter zu erwischen. Mit drei Kugeln hat man ihren Freund niedergestreckt. Jede Information ist wichtig und je schneller wir eine Spur finden, desto eher können wir uns an die Fersen des Schützen heften. … Bitte steigen Sie in meinen Wagen!“, forderte er mich mit Nachdruck auf. Dabei öffnete er die rechte Hintertür und deutete befehlend auf den anthrazitfarbenen Stoffsitz.

„Ihren Wagen können Sie später abholen. Wir begeben uns direkt zum Revier und Sie erzählen uns, was Sie wissen. Kommen Sie jetzt … es eilt.“

17:05 Uhr

Man merkte mir deutlich meine Verzweiflung an, als ich ziemlich mitgenommen in die Limousine stieg, die umgehend und unter Sirenengeheul zur Polizeistation raste. Dort angekommen eilten wir in den ersten Stock und betraten einen kahlen Raum ohne Fenster, dafür mit einem überdimensionierten Wandspiegel. Mein Begleiter, der sich bemühte, ein leichtes Keuchen zu unterdrücken, wies mir einen Platz auf einem der unbequemen Stühle an und setzte sich mir gegenüber, so dass er jede meiner Regungen gut im Auge behielt. Es war stickig, schwere Luft füllte die kleine Kammer und klebte an den Wänden. Ich vermochte kaum zu atmen. Wie sollte ich hier einen klaren Kopf bewahren, geschweige denn meine Beklemmung verlieren, wo doch alles in diesem Raum bedrückend war?

„Herr Ferrol, was haben Sie uns zu berichten“, fragte der eintretende Beamte, noch auf der Türschwelle, ohne Worte des Grußes oder sich selbst vorzustellen. Anscheinend war er der Chef der Sektion, zumindest ließ dies sein forsches Auftreten vermuten. Seine nüchtern-sachliche Art erwischte mich eiskalt, gerade jetzt, wo ich durch die schrecklichen Geschehnisse überaus sensibel reagierte. Dennoch empfand ich den athletischen Recken nicht als unsympathisch. Groß, blond, klarer Blick und mit intelligenten Gesichtszügen, ein harter Bursche, der keinen Zweifel an seinen Fähigkeiten ließ.

„Können wir nicht in einen anderen Raum wechseln? Wo ein Fenster ist … ich brauche Luft. Hier kann ich kaum atmen, geschweige denn mich konzentrieren … bitte“, bat ich ihn inständig.

„Hmm? … Na gut, folgen Sie mir. Wir nehmen mein Büro.“ Dabei fasste er energisch meinen Arm und führte mich drängelnd über den Gang drei Türen weiter. Sein Zimmer war hell, zwei große Fenster ließen genügend Licht in den Raum. Eines davon riss er ungestüm auf, drehte sich um, wies mir einen Sessel zu und blickte mich erwartungsvoll an.

Ich atmete tief durch.

„Es begann damit, dass ich einen Artikel in Bangkok las, in dem der Name …“, eröffnete ich meinen Bericht, den ich auf das Nötigste beschränkte. „ … Dann fuhr ich auf den Parkplatz des Golfplatzes, wo wir uns verabredet hatten. Ich lag eigentlich gut in der Zeit, weiß also nicht, was schiefgegangen ist“, vollendete ich meine Ausführungen.

„Wir prüfen ihre Angaben natürlich nach. Sie verstehen … die Anschuldigungen und Vermutungen, die sie aufwerfen, sind entweder äußerst brisant oder Sie haben uns eine haarsträubende Räuberpistole aufgetischt. Aber seien Sie versichert, wir werden die Angelegenheit schnellstens aufklären, so oder so“, behauptete er mit dem Ton sachlicher und keineswegs überheblicher Selbsteingenommenheit.

„Glauben Sie allen Ernstes, Ihnen wird mehr Erfolg beschert sein als uns?“, fragte ich ihn dennoch zweifelnd. „Ihnen sind doch die Hände gebunden, Sie müssen die Dienstvorschriften einhalten – das lähmt. Das Syndikat ist trickreich und weiß nur allzu gut seine Spuren zu verwischen.“

„Bis jetzt handelt es sich um schwere Körperverletzung als Folge einer Schießerei. Vielleicht um Mordversuch, vorausgesetzt Herr van de Stromen überlebt. Es riecht förmlich nach organisierter Kriminalität, in der Tat. Das reicht allemal, um außergewöhnliche Methoden anzuwenden und Türen zu öffnen, die sonst verschlossen blieben. Auf alle Fälle werden wir die

Mitarbeiter der THAI ORCHID Holding. N.V. vorladen. Wollen sehen, was wir aus denen herauskitzeln", gab er sich zuversichtlich. Ich teilte seinen Optimismus nicht und behielt recht, wie sich später herausstellte.

„Darf ich jetzt gehen", fragte ich ungeduldig. „Ich möchte ins Krankenhaus. Ich muss wissen, wie es Pieter geht."

„Ja, gehen Sie, für heute sind wir fertig. Verlassen Sie nicht die Stadt! Morgen Nachmittag gegen 14:00 Uhr möchte ich Sie wieder hier im Präsidium sehen. Haben wir uns verstanden?" Bei diesen Worten nahm seine Stimme einen geradezu drohenden Ton an.

„In Ordnung. Könnten Sie mir bitte noch sagen, in welchem Hospital er liegt?"

„Er wurde ins Boven IJ Hospital gebracht … in der Statenjachtstraat 1."

„Danke, ich melde mich morgen", antwortete ich kurz angebunden und wendete mich zum Gehen. Ich merkte, wie sich meine Nackenhaare kräuselten und mich erschaudern ließen. Irgendwie erschreckte mich der nüchterne Beamte, der mir nicht wirklich glauben zu schien. Oder handelt es sich um eine Berufskrankheit, jedem zu misstrauen.

Viel mehr aber bekümmerte mich die Ungewissheit um den Gesundheitszustand Pieters. Kennen Sie, lieber Leser, das schmerzhafte Gefühl, wenn etwas Tragisches passiert ist, wenn sich der Magen verkrampft und Angst an seinen Wänden frisst? Wenn Zweifel den Kopf in schwindelartige Zustände versetzen, wenn einem droht, sein Gleichgewicht, seinen Koordinationssinn zu verlieren? Wenn sich das, was sich Hirn nennt, anfühlt, als würde es zwischen den Backen eines Schraubstocks zerdrückt? Wenn die Innenohren wie Wasserfälle in der Regenzeit rauschen und das rasende Pulsieren des Herzschlags wie ein dumpfes Echo widerhallen?

Ich kenne es, spätestens nach diesen Ereignissen. Wie leicht hätte es mich genauso erwischen können. Ohne Stau und Umleitung würde ich jetzt neben Pieter liegen oder schon im eisigen Keller. Glück im Unglück? Wussten die Schießwütigen von meiner Existenz und meiner Rolle in der Angelegenheit? Wer waren sie überhaupt? Vielleicht haben sie ja gar nichts mit meiner Sache zu tun und Pieter ist in irgendetwas anderes hineingeschlittert – einer seiner vielen Aufträge, die ihn dorthin führten. Daher sein Nichterscheinen am Treffpunkt zur ausgemachten Uhrzeit. Dies würde allerdings eine elementare Frage nach sich ziehen, nämlich, wie wahrscheinlich sind zwei voneinander getrennte Treffen von unterschiedlichen Personen am gleichen Ort und im gleichen Zeitfenster?

Ein Zufall, den ich für kaum vorstellbar halte. Und überhaupt, für mich existieren keine Zufälle. Es handelt sich bei sogenannten 'zufälligen' Ereignissen immer um Verquickungen und Folgeerscheinungen, die untereinander kausalen Charakter aufweisen. Auf eine Ursache erfolgt stets eine Wirkung. Die Kausalität bleibt uns jedoch oft verborgen, entzieht sich unserer Vorstellung und Wahrnehmung. Was waren hier Ursache und Wirkung?

Draußen angekommen, musste ich mich erstmal auf einen Straßenpoller setzen, um mich zu beruhigen. Dann suchte ich ein Lebensmittelgeschäft und kaufte mir eine große Flasche Wasser. Ich leerte das kühle Nass auf einen Satz bis zur Hälfte und fühlte mich umgehend besser. Besser – nicht gut. Dazwischen klafften Welten.

Weil mein Mietwagen noch am Golfplatz stand, fuhr ich mit einer Droschke von der Hauptwache in der Elandsgracht 117 durch den IJ Tunnel zum Krankenhaus.

18:58 Uhr

Mir schien, als säße ich Stunden im Taxi. Meine Uhr bestätigte das nicht. Wir brauchten knapp fünfzehn Minuten.

Auf der Intensivstation sah ich ihn. Was für ein Häufchen Elend lag da vor mir, ein grauenvoller Anblick … ich hasse Krankenhäuser.

All die Schläuche, in Nase, Mund, Unterarm und der Blasenkatheter, der unter der Bettdecke hervorlugte. Die summenden Monitore, die seine Lebensfunktionen überwachen.

Pieter lag bewegungslos, mit starrem Blick Richtung Decke und geröteten Augen, in seinem Bett, war aber ansprechbar. Der Stationsarzt teilte mir mit, der Treffer im Bein, hervorgerufen durch ein Geschoss des Typs 9-mm-Parabellum, und der Streifschuss an der Schädeldecke stellten kein Problem dar. Wohl aber ein Lungensteckschuss nahe der Aorta. Die Projektilentfernung via Pneumotomie könne zum gegebenen Zeitpunkt nicht durchgeführt werden. Der Kreislauf müsse sich erst stabilisieren. Pieter hätte zu viel Blut verloren.

Ich näherte mich seinem Bett, nahm vorsichtig seine Hand in die meine und sprach ihn behutsam an:

„Mein Gott Pieter, Sie alter Haudegen, wie ist das passiert?“

Ein leichtes gequältes Lächeln spielte um seine feuchten Augen, als er meine Stimme vernahm. Er röchelte:

„Ruf … ruf meinen Kontakt … London … Billing’s Bank. Sein Name … sein Name … Finn McGregor.“

Er legte eine Pause ein, das erschwerte Atmen belastete ihn sehr.

„Ein Ire … ein Rotschopf“, stöhnte er. „Er kann Dir alles sagen … er weiß bescheid. Arbeitete in Irland … richtete Offshore Konten ein“, kämpfte er um jede einzelne Silbe.

„Ruh Dich aus, Du wirst es schaffen – Unkraut vergeht nicht“, bemühte ich mich, ihm Mut zu machen. Als Antwort, so schien es mir, umzog ein flaches schelmisches Zucken dankbar seine Mundpartie, die mühsam stolpernde Worte hervorbrachte.

„Du musst … “, er schluckte und musste brodelnd husten, wobei ihm Blut aus den Mundwinkeln floss. Ich tupfte es mit einer Kompresse ab. „Du musst ... “, wiederholte er mit gebrochener Stimme. Er machte erneut eine Pause. Seine Augen suchten nervös das Zimmer ab. Dann quälte er sich das Wort „Ziga … retten“ heraus und sackte ohnmächtig zur Seite. Die unendliche Anstrengung hatte ihn übermannt.

Wie kann man in diesem Moment ans Rauchen denken, dachte ich und schüttelte meinen Kopf. Ich erinnere mich zwar an Szenen aus Spielfilmen in denen Soldaten kurz vor ihrem Ableben gierig nach einer Zigarette verlangten, aber Pieter? Wahnsinn, er rauchte zwar wie ein Schlot, aber so hätte ich Pieter nicht eingeschätzt.

„Kommen Sie“, sagte die Intensivschwester zu mir. „Der Patient braucht jetzt viel Ruhe, warten Sie draußen. Besser wäre es, sie würden heimgehen. Wir rufen Sie an, wenn er zu sich kommt oder wir ihn operiert haben. Glauben Sie mir, das ist das Beste. Sie können jetzt nichts für ihn tun.“

„Doch das kann ich“, antwortete ich entschlossen. „Ich kann die Täter aufspüren.“

Sie schaute mich etwas betreten an und meinte: „Ist das nicht die Aufgabe der Polizei?“

„Meine genauso“, grollte ich entschlossen.

Um meine Gedanken zu ordnen, nahm ich für einige Minuten auf dem Gang platz. Ich wollte Pieter nicht so abrupt verlassen, vielleicht würde er die nächsten Minuten wieder aufwachen. Ich war auf seine Informationen angewiesen. Je mehr ich in Erfahrung brächte, desto mehr Chancen eröffneten sich für die Ergreifung der Gangster.

„Mensch Pieter“, murmelte ich vor mich hin. „Dein einziger Wunsch eine Zigarette?“ Unverständnis zeichnete sich in meinem Gesicht ab.

Siedend heiß durchzuckte mich plötzlich ein Geistesblitz, ich stammelte: „Verdammt Pieter, Du..., Du wirst doch nicht etwa…?“ Schwindel überfiel mich, von einer Sekunde auf die nächste fühlte ich mich wie gelähmt, atemlos. Saß ich zuerst wie benommen auf meinem Stuhl, verzweifelter Ohnmacht nahe, so flog Bruchteile von Sekunden später mein Puls mit Überschallgeschwindigkeit in schwindelnde Höhen. Meiner Eingebung folgend sprang ich auf, stürmte in Pieters Zimmer und fragte die Schwester unwirsch nach Pieters Kleidung. Erschrocken und verärgert wollte mich diese postwendend aus dem Zimmer drängen, wobei sie mich entrüstet ermahnte, mein lautes Organ zu drosseln. Doch für beides war es schon zu spät, ich durchwühlte bereits die Taschen von Pieters Jacke.

Da war sie, seine angefangene Schachtel Gitanes. Ich riss sie hektisch auf. Einige Zigaretten fehlten. Ich schüttelte den Rest auf das Fußende seines Bettes. Die Schwester konnte gar nicht so schnell schauen, wie ich handelte. Noch ehe sie mich erbost am Arm packen konnte, hatte ich gefunden, was ich suchte.

„Habe ich es doch geahnt“, triumphierte ich, schob die Krankenschwester unsanft beiseite, warf ihr beim Hinauseilen einen flüchtigen aber um Entschuldigung bittenden Blick zu und war entschwunden.

„Halt, Moment!“, rief sie mir noch nach. Worte aus weiter Ferne, die verhallten wie hinter einem Berg aus Watte.

Stolz betrachte ich mein Beutegut. Zwischen Silberpapier und Pappschachtel hatte eine Speicherkarte gesteckt, wie man sie in Fotokameras benutzt. Das war es, was Pieter mir mitteilen wollte. Keine Zigarette, sondern die Schachtel mit der Speicherkarte.

„Pieter, Du hast nicht nur so manches Ass im Ärmel – Du bist das Ass –

Respekt!“, rief ich vor Freude.

Doch welches Innenleben mochte dieses unscheinbare Stück Plastik wohl an den Tag bringen? Wenn Pieter mit letzter Mühe versuchte, mich auf die Zigarettenschachtel aufmerksam zu machen, musste sie einen sehr wichtigen Inhalt beherbergen.

20:17 Uhr

Ich winkte ein Taxi heran und bat mich ins nächste Internetcafé zu chauffieren. Dort angekommen, nahm ich einen freien Computer in Beschlag und führte den Chip in den Slot.

Auf der Speicherkarte befand sich der Video-Mitschnitt eines Gesprächs zwischen vier Personen, die aber zuerst nur verwackelt und damit undeutlich zu erkennen waren. Sie sprachen allesamt Englisch. Was spielte sich da ab? Ich verstand sie nur schlecht, spulte zurück, zog dann meinen Handy-Kopfhörer aus meiner Jackentasche, stöpselte diesen an den Computer, um die Nebengeräusche des Cafés auszuschalten, und hörte schon klarer. Doch was ich da hörte, ließ mich erstarren. Ich glaubte weder meinen Ohren noch meinen Augen. Diese Stimme, diese Fistelstimme, wie bei einem Kastraten – ein grausames Englisch mit ausgeprägtem österreichischen Dialekt. Das kann nicht sein. Ich spulte hastig vor und zurück, zoomte heran, in der Hoffnung alle Anwesenden besser erkennen zu können und tatsächlich, jetzt von vorne und aus der Nähe, unverkennbar, diese Hackfresse, wir so verhasste Visage von Rainhold Schachermair.

Ich stöhnte und musste auf meine Atmung achten, mein Brustkorb war wie eingeschnürt und ich atmete flach, viel zu flach und viel zu schnell, ich begann zu hyperventilieren. „Ganz ruhig bleiben – ruhig, ganz ruhig - tief Durchatmen - langsam Ausatmen und langsam einatmen“, versuchte ich in Selbstsuggestion meine Starre zu entkrampfen. Alles nur ein Traum, ein böser Traum. Sicher würde ich gleich schweißgebadet aufwachen, wie in vielen Nächten der vergangenen Monate. Ganz sicher ein Traum, tröstete ich mich.

Es war kein Traum. Die nackte Wirklichkeit hatte mich gepackt und mir den Unrat vergegenwärtigt, in dem ich ahnungslos und blind rumstocherte.

Hatte Rainhold etwas mit der THAI ORCHID zu tun, handelte es sich bei dem gefilmten Treffen überhaupt um die THAI ORCHID? Ihre hiesigen Angestellten waren nicht auf dem Video zu sehen. Und worum ging es bei dieser konspirativen Zusammenkunft? Wann wurden die Aufnahmen überhaupt gedreht? Fragen über Fragen.

Die Frage nach dem ‚wann' konnte gleich beantwortet werden. Ich schaute auf den Timer des Films: Filmbeginn 15:30 Uhr, heutiges Datum. Das ‚wo' ergab sich aus den vielen Containern im Bildhintergrund. Es handelte sich also um genau das Gespräch, bei dem ich als heimlicher Beobachter hätte fungieren sollen, an Pieters Seite. Die Fragen zur THAI ORCHID könnte mir Pieters Kontaktmann in London beantworten - morgen, denn heute Abend war es zu spät dazu. Nicht zu spät war es, den Film noch heute auf der Polizeistation zu analysieren.

Ich zog eine Kopie und schickte eine zweite auf meine geheime Datenbank in der Südsee. Dann steckte ich die Speicherkarte in meine Brieftasche und begab mich unverzüglich zum Kommissariat. Jetzt zählte jede Stunde, wenn nicht gar jede Minute.

Jan van Dommelen, so hieß der Inspektor, der mich gegen Abend vernommen hatte, staunte nicht schlecht, als er die Speicherkarte überprüfte. Sein knochiges Gesicht schien beinahe einzufallen. Dafür strahlten seine Augen unternehmungslustig und siegessicher.

„Herr Ferrol, diese neuen Erkenntnisse verlangen umgehende Maßnahmen. Wenn Sie bitte für einige Minuten draußen Platz nehmen würden. Ich habe einige Telefonate zu tätigen", forderte er mich höflich auf. Eine Höflichkeit, die mich überraschte „Sobald ich fertig bin, rufe ich Sie wieder rein."

Mir erschien seine Zuversicht etwas zu siegessicher. Auf dem Chip konnte man zwar die Unterhaltung der Gruppe verfolgen, aber nicht den eigentlichen Tathergang bei dem Pieter angeschossen wurde. Die letzten Sequenzen zeigten, wie man Pieter entdeckt hatte und er davonlief. Das Bild schwankte hin und her und filmte lediglich den Boden. Dann war Schluss. Pieter hatte die Kamera ausgeschaltet. Das muss der Moment gewesen sein, als er sicherheitshalber die Speicherkarte versteckt hatte. Ihm war bewusst, sie stellte den einzigen Beweis für das Zusammentreffen dar. Selbst wenn man ihn zu fassen bekäme, die Aufzeichnungen dürften auf keinen Fall in fremde Hände fallen. Dass man auf ihn schießen würde, hätte er sicherlich nicht gedacht. Oder doch? Seine Ausführungen zur Mafia und deren Methoden waren ja hinreichend deutlich. Er musste zumindest solche Reaktionen in Erwägung gezogen haben. Trotzdem hatte er sich dieser Gefahr ausgesetzt. Ich zweifelte, ob ich genau so mutig gehandelt hätte. Obwohl, bestimmte Situationen lassen einem keine andere Wahl. Manchmal zwingen einen die Umstände, Dinge zu tun, die den regelkonformen Rahmen sprengen.

Dabei fiel mir auf, dass Pieters ledernes Notizbuch nicht gefunden wurde. Es ist anzunehmen, dass seine Verfolger es an sich genommen haben. Wenigstens war er so klug, den Chip sorgfältig zu verstecken. Durch ihn erfuhren wir, dass das Vierergespann bereits morgen im Laufe des Tages einen Sattelschlepper aus Moldawien erwarte, angeblich beladen mit Rindfleisch. Es war zwar vom Verschiffen des Containers die Rede, wo und wohin das erfolgen soll, wurde nicht erwähnt – und der Containerhafen ist groß. Handelte es sich überhaupt um Rindfleisch für Großvermarkter oder verwendeten die vier ‚Filmstars' gewohnheitsgemäß Codeworte und meinten mit Fleisch in Wahrheit Frischfleisch für Bordelle? Pieter erwähnte ja, es ginge um einen Frauentransport. Von irgendwoher musste er sein Wissen ja haben. Obwohl der illegale Handel mit Fleisch, bei dem Millionen Euro durch Subventionsbetrug ergaunert werden, durchaus als Option denkbar wäre, schien mir nur eine Antwort plausibel: Mädchenhandel. Sicherheit brächte allerdings nur eine Inspizierung der Ladung. Wobei kaum anzunehmen ist, die Gangster wären so dumm, es nach dem Schusswechsel bei dem bisherigen Ort und Zeitpunkt bleiben zu lassen. Zurück im Büro, dem Sektionschef gegenübersitzend, erläuterte ich ihm meine Vermutungen.

21:38 Uhr

„ … Wo soll man ansetzen? Den gesamten Containerhafen absuchen?", beendete ich meine Überlegungen, die ich in aller Kürze dargelegt hatte.

„Nein", wendete Jan van Dommelen ein. „Wir kennen schließlich das Herkunftsland. Wenn die Lieferung nicht kurzfristig über ein Drittland umgeleitet wird und man die Frachtpapiere nicht fälscht, haben wir reelle Chancen den Container ausfindig zu machen."

„Tja, wenn das Wörtchen ‚wenn' nicht wäre. Warten wir es ab. Die Ladung ist ja bereits für morgen avisiert. Vielleicht kann man errechnen, wo sie sich derzeit befindet und die dortigen Behörden um Hilfe bitten. Sofern das schnell und unbürokratisch geht. Es handelt sich immerhin um EU-Länder. Man könnte den LKW unbemerkt überwachen lassen“, schlug ich vor.

„Herr Ferrol, Sie sprechen von ‚wir'. Das ist immer noch unsere Angelegenheit. Bitte überlassen Sie uns die Entscheidungen, was zu tun ist. Wir schätzen es nicht besonders, wenn sich Zivilisten, noch dazu unkundige, einmischen.“

„Ah ja, aber das Beweismaterial haben Sie gerne genommen“, reagierte ich bissig. Ohne mich hätten Sie doch nichts in der Hand.“

„Wer weiß, ob das Ganze nicht auf Ihrem Mist gewachsen ist, allein Ihrer Fantasie entspringt. Auf dem Band ist nichts zu hören oder zu sehen, was die Anwesenden belasten könnte. Gut, sie haben einen heimlichen Beobachter verfolgt, Ihren Freund – den die vier gut und gerne als Eindringling angesehen haben könnten. Wir scheint es plausibel, Personen, die unbefugt das Gelände betreten, stellen zu wollen. Es könnte sich immerhin um Diebe handeln. Die Frage ist, ob die vier aus dem Film überhaupt die Schützen waren oder gab es einen anderen Beteiligten, von dem wir noch nichts wissen? Vielleicht wurde van de Stromen schon vorher verfolgt, wer weiß? Womöglich von einem Ehemann, den van de Stromen beim Fremdgehen erwischt hatte. Das müssen wir klären.“

„Das ist doch hirnrissig!“, ereiferte ich mich. „Was wollen Sie denn noch mehr, so eindeutig, wie sich der Sachverhalt darstellt?“

„Ja, eindeutig für Sie. Wir hörten, dass eine Firma Fleisch aus Moldawien erwartet. Herr Ferrol, ich bitte Sie, was beweist das schon? Wollen sie aus dem Geschehen herleiten, es könne sich einzig um die Verschleppung von Frauen handeln, nur weil van de Stromen diese Vermutung fallen ließ? Hier in Holland wechseln wöchentlich Hunderte von Containern mit Fleisch ihre Besitzer. Ihre Theorie ist doch arg an den Haaren herbeigezogen, wie mir scheint. Tut mir leid, wenn ich Ihnen das so drastisch sagen muss.“

Ich schluckte meine Wut herunter, ließ aber nicht locker.

„Und Sie glauben allen Ernstes, Pieter sei das Opfer eines zornigen Ehemanns? Das ist doch lächerlich. Wer schießt mit einer 9-mm-Parabellum dreimal auf einen Detektiv, nur weil der ihn des Ehebruchs überführt hat?“, entgegnete ich ungehalten.

„Es sind schon Menschen im Affekt aus ganz anderen Gründen getötet worden. Was beweist das schon?", wehrte er meinen Einwand ab.

„Ja, aber nicht nach Mafia-Manier. Und wegen einem etwaig illegalen Subventionsbetrug wird auch so schnell keiner erschossen. Außerdem erachte ich es für höchst unwahrscheinlich, dass Moldawien derzeit, arm wie es ist, Fleisch exportiert. Die haben doch selbst nichts zu fressen. Das landwirtschaftlich aufstrebende Land soll laut Berechnungen von Experten erst nächstes Jahr in der Lage sein, größere Mengen an Fleisch zu exportieren und dann in erster Linie nach Russland." Ich merkte nicht, wie meine Stimme von Mal zu Mal lauter wurde und ich mich in Rage redete.

„Aus vielen Ländern mit hoher Armutsquote und Lebensmittelknappheit werden Nahrungsmittel exportiert. Nehmen Sie die ehemalige DDR. Für die Bürger gab es kaum Fleisch, die Leute standen Schlange für ein Steak. Dafür exportierte die DDR Rindfleisch in großen Mengen in andere Ostblockländer und nach Bayern, dem Lockruf der Devisen folgend. Oder denken sie an Brasilien, dem weltgrößten Rindfleischexporteur. Wie viele Menschen hungern in Brasilien. Das ist Business. Die Unternehmer liefern lieber an zahlende Ausländer, als an verarmte Einheimische, bei denen sie jahrelang auf ihr Geld warten müssten."

Nach einer kurzen Unterbrechung gab er zu bedenken: „Und Ihr österreichischer Bekannter, was ist dem konkret vorzuwerfen? Dass er hier in Holland Geschäfte tätigt?"

Ich senkte betroffen meinen Kopf. So gesehen hatte der Polizeiinspektor recht. Was hatte ich schon in der Hand? … Nichts! Van Dommelen spürte meine Niedergeschlagenheit und lenkte mitfühlend ein.

„Ich verstehe Sie ja, aber lassen Sie nicht gleich den Kopf hängen", forderte mich van Dommelen auf. „Wir werden der Sache akribisch nachgehen, das verspreche ich Ihnen. Immerhin ist Ihr Freund angeschossen worden. Von wem, ist bis dato unklar, genauso wie das warum. Wir können niemanden und nichts ausschließen. Deshalb werden wir alle eingehenden Transporte einer genauen Überprüfung unterziehen. Anhand der Frachtpapiere sehen wir ja, ob sie mit der Ladung übereinstimmen. Außerdem werden wir mit Spürhunden die Container absuchen, bevor sie geparkt oder weitertransportiert werden. Nicht zuletzt fahnden wir intensiv nach Ihrem dubiosen Schachermair, der von seinem Glück nichts weiß, dass Sie mit von der Partie sind und ihn erkannt haben. Erst einmal aufgegriffen, werden wir ihn mit den nackten Tatsachen konfrontieren, was ihm die Zunge hoffentlich lösen wird. So erhalten wir vielleicht Hinweise auf die Identität seiner Kumpane, deren Bilder wir umgehend zwecks Identifizierung an Interpol und EUROPOL schicken werden. Vielleicht hilft uns das ja weiter. Außerdem erhoffe ich mir Ergebnisse durch die Vernehmungen der Mitarbeiter von der Firma THAI ORCHID. Wenn die jemanden auf dem Video erkennen, sind wir einen großen Schritt weiter. Sie sehen, uns bieten sich einige vielversprechende Optionen."

Das beruhigte mich dann doch etwas und gemäßigter fragte ich, ob man bereits am Flughafen die Passagierlisten nach dem Namen Schachermair überprüft hätte. Schließlich würde dieser doch schnellsten das Land verlassen wollen, immerhin hatten er und die anderen drei eine Kamera ohne Speicherkarte vorgefunden. Bis letztere wieder auftauchte, keiner wusste ja wo sich diese befand und wem sie in die Hände fallen würde, müssten zwischenzeitlich Spuren verwischt werden.

21:55 Uhr

„Da sind meine Mitarbeiter gerade dabei, wurden aber noch nicht fündig", erläuterte mir van Dommelen zögerlich. Er schien bei diesem Satz über etwas nachzudenken, etwas, das ihn nicht gerade zuversichtlich dreinblicken ließ.

„Was ist", fragte ich ihn auf seine Skepsis aufmerksam machend.

„Die Niederlande sind flächenmäßig ein kleines Land, innerhalb von zwei Stunden – spätestens – ist man mit dem Auto außer Landes. Mittlerweile sind gute fünf Stunden vergangen. Wenn Herr Schachermair unmittelbar nach dem Vorfall aufgebrochen ist, wird er bereits über alle Berge sein. In der Zwischenzeit sind über 60 Flüge von Schiphol aus in die ganze Welt gegangen. Wenn Herr Schachermair tatsächlich in die Angelegenheit verwickelt ist, so wie Sie es vermuten, dürfte er kaum noch in Holland weilen", klärte mich der Inspektor sachlich auf.

Ich vernahm, wie das Telefon läutete. Van Dommelen entschuldigte sich und hob den Hörer ab.

„Danke für die Nachricht", waren seine kurzen Worte und legte auf. Sich mir wieder zuwendend teilte er mir mit:

„Die Ärzte haben Ihren Freund in ein künstliches Koma gelegt und hoffen ihn spätestens übermorgen operieren zu können."

„Ist das nun eine gute oder eine schlechte Nachricht? Wie klang der Anrufer? Was für einen Eindruck haben Sie?", wollte ich von van Dommelen ungeduldig wissen.

„Sein Zustand ist sehr ernst. Der Arzt, der angerufen hatte, schien mir nicht sehr optimistisch. Wahrscheinlich muss mit dem Schlimmsten gerechnet werden."

„Mein Gott, bloß nicht." Obwohl ich Pieter erst kurz kannte, war er mir doch ans Herz gewachsen. Ein Urgestein mit einer Art, die man einfach lieben musste.

„Heute können wir nichts mehr ausrichten, die Mühlen mahlen und wir müssen uns gedulden", meinte der Inspektor. „Haben sie schon eine Bleibe", fügte er fragend an.

„Nein, dazu hatte ich noch keine Zeit. Ich werde im selben Hotel fragen, wo ich vor einigen Tagen logierte. Die werden sicherlich noch ein Zimmer freihaben. Ich hatte Ihnen ja meine Handynummer gegeben. Falls es etwas Neues gibt, können Sie mich darüber erreichen – egal zu welcher Tages- oder Nachtzeit."

„Das werden wir tun", versicherte mir van Dommelen ernst.

„Gut, … dann werde ich jetzt aufbrechen. ...Was für eine blöde Floskel, dieses 'gut' - gar nichts ist gut", bemerkte ich kopfschüttelnd. Auf Wiedersehen, Herr van Dommelen, es wird höchste Zeit für mich, zur Ruhe zu kommen, der heutige Tag hat mich ganz schön geschlaucht - vielleicht finde ich etwas Schlaf."

Meine Hoffnung ging nicht in Erfüllung. Im Halbschlaf, gebadet in Angstschweiß und am Laken klebend, verbrachte ich die nächsten Stunden im Hotelbett. Meine Gedanken kreisten, ich kreiste, alles kreiste um mich herum, wie auf einem Karussell, einer Berg- und Talbahn. Mein Kopf dröhnte dumpf, stechend durchzuckten ihn imaginäre Nadeln. Meine Kehle war wie ausgebrannt, vollkommen trocken. Dafür stieß es mir in kurzen Abständen unangenehm sauer auf. Fieberartige Anfälle schüttelten mich und verschlimmerten meinen lädierten Allgemeinzustand.

Ich schlucke meine bewährte Arzneikombination und zwanzig Minuten später flauten meine Qualen ab. Ich nicke ermattet ein.

05:15 Uhr am nächsten Morgen

Das Telefon riss mich aus dem K.O.-Schlaf.

„Ja", meldete ich mich abwesend.

„Herr Ferrol, hier Inspektor van Dommelen. Ich habe zwei Nachrichten. Sind Sie wach?" wollte er sich versichern.

„Ja, ja … ich bin wach", gab ich mühsam zu verstehen.

„Hm … also … ich muss Ihnen …", stotterte er verlegen herum.

„Was müssen Sie?", trieb ich ihn, inzwischen wellwach, zur raschen Aussage.

Jedes Wort schien im Mund des Inspektors zentnerschwer zu wiegen, als er mir antwortete: „In den frühen Morgenstunden …" Er machte eine kurze Pause, in der ich sein schweres Atmen vernahm. „In den frühen Morgenstunden ist Herr van de Stromen seinen Verletzungen erlegen."

„Wie bitte??? … Nein, bitte treiben Sie keine Scherze mit mir."

„Leider, die Ärzte haben noch versucht ihn zu reanimieren – erfolglos. Es tut mir wirklich sehr leid."

Ich schluckte und brachte kein Wort heraus. Wie aus heiterem Himmel schlug jemand erneut Tausende von feinen Nägeln quer durch meinen Kopf. Dann löste sich ein Wutschrei:

„Neeiiiiiiiiiiiiiiin!"

„Hallo, Herr Ferrol", vernahm ich geistesabwesend eine leise Stimme aus dem Hörer. „Soll ich Ihnen jemanden vom psychologischen Dienst vorbeischicken? – Hallo Herr Ferrol, hören Sie mich … Herr Ferrol?"

Ich kippte nach hinten in die Bettkissen. Tränen schossen in meine Augen. Es war nicht nur Trauer um einen wertvollen Menschen, es war die Wut, die grenzenlose Wut, machtlos solchen Gewaltverbrechen gegenüberzustehen. Diesen und den Menschen gegenüber, die dergleichen verursachen. Und wofür tun sie das? Aus reiner Habgier. Aus Gier nach Geld und Macht gehen sie über Leichen.

Immer noch hörte ich meinen Namen aus dem Hörer rufen. Ich raffte mich auf und rückte den Hörer näher an mein Ohr.

„Ich bin noch da … keine Angst, ich laufe nicht davon“, meldete ich mich mit bebender Stimme. Ich versuchte, mich so gut wie möglich zusammenzunehmen.

„Ich habe eine weitere Nachricht“, lenkte mich van Dommelen ab. „Der Name Schachermair taucht auf der Passagierliste eines Fluges nach London City auf. Die Maschine startete pünktlich um 18:25 Uhr.“

Nach einer kurzen Unterbrechung fuhr er fort.

„Zum Zeitpunkt als Sie das Video entdeckten, saß Herr Schachermair bereits im Flugzeug. Unmittelbar nachdem ich seinen Namen auf der Passagierliste fand, habe ich ein Amtshilfeersuchen bei den Londoner Kollegen gestellt.“

Jetzt war ich wieder voll bei der Sache, als hätte es ‚Klick' gemacht und ein Schalter in meinem Hirn auf ‚Denken' umgeschaltet.

„Würden Sie mir bitte einen Gefallen tun“, bat ich den Inspektor. „Können Sie mir alle Flüge ausdrucken, die gestern zwischen 17:00 und 19:00 Uhr Schiphol verlassen haben und mit welchem Ziel. Außerdem benötige ich die Information, ob und wann die Flüge ausgebucht waren. Ich bin in einer Dreiviertelstunde bei Ihnen.“

„Kein Problem, doch wozu brauchen sie das?“, wollte er wissen.

„Das sage ich Ihnen später im Büro – bis dann!“ Ich legte auf.

Rainhold verdrückt sich also nach London. Was will er dort? War London sein eigentliches Ziel oder eine Notlösung, um dem Zugriff der Polizei zu entgehen? Warum bucht er dann einen Flug unter seinem Namen, nimmt überhaupt einen Flieger und riskiert damit, erkannt und erwischt zu werden, wo der Landweg ihn schneller aus dem holländischen Hoheitsgebiet geführt hätte? London? Ich überlegte halblaut: „Pieters Kontaktmann Finn McGregor befindet sich in London. Weiß Rainhold womöglich von dessen Existenz?“

Es gab anscheinend mehrere Faktoren, die für London sprachen. Hinzu kam die Tatsache, dass Unterlagen zur THAI ORCHID bei der Billing's Bank vorliegen müssten, und diese ihren Hauptsitz in London hat. Und wer weiß, welche Gründe noch eine Rolle spielten? Fakt ist, die Fährten führen eindeutig nach London. Ein Zufall? - Kein Zufall! Wie gesagt, ich glaube nicht an Zufälle. Das Schicksal ist eine Verknüpfung von Kausalitäten. Ich hoffte, bald Antworten auf diese und andere brennenden Fragen zu erhalten.

Diese waren:

1. Wurde Pieter von Rainhold erschossen?

2. Wenn nein, wer erschoss Pieter?

3. Ist die THAI ORCHID in den Menschenhandel verwickelt?

4. Ist sie es, die für die Vorgänge am Containerhafen verantwortlich ist?

5. Wenn nicht, wer steckt hinter der Sache?

6. Was hat Rainhold mit der THAI ORCHID zu schaffen, hat er überhaupt etwas mit ihr zu tun?

7. Welchem Kerngeschäft geht die THAI ORCHID nach, außer Spenden zu sammeln?

8. Welche Rolle spielt die Child Hood Europe?

9. Und wer verbirgt sich hinter CHE, der Child Hood Europe?

10. Woher wusste Pieter überhaupt von dem Treffen am Containerhafen?

11. Wo ist Pieters Notizbuch geblieben?

12. Wer sind die drei anderen im Video, wo sind sie jetzt und welche Funktion haben sie?

13. In welchem Verhältnis steht Rainhold zu den dreien?

14. Was hat das alles mit London zu tun?

15. und die für mich wichtigste Frage lautete: Hilft mir das bezüglich der Entführung von Elaine in irgendeiner Weise weiter?

12 SPURENSUCHE

Nach einer Katzenwäsche kleidete ich mich rasch an und verließ überstürzt das Hotel, getrieben von Trauer, Zorn aber auch von einem Funken Hoffnung. Eher einer Idee folgend, die mir durch meine grauen Hirnzellen geisterte. Ich nahm ein Taxi – mein Wagen stand immer noch am Golfplatz – und fieberte den Flugdaten entgegen, die mir Jan van Dommelen raussuchen wollte.

Wenige Minuten später betrat ich sein Büro, grüßte knapp, um mich im gleichen Augenblick nach den Daten zu erkundigen. Van Dommelen, der gerade damit beschäftigt war, einige Schriftstücke zu ordnen, schaute überrascht auf.

„Sie sind ja schnell wie der Blitz“, richtete er seine Worte an mich.

„Muss ich auch, wenn meine Vermutung sich bewahrheitet, dann bleibt uns nicht viel Zeit. Haben sie schon die Unterlagen mit den Flugplänen?“

„Ja, hier bitte. In der letzten Spalte steht die Uhrzeit, wann der Flug ausgebucht war oder wie viele freie Plätze es um 17 Uhr gab. Doch verstehe ich immer noch nicht, wozu Sie diese benötigen."

„Sehr gut! - Das erkläre ich Ihnen gleich. Lassen Sie mich nur eben einen Blick darauf werfen.“ Ich nahm die Flugdaten und studierte sie eingehend. Ab 17:00 Uhr starteten im Minutentakt Flugzeuge nach Shanghai, Edinburgh, Frankfurt, London Heathrow, London City, East Midlands, Toronto, Beijing, Wien, Bangkok, London Gatwick, New York und zu vielen anderen Zielen. Einige waren ausgebucht, darunter auch drei

Passagiermaschinen nach London City, mit einer Ausnahme, dem Flug um 18:25 Uhr. Hingegen gab es genügend freie Sitzplätze auf den Flügen nach Asien, Toronto, New York und zwei nach London Gatwick um 18:10 Uhr. Seltsam. Warum wählt er den Flug nach London City, wo er eine frühere Maschine nach Gatwick oder sonst wo hin hätte nehmen können? So eilig kann er es demnach mit seiner Flucht nicht gehabt haben. Ich brauchte eine Weile, bevor ich das Rätsel lüftete.

„Jawohl, das ist es!“, jubelte ich und klopfte mit dem Finger bedeutsam auf Flug BA 8456, Destination London City.

„Ich verstehe nicht was Sie meinen, ich habe mir die Daten mehrmals durchgelesen aber nichts gefunden, was mich jubeln ließe“, bemerkte der Inspektor verdutzt.

„Hier schauen Sie her, das war sein Fehler, vielleicht sein Erster. Er stand unter Druck und wurde leichtsinnig.“

„Dass er um 18:25 Uhr nach London City flog, wissen wir. Er ist uns entwischt. Kein Grund zum Jubeln“, meinte Jan sarkastisch.

„Das ist nicht alles. Wir wissen jetzt Folgendes:

1. Rainhold, ich meine Herr Schachermair, hatte es ziemlich eilig, das Land zu verlassen. Jedoch nicht so eilig, dass er den erst besten Flug für seine Flucht buchte. Ein Umstand, der allerdings seine Verwicklung in die Erschießung von Pieter infrage stellen könnte. Doch wovor sollte er denn sonst fliehen, wenn nicht aus Furcht, von der Polizei ergriffen zu werden. Oder gab es für seinen Flug nach London andere Gründe? Womöglich rein geschäftliche? Für einen Außenstehenden könnte dieser Eindruck entstehen. Floh er überhaupt? Wir, vor allem ich, legen es so aus. Grund genug hätte er allemal.
2. Fakt ist, dass er auf dem Film zu sehen ist. Und das vermutet sicherlich auch Rainhold, denn wozu sonst hätte Pieter den Chip verschwinden lassen, wenn nicht Details der Zusammenkunft darauf festgehalten wären? Rainhold muss konsequenter Weise damit rechnen, dass das Video gefunden und er mit dem Verbrechen in Verbindung gebracht wird. Dass er keinen Wagen nahm, um Holland schnell zu verlassen und dann von Köln/Bonn oder Düsseldorf weiterzufliegen, lässt zwar ebenfalls an seiner unmittelbaren Mittäterschaft zweifeln, dennoch war er beim Mord zugegen. In jedem Fall geht das Risiko ein, eine Fährte zu hinterlassen. Dumme Unvorsichtigkeit? Das glaubte ich weniger.

3. Er wählt gezielt den Flug nach London City. Warum? Die früheren Flüge nach London waren bereits ausgebucht und London Gatwick anscheinend zu weit entfernt. Von Gatwick hätte er den Gatwick-Express, ein Taxi oder einen Mietwagen nehmen müssen, denn bis London sind es 45 km – nicht gerade viel, jedoch mit zusätzlichen Kontrolleinrichtungen versehen und um diese Urzeit ist die Autobahn meist überfüllt. Sein Ziel musste demnach die City von London sein, wo er so schnell wie möglich hin wollte. Und die schnellste Möglichkeit stellte nun einmal der Flug um 18:25 Uhr dar. Für diese These spricht auch, dass für ihn die Alternativen von Ostende mit der Hovercraft oder durch den Eurotunnel zu fahren, nicht infrage kamen. Was hatte er in London vor? Da er gegen 20:00 Uhr in London angekommen sein dürfte, lässt vermuten, dass er unabhängig der Ladenöffnungszeiten sein Vorhaben durchführen konnte. Es handelt sich demnach nicht um ein Schließfach in einer Bank oder ähnliches.
4. Wenn er mit erster Priorität das Land hätte verlassen wollen, wäre er anders vorgegangen. Er hätte irgendeinen früheren Flug gewählt. In Bangkok untergetaucht wäre er auf nimmer Wiedersehen verschwunden. Von der Insel kommt er aber nicht so einfach wieder weg, denn die Landesgrenzen sind leichter zu überwachen.
5. Wir können de facto schlussfolgern, dass er etwas elementar Wichtiges in London zu erledigen hat, etwas, das keinen Zeitaufschub zulässt und für dessen Erledigung er Risiken in Kauf nimmt. Was könnte das sein? Versucht er Beweise zu vernichten? Ich denke schon. Die Frage ist, um welche Art von Beweisen es sich handelt?“

„Hmmm? ... Nicht dumm, Ihre Annahme“, gab Jan nachdenklich zu. „Meiner Meinung nach kann es sich dabei nur um Beweise handeln, die seine Verstrickung in illegale Geschäfte belegen. Welcher Art diese Geschäfte sind, müssen wir herausfinden. Ob es sich dabei tatsächlich um Menschenhandel dreht, wie der verstorbene Pieter behauptete, wird sich zeigen.“

„Genau!“, stimmte ich zu. „Rainhold kann sich ausrechnen, dass intensiv nach dem oder den Mördern von Pieter gefahndet wird. Auch wenn er zwar noch nicht weiß, was wir schon wissen, so muss er allemal die Entdeckung von Pieters Flash Card einkalkulieren. Niemand würde unter diesen Umständen derart leichtfertig sein, zu warten bis die Polizei an seine Tür klopft und höflich fragt, ob er vielleicht einen Pieter van de Stromen erschossen hätte. Für Reinhold, wie für jeden anderen am Mord Beteiligten, ist es ein Wettlauf mit der Zeit, bis man ihn mit der Schießerei in Verbindung bringt. Bevor diese Zeit abgelaufen ist, versucht er zu retten, was zu retten ist, nämlich Material, das ihn belastet, zu vernichten."

„Dabei nimmt er billigend in Kauf, was übrigens für seine Kaltschnäuzigkeit spricht, eine Spur zu hinterlassen. In diesem Hinweis sieht Herr Schachermair anscheinend eine weit geringere Gefahr für sich selbst als in jenen Angelegenheiten, die er regeln möchte. Für uns aber kann sein übereiltes Handeln ausschlaggebend sein, denn egal welche Spur man auch immer hinterlässt, es bleibt eine Spur", argumentierte Jan optimistisch.

„Diesen Anhaltspunkten verdanken wir alles, was wir jetzt über ihn wissen. Nur dadurch waren wir imstande, die britischen Kollegen zu instruieren, die ihn umgehend zur Fahndung ausgeschrieben haben. Herr Schachermair wird sich schwer tun, abzutauchen. Bahnhöfe und Flugplätze werden überwacht, alle Hotels haben ein Fahndungs-Mail erhalten, wie immer in solchen Fällen und die meisten Taxifahrer wurden ebenfalls informiert. Um irgendwo unterzukommen, müsste er sein Aussehen verändern und gefälschte Ausweisdokumente besitzen. Letztere standen ihm aber bei der Flugbuchung von Amsterdam nach London nicht zur Verfügung. Vielleicht warten in London Ersatzpapiere auf ihn und daher die Eile; denn solange er nicht auf einen gefälschten Pass zurückgreifen kann, muss er damit rechnen, Stück für Stück von uns eingekreist zu werden. Der Gürtel zieht sich enger. Hoffentlich bringen die Vernehmungen mit den Angestellten der THAI ORCHID zusätzliche Erkenntnisse. Ich habe sie für 09:00 Uhr einbestellt."

Ich schaute auf meine Armbanduhr und stellte mit knurrendem Magen fest: „Das ist lange hin, wir haben jetzt 06:48 Uhr. Gelegenheit mir ein Frühstück zu genehmigen."

„Ich lade Sie in unsere Kantine ein", schlug van Dommelen vor. Als er meinen skeptischen Blick gewahr wurde, ergänzte er erklärend: „Keine Bange, wir sind hier in Holland, unsere Kantine ist erste Sahne. Wir haben guten Cappuccino und Croissants."

‚Croissants' – das war das Zauberwort, das meinen Argwohn brach. Jan van Dommelen grinste pfiffig. Er merkte, wie mir das Wasser im Munde zusammenlief.

„Nicht ausschließlich in Frankreich liebt man Croissants, Herr Ferrol.

Wir Holländer sind keine Barbaren, keine Kostverächter, wir wissen, was gut ist“, behauptete er voller Stolz.

„Das habe ich bereits am eigenen Leibe zu spüren bekommen“, sagte ich zweideutig, mich an schöne Erlebnisse in Holland erinnernd.

Er blickte mich überrascht an. Aber ich ging nicht auf seinen fragenden Blick ein. Im Übrigen schien das Eis gebrochen, Jan zeigte sich wie gewandelt, zuvorkommend und mitfühlend. Vor allem respektierte er meine Schlussfolgerungen, Schlussfolgerungen, die er zuvor wahrscheinlich als dilettantisch abgetan hätte. Irgendwie gewann ich den Eindruck, wir arbeiteten jetzt als Team.

Die Vernehmungen brachten leider kaum Neues. Es stellte sich heraus, dass Kees Bregweg, der ‚Nominee Director’, also der Scheindirektor der THAI ORCHID Holding N.V. einen Vertrag mit einem ausländischen Notar abgeschlossen hat. Aus diesem Schriftstück geht zwar der Name des Mutterkonzerns hervor, nicht jedoch der oder die Namen der eigentlichen Eigentümer von Child Hood Europe. Ihre Anweisungen erhielten sie immer über ein Notariat in Irland. Selbiges arbeitet im Auftrag der Gruppe Thompson & Sike Financial Management Ltd., die mir nichts sagte.

Diese Daten gab van Dommelen an seinen Kollegen in London weiter, um etwas über die Firma Thompson & Sike Financial Management Ltd., kurz TSFM in Erfahrung zu bringen. Keine Stunde später kam ein Anruf aus London. Es war Chief Inspector Judd Spencer höchstpersönlich. Jan drückte die Lautsprechertaste, damit ich mithören konnte.

„Hallo Good morning Mr Van Dommelen … I hope you are fine. … spreche ich Ihren Namen richtig aus?”, ertönte eine ältere Stimme ziemlich blechern.

„Perfekt, es überrascht mich, so schnell von Ihnen zu hören. Ist etwas unklar oder sind meine Angaben unvollständig?“, fragte van Dommelen.

„Ganz und gar nicht, ich habe lediglich eine wichtige Mitteilung für Sie, Mr van Dommelen. Ich will es kurz machen. Wir hatten heute Nacht einen Einbruch in selbiger Gesellschaft, die Sie mir nannten.“

„Was? Etwa bei der Thompson & Sike Financial Management Ltd?“

„Genau dort. Seltsam nicht?“

„In der Tat, was für ein Zufall.“

„Doch das ist nicht alles“, signalisierte Mr Spencer. „Ein Rechtsanwalt, der den Einbrecher überrascht haben muss, wurde allem Anschein nach vom selbigem erschossen. Den genauen Tathergang haben wir noch nicht rekonstruiert. Mit Sicherheit können wir sagen, dass es sich bei der Munition um eine 9-mm-Parabellum handelt, denn eine der drei Patronen ging durch den Körper und drang in das Schreibtischholz. Diese Kugel konnten wir sicherstellen, die beiden anderen werden wir erst nach der Autopsie bekommen.“

„Das darf doch nicht wahr sein, die Sache wird verdammt brenzlig“, ereiferte sich Jan, während es mir vor Überraschung die Sprache verschlagen hatte. Sollte Reinhold der Schütze sein? Ich konnte es nicht glauben. Während ich dieser Frage nachhing zeigte sich Jan van Dommelen als Routinier und fragte umgehend: „Welche Position und welche Aufgabe hatte dieser Rechtsanwalt? Kennen Sie seinen Namen und wer und was ist die Thompson & Sike Financial Management Ltd. eigentlich? Ist sie Ihnen irgendwo als dubios untergekommen?“, fragte Jan forschend den Chief Inspector.

„Für welchen Bereich der Rechtsanwalt zuständig war, wissen wir noch nicht“, bedauerte der Chief Inspector. „Wir müssen warten, bis seine Sekretärin zu sprechen ist. Seinen Namen kennen wir allerdings, er lautet Tom R. Cooper. Bezüglich seiner Firma, der TSFM, haben wir herausgefunden, dass sie weltweit finanzkräftige Kunden betreut. Ihr Hauptsitz liegt in Singapur. In London betreiben sie eine Kanzlei in der Wood Street, nicht weit von der Börse. Dort fand auch der Einbruch statt. Sie besitzen weitere Dependancen in Gibraltar, den Jungfern Inseln, dem US-Staat Delaware und Irland - alles Steueroasen wie Sie vielleicht wissen. Die Firma ist bekannt für ihre internationalen Dienstleistungen und scheint weltweit eine Schlüsselfunktion inne zu haben. Wir sind noch nicht ganz dahinter gekommen, was oder wer sich wirklich hinter ihr verbirgt. Merkwürdig erscheint uns allerdings ihr mysteriöses Gebaren, ihre Heimlichtuerei, was ihre Klientel angeht, die sich aus ausgesprochen einflussreichen Personen zusammensetzen muss. Offensichtlich liegt ein Großteil ihrer Dienstleistungen in der Einrichtung von Offshore-Firmen. Sind Sie mit solchen Praktiken vertraut?“, fragte Spencer leicht zweifelnd.

„Und ob“, meldete ich mich erregt, wobei ich mit Genugtuung an die langwierigen Aufklärungen Pieters dachte, die sich jetzt als hilfreich entpuppten.

„Wer hört da mit?", fragte Spencer.

Van Dommelen sprach an meiner statt, stellte mich vor und erklärte meine Rolle in der Angelegenheit. Von ihm vorgetragen, schien die Antwort professioneller, zumal Jan der Sektionschef ist und ich nur ein Gast, wenn auch betroffen vom Geschehen.

Ich stieß Jan sofort an und schlug ihm vor, Scotland Yard könne doch das Profil des Projektils zu ihm nach Amsterdam mailen. Pieter sei schließlich ebenfalls von einem 9-mm-Geschoss getötet worden.

Jan nickte zustimmend.

„Mr Spencer, unser Mordopfer wurde ebenfalls mit einer 9-mm-Parabellum erschossen, übrigens auch mit drei Schüssen. Es wäre denkbar, dass es sich um dieselbe Waffe und denselben Täter handelt. Vorausgesetzt, die forensischen Aufnahmen von den Projektilrillen sind identisch. Es wäre sehr hilfreich, wenn Sie nach der Untersuchung die Ergebnisse an uns mailen würden. Ginge das?" fragte Jan höflich.

„Selbstverständlich", bejahte der Chief Inspector zuvorkommend. „Wir arbeiten mich Hochdruck daran. Ich schätze, Sie erhalten noch heute Ergebnisse, spätestens jedoch morgen. Das ist meinerseits im Moment alles."

„Danke", riefen wir beide simultan und Jan folgerte: „Wenn Sie die Mitschnitte der Überwachungskameras ausgewertet haben, werden wir ja von Ihnen hören, denke ich."

„Natürlich … also dann good by, oder wie Sie in Holland sagen *vaarwel.*"

„Wieder drei Schüsse … hmmm? Das hat sicher eine Bedeutung", mutmaßte ich. „Ob das das Werk von Rainhold ist?"

„ Halten Sie ihn denn für einen Profikiller? Drei Schüsse sind oft das Markenzeichen von Auftragskillern der Mafia, wobei der Erste ins Bein geht, der Zweite in die Brust und der Dritte meist gezielt in den Kopf des Opfers abgefeuert wird. Meinen Sie, Sie kennen ihn ja besser, ihr Bekannter wäre dazu fähig? Und wer sagt uns, dass nicht eine zweite Person mit von der Partie war. Auszuschließen ist das doch nicht. Oder gar eine Dritte", gab Jan zu überlegen.

„Das stimmt, wir haben uns – oder besser gesagt, ich habe mich zu sehr in der Vorstellung verbohrt, Rainhold müsse der Übeltäter sein.

Anzunehmen, er könne allein agiert haben, ist eigentlich reichlich stümperhaft geschlussfolgert, wenn ich ehrlich bin. Im Amerikahaven waren schließlich vier Personen anwesend, zumindest vier, die man sehen konnte. Warum sollte er dann alles übrige im Alleingang durchziehen? Außerdem halte ich Rainhold nicht für derart abgebrüht, mir nichts dir nichts Leute zu eliminieren."

„Das kann ich nicht bestätigen, ich kenne ihn nicht", erwiderte Jan. „Und die drei anderen kennen wir erst recht nicht, sie konnten noch nicht identifiziert werden", bemerkte van Dommelen zerknirscht. „Der Datenvergleich mit der Verbrecherkartei ergab keine Übereinstimmung. Eine Chance besteht allerdings noch, nämlich die Video-Bilder van Stromens mit den Überwachungsaufnahmen der beiden Flughäfen zu vergleichen. Mit ein wenig Glück finden wir dort diesen Herrn Schachermair, womöglich in Begleitung mit einem oder mehreren aus dem Amsterdamer Quartett. Eine Befragung der zuständigen Stewardess wäre ebenfalls hilfreich. Vielleicht hat sie Beobachtungen gemacht, die bestätigen, dass Herr Schachermair zu anderen Personen Kontakt hatte und mit ihnen vertraut wirkte. Immerhin eine Option, der wir umgehend nachgehen sollten, solange die Erinnerung der Crew an besagten Flug noch frisch ist."

Irgendwie musste ich innerlich grinsen, denn ohne die Video-Aufzeichnungen dieses liebenswerten Schlitzohrs Pieter wären wir ziemlich aufgeschmissen gewesen, wir hätten total im Dunkeln getappt. So aber förderten sie, gekonnt aufbereitet durch eine famose Polizeitechnikerin, hilfreiche Details ans Tageslicht.

Alle vier Personen sind männlichen Geschlechts, von weißer Hautfarbe und wahrscheinlich Europäer oder Nordamerikaner. Einer von ihnen ist auffallend hager mit ausgeprägten Wangenknochen, mehr osteuropäischen Schlags. Er macht einen ausgesprochen fahrigen Eindruck. Ihn muss eine fürchterlich juckende Kopfhaut plagen, so wie er sie ständig mit den Fingerkuppen malträtierte. Die Nägel dazu fehlten ihm offensichtlich. Die Bild-Vergrößerungen zeigten deutlich die Spuren ständigen Nagelkauens … und ein Tattoo auf dem rechten Handrücken, das ein serbisches Kreuz darstellt. Die Zeichen in den Ecken des Kreuzes stellen jeweils ein kyrillisches ‚C' dar, das wie ein lateinisches ‚S' gelesen wird und dem Anfangsbuchstaben des Wortes Serbien entspricht, klärte mich Jan auf.

Während der Serbe mit seinen Fingern ständig im Gesicht rumfummelt, fliegen die Pupillen seiner weit aufgerissenen Augen unruhig hin und her, als wenn er unter Drogeneinfluss stünde. Eigentümlich, dass er nicht in der Verbrecherkartei zu finden ist. Wir wussten nicht einmal, welche Nationalität er haben könnte, denn er sprach kein einziges Wort. Einzig die Tätowierung sprach für einen Serben, denn diese tragen das Kreuz als Zeichen ihrer Liebe zum Vaterland und als Symbol der Zusammengehörigkeit.

Eigentlich redete nur einer mit Rainhold, ein elegant gekleideter mittelgroßer Mann, sonnengebräunt, glatt rasiert, schwarzer, lässig-eleganter Anzug, weißes Hemd, dezenter Binder und rahmengenähte 1.000 € Schuhe. Man könnte ihn für einen Italiener halten. Gesichtsausdruck und Haltung drücken hohe Intelligenz, wie gleichermaßen Unbeugsamkeit und eiskalte Berechnung aus – ein Alpha-Männchen.

Der Vierte im Bunde, von südländischem Schlag, mit längerem dunkel gewelltem Haar und Dreitagebart, äußerte sich mit kurzen klaren Sätzen. Meist jedoch beschränkte er sich auf ein knappes „Yes“ oder „No“. Sein Angst einflößendes Gesicht ist von tiefen Furchen durchzogen und weist unter dem linken Auge eine quer verlaufende Narbe auf. Seine Züge wirken äußerst brutal und rücksichtslos. Er trägt ein weit geschnittenes schwarzes Sakko, eine schwarze Jeans und bequeme Business-Schuhe. Sein rechtes Armgelenk verunstaltet eine protzige Uhr, die golden glänzt und wie ein Armbeschwerer das Gelenk umschließt. Seine Größe schätzten wir auf etwa 175 bis 180 cm.

Alles Typen, die man so schnell nicht vergisst und denen man bei Nacht und Nebel kaum in einer finsteren Gasse begegnen möchte. Eigentlich überhaupt nirgends begegnen möchte, egal wo, wann und unter welchen Umständen auch immer. Ihre herausstechenden Merkmale müssten auf dem Mitschnitt der Überwachungskameras unbedingt auffallen, sofern jemand von ihnen überhaupt mitgeflogen ist. Wir brauchten dringend Resultate. Doch vor morgen früh wäre damit nicht zu rechnen. So harrten wir gespannt auf die Antwort von Mr Spencer.

Parallel dazu verfolgte seit der Ermordung Pieters eine Sondereinheit die Fährte des Containers, der aber zum genannten Termin nicht eintraf. Gerade deshalb blieb die Sonderkommission umso wachsamer und inspizierte alle Transporte, die aus osteuropäischen Ländern eintrafen.

Speziell diejenigen, die im Umkreis von 300 km der Wegstrecke Moldawien-Amsterdam liegen. Dafür kommen die Länder Rumänien, Serbien, Ungarn, Slowakei und Tschechien infrage. Wobei der Schwerpunkt auf Rumänien, Serbien und der Slowakei lag. In diesen Ländern ist die Mafia extrem aktiv. Natürlich wäre es bei dem internationalen Netzwerk der Schlepper denkbar, die Frachtbriefe schnell auszutauschen. Aber auch dann wäre der Absender vermutlich, so hofften wir, aus der gleichen Region.

Tatsächlich, nach langwierigen, wenn auch nicht ganz erfolglosen Kontrollen, denn man fand einige Kilogramm Kokain und mehrere Paletten geschmuggelter Zigaretten aus Montenegro, fiel ein Kühlwagen aus Rumänien ins Visier der Ermittler. Ein wachsamen Trümmersuchhund hatte ihn beim Kontrollgang verbellt. Der zuständige Hundeführer beharrte darauf, sein Hund hätte den Geruch von Menschen aufgenommen, obwohl die anderen Hunde der Suchhundstaffel, die sich zwar unruhig zeigten, nicht anschlugen. Die umgehende Kontrolle der Frachtbriefe ließen keinerlei Unregelmäßigkeiten erkennen. Es handelte sich um Rindfleisch für Thailand. Vermutlich hatte der Hund diese Witterung aufgenommen und angeschlagen. Jan war eigentlich schon geneigt, die Kontrolle des Containers abzubrechen, als mir der Rindfleischerzeuger auffiel und ich instinktiv meine Hand auf Jans Schulter legte, um ihn zum Warten zu überreden.

Die Firma Mazzini Carne S.R.L. aus Timisoara zeichnete sich als Erzeuger zuständig. Das ließ bei mir gleich die Alarmglocken läuten. Irgendwoher kam mir der Name bekannt vor, aber nicht im positiven Sinne. Ich meinte mich zu erinnern, ihn in einem Zeitungsartikel gelesen zu haben, in Zusammenhang mit Aktivitäten der italienischen Mafia. Viele geschäftstüchtige Italiener sind nach der Wende mit dick gefüllten Börsen über Rumänen hergefallen und haben gierig aufgekauft, was sie kriegen konnten. Teils ganze Straßenzüge, teils ehemalige Großbetriebe, die sie jetzt mit EU-Geldern nach modernsten Gesichtspunkten umbauen. Die Italiener tun sich in Rumänien leicht, was einerseits an der sich ähnelnden Sprache liegt, andererseits an dem Netzwerk krimineller Gruppen, die nach wie vor die dunkle Macht im Schatten darstellen. Sie spinnen ihre Fäden bis in die Regierung. Kein Geheimnis, selbst der rumänische Präsident Traian Basescu äußerte seine diesbezüglichen Bedenken 2012 öffentlich in einer Rede. Er beschuldigte das rumänische Parlament mafiös durchflochten zu sein. Seien es Regierung oder wichtige andere Positionen, überall finden ehemalige Angehörige der Securitate Unterschlupf. Das kommt einem irgendwie bekannt vor. Geheimdienstler fallen dank ihres knallharten Netzwerks immer wieder auf die Füße. Seinerzeit Mitglieder der Gestapo, die nach dem 2. Weltkrieg gute Posten erhielten oder viele Stasi-Mitarbeiter, denen nach Auflösung der DDR Schlüsselpositionen zufielen. Gleiches Szenario in Rumänen. Als Folge entstand eine sich gegenseitig befruchtende Liebschaft mit der italienischen Mafia. Das erfuhr ich aus einer sicheren Quelle bei meinen Besuchen in Timisoara.

Außerdem ist bekannt, dass Rumänien eines der wichtigsten Exportländer für Prostituierte ist. Im Escort-Service tätig, sprechen die Damen in der Regel italienisch und erweisen sich ihren Freiern gegenüber als willfähriger und kostengünstiger als ihre russischen Kontrahentinnen. Daher erfreuen sie sich gerade bei Italienern äußerster Beliebtheit. Dies nutzen die Prostituierten aus, schmuggeln Drogen und versuchen dafür neue Kunden zu werben, indem sie ihre Liebhaber abhängig machen. Mal bieten sie ihnen zur angeblichen Luststeigerung Pillen an oder sie streichen beim Geschlechtsakt die Eichel des Kunden mit Kokain ein. Bis der in seiner Geilheit merkt, was Sache ist, schwebt er bereits im farbenfrohen Rausch auf Wolke Sieben. Schwanzgesteuerte Männer waren schon immer ein leichtes Opfer für die weibliche Verführungskunst. Und die Drahtzieher? Es sind nicht die kleinen rumänischen Zuhälter, das war einmal. Hier geht es um Größeres, nämlich um internationalen Drogen- und Menschenhandel. Die Hintermänner sind Mitglieder international agierender Mafiabünde.

Aus diesem Bewusstsein heraus bat ich Jan, noch einmal mit dem Hundeführer sprechen zu dürfen. Jan willigte ein.

Aus dem Gespräch ging hervor, der Schäferhundmischling sei über Jahre zur Suche nach Verschütteten eingesetzt worden und hatte bisher ausnahmslos richtig gemeldet.

Jan folgte dem Gespräch mit nachdenklichem Kräuseln seiner Stirn. Ich sah förmlich, wie es dahinter arbeitete. War es Skepsis oder die Unschlüssigkeit, den Container doch noch öffnen zu lassen? Ich würde es gleich erfahren, dies sagte mir seine Körpersprache. Und tatsächlich nach einem leichten Räuspern richtete er sich an den Hundeführer.

„Sind Sie zu Hundert Prozent sicher, dass der Hund menschliche Witterung aufgenommen hat?“

„Ja … zu Hundert Prozent. Ich kenne meinen Hund, er hat sich noch nie geirrt“, versicherte der Polizist mit Nachdruck.

„Gut! … Dann wollen wir mal“, wobei er sich zu einem Mann seiner Einheit umdrehte und den Befehl erteilte: „Aufbrechen!“

Die Siegel wurden entfernt und das Schloss aufgebohrt. Zum Vorschein kamen tief gefrorene Rinderviertel …

„Godverdomme!“, rief Jan enttäuscht, fasste sich aber im nächsten Moment wieder. Er ließ sich nicht so schnell täuschen. Zu oft hatte man im oder hinter dem Fleisch Schmuggelgut gefunden. Wenn auch keine Frauen, so bestünde zumindest die Chance, Rauschgift zu finden, was eine Durchsuchung im Nachhinein rechtfertigte.

Er orderte einen Kühlwagen herbei und ließ die Rinderviertel sorgsam umladen. Jedes Stück wurde genauestens untersucht. Schon öfters hatte man an Schlachtkörpern ausgehöhlte Muskelpartien entdeckt, die mit Fleischstücken durch Überfrieren wieder sorgsam verschlossen worden waren. In den Hohlräumen befand sich dann kiloweise Kokain. In diesem Fall verlief die Untersuchung leider ergebnislos. Die letzten beiden Reihen kamen zum Vorschein – nichts. Keine manipulierten Rinderviertel und auch sonst nichts, der Container war leer.

Aus der Traum. Jan und ich sahen uns enttäuscht an.

„Noch weitere Reinfälle, wie diesen hier, können wir uns nicht leisten“, sagte Jan, sich mit vorwurfsvollen Unterton dem Hundeführer zuwendend. Dieser starrte betreten und mit verkniffenen Mundwinkeln in den leeren Container, als könne er illegale Ware hineinzaubern. Jan drehte sich zu den Technikern und sagte mürrisch: „Also dann, meine Herren, packen wir wieder zusammen.“

Keiner sagte ein Wort, man merkte jedem die Enttäuschung an.

„Moment mal“, rief da einer der Ladegehilfen. „Das sind einige Hälften zu wenig, für einen Container dieser Größe.“

„Wie meinen Sie das“, fragte Jan überrascht. Dabei blickten seine Augen hoffnungsvoll auf den Fleischträger, als hätte dieser das Ei des Columbus entdeckt.

„Na, sehen Sie denn nicht, die Rückwand des Innenraums entspricht nicht den Maßen der Außenwand des Containers.“

Sofort sprangen einige Polizisten hinein, nahmen ein Maßband und kontrollierten die innere Länge. Ein 45 Fuß Frachtcontainer – um so einen handelte es sich hier – ist der größte, der von Sattelschleppern in der EU transportiert werden darf. Er besitzt nach DIN-Norm eine innere Länge von 13,55 m, die Breite beträgt 2,34 m und die Höhe 2,69 m. Anstelle der 13,55 m betrug die Innenlänge lediglich 12 m, also eine Differenz von 1,55 m. Bei einem so großen Container ein kaum auffallender Unterschied.

„Teufel noch mal, Sie haben recht, aber man sieht keine Rillen, alles ist verschweißt. Die Wand ist nicht beweglich", wobei er kräftig an die Metallplatten drückte.

„Bringen Sie den Hund her", befahl Jan.

Der Hundeführer, dem die Niedergeschlagenheit aus dem Gesicht zu weichen schien, lenkte eilig seinen Diensthund an die Rückwand des Containers, an der sein Vierbeiner sofort zu kratzen begann.

„Sollen wir mit dem Schweißgerät ein Loch in die Wand brennen?", fragte ein Techniker.

„Nein, warten Sie damit. Diese Möglichkeit läuft uns nicht davon. Lasst uns die Außenwand erst noch mal untersuchen", entschied van Dommelen.

Die Stirnseite war mit den Kühlaggregaten bestückt. Es gab keinerlei Hinweis auf eine versteckte Tür.

„Hey – hier!", rief ein Polizist. „Schauen Sie mal hier in den Kanten der Vertikalstreben, da befinden sich lauter Schlitze."

Tatsächlich, entlang der inneren Kanten des Trapez-Stahlblechs befanden sich in gleichmäßigen Abständen längliche Öffnungen.

„Könnten das Luftschlitze sein?", erkundigte ich mich bei Jan.

Wir schauten uns alle fragend an, blieben der Antwort aber schuldig.

„Wir müssen weitersuchen", ermunterte Jan die Mannschaft.

Da schlug ein Polizist von der Spurensuche vor, man solle den Container aufbocken, um ihn auch von unter genauer unter die Lupe nehmen zu können. Warum nicht, dachte ich, während Jan bereits reagierte und ein Spezialfahrzeug anforderte, das in der Lage ist, die großen Kästen zu stapeln. Es dauerte nur wenige Minuten und der Container stand auf stabilen Böcken, 1,5 m über dem Erdboden.

„Hier! Ich habe etwas gefunden“, rief einer der Kriminaltechniker, der sich unter den Kasten bückte. „Eine verschraubte Platte - gib mir mal einen Neunzehner“, wies er seinen Kollegen an. Der Angeredete nahm gleich zwei Schraubenschlüssel der gleichen Größe und machte sich zusammen mit seinem Kumpel daran, die Muttern zu lösen. Dies ging recht schnell und die rechteckige Metallplatte glitt nach unten.

Im gleichen Moment vernahmen wir dumpfe, ängstlich klingende Schreie, begleitet von einem unangenehmen Mief nach Schweiß, Urin und feuchtem Staub, die aus dem Inneren der Geheimkabine drangen.

„Hallo!“, rief Jan mit ruhiger Stimme auf Englisch. „Kommen Sie heraus, hier ist die Polizei. Es geschieht Ihnen nichts … kommen Sie bitte langsam heraus!“ Seinen Kopf traute er allerdings nicht in die Luke zu stecken. Wer weiß, was ihn erwartet hätte.

Erst nach längerem gutem Zureden durch zwei Polizistinnen, von denen eine italienisch sprach, hörte man, wie sich etwas bewegte. Langsam lugten Beine aus dem Zugang. Ihnen folgte ein ermatteter Körper, der vollkommen verspannt zu sein schien. Eine junge Frau verließ furchtsam das Versteck. Danach krochen unter besänftigendem Zureden weitere Frauen an die frische Luft. Insgesamt zehn ermattete Mädchen im Alter von 13 bis 17 Jahren, die mit der Ohnmacht kämpften. Ihre Blicke drückten Angst aus, als wären sie dem Teufel leibhaftig begegnet und hätten ihren Packt mit ihm geschlossen. Ihre Haare hingen wirr herunter und ihre Bewegungen waren holprig. Sie wurden sofort von Sanitäterinnen in Empfang genommen, die man vorsorglich bei derartigen Operationen dabei hatte. Ich bemerkte, wie die stahlgrauen Augen von Jan sich hinter einem Schleier versteckten und zu Eis gefrieren schienen. Seine Lippen presste er fest aufeinander. Wut, Verzweiflung und brodelnder Hass verzerrten sein Gesicht zu einer Grimasse. Wenn Blicke töten könnten, wären die Zuhälter und Schlepper, die diesen Höllentrip zu verantworten haben, jetzt tot. Zehn junge unschuldige Leben auf 3,6 Quadratmeter zu transportieren ist Menschenquälerei. Nicht genug damit, sie entführt zu haben, jetzt zeigen ihnen Satans Schergen auch noch die tiefsten und widerwärtigsten Abgründe auf Erden.

Es stellte sich heraus, dass innen auf die volle Kammerbreite von 1,55 m, Pritschen mit einer Länge von 180 cm angebracht waren und zwar mit einem jeweiligen Höhenabstand von 60 cm. Das heißt, es gab, den Boden eingerechnet, insgesamt fünf Liegeflächen mit einer Fläche von 180 x 155, die mit dünnen Matratzen ausgestattet und für je zwei Personen nebeneinander gedacht waren. Den Rest des Raumes füllten vergitterte aber unverschlossene Hängeregale, die ab einer Höhe von 180 cm ringsherum angeschraubt waren. Das gab Stauraum für Lebensmittel, Wasser und sonstige unverzichtbare Utensilien. Auf der einen Seite des verbleibenden Raumes, mit einer Größe von 150 x 54 cm, befand sich ein behelfsmäßiges Chemie-Klo, das seine Füll-Kapazität fast erreicht hatte.

Um sich zu bewegen, blieb den Mädchen nichts anderes übrig, als sich abwechselnd in den kleinen Raum vor das Klo zu stellen und ihre Glieder auszuschütteln. Für spärliche Lüftung war durch die Luftschlitze gesorgt. Ein zusätzlicher Abzugsschlauch führte unauffällig hinaus zu den Kühlaggregaten. Von außen betrachtet schien es, als wäre er Bestandteil der Klimaanlage. Umgekehrt wurde Frischluft von den Portholes der Kühlanlage abgezweigt. Diese macht übrigens einen Höllenlärm, der die Kammer mit seinem Dröhnen regelrecht durchschüttelte und die Psyche der Mädchen zusätzlich aufs Äußerste strapazierte.

Die Wände wiesen Spuren auf, die das Leid vieler transportierter Seelen beklagte. Einsame Frauen, die einem unbekannten Schicksal entgegen fuhren. Als Ware verkauft, als Frau verachtet, als Mensch missbraucht. Ausgehändigt an einen internationalen Zuhälterring, der in ihnen nur den materiellen Profit sieht. Sinkt der Gewinn und damit der Warenwert, wird der Ladenhüter entsorgt und durch eine frische Lieferung ersetzt.

Ich hatte genug an diesem Tag, von diesen Tagen, an denen ich weit über die Maßen mit derart menschlicher Grausamkeit konfrontiert wurde. Ständig könnte ich nicht in diesem Dreck wühlen. Ich bewundere Menschen wie Jan oder Samak in Bangkok, die ihr Leben riskieren, noch dazu für ein beschämendes Entgelt, und unermüdlich für die Rechte der Ausgebeuteten eintreten, eigentlich kämpfen – beneiden tue ich sie nicht. Ich schwor mir, wenn ich meine Materialsammlung zum Menschenhandel abgeschlossen und Elaine gefunden hätte, mich nie wieder mit diesem Abschaum menschlicher Auswüchse zu befassen. Zumindest nicht in dieser Form. Ich bin für solche Arbeit nicht geeignet, all das Leid zu sehen und die unendliche Ohnmacht zu spüren, nicht genügend gegensteuern zu können.

Vielleicht tragen unsere Mühen und Presseberichte ein wenig dazu bei,

Zeitungsleser sowie verantwortliche Politiker wachzurütteln, sie umzustimmen, zum Nachdenken anzuregen. Ja, vielleicht. Viel wichtiger wäre es jedoch, sie zum Handeln zu veranlassen. Als wahrscheinlicher sah ich es, dass unsere Bestrebungen sich wie ein Tropfen Wasser auf heißem Stein in Dampf auflösen. Ein kurzes Aufbäumen, um dann zischend zu vergehen, wie so viele Bemühungen, die gegen eine narzisstisch-hedonistische männliche Eitelkeit und Gier verpuffen. Aussichtslos, alles unsinnig und aussichtslos? Nein, das wollte und konnte ich nicht akzeptieren.

Ich musste auf andere Gedanken kommen. Ich verabschiedete mich für heute bei Jan, machte mit ihm für den morgigen Tag einen Termin aus und ging meiner Wege, einsam, nachdenklich, betrübt, nur in Gedanken mit einem Toten redend, mit Pieter.

Nach Ablenkung suchend, sehnte ich mich nach Vergessen, all das Leid hinter mir zu lassen, Abstand zu gewinnen von all den menschlichen Tragödien, die mir begegneten, nach mir zu greifen suchten. Es zog mich in die Innenstadt von Amsterdam. Wenn auch nur für Momente, ich wollte frei sein von depressiven Gedanken, wieder unbeschwert lachen.

Und ich musste lachen. Darin lag weniger eine Komik als eher ein makaberer Touch, denn es war die gleiche holde Weiblichkeit, die mich zuvor zum Weinen brachte und jetzt für meinen Stimmungsumschwung sorgte. Die Ambivalenz, wie sie in vielen Dingen steckt, kam auch hier zum Tragen. Ein sonniger Tag, so schön wie heute ist dazu prädestiniert, die Menschen auf die Straßen, in die Grünanlagen, Parks und Cafés zu locken.

Wie es bei Nacht die Mücken ans Licht zieht, so lockt die Sonne die hübschen holländischen Meisjes, und nicht nur diese, aus ihren Versteckten. Da flanierten sie, die verführerischen Feen, leicht bekleidet, viel Haut zeigend und ihre Rundungen aufreizend zur Schau stellend. Ich liebe den Sommer, die Sonne, Tage der Wärme und der guten Laune. Tage, an denen die Weiblichkeit nicht mit ihren Reizen geizt. Nackte Schultern, entblößter Bauch und lange unbekleidete Beine, die samtig im Sonnenlicht glänzen. Der erotische Schwung weiblicher Hüften, das bezaubernd wippende Gesäß. Verhüllt von hauchdünnen Stoffen, die raffiniert verbergen, ohne wirklich zu verbergen und damit wilde Fantasien wecken. Ist das nicht berauschend, so belebend, Kunstwerke der Natur, wie sie schöner nicht sein könnten? Eine atemberaubende Natürlichkeit, eine Anmut, der

Respekt zu zollen ist, wie groß auch immer die Verführung sein mag.

Es liegt doch gerade in der Kunst, sich am Anblick der Schönheiten zu erfreuen, ohne mit Hintergedanken aufdringlich zu sein, obszöne Bemerkungen zu machen oder Grenzen des Anstandes zu überschreiten. Viele archaisch geprägte und hormongesteuerte Männer achten diese Grenzen nicht, wollen sie nicht sehen, nicht akzeptieren. Sie interpretieren die aufreizende Bekleidung eher als eine Aufforderung zu mehr. Dieses 'mehr' nicht zu bekommen setzt sie, in Anbetracht der Überflutung weiblicher Reize, einem besonderen Druck aus. Als Ventil müssen dann Prostituierte herhalten. Das scheint mir akzeptabel, sofern die Damen nicht zum Sex gezwungen werden und für Zuhälter Sklavendienste verrichten müssen. Bieten Frauen aus freien Stücken Sex gegen Bezahlung, dann ist das ihre Privatangelegenheit. Ein typisches Beispiel dafür ist der Studentenstrich. Zwangsprostitution und Zuhälterei dagegen sind inakzeptabel, sie liegen jenseits der imaginär gezogenen Moral-Grenze im verbotenen Terrain.

- Wieder drehte ich mich im Kreis, konnte nicht loslassen, nicht abschalten. Eben noch beglückt und erfreut über den sonnigen Tag mit seinen belebenden Nebenerscheinungen, schoss ich wieder entlang einer Endlos-Spirale bedrückenden Grübelns.

13 LAUTLOS

Das Spinnen des Netzes erfolgt lautlos. Durch die Legalisierung der Prostitution kann diese in jedem Haus, in jedem Hinterzimmer angeboten werden. Keine Razzien, kein Geschrei, keine Anzeigen, keine Prozesse – nur das angsterfüllte Jammern minderjähriger Mädchen, deren stilles Klagen niemand mehr hört. Auch die Politiker hören es nicht. Jedenfalls unternehmen sie nichts dagegen, allenfalls halbherzig. Oder wollen sie nicht?

Die Niederlande sind für Menschenhändlerringe das Tor zu Europa. Wie Blumen aus dem holländischen Aalsmeer europaweit, ja weltweit verschickt werden, verfrachtet man junge Frauen in Amsterdam und verteilt sie auf Bordelle und Privatwohnungen in ganz Europa. Die gute Verkehrsanbindung erleichtert die Transportfrage. Ob über Land, per Schiff oder via Flugzeug, Amsterdam dient als Drehkreuz für den Menschenhandel, ähnlich wie Südafrika. Aus Rumänien, Russland, Moldawien, Nigeria, Kenia, von überall kommen junge Mädchen im Glauben auf eine bessere Zukunft. Was wird aus ihnen? Sie verkaufen ihren Körper bis zu sechzig Mal am Tag im Flatrate Tarif. Das bedeutet, der Kunde zahlt eine Tagesgebühr und darf mit so vielen Mädchen des Etablissements Sex haben, wie er will und kann.

Und die Mädchen von gestern, die befreit wurden, was geschieht mit denen? Zuerst kommen sie in ein Auffanglager, stellen vermutlich einen Asylantrag und landen irgendwie dann doch auf der Straße. Und die Hintermänner? Keiner kennt sie, hat sie je gesehen. Sie arbeiten verdeckt im

Dunkeln. Selbst wer sie kennt, schweigt, aus Angst um sein Leben. Keine der geschändeten Frauen gibt deren Identität preis.

Nicht selten sind namhafte Geschäftsleute und Politiker involviert, die sich mit Scheinfirmen einen guten Leumund aufbauen, wie Rainhold. Wer seine Webseite durchliest mit der Fülle an trivialen Gutmensch-Sprüchen, der weiß, was ich meine. Er schreibt da von Dankbarkeit, die er weitergibt, von Gottes Geschenk. Selbst vor diesem ‚alten Herrn' macht er nicht halt, sondern missbraucht ihn für Werbezwecke. Gekonnt konstruiert er für sich das Image eines tief gläubigen Saubermanns – nichts weiter als ein gut durchdachtes Lügengebäude. Ich könnte kotzen.

Dabei dienen seine weit über hundert Hilfsprojekte ausnahmslos seiner persönlichen Bereicherung. In Wirklichkeit verdingt er in seinen Projekten die Ärmsten der Armen zum Sklavendienst und das bei Billiglöhnen. Menschenhandel, Förderung der Zwangsprostitution, Ausbeutung, Beschäftigung von Kindern, Spenden- und Steuerbetrug, das umschreibt sein wahres Geschäftsmodell, seinen wahren Charakter. Überall wo es nach Geld riecht, versucht er seine Finger reinzustecken und mit zu mischen. Das ist mir jetzt bewusster denn je.

„Ich muss nach London", eröffnete ich am Folgetag das Gespräch mit Inspektor van Dommelen. „Die Zeit drängt. Mir bleibt nichts anderes übrig, als mich an die Fersen von Rainhold zu heften. Außerdem hat Pieter mir bei der Billings Bank einen Informanten genannt, der darauf spezialisiert ist, Firmen in Offshoreregionen finanztechnisch zu beraten. Vorrangig an Orten, die zur englischen Krone gehören. Der Mann heißt Finn McGregor und arbeitete persönlich einige Jahre auf Gibraltar. Vielleicht kennt er die Child Hood Europe und deren eigentlich Begünstigte. Und vielleicht führt er uns auf die Spur von Rainhold", meinte ich mit gemischten Gefühlen.

Still und in Gedanken vollendete ich den Satz: „Es ist nicht nur Rainhold, den ich verfolge, es ist der stille Wunsch, in all dem Netzwerk etwas über den Verbleib von Elaine zu erfahren." Jeden Tag musste ich an sie denken, ein schmerzlicher Dorn, der sich tief in meinem Kopf eine Heimat gesucht hat. Durch Rainhold hoffte ich, mehr Insider-Informationen über den Mädchenhandel zu erhalten. Vielleicht ergäben sich aus seinen Vernehmungen Anhaltspunkte, wo ich nachhaken könnte.

„Für meinen Geschmack reichlich viele vielleicht", gab Jan zu bedenken.

„Aber einen Versuch ist es allemal wert. Wenden Sie sich an Chief-Inspector Spencer, der kann Ihnen sicherlich weiterhelfen. Er hat uns übrigens die Fotos von dem Projektil geschickt … sie sind identisch."

„Fantastisch - ein Lichtblick! Also ist einer der Vier auch der Täter in beiden Fällen. Zumindest ist es dieselbe Waffe und wer überlässt seine Pistole schon einem anderen. Er wäre damit der Mörder von Pieter und vom Justiziar der Thompson … wie hieß die Firma noch gleich?"

Jan nickte: „Sie meinen Thompson & Sike Financial Management Ltd.?"

„Ja, genau!", bestätigte ich. „Das ist doch schon mal ein brauchbares Indiz. Und was sagt die Flughafenüberwachung, gibt es dazu schon Erkenntnisse? War Mr Spencer schon fündig?"

„Nein, sie sind noch dabei, das Material zu sichten. Ich bin mir sicher, Chief Inspector Judd Spencer wird Sie unterrichten, wenn Sie drüben gelandet sind. Ich habe ihm nahegelegt, wie wertvoll Sie für die Ermittlungen sind. Er soll Sie mit ins Team nehmen. Sie sind immerhin der Einzige, der diesen Schachermair näher kennt." Dabei konnte sich der hartgesottene Mann ein dezentes aber durchaus ehrliches Schmunzeln nicht verkneifen.

Dass sich Jan so für mich ins Zeug legte, hätte ich nicht erwartet. Bass erstaunt fragte ich ihn: „Womit habe ich das so plötzlich verdient? Kann ich mich für Ihre Fürsprache irgendwie erkenntlich zeigen?"

Jan grinste diebisch und meinte: „Bringen Sie mir schlagkräftige Beweise, die für eine Mordanklage ausreichen. Doch seien Sie vorsichtig, gehen Sie taktisch klug vor und versuchen Sie nichts zu erzwingen. Und keine Alleingänge, ein Toter ist schon zu viel. In diesem Milieu ist man wenig zimperlich, wie Sie ja mitbekommen haben. Bleiben Sie also tunlichst auf Tuchfühlung mit Scotland Yard. Versprechen Sie mir das?"

„Hand drauf", sagte ich geschmeichelt und hielt Jan meine Rechte hin, die er beherzt drückte.

Im Flieger ließ ich die letzten Tage und Wochen Revue passieren, öffnete meinen neu erstandenen Laptop, ein Tablet, stöberte durch meine Aufzeichnungen und begann sie in einem vorläufigen Resümee aufzuarbeiten. Ich versuchte mir ein Bild zu machen von der Tragweite, den eigentlichen Ausmaßen dieser internationalen Verflechtungen mafiöser Strukturen. Seitdem sich meine Agentur Flaubert & Gaillac für dieses

Thema als Enthüllungsserie entschieden hatte, nimmt das Material überhand und fördert immer neue Ränke und Winkelzüge ans Licht. Ich kam nicht umhin, das Organisationstalent der Syndikate anzuerkennen. Immer mehr verstand ich Richter Falcone, der seine Bewunderung für dieses Vermögen ausgesprochen hatte. Die Verflechtungen und Strukturen ähneln Spinnweben, die den Weg des Geldes markieren und sich im Kern zentrieren. Frage ist, wer zu dem inneren Kreis gehört, welche Spinne lauert dort und wo liegt dieses Zentrum der Gier? Ich öffnete die Datei mit der Liste, die man mir in Los Angeles auf mysteriöse Weise zugesteckt hatte, in der Hoffnung, endlich Zusammenhänge erkennen zu können. Alle Namen hatten wir ausnahmslos in Suchmaschinen eingegeben – ohne Erfolg. Pierre, dem ich eine Kopie der Liste gemailt hatte, ließ sie von Fachleuten aus seinem Kreis überprüfen – das gleiche Ergebnis. Die Personen waren in der Öffentlichkeit einfach nicht existent. Mir kam die Idee, es könne sich um Pseudonyme handeln, doch wie sollte man das dann nachprüfen. Gerne nutzen Bosse der Mafia und Killer Decknamen, wie man es von Agenten her kennt. Ob das hier zutraf – ich wusste es nicht. Während ich mit dem Cursor über die Auflistung herunterfuhr, stach mir ein Name ins Auge: Thompson Financial Trust. Seltsam, könnte es sich hier womöglich um die Thompson & Sike Financial Management Ltd. handeln? Hatte der Schreiber bei der Auflistung eine Kurzform gewählt? Ich wollte dem nachgehen, sobald ich in London die Gelegenheit dazu fand.

Früher wusste man, wo die Mafia ihr Unwesen trieb: im Rotlicht-Milieu, in zwielichtigen Kneipen und Restaurants. Involviert war sie hauptsächlich im Alkohol- und Zigarettenschmuggel, in der Schutzgelderpressung, im Glücksspiel und natürlich im Drogenhandel. In den letzten Jahrzehnten hat sie ihr Tätigkeitsgebiet ausgeweitet auf den Organ-, Menschen- und Waffenhandel, den Bau-, Immobilien- und Agrarmarkt, auf Fälschungen von Markenartikeln, Kunstgegenständen und Arzneimitteln. Dick im Geschäft sind sie mit Kunstraub, Entführungen, Erpressung, Cyberpiraterie, im Lebensmittelhandel - wozu zusätzlich der neu explodierende Markt an sogenannten ‚Bio'-Produkten ein neues lukratives Betätigungsfeld liefert - sowie mit dem Verkauf von Daten und nicht zuletzt Geldwäsche als Serviceleistung für Unternehmen. Man spricht von der Ecomafia, die illegale Mülldeponien errichtet und den Transport toxischer Stoffe kontrolliert. Ihr Motto: Aus Abfall wir Gold. Es gibt wohl kaum einen Geschäftszweig, der viel Geld abwirft, in dem die Mafia nicht mitmischt. Sollten einige der altgedienten Geschäftszweige erste Lähmungserscheinungen aufweisen, zeigt sich ihr unglaublicher Einfallsreichtum darin, neue Goldesel zu erfinden.

Wie bei einer Metamorphose haben sich die Methoden der Mafia gewandelt. Was früher die ‚famiglia' war, sind heute Kartelle und Wirtschaftsunternehmen. Heute infiltrieren die Schattenmänner des organisierten Verbrechens neben Politik und Kirche vor allem das Großkapital. Mit ihrer ungeheuren Finanzmacht kauft die Mafia Firmen oder deren Aktienanteile und bestimmt über diesen Weg den Werdegang der Holding. Sie fungieren als legale Investoren internationaler Finanzmärkte. Man könnte diesen Wandel als eine innere Revolution bezeichnen, bei der die Wirtschaftskriminalität in den Vordergrund gerückt ist. Während die Mafia früher ein Parallelimperium schuf, haben sie heute ihren Platz mitten in der Gesellschaft gefunden. Der italienische Buchautor und Mafia-Fachmann Umberto Santino ist Inhaber des größten Privatarchivs zum Thema Mafia in Palermo. Er macht aus seiner Meinung kein Hehl: „Was heute in Italien geschieht, ist die Legalisierung der Illegalität." Er schreibt weiter: „Wenn man der Mafia heute den Puls fühlen wolle, müsse man mehr denn je den Politikern auf die Finger schauen, vor allem Regierungschef Berlusconi", gab er 2002 in einem Interview bekannt.

Die Despoten der modernen Mafia-Organisationen zeichnen sich zwar nach wie vor durch ihre eiskalte Rücksichtslosigkeit aus, haben es jedoch kaum noch nötig, ihre Führungsstellung mit Mord und Totschlag zu behaupten. Die Führungseliten großer Verbrechersyndikate operieren subtiler, raffinierter, mit psychologischer Finesse und einem hohen Aufwand an Technik. Dazu gehört, dass die Kartelle, obwohl sie ihre Geschäfte online abwickeln, keine digitalen Spuren hinterlassen. Sie agieren in geschützten Datenbahnen, wie dem Darknet, wobei alle Daten über sogenannte Tor-Server, eine Abkürzung für ‚The Onion Router', verschickt und deren Verbindungen manuell hergestellt werden. Zu diesem Datenverkehr muss man eingeladen werden, um den Zugangsschlüssel zu erhalten. Niemand kann selbst Kontakt knüpfen oder Seiten aufrufen, denn diese sind durch virtuelle Tore in Form ständig wechselnder Routen und verschlüsselnder Proxyserver geschützt. So bleiben die Kommunikationsteilnehmer hinter verschlossen Türen, die obendrein kein Namensschild tragen, anonym.

Nicht nur im Internet weiß das Organisierte Verbrechen, wie man sich im Verborgenen bewegt. Vor allem arbeitet es weitgehend lautlos. Die Zeiten großer Ballereien sind vorbei, man will kein Aufsehen erregen. Die Mafia hat im Zeitalter der Globalisierung begriffen, dass man als Leisetreter mit subtilen Methoden mehr erreicht, als mit brachialer Gewalt, die schnell in der Öffentlichkeit Ablehnung fände. Lieber im Hintergrund die Strippen ziehen, als sich in vorderster Front die Köpfe einschlagen. Das überlässt man anderen. Nämlich den kleinen Ganoven aus der untersten Kaste. Während diese, mehr als Kanonenfutter sind sie nicht, sich brutale Machtkämpfe um die runterfallenden Brösel liefern und dadurch vom großen Kuchen ablenken, wird hinter den Kulissen im großen Stil abgesahnt. Und dies, wie könnte schöner es nicht sein, unentdeckt und ungehindert.

Sich von diesen rohen Revierstreitereien entschieden distanzierend, öffentlich, versteht sich, schafft sich der moderne Mafia-Boss ein Image des guten Bürgers von nebenan. Er präsentiert sich gerne als Wohltäter und Mäzen, genießt dieses Ansehen, sich für die Armen, die Kunst und seine Gemeinde verdient zu machen. Dabei lebt er nach außen unauffällig, meist zurückgezogen und medienscheu, fern gesellschaftlicher Zwänge und unerwünschter Zugriffe neugieriger Paparazzi. Wenn er die öffentliche Bühne betritt, erweist er sich als Mann weltmännischen Formats. Er mimt das Renommee eines Saubermanns mit hohem Anspruch auf Moral, wodurch er über jeden Verdacht erhaben zu sein scheint. Er genießt diesen Nimbus, diesen Heiligenschein, vermeidet dennoch, ständig in der Öffentlichkeit zu glänzen.

Zutiefst zuwider ist ihm der Gedanke, mit einem ungebildeten Gangster alter Tage, einem Primitivling, verglichen zu werden, dessen einzige Argumente auf dem Faustrecht beruhen. Diese Zeiten sind passé, anstelle von Muskelmasse und physischer Gewalt treten Intellekt, Wissen und gepflegtes Auftreten. Dementsprechend lässt er seine Kinder in angesehenen Internaten oder von Privatlehrer erziehen, schickt sie weltweit auf Eliteschulen, denn Wissen ist Macht.

Er selbst pflegt die schönen Künste, liebt häufig Klassik und umgibt sich mit Gemälden, Kunstgegenständen und ausgesuchten Antiquitäten. Geschickt versteht er es, seine Mitmenschen zu täuschen und zu manipulieren, was ihm mittels Psychotechniken, wie der Neurolinguistischen Programmierung, kurz NLP, leicht fällt. Er bedient sich einer Vielzahl ähnlich effektiver Psychotricks und verbreitet Angst durch Psychoterror, alles um seine Machtstellung zu behaupten, wichtige Stellungen einzunehmen, Konkurrenten auszuschalten und Menschen abhängig zu machen. Er nutzt intrigante Maßnahmen in Form von Cybermobbing, anonymen Briefen, Erpressung, Sabotage, Drohungen, Propaganda und Falschinformationen als Werkzeuge. Dabei geht der Trend hin zu Hilfsmitteln, die bestens wirken, aber möglichst wenig Spuren hinterlassen. Ein gutes Beispiel ist das sogenannte 'Tot-Loben', ein Verfahren mit dessen Hilfe einer Person unberechtigte öffentliche Anerkennung und Sonderbehandlung zuteil wird. Ein Unrechtsempfinden wird geweckt, das bei Kollegen und Konkurrenten Neid und Hass hervorruft. *Gegen Kritik kann man sich wehren, gegen Lob ist man machtlos*, meinte schon Sigmund Freud. Lob ist tückisch, weil es so unschuldig auftritt. Überschwängliches Lob von allen Seiten lässt dem Gelobten oft keine Wahl in seiner Entscheidungsfreiheit. Wer in der Öffentlichkeit, ob seiner angeblichen Fähigkeiten als geeignet für ein Posten oder Amt hochgelobt wird, dem bleibt kaum eine ehrenhafte Möglichkeit, diesem Amt zu widersprechen, wenn er nicht sein Gesicht verlieren will. Sinn und Zweck dieser Belobhudelung ist allein der Hintergedanke, diese Person loszuwerden, sie gesellschaftlich kalt zu stellen. Nicht selten hält sie infolge zu erwartender Misserfolge als Bauernopfer her.

Das Organisierte Verbrechen sieht sich dank der gesellschaftlichen Situation in der glücklichen Lage, sich um Nachwuchs nicht groß sorgen zu müssen. Knallharter Existenzkampf, Geltungswahn, Überschuldung und ausufernder Egoismus spielen ihm die Probanden geradezu scharenweise in die Fänge. Einmal auf den Leim gegangen, durchlaufen die Geköderten als erstes einen psychologischen Horrortrip, in dem man ihren Willen, ihre Persönlichkeit, ihre mentale Abwehr zerbricht, um sie in der zweiten Phase wieder neu auf- und umzubauen. Diesen Verlorenen, deren Familienstrukturen seit Jahrzehnten einer Auflösung unterliegen und damit vor einem Vakuum stehen, bietet das Organisierte Verbrechen eine neue Heimat und bedient damit ein Grundbedürfnis.

... Ein Knacken im Bordlautsprecher unterbrach meine Überlegungen, dem eine Ansage folgte: „Ladys and Gentlemen, wir werden in Kürze den Londoner Flughafen Heathrow erreichen ... bitte schnallen Sie sich wieder an, klappen Sie die Tische vor Ihnen hoch und schalten Sie alle elektronischen Geräte aus bis wir gelandet sind!“, instruierte eine sympathische weibliche Stimme die Fluggäste.

Ziemlich überrascht, schon am Zielflughafen zu sein, folgte ich der Aufforderung und verstaute meinen Tablet-Computer. Durch meine Gedankenverlorenheit ist der Flug im wahrsten Sinne des Wortes wie im Flug vergangen. Da ich auf mein Gepäck nicht warten brauchte - ich reise ausschließlich nur mit Handgepäck - passierte ich zügig den Zoll, der für EU-Bürger keine Wartezeit mehr bedeutet und verließ den Terminal in Richtung U-Bahn. Mit dieser fuhr ich bis South Kensington. Immer, oder meistens, wenn ich in London wohne, logiere ich in einem kleinen Hotel, südlich Kensington Gardens. Als Stammgast bekam ich inzwischen Sonderpreise. Mein Lieblingszimmer liegt im dritten Stock, mit einem wunderbaren Ausblick auf Kensington Gardens und dem in ostwärtiger Richtung angrenzenden Hyde Park. Diesmal war es nicht frei, leider. Ich konnte froh sein, überhaupt noch ein Zimmer erwischt zu haben, hatte ich doch erst gestern eine Buchung vornehmen können.

Ich ordnete rasch meine Hemden in den Kleiderschrank und befand mich kurz darauf wieder auf Achse, einem Cappuccino im Harrods entgegenfiebernd. Ohhhh, ich liebe es, bei strahlendem Sonnenschein auf der Straßenterrasse des Ladurée einige süße Leckereien zu verköstigen. Umso mehr, da der Stammsitz der Konfiserie in meinem geliebten Paris liegt. Rundum zufrieden durchforstete ich meine To-Do-Liste. Als nächstes galt es zwei Anrufe zu tätigen, eigentlich drei. Erst Chief Inspector Judd Spencer und dann Finn McGregor. Spät in der Nacht hatte ich vor, Belinda in Los Angeles anzurufen – wegen der Zeitverschiebung vielleicht besser morgen früh. Mal sehen.

Während ich meinen Cappuccino schlürfte, wählte ich die Nummer von Judd Spencer. Er war nicht in seinem Büro, wurde aber in ca. einer Stunde zurückerwartet.

„Gut, dann versuche ich mal den Banker zu erreichen“, murmelte ich vor mich hin.

Eine Dame hob ab. „Billing's Bank, London, was kann ich für Sie tun?“

„Mein Name ist Ferrol, ich hätte gern Herrn McGregor gesprochen, ist er im Hause?“

„Moment bitte, ich verbinde Sie mit seiner Sekretärin, Miss Julie Bright.“ … Tut, tut, tut!

„Büro von Mr McGregor“, meldete sich eine angenehm klingende

Stimme.

„Guten Tag, Ferrol, Pascal Ferrol ist mein Name, ich würde gern Herrn McGregor sprechen."

„In welcher Angelegenheit?"

„Eigentlich in einer privaten Angelegenheit. Sagen Sie ihm, ich bin ein Bekannter von Pieter van de Stromen, dann weiß er schon Bescheid."

„Es tut mir außerordentlich leid, Herr Ferrol, aber Mr McGregor …." Sie machte eine kurze Pause während sie in ein Taschentuch schnäuzte, um dann mit zitternder Stimme fortzufahren. „Mr McGregor hatte gestern am späten Abend einen schweren Autounfall. Er erlag noch auf dem Weg ins Krankenhaus seinen Verletzungen."

„Wie bitte? … Das gibt es doch nicht! Wie ist das passiert?", versuchte ich verstört in Erfahrung zu bringen.

„Das kann ich ihnen nicht sagen, die Polizei hat noch keine Details bekannt gegeben. Wir wissen nur soviel, dass er mit hoher Geschwindigkeit von der Straße abkam und sich mehrmals überschlug."

„Miss Julie, bitte verzeihen Sie meine Neugierde, aber es ist sehr wichtig für mich – wer untersucht den Fall, wo kann ich Erkundigungen einziehen? Und noch etwas … ist Ihnen der Name van de Stromen bekannt?"

„Ist er, ich hatte ihn öfters mit Herrn McGregor verbunden."

„Wissen Sie, ob es irgendwelche Unterlagen dazu gibt", hoffte ich zu erfahren.

„Das kann ich Ihnen nicht sagen, auch dürfte ich es nicht – tut mir wirklich leid! … Ach ja, untersucht wird der Fall vom Scotland Yard, Dezernat V."

Ich überlegte eine Weile, dann trug ich der Sekretärin eine Bitte vor.

„Ich verstehe, dass Sie einem Fremden keine Interna preisgeben dürfen, dennoch möchte Sie ersuchen, alle Unterlagen und Dokumente, die ihren Chef betreffen, unangetastet zu verwahren, denn vermutlich wird die Polizei vorbeikommen und diese in Augenschein nehmen wollen."

„Das sind Bankgeheimnisse, das wird nicht gehen … und wozu auch. Finn hatte einen Unfall." Man hörte deutlich, wie sie schluckte und dann fragend anfügte: „Oder?"

„Hm? … Wissen Sie … kann ich offen mit Ihnen reden? Sie scheinen Mr McGregor sehr gut gekannt zu haben, Sie nannten ihn beim Vornamen.“

Man hörte deutlich, wie Sie bei diesen Worten schwer atmete und bemüht war, ihre Stimme unter Kontrolle zu behalten. Nach einem tiefen Seufzer meinte Sie gefasst: „Natürlich können Sie mit mir offen reden, ich bin ja schließlich … ich war schließlich seine Sekretärin.“

„Sie sagten Scotland Yard, Dezernat V? – Das befasst sich doch mit organisierter Kriminalität. Das weiß ich, weil ich dort jemanden kontaktieren muss. Was in aller Teufel Namen haben Gangsterjäger mit einem Autounfall zu schaffen? Wäre das nicht Sache der Verkehrspolizei?“

Das ließ die Sekretärin aufhorchen. „Sie haben recht“, bestätigte sie zögernd meine Überlegungen.

„Sehen Sie! Ich bitte Sie daher dringend, alle Unterlagen von Herrn Finn McGregor unter Verschluss zu halten, lassen Sie sie auf keinem Fall aus den Augen. Hören Sie! … Auf keinen Fall unbeaufsichtigt lassen. Ich werde noch heute mit dem Chief Inspector vom Sonderdezernat vorbeikommen. Kann ich mich auf Sie verlassen?“, wollte ich mich versichern.

„Ja, ja, können Sie … ich warte hier, bis Sie eintreffen, seien Sie unbesorgt.“ Sie schien ziemlich verwirrt zu sein. Nicht nur der Tod von McGregor, der schon schlimm genug war, jetzt auch noch diese mysteriösen Umstände, die seinen Tod begleiten.

Jetzt war Eile geboten. Für mich war klar, es handelte sich um Mord. Mein Instinkt sagte mir das, denn drei Todesfälle von Personen, die alle irgendwie in die gleiche Angelegenheit verwickelt waren, konnten bei aller Skepsis keine Zufälle sein.

Ich zahlte unverzüglich und fuhr mit einem „Black Cab“, dem typischen Londoner Taxi, zum Dezernat V des New Scotland Yard, 10 Broadway. Ich wollte Chief Inspector Judd Spencer unbedingt persönlich sprechen, selbst wenn ich auf ihn warten müsste. Musste ich auch. Knappe zwanzig Minuten später stolzierte eine eindrucksvolle Person in das Büro, mittelgroß von drahtiger Statur. Seine kernigen Gesichtszüge zeugten von Disziplin und Intelligenz.

Ich zeigte mich sichtlich überrascht, denn vor mir stand ein vollkommen anderer, als ich ihn mir vom Telefonat her vorgestellt hatte. Er hatte so gar nichts an sich von einem verstaubten farblosen Mit-Sechziger, unscheinbar mit einem Allerweltsgesicht und Halbglatze, der schon mit seinem Alterspeck zu kämpfen hat – ein Bild, wie ihn mein geistiges Auge fälschlicherweise geformt hatte. Wie man sich aufgrund der Telefonstimme doch irren kann.

Spencer nahm meine Überraschung kommentarlos zur Kenntnis, grinste generös und begrüßte mich mit einem energischen Handschlag.

„Herr Ferrol, schön, Sie hier gesund und wohlbehalten begrüßen zu dürfen. Sie müssen wissen, die Ereignisse überschlagen sich."

„Das kann man wohl sagen", sprudelte es aus mir heraus. Ich begann sofort, ihm von meinen Neuigkeiten zu berichten. „Pieter van de Stromen hatte hier einen Informanten, der kam gestern bei einem Autounfall ums Leben. Ich glaube es war Mord. Wäre doch reichlich unwahrscheinlich, wenn zwei Personen, die eventuell mit derselben Firma zu tun haben, zu Tode kommen, könnten Sie …"

Mr Spencer hob stoppend eine Hand und unterbrach mich.

„Ich weiß, ich weiß! – Ich komme gerade vom Leichenschauhaus, genau wegen dieses mysteriösen Unfalls. Jan van Dommelen war so nett, mir den Namen von Herrn van Stromens hiesigen Kontaktmann zu nennen. Als ich von dem schweren Unfall und dem Namen des Opfers hörte, habe ich mich sofort in die Ermittlungen eingeschaltet."

„Jan van Dommelen hat Ihnen den Namen gegeben, das wusste ich gar nicht. Prima, da hat die Polizei mal echt mitgedacht." Wobei ich glaubte, mich lobend ausgedrückt zu haben. Der Adressat meines vermeintlichen Lobes fasste es anscheinend ganz anders auf, nämlich, als hielte ich nicht viel von der Kriminalpolizei und wolle ihre Kompetenz generell infrage stellen.

Mr Spencer schaute mich verwundert an und meinte: „Lieber Herr Ferrol, wir sind keine Stümper. Alles ist wichtig, jedes Detail, mag es zuerst auch noch so unbedeutend erscheinen. Wir machen unseren Job ja nicht erst seit gestern."

„Sorry, so meinte ich das nicht."

„Schon gut … unterschätzen sie uns nicht, glauben sie bloß nicht, wir seien engstirnige Dorfpolizisten, die nicht bis Drei zählen könnten."

Ein Kloß steckte mir im Hals, ich musste schwer schlucken an diesem

Verweis, der seine Berechtigung hatte. Deshalb lag er mir auch so drückend in der Kehle.

„Glauben Sie mir, ich meinte das nicht abfällig, eher als Witzelei. Anscheinend habe ich mich aufgrund meiner doch recht unbedarften Englischkenntnisse missverständlich ausgedrückt. Ich bitte um Verzeihung. Es liegt mir fern, an Ihrer Arbeit oder Ihrem Können Kritik zu üben. Ich habe selbst erlebt, wie kompetent Herr van Dommelen zu urteilen und zu handeln weiß.“

„Na gut, es klang in meinen Ohren etwas abwertend. Mag sein, dass ich momentan zu hellhörig bin, zu angespannt. Doch seitdem Kollege van Dommelen und Sie mich kontaktiert haben, laufen Telefone und Gehirne heiß. Ich befürchte, Sie und van de Stromen haben in ein Wespennest gestochen und die wild gewordenen Bewohner aufgescheucht.“

„Unglücklicherweise suchen die Wespen nicht uns, sondern wir sie. Damit sind sie uns immer ein paar Flügelschläge voraus“, ergänzte ich missmutig.

„Richtig, aber wir sind ihnen dicht auf den Fersen – die Fliegenklatsche einsatzbereit. In den letzten Stunden ist viel passiert. Jan van Dommelen lässt Sie grüßen und Ihnen ausrichten, man habe eine Person im Video identifizieren können. Bei dem elegant gekleideten Mann handle es sich um Luca Fabresi, einem Italiener. Er ist nicht mit nach London geflogen. Nachdem seine Identität geklärt war, hatte man sogleich die Passagierlisten der Airlines kontrolliert. Nichts. Auf der Videoüberwachung der Flughäfen tauchte er genauso wenig auf. Allem Anschein nach hat er mit dem Auto das Land verlassen. Hingegen konnte in Begleitung von Herrn Schachermair eine zweite Person identifiziert werden, der wortkarge untersetzte Killertyp mit Dreitagesbart. Er hat mit Herrn Schachermair das Flugzeug und den Flughafen gemeinsam verlassen, schien aber im Flugzeug nicht neben ihm gesessen zu haben. Wer er ist, wissen wir nicht. Wir haben sein Bild bereits an Interpol übermittelt.“

„Das ist doch mal ein toller Erfolg“, begrüßte ich anerkennend die Polizeiarbeit. Um nicht wieder für Fehldeutungen zu sorgen, zwinkerte ich mit einem Auge und lachte unzweideutig.

Judd, der eigentlich einen strengen Eindruck erweckte, konnte sich eines Grinsens nicht erwehren. Er schien sich zu freuen, dass seine erzieherische Maßnahme bei mir gefruchtet hat.

„Ich hatte übrigens gestern ein Telefonat geführt – mit Finn McGregor."

„Wie bitte?" Ich staunte nicht schlecht.

„Ja, nachdem ich den Namen von der holländischen Polizei erfahren hatte, nahm ich sofort Kontakt zu Mr McGregor auf. Wir wollten uns heute treffen. Leider kam es nicht mehr dazu. Der Umstand seines plötzlichen Ablebens ist auch der Grund, warum mich sein Autounfall so misstrauisch machte. Unter anderen Umständen wäre der Vorfall vermutlich als Verkehrsunfall in die Akten eingegangen. Im Nachhinein hätte man dann kaum noch die wahre Unfallursache aufdecken können."

„Sie haben Beweise, dass es kein Unfall war? – Ich ahnte es … es war Mord, nicht wahr?"

„Ja! … Man hatte ihn mit K.-o.-Tropfen betäubt."

„Diese heimtückische Bande", fluchte ich. „Liquid Ecstasy ist doch kaum nachweisbar, wie hat Ihr Labor das feststellen können?"

„Der Stoff hinterlässt sehr wohl Spuren", klärte mich Mr Spencer auf. „Das Zeitfenster ist jedoch sehr knapp bemessen, im Blut beträgt die Nachweisdauer ca. 6, im Urin ca. 12 Stunden. Deshalb war es so wichtig, bei McGregor so schnell wie möglich eine Autopsie durchzuführen. Hätte ich erst heute von den Zusammenhängen erfahren, wäre es für einen forensischen Nachweis zu spät gewesen. Glücklicherweise konnten noch Spuren der Gamma-Hydroxy-Buttersäure im Urin nachgewiesen werden."

„Ja, dank Ihres schnellen Handelns, mit Glück hat das wenig zu tun. Doch ich frage mich, wieso war er unter derartigen Umständen noch fähig, seinen Wagen zu steuern? Tritt die Wirkung nicht sehr schnell ein?", fragte ich den Chief Inspector.

„Die Wirkung ist stark dosisabhängig, Mr Ferrol. Sie beginnt bei oraler Aufnahme nach ca. 15 Minuten. Wir wissen, McGregor wollte gestern am späten Abend außerhalb von London jemanden treffen. Mehr steht nicht in seinem Terminkalender. Nur der Treffpunkt – ein Pub in Slough. Aber kein Name des Pub. Slough liegt nicht weit der Unfallstelle am Ende der Uxbridge Road, wo er in einem Kreisverkehr zwischen dem Abzweig Church- und Slough Road aus der Kurve geriet und sich mehrmals überschlug. Augenzeugen sprachen von einem Irren, der mit rasender Geschwindigkeit an ihnen vorbeiflog.

Der Gerichtsmediziner fand neben der Droge beträchtliche Mengen

Alkohol in seinem Blut. Wäre er nicht durch den Unfall zu Tode gekommen, hätte der Mix aus Alkohol und Liquid Ecstasy unweigerlich zur Atemlähmung geführt und letztendlich das gleiche Resultat erbracht", gab der Chief mit bitterem Unterton zu bedenken.

„Höchst seltsam, wie jemand, dessen Fahrtüchtigkeit ziemlich beeinträchtigt sein musste, es schaffte, mit derart hoher Geschwindigkeit dahinzurasen. Normalerweise drückt die Benommenheit auf die Motorik – er hätte eigentlich langsamer werden müssen. Bei einem leichten Unfall hätte der Notarzt ihn vielleicht noch retten können, meinen Sie nicht, Mister Spencer?"

„Denkbar wäre das schon. Was allerdings sein Tempo anbelangt, habe ich da so meine Theorie. Die Mafia nutzt bekannter Weise Einschüchterungstaktiken, um ihre Ziele zu erreichen. – Wissen sie, wer in Uxbridge wohnt?"

„Nein."

„Seine Tochter mit ihrer Familie."

„Teufel noch mal. Wen auch immer er in dem Pub traf, hat mit der Ermordung der Tochter gedroht. Das hat ihn zur Eile angetrieben, er wollte seine Familie in Sicherheit bringen", schlussfolgerte ich.

„Da bin ich Ihrer Meinung. Es erklärt auch, warum er diese Route genommen hat und nicht auf dem direkten Weg über die M4 in die City gefahren ist. Wir müssen das Pub ausfindig machen, ich hege die Hoffnung, dort Hinweise auf den oder die Täter zu erhalten."

„Darf ich mitfahren, wenn sie die Pubs abklappern oder übernehmen das Kollegen von Ihnen?"

„Das nehmen wir selbst in die Hand und zwar gleich", bestimmte Judd enthusiastisch.

Auf der Fahrt fragte ich den Chief Inspector, ob er wisse, wer dieser Fabresi sei, den man auf dem Video identifiziert hatte.

„Luca Fabresi lebt in Milano, ist ein gebürtiger Kalabrese, wohlhabend, gebildet, stets gut gekleidet, eine Respektsperson, die etwas darstellt, eine allseits angesehene Persönlichkeit. Er ist ein Macher und damit Vorbild für viele Jugendliche, vor allem für italienische, die Macho-Typen lieben. Dies ist wohl einer der Gründe, der Berlusconi immer noch Sympathien einbringt. Viele Italiener wollen so sein wie er: reich mit vielen hübschen jungen Frauen an der Seite, bis ins hohe Alter. Der Traum eines jeden italienischen Mannes. Diese Wünsche projizieren sie in gleicher Weise auf Fabresi. Fabresi gibt sich sozial engagiert, organisiert Benefiz-Veranstaltungen für notleidende Kinder in der dritten Welt und nimmt öffentlich am politischen Geschehen teil. Er ist gerissen und weiß sich mit dem Gutmensch-Image zu tarnen. Dadurch ist es sehr schwer, an ihn heranzukommen, geschweige denn ihm etwas anzulasten. Und das, obwohl sich die italienischen Kollegen ziemlich sicher sind, er bekleide einen hohen Rang in der Hierarchie der 'Ndrangheta."

„Eine Tarnung, die nach den neusten Beweisen glücklicherweise aufgeflogen ist."

„Ja, das wird sein Ende sein - hoffe ich wenigstens. Die Videoaufnahmen wurden bereits an die italienischen Behörden geschickt. Ich bin mir sicher, er kann sich dort nicht mehr sehen lassen. Er wird untertauchen", vermutete der Chief Inspector mürrisch.

Inzwischen hatten wir unseren Zielort erreicht. Glücklicherweise gab es in Slough nicht allzu viele Pubs. Bereits im Dritten wurden wir fündig. Es handelte sich um einen typisch englischen Pub: Blei verglaste Fenster, dunkle Barhocker mit Rückenlehne, bequeme Sofas, einfache Tische und Stühle. Ausstaffiert mit reichlich Tinnef, alten Spieldosen, kitschig gerahmten Schwarzweißfotos, einer Sammlung an Pfeffermühlen, bedruckten Spiegeln und alten Werbeschildern von Guinness Bier und Bombay Dry Gin. Ein schummriges, leicht gelbliches Licht beleuchtete matt die braunen und roten Töne, in denen sich der Pub darbot. Eine Batterie von Whisky-Sorten und anderem Hochprozentigem luden den Gast zum Probieren ein. Überall verstreut standen und hingen Staubfänger, wie planlos drapiert. Genau dieses wilde, in Wirklichkeit aber wohl geordnete Durcheinander schuf eine urgemütliche Wohnzimmeratmosphäre. Nur der schwere süßliche, etwas torfige Geruch nach Ale, Porter Bier und alten Möbeln störte mich.

Harry T. Longford, der Wirt, konnte sich gut an ein Dreiergespann erinnern, von dem zwei heftig auf den Dritten einredeten, der immer kleinlauter wurde und merklich zusammenzuschrumpfen schien. Nebenbei schenkte einer der beiden dem armen Teufel ständig Whisky nach. Von den zwei Rednern beschrieb er einen mit stechenden Augen und Hakennase, der ein Akzent behaftetes Englisch sprach und sich drohend gebärdete. Den anderen als einen kleineren, brutal wirkenden Südländer mit Narbengesicht und Stoppelbart.

Erregt zog der Chief Inspector zwei Fotos aus seiner Jackentasche und hielt sie dem Wirt unter die Nase.

„Waren es diese beiden, hier auf dem Foto?“, fragte er den Pubbesitzer voller aufkeimender Hoffnung.

Für eine geraume Zeit begutachtete der Gastwirt die Fotos prüfend. Zu unscharf und pixelarm waren die Vergrößerungen, als dass man sofort eine sichere Aussage hätte treffen können. Aber Mr Longford war sich sicher und behauptete:

„Die waren es. Mir haben die beiden Gestalten schon beim Betreten des Lokals nicht gefallen. Als Wirt hat man ein Gespür für Leute entwickelt, die Ärger bereiten könnten. Man riecht es förmlich. Als später der Dritte, ein sympathischer Ire, hinzukam, wunderte ich mich noch, was der wohl mit diesen Galgenvögeln zu schaffen hätte.“

Sich zu mir wendend meinte der Chief: „Soweit, so gut, wir können uns jetzt ziemlich sicher sein, dass wir die Richtigen verfolgen. Eine Bestätigung für Ihre Vermutungen, Mr Ferrol. Das Zweifeln hat ein Ende“, atmete Judd erleichtert auf.

„Zumindest, was die Beteiligung der beiden am Mord von Finn und Pieter betrifft, höchstwahrscheinlich auch dem an Tom R. Cooper“, ergänzte ich.

„Einen Haken hat die Sache dennoch. Wir vermögen bis dato nicht abzuschätzen, in wie weit und ob überhaupt die THAI ORCHID nebst ihrem Mutterkonzern in dieses Geschehen involviert sind. Und, ich muss zu meinem Bedauern gestehen, wir können genauso wenig beweisen, dass Rainhold etwas mit der TO zu tun hat. Sie müssen wissen, Mr Spencer, seit Bangkok war mir Rainhold immer um einen Schritt voraus. Außer, für vielleicht eine halbe Stunde während eines Kongresses und bei der Befragung durch einen Polizisten, blieb er wie ein Phantom unsichtbar. Ich konnte ihn zwar erahnen, fast schon glaubte ich, sein aufdringliches Parfüm zu riechen, aber zu greifen vermochte ich ihn nicht. Jetzt, so hoffe ich inständig, hat sich das Blatt gewendet, zumal Rainhold unvorsichtig wird. Sein persönlicher Auftritt im Pub ist sein dritter Fehler, eine weitere Fährte, die förmlich nach ihm stinkt. Allerdings befürchte ich, dass er sich so bald als möglich in irgendeinem Mauseloch verkriechen wird. Spätestens dann, wenn er alle, die ihn belasten könnten, mundtot gemacht hat. Ist er erstmal zurück in Asien, kann die Polizei ihn suchen bis sie schwarz wird, sie wird ihn nicht aufspüren."

„Wir werden es nicht so weit kommen lassen. Unsere schöne Insel vermag er nur über Schleichwege zu verlassen", gab sich Judd optimistisch.

„Na ja, ich weiß nicht, solche Typen wissen sicherlich genügend Schleichwege, kennen die entsprechenden Leute, die ihnen helfen und haben das nötige Kleingeld, um Kontrolleure zu bestechen. Ich bin da nicht so optimistisch wie Sie, Mr Spencer."

„Auch wieder wahr, und genau aus diesem Grund dürfen wir keineswegs trödeln, denn die Zeit spielt für diesen Mr Schachermair. Wir müssen schleunigst der Thompson & Sike Financial Management Ltd. einen Besuch abstatten, um mehr über den ermordeten Rechtsanwalt und dessen Arbeit in Erfahrung zu bringen. Wir fischen zu sehr im Trüben und kennen die wahren Zusammenhänge noch nicht, genau wie Sie sagen. Unser Strategieplan stützt sich im Moment einzig und allein auf Spekulationen."

Kurzentschlossen zahlten wir, dankten dem Wirt für seine Kooperation und fuhren auf der M4 zügig in die City in Richtung St. Pauls Cathedral. Ein paar Straßen weiter bogen wir in die Wood Street, parkten den Wagen unmittelbar vor dem Bürogebäude der Thompson & Sike Financial Management Ltd. und nahmen den Lift zum 5. Stock. Im Vorzimmer zeigte Judd dem Pförtner unaufgefordert seinen Dienstausweis und bat um ein Gespräch mit der Sekretärin des ermordeten Rechtsanwalts Tom R. Cooper.

„Tut mir leid, Miss Grinder ist außer Haus ... Moment, ich erkundige mich, wann sie zurückerwartet wird." Er griff zum Hörer und drückte einige Sensortasten. Nach wenigen Sekunden sprach er in die Mikrofonmuschel: Hier Pforte, Bramsky, können Sie mir sagen, wann Miss Grinder wieder im Haus ist? ... Ah ja, vielen Dank!"

Er wendete sich uns freundlich zu und informierte uns, Miss Grinder würde in spätestens einer Stunde zurück erwartet.

Judd zog eine Visitenkarte aus einem Etui, gab sie dem Pförtner und sagte zu ihm: „Gut, dann überbringen Sie ihr bitte folgende Nachricht: Sie möge unbedingt auf uns warten. Mein Name ist Ch…“

„Chief Inspector Spencer, sie stellten sich ja bereits vor“, ergänzte der Empfangschef den Satz von Judd und verglich die Angaben mit der Visitenkarte.

„Okay, dann bis später.“ Sich zu mir drehend schlug er vor: „Um die Ecke ist ein nettes Restaurant, dass draußen einige Tische bewirtet. Ich hätte Lust auf einen Tee.“

„Einverstanden, passt mir“, willigte ich sofort ein, denn auch ich verspürte einen gehörigen Appetit, wenn auch nicht auf Tee.

Keine 50 Meter der Straße entlang, Ecke Gresham Street, betraten wir das „The Red Herring“ – die Sitzgelegenheiten außerhalb waren alle belegt. War mir auch angenehmer, denn die Sonne knallte unbarmherzig auf die Gäste vor dem Lokal. Für die eine Reihe an Tischen und Stühlen hielt man es nicht für nötig, Sonnenschirme aufzustellen. Dafür wehte drinnen ein laues Lüftchen, hervorgerufen von langsam rotierenden Ventilatoren, die mir das süße Aroma frischer Backwaren in die Nase fächelten. Judd bestellte sich einen Tee. Ich bevorzugte einen Cappuccino und, vom verführerischen Duft animiert, zwei leckere Scones. Diese - Judd bestellte ebenfalls zwei, nachdem er meine neidisch betrachtet hatte - einschließlich der ansprechenden Atmosphäre des Lokals lenkten uns von dem eigentlichen Grund des Hierseins in angenehmer Weise ab. Gelöst unterhielten wir uns zur Abwechslung über banale Dinge, woher wir kamen, was unsere Hobbys sind, ob wir verheiratet seien und angesichts der süßen Scones, welche Essvorlieben wir pflegten. Das tat ungemein gut.

Pünktlich eine Stunde später, betraten wir erneut das Büro der Thompson & Sike Financial Management Ltd., wo uns der Mann von der Rezeption umgehend in das modern und äußert teuer, gleichwohl geschmackvoll eingerichtete Zimmer von Miss Grinder wies, die uns bereits erwartete.

„Guten Tag, die Herren, wie kann ich Ihnen helfen?“, begrüßte sie uns mit unterkühltem Ton. Ich bemerkte, wie sie die Karte von Judd in der Hand hielt, die ihr der Pförtner gegeben haben musste. Miss Grinder, gekleidet in einem dezent schwarzen Kostüm, machte den Eindruck einer resoluten Frau, die wusste, was sie wollte. Ihre attraktive Erscheinung in Verbindung mit einer überdurchschnittlichen Intelligenz erlaubten es ihr, selbstbewusst aufzutreten.

Demzufolge zeigte sie weder Nervosität, Unbehagen oder gar Furcht. Vielmehr ruhten Ihre Augen kalt auf Judd und ließen ihm wie auch mir keinerlei Möglichkeiten, ihre Emotionen oder Gedanken zu interpretieren. Gekonnt verbarg sie diese hinter einer unnahbaren Fassade. Wer glaubte, aus ihrer Körpersprache mehr lesen zu können, der sah sich getäuscht. Es gab keine Lücke in ihrem perfekt konstruierten Erscheinungsbild. Erstklassische Schulung, musste ich anerkennend zugeben. Sie zu knacken und zum Reden zu bewegen, wird eine harte Nuss werden.

„Sie sind Melanie Grinder, wie ich annehme", versicherte sich Judd höflich aber direkt.

„Ja", erfolgte ebenso direkt und kurz die Antwort von Miss Grinder.

„Mein Name ist Chief Inspector Judd Spencer und dies ist Mr Ferrol", wobei er auf mich deutete. „Mr Ferrol ermittelt zusammen mit uns in dieser Angelegenheit. Wie ich sehe, haben sie meine Karte. Wir haben noch einige Fragen bezüglich Ihres Chefs. An welchen Projekten hat Tom R. Cooper gearbeitet, könnten wir eine Liste aller Unternehmen bekommen, die er bezüglich der Einrichtung von Offshore-Firmen beraten hat?"

„Kommt nicht infrage", blockierte Miss Grinder umgehend und signalisierte keinerlei Bereitschaft zur Mitarbeit. „Das sind absolut vertrauliche Daten. Ohne richterlichen Beschluss sind wir nicht befugt, diese herauszugeben. Was glauben Sie, was sonst los wäre? Käme ein derartiger Vertrauensbruch unseren Kunden zu Ohren, wäre die Glaubwürdigkeit unserer Firma empfindlich geschädigt. Wir müssten wahrscheinlich in kürzester Zeit Insolvenz anmelden", meinte sie ablehnend, ohne dabei die Tonlage ihrer Stimme zu verändern.

„Miss Grinder, … ich bitte Sie, machen Sie es sich selbst und uns nicht unnötig schwer. Wir haben binnen weniger Stunden eine Vollmacht. Leider rinnt uns die Zeit unter den Fingern dahin. Wir müssen einen Mörder fassen, da zählt jede Minute. Diesen so schnell wie möglich zu fassen, muss doch in Ihrem Interesse liegen. Kommen sie mir also nicht mit irgendwelchen juristischen Schachzügen. Ich habe keine Lust, mich auf solche Wortgeplänkel einzulassen, notfalls sind wir es, die Ihren Laden schließen und zwar wegen mangelnder Kooperationswilligkeit, dann brauchen Sie nicht darauf zu warten, bis die Kunden wegbleiben", ging Judd genervt die Sekretärin mit forschem Ton an.

Die Sekretärin schaute ziemlich betreten auf den Boden, was mir allerdings gespielt vorkam. Man sollte wohl den Eindruck gewinnen, sie bedrücke ehrliche Gewissensbisse. Ihre Augen zuckten hin und her, als würde sie innere Kämpfe ausfechten. Das ist doch alles nur billige Show, dachte ich mir insgeheim. Als hätte sie sich einen Ruck gegeben und ihren inneren Schweinehund überwunden, fragte sie:

„Können Sie mir versichern, dass Daten und Namen einschließlich meiner Mitwirkung nicht an die Öffentlichkeit kommen?"

„Wir suchen eigentlich nur Aufzeichnungen zu zwei ganz bestimmten Firmen, sonstige Kundenunterlagen interessieren uns nicht. Und die Öffentlichkeit geht das rein gar nichts an", versicherte der Chief Inspector.

„Die da wären?", gab sich Miss Grinder jetzt hilfsbereit - für mich gespielt hilfsbereit. Bei dieser eiskalten Frau, die sicherlich keiner so leicht aus der Fassung bringen kann, erfolgte keine Entscheidung ohne nüchternes Kalkül. Ich hatte solche Frauen zur Genüge kennengelernt.

„Einmal die THAI ORCHID Holding N.V. und zweitens die Child Hood Europe", nannte ihr Judd die Namen der beiden Unternehmen. Können Sie überprüfen, ob zu diesen Firmen Unterlagen vorliegen – wenn möglich gleich?", drängte der Chief.

„Sie sehen ja, wie es hier aussieht", wiegelte Miss Grinder erneut ab. „Es hat noch keiner aufgeräumt, der Dieb hat ganze Arbeit geleistet. Es dauert, bis ich herausgefunden habe, ob zu den von Ihnen genannten Firmen Akten vorliegen."

„Gibt es denn kein Zentralregister irgendwo im Hauptcomputer?", wollte der Chief Inspector ungeduldig wissen.

„Nein, die gibt es nicht mehr, die wurden zusammen mit der Festplatte von Mr Cooper automatisch und sorgfältig gelöscht, das hatten Ihre Forensiker vom kriminaltechnischen Dienst bereits festgestellt. Zur genaueren Überprüfung hatten sie den Computer mitgenommen. Man hegte nur geringe Hoffnung, Daten rekonstruieren zu können. – Geben Sie mir bitte zwei bis drei Stunden, dann weiß ich mehr", bat Miss Grinder sachlich.

„Von mir aus, inzwischen fahren wir zur Billing's Bank", erklärte sich der Chief bereit, wobei sich seinen Augenbrauen leicht genervt hoben.

Wir verabschiedeten uns emotionslos und verließen das sterile Bürogebäude.

„Wenn wir das gewusst hätten, wären wir zuerst zur Bank gefahren", folgerte ich verärgert. Im Auto fragte ich Judd, was er von Melanie Grinder halte, wie er sie einschätze. Schwer zu beurteilen, meinte er misstrauisch. Er teilte mit mir die Überzeugung, Miss Grinder verberge irgendetwas. Wir konnten das Thema nicht weiter vertiefen, denn ohne Verzögerungen erreichten wir die Billing's Bank, wo wir auf eine sichtlich niedergeschlagene junge Frau mit geröteten Augen trafen. Julie Bright erklärte sich sofort zur Mitarbeit bereit. Sie hatte die Dokumente und das Büro von Finn McGregor nicht aus den Augen gelassen, so wie sie es mir am Telefon versprochen hatte.

„Meine Herren, ich helfe Ihnen wo ich kann … was benötigen Sie?"

Wir baten um die gleichen Informationen wie in der TSFM.

„Ich mache mich sofort auf die Suche", bekräftigte sie ihre Hilfsbereitschaft. Dabei ging sie eigenartig langsam auf die Aktenschränke zu, als würde sie überlegen, wo sie anfangen solle. Aber das war es nicht. Sie drehte sich um und sagte: „Mir fällt da gerade etwas Merkwürdiges ein."

„So, was denn", mischte ich mich neugierig ins Gespräch.

„Heute früh … da ging ein Mann, den ich nicht kannte, den Flur entlang, als wenn er etwas suchen würde. Ich sah gerade noch, wie er im Büro von meinem Chef verschwinden wollte, als ich ihn darauf ansprach.

Der Mann schien sichtlich nervös und tat, als hätte er sich im Zimmer vertan. Er sagte zu mir, er suche Herrn Dunwell. Wie er sehen könne, sei das aber nicht sein Büro. Daraufhin bat er um meine Hilfe. Wahrheitsgemäß erklärte ich ihm, dass Herr Dunwell nicht auf dieser Etage, sondern im 4. Stockwerk sein Büro hätte. Er zeigte sich verdutzt, entschuldigte sich vielmals und meinte, er sei wohl zu früh aus dem Lift gestiegen. Dies sei ihm wirklich peinlich. Weil sich häufiger Personen im Stockwerk irrten, hatte ich den Vorfall gleich wieder vergessen, obwohl mir der Mann von Anfang an suspekt erschien. Ich war zu abgelenkt, zu sehr mit mir selbst beschäftigt, der Tod von Finn hatte mich einfach zu stark mitgenommen. Aber jetzt ist es mir wieder eingefallen und jetzt weiß ich auch, was mich die ganze Zeit zusätzlich belastet hat, ohne es greifen zu können, nämlich dieser Vorfall."

„Können Sie den Mann beschreiben?", fragte Spencer argwöhnisch.

„Mit Sicherheit, so ein Gesicht vergisst man nicht. Ein Unsympath, wie er im Buche steht. Die ganze Art, wie er sich benahm, wie er sprach, die hohe Tonlage, sein gebrochenes Englisch und sein haarsträubender Akzent. Es ging etwas Bedrohliches von ihm aus. Waren es seine stechenden und eng zusammenliegenden Augen oder seine Hakennase, ich kann es nicht sagen."

Spencer und ich wurden bei dieser Beschreibung hellhörig und wir schauten uns ahnungsvoll an.

„Miss Bright, bitte sehen Sie sich diese Fotos an, haben Sie die beiden schon einmal gesehen?", bat der Chief Inspector.

„Natürlich, den hier! Das ist er, da bin ich mir ganz sicher. Dabei deutete sie mit dem Zeigefinger auf Rainhold. Ein unsympathisches Gesicht, finden Sie nicht?"

„Diese Person suchte nicht Herrn Dunwell, dessen Name sicherlich auf dem Hauswegweiser im Parterre steht, wie alle Personen hier in der Bank", versicherte der Chief. „Seine Vorgehensweise war penibel geplant, einschließlich seiner Entschuldigung, im Falle der Entdeckung, im falschen Stockwerk ausgestiegen zu sein, obwohl das Risiko erwischt zu werden, eher gering war. Ein Bankangestellter in gehobenerer Position verfügt meist über ein eigenes Büro, weshalb davon ausgegangen werden konnte, dass im Büro von Mr McGregor keine zweite Person arbeitet. Sollte er dennoch ertappt werden, hätte er die passende Ausrede parat, wie auch geschehen. Das, was er in Wahrheit suchte und noch sucht, sind die Bankunterlagen der beiden Firmen. In ihnen stehen vermutlich die Namen der Eigentümer."

Julie, die erstaunt den erklärenden Worten Judds gelauscht hatte, begab sich zielstrebig zur Hängeregistratur und suchte nach den betreffenden Firmennamen. Nach nur wenigen Minuten hatte sie gefunden, was sich suchte.

„Hier, das wäre die THAI ORHID." Sie reichte uns die Akte herüber. Spencer gab sie gleich an mich weiter, denn ich hatte schließlich die Daten aus Amsterdam im Kopf. Schnell überflog ich die Seiten, fand aber nichts Neues. Die Namen der Geschäftsführer waren uns ja bereits bekannt.

„Leider keine neuen Hinweise", vermeldete ich Spencer. „Mehr erhoffe ich mir von der Child Hood Europe."

Ich sah, wie Julie mit einer Mappe in der Hand winkend, sich uns zubeugte und strahlte. „Und die habe ich hier", rief sie stolz. Es geht eben nichts über Ordnung.

„Ja, ja ... Ordnung ist das halbe Leben. Den Spruch schlug mir mein Vater ständig um die Ohren, vor allem wenn er mein Zimmer betreten hatte – und er betrat es oft, zu oft", knirschte ich lächelnd.

Während ich quatschte, hatte Judd bereits die Mappe geöffnet. Seine Augen wurden immer größer. Er las laut die vor ihm liegenden Zeilen.

„Als Inhaber der in Absatz 1 aufgeführten Gesellschaft – namentlich die CHILD HOOD EUROPE – zeichnet der Thompson Financial Trust mit Sitz in Singapur."

„Wieder dieser Trust, die ominöse Gesellschaft von meiner Liste." Ich klärte Judd und Julie schnell darüber auf, woher ich den Namen kannte. „Scheint sich wohl doch um zwei unterschiedliche Firmen zu handeln, wenn auch mit ähnlicher Namensgebung. Ob zwischen den beiden Verbindungen bestehen?", äußerte ich nachdenklich meine Vermutung.

„Wir werden sehen, hier steht nichts weiter über den Trust. Bezüglich der Child Hood Europe ist als Zweck die finanzielle Unterstützung notleidender Kinder in der Dritten Welt angegeben."

„Okay, okay, weiter, für wen werden die Kreditkarten ausgestellt, wer ist zeichnungsberechtigt. Das muss doch irgendwo vermerkt sein". Gut, dass mich Pieter so penibel aufgeklärt hatte, wie das mit den Offshore-Firmen läuft. Dadurch wusste ich, dass die Geschäftsführer und Inhaber Kreditkarten von einer Bank auf Gibraltar bekamen, einer Bank, die natürlich weltweit agiert, so wie die Billing's Bank. Schweißperlen standen vor Aufregung auf meiner Stirn.

„Warten Sie ... ja hier." Er stockte, schaute mich triumphierend an und sagte: „Sehen Sie selbst!"

Ich blickte auf die aufgeschlagene Seite und las: „Die Billing's Bank richtet der Child Hood Europe ein Firmenkonto ein. Zur Erleichterung finanzieller Transaktionen und besserer Liquidität stellt sie dem Geschäftsführer Rainhold Schachermair, Singapur, Marina Bay, eine Centurion Card in Titan aus."

Ich musste schwer schlucken. „Endlich! Wir haben Ihn – und wir können der CHE endlich einen Namen zuordnen. Also diesem Aktenvermerk galt Rainholds gesteigerte Aufmerksamkeit, diesen wollte er verschwinden lassen."

Mein in den letzten Tagen ständig erhöhter Adrenalinspiegel sank augenblicklich und drohte, mich zusammenklappen zu lassen. Das ist so wie bei einer Prüfung, davor und während der Prüfung liegt der Adrenalinspiegel auf einem hohen Level, danach stürzt er ab. Ich musste mich setzen. Regelrechte Fontainen aus Schweiß durchsuppten mein Hemd.

„Haben Sie bitte ein Glas kühles Wasser für mich", bat ich Miss Bright mit zittriger Stimme.

„Aber natürlich." Sie drehte auf dem Absatz, ging zum Wasserspender und brachte mir gleich zwei Plastikbecher mit dem kühlen Nass.

Während ich langsam das erfrischende Nass trank, fragte Judd: „Miss Julie, wie weit würden Sie gehen, um den Killer von Ihrem Chef dingfest zu machen?"

„Alles, was nötig ist", erklärte sie kurz entschlossen, mit einer Bestimmtheit, die keinen Zweifel an ihrer Aussage aufkommen ließ.

„Können Sie uns eine Übersicht der vorgenommenen Transaktionen, sowie aller Einkäufe ausdrucken, die über die Kreditkarte abgewickelt wurden?", fragte Judd.

„Ich breche damit zwar das Bankgeheimnis, aber im Falle meiner Weigerung, hätten Sie ja in den nächsten Stunden gewiss eine richterliche Verfügung, wie ich annehme", schmunzelte Miss Bright verständnisvoll. „Ich sehe mich also gezwungen, die Daten herauszugeben." Bei ihrem letzten Satz konnte sie ein amüsiertes Lachen nicht verkneifen, neigte sich aber gleich, ohne viel Umschweife, über ihren Computer und tippte die Kreditkartennummer Rainholds ein sowie den Zeitraum der gewünschten Datenauslese.

Es dauerte keine Minute und sie händigte uns die Liste aus. Eine weitere Minute später fanden wir Abbuchungen von Geschäften aus Amsterdam, die exakt in dem fraglichen Zeitraum lagen, in dem Pieter ermordet wurde. Eine davon stammte sogar von einer Tankstelle, die nicht weit vom Containerhafen entfernt lag. Kein Beweis für seine Mittäterschaft, aber ein Indiz, das Rainhold zumindest in Amsterdam war, falls die Videoaufnahme nicht ausreichen sollte. Mit den anderen Abbuchungen müsse man sich genauer befassen und ein Bewegungsprofil von Rainhold erstellen.

„Zum Glück weiß Rainhold nicht, dass wir die Daten seiner Kreditkarte anzapfen können, was uns zukünftig einen Vorteil verschaffen wird“, gab ich mich optimistisch.

„Das ist das Eine“, sagte der Chief Inspector sichtlich ermutigt. „Zum Anderen geht mir gerade durch den Kopf, ob wir den beiden, also Herrn Schachermair und dem Mörder, nicht eine Falle stellen könnten. Nur … tja, nur ist das nicht gerade ungefährlich.“ Dabei musterte er Julie prüfend.

Ihre prompte Antwort lautete: „Ich bin dabei!“

Ich schaute von Julie zu Judd und wieder zurück. Ich kannte mich in solchen Dingen nicht aus. Was hatte Judd vor? Die Antwort blieb er mir nicht schuldig.

„Wir könnten in einer Pressekonferenz mitteilen lassen, Miss Bright würde wichtige Dokumente verwahren, die zur Enttarnung eines Menschenhändlerrings beitragen könnten, was ja auch stimmt. Namen hätte man noch keine, da die Unterlagen, die Miss Bright auf einem USB-Stick gespeichert hat, sehr umfangreich seien und gleich morgen Früh von Miss Bright zur genauen Durchsicht an die Staatsanwaltschaft gingen. Man wäre allerdings sehr zuversichtlich, demnächst die ersten Festnahmen vornehmen zu können.

Eine für uns arbeitende Journalistin würde dann noch fragen: „Miss Bright, wie die Polizei ausführte, kennen Sie den Inhalt der Papiere und die einzelnen Vorgänge. Sie stellen sich deshalb als Zeugin zur Verfügung – entspricht das der Tatsache?“

Worauf Miss Bright natürlich mit „ja“ antwortet. Die Gangster werden so in die Irre geführt und hegen die Hoffnung, es sei noch nicht zu spät zur Beseitigung der belastenden Unterlagen – sofern man die Dateien bis morgen Früh in die Hände bekäme und Miss Bright aus dem Verkehr ziehen könne. Mit ein wenig Glück, und dazu braucht es wirklich nicht viel Glück, locken wir sie damit aus der Reserve.“

„Hoffen Sie!“, gab ich mich skeptisch. „Zweifellos haben Sie recht, einen Versuch wäre es allemal wert, sofern Miss Julie einverstanden ist. Immerhin handelt es sich um Ihr Leib und Leben, die wir einem Risiko aussetzen, denn ungefährlich wird das Vorhaben gewiss nicht werden.“

„Miss Julie, Sie schauen etwas betreten, soll ich Sie lieber durch eine Polizistin als Double ersetzen lassen?“, fragte der Chief Inspector verständnisvoll.

„Nein, nein, nicht nötig – wie gesagt, ich bin dabei“, entgegnete sie entschieden, wenn auch mit leicht blasser Stimme.

„Gut, dann ran ans Werk“, drängte Judd unternehmenslustig.

***

Das Interview lief glänzend. Julie kam so authentisch rüber, dass es keine Zweifel an dem Gesagten gab. Sie erklärte unter Tränen, ihr Chef, Finn McGregor, hätte ihr alles anvertraut, vermutlich sei er wegen Offshore-Konten ins Visier der Mörder gelangt. Auf die abgekartete Frage der Journalistin hin, brach sie erneut in Tränen aus und vergrub das Gesicht in ihren Händen, vergaß aber nicht, zuvor die Frage zu bejahen. Alles glaubhaft, lobte Judd unsere begabte Aushilfsschauspielerin auf Zeit.

Nur kurz nach diesem Fernsehinterview, eigentlich wie bestellt, meldete sich Miss Grinder von der Thompson & Sike Financial Management Ltd. und bestätige, dass beide Firmen von ihrer Gesellschaft beraten wurden. Dies ginge aus einer Klientenliste des Zentralregisters hervor, die glücklicherweise nicht gelöscht worden sei, betonte sie. Allerdings, versuchte sie uns weis zu machen, hätten alle dazugehörigen Akten im Büro von Tom R. Cooper gelegen und seien vom Dieb entwendet worden. Duplikate in gedruckter Form seien nicht angelegt worden, bedauerte sie. In der heutigen medialen Zeit speichere man schließlich alle nötigen Dokumente digital, wie wir ja wüssten. Es täte ihr schrecklich leid, uns nicht weiter dienen zu können. Wir ließen es dabei und der Chief Inspector gab vor, mit den Angaben zufrieden zu sein.

In Wahrheit wollten wir Miss Grinder in Sicherheit wiegen, damit sie aussagekräftige Papiere, die höchstwahrscheinlich irgendwo lagerten, nicht verschwinden ließ. Bei einer überraschend stattfindenden Hausdurchsuchung würden wir diese, so hofften wir, schon finden. Einen Strich durch die Rechnung würde uns nur dann gemacht werden, wenn sämtliche Daten in einer Cloud auf einem Server einer Offshore-Firma lägen, die auf solche Dienstleistungen spezialisiert ist. Dann hätten wir keine Chance, an diese heranzukommen.

Im Übrigen kam mir das Verhalten von Miss Grinder dubios vor, ich glaubte keine Silbe von dem, was sie behauptete. Meiner Meinung nach gedachte sie uns weder die Wahrheit zu sagen, noch uns wirklich zu unterstützen.

„Diese Schlange, die hat uns eiskalt abserviert“, teilte ich dem Chief Inspector meine Auffassung mit. „Vermutlich hatte sie den Fernsehauftritt von Julie Bright sehr genau verfolgt und sah sich aufgrund dessen in Verzugszwang. Sie baut darauf, uns mit Lügen hinhalten und vor allem davon abhalten zu können, intensiver nachzuforschen. Man sollte ihr genauer auf den Zahn fühlen.“

„Ja später - jetzt ist weder die Zeit, noch die Gelegenheit dazu. Es gibt im Moment Wichtigeres, nämlich die Falle für den Killer zu präparieren, der Köder ist bereits ausgelegt, ein lebender – Julie“, informierte mich Mr Spencer.

Die Arme zitterte vor Aufregung und erinnerte mich an ein angebundenes Hühnchen, das unter Todesangst den Fuchs anlocken soll und dabei das eigene Leben aufs Spiel setzt. Kein Spiel, ihr Leben galt es unter allen Umständen zu schützen. Unsere, oder besser gesagt die Aufgabe der Polizei lag darin, schneller zu sein als der Fuchs und ihn dingfest zu machen bevor er zubeißt. Dieses Unheil musste mit allen Mitteln verhindert werden. Dazu bedurfte es gewisser organisatorischer Maßnahmen. Selbst mir hatte man eine Aufgabe zugedacht, eine leichte natürlich, man wies mir einen ungefährlichen Beobachtungsposten zu. Fachmännisch wurde ich mit einem Sprechfunkgerät und einer Trillerpfeife ausgestattet, wie ich sie aus englischen Krimis kannte. Ein typisches Utensil britischer Bobbys, das ich stolz in den Händen hielt. Weit stolzer machte es mich, mit von der Party, wenn man das so lax sagen kann, sein zu dürfen. Andererseits, wenn ich ehrlich bin, bereitete mir unser Vorhaben einschließlich meinem Part darin reichlich Unbehagen, trotz meiner unbedeutenden Nebenrolle. Ich bin eben für das reale Räuber und Gendarm Spiel nicht geeignet. Ich sprach mir Mut zu.

„Was soll, was könnte schon passieren? Ist doch nur ein Beobachtungsposten. Pah! Kleinigkeit, wär doch gelacht, wenn ich das nicht hinbrächte. Ich sollte lediglich verdächtige Vorkommnisse melden. Das würde ich ja gerade noch hinkriegen. Außerdem sind genügend Beamte vor Ort, die ihren Job beherrschen. Nur keine Bange, alles wird gut“, beschwichtigte ich meine stillen Zweifel.

Es war längst nach Mitternacht. Aus der Ferne vernahm ich das imposante Schlagen von Big Ben, das man 14 km weit hört. An jedem anderen Tag wär es mir ein Vergnügen gewesen, seinem Hammerschlag zu lauschen, aber nicht heute, nicht jetzt. Zumal sich mittlerweile das Wetter eintrübte, ich erlebte ein typisches Londonwetter – feucht, kühl, neblig. Es roch nach Abgasen und nassem Staub, der an den Wänden haften blieb. Dreck spritzte aus der Gosse, wenn Autos vorbeifuhren. Mich schüttelte.

Ich stand in der Nähe von Julies Haus Wache, einen Block weiter, versteckt in einem schmalen Seitengang und harrte der Dinge, die da kommen würden. Wartete eine Stunde, wartete zwei Stunden, wartete drei Stunden. Die Füße schmerzten, immer das Stehen. Es war wieder so eine vermaledeite Nacht, wie ich sie schon oft erlebt hatte, eine Nacht, die einem wie eine Ewigkeit vorkam. Die Windböen trugen von der Themse feine Wassertropfen mit sich, wehten sie ins Gesicht, in die Haare und drangen durch die klamme Kleidung. Allmählich rann das Wasser kalt den Hals hinab, sickerte durch den Kragen und klebte diesen auf meine Haut. Immer weiter drang die Feuchtigkeit über Schultern, Arme und Rücken. Mich schauderte. Was für eine ungemütliche Nacht, der Nebel wurde immer dichter, die Laternen schummerten diesig aus der Ferne und zu allem Überdruss drohten meine Beine einzuschlafen.

Was würde ich tun, wenn gerade jetzt der Erwartete einträfe? Drei Stunden stand ich schon hier, bewegte mich kaum. Ob ich noch in der Lage wäre, meine Glieder zu bewegen, so taub wie sie sich mittlerweile anfühlten?

Würde ich überhaupt ein Wort herausbringen, per Funk Meldung geben oder meine Alarmpfeife zum Mund führen können? Weitere zwei Stunden hatte ich Zeit, mir darüber den Kopf zu zerbrechen, dann würde der Morgen hereinbrechen. In Indianerromanen aus dem Wilden Westen sind es immer die frühen Morgenstunden, in denen die Wachen der Trecks und Militärlager mit der stärksten Mündigkeit zu kämpfen haben und sie unvorsichtig werden lässt. Diese Phase der Unachtsamkeit wussten die Rothäute auszunutzen – sie griffen an. Ich würde nicht leichtsinnig werden. Auch würde mein Gegner nicht so geübt im Anschleichen sein, wie jene. Das munterte mich auf und reduzierte meine Angst von neun auf sieben auf einer Skala, bei der eins keine Angst und zehn panische Angst bedeutet.

Während ich dies bedachte, schweiften meine Augen unruhig umher und suchten das Dunkel zu durchdringen. Meine Ohren lauschten auf jedes Geräusch, jedes Knirschen und Knacken. War es eine Katze oder ein

Mensch? Nein, zu leise für einen Menschen. Sicher war es nur der Wind, der mit den Ästen tanzte, das Schlagen der Blätter, ihr Fallen und Wiegen auf den Kämmen der Windböen. Ein kühler Hauch streifte meine Wangen und meine Nackenhaut kräuselte sich. Was gäbe ich jetzt für einen heißen Kaffee, ein kuscheliges Bett. Doch wie könnte man getrost schlafen, in Anbetracht dieser bedrohlichen Mission? Ich zitterte, rieb mir die Hände, wischte den Regen aus den Augen und bewegte behutsam meine Zehen. Abwechselnd hob ich meine Knie in die Höhe, um mehr Blut in die Beine zu pressen. Der linke Arm an dem ich das Sprechfunkgerät trug, war kaum noch zu spüren, er kribbelte, wie von tausend Ameisen gebissen. Kein Kneten, kein Massieren konnten ihn vor dem Einschlafen bewahren. Ich hörte ein sachtes Schaben, wie Äste, die sich an einer Mauer rieben. Ich rührte mich nicht, lauschte gespannt auf das leise, jetzt eher schlurfende Geräusch. Ich glaubte auf der gegenüberliegenden Seite die Glut einer Zigarette wahrzunehmen, bildete mir ein, ihre Wärme zu spüren. Irgendwie war mir wohlig zumute.

… Als ich wieder zu mir kam, fühlte ich nur meinen Brummschädel, der mich schüttelte wie Fehlzündungen einen Motor. Ich schlug meine Augen auf und wurde starr vor Angst - ich befand mich in einem Krankenhaus. Meine Finger verkrampften sich in der Bettdecke, Atem und Puls rasten – was ist geschehen? Jetzt erst wurde ich schemenhaft eines Mannes gewahr, der unbequem in einem Sessel kauerte, seinen Kopf schlafend auf dem Tisch liegend. Leichte Schnarchtöne verrieten, dass er lebte. Meine Augen klarten sich auf und zu meiner Freude erkannte ich den Chief Inspector. Meine Mundschleimhaut war so trocken, als würde sie jeden Augenblick zu Staub zerbröckeln. Ich brachte kaum ein Wort über die Lippen.

„Hey Judd“, würgte ich mühselig hervor. „Chief … hören Sie mich? – Judd!“

Der Kopf auf dem Tisch bewegte sich langsam, aber immerhin bewegte er sich. Zwei gerötete und verquollene Augen blickten mich ungläubig an.

„Die Nacht ist vorbei – aufwachen! Judd, was ist geschehen? Ich kann mich an nichts erinnern.“

Spencer rekelte sich, hob die Arme und streckte sie, gähnte und zog dann an seinen Fingern bis deren Gelenke knackten. Mir lief es eiskalt den Rücken herunter. Bilder erschienen vor meinen Augen, auf denen Menschen gefoltert wurden, indem man ihnen die Knochen brach.

„Mensch Ferrol - altes Haus! … Schön, dass Sie wieder bei uns weilen“, ließ er seine sonore Stimme hören, die eine ehrliche Erleichterung erkennen ließ.

„Was ist mit Miss Julie?“, fragte ich ängstlich.

„Alles in Ordnung, der Italiener, es bestätigte sich, dass es sich um einen Italiener handelte, hat sie nicht erwischt. Er ist tot“, war seine fröstelnde Antwort. „Sie machen uns mehr Sorgen, eine Kugel hat Ihre Schläfe getroffen. Sie lagen blutüberströmt auf dem Bordstein. Wie sich später herausstellte, war es ein Streifschuss, die Kugel steckte neben Ihnen in der Mauerwand. Es bestand aber die Möglichkeit, dass ein Kugelsplitter in ihr Gehirn gedrungen ist. Eine Magnet-Resonanz-Tomographie gab glücklicherweise Entwarnung. Es war der harte Schlag durch das Geschoss und der Aufprall am Boden, der Sie bewusstlos werden lies. Sie müssen eine tolle Beule haben – die Mädchen werden sie dafür lieben und verhätscheln“, kicherte er boshaft.

„Die Kugel … eine 9-mm-Parabellum?“, fragte ich ihn mit einer bestimmten Vorahnung.

„Also doch kein Hirnschaden, Sie können schon wieder kombinieren“, feixte Spencer. „Ja, eine 9-mm-Parabellum. Er benutzte eine Sig Sauer P226, das gleiche Modell wie sie der NCIS der US- Navy benutzt oder der Mossad, in unserem Fall zusätzlich mit Schalldämpfer und Laserzieleinrichtung.“

„Dachte es mir. Ich hörte nämlich keinen Schuss. Und es war keine Zigarette, die ich gesehen hatte, sondern der Laser. – Wie lange liege ich eigentlich hier?“

„Noch nicht lange. Es ist jetzt halb 10 Uhr. In den frühem Morgenstunden, so gegen 4:30 Uhr, sind sie vermutlich angeschossen worden, denn kurz darauf ging es los.“

„Die Indianer kamen“, meinte ich mehr zu mir selbst. Als ich Judds verstörten Blick sah, wurde mir klar, er glaube, ich hätte wohl doch einen an der Waffel. Ich bemühte mich ernst zu sein und drängte: „Was ging los?“

„Der Italiener …“, Judd unterbrach sich kurz und schaute genau in meine Augen, um sicher zu gehen, ich sei nicht neben der Spur, sondern wach und aufnahmefähig. Beruhigt fuhr er fort: „Wir sind jetzt sicher, dass es sich bei ihm um einen Auftrags-Killer handelt. Er drang unbemerkt in das Haus ein, übersah aber die Infrarotfallen, die wir aufgebaut hatten. Als er gerade im Begriff stand, die Wohnung von Miss Bright zu betreten, stellten wir ihn. Er reagierte blitzschnell, warf sich zu Boden und feuerte wild drauflos. Einer unserer Mitarbeiter wurde am Bein getroffen – er liegt gleich hier im Nebenzimmer. Ein zweiter erhielt mehrere Treffer in die Brust. Es haute ihn glatt um, aber dank der Schussweste trug er außer einigen Prellungen und Blutergüssen keine Verletzungen davon. Es war nur unserer geistigen Gegenwärtigkeit und raschen Reaktion zu verdanken, dass sonst niemand verletzt wurde. Wir schossen gezielt zurück und trafen den Italiener tödlich. Bevor er starb, hofften wir noch Informationen von ihm zu erhalten, doch vergeblich. Er lachte uns nur hämisch aus und meinte, dies sei zu groß für uns und noch lange nicht das Ende. – Seins schon."

Nach einem tiefen Seufzer meinte der Chief: „Wir müssen jetzt akribisch am Fall bleiben und kein Schönheitsschläfchen halten. Bei manchen ist sowieso Hopfen und Malz verloren, sie könnten so lange schlafen wie sie wollten, es änderte sich nichts." Dabei musterte er mich grinsend.

Ich fasste mir an den schmerzenden Kopf und tastete den wuchtigen Verband ab, der mich grandios zu schmücken schien.

„Rollen Sie nicht so verzweifelt Ihre Augen, nachher fallen sie noch raus", riet mir Judd.

„Irgendwie bin ich froh … der Italiener hatte zu viel gewagt, zu viel gesetzt, alles auf eine Karte … und sich verzockt. Die Falle schnappte zu. Glauben Sie, er war der Mörder von Pieter, Cooper und Finn?"

„Das wird sich noch herausstellen, spätestens wenn wir seine Pistole untersucht haben. Aber ich denke schon. Man wird ihn für die Schmutzarbeit engagiert haben. Ob er Finn die K.-o.-Tropfen gab, steht nicht fest. Ehrlich gesagt, kommt diesbezüglich mehr ihr Bekannter Schachermair, infrage. Der Italiener, dessen Name uns immer noch nicht bekannt ist, ist mehr der direkte Typ, bzw. war es. Mit Wässerchen und Tinkturen – ich weiß nicht recht, das passt nicht zu ihm. Er bevorzugte, wie ich vermute, eher handfeste Methoden. Ich könnte mir vorstellen, er war es, der Finn massiv unter Druck gesetzt hatte, während Ihr verschlagener Schachermair die Gunst der Stunde nutzte, McGregor die Tropfen unterzujubeln.

„Er ist nicht mein Schachermair – aber ich stimme Ihnen insofern bei, dass ich seine Angelegenheit zu der meinen gemacht habe. Zeitweise hegte ich die Vermutung, er sei die graue Eminenz im Hintergrund, obwohl ihm dazu eigentlich die Klasse fehlt."

„Sie müssen es wissen, Sie kennen ihn besser als wir."

„Zweifelsohne hat er sich als Wolf im Schafspelz entpuppt, zieht mit an den Strippen. Indes das Imperium gehört nicht ihm, dafür ist er ein zu kleiner Fisch. Ich sehe in ihm eher den Mitläufer, sicherlich intelligent und gerissen, jedoch fehlt ihm die unbeugsame sowie Angst einflößende Dominanz. Er ist einer von vielen kleinen Haien im großen Teich – zur Familie der großen weißen Haie gehört er nicht."

„Wir kriegen ihn", versuchte mich Judd Spencer zu beruhigen. „Dann können wir den Fall abhaken – schlafen Sie jetzt, Sie werden ihre Kraft bald wieder benötigen."

Mir fiel auf, wie er mich bei diesen Worten auf seltsame Weise avisierte. In mir kroch ein unbestimmtes Gefühl hoch, als würde mir Judd etwas verheimlichen. Das irritierte mich. Oder war es nur so eine Ahnung, eine Fehlinterpretation, resultierend aus den Turbulenzen der vergangenen Tage, die mich haben hellhörig werden lassen und veranlasst, in jedem und überall den Feind lauern zu sehen? Ich war sicherlich etwas überdreht. Schlaf würde jetzt gut tun. Danach würde man sehen.

Ich gähnte und musste kurz darauf in einen unruhigen Schlaf gefallen sein. Alben drückten auf meine Brust, ich rannte um mein Leben, kam aber irgendwie nicht recht von der Stelle. Verfolgt von Hyänen, fliegenden Piranhas, Zähne fletschenden Bären und struppigen Wölfen, denen der Speichel aus den Lefzen triefte. Sie heulten ein grausiges Lied aus Hass, Gier und Rachegelüsten, hefteten sich dicht an meine Fersen, schienen Zentimeter um Zentimeter näher zu kommen, greifbar nahe. Ich hörte das Schnappen ihrer Knochen brechenden Kiefer. Ihr methanhaltiger, nach Verwesung stinkender Odem verätzte meine Nasenschleimhaut, drohte mich zu betäuben. Die Luft blieb mir weg. Mir wurde schwindlig. Ich schrie vor Angst und Verzweiflung – und erwachte schweißgebadet auf einem vollkommen zerwühlten Laken liegend. Ich vernahm das dumpfe Pochen meiner Halsschlagader, hörte das monotone Brummen in meinem Schädel, der in einen Überdruckkessel gezwängt schien. Ermattet klingelte ich nach der Schwester und bat um ein Glas kühles Wasser, eine Schmerztablette, eine Dusche und frisches Bettzeug. Die nette, ältere Schwester zeigte Verständnis für meine Lage und half mir bereitwillig.

Noch mehr solcher energieraubender Nächte und man könnte mich abschreiben. Ich fühlte mich ausgebrannt, total kraftlos. Das, was ich dringend brauchte, war eine Auszeit – und ich nahm sie mir.

14 AUSZEIT

Meine Genesung machte gute Fortschritte, die Stirnverletzung hatte man in der Ambulanz mit sieben Stichen genäht und ich durfte die nächsten Tage, voraussichtlich schon morgen, das Krankenhaus verlassen. Bis dahin nutzte ich die Zeit für einige Telefonate. Ich bedurfte dringender Ruhe und malte mir aus, wie schön es wäre, sich mit Belinda für zwei bis drei Wochen in Frankreich eine Auszeit von all dem Stress zu gönnen. Ich kramte in der Schublade meines Bettkastens, zog mein Handy hervor und wählte zuerst die Nummer einer guten Freundin in Paris. Nach dem kurzen Gespräch, das sich positiv auf ein von mir geplantes Vorhaben auswirkte, prüfte ich die Uhrzeit.

Kurz nach 16:00 Uhr. Das bedeutet ... in Los Angeles würde es jetzt etwa sieben Uhr morgens sein. Zeit für einen Weckruf.

Es klingelte einmal, zweimal, dann knackste es und eine freche Stimme empfing mich leicht angesäuert: „Ja bitte!"

„Hallo Frosch, ich bin's."

„Wer sind Sie - kennen wir uns?", antwortete sie mit leicht vorwurfsvoller Stimme.

„Ja, ich weiß, ich hätte früher anrufen sollen, aber es ist so viel geschehen, entschuldige bitte."

„So viel, dass Du nicht einmal für 5 Minuten Zeit hattest, den Höherer in die Hand zu nehmen, meine Nummer zu wählen und Hallo zu sagen. Du Schuft, Du!" Ihre Stimme klang bereits fröhlicher.

„Ich wünsche Dir auch einen schönen Tag", konterte ich sanft.

„Sülz bloß nicht rum, Du Ekel", stichelte sie. „Ich sorgte mich um Dich, warum hast Du Dich nicht gemeldet?"

„Nun, ... weißt Du ... Du hast recht, es gibt keine Entschuldigung, deshalb rufe ich ja jetzt an."

Ich musste leicht schlucken, um ihr dann zu beichten: „Ich habe Sehnsucht nach Dir."

„Du klingst so komisch, ist etwas passiert?"

„Es ist alles in Ordnung, außer dass ich im Krankenhaus liege und auf meine Entlassung warte."

„Hast Du wieder zu viel gefuttert", scherzte Sie zuerst, fuhr dann aber nachdenklich fort: „Du machst doch Witze oder?"

„Nein, leider nicht, ich hatte eine kleine Verletzung an der Stirn, die genäht werden musste."

„Lügst Du mich an?"

„Ein wenig."

„Raus damit, was ist los", forderte sie mich hartnäckig auf.

„Glaub mir, es geht mir gut, die ganzen Umstände am Telefon zu erzählen, würde zu lange dauern."

„Wo willst Du es mir denn dann erzählen, Spaßvogel Du? Ich sitze hier in L.A. und Du irgendwo in Europa, weiß der Kuckuck wo."

„Dem könnten wir Abhilfe schaffen. Was hältst Du davon, mich in Paris zu besuchen, ich zahle Dir den Flug?"

„Nach Paris? … Und meine Arbeit?" Nach einer Pause des Nachdenkens meinte sie jedoch: „Eigentlich habe ich im Moment kein Engagement. Zeit hätte ich, wenn ich es so recht bedenke."

„Vielleicht kann ich Dir einen Job vermitteln. Eine gute Freundin von mir, Florence Dussart, ist Direktrice von einer aufstrebenden Modefirma und sucht ständig neue Gesichter für ihre Kollektion. Ich hatte eben mit ihr telefoniert.

„Was für eine Kollektion?

„Dessous."

„Wozu braucht sie da mein Gesicht“, feixte Belinda, „Ich trage den Büstenhalter schließlich nicht auf der Nase.“

Ich musste lachen: „Ich stelle mir gerade vor, wie belämmert Du mit dem BH um den Kopf aussiehst und … sonst total entblättert.“

„Ferkel“, rügte sie mich mit vibrierendem Unterton. „Und Du würdest mich dann wieder ablichten, wie?“

„Genau, und nicht nur das.“

„Pass auf, dass ich Dich nicht abblitzen lasse“, drohte sie.

„Wohnen könntest Du übrigens bei mir – so lange, wie Du willst.“

„Auch das noch, hast Du noch mehr Hiobsbotschaften?“

„Wie meinen? – Nein, mal im Ernst, was hältst Du davon?“

„Okay, wann soll ich fliegen – morgen?“

Ich musste wieder lachen. „Nein, ich bin ja noch in London, ein bisschen Zeit bleibt Dir noch, Dich zu erholen – und einzustimmen.“

„Wird auch gut sein, nur das mit dem Einstimmen verstehe ich nicht“, stellte sie sich dumm.

„Ich hatte mir folgenden Plan ausgedacht …“

„Du kannst denken? Mit dem Kopf? Interessant“, unterbrach sie mich und tat bass erstaunt.

„Ja, ich bin halt immer für Überraschungen gut. Aufgeweckt, geistvoll und spritzig.

„Ahhh … ja“, war ihr einziger Kommentar.

„Ich habe mir also überlegt“, fuhr ich unbeirrt fort, „die Werbephotos sind frühestens in drei Wochen vorgesehen. Bis dahin lade ich Dich ans Meer, in unser Häuschen in der Bretagne ein. Selbstredend nachdem ich Dir mein Paris von seiner schönsten Seite gezeigt habe.“

„Wo versteckst Du Dich derweil?“, fragte sie spitzzüngig.

Ich räusperte mich betont und hieb zurück: „Ich weiß, an meiner Seite würdest Du verblassen. Aber es liegt eben in meinem wohltätigen Naturell auch benachteiligten Erdbewohnern eine Chance zu geben. Nicht jeder ist von Geburt an mit Lieblichkeit und Geist bedacht.“

„Da hast Du recht“, kicherte sie. „Denn da hat dich der liebe Gott bei der Verteilung dieser Eigenschaften gleich zweimal vergessen, Du Ärmster", parierte Belinda gekonnt.

Wir amüsierten uns köstlich. Wie könnte ein Tag schöner, heiterer und belebender beginnen, als mit Humor und guter Laune? Aufgekratzt verabredeten wir, uns am übernächsten Tag anzurufen. Bis dahin hoffte Belinda, einen passenden Flug gebucht zu haben. Die Flugdaten würde sie mir dann durchgeben.

Ich legte den Hörer auf und grinste vorfreudig. Ich musste an meine kleine Belinda denken, stellte sie mir leibhaftig vor, ihre Art zu lachen, ihren Schalk, ihre grazilen Bewegungen, ihre Feinfühligkeit und nicht zuletzt ihre Sanftheit. Sie schien so nah, ich glaubte schier, den dezenten Duft ihres Parfums wahrnehmen zu können. Ich zog die Luft tief ein und seufzte behaglich.

Mein zweiter Anruf galt Jan van Dommelen, der über meine Genesung sichtlich erleichtert klang. Natürlich hatte man ihm meinen kleinen Unfall brühwarm und in allen Einzelheiten geschildert. Mit ermunterndem Lachen meinte er, das sei halt die Krux mit den Zivilisten, sie machten nur Ärger. Ich solle den Kopf nicht hängen lassen, es gäbe Schlimmeres, nämlich einen tragischer Vorfall, der sich ereignet hatte. Bei diesem seien 60 Chinesen in Rotterdam in den Frachtraum eines Lkw geklettert, um unbemerkt nach England zu gelangen. Über drei Stunden wartete der nahezu luftdicht verschlossene Transporter in Zeebrügge auf die Fähre, bei 26 Grad in der prallen Sonne. Um 19.30 Uhr Ortszeit legte das Schiff ab und lief knapp fünf Stunden später in Dover ein. Kaum ein Laster war in Zeebrügge durchsucht worden - es war Feiertag. Als in Dover der Container geöffnet wurde, fand man 60 Leichen. Das am Rande, seufzte Jan, dem fast täglich ähnliche Schicksale zu schaffen machten.

Im Übrigen hätte man bei EUROPOL und Interpol einen Fahndungsbefehl zur Ergreifung und Auslieferung des flüchtigen Rainhold Schachermair erwirkt. Da der Hauptsitz von EUROPOL in Den Haag liege und Jans Behörde gute Kontakte zur EUROPOL pflege, ging sein Anliegen schnell über die Bühne, betonte Jan. Die niederländische Justiz will damit eine Auslieferung nach Holland bewirken. Allerdings habe das Außenministerium von Österreich bereits dagegen interveniert, denn es handle sich nach deren Ansicht um einen Staatsbürger ihres Landes. Der Prozess müsse ihm daher in seinem Heimatland gemacht werden, so ein gewisser Franz Siebenböck vom Auswärtigen Amt in Wien. Vor allem bei der spärlichen Aktenlage. Zuerst müsse man ihm jedoch erst habhaft werden, was aber nicht so leicht sei, beklagte Jan, denn irgendwie spiele London ein undurchsichtiges Spiel und zögere die Suchaktionen mit fadenscheinigen Erklärungen hinaus. Zumindest hätte er diesen Eindruck gewonnen. Er befürchte, durch diese Hinhaltetaktik, wie er es nannte, gewinne der Gesuchte Zeit, wertvolle Zeit sich aus dem Staube zu machen. Verwundert hätte ihn besonders das Schweigen von Chief Inspector Judd Spencer, dem gegenüber er das merkwürdige Verhalten von dessen Dienststelle ansprach.

Das waren sonderbare Nachrichten, die mir im Moment nicht in den Kopf wollten und die ich beim nächsten Besuch Judds zu klären hoffte. Meine nächste Frage galt dem aktuellen Ermittlungsstand. Der italienischen Mafia Boss sei untergetaucht, erfuhr ich. Zum stummen, fahrigen Vierten im Bunde gab es leider auch nichts Neues. Man warte noch auf Auswertungen von Datenbanken bei Interpol. Sobald er Neuigkeiten reinbekäme, würde mich Jan darüber in Kenntnis setzen. So verblieben wir und verabschiedeten uns zuversichtlich.

Als ich den Hörer auflegte, musste ich gleich wieder an das zögerliche Agieren der Londoner Behörden denken. Es beunruhigte mich zunehmend. „Was ist da los“, fragte ich mich irritiert? Alle möglichen Szenarien malte ich mir aus, gab es Rechtslücken oder fürchtete man diplomatische Verwicklungen? Ich vermochte mir keinen Reim darauf zu dichten. Ich war gerade im Begriff, erneut zum Telefon zu greifen, um den Chief Inspector anzurufen, als dieser mein Zimmer betrat.

„Talk of the devil, and his imp appears ... Äh, ich meine, das passt ja super, an Sie habe ich gerade gedacht“, begrüßte ich den Chief etwas mürrisch. Ich merkte sogleich seine Verlegenheit, als ich ihn so forsch ansah, eine Verlegenheit, die nichts Gutes verhieß. Gestern, nach meinem Erwachen war mir nichts dergleichen aufgefallen. War ich da noch zu benommen gewesen, oder hatte sich meine Sensibilität jetzt nach dem Gespräch mit Jan verstärkt?

„Na, wie geht es Ihnen, Herr Ferrol?“, wich mir der Chief aus. „Wie ich eben von der Stationsärztin erfuhr, werden sie wohl morgen schon entlassen. Das sind doch gute Neuigkeiten“, schob er Floskeln vor, um sein eigentliches Anliegen hinauszuzögern.

Ich musterte ihn besorgt, worauf er sogleich fortfuhr: „Die Suche nach Rainhold Schachermair läuft. Haben wir ihn erstmal geschnappt, können wir seinen Akt schließen und alles Weitere den zuständigen Behörden überlassen“, versprach er mir, wobei er den Optimismus vorzutäuschen schien. Wahrscheinlich hoffte er, dadurch meine Gedanken zu zerstreuen.

„Hmmm?“, war mein einsilbiger Kommentar, der meinen Zweifel an der Sache bekundete.

„Wie, nicht zufrieden?“, fragte er mich erstaunt. Er versuchte diesen Worten einen witzigen Klang zu verleihen, was ihm allerdings gehörig misslang. Er merkte dies auch gleich selbst und schaute etwas hilflos drein. Irgendetwas schien ihn zu bedrücken, war ihm peinlich. Allerdings wollte er damit nicht rausrücken. Deshalb gedachte ich ihm Starthilfe zu leisten und fragte mit leicht vorwurfsvollem Unterton: „Die Suche mag wohl stattfinden, doch in welchem Tempo? Meinen Sie nicht, man müsse hier einen Zahn zulegen? Mir scheint ein gewisser Biss verlorengegangen zu sein, habe ich recht?“ Ohne dem Chief jedoch den Zeitraum für eine Antwort zu gewähren, fuhr ich unbeirrt fort: „Eigentlich ist die Faktenlage doch eindeutig. Zweifelsfrei ist Rainhold zumindest der Tatbestand einer Mittäterschaft in drei Fällen anzulasten. Why on earth läuft dann alles so schleppend, wie mir Jan ziemlich enttäuscht berichtete - trotz des internationalen Haftbefehls? Und können Sie mir erklären, wieso Herr Schachermair nach Österreich ausgeliefert werden soll und nicht nach Holland, wo der erste Mord geschah?“

Judd blickte betreten auf den Boden und schien bemüht, sich aus der Affäre zu ziehen. Mit hohler Stimme erklärte er: „Der ist sicherlich schon außer Landes, wir sind einfach zu spät dran. Der Aufwand, jetzt alle Kräfte für eine nutzlose Suche zu mobilisieren, lohnt sich nicht, wäre auch zu kostspielig. Schließlich tragen wir den Steuerzahlern gegenüber eine gewissen Verantwortung. Ich muss mich den Anweisungen beugen, selbst wenn ich wollte, wären mir die Hände gebunden“, versuchte er sich mir gegenüber zu rechtfertigen.

„Wie bitte? Sich nicht lohnen?“, fragte ich Spencer aufgebracht. „Sie waren doch zuvor ganz anderer Meinung. Ich verstehe ihre jetzige Reaktion wirklich nicht.“

„Es ist etwas heikel … wir haben Order von oben“, druckste er herum.

„Was für eine Order denn? Rainhold Schachermair wird von EUROPOL und Interpol gesucht. Es läuft ein internationaler Haftbefehl, was gibt es da anderes zu ordern?", erwiderte ich ziemlich aufgebracht, wobei sich meine Stimme zu überschlagen begann.

„Einer meiner Vorgesetzten, Detective Chief Superintendent Ruppert Lewis, meint, der Aufwand sei zu kostenintensiv und stünde in keiner vernünftigen Relation zum Erfolg, der obendrein als sehr fragwürdig einzustufen sei. Derart unnötige Ausgaben wären vor dem Bürger nicht vertretbar, außerdem vertritt das Innenministerium die gleiche Meinung."

„So ein Unsinn!", rief ich angesäuert. „Es geht immerhin um die Organisierte Kriminalität, um Menschenhandel und Zwangsprostitution. Damned, das betrifft jeden! Und spricht es nicht Bände, wenn sich selbst EUROPOL der Sache annimmt? Diese wird erst tätig, wenn eines oder mehrere ihrer Mitgliedstaaten von einer schwerwiegenden Form der internationalen organisierten Kriminalität betroffen sind. Ohne den begründeten Verdacht auf bandenmäßigen Menschenhandel würde sich EUROPOL erst gar nicht einschalten. Und hier liegt nicht nur ein Verdacht vor, sondern handfeste Hinweise. Aber was sage ich Ihnen, das wissen Sie besser als ich."

„So einfach, wie Sie sich das vorstellen, Mr Ferrol, lässt sich das nicht handhaben. Schließlich liegen keine konkreten Beweise vor, Herrn Schachermair eines Mordkomplotts zu bezichtigen und ihm eine Mittäterschaft anzulasten, zumal der tatsächliche Killer im Leichenschauhaus liegt. Auch wenn Sie das anders sehen, die Rechtslage spricht hier klare Worte."

„Ach ja?", fragte ich erbost. „Wie sieht denn die Rechtslage aus?"

„Also mal ehrlich, welche Rolle ihr Schachermair in der Angelegenheit spielt, ist nicht geklärt und wahrscheinlich zweitrangig, vor allem nachdem der eigentliche Übeltäter tot ist. Hinzu kommt, dass wir in den Unterlagen, die uns die TSFM zur Verfügung gestellt hat, bis dato kein belastendes Material gefunden haben. Alles zusammen genommen reicht das, wenn überhaupt, gerade einmal für einen Indizienprozess, und der kann überall durchgeführt werden, warum also nicht in Österreich, in seinem Heimatland?"

Ich wurde stink sauer und wollte nicht glauben, was ich eben hörte. Da halfen auch die halbherzigen Beschwichtigungsversuche Judds nichts.

„So, meinen Sie? Aber warum ordnet man dann keine Hausdurchsuchung bei der TSFM an, um nach weiteren Beweisen zu suchen? Sonst wird bei jeder Kleinigkeit alles umgekrempelt und hier verfährt man so zögerlich und vollzieht ein derartiges Affentheater."

„Eine Genehmigung für eine Hausdurchsuchung bekommen wir nicht, die Aktenlage sei zu dünn, meint Detective Chief Superintendent Rupert Lewis", verteidigte sich Judd Spencer.

„Ich verstehe wohl nicht richtig ... das stinkt doch zum Himmel. Mensch Spencer! – Seien Sie ehrlich, was ist los?" Dabei schaute ich dem Chief fast schon flehend in die Augen.

Endlich schien den Detective Chief Inspector sein Gewissen zu packen. Er räusperte sich verlegen, holte tief Luft, blickte sich suchend um, als wolle er keinen Lauscher in der Nähe wissen, neigte seinen Kopf näher in meine Richtung und flüsterte mir zu: „Versprechen Sie mir absolutes Stillschweigen? Was ich Ihnen jetzt sage, habe ich offiziell nie zu Ihnen gesagt – ist das klar?"

„Ich bitte Sie, das ist doch Ehrensache!", entsprach ich seinem Wunsch.

Spencer zögerte dennoch einige Sekunden, bevor er sich mir anvertraute.

„Komisch finde ich es schon, dass dieses ‚Nein' zur Hausdurchsuchung nicht von meinem direkten Vorgesetzten, dem Detective Superintendent kommt, sondern von einer Etage oben drüber, dem Detective Chief Superintendent mit Absegnung des Innenministeriums. Man umging dabei nicht nur meinen direkten Vorgesetzten, sondern auch den Polizeichef, den Chief Constable. Das ist mehr als ungewöhnlich. Ich habe zu schweigen, ich bin in dieser Hierarchie zwar nicht unbedeutend, aber eben ein weisungsgebundener Befehlsempfänger."

Nachdem er sich damit etwas Luft gemacht hatte, hörte ich förmlich, wie ihm ein Stein vom Herzen plumpste. Immerhin bestand ein gewisses Vertrauensverhältnis zwischen ihm und mir, nach all dem, was wir in der kurzen Phase unserer Bekanntschaft erlebt hatten.

„Bedenkt man", fuhr er fort, „dass die TSFM eine einflussreiche international agierende Firma mit exzellenten Kontakten zur Finanzwelt darstellt, ergeben sich zwangsläufig Hemmschwellen."

„Auch wenn es sich um organisierte Kriminalität handelt???"

„Hmm? … Ich gebe Ihnen ja Recht, doch was soll ich tun? Widersetze ich mich gegen Befehle, werde ich suspendiert. Und zwar in a jiffy - ratzfatz würden Sie, glaube ich, sagen.“

Wir schauten uns beide enttäuscht und merklich hilflos an. Vor allem Spencer war die Verbitterung sichtlich ins Gesicht geschrieben. Er als Vollblutpolizist und Chief Inspector bei Scotland Yard, musste tatenlos zusehen, wie sich ein Schwerkrimineller dem Arm des Gesetzes entzog und das mit Duldung seiner Vorgesetzten.

„Ich habe eine Idee“, unterbrach ich die beklemmende Stille. „Wir schalten die Medien ein. Meine Agentur wird eine Pressemitteilung über AFP, Reuters und DPA verbreiten lassen. Speziell spielen wir das Material einem Kollegen vom London Telegraph zu, mit dem wir schon öfters heikle Angelegenheiten gedeichselt hatten. Vielleicht können wir auf diese Weise das Innenministerium zur Vernunft bringen. Anders, als mit der Öffentlichkeit als Druckmittel, geht anscheinend nichts voran. Uns zerrinnt schließlich die Zeit unter den Fingern. Jeder Tag ohne Rainholds Ergreifung bedeutet eine umso geringere Chance, den Fall erfolgversprechend zum Abschluss zu bringen.“

„Das ist keine schlechte Idee, aber es eilt, wie Sie schon sagten“, befürwortete Judd meinen Vorschlag, wobei sein Gesicht begann, sich langsam aufzuhellen.

„Ich werde umgehend mit meinem Chef in Paris telefonieren, der wartet sowieso schon sehnsüchtig auf meinen Rapport.“

Die Umsetzung der Idee erfolgte zügig und prompt. Die Schlagzeile im London Telepraph lautete provokant: *Weltweit agierende Treuhandgesellschaft unterstützt indirekt internationalen Menschenhandel durch Verschleierungstaktik. Der Dienstleister auf dem Gebiet des Bank- und Treuhandgeschäfts T. in London, mit weltweiten Filialen, hält es nicht für nötig, mit Scotland Yard zu kooperieren. Anstatt die nötigen Unterlagen zur Verfügung zu stellen, mit denen kriminelle Handlungen eines ihrer Kunden belegt werden könnten, betreibt sie Verschleierungstaktik. Ein mutmaßlicher, mit internationalem Haftbefehl gesuchter Verbrecher, konnte dadurch untertauchen. Und das mit Wissen des Innenministeriums. Ein Skandal, der sich sicherlich auf die anstehende Wahl auswirken wird.*

Nach diesem Zeitungsartikel im London Telegraph überstürzten sich die Ereignisse. Die Telefonleitungen liefen heiß, der Innenminister brodelte vor Wut, denn man hatte ihn wegen dieser angeblichen Bagatellsache, damit war die causa Schachermair gemeint, nicht informiert. Humphrey Allington, ein Abteilungsleiter im Innenministerium, hatte unbefugt, über den Kopf des Innenministers hinweg, gehandelt. Ihm war maßgeblich die schlampige Fahndung anzulasten, ihm und dem Detective Chief Superintendent Ruppert Lewis, die beide bisher eine Hausdurchsuchung bei der Thompson & Sike Financial Management Ltd. unterbunden hatten. Man könne eine seriöse Firma, die so viel Gutes tue für die Not in der Welt, nicht ohne hinreichende Beweise mit Dreck bewerfen, hieß es seitens der Verantwortlichen. Eine gleichzeitige Beratungstätigkeit zur Gründung von Offshore-Firmen sei kein Grund, hier derart unsensibel vorzugehen, lautete die lapidare Erklärung von Allington. Für ihn war der Fall damit erledigt, Deckel drauf und Schluss. Der Schuldige, ein Mafia-Killer, sei tot und der vermutliche Komplize ausgemacht. Man müsse den gebürtigen Österreicher nur noch dingfest machen und ihn an sein Heimatland ausliefern. Dort könne ihm dann der Prozess gemacht werden.

Allington handelte damit ohne Einverständnis der Holländer, denen diese Entscheidung überhaupt nicht gefiel, schließlich war der Gesuchte am Mord eines Holländers beteiligt gewesen. Die zuständige Behörde in Den Haag verstand nicht, warum man in England so erpicht auf eine schnelle Auslieferung nach Österreich war. Gegenüber Chief Inspector Judd Spencer erklärte man diese Entscheidung damit, eine tatsächliche Tatbeteiligung vom Beschuldigten Schachermair sei, nach dem aktuellen Stand der Ermittlungen, nicht nachzuweisen. Ob es konkrete Verbindungen zu den Morden gäbe, das könnte die österreichische Justiz genauso gut herausfinden wie die niederländische oder englische. Man wolle keine unnötigen Verwicklungen zu einem EU-Partner heraufbeschwören. All diese Ereignisse, die sich noch während meines kurzen Krankenhausaufenthalts ereigneten, brachten einen Stein ins Rollen, der sich zu einem heftigen Steinschlag entwickelte und die Erde erbeben ließ.

Indessen fand ich reichlich Gelegenheit und Zeit, die letzten Geschehnisse zu verarbeiten und Vorkehrungen für die nähere Zukunft zu treffen. Bis zu meiner Kopfverletzung realisierte ich eigentlich nicht wirklich, in was ich da hineingeschlittert bin. Mittlerweile sah ich mich irgendwie als Teil eines großen wabernden Ungetüms, namens Organisierte Kriminalität, ohne Chance, mich ausklinken zu können. Hier, mehr oder weniger ans Bett gefesselt, in einem kleinen, nüchternen, nach Desinfektionsmittel riechenden und wenig anheimelnden Zimmer, in dem mir die Decke auf den Kopf fiel, erfasste mich die Ernüchterung. Allmählich vermochte ich zu abstrahieren, wie riskant, ja wie lebensgefährlich mein starrsinniges Mitwirken in diesem Drama enden könnte.

Was mischte ich mich auch so verbissen in Angelegenheiten, die ich lieber Fachleuten, sprich der Polizei, überlassen sollte? Ich machte, wie so oft, meinem Spitznamen 'die Zecke', den ich mir bei Journalisten Kollegen hart erarbeitet hatte, alle Ehre.

Andererseits, wenn ich ausschließlich das Schöne im Leben, die positiven Seiten fotografieren wollte, hätte ich mich besser auf das Ablichten von Blumen, Landschaften oder Hochzeiten spezialisieren sollen. Das beschreibt den Unterschied zwischen einem Fotografen und einem Journalisten. Letzterer sollte nicht nur Schönfärberei betreiben, sondern sich seiner Verpflichtung als Staatsbürger bewusst sein.

Diese beinhaltet, wahrheitsgemäß ohne Rücksicht auf Ansehen und Stellung Sachverhalte objektiv und neutral beim Namen zu benennen, quasi aus der Perspektive einer Fremdbeobachtung heraus. Da der Journalist zur Meinungsbildung beiträgt, besteht die Gefahr, dass er als vierte Gewalt im Staat manipulativ wirkt, teils wissentlich und willentlich, also kognitiv und voluntativ, oder fahrlässig aufgrund mangelndes Wissens und schlechter Recherchen. Schnell schaffen es einseitige Fakten, gezielt aus einem großen Informationspool gezogen, die Sachverhalte zu verdrehen und in ein falsches Licht zu rücken. Presse ist daher durchaus als gezielte Verbreitung einer Meinung in der Öffentlichkeit zu definieren. Natürlich beruft sich der Journalist auf die Pressefreiheit. Aber darf diese als so frei interpretiert werden, dass eine Faktenauswahl, eine falsche Aneinanderreihung von Wahrheiten ein verzerrtes Bild abliefen dürfen? Nein, das darf sie nicht.

Hinzu kommt, dass sich leider nicht jeder an den Pressekodex hält, der auf ethischen Überlegungen basiert, eigentlich die wenigsten. In Zeiten von Auflagenhöhe, Einschaltquoten und Mainstream-Selektionismus avanciert die Presse, als Teil der Medien, zu einem Instrument der Meinungsmache und weniger der neutralen Meinungsbildung. Und dies unter Nichtachtung sachlicher Abwägung zwischen Rechtsgut und Relevanz sowie der journalistischen Sorgfaltspflicht, die zur gründlichen Recherche, Vollständigkeit der Informationen, objektiven Wortwahl und zur wahrheitsgemäßen Berichterstattung verpflichtet, immer unter

Rücksichtnahme auf Privat- und Intimsphäre.

Es ist traurig und beschämend, wie durch schlechten Journalismus vielen Dingen in der Öffentlichkeit ein verzerrter Anstrich verpasst wird. Kratzt man nämlich die Fassade des Mainstream-Journalismus herunter, öffnet sich nicht selten ein tieferer und oft gegenteiliger Einblick.

Also, Kopf in den Sand stecken, gilt für mich nicht. Sehen, was Sache ist und Tacheles reden, das entspricht meiner Devise.

Dem gegenüber steht und lamentiert eine wuchernde Kaste von Marionetten, die sich als nihilistische Kritikaster erweisen, die nur nörgeln, ohne Alternativen aufzustellen, die diffamieren, um sich am Leid anderer zu weiden. Mit dieser Art, oder sagen wir besser Unart von Aasgeiern, die sich auf jeden noch so kleinen Brocken stürzen, um ihn medienwirksam auszuschlachten, möchte ich nichts, aber auch rein gar nichts zu tun haben. Vielen von ihnen begegne ich fast täglich, vor allem auf Kongressen, wie neulich in Bangkok.

Ich will Änderungen? Gut, dann muss ich dafür kämpfen, aktiv, engagiert und nicht zuletzt couragiert. Ohne Frage, einfacher tun sich Leute, die sich aus allem raushalten und die Regulierung etwaiger Missstände tunlichst dritten überlassen. Und ich Trottel, stapfe wie mit Elefantenfüßen durch den Porzellanladen und greife gezielt in alle umliegenden Fettnäpfchen, die sich mir bieten. Am Strand liegen, einen Cocktail in der einen Hand, eine Havanna in der zweiten, den farbgewaltigen Sonnenuntergang bewundern, das wäre eigentlich ratsamer, angenehmer, friedlicher - eigentlich. Allemal für den kurzen Moment, in dem man sich der Illusion hingibt, alles wie es ist sei gut wie es ist.

Damit hätte ich mich jeder Eigenverantwortung geschickt entledigt – oder nicht? Nein, eben nicht. Nichts tun, heißt geschehen lassen. Wer Unrecht zulässt, ohne sich dagegen zu wehren, billigt es nicht nur, er unterstützt es – ein Thema, das Charine und ich erst neulich in Bangkok diskutierten. Steh auf gegen das Unrecht, wo immer es sich zeigt, das ist eines Bürgers, eines Menschen Pflicht. Die Schwachen sind es, die die Starken gewähren lassen, es ist ihre Angst, die der Mafia, den Kriminellen, den Erpressern, den Schleppern Macht verleihen.

So leben die Mädchen und Kinder, die man zu Sklavendiensten zwingt, in ständiger Angst vor ihren Peinigern. Sie trauen nicht zu fliehen, nicht auszusagen. Sie schweigen und tun, was man von ihnen verlangt.

Ja, ich muss mich wehren, muss aufstehen und Widerstand leisten, vor allem muss ich Elaine aufspüren. Zunächst aber durfte ich meine sieben Sachen packen und endlich das Krankenhaus verlassen.

Unmittelbar vor meinem Abflug nach Paris erfuhr ich noch von Judd, dass sein oberster Chef, Chief Constable Mike Frazer, sich sehr aufgebracht über die Eigenmächtigkeit seines Untergeben Detective Chief Superintendent Ruppert Lewis zeigte und diesen vom Dienst suspendierte. Zeitgleich erwirkte der Chief Constable eine Hausdurchsuchung bei der Thompson & Sike Financial Management Ltd., dessen Vorsitzender Allan Lockwood sich vordergründig hilfsbereit zeigte und bemüht war, alle Verdächtigungen zu endkräftigen, mehr jedoch nicht. Man konfiszierte kartonweise Firmenunterlagen, deren Auswertung Monate dauern dürfte und der TSFM eine Verschnaufpause verschaffte, zusätzliche Spuren zu verwischen. Ein erster flüchtiger Blick auf die Firmenpapiere ergab, dass die TSFM neben der Einrichtung von Offshore-Firmen, als Teil ihrer Beratungstätigkeit, Reisen zur Besichtigung, der von ihr unterstützten Hilfsorganisationen, anbot. Die Betreuung vor Ort übernahmen dann Partnerfirmen – in Thailand war damit die CHE aus Gibraltar beauftragt, sprich Rainhold.

Allmählich kam Licht in die verworrenen Firmenstrukturen. Aufgrund ihrer guten Kontakte zu Polizei und Politik hatte die TSFM wohl kaum noch mit einer Hausdurchsuchung gerechnet und versäumt, belastende Unterlagen rechtzeitig beiseite zu schaffen. Zwischen dem Erscheinen des Zeitungsartikels und der fast zeitgleichen Hausdurchsuchung wird ihr kaum Gelegenheit geblieben sein, das Versäumte nachzuholen.

Wie dem auch sei, die beschlagnahmten Unterlagen lieferten ausreichend Material, unangenehme Fragen zu stellen. Ein Umstand, der der TSFM keineswegs recht sein dürfte. Immerhin gelangten mit den Papiere sensible Kundendaten in falsche Hände, nämlich in die der Behörde. Eine Indiskretion, die das Verhältnis zwischen TSFM und ihren Klienten empfindlich beeinträchtigen dürfte. Als Folge eines derartig schwerwiegenden Vertrauensbruchs waren Umsatzeinbußen leicht zu prognostizieren. Die Geschäftsleitung sah sich in Verzugszwang. Letztendlich blieb ihr nichts weiter übrig als, der Schadensbegrenzung zuliebe, Zugeständnisse zu machen. Ob aus diesen brauchbare Aufschlüsse abzuschöpfen seien, wird die Zukunft zeigen. Ich für meinen Teil hatte erst mal die Nase gestrichen voll und mir eine Erholungspause redlich verdient.

Diebisch freute ich mich auf die Tage mit Belinda.

Zuhause, in der Rue Sedillot, angekommen, eilte ich das Treppenhaus hinauf in den dritten Stock, mich am filigran verschnörkelten Eisengeländer festhaltend. Ich liebte dieses Haus im Jugendstil und vor allem meine großzügig angelegte Wohnung mit ihren drei Meter hohen Räumen, den Stuckbordüren und den großen bleiverglasten Fenstern, deren bunte Scheiben sich mosaikartig zu Bildern formten und dem einfallenden Licht eine wärmende Note verliehen.

Nur an meiner Ordnungsliebe haperte es partiell. Der natürliche Weg durchs Chaos hinterließ deutlich kleine, für mich unbedeutende Spuren. Der Satz der Entropie, dem Bestreben hin zur idealen Unordnung, fand in meiner Wohnhöhle eine prägnante, nahezu bestechende Beweisführung. Am deutlichsten trat dies auf meinem Schreibtisch zutage, der über und über mit Schriftstücken, Büchern, dazwischen eine Flasche Martinique-Rum und einem Aschenbecher mit dem Stummel einer kubanischen Zigarre, ein überladenes Bild ablieferte. Mir gefiel das durchaus, doch was mir zusagt, muss nicht jedem wohnlich erscheinen. Ob Belinda darüber genauso galant hinwegsehen würde wie ich, stand in den Sternen. Sicherheitshalber nahm ich mir vor, bis übermorgen diesem gemütlichen Durcheinander Abhilfe zu schaffen.

Es war Montag 15:45 Uhr. Mittwoch um 10:30 Uhr würde Belinda auf dem Flughafen Charles de Gaulles landen. Meine scharfe Schlussfolgerung: für eine detaillierte Säuberungsaktion blieb mir ein knapper Tag. Knapp, verdammt knapp. Ganz nebenbei hätte ich noch meinen Bericht für Pierre abzuschließen. Diesen auf dem Rückweg vom Flughafen in der Agentur vorbeizubringen, würde zeitlich allerdings reichen, da machte ich mir keine Sorgen.

Also flott ans Werk. Ich besorgte mir einige Putzutensilien und brachte meine Behausung auf Hochglanz. Es ging eigentlich schneller als ich zuerst befürchtet hatte. Den Müll auf meinem Schreibtisch verfrachtete ich in eine Kiste, diverse andere Wohnaccessoires, die rumlagen, verteilte ich auf Besenkammer und Kommode. Schnell noch gesaugt und Staub gewischt und schon erstrahlte mein Heim in neuem Glanz. An Küche und Bad brauchte ich kaum Hand anzulegen, die hielt ich immer pikobello sauber. Ich wechselte noch die Bettwäsche, legte eine zweite Garnitur Handtücher raus und fertig war die Chose. Ganz ungewohnt, mich an einem freien

Schreibtisch bewegen und die schöne Arbeitsplatte aus Kirschholz bestaunen zu dürfen. Manchmal hat so ein Besuch doch einen ungeahnt erfrischenden Einfluss auf das gesamte Umfeld.

Die Sondierung meiner Recherchen nahm dagegen mehr Zeit in Anspruch als ich dachte und kostete mich zwei Flaschen Bordeaux. Mit denen versuchte ich einerseits meinen Geist zu inspirieren und andererseits die Erinnerungen an die tragischen Erlebnisse zu ertränken. In meinem Kopf wechselten die Bilder von Licht und Schatten, von schönen und hässlichen Erinnerungen wie auf einer Berg- und Talbahn, die beängstigend an Fahrt aufnahm und meine Gedanken wild kreisen ließen.

Hätte ich nicht immer wieder liebevolle Unterstützung erhalten, mein Nervenkostüm hätte die Belastung kaum ausgehalten. Es waren die Häfen ruhiger Brandung, in denen ich vor Anker gehen durfte, mein Gemüt aufzutanken, mich zu erquicken an der Sanftmut faszinierender Frauen, toller Frauen, einzigartiger Frauen. Ohne ihre Gegenwart würde ich verkümmern, vertrocknen zu einem dürren widerstandslosen Halm, den Kopf depressiv hängen lassend und wenig Hoffnung schöpfend. In der Anmut einer Frau liegt diese Hoffnung tief verborgen, in ihr keimt das besondere Etwas, das Leben spendet, Sinn gibt. In Angesicht der scheußlichen und erniedrigenden Erlebnisse nahm diese Erkenntnis immer mehr Form an.

Mittwoch, 11:12 Uhr, die Automatiktür des Arrival Counters öffnete sich und eine atemberaubende Schönheit schwebte grazil hindurch, steuerte auf mich zu und schenkte mir ihr bezauberndes Strahlen. Sie ließ ihre Reisetasche zu Boden gleiten, warf ihre Arme um meinen Hals, drückte und küsste mich so leidenschaftlich, als hätte sie mich seit Jahren nicht gesehen. Gerührt erwiderte ich die innige Begrüßung.

Über die Geschehnisse der letzten Wochen plappernd, wobei ich ihr aber vorerst meine Schussverletzung verschwieg, fuhren wir überdreht albernd in die Rue Bonaparte des 6. Pariser Arrondissement, wo die Agentur Flaubert & Galliac einige Räumlichkeiten als Büro gemietet hat.

Es war gerade Mittagspause, niemand saß an seinem Arbeitsplatz, nur Pierre hatte auf uns gewartet, um uns zu begrüßen, sich dann aber kurz entschuldigt, um sich einen Happen Essen zu holen.

Die Tür fiel ins Schloss – wir waren allein, allein mit uns und unserer Sehnsucht, uns zu berühren, uns zu streicheln, zu liebkosen, uns zu lieben.

Wir taten es, vergaßen alle Scheu und benetzten uns mit Küssen, gaben uns unserem Verlangen hin, nur für Sekunden, Minuten, in denen wir uns zitternd umarmten, um nicht unerwünschten Blicken ausgeliefert zu sein.

Gerade rechtzeitig, denn im Flur knarrte die Eingangstür. Wir lachten verschämt und beeilten uns, unsere derangierte Kleidung wieder herzurichten. Was wir nicht mehr zu bereinigen vermochten, waren die erhitzten Wangen von Belinda, aber das war uns egal.

Nach einer intensiven Unterhaltung mit Pierre, in der wir die weitere Vorgehensweise zu unserem Masterplan durchsprachen, fuhren Belinda und ich zu meiner Wohnung, wo wir beendeten was wir im Büro unterbrechen mussten.

Gleich am nächsten Vormittag sprach ich mit meiner alten Freundin Florence einen Termin ab, um zu klären, ob sich Belinda als Model für ihre Dessous-Kollektion eignen würde.

Bis dahin hatten wir viel vor, schließlich besuchte Belinda zum ersten Mal Paris und Paris ist eine bemerkenswerte Stadt, die man nicht nur sehen, sondern erleben muss. Das Flair von Paris wird nicht vom Eiffelturm oder durch den Louvre bestimmt, Paris gewinnt durch seine Bewohner an Charme und Schönheit. Die Sehenswürdigkeiten haben sich zu reinen Touristenattraktionen entwickelt, wie leider in allen Großstädten. Stundenlanges Warten in endlosen Schlangen, überfüllte Plätze, ständig von Verkäufern belagert und belabert. Jeder möchte einem seinen Tinnef andrehen. Eifeltürmchen hier aus Silber, dort aus Messing, in groß, mittel oder klein als Schlüsselanhänger. Ein schickes T-Shirt mit einem Herz und der Aufschrift „I like Paris" – einfach toll. Oder die schmucke Tasche mit dem gleichen Slogan aus Kunstleder, einem Gürtel, Stirnband oder getoppt von einem Cappy mit großer Sonnenkrempe und natürlich mit den Worten „I like Paris". Wie geistreich und ausgefallen Souvenirs doch sein können. So einmalig und schräg, wie deren Käuferklientel: kurze helle Hose, Socken, Sandalen, ein bunt kariertes Hemd, eine sandfarbene Windjacke oder Weste. Durchschnittsalter gefühlte 68 Jahre. Ausnahmen bilden Japaner, die gackernd und hektisch schrill die Masse aufmischen. Auch das sollte man gesehen haben – einmal, in irgendeiner Stadt, aber nicht ständig.

Ich zog es vor, mich mit Belinda ins Café de Flore in Saint-Germain-des-Prés zu setzen. Dort widerfährt einem das Glück, sich selbst zwischen waschechten Pariser und Pariserinnen als Einheimischer, als Kind der Stadt fühlen zu dürfen, zwischendurch wenigstens.

Von der Architektonik der Gebäude fasziniert, schlenderten wir durchs Quartier Latin, querten den Jardin du Luxembourg, südöstlich zum Boulevard St. Michel hinunter an die Seine, vorbei an einigen Boukuinisten und dem berühmten Antiquariat Shakespeare and CO, dessen alten, mittlerweile verstorbenen Inhaber ich selbst noch hatte kennenlernen dürfen. Schnellen Fußes auf die Île de la Cité, einen Blick auf Notre Dame werfend und dann zurück, um sich den Scharen uniformierter Touristen zu entziehen, in die Seitengassen fliehend. Nach einer entspannenden Ruhepause bei zwei Café au Lait bummelten wir zur Metro Station Les Halles. Mit der U-Bahn ging es bis Pigalle, von wo aus wir zu Fuß berghoch über das pittoreske Künstlerviertel den Montmartre erklommen, bis hin zur Basilika Sacré-Coeur. Es ist ein erhebender Anblick von dort seine Blicke über Paris schweifen zu lassen. Vorausgesetzt, das Wetter spielt mit. Und es spielte, der Tag bescherte uns einen azurblauen Himmel mit bestechend klarer Fernsicht. Kein Smog, kein Dunst.

Am kommenden Morgen begaben wir uns schon sehr früh in ein Café, in mein Café, zu Madam Fleurant ins ‚La Petite Parisienne'. In der Frische des anbrechenden Tages wurden wir Zeuge, wie Paris erwacht – *Paris s'eveille* besang Jaques Dutronc einst diesen erhebenden Moment. Touristen wagten sich noch keine auf die Straße, die lagen noch in den Federn, ihren malträtierten Füßen Schonung gewährend. Jetzt in den frühen Morgenstunden gehört Paris den Parisern. Wir genossen diese authentische Atmosphäre von gelassener Geschäftigkeit, der die später aufkommende Hektik, wenn die Touristen über die Stadt herfallen, fremd schien. Nach dem Petit Dejeuner fuhren wir zu Madame Dussart, der Direktrice von ‚Haut Dessous', wo wir um neun Uhr einen Termin hatten.

Im Atelier ging es ziemlich chaotisch zu, es klickte und blitzte mit gedämpftem Licht. Sparsam bekleidete Schönheiten standen Pose, genervte Stimmen zeigten lautstark ihren Unmut über die mangelnde Professionalität einiger Modells. Das gesamte Bild war von Hektik getragen. Um nicht zu stören, schickte man uns in die Maske, dort auf Abruf bereit zu stehen. Wie lange es dauern würde, konnte uns keiner sagen, auch Florence nicht, die sich um alles kümmern musste. Schließlich verschlang jede Stunde Unsummen an Gagen. Dies bedeutet, alles muss wie am Schnürchen laufen, was es aber nicht tat und für Aggressionen sorgte. Es war uns ganz recht, wenn wir nicht als Blitzableiter für diese negativen Schwingungen herhalten mussten. Florence oder jemand aus ihrem Team würde uns schon abholen. Doch es dauerte, bis endlich ein schwuler Assistent von Florence den Raum betrat. Ein sympathischer junger Mann, sehr freundlich mit guten Manieren, allerdings, was ich keineswegs als störend empfand, mit sehr weiblichen Bewegungen – ganz zu schweigen vom typischen Singsang seiner Stimme. Tänzelnd geleitete er uns zu seiner Chefin, meiner alten Freundin Florence Dussart. Nachdem diese Belinda eingehend gemustert und sich ihrer praktischen Vorkenntnisse versichert hatte, fällte sie ihr Urteil schnell.

Belinda erhielt den Job. Vorerst für drei Tage, wo sie ein unerfahrenes Model zu ersetzen hatte, dann zwei Wochen später für die gesamte neue Dessous-Kollektion, so angetan war Florence von der natürlichen Ausstrahlung, den Bewegungen und dem grazilen Auftreten meiner linda Belinda.

„Du Schwerenöter hast Dir da ja etwas ganz Niedliches angelacht", schmunzelte Florence in Gegenwart von Belinda, die bei dem Wort Schwerenöter hellhörig wurde.

„Ist sie nicht wunderbar?", befleißigte ich mich schnell, abzulenken. Und zu Belinda gewandt, meinte ich: „Da kannst Du gleich mal in die Pariser Haut Couture hineinschnuppern, währenddessen ich noch so einiges in Paris zu erledigen habe."

„Schwer nötige Dinge, wie ich vermute." Dabei zog sie eine gespielt missmutige Schnute, worauf Florence und ich grinsen mussten.

„Gute Wahl, ich sagte es ja", betonte Florence.

„Hast Du bei mir schon einmal eine schlechte Wahl erlebt", fragte ich Florence gedankenlos, denn ein tiefes Knurren deckte meinen Fauxpas postwendend auf.

„Eigentlich nicht, aber ist sie nicht ein wenig zu jung für Dich? Ich denke, sie wird Dich ganz schön aufmischen." Dabei blinzelte sie mit einem Auge in Richtung Belinda, die sich für die Unterstützung sichtlich freute.

Ich musste schlucken, zwei vorlaute, unerzogene Frauen gegen einen schwachen Mann, das konnte ja heiter werden.

„Es sind bloß knappe fünfzehn Jahre", erklärte ich beschönigend. Belinda möchte mich immer älter machen und rundet die Jahreszahl gerne auf. Sie sieht mich wohl schon im Seniorenheim und hat Angst, mich pflegen zu müssen.

„Tue ich das nicht schon jetzt“, mischte sich Belinda ins Gespräch und hob dabei ihr hübsches Näschen triumphierend.

„Aber nur, weil Du mich bemuttern willst, wie eine Glucke ihr Küken.“

„Ja, so klein, hilfsbedürftig und wuschelig kommst Du mir auch manchmal vor“, behaupte Belinda im Brustton der Überzeugung.

Jetzt fand sie sich in ihrem Element. „Mit Deinen großen Augen suchst Du hilflos nach Futter, schnäbelst mal hier und mal dort …“

Ich unterbrach, sie: „Genau, mal hier und mal dort, grinste ich zweideutig.

Sie stutzte und ärgerte sich sofort über ihre missliche Wortwahl, die mir einen Vorsprung im Wortgefecht verschaffte.

„Unser Pascal war zwar noch nie ein Kostverächter, aber einer mit Herz“, lenkte Florence ein.

„Ich danke Dir Florence, Du hast mich gerettet. Sonst würde morgen in der Gazette ein Beitrag zu lesen sein, von einem armen Fotografen, dem ein wildes Tier das Gesicht zerkratzt hätte.“

„Puh, Du Aufschneider! … So schlimm bin ich doch gar nicht“, murrte Belinda gespielt zerknirscht.

„Nein, wirklich nicht.“ Ich legte einen Arm um sie und küsste sie auf die Wange. Ihr Grinsen und der leichte Augenschlag in Richtung Florence ließen mich erschreckt erkennen, dass ich schon wieder in eine Falle getappt bin und Belinda mich genau dort hatte, wo sie mich haben wollte, nicht wo ich hin wollte. Oder strebten wir beide dem gleichen Ziel entgegen? Vermutlich, denn wir zeigten uns zufrieden über die Situation, so wie sie ist und amüsierten uns über unsere Verbalgefechte.

Florence und Belinda verabredeten sich für den nächsten Tag, früh am Morgen, zu einem Foto-Shooting. Zufrieden und guter Laune verabschiedeten wir uns, trödelten durch die Straßen und sogen die Atmosphäre dieser beeindruckenden Großstadt in uns auf.

„Läuft ja alles wie geschmiert“, meinte ich. „Du hast Arbeit, ich Gelegenheit, die meinige wenigstens halbwegs abzuschließen. Und wenn die drei Tage um sind, lade ich Dich ein, mit mir an den Atlantik zu fahren, in unser kleines Ferienhäuschen in der Bretagne – was hältst Du davon?“

„Das wäre schön“, antwortete sie verträumt und drückte ihren eingehakten Arm fest an den meinen.

Die drei Tage verliefen jedoch nicht so ruhig, wie ich es mir ersehnt hatte. Belinda verließ bei Zeiten das Haus und kehrte immer erst spät abends heim, ermattet und müde von der Arbeit. Mir ging es ähnlich, mein Tagesablauf war durchgeplant mit Besprechungen, Telefonaten, Bibliotheksbesuchen, Internetrecherchen, dem Sortieren von Fakten und schließlich dem Niederschreiben der Ergebnisse im Computer. Dazwischen schreckte mich ein Anruf von Judd auf.

Wie ich vermutete, war die TSFM um Schadensbegrenzung bemüht. Nachdem die beschlagnahmten Firmenpapiere noch nicht den erwünschten Erfolg gebracht hatten, schon gar nicht, was den Verbleib von Rainhold Schachermair anbelangte, und der Druck der Behörde zunahm, sah sich Allan Lockwood genötigt, sich um einiges weiter aus dem Fenster zu lehnen. Alles, um den guten Ruf der Firma zu bewahren, wie er anklingen ließ. Er trüge schließlich die Verantwortung für das Unternehmen. Nur, und ausschließlich aus diesem Grunde gäbe er Firmeninterna preis und untergrabe damit das Vertrauen seiner Kunden. Dies fiele ihm ausgesprochen schwer, wie er behauptete, aber es bliebe ihm keine andere Wahl, um der Kriminalpolizei dienlich zu sein. Dies verlange schließlich seine Bürgerpflicht von ihm. In Wahrheit suchte er den unliebsamen Nachforschungen Einhalt zu gebieten. Zumindest war das die Meinung von Judd, der mich telefonisch haarklein über den Fortgang der Ermittlungen aufklärte.

„Ich erzähle Ihnen das so breit, lieber Pascal, weil Ihnen im Anschluss eine besondere Rolle zugedacht wird“, offenbarte mir der Chief Inspector vielsagend und gab sich damit sehr geheimnisvoll. „Ich habe diesbezüglich auch schon mit meinem Amtskollegen in Paris, einem Capitaine Bernard Bordier, den Sie ja recht gut kennen, Rücksprache gehalten. Er findet, Sie würden die Rolle bestens besetzen“, wobei seine Stimme ein spitzbübisches Gurgeln vernehmen ließ.

„Was für eine Rolle? Ich habe genug von Auftritten, die nicht auf meine Person zugeschnitten sind“, murrte ich. „Und von wo aus rufen Sie überhaupt an?“, drängte ich zu erfahren.

„Keine Angst, es handelt sich nur um eine kleine Statistenrolle, die perfekt auf Sie abgestimmt ist, darauf können Sie Gift nehmen.“

„Danke nein, verzichte! … Spannen Sie mich nicht auf die Folter, welcher Part soll mir zufallen? Für welches Fettnäpfchen haben Sie mich wieder auserkoren“, bohrte ich missmutig.

„Geduld, erst lassen sie mich berichten, was inzwischen passiert ist“, vertröstete mich Judd Spencer. „Im übrigen sitze ich gerade mit Capitaine Bernard Bordier bei einem Café au Lait in Montpellier.“

„Schön! ... Und was tun Sie dort?“, fragte ich verdutzt.

„Gleich! - Wir haben nämlich einen Hinweis erhalten, der ganz vielversprechend klingt. Unsere Absicht lag ja darin, Mr Lockwood in die Enge getrieben. Dies ist uns vortrefflich gelungen. In einer Zwickmühle sitzend konnte er sich winden und drehen wie er wollte, der nächste Schachzug ging an uns. Lockwood konnte sich an drei Fingern abzählen, dass der Trubel um seine Firma mit all seinen Nebenschauplätzen, wie Hausdurchsuchungen und Presseberichten, erst mit der Ergreifung von Rainhold Schachermair enden würde. Das bedeutete, die Polizei würde bohren und bohren und bohren – solange bis man ihr Rainhold als Knochen vor die Füße werfen würde, sozusagen als Friedensangebot. Erst dann könne man in der TSFM damit rechnen, weitgehend vor weiteren polizeilichen Ermittlungen und lästigen Presseberichten verschont zu bleiben. Als Vollstrecker wurde Allan Lockwood auserkoren. Geschickt, als hätte er und seine Firma nichts mit den unangenehmen Vorfällen zu tun, spielte er Scotland Yard einige Daten zu, die einen Hinweis auf die Aktivitäten von Rainhold Schachermair gaben. Dieser sei es schließlich, der die Reisegruppen in Thailand in Eigenregie betreue, betonte Allan Lockwood. Wie er dies umsetze, entzöge sich jedoch seinem Kenntnisstand. Er, bzw. seine Firma Thompson & Sike Financial Management Ltd. wickele alle Modalitäten mit einer Firma in Singapur ab, die einen ähnlichen Namen wie die seine trägt, dem Thompson Financial Trust. Diese stelle die Verbindung zwischen seiner und der Child Hood Europe her. Von letzterer sei Herr Schachermair der zuständige Ansprechpartner.

„Okay, das wussten wir ja bereits“, schob ich ein.

„Ja, aber nicht genug damit, denn der eigentliche Knochen, oder besser gesagt das Bauernopfer Rainhold, fehlte noch. Folglich sah man sich seitens der TSFM veranlasst, einen Hinweis auf Rainholds Aufenthaltsort zu geben. Lockwood gab an, dass dieser zurzeit ein Seminar in Frankreich besuche und zwar in einem alten umgebauten Kloster zwischen Millau und Rodez in den Midi-Pyrénées des Département Aveyron, nordwestlich von Montpellier.

Laut Website bietet das Kloster Seminare zur Weiterbildung hochgestellter Persönlichkeiten an. Unser Anruf bei der Kriminalpolizei in Montpellier ergab allerdings ein differenzierteres Bild. Das Anwesen stand schon seit längerem in Verdacht, als Amüsement Hotel für Mitglieder der Mafia zu fungieren. Schon öfter seien zwielichtigen Damen in benachbarten Krankenhäusern behandelt worden, die auf dem Anwesen angeblich einen Sportunfall hatten. Laut Ärztebericht handelte es sich jedoch jedes Mal um Misshandlungen und nicht um Unfälle. Da die Damen, übrigens oft sehr junge, diese bestritten und auch keine Anzeige erstatteten, hätte man keine Handhabe, tätig zu werden. Vermutungen allein reichten da nicht aus, egal was in der Nachbarschaft gemunkelt wurde. Immerhin gab es einige glaubwürdige Hinweise, die nun mit der Aussage von Allan Lockwood endlich an Gewicht gewannen und für einen Durchsuchungsbefehl ausreichten. Dieser ist beantragt und wir denken, morgen schon zuschlagen zu können. Wenn Sie sich beeilen und noch heute Abend in Montpellier eintreffen, dann könnte ich Sie mitnehmen."

„Das klingt vielversprechend, doch weiß ich nicht so recht, was ich da verloren habe? Den Triumph, eventuell Rainhold bei der Festnahme in die Augen zu schauen? Hmmmm? Das wäre doch arg schadenfroh, meinen Sie nicht Judd?", gab ich zu überlegen.

„Mein lieber Pascal, ich habe Ihnen noch nicht alles mitgeteilt. Es gibt nämlich Aussagen, wenn auch unbestätigte, dass dieses schlecht zu überwachende Gemäuer noch anderen Zwecken dient." Er machte eine Spannungspause, die mich aufhorchen ließ.

„Und?", meinte ich, „welchen Zwecken?", fragte ich argwöhnisch geworden, denn ich musste automatisch an mein letztes Erlebnis mit den 'Indianern' denken.

„Als Sammel- und Umschlagplatz für junge Mädchen, die von dort weiter verteilt werden, teils nach Marseille, um per Schiff in den Nahen Osten und überall dorthin verfrachtet zu werden, wo für sie viel Geld zu erzielen ist. Andere werden auf dem Landweg in Bordells nach Frankreich, Deutschland, Belgien und Holland verteilt. Konkrete Beweise dafür gibt es bis dato noch keine. Es sind Vermutungen, die aufgrund vieler gesammelten Aussagen einiger aufgegriffener Mädchen dieses Bild vermitteln."

„Das hieße, wir ..."

„Genau!", unterbrach er mich. „Das hieße, hier könnte sich eine Spur von Elaine auftun. Wollen Sie da nicht selbst vor Ort sein, lieber Pascal?"

„Und ob ich das will", rief ich begeistert in den Hörer. „Ich werde umgehend einen Flug nach Montpellier buchen. Können Sie mich vom Flughafen abholen?", fragte ich Judd.

„Natürlich, aber das übernimmt Capitaine Bordier! Schicken Sie mir oder besser gleich ihm eine SMS, wann sie ankommen, einer von uns wird in jedem Fall dort sein."

„Oh, mein Gott! - Wenn das wahr ist, wäre das ja der erste Hoffnungsschimmer, der mehr als nur Hoffnung zu bieten hat." Aufgewühlt klickte ich das Gespräch weg.

Zwei Maschinen gingen heute noch nach Montpellier. Ich nahm die spätere, sodass ich gegen 21:00 h in Montpellier sein würde. Gesagt getan, Bernard wartete bereits und empfing mich freudig. Am frühen Morgen gedachte man exakt um Null Fünfhundert Bravo zuzuschlagen, was so viel wie pünktlich um 05:00 Uhr früh Sommerzeit heißt. Bevor es soweit war, gab Bernard bei einem leichten Abendessen Judd und mir einige interessante Informationen zu dem ehemaligen Kloster.

„Das alte Gemäuer gehörte früher zu einer Komturei der Tempelritter, wurde in späteren Jahren von Mönchen bewohnt und erst vor einigen Jahren von der TSFM käuflich erworben und zu einem modernen Seminarhotel umgebaut", erklärte Bernard. „Die Gebäudeanlage, errichtet aus schweren Felsbrocken, lädt mit weiten Wandelgängen im gotischen Stil und einem alten achteckigen Glockenturm, in ihrer mystischen Faszination, förmlich zum Meditieren und Entspannen ein. Efeu, wilder Wein und zahlreiche Rosensorten ranken am alten Gemäuer empor und schaffen ein nostalgisches Flair. Weit abgelegen, nur über eine private Talstraße zu erreichen, führt ein Schotterweg entlang eines Baches auf einer Allee mit alten Eichen zum versteckten Gehöft. Mitten in einem wildromantischen Park gelegen, grenzt es an einen See, dessen dunkles, blaugrünes Wasser eine kühle Erfrischung verspricht. Er ist über und über mit Seerosen bedeckt, umsäumt von Schilfwedeln, die in pastellfarbenem Olive schimmern und nach feuchtem Gras riechen. Ein schmaler einspuriger Weg führt den Spaziergänger über eine alte Holzbrücke, die bei jedem Schritt ein sanftes aber tiefes Ächzen vernehmen lässt. Weiter durch verwunschne Pfade, eingetaucht in ein Meer von Grün und der Pracht einer bunten, lieblich duftenden Blumenvielfalt. Das Gewässer nährt sich von den vielen kleinen Rinnsalen der umliegenden Hügelkette, die in der Regenzeit bedenklich anschwellen und dem Seitental sein fruchtbares Feucht spenden. Zusätzlich sprudelt eine Quelle mit reinstem Trinkwasser aus der Tiefe des felsigen Bodens.

Geomantisch gesehen, liegt der Ort sehr geschützt, von steifen Winden verschont und durch seine klimagünstige Lage von der Sonne erwärmt. Dies nutzten bereits die alten Klosterbrüder, die an den Südhängen zahlreiche Weinstöcke kultiviert hatten, von denen jedoch nicht mehr viele übrig sind. Eindrucksvoll stellt eine üppige Vegetation mit uralten knorrigen Eichen, Buchen, Pinien und einigen hochgewachsenen Obstbäumen ihre natürliche Schönheit zur Schau und erweckt den Eindruck, als sei hier die Zeit stehengeblieben. Verstärkt wird diese Aura durch den ursprünglichen Charme, den sich die mittelalterliche Anlage trotz der Umbaumaßnahmen bewahrt hat."

Damit endete Bernards blumige Beschreibung, die mich zu der Frage veranlasste: „Haben Sie früher in einem Reisebüro gearbeitet, lieber Bernard, und wollen uns diesen traumhaften Ort für unseren nächsten Urlaub schmackhaft machen?", schmunzelte ich begeistert, ihm für seine Darbietung Anerkennung zollend. Fügte dann aber ernst hinzu: „Und in diesem Garten Eden soll sich Rainhold verstecken?"

„Mr Lockwood behauptet es", gab Judd zu bedenken. „Es wird wohl stimmen, denn nur unter der Bedingung einer Festnahme von Herrn Schachermair kommt ein Deal mit der Polizei zustande. Dessen ist sich Mr Lockwood bewusst. Wer nichts von diesem Agreement ahnt, ist allein Herr Schachermair. Deshalb sind wir der Überzeugung, er wird sich dort aufhalten.

„Gut! Warten wir es ab. Jetzt möchte ich mich jedoch zurückziehen, der Tag war lang und anstrengend. Und der kommende wird es sicherlich ebenso. Gute Nacht Judd, gute Nacht Bernard, wecken Sie mich bitte rechtzeitig!"

„Das übernehme ich mit Freuden", tönte Bernard schadenfroh.

„Schlafen Sie gut!“

Die Sondereinheit startete Punkt Null Fünfhundert Bravo. Der Einsatz lief präzise ab, wie ein Schweizer Uhrwerk. Bei dieser Sondereinheit handelt es sich um eine Spezialeinheit der EUROPOL, die unter dem Decknamen VIPER agiert. Sie wurde für heikle Aufgaben vom MI-5, BND und dem DGSE, dem französischen Geheimdienst und Nachfolgeorganisation des Deuxième Bureau, ins Leben gerufen. Ihre Aufgabe besteht darin, in der EU, bei grenzüberschreitender Bandenkriminalität, den langen und oft behäbigen Amtsweg zu umgehen, verdeckt zu arbeiten, blitzschnell und effektiv zuzuschlagen und damit hoch effiziente Ergebnisse zu liefern – eben wie eine Viper. Hier bei Rodez hatten sie leichtes Spiel, sie drangen schließlich nicht in einen Hochsicherheitstrakt der Mafia ein, gut gesichert durch bewaffnetes Wachpersonal. Es ging lediglich darum, alle Fluchtwege zu kontrollieren und das Wespennest auszuheben. Für diese Eliteeinheit ein Spaziergang, so schien es zumindest.

Unterstützt von einem Hubschrauber rasten drei Einsatzwägen vor den Hoteleingang, wir hinterher im vierten, ein fünfter versperrte die Zufahrt von der Hauptstraße aus. Verbindungen über Nebenwege gab es keine, zumindest keine, die für Autos passierbar wären, für Motorräder allerdings schon. Und genau dies hatte man nicht bedacht. Als die Sondereinheit ausschwärmte und gerade im Begriff stand, den Gebäudekomplex einzukreisen, öffnete sich ein schweres Holztor auf der Rückseite des Anwesens, aus dem eine Geländemaschine davonstob. So schnell wie das Motorrad auf einem der Wanderwege verschwand, konnten die Agenten der Spezialeinheit kaum schauen.

Auf den Fahrer zu schießen wäre keine adäquate Maßnahme gewesen, denn man wusste erstens nicht, wer sich unter dem Helm verbarg, zum anderen bestand keine unmittelbare Bedrohung durch diese Person. Ein Schusswaffengebrauch kam also keinesfalls infrage. Handelte es sich bei dem Fahrer überhaupt um die Zielperson? Eine Antwort darauf musste im Moment noch zurückgestellt werden. Erst nach Ergreifung des Flüchtigen erwartete man Gewissheit. In weiser Voraussicht hatte das Kommando Viper einen Hubschrauber angefordert, der sofort die Verfolgung des Flüchtigen aufnahm. Ein Entkommen der flüchtigen Person war daher kaum denkbar. Das bergige Gelände erwies sich außer einigen Waldzonen zu offen, um sich dauerhaft darin verstecken zu können. Über kurz oder lang würde die Person gestellt werden, da waren sich alle einig.

Bis jetzt schien sich dies jedoch nicht zu bestätigen, so gekonnt wie der Lenker der Geländemaschine diese über Stock und Stein steuerte. Die großen Stollen der Reifen fraßen sich regelrecht in den Untergrund, schleuderten wütend Steine nach hinten, als wollten sie etwaige Verfolger damit abschießen. Ob größere Felsbrocken oder umgestürzte Baumstämme, kein Problem für den Fahrer, der sein Zweirad beherrschte, als wäre er mit ihm verwachsen.

Ich tippte Bernard auf die Schulter und meinte: „Ich weiß nicht recht, irgendwie kommt mir diese stuntmanreife Leistung merkwürdig vor. Noch nie habe ich Rainhold auf einem Motorrad sitzen sehen, geschweige denn, ihn davon reden hören, wo er sich doch sonst so gerne mit seinen Fähigkeiten und Hobbys brüstet.“ In mir nährte sich der Zweifel, ob es sich bei dem Flüchtigen tatsächlich um Rainhold handle, ob sich Rainhold hier überhaupt aufhält.

Unmittelbar nach der unerwarteten Flucht der vermeintlichen Zielperson zog man zwar die örtliche Polizei hinzu und bat sie, Straßensperren zu errichten, aber die Umsetzung erfolgte nicht so zügig, wie man hoffte. Jetzt bekam die Sondereinheit ihre Überheblichkeit zu spüren, alles im Alleingang abwickeln zu wollen. Sie hatte es nicht für nötig gehalten, die dortige Polizei mit in die Aktion einzubeziehen. Wenn auch mit plausiblem Grund, denn man befürchtete, es könne etwas durchsickern, der Fuchs gewarnt sein und zu früh seinen Bau verlassen. Nun schien er auch ohne Warnung über alle Berge zu sein. Nicht ganz, er konnte zwar einem Hubschraubermanöver geschickt ausweichen, rutschte allerdings in der folgenden Kurve wegen zu hoher Geschwindigkeit von der Fahrbahn und prallte an eine Böschung. Als man den Verletzten geborgen hatte, erkannte man den Irrtum, dem man aufgesessen war – es handelte sich nicht um den Gesuchten.

Judd biss sich auf die Lippen und fluchte: „Damned!“, während Bernard wohl das gleiche Wort in französisch auf der Zunge lag.

Dummerweise konzentrierten sich die Spezialkräfte vorrangig auf das Fluchtgeschehen, anstatt parallel dazu das ehemalige Rittergut gründlich zu inspizieren. Schließlich galt der Auftrag in erster Linie der Ergreifung von Rainhold Schachermair und der floh gerade mit einem Motorrad, wie man glaubte. Als man per Funk über die Finte informierte wurde, holte man das Versäumte rasch nach. Doch es war bereits zu spät. Rainhold war nicht auffindbar. Auch sonst wurde niemand auf dem Anwesen entdeckt, keine Frauen, keine Mädchen, nur Angestellte. Man glaubte schon, Rainhold hätte bei Zeiten Wind von der Aktion bekommen und hätte bereits vor dem Eintreffen der Polizei das Weite gesucht. Gleiches könnte für eventuell vorhandene Drittpersonen oder Gefangene gelten.

„Doch wozu dann das Theater mit der Flucht?", überlegte Bernard laut. Oder war es kein Theater, handelte es sich bei dem Gefassten, der sich bisher in Schweigen hüllte, vielleicht um eine wichtige Schlüsselfigur?

Michael Piers, Leiter der Einsatzgruppe, zeigte sich sichtbar mürrisch wegen des bisherigen Misserfolgs, vertrat jedoch die feste Überzeugung, die Zielperson hätte das Anwesen noch nicht verlassen. Er folgte einer Ahnung, man könnte sagen, seinem Bauchgefühl, und schickte seine Spezialisten ein zweites Mal aus, das mittelalterliche Gemäuer jetzt um so präziser zu durchsuchen. Er mahnte, daran zu denken, dass die damaligen Templer durchaus geheime Schutzräume und Gänge eingerichtet haben könnten. Man lebte im 12. und 13. Jahrhundert schließlich in einer unruhigen und gefährlichen Zeit. Nicht umsonst entstanden Trutzburgen, die vor Übergriffen schützen sollten. Die Beamten tasteten sorgfältig alle Wände ab, klopften sie ab, rückten Stellagen, Bücherregale und große Wandteppiche sowie Bilder zur Seite – nichts. Kein Hinweis auf eine Geheimkammer, keine Spur von Rainhold oder anderen Personen. Es war echt zum Verzweifeln, sollte dieses Phantom wieder entkommen sein und meine Hoffnung bezüglich Elaine dahin?

Es war der Hartnäckigkeit von Michael Piers zu verdanken, dass man die Aktion nicht abbrach, wie es einige der Agenten resigniert vorschlugen. Piers ließ alle sichtbaren Ausgänge des Gebäudes bewachen, während er mit einer kleinen Gruppe begann, systematisch Raum für Raum, Gang für Gang ein drittes Mal zu kontrollieren. Wir, das heißt Bernard, Judd und ich durften dem Ganzen beiwohnen, quasi als Beobachter aus der letzten Reihe.

Piers blieb auf einmal an einer Ziegelmauer in einem der Kellergänge stehen und betrachtete sie kritisch, fuhr prüfend mit dem Zeigefinger entlang einiger Fugen, zog sein Taschenmesser heraus und führte dessen Klinge so weit es ging in die Schlitze zwischen den Mauersteinen.

„Sehen Sie", meinte er zu seinen Kollegen bedeutungsvoll und deutete mit der Messerspitze auf einige ineinander verzahnte Ziegelsteine. „Hier befindet sich in den Fugen kein Mörtel." Die hohlen Fugen, auf die er zeigte, zogen sich im Zickzack vom Boden bis etwa zu einer Höhe von 0,60 Meter, dann ca. 80 cm in die Breite und wieder hinab bis knapp über den Boden.

„Seltsam", grübelte Piers laut.

Ein flüchtiger, ungeübter Blick hätte darüber hinweggesehen, erst nach genauerer Betrachtung fiel dieses Zackenmuster auf. Piers nahm diese Merkwürdigkeit genauer in Augenschein und bemerkte am Boden eine feine Staubschicht, höchstens zwei Millimeter dick, die sich über eine Breite von etwa 80 cm unmittelbar an der Mauer entlangzog, wie eine Schnur. Das Interessante daran war, dass die unscheinbare Wulst aussah, als hätte man sie dort hingekehrt. Das ergab eigentlich keinen Sinn … es sei denn, hier befände sich eine Geheimtür, die sich in einen verborgenen Gang hinein öffnen ließ und beim Schließen Staub vor sich her schob, der dann den dünnen Schmutzwall unmittelbar vor der Mauer formte.

Piers suchte außerhalb dieser hohlen Fugen nach weiteren Stellen ohne Mörtel. Es gab zahlreiche, aber nur flache. Er benötigte ganze 20 Minuten, bis er eine Stelle fand, die tiefer zwischen die Steine führte. Dort setzte er behutsam seine Messerspitze an und stocherte mit der Klinge im Spalt herum. Zuerst befürchtete er, die Klinge ließe sich ergebnislos bis zum Heft in die Ritze schieben, ohne auf den vermuteten Widerstand zu stoßen. Doch da war er – ein biegsames Etwas, das auf Druck langsam nachgab. Piers drückte fester und bemerkte auf einmal ein deutliches Schnappen, worauf der zackig umrissener Teil der Mauer auf der einen Seite um wenige Zentimeter ins Mauerwerk hinein klappte. Schnell zog Piers sein Messer aus der Fuge und benutzte es als Stemmeisen, um das aufklaffende Mauerteil weiter ins Wandinnere zu hebeln, während er gleichzeitig mit der anderen Hand kräftig gegen die bewegliche Steinwand drückte. Siehe da, Sesam öffnete sich, die Wand schwang wie eine Tür nach innen auf, lediglich von einem leisen Knirschen begleitet.

Sofort zielten die Agenten mit gezogenen Pistolen auf den dunklen Raum, der sich ihnen nun darbot. Zwei Beamte leuchteten in kniender Haltung mit ihren LED-Lampen in den Geheimraum. Es war kaum etwas zu erkennen. Vorsichtig zwängten sich die Agenten, einer nach dem anderen, durch die enge Öffnung. Dahinter bot sich ihnen ein kleiner viereckiger, muffig riechender Raum, der leer war, fast leer. Als einziger

Gegenstand befand sich eine alte, ziemlich große Kleiderkiste an der gegenüberliegenden Wand. Handelte es sich hier lediglich um ein Versteck, dessen Aufgabe es war, Wertgegenstände vor Dieben zu schützen? Piers schien zuerst etwas ratlos. - Wir ebenfalls, vor allem mir schien sich die Enttäuschung ins Gesicht geschnitten zu haben. Bernard legte seine Hand auf meine Schulter, sagte kein Wort, aber seine nach unter gezogenen Mundwinkel sprachen Bände.

Unsere Niedergeschlagenheit war verständlich, zuerst der Triumph, einen geheimen Raum gefunden zu haben und jetzt war dieser leer. Anscheinend wussten die jetzigen Hotelbesitzer selbst nichts von diesem Raum, so modrig wie er roch, meinten die Agenten und wollten das Kellerverlies schon unverrichteter Dinge verlassen.

Aber Michael Piers war ein Jäger mit dem Instinkt und der Beharrlichkeit eines alten nordamerikanischen Waldläufers. Wenn er erst einmal die Fährte gewittert und aufgenommen hatte, verfolgte er sie unbeirrt. Wenn der Raum nicht bekannt wäre, wie käme dann der schmale Saum aus Dreck am Boden vor der Geheimtür zustande, fragte er seine Begleiter?

„Werfen Sie mal einen Blick hierher!“, rief Piers freudig. Mit seiner Taschenlampe hatte er den Boden Stück für Stück abgesucht und deutete nun auf Teilabdrücke von Schuhsohlen, die im feinen Staub kaum sichtbar waren. Er bückte sich, nahm einen der Abdrücke genauer unter die Lupe und las daraus: „Ich möchte wetten, hier ist vor kurzem jemand gegangen. Sehen Sie selbst, die Konturen der Eindrücke sind noch ziemlich klar umrissen und nicht eingefallen.“

Piers schien sich seiner Sache absolut sicher und befahl einem Agenten, auf die Geheimtür hinter ihnen Acht zu geben, damit sie nicht zufiel. Die anderen wies er an, die Wände sorgsam zu überprüfen, wie zuvor im Gang. Er selbst folgte langsam den Fußabdrücken, die vor der Truhe endeten. Ob sich der Gesuchte darin versteckt hatte? Groß genug wäre sie. Piers richte seine Waffe auf die Truhe und rief: „Kommen Sie heraus und nehmen Sie die Hände hoch!“ Nichts rührte sich. Ein zweites Mal wiederholte Piers seine Forderung. Vergeblich, wieder geschah nichts, worauf Piers einem seiner Mitarbeiter einen Wink gab und andeutete, auf sein Zeichen hin, den sperrigen Kistendeckel ruckartig anzuheben.

Piers zeigte mit den Fingern 3-2-1-los! - Die Klappe krachte nach oben, mehrere Taschenlampen leuchteten flutlichtartig in das Innere, in ein leeres

Innere.

Enttäuscht sanken Pistolen und Lampen zu Boden, ebenso die Köpfe.

„Halt!“, ertönte die überraschte Stimme eines Agenten. „Hier sind Schleifspuren zu erkennen“, wobei er mit dem Lichtkegel seiner Taschenlampe auf diese leuchtete. Tatsächlich sah man deutliche Kratzspuren im steinerne Boden, die in eine Richtung wiesen. Das recht hohe Möbelstück musste also öfters verschoben worden sein. Und genau das tat man umgehend. Zwei Mann packten seitwärts an und drehten das Ungetüm entlang der markanten Rinnen.

Man staunte nicht schlecht, als dahinter eine weitere niedrige Öffnung zum Vorschein kam, die man allerdings nur kriechend passieren konnte und die in einen stickigen Gang mündete. Vorsichtig leuchtete man das Innere ab und konnte erkennen, dass sich der Fluchtgang nach einigen Metern deutlich verbreitete.

Vorsichtig drangen die Agenten in den Schacht, erst auf allen Vieren, dann in gebückter und einige Stolperschritte später in aufrechter Haltung, immer den Zeigefinger nervös am Abzug ihrer Automatikwaffen. Nach weiteren zehn Metern weitete sich der Tunnel zu einem geräumigen Gewölbe, das die Erbauer einst mit viel Mühe in den Felsen geschlagen hatten. Wozu, ließ sich nicht erkennen. Vielleicht diente der Raum früher als Lagerraum. Es befanden sich aber weder Regale noch sonst irgendwelche Möbel darinnen, er war vollkommen leer. Decke und Wände waren kahl und wegen ihrer Kälte mit einer feuchten Schicht Kondenswasser benetzt. An der rechten Wand gewahrte man eine schief sitzende Holztür, die schon bessere Zeiten erlebt haben musste, so verrostet wie ihre Eisenscharniere bröckelten. Kein Wunder, bei der hohen Luftfeuchtigkeit, die in dieser unterirdischen Felsenhöhle herrschte. Behutsam zog ein Agent die unverschlossene Tür auf, während die anderen den Eingang sicherten. Leise quietschten die alten Türangeln und das modrige Holz knarrte unter der ungewohnten Belastung.

Ein tiefschwarzes wagerechtes Loch tat sich auf, alles verschlingend und furchteinflößend. Heraus drang ein feiner singender Luftzug, der in den Ohren der Agenten wie das ferne Wehklagen von eingemauerten Seelen klang, die mit ihrem unheimlichen Todesgesang die Nerven der Polizisten aufs Äußerte strapazierten. Die Tür hatte bisher diesen Durchzug verhindert, was darauf schließen ließ, dass es am Ende des Tunnels eine

Öffnung nach draußen geben müsse. Ob es sich dabei um einen Belüftungsschacht oder einen Ausgang handelte, konnte man noch nicht sagen. Piers vermute allerdings sehr stark, dass der Weg nach draußen führe. Wer in der Lage war, so einen Stollen in den Fels zu hauen, der baute sicherlich keine Sackgasse, sondern einen Fluchtweg, meinte Piers. Die geraden kurzen Gänge bestätigten seine Vermutung, denn sie bogen immer wieder abrupt ab und ließen jede übereilte Verfolgung zu einem Wagnis werden. Ein Fliehender hätte freies Schussfeld, während ein Verfolger wie auf dem Präsentierteller eine gute Zielscheibe bot. Es existierte keine Nische, sich einem etwaigen Geschosshagel zu entziehen, nur nackte ebene Wände. Trotzdem arbeiteten sich die schwarz gekleideten Einsatzkräfte langsam voran, jeden Augenblick einen Angriff befürchtend. Doch es ereignete sich nichts dergleichen.

Plötzlich vernahmen wir in der Ferne ein leises Knacken und zuckten erschrocken zurück, hinter der letzten Biegung Schutz nehmend. Wir warteten und lauschten. Man hätte die berühmte Nadel fallen hören, nichts regte sich, es herrschte Totenstille. Nach langen Minuten höchster nervlicher Anspannung, bei mir mit bohrender Angst gepaart, drangen fünf schweißgebadete Agenten Meter für Meter vor und erreichten ohne Zwischenfall einen weiteren Raum, der sich beträchtlich höher und breiter ausmaß. Nur Sekunden später riefen sie: „Gesichert!"

Im Gegensatz zu den wesentlich kleineren Räumen zuvor war er nicht leer. Einige Tische und Stühle standen und lagen wahllos umher, als hätte man den Raum in höchster Eile verlassen. An der einen Wand zog sich über die gesamte Länge ein aus Stein gemauertes Regal mit schweren Holzbohlen und sorgte für reichliche Ablagemöglichkeiten. Blank geputzte Eisen- und Kupfertöpfe sowie Kannen und Teller aus Zinn und Steingut stapelten sich darin kreuz und quer. Aufgeräumt hatte hier allerdings schon lange keiner mehr. Zur Linken stand ein schwarz verrußter Kamin, der anscheinend zum Kochen und Heizen gleichzeitig diente und immer noch den typischen Geruch von nass gewordener Holzkohle verbreitete. Daneben eine Wasserstelle mit einem ständig laufendem Rinnsal, das durch ein Loch im Boden eines gehauenen Granitbeckens irgendwohin in den Untergrund abfloss. Rechts fristeten einige einfache Bettstellen ein kümmerliches Dasein. Dennoch und zu unserer Verblüffung, befand sich die darauf liegende Bettwäsche in einem sauberen und recht neuen Zustand. Gleiches galt für Handtücher, die an den Fußenden der Stellagen hingen.

Eindeutig, hier mussten noch vor kurzem Menschen gelegen, bzw. gehaust haben. Handelte es bei diesem Raum um ein Versteck für Flüchtende oder um Gefangene? Diese Befürchtung wurde dadurch genährt, als einer der Agenten an der Wand, verdeckt durch ein Bettgestell, eingeritzte Buchstaben fand. Dort stand das Rumänische Wort *ajuta*, was so viel wie *Hilfe* bedeutet. Sollte dies die bittere Wahrheit sein, einen der zahlreichen Kerker gefunden zu haben, in dem Schlepper ihre Ware „Mensch" gegen deren Willen festgehalten hatten?

Wir begutachteten das lieblose Quartier genauer und fanden am äußersten Ende der Wohnküche eine steinerne Stiege, die in die Höhe führte und in der Decke verschwand. Der Austritt war allerdings von einer schweren Klappe verwehrt. Bei genauerer Inspektion fanden wir allerdings heraus, dass sie nicht verriegelt war. Die Holzklappe machte einen soliden Eindruck und zeigte keinerlei Spuren von Verwitterung. Anscheinend wurde sie öfters benutzt und außerdem zirkulierte in ihrem Bereich genügend Luft, um das Holz trocken zu halten. Aufgrund der Schwere war anzunehmen, dass die Bretter dick genug waren, um Projektile abzuwehren. Der Schutz würde erst mit Öffnen der Klappe verloren gehen. Schon ein einziger Schütze auf der anderen Seite hätte vermocht, eine ganze Kompanie am Heraustreten zu hindern. In weiser Voraussicht hatte Piers daran gedacht, Tränengas-Granaten und Rauchbomben mitzunehmen. Zwei Mann pirschten sich damit an den Verschlag. Einer hob den Deckel blitzartig an, während der zweite rasch die Granaten durch den Spalt schleuderte und die Klappe umgehend wieder schloss. Fünf Sekunden später standen die beiden mit übergezogener Gasmaske und entsicherter Pistole im Raum über ihnen. Die einzigen Geräusche, die sie vernahmen, kamen von ihnen selbst.

Auch dieser Raum war nun gesichert, worauf die restlichen drei nachrückten und wir diesen. Es handelte sich bei dieser Kammer um eine niedrige und enge Felsenhöhle natürlichen Ursprungs, die kaum mehr als zwei Meter an Breite maß. Ein schmaler Ausgang, wie es schien, jedoch groß genug, um Mobiliar rein und rauszutragen. Durch ihn fiel ein mattes Licht, das den Weg in die Außenwelt wies.

Vorsichtig schlichen wir durch den Spalt und gelangten nach etwa zehn Metern ins Freie. Dort angekommen hörten wir die Rotoren eines Hubschraubers, der weiter oben am Hang über einer Stelle kreiste, die von hier unten nicht einsehbar war.

Auf Nachfrage, was dort los sei, teilte man uns per Sprechfunk mit, einen weiteren Flüchtigen gestellt zu haben. Sofort stellte sich die Frage, ob es sich erneut um ein Ablenkungsmanöver handle, oder ob es diesmal der Gesuchte war? Erwartungsvoll und gespannt erklommen wir die felsige, unwegsame Höhe. Das schwere Rasseln meiner Atemluft bewies mir wieder einmal, dass meine Kondition arg zu Wünschen übrig ließ. Egal, geschafft, gleich hätten wir unser Ziel erreicht.

Wie wir später erfuhren, hatten Beobachtungsposten einige Minuten zuvor eine einzelne Person hastig über einen Geröllhang hetzen sehen. Dieser lag genau in entgegengesetzter Richtung zu dem Punkt, an dem man des Motorradfahrers habhaft wurde, in einer Entfernung von gut 800 Metern. Augenblicklich beorderten die Posten den Hubschrauber zu den hiesigen Koordinaten. Es vergingen nur ein bis zwei Minuten und der Helikopter rotierte unmittelbar über dem Flüchtigen. Über Lautsprecher wurde er aufgefordert, stehen zu bleiben und sich flach auf den Boden zu legen, andernfalls würde man von der Schusswaffe Gebrauch machen. Nach einigen Zickzackkursen sah der Flüchtige ein, dass es keinen Sinn mache, weiter zu fliehen. Es gab keine Versteckmöglichkeiten, keinen Wald, wie er höchstwahrscheinlich noch vor einigen hundert Jahren, als man diesen Fluchtweg baute, hier wuchs.

Keuchend legten wir die letzten Meter zurück und beobachteten, wie zwei Polizisten, die anscheinend zur Helikopterbesatzung gehörten, einen Mann in Handschellen legten und gerade dabei waren, ihn in den Rumpf des Flugkörpers zu heben.

„Wer ist es?“, rief Piers noch von der Ferne.

„Wir wissen es noch nicht“, kam die Antwort, „Er hat keine Papiere bei sich.“

„Warten Sie, bei uns befindet sich Herr Ferrol, der den Gesuchten kennt“, ließ Piers atemlos vernehmen.

Das wutverzerrte und verschwitzte Gesicht des blonden Bartträgers, das zur Tarnung mit Ruß und Dreck unkenntlich gemacht war, ließ keine Ähnlichkeit mit Rainhold erkennen. Als Piers dem Flüchtigen mit einem Tuch das Gesicht abwischte, bemerkte er, dass die Person eine Perücke und einen falschen Bart trug. Mit einem Ruck zog er beides vom Kopf des Gefesselten, der dies durch heftige Gegenwehr zu verhindern suchte. Vergeblich. Hervorkam eine mir nur allzu gut bekannte Visage, die von

Rainhold Schachermair.

„Das ist der Gesuchte“, erklärte ich kühl, obwohl es in mir bebte.

Während Piers den Gefassten mit Genugtuung in den Helikopter hieven ließ, konnten Bernard, Judd und ich uns ein erleichtertes Aufatmen nicht verkneifen. Ein Stein fiel besonders mir vom Herzen. Rainhold endlich dingfest in Handschellen zu sehen, erschien mir wie eine Erlösung. Wie und was man ihm später im Prozess an Straftaten nachweisen könne, beschäftigte mich in diesem freudigen Moment nicht. Auch ließ ich mich wenig von seinen zornigen Verfluchungen mir gegenüber und dem Satz „Es ist noch nicht vorbei“ aus der Fassung bringen.

Nachdem Rainhold im Helikopter abtransportiert wurde, wandten wir uns gemächlich dem alten Kloster zu, nahezu leichtfüßig und beschwingt ging es bergab - eine Wohltat.

Judd analysierte das Geschehene treffend mit den Worten: „Ohne die Entdeckung des Geheimgangs wäre vermutlich alles anders gelaufen. Der Gesuchte wäre unentdeckt geblieben und hätte sich bis nach dem Abzug der Polizei in seinem Versteck aufhalten können. So aber haben wir ihn aufgescheucht. Vermutlich hörte er die Verfolger nahen und sah sich gezwungen, sein Heil in der Flucht zu suchen, egal ob über freies Gelände oder nicht. Die Wahrscheinlichkeit in der zerklüfteten Bergwelt zu entkommen, wäre immerhin höher als im Stollen. Und wäre der Motorradfahrer nicht gestürzt, hätte er den Hubschrauber zu weit vom Rittergut weggelockt, wodurch sich die Fluchtchance für Rainhold erheblich vergrößert hätte. Das war der Plan, der glücklicherweise missglückte.“

Ich zog die Luft tief durch meine Nase ein, fühlte mich, als hätte ich in der letzten Zeit nie so viel Sauerstoff erhalten, wie in diesen Sekunden, in denen meine Lungen geradezu befreit durchatmen konnten. Jeder Druck, jegliche Beklemmung waren verschwunden. Meine Brust, die wie von festen Seilen umschnürt schien, vermochte sich wieder zu weiten, seit Wochen das erste Mal. Das tat so gut. Hätte ich geahnt, was sich noch alles zutragen würde, hätte ich diesen Moment kaum in dieser Fülle genießen können. Genießen? Naja, dazu ließen mir meine werten Genossen kaum Gelegenheit. Irgendwie vergönnten sie mir meine wohlverdiente Ruhe nicht, denn Bernard räusperte sich ernst und meinte:

„Alors, meine Freude, es ist jetzt Null Elfhundert Bravo. Alles lief wie am Schnürchen, fast jedenfalls. Jetzt aber gilt es, die nächsten Schritte zu planen. Herr Schachermair wird noch heute nach Wien überführt, wo ihm der Prozess eröffnet wird. Damit dieser möglichst mit der Höchststrafe für den Angeklagten endet, müssen die Anklageschrift einschließlich der beigefügten Beweise hieb- und stichfest sein. Und genau dafür, Pascal, benötigen wir Sie. Ich habe schon alles mit Judd besprochen."

„Ja, nur mit mir noch nicht, toll", erwiderte ich sarkastisch. „Reicht nicht, was ich eben mitmachte? Das lag für mich eigentlich schon an der Grenze meiner Belastbarkeit", entfuhr es mir aufgeschreckt.

„Nur keine Bange, es ist halb so schlimm", lachte Bernard genüsslich, der meine ernste Miene richtig deutete. „Sie sind doch bloß als Zeuge bestellt. Sie sind der einzige, der von Anbeginn über Verlauf und Details Auskunft geben kann. Ihre Mithilfe hatten wir auch für den Fall eingeplant, falls ein Gerichtsverfahren in Abwesenheit von Herrn Schachermair stattfinden sollte. Nun, wo er gefasst ist, spricht alles für unseren Sieg auf ganzer Linie."

„Na ja, auf der ganzen Linie würde ich nicht behaupten, was Rainhold angeht schon, aber was ist mit den vermissten Mädchen? Bis jetzt fanden wir keine Spur, wo sie sein könnten, wohin man sie verschleppt haben mag. Sie wissen, ich suche ein achtjähriges Mädchen - Elaine!"

„Warten wir es ab", warf Bernard zuversichtlich ein. „Uns sind in den Geschäftsräumen des Klosters massenweise Unterlagen in die Hände gefallen. Ich möchte wetten, wir werden darin so einiges finden, das uns Aufschluss über Wege und Praktiken des Konsortiums liefern wird. Damit besäßen Sie, lieber Pascal, einen Trumpf in der Hand, mit dem Sie prächtig Druck auf Herrn Schachermair ausüben könnten. Bessere Karten werden Ihnen kaum zugespielt werden, um dem Angeklagten Internas über die Arbeitsweise des Syndikats zu entlocken. Nutzen Sie diese Chance. Bedenken Sie, ohne Schachermairs Festnahme wäre das Makulatur. Im Übrigen bin ich davon überzeugt, Herr Schachermair wird gerne einen Deal eingehen wollen, nicht sofort, aber in Anbetracht einer Haftverkürzung schon. Wer möchte schon für den Rest seiner Tage im Knast sitzen?"

„Hmmm? Klingt logisch und wäre in der Tat eine Option, mehr über die Wege der Schlepper zu erfahren. Wann ist eigentlich der Gerichtstermin?", fragte ich mit einer Vorahnung, dieser könne meine schönen Urlaubspläne durchkreuzen.

„Wahrscheinlich erst in drei bis vier Wochen, wohl eher in vier. Die

Staatsanwaltschaft muss erst ihre Anklage einreichen. Wir erhalten früh genug Bescheid – also Zeit genug, sich darauf vorzubereiten."

Ich atmete auf – den zwei Wochen mit Belinda würde demnach nichts im Wege stehen. Das beruhigte mich ungemein.

„Dann sehen wir uns in Paris, lieber Bernard", verabschiedete ich mich optimistisch. Und zu Judd gewandt dankte ich diesem für sein Engagement und meinte mit einem Augenzwinkern: „Bis bald, hoffentlich mit guten Neuigkeiten."

Wir verabschiedeten uns noch recht herzlich von Piers, dem man seinen Stolz über den Erfolg von der Nasenspitze ablesen konnte und gingen unserer Wege. Ich zum Flughafen.

***

Zurück in Paris, es war später Nachmittag, legte ich mir sogleich einen Schlachtplan zurecht und begann, meine Aufzeichnungen zu sichten und in Dateien zu ordnen. Bis Belinda von der Arbeit heimkommen würde, blieben mir vielleicht noch zwei Stunden, mehr kaum, denn es dunkelte bereits.

Ich fläzte mich genüsslich an meinen Schreibtisch und goss mir einen samtigen Rum ein. Mit einem kräftigen Schluck, den ich mir genehmigte, spülte ich den Stress der letzten Stunden weitgehend hinunter. Ich fühlte mich gleich besser, die Wärme der goldbraunen Köstlichkeit belebte meine Sinne. Eigentlich schien alles Weitere wie ein Spaziergang. Ich würde als Zeuge aussagen und meine penibel und chronologisch geordneten Aufzeichnungen vorlegen, die als Beweise erdrückend sind: Die schriftlichen Aussagen von Glen und Samak aus Thailand, die Filmaufzeichnung von Pieter, die Aussage des Schankwirts in Slough, Rainholds mysteriöses Erscheinen in der Billing's Bank, nicht zu vergessen die belastende Anschuldigung von Allan Lockwood und die Umstände seiner Ergreifung in Südfrankreich. Alles in allem genug, um Rainhold für Jahre hinter Gitter zu bringen - dachte ich.

Ich schloss alle Dateien, fuhr meinen Computer herunter und bückte mich gerade, um ihn in meine Aktentasche zu stecken, als just in diesem Moment Glas klirrte. Dumpfe Einschläge fraßen sich bedrohlich in die

Wand hinter mir. Blitzschnell warf ich mich seitwärts zu Boden, griff geistesgegenwärtig mit einer Hand die PC-Tasche, robbte auf allen Vieren aus dem Raum, schwang mich stolpernd in die Höhe und durchhechtete kurzatmig den Flur, riss die Wohnungstür auf, spurtete dem Treppenhaus entgegen und sprang, mehrere Stufen gleichzeitig nehmend, die hölzernen Stiegen hinunter. Keuchend stürmte ich ins Freie, kehrte mich der mir am nächstgelegenen Personengruppe zu, um im gleichen Moment in ihr unterzutauchen. Kalter Schweiß stand mir auf der Stirn und spornte mich zu Höchstleistungen an. Meine Beine flogen förmlich dahin, als gäbe es keinen Bodenkontakt mehr, keinen Reibungswiderstand, sämtliche Rekorde in der Disziplin des Schnellgehens brechend. Ich bog in die nächste Gasse, die vom matten Schein einer Laterne spärlich beleuchtet wurde, rannte mehrere Meter bis zum Hintereingang eines Restaurants, stieß die Tür auf und verschwand in einem von Essensdünsten schwangeren Gang, der mich durch die Küche, vorbei an verdutzten Köchen, in den Speiseraum führte.

Ich kannte das Restaurant, war öfters dort Gast und wusste, dass es zu zwei Straßen hin jeweils einen Zugang hatte. Ich wählte den von meinem bisherigen Fluchtweg abgewandten, lavierte mich zwischen emsigen Kellnern hindurch und eilte auf die Nebenstraße. Menschenmassen drängelten sich kaufwütig an mir vorbei, bepackt mit Tüten, schoben sich aggressiv mit dem Fußgängerstrom und gegen ihn. Ich zwängte mich dazwischen, mit gesenktem Kopf, um möglichst nicht aufzufallen, meine Augen aber wachsam umherschweifen lassend. Jetzt signalisierten meine Füße und Gelenke, was ich ihnen zugemutet hatte, sie sangen ein armseliges Lied der Klage. Ich unterdrückte jeden Schmerz, fing aber an zu humpeln, ein Knöchel musste beim Sprung die Etagen hinunter, in Mitleidenschaft gezogen worden sein.

„Merde!", fluchte ich leise. Schon wieder ein Anschlag auf mich und dann das noch. Keine Zeit zum Lamentieren, ich hatte noch mein Leben … noch. Die Geschosse hatten mich nur knapp verfehlt. Wo hatte der Heckenschütze Position bezogen? Eine freie Schussbahn gewährte nur das Haus gegenüber meiner Wohnung, jenseits der engen Seitenstraße. Eigentlich müsste ich genügend Vorsprung herausgeholt haben. Ich drängte zum Bordstein und winkte einer Droschke. Ich hatte Glück, die nächste war frei und hielt. Ich verkroch mich im Fond hinter getönten Scheiben und bat den Chauffeur, mich zum Eingang der Polizeipräfektur in der Rue de la Cité zu bringen. Mein Herz schlug mir bis zum Hals.

Ich muss beschissen ausgesehen haben, denn der Taxifahrer fragte, ob ich mich nicht wohlfühle und er mich ins Krankenhaus fahren solle. Ich verneinte. Erschrocken fiel mir Belinda ein, ich zitterte mein Handy aus der Jackentasche und wählte ihre Mobilnummer. Es klingelte … klingte immer noch – mein Gott, sie ging nicht ran. Was mache ich jetzt. Ich tippte hastig, zu hastig die Nummer von Florence ein – eine fremde Stimme meldete sich, ich hatte mich verwählt. Beim zweiten Versuch klingelte es zwar, aber niemand hob ab. Was sollte ich machen, mich zum Atelier fahren lassen? Da summte mein Telefon. Es war Florence.

„Hattest Du versucht, mich zu erreichen?“, fragte Florence. „Hast Du schon Sehnsucht nach Deiner Süßen?“, wollte sie mich aufziehen.

Ich unterbrach sie ungehalten.

„Sorry, kein passender Moment für Späße, man hat auf mich geschossen, ist Belinda noch bei Dir?“

„Wie? … Bitte, was … wie, ja Belinda ist noch hier, wir haben noch zu tun.“

„Okay, okay, hör zu, behalte sie bei Dir, gib ihr einen dicken Kuss von mir. Verunsichere Sie aber nicht, mir geht es gut, ich bin gerade auf dem Weg zur Polizeipräfektur. Lass Belinda auf keinem Fall aus den Augen. Wer weiß, was denen noch einfällt.“

„Wer … denen?“, stotterte sie ängstlich.

„Bitte verlange jetzt keine Erklärungen, es dreht sich um meine Recherchen, an denen ich seit Wochen arbeite, ich erzähle Dir alles später. Am liebsten wäre es mir, ihr kämet beide ins Kommissariat. Aber nehmt ein Taxi. Lasst Euch zu Capitaine Bordier führen, dort warte ich auf Euch. Wir können uns über Handy verständigen, falls Bordier noch nicht zurück ist aus Montpellier. – Okay, alles klar? Ich muss jetzt auflegen?“

„Ja, ja … sei bloß vorsichtig. Mensch, wo bist Du da reingeraten?"

„Das frage ich mich allerdings auch“, spöttelte ich mürrisch und beendete das Gespräch.

Wohl zumute war mir durchaus nicht, vielmehr stand mir der Angstschweiß auf der Stirn und es schüttelte mich am ganzen Körper. Fahrig wählte ich die Notrufnummer der Gendarmerie, erklärte die Dringlichkeit meines Anliegens und bat um ein Gespräch mit Capitaine

Bordier oder einem zuständigen höheren Kriminalbeamten. Ohne Umschweife kam dies zustande. Bernard war glücklicherweise aus Südfrankreich zurück und schon wieder im Büro. Ich schilderte ihm in kurzen Zügen den Tathergang und bat darum, einige Leute zu meiner Wohnung zu schicken. Bernard schien ziemlich verdattert, wollte mich jetzt aber nicht am Telefon ausfragen. Er forderte mich auf, mich direkt in seinem Dienstzimmer im erster Stock, Zimmer 124 einzufinden, wo ich ja schon öfters war.

„Sagen Sie beim Empfang, dass ich Sie erwarte. Ich gebe gleich eine Nachricht runter. ... Noch eins, dürfen wir notfalls in ihre Wohnung? – Wir brauchen keinen Schlüssel, wir haben unsere Spezialisten für solche Hindernisse."

„Sie meinen, die Tür eintreten?"

Bernard musste lachen. „Nein, da gibt es subtilere Methoden, die meine Mitarbeiter beherrschen, sie werden nicht einen Kratzer hinterlassen, nicht so wie im Kloster heute Morgen."

„Von mir aus, kein Problem, tun Sie was sie für nötig halten, aber tun Sie es rasch, ich will in meiner schönen Wohnung noch länger leben, ohne Gefahr zu laufen, erschossen zu werden."

„Wir werden unser Bestes geben ... dann bis später."

Der abendliche Berufsverkehr verhinderte ein rasches Vorwärtskommen, das Taxi bog zwar gerade von der Rue Saint-Dominique in den Boulevard Saint Germain, aber bei dem zähen Schritttempo würde es schon noch dauern, bis wir zur Île de la Cité kämen.

Auf der Rue Dauphine lichteten sich die Blechmassen ein wenig und wir kamen rascher voran, bogen auf der Pont Neuf rechts in die Einbahnstraße des Quai des Orfèvres und dann links in die Rue de la Cité, unmittelbar vor den Eingang der Polizeipräfektur von Paris. Die zurückgelegte Distanz beläuft sich etwa auf 2,5 Kilometer, für die wir eine halbe Stunde Fahrtzeit benötigten. So ist das in den Stoßzeiten, da nimmt sich keine Großstadt aus.

Bernard, als Capitaine der DCPJ, der Direction centrale de la police judiciaire, zeigte sich bezüglich meiner Bedrohung sehr besorgt und war bis zu meiner Ankunft im Revier nicht untätig gewesen. Er hatte sich umgehend mit der im selben Haus ansässigen SCTIP zusammengesetzt. Die SCTIP (Service de coopération technique internationale de police) ist für grenzüberschreitende Kriminalität zuständig. Parallel dazu hatte er zusätzlich die UCRAM, eine Koordinationseinheit zum Kampf gegen die Mafia, informiert.

Als ein junger Adjudant mich von der Pforte ins Zimmer des Captaine geleitete, einem kargen unpersönlichen Raum, von dessen Wänden einen lediglich einige Porträts in Polizeiuniform anödeten, steuerte Bernard direkt auf mich zu und schüttelte mir bedauernd die Hand. Kopfschüttelnd meinte er: „Und das nach dem Erfolg von heute Früh, wir hatten so viel Hoffnung, alles wäre vorbei, die Gefahr, die Angst und jetzt ...?“ Er unterbrach seine fürsorglich gemeinten Worte, als sich hinter ihm drei reserviert dreinblickende Gestalten erhoben, deren finstere Mienen sich erst aufhellten, nachdem man sich begrüßt hatte.

„Darf ich Ihnen vorstellen, der Commandant de Police Frederic Galy.“

„Sehr erfreut“, antwortete ich kurz aber herzlich.

„Ganz meinerseits“, antwortete der Commandant förmlich.

„Und wenn ich Ihnen noch diese beiden Herren vorstellen darf, einmal Capitaine Jean-Jaques Bovoir vom SCTIP und Captaine Gustave Latour, der Leiter der Mafia-Bekämpfung UCRAM!“

Wir schüttelten uns die Hände und nahmen auf den harten Stühlen, die sich um den schmucklosen Schreibtisch von Capitaine Bernard Bordier reihten, Platz. Ein ganz schönes Aufgebot, dachte ich mir, das hier in Windeseile aufgefahren wurde.

Ohne viel Umschweife richtete der Commandant das Wort an mich: „Entschuldigen Sie, wenn ich so direkt bin, Sie scheinen irgendwie vom Pech verfolgt, aber gleichzeitig ein Glückspilz zu sein. Zwei Anschläge auf Sie in nur wenigen Tagen und jedes Mal sind sie halbwegs heil aus der Sache herausgekommen. Respekt, kann ich nur sagen. Dennoch oder gerade deswegen stufen wir den Anschlag auf Sie als sehr ernst ein. Genau aus diesem Grunde schickte ich sofort nach Ihrem Anruf einige Leute zu ihrer Wohnung, um selbige wie auch die Umgebung zu sichten. Sie erteilten uns ja bereits telefonisch die Vollmacht, ihre Wohnung betreten zu dürfen.“

Ich nickte stumm und staunte, wie rasch in meinem Fall die Mühlen der Exekutive mahlen. Total konträr zum Verhalten der Polizei, damals in Puerto Peñasco. Obwohl, wenn ich es richtig betrachtete, ging es ja eigentlich nicht um mich. Es lag im internationalen Interesse, das

Organisierte Verbrechen zu bekämpfen, schließlich ist man einem Menschenhändlerring auf der Spur. Ich besetze im großen Strategiespiel nur eine Statistenrolle, mag diese für mich selbst auch noch so wichtig und existenziell sein.

In diesem Moment ging die Tür auf. Florence und Belinda betraten in Begleitung eines Beamten das Büro. Sie sahen aus wie verängstigte Hennen, die ein Marder im Stall aufgescheucht hatte. Belinda eilte unverzüglich auf mich zu, küsste mich und jammerte: „Nicht einmal für fünf Minuten kann man Dich alleine lassen."

Florence nahm meine Hand, drückte sie und sah mich mitfühlend an, aber froh, mich wohlbehalten anzufinden.

„Das kommt davon, wenn man sich in alles einmischen muss", gab ich mürrisch zu.

„Hoffentlich lernst Du daraus", betonte Belinda besorgt.

„Man kann das Zerstörerische, das Böse, nicht einfach gewähren lassen – ich kann das nicht. ‚Man' sieht das vermutlich eher konträr."

Der Commandant unterbrach unser Gespräch mit einem unterdrückten Lächeln und wies darauf hin, dass meine Gefährtin und ich Personenschutz erhalten würden. Wir bräuchten uns also nicht zu sorgen. Zuerst solle ich ihm und seinen Kollegen detailliert mitteilen, was sich ereignet hatte und wie es dazu kam. Sie könnten sich bis dato zwar auf einen Kurzbericht von Bernard und Scotland Yard stützen, der aber letztendlich zu wenig Einblick in das gesamte Flechtwerk ermögliche.

Ich leistete dem Gewünschten folge und bemühte mich, die Zusammenhänge, mit den Ereignissen in Bangkok beginnend, chronologisch aufzuzählen. Alle Anwesenden, einschließlich Florence und Belinda hörten gespannt zu, schließlich wusste selbst Belinda, die ich nicht ängstigen wollte, nur Bruchteile vom ganzen Kuchen. Mit Zwischenfragen und Erklärungen dauerte das Gespräch gute zwei Stunden. Ich endete gerade meinen Bericht, als zwei Ermittler enthusiastisch eintraten. Einer von ihnen steuerte ohne Umschweife auf den Commandant zu und flüsterte ihm einige Worte ins Ohr.

„Sehr interessant … meine Damen und Herren, ich kann ihnen mitteilen, dass wir vermutlich eine Täterbeschreibung haben." Sich an den Ermittler wendend, forderte er diesen auf, sein Befragungsergebnis allen Anwesenden vorzutragen.

„Eine aufmerksame Aushilfskraft von einem Zeitungskiosk in unmittelbarer Nähe des Häuserblocks, aus dem geschossen wurde, konnte sachdienliche Hinweise beitragen“, begann der Zivilbeamte stolz seine Erläuterungen. „Bei der Befragung gab dieser zu Protokoll, eine Person sei ihm aufgefallen, die sich auffallend nervös aus dem Hausgang geschlichen hätte, den Kopf geneigt, das Gesicht mit dem breiten Schirm einer roten Baseballkappe verdeckt. Seine Bewegungen seien fahrig gewesen, wie bei einem Betrunkenen, der sich ständig an Kopf und anderen Körperpartien kratzte. In einer Hand hätte er eine schwarze oder dunkelblaue Sporttasche getragen. Übrigens sei die rechte Hand tätowiert gewesen und zwar mit einem gleichschenkligen Kreuz, in dessen Ecken Buchstaben abgebildet seien. Sie hätten wie C und D ausgesehen“, präsentierte der Ermittler stolz seine Befragungsergebnisse.

Bei der detaillierten Beschreibung trieb es mir den Schweiß auf die Stirn, ich rutschte auf meinem Stuhl unruhig hin und her, hörte aber weiter gespannt zu.

Der Commandant fragte sofort mit hoffnungsvollem Unterton: „Würde der Zeitungsverkäufer denn die Person wieder erkennen?“

„Das wohl leider nicht, sein Gesicht sei zu stark verdeckt gewesen.“

„Vielleicht kann ich weiterhelfen“, mischte ich mich ein, worauf mich alle erstaunt musterten.

„Haben Sie ihn doch gesehen“, fragte mich der Commandant überrascht.

„Ja und nein … heute nicht aber früher auf einem Filmclip. Es kann sich eigentlich nur um den vierten Gangster des Quartetts handeln, das in die Ermordung von Pieter van de Stromen verwickelt ist. Seine Identität ist bis dato unbekannt. Wir nehmen aber an, dass es sich um einen Serben handelt. In Holland existiert ein Fahndungsfoto, das Sie anfordern könnten. Ein Programm zur biometrischen Gesichtserkennung wäre vielleicht in der Lage, ihn auf Überwachungskameras ausfindig zu machen.“

„Ich werde mich umgehend um die Aufnahme kümmern“, versicherte Bernard, der sogleich aufstand und den Raum verließ.

Die sachdienlichen Angaben des Verkäufers waren derart präzise, wie es für einen Zeugen äußerst ungewöhnlich ist, eigentlich zu ungewöhnlich. Bloß gut, dass es solche Ausnahmen gibt, sonst stünden wir nach wie vor am Anfang, ohne Anhaltspunkte.

Ein weiterer Hinweis ergab sich am folgenden Morgen, nach einer unruhigen Nacht im Hotel. Lediglich Florence durfte in ihre Privatwohnung zurück, denn wohl kaum jemand hätte sie mit mir in Verbindung bringen können. Belinda schon, ging sie doch in meinem Appartement regelmäßig ein und aus. Einem Beobachter hätte sie zweifelsohne auffallen müssen.

Die Projektile, aus der Wand in meinem Arbeitszimmer, konnten dem Kaliber Makarow zugeordnet werden, einem 9-mm Geschoßtyp, der speziell für die Pistole Makarow gefertigt wird. Die russische Makarow entspricht zwar nicht einer zielgenauen Waffe, zeichnet sich dafür aber in Handhabung und Funktionsablauf als sehr zuverlässig aus. In der Schalldämpfervariante PB, pistolet bes'schumnyi, bzw. lautlose Pistole, ist sie eine beliebte Handfeuerwaffe für den Nahschuss und erfreut sich daher bei der russischen Mafia und der ihrer ehemaligen Bündnisländer, großer Beliebtheit. Und genau dieser Umstand, es hier mit einer weniger zielsicheren Waffe zu tun zu haben, rettete mir höchstwahrscheinlich das Leben. Die Entfernung von ca. 30 Meter war zu weit, um sicher zu treffen.

Inzwischen lief die Fahndung auf Hochtouren, selbst über mehrere Fernsehkanäle wurde die Bevölkerung um Mithilfe gebeten. Der Gesuchte war kein Niemand mehr, kein Geist ohne Gesicht, sondern ein Jemand, wenn auch mit scheußlicher Visage, dafür unverwechselbar mit ausreichenden Kennzeichen, die zur Erfassung führen dürften – wir hofften das zumindest sehr.

Hunderte von Telefonhinweisen erreichten das Präsidium, von denen sich leider reichlich wenige als brauchbar erwiesen, wie meistens bei solchen Aufrufen. Aber zu unserer großen Freude ergab sich, in Verbindung mit den Aufnahmen der Überwachungskameras in Metro und an öffentlichen Plätzen, eine heiße Spur, die ins Quartier Arabe führte, sich dort aber verlief. In den vielen Seitengassen gab es keine Überwachungskameras, man scheut dort ungebetene Zuschauer und zu viel Licht. Kaum hatten die Behörden im Viertel eine Videokamera postiert, gut versteckt, wie sie meinten, wurde sie zerschlagen oder mit Farbe zugesprayt. Das Quartier Barbès oder La Goutte d'Or, wie es früher hieß, also goldener Tropfen, ist eine weitgehend überwachungsfreie, wie gesetzesfreie Zone, in die sich früher nur Gruppen von Polizisten mit Maschinenpistolen hineintrauten.

Heute ist es zwar nicht mehr so gefährlich aber vorsichtshalber setzte die Präfektur Trupps von gut bewaffneten Flicks ein, um die Straßen durchzukämmen und mit dem Fahndungsfoto nach dem Gesuchten zu fragen. Nur widerwillig gaben einige Inhaber von Cafés und orientalischen Lebensmittelläden Hinweise auf den Mann, der öfters im afrikanischen Teil des Viertels gesehen wurde. Ob er dort wohne, wisse man nicht.

Das Viertel Barbès gilt nach wie vor als arabischer Bazar, als Souk, der durch sein geschäftiges Treiben rund um die Uhr bekannt und berüchtigt ist. In meinen Augen gleicht es weniger einem Bazar, als einem Elendsviertel. Wenn so mancher Reiseführer das heruntergekommene Viertel mit einem Festival an frohen Farben, als eine Augenweide vergleicht, kann ich das nicht nachvollziehen. Zu bestimmten Festen, mag das zutreffen, aber nicht an den restlichen 354 Tagen im Jahr. Das einzige was dann Farbe in die grauen Straßen bringt, sind orientalische und afrikanische Läden, die dies mit ihrem bunten Warenangebot bewerkstelligen. Épicerien mit exotischen Gewürzen, Gemüse- und Obsthändler bieten nebst Datteln, Feigen, Nüssen und Halva ein reichhaltiges Sortiment an vegetarischer Kost feil. Daneben präsentieren sich Geschäfte, überladen mit Käse- und Yoghurtspezialitäten, deren säuerlicher Geruch sich mit dem süßen Duft von Backwaren und Gewürzen vermischt und einen Hauch von Tausend und einer Nacht vermittelt. Zwischendrin verwandeln Schneider mit flinken Fingern farbenfrohe Stoffe in Gewänder oder fertigen die schlichten grauen, beigen oder blauen Kaftans für die Moslems. Gezwängt in Menschenmassen, die durch die verstaubten und verwinkelten Gassen wabern, erhält der Besucher eine Ahnung von einem orientalisch-afrikanischem Markttreiben. Unerfahrene müssen dies dann leidvoll an der verschwundenen Geldbörse erfahren.

Nach Geschäftsschluss fällt das Viertel in eine tiefe Tristesse, deren Straßen gefüllt sind von Träumern, die sich ein besseres Leben erhoffen, den Sprung raus aus dem Ghetto. Um ihre Träume zu verwirklichen, verkaufen sie zu jeder Tages- und Nachtzeit ungeniert Drogen oder prostituieren sich, sei es als billige Tagelöhner, wie in der Rue de la Charbonnière oder zum Sex. Wie emsige Bienen umschwärmen Huren ihre vermeintlichen Kunden. Und jeder Passant gilt als potentieller Kunde, denn was sollte er hier sonst wollen? Stellvertretend für den ganzen Stadtteil um Château Rouge, spiegelt die Rue Myrha, als Hauptader des Viertels, all die

Probleme wider, mit denen man dort zu kämpfen hat.

In dieses verwahrloste Viertel also, genauer gesagt in die Rue de Suez, führte die Spur. Die Rue de Suez ist die angesagte Einkaufsmöglichkeit am Platze, frischen und weniger frischen Fisch zu erstehen. Das mit dem weniger riecht man deutlich, denn der penetrante Geruch scheint sich bereits in den Putz der Fassaden gefressen zu haben. Hier nun erhoffte man sich, den Serben aufzuspüren. Die sich mehrenden Hinweise schienen zu bestätigen, dass er seit Kurzem im obersten Stock über einem Fischhändler ein Einzimmerappartement bewohne.

So leise wie möglich, schlich sich eine Spezialeinheit die knarrende Treppe empor, um auf ein Signal hin, das Loft zu stürmen. Wie sich herausstellte, waren die ganzen Vorsichtsmaßnahmen unnötig gewesen, niemand konnte ahnen, was sie jetzt vorfanden.

Der Serbe saß nach vorne gebeugt an einem Tisch, den Kopf auf den Tisch liegend, umgeben von einer großen Blutlache - er hatte seinem Leben ein Ende gesetzt. In seiner rechten halbgeöffneten Hand lag eine Pistole Marke Makarow. Alles deutete auf Selbstmord hin, so wie die Schussbahn der Makarow durch den Mund führte und die hintere Schädeldecke zerfetzt hat.

Das war's dann wohl, Auskünfte würde der Ganove mit slawischen Gesichtszügen keine mehr geben können. Die Polizei hoffte, noch irgendwelche Unterlagen zu finden, die Anhaltspunkte zu den Hintermännern und Auftraggebern brächten. Vergebens, es gab weder Aufzeichnungen, Papiere, noch einen Laptop. Zwar tauchte ein Handy auf, jedoch ohne Simkarte. An alles war gedacht, jede Spur gründlich verwischt, nicht einmal sein Ausweis oder ein Führerschein waren auffindbar, mit Hilfe derer man Aufschluss über die Identität des Killers bekommen hätte. Sein Gesicht brachte schon früher, beim Erkennungsdienst der Holländer, keine Resultate.

Wenigstens hegte man jetzt die Zuversicht, durch seine Fingerabdrücke mehr zu erfahren. Zum großen Erstaunen aller, vermochte der Techniker von der Spurensicherung keine abzunehmen, die Fingerkuppen waren weitgehend glatt, wie abgeätzt, nur vereinzelt wiesen sie Vernarbungen auf. Womöglich war das die eigentliche Ursache für sein ständiges Nagelkauen. Wer so etwas anstellt, muss ein ganz schön hartgesottener Bursche sein. Trotzdem stand ihm die Angst ins Gesicht geschrieben. War es die Angst vor der Entscheidung: Verhaftung oder Tod? Was trieb ihn zu seinem Entschluss, sich selbst das Leben zu nehmen? War es der Misserfolg, für den er jetzt vom Syndikat zur Rechenschaft gezogen würde? Von der japanischen Yakuza kennt man dieses Verhalten, aber bei einem ehemaligen serbischen Freiheitskämpfer? – Ich weiß nicht recht, das passt so gar nicht. Irgendwie kroch in mir der fade Geschmack von Zweifel empor. Ich misstraute dem Augenscheinlichen.

Den Kopf wollte ich mir darüber jedoch nicht zerbrechen, das war Sache der Polizei. Man würde sehen. Außerdem müsse man abwarten, bis alle Untersuchungsergebnisse ausgewertet seien. Mit dieser Überlegung verdrängte ich mein Unbehagen. Ich besann mich lieber auf die angenehme Tatsache, dass die Mitwirkenden auf dem Video von Pieter mit Ausnahme des Mafiabosses Fabresi außer Gefecht gesetzt seien. Auch wenn Fabresi untergetaucht war, so ist von den anderen dreien nichts mehr zu befürchten: Der italienische Auftragsmörder wie auch jetzt der Serbe sind tot und Rainhold sitzt in österreichischem Gewahrsam. Einzig und allein könnte eine latente Gefahr von Fabresi ausgehen, doch dieser würde sich hüten, in der Öffentlichkeit aufzutreten.

Aber, und das bereite mir allerdings gehörige Sorgen, gab es sicherlich ein Schar von Helfern und Helfershelfern, die sich gerne ihre Sporen verdienen würden. Junge aufstrebende Heißsporne, denen nichts zu heikel, keine Arbeit zu dreckig, denen ein Leben nichts wert ist. Schnell ist ein Messer gezückt, die Waffe gezogen, um zu beenden, was ihre Vorgänger vermasselt haben.

Ein weiterer Aspekt, der mir ebenfalls partout nicht gefiel, war die Tatsache, dass durch den Tot der beiden Killer nun auch die Anzahl der Zeugen, die gegen Rainhold aussagen könnten, im Schrumpfen begriffen war. Wer bliebe noch? Okay, Fabresi, doch der hält sich an die Arkan-Pflicht, sofern er der Polizei überhaupt jemals in die Hände fiele. Ohne Zeugen, blieben allein Indizien. Ich hoffte sehr, diese würden ausreichen.

Ich selbst wiegte mich in Sicherheit nach dem Tot der beiden Killer, zumal der gegenwärtige Ermittlungsstand für mich sprach, denn von mir würde man nichts erfahren, was die Staatsanwaltschaft nicht schon längst wussten. Die Dossiers lagen ihr und der Polizei vor, Kopien besaßen Capitaine Bernard Bordier, Chief Inspector Judd Spencer, Polizeiinspektor Jan van Dommelen, EUROPOL und mein Freund Pierre. Also was sollte da noch zu vertuschen sein? Nichts! Einen Anschlag auf meine Person kam unter diesen Umständen kaum infrage. Diese Ansicht vertraten auch meine Mitstreiter von der Polizei. Allein ein Grund könnte in Betracht gezogen werden: Rache!

Mag sein, dass Rainhold danach gelüstet, seine Bosse dürften allerdings weniger Interesse daran haben, mich zu liquidieren. Der Aufschrei und die Folgen für das organisierte Verbrechen würden nur unnötig zu weiteren Razzien, Festnahmen und finanziellen Einbußen führen. Mit Rainhold als Sündenbock im Gefängnis hatte sich eine galante Lösung gefunden, um wieder für Ruhe zu sorgen. Die Geschäfte konnten ungehindert weiterlaufen.

Mich beruhigte indessen, dass Rainhold und der Serbe mir nicht mehr gefährlich werden konnte. Belinda und ich durften endlich in den lang verdienten Urlaub ans Meer aufbrechen.

Die wild romantische Küste der Bretagne ruft, genauer gesagt Pléneuf-Val-André, ein wild-romantisches Tal.

„Ein Tal so wild wie ich“, erklärte ich Belinda mit geschwellter Brust und einem zwinkerndem Augenaufschlag.

„Ja, Pascal, ich weiß, und auch so ausgefranst und alt wie Du“, war Belindas einziger Kommentar zu meiner Angeberei. Dabei verschob sich ihr bezauberndes Gesicht zu einer mitleidigen aber liebevollen Grimasse.

„Touché! – Du hast gewonnen“, gab ich kleinlaut bei und musste grinsen, während sie mich spitzbubig ins Visier nahm.

Ein Wort gab das andere, wobei sich die verbalen Kabbeleien, wie so oft, zu einem spaßigen Wettstreit entwickelten und uns die Zeit auf der eintönigen Autobahn verkürzten. Asphalt, Betonbrücken und Wildzäune gehören nun mal nicht zu dem schönsten Ambiente einer eindrucksvollen Landschaft, da hat die Normandie schon mehr zu bieten. Darum wechselten wir ziemlich bald auf die Landstraße. Es trieb uns ja nichts, wir hatten Zeit. Von Paris fuhren wir bis Le Havre, legten dort einen ersten Stopp ein, schlenderten am Hafen entlang und kauften uns einige Leckereien für unterwegs.

Dann weiter über Caen und Bayeux, entlang der N 13 in den ‚Naturpark des Marais du Cotentin et du Bessin, der noch in der Normandie liegt, im berühmten Département Calvados. Der Naturpark selbst, wie die angrenzenden Regionen, stellen sich als ausgedehnte Feuchtgebiete dar, in denen sich Sümpfe mit Seen und saftigen Weiden abwechseln. Letztere werden von malerischen Kanälen durchzogen, die mancherorts ein morbides Flair vermitteln. Das liegt einerseits an ausrangierten, halb abgesoffenen Fischernachen, die man da und dort vergessen zu haben schien. Andererseits an der dichten Überwucherung der Flüsschen durch die Wasserlinse, die wie eine grüne Pest die Gewässer zu ersticken droht. Ein Paradies für eine Unzahl von Vögeln, Fröschen, Käfern und Insekten. In Küstennähe bilden sich seichte Überflutungszonen, wo sich Süß- und Salzwasser vermischen und als Salinen Nutzung finden.

Die ausladenden Wasserflächen bewundernd meinte ich scherzhaft: „Der richtige Ort für Dich, gell mein kleiner Frosch?“

Sie schaute mich entgeistert an und unkte: „In dieser Brühe? Das ist besser was für Dich, da fällst Du nicht auf.“

Tja, mundfaul war meine Belinda ganz und garnicht - zu meinem Leidwesen. Aber der Klügere gibt eben nach und so lenkte schweigend, in mich hinein grinsend, unseren Mietwagen auf holperigen Kiesspuren entlang ausgewiesener Wege bis zu einem Aussichtspunkt, der zur Vogelbeobachtung dient. Auch wenn die Sonne ihre Strahlen wärmend über die weiten Auen deckte, begegneten wir nur wenigen Menschen um diese spätsommerliche Jahreszeit. Ein ambivalenter Eindruck der Verlorenheit gepaart mit dem Gefühl warmer Geborgenheit erfasste uns – ein Widerspruch, der keiner war. Verlassen von Menschenmassen und ihrer Hektik, aufgenommen im Schoße anheimelnder Natur. Nebelschwaden erhoben sich majestätisch aus der glatten Seenlandschaft, krochen über Wiesen und Weiden, stießen sich an Hecken und hüllten das Land in ein jungfräuliches Weiß. Es war ein stimmungsvolles Bild, dem wir schweigend unsere Aufmerksamkeit schenkten. Nach gut einer Stunde, merkten wir, wie durch die reine, mild salzige Luft ein leichtes Hungergefühl aufkam. Wir setzten uns in den Wagen und vertilgten genüsslich die leckeren Häppchen, die wir in Le Havre gekauft hatten.

Nach der erholsamen Pause in Mutter Natur fuhren wir über Avranches nach Saint Malo, der befestigten Stadt am Meer, der wir ausgiebig unsere Aufmerksamkeit widmeten, bevor wir uns auf die letzte Etappe begaben, das elterliche Feriendomizil in Pléneuf-Val-André noch vor Hereinbrechen der Nacht zu erreichen.

Unser Häuschen im Grünen mit einem traumhaften Blick auf den Atlantik besteht aus massiver Natursteinbauweise. Alte knorrige Balken, kleine Sprossenfenster, ein Kamin, gemauert aus Granitfindlingen und ein mit groben Terrakottaplatten ausgelegter Fußboden vermitteln ein rustikal-romantisches Flair. Wie geschaffen als Liebesnest für Turteltäubchen. Die kommenden zehn Tage sollten uns in diesem kleinen Paradies das Leben versüßen. Zehn Tage, an denen wir zahlreiche Stunden fanden, zum Sonnen, für Spaziergänge am Strand und entlang der schroffen Felsenküste. Kein Nieselregen, kein Sturm hielt uns davon ab. Wir trotzten den Naturgewalten. Wir fühlten uns so stark, so unangreifbar, unverwundbar, so verjüngt, als schöpften wir Kraft aus einem unversiegbaren Quell tiefer Zuneigung.

Es wurden außergewöhnliche Tage, nicht zuletzt aus dem Grunde, weil wir uns vornahmen, den Partner zu nichts zu drängen. Keiner unterlag dem Zwang, er müsse den anderen unterhalten, sich ständig um ihn kümmern. Uns war bewusst, dass freiwillige Rituale den Alltag entschleunigen, während Zwänge nur Stress schaffen. Es genügte, seine zweite Hälfte neben sich zu wissen, seine Gegenwart zu spüren. Der Wert einer Freundschaft zeigt sich eben auch darin, sich zu verstehen, ohne viele Worte zu verlieren. Jeder tat das, wozu und wann er Lust dazu verspürte.

So standen wir in der Früh auf, wenn wir wach waren und es uns danach war. Ins Bett begaben wir uns, wenn uns die Müdigkeit überfiel, egal wann das auch immer zutraf, ob mittags oder spät in der Nacht und nicht zwingend zusammen, jeder für sich nach seinem eigenen Gusto. Selbstredend erwies sich dieses Empfinden als schon recht gut synchronisiert, wie es in einer engen Partnerschaft häufig zu beobachten ist - bei uns jedoch ohne Zwang. Nach gleichem Prinzip teilten wir uns den Tag ein, pflegten das Ritual des morgendlichen gemeinsamen Frühstücks ebenso wie den nachmittäglichen Kaffee oder das Abendessen. Besonders behagte uns die Abendstimmung auf der Terrasse mit Blick über das weite Meer, an dessen Horizont die Sonne glutrot eintauchte. Zwischendurch gingen wir viel spazieren, meist zusammen, lasen ein Buch, eine Illustrierte oder sonstiges, Belinda vor dem Kamin, ich im knuffig weichen Ledersessel gegenüber. Wollte Belinda schwimmen, tat sie es. War mir zum Schreiben, dann schrieb ich, während Belinda vor dem Fernseher lümmelte, die Füße in dicken Wollsocken steckend, ansonsten lediglich mit einem meiner alten Schafwoll-Pullover bekleidet. Das gute Stück war ihr viel zu groß, sodass der Ausschnitt immer über ihre naturgebräunte Schulter fiel und diese verführerisch entblößte. Ein Umstand, der mich häufig vom Schreiben und Lesen abhielt.

Was für eine kalte Ernüchterung am zehnten Tag, am Tage unserer Abreise. Der nackte Alltag zwang uns unter seine restriktiven Fittiche, entriss uns unserer trauten Zweisamkeit. Er beendete unsere Auszeit abrupt und schleuderte uns zurück in den Kreislauf emotionaler Höhen und Tiefen, den Stürmen des Lebens aussetzend.

Belinda würde noch für weitere zwei Wochen bei Florence als Model tätig sein und ich musste nach Wien fliegen. Der Prozess gegen Rainhold begann. Käme es rasch zu einem Urteilsspruch, gelänge es mir hoffentlich, mit Belinda noch einige schöne Tage in Paris zu verbringen. Jede Stunde, jede Sekunde, die man mit einem wertvollen Menschen teilt, stellt eine Bereicherung dar und bietet dem destruktiven Alltag Paroli.

15 SCHACH DEM TEUFEL

Ganz ohne Zeugen, uns allein auf die Indizien verlassend, wollten wir doch nicht vor Gericht ziehen. Vorsorglich hatten wir eidesstattliche Aussagen des Pub-Besitzers aus Slough und von Miss Juli Bright der Staatsanwaltschaft übergeben. Alles in allem müsste das erdrückende Material für eine Verurteilung Reinholds mit einer langjährigen Haftstrafe reichen. Ich konnte zu diesem Zeitpunkt allerdings nicht ahnen, wie weit die klebrigen Spinnenfäden der international agierenden Syndikate reichen. Einen weiteren Lehrgang ihrer einfallsreichen Taktik und kaltblütigen Berechnung erhielt ich nach meiner Rückkehr von der Bretagne. Bevor ich nach Wien flog, fand eine Besprechung in der Polizeipräfektur statt, um die weitere Vorgehensweise abzuklären.

Während der Unterredung erfuhr ich, der Aushilfsverkäufer vom Zeitschriftenkiosk, der einen Hinweis auf den Serben gegeben hatte, sei spurlos verschwunden. Auf meine Frage, ob die Mafia ihn eliminiert habe, weil er den Serben ans Messer geliefert hatte, meinte Capitaine Bordier verärgert:

„Wohl eher nicht. Wir hegen die Vermutung, das Ganze war ein abgekartetes Spiel, in dem der vermeintliche Zeitschriftenverkäufer ein Teil davon war. Im Auftrage der „ehrenwerten Gesellschaft" sollte er gezielt auf den Serben hinweisen, damit wir ihn zu fassen kriegen, jedoch tot – Tote reden nicht. Durch seinen vorgetäuschten Selbstmord wollte man die Spur enden lassen und weitere Nachforschungen vereiteln."

„Vorgetäuscht?", fiel ich ihm in die Rede.

„Ja, wir wurden erst stutzig, als sich uns die Wohnung nahezu steril präsentierte. Außer einigen Essenresten und dem Handy war in der Wohnung nichts zu finden, aber auch rein gar nichts, keinerlei Hinweis auf Kontakte zum organisierten Verbrechen, alles war clean – zu clean. Erst der Gerichtsmediziner lieferte uns eine Bestätigung für unseren Verdacht. Er fand im Blut des Toten sowie im Essen Reste eines seltenen Betäubungsmittels, was darauf schließen ließ, dass der Serbe erst lahm gelegt wurde und dann erschossen."

„Also doch Mord – ich ahnte es", pfiff ich durch die Zähne.

Als Bernard mein immer länger und fahler werdendes Gesicht bemerkte, bemühte er sich, mich zu beruhigen.

„Pascal, ich glaube nicht, dass dies irgendeine Bedrohung für Sie darstellt. Bei diesem Bühnenstück ging es einzig und allein um die Verwischung von Spuren und die Beseitigung eines Mitwissers, der sich durch seine Labilität und Unzuverlässigkeit zum Risikofaktor entpuppte."

Nach einer kurzen Unterbrechung, in der er meine Reaktion abmaß, vervollständigte er seinen Bericht.

„Wahrscheinlich hat ihm einer seiner Kumpane, wenn nicht sogar sein Auftraggeber, heimlich ein Halluzinogen unter das Essen gemixt, um bei einem etwaigen Nachweis die Vermutung aufkommen zu lassen, er hätte die Droge gezielt eingenommen, dann aber, im Zuge eines Horrortrips, sich selbst erschossen. Doch dazu wäre er bei der hohen Konzentration an Psilocybin, einem Pilzgift, nicht mehr fähig gewesen. Normalerweise hängt die Wirkung von der Stimmungslage ab, die bei dem Serben wegen seines Misserfolgs garantiert auf einen Tiefpunkt gesunken ist. In dieser desolaten Verfassung, in Verbindung mit einer hohen Dosis Psilocybin, die er nicht freiwillig, sondern unbewusst eingenommen hat, treten extreme psychische Störungen auf. In den dadurch verursachten Halluzinationen wird er unter Angstzuständen und Panikanfällen gelitten haben, die eine akute Suizidgefährdung zwar implizieren, bei der hohen Dosis aber sicherlich schnell zum Delirium und anschließend zur Bewusstlosigkeit führten. Selbst in der Phase der Wahnvorstellungen wird es ihm kaum noch möglich gewesen sein, seine Bewegungen so zu koordinieren, um sich gezielt zu erschießen. Wäre er aus dem Fenster gesprungen, hätte man dies seinem Wahnzustand zuschreiben können, aber nicht ein präzise platzierter Schuss.

Von einem Zufallstreffer kann genauso wenig ausgegangen werden, denn der Einschusswinkel entspricht nicht der Abwinkelfähigkeit seines Armes. Zudem erfolgte der Schuss von rechts, obwohl der Serbe Linkshänder war. Dies belegt die deutliche Ausprägung seiner linken Handgelenksknochen im Gegensatz zu denen der rechten Hand.

„Die Bosse im Dunkeln hinterlassen keine Spuren", gab ich mürrisch meinen Kommentar dazu ab und fügte die Passage eines Liedtextes hinzu: „Doch die im Dunkeln, die sieht man nicht."

„Pascal, nur keine Panik, es ist jetzt an Ihnen, Licht ins Dunkel zu bringen. Es liegt zwar nicht in Ihrer Hand, wie lange Herr Schachermair hinter schwedische Gardinen kommt, Ihre Aussage wird aber sicherlich zu der Höhe des Strafmaßes beitragen. Und darin liegt der Hebel, den wir ansetzen können, um eben doch die Hintermänner, die im Dunkeln, zu entlarven. Also bloß nicht aufgeben. Vielleicht lässt sich sein Starrsinn knacken, indem ihm mit einer längeren Haftstrafe gedroht wird. So mancher hartgesottene Bursche wandelte sich schon zu einer Plaudertasche, angesichts einer Strafmaß-Milderung. Pokern Sie ein wenig, Sie haben sehr gute Karten auf der Hand."

„Pokerface wird sein Möglichstes tun", lachte ich beherzt. „Ich hoffe nur, er sich nicht irgendein Hintertürchen offen gehalten, von dem wir nichts wissen."

„Ach wo, die Hintertürchen sind zugemauert, kein Ausweg, kein Zurück. Dafür hat schon allein die TFSM gesorgt, denn sie braucht einen Sündenbock. Der Verlust des Herrn Schachermair scheint ihr da durchaus verschmerzbar. So läuft der Hase eigentlich immer, denjenigen, den man am wenigsten benötigt, den lässt man fallen wie eine heiße Kartoffel. Er wird geopfert, um selbst einen guten Leumund zu wahren."

„Ja, ja, die Herren mit ihren weißen Westen. Die machen dann ungehindert weiter wie bisher", prophezeite ich.

„Das nicht gerade, die Leitwölfe müssen vorsichtig sein, dürfen sich keinen Fehler erlauben. Sie können davon ausgehen, mit Argusaugen beobachtet zu werden."

„On verra! Klein beigeben werden die sicherlich nicht", erwiderte ich skeptisch.

„Ja, man wird sehen. … Machen Sie es gut, Pascal!"

„Ja danke, Sie auch!", rief ich ihm nach, während ich meine Reisetasche in das bereits wartende Taxi warf.

Als ich den Airbus A 340 nach Wien bestieg, war ich mir nicht mehr so siegessicher wie einige Tage zuvor. Es schien sich wieder irgendetwas zusammenzubrauen, das ich nicht abwenden, nicht beeinflussen konnte - diese verfluchten Ahnungen. Und dieses Etwas brach schneller und verheerender über mich herein, als ich es mir hätte träumen lassen.

Bereits bei der Anhörung vor dem Richter, einem Herrn Stöger, der für die Zulassung der Anklage zuständig war, kam es zum Eklat.

Mit einer Arroganz sondergleichen warf sich Rainhold ins Zeug, würdigte weder den Staatsanwalt noch mich eines Blickes, trat forsch vor den Richter und beteuerte diesem mit Leidensmiene seine Unschuld. Er halte die Anschuldigungen und einen anberaumten Prozess für eine Farce, betonte er lautstark. Er wisse überhaupt nicht, was er hier solle, er, wo er doch nichts mit der Sache zu tun hätte. Alles basiere auf Missverständnissen, unglücklichen Zufällen und niederträchtigen Lügen. Wo seien denn die Zeugen, die etwas anderes behaupten, fragte er scheinheilig. Er sei ein ehrbarer österreichischer Steuerzahler und hätte sich nichts zu Schulden kommen lassen. Im Gegenteil, er würde in vielen diversen Projekten Gutes tun, was doch Empfehlung genug sei. Was man ihm hier andichten wolle, entspringe der reinen Phantasie eines kranken Hirns, nämlich dem eines gewissen Pascal Ferrol, der offensichtlich Rache an ihm nehmen wolle, weil er bei Frauen ständig abblitzen würde und neidisch auf ihn, den hier Angeklagten, sei.

Worauf sein Verteidiger, ein schmieriger Typ mit Halbglatze, vorwurfsvoll ins gleiche Horn blies.

„Der hier anwesende Herr Ferrol kann es anscheinend nicht vertragen, wenn fleißige Staatsbürger Wohlstand erarbeiten und gleichzeitig mildtätig sind. Missgunst ist die eigentliche Triebfeder für die infamen Anschuldigungen gegen meinen Mandanten. Inhaltlich sind es nichts weiter als Hirngespinste."

Mir blieb der Mund offen stehen, mit einer solchen Dreistigkeit hatte ich wirklich nicht gerechnet.

Der Staatsanwalt, blass, untersetzt mit tiefen Magenfalten um die Mundwinkel, kam prompt seiner Aufgabe nach, wenn auch vorsichtig und eher kleinlaut, wie mir schien. Er erhob Einspruch und wies auf die

Indizien hin, das Filmmaterial, die Zeugenaussagen des Schankwirts in Slough und von Miss Bright, die Aussage von Allan Lockwood, den Verdacht von Glen, seine Verstrickung in dubiose Offshore-Firmen, schließlich seine Flucht und Verhaftung. Dies seien doch ausreichend Indizien.

„Was beweist das schon", meinte der Richter ablehnend. Währenddessen preschte der Verteidiger erneut vor und übertönte mit seinem Wortschwall Richter und Staatsanwalt.

„Geflohen ist mein Mandant, weil er glaubte, Kriminelle würden ihn verfolgen, alles sah nach einem Überfall auf das Seminarhotel aus, er wollte lediglich sein Leben retten."

Nach ein bis zwei Sekunden, die der Verteidiger wartete, um sich zu vergewissern, dass das soeben Gesagte, auch ja nicht seine Wirkung verfehlt hätte, legte er schamlos nach.

„Keiner Ihrer Beweise, die Sie, Herr Ferrol, uns hier auftischen wollen, ist haltbar. Ich beweise Ihnen auch warum: Der von Ihnen als Zeuge angeführte Harry Longford aus Slough ist starker Alkoholiker und hat bereits mehrere Therapien abgebrochen. Kein wirklich glaubhafter Zeuge - meinen Sie nicht? Und selbstverständlich weist die Firma Thompson & Sike Financial Management Ltd. alle Schuld von sich, sie trifft ja auch keine, aber meinen Mandanten genauso wenig. Man nahm dies in der Thompson & Sike Financial Management Ltd. zwar an und nur deswegen zeigte man sich bereit, Daten über den allseits geachteten Herrn Schachermair preiszugeben."

Nach einer weiteren Pause, die ihm zum Luftholen diente, baute er seine Verteidigungsstrategie rücksichtslos aus und beklagte im fast weinerlichen Ton: „Diese üble Verleumdungskampagne schadet meinem Mandaten empfindlich, psychisch wie finanziell, denn wohltätige Spender haben bereits ihre Zahlungen eingestellt. Hierfür ist allein Herr Ferrol verantwortlich. Wir verlangen Schadenersatz.

„Was soll denn das", wehrte sich Staatsanwalt Gutbrod an meiner statt. Sagen Sie bloß noch, Sie wollen Geld für die kriminellen Verflechtungen ihres Mandanten?"

„Kriminell? Mein Mandant ist nicht kriminell, ich verbitte mir diese Vorverurteilung, er ist Opfer – Opfer schamloser Intrigen. Und ja, wir fordern Schadenersatz, in einer Höhe von drei Millionen Euro!“

„Wie bitte?“, keuchte ich. Ich glaubte, in einem anderen Film zu sein, ein falsches Dienstzimmer betreten zu haben.

„Was läuft hier? – Herr Vorsitzender, sehen Sie denn nicht, wie die Fakten verdreht werden?“

„Ich sehe nur eins, dass Sie keine stichhaltigen Beweise vorgebracht haben und mir auch keine vorliegen. Dennoch muss ich Ihnen teilweise zustimmen, was Ihnen angelastet wird, gehört in ein separates Verfahren.“

In der Uneinsichtigkeit des Richters steckte so viel Überheblichkeit, so viel Ironie, dass mir die Spucke wegblieb und ich nur stotternd herauswürgte: „Und die Indizien, besagen die denn nichts? Und meine Aussage? Warum laden Sie denn nicht Miss Bright vor?“

„Wozu? Miss Bright kann zwar bestätigen, dass sie auf dem Flur ihrer Firma Herrn Schachermair begegnet ist, mehr aber auch nicht. Was Ihre Aussage anbelangt, Herr Ferrol, so halte ich diese für äußerst fadenscheinig. Wie Sie selbst mir einen unglaubwürdigen Eindruck machen. Dies begründet sich unter anderem auf einem mir vorliegenden Gutachten, in dem Sie als unbeherrscht, selbstsüchtig und rechthaberisch dargestellt werden, als eine Person, die ungern die zweite Geige spielt und sich des Öfteren als schlechter Verlierer bewies. - Nun, das sahen wir ja soeben.

Ein anderer Punkt, der Sie wenig vertrauensvoll erscheinen lässt, ist der Umstand, dass man Sie in Thailand beschuldigt, eine Frau unter Androhung von Gewalt zum Sex gezwungen zu haben. Dies ist der schriftlichen Aussage eines thailändischen Kaufmanns zu entnehmen, der mit Ihnen in einer Bar zugegen war und unfreiwillig Zeuge eines Gesprächs zwischen Ihnen und einer Frau wurde. Die Aussage der von Ihnen bedrohten Dame liegt ebenfalls vor.“

Sprachlosigkeit übermannte mich und drohte mir den Mund vollends zu verkleben. Nur mit Mühe vermochte ich einige Worte zu stammeln.

„Ich hör wohl nicht recht? … Das glaube ich einfach nicht … was reden Sie da? Von was für einem Gutachten sprechen Sie, von wem … wann ist dieses Gutachten erstellt worden? – Nein, nein, das gibt es nicht, ich habe noch nie in meinem Leben eine Frau zum Sex gezwungen.“

Wie elektrisiert musste ich zu Rainhold hinüberschauen und sah gerade noch, wie er mich mit gesenktem Kopf und leicht geschlossenen Augen ironisch musterte. Meinen Blick gewahr werdend, versteinerte sich sein Gesicht umgehend und er setzte wieder die leidende Miene eines Opfers auf.

„Das psychiatrische Gutachten stammt von Prof. Dr. Schuhmann, der die Akten vom letzten Verfahren gegen Herrn Schachermair zur Durchsicht bekam. In das Gutachten ließ er seine Bewertung bezüglich der Aussagen von Herrn Deng Chao und einer Dame namens Niran Yaiwong einfließen.“, erklärte Richter Stöger triumphierend. Worte, die mich mit ihrer Selbstgefälligkeit aus meinen Beobachtungen und fast vom Hocker rissen.

„Ich kenne diese Leute überhaupt nicht. - Darf ich das Gutachten und die Zeugenaussagen einmal sehen?“, bat ich höflich.

„Das können Sie noch früh genug, wenn das Verfahren gegen Sie eröffnet wird und sie einen Rechtsanwalt bestellt haben. Der heutige Haftprüfungstermin dient vorrangig dazu, zu beurteilen, ob die Vorwürfe gegen Herrn Schachermair für eine Anklage ausreichen und wie glaubwürdig Sie, Herr Ferrol, als Zeuge sind. Und an dieser, ihrer Glaubwürdigkeit, besteht berechtigter Zweifel. Was man von dem Gutachten nicht sagen kann. Genauso wenig sind die Aussagen von Herrn Deng Chao und Frau Niran Yaiwong in Zweifel zu ziehen, wurden sie doch immerhin von der thailändischen Polizei beglaubigt.“

Ich spürte, wie mir das Blut aus dem Gesicht wich. Vermutlich wechselte meine Gesichtsfarbe gerade zwischen kreidebleich und zyanotisch violett, so kotzübel wie mir war.

Was für eine Kehrtwende, urplötzlich ging der Schuss nach hinten los, richtete sich gegen mich. Rainhold, der eigentliche Kriminelle, wurde zum Saubermann stilisiert und ich zum Angeklagten umgedreht. Der mir angelastete Vorwurf lautete: Straftatbestand der wissentlich falschen Anschuldigung sowie der üblen Nachrede.

Das wäre ja nichts Neues für mich, meinte der vorsitzende Richter bekräftigend, ich hätte ja schon einmal wegen der gleichen Delikte vor Gericht gestanden.

Ich sackte förmlich in mich zusammen, nicht fähig, ein weiteres Wort zu artikulieren. Ich schluckte trocken, die Zunge schien am rauen Rachen zu kleben. Vor meinen Augen verschwamm die Sicht. Mir wurde schwindlig.

Was mir wie Stunden erschien, in denen vergangene Bilder mit Rainhold an mir vorbeirasten, dauerte in Wirklichkeit keine 15 Sekunden. Schnell fasste ich mich wieder und erlangte meine Selbstbeherrschung zurück.

Der erhoffte Show down, Rainholds Anklage und Verurteilung beiwohnen zu dürfen, entpuppte sich als Fiasko für mich.

Kurz um, ich wurde als unglaubwürdig abgestempelt, als eigentlicher Verursacher der böswilligen Unterstellungen und hätte ein gesondertes Verfahren zu erwarten. Herr Schachermair sei umgehend auf freien Fuß zu setzen, die Beweislage sei mehr als dürftig und nicht hinreichend, ein Verfahren zu eröffnen. Die Anklage wurde abgewiesen.

Beim Verlassen des Amtszimmers bemerkte ich, wie sich zum Abschied Richter Stöger, Staatsanwalt Gutbrod, Rainhold und sein Verteidiger gegenseitig förmlich die Hände schüttelten. Eine Förmlichkeit, der eine stumme Zufriedenheit zugrunde lag. Vorsichtig von der Seite her blickend, glaubte ich in ihren Gesichtern Genugtuung zu erkennen, als wäre die abgewiesene Anklage im wohlwollenden Einvernehmen aller Beteiligten zustande gekommen.

Eine merkwürdige Schwingung ging von dem Geschehen aus, etwas Irreales, obwohl es real und existent war, wenn man den Vorgang als solchen betrachtet, aber nicht was sich hinter der Posse verbarg. Meine Skepsis wuchs mehr und mehr, ich konnte mir einfach nicht vorstellen, dass hier alles mit rechten Dingen zuging. Falschheit, Berechnung und Heimtücke waren schlicht weg nicht zu übersehen, ihre Augen, ihre Gestik und Körpersprache malten diesen Eindruck.

Was für ein Schmierentheater tischte man mir hier auf? Mit Recht, mit Objektivität und Unvoreingenommenheit hatte das nichts mehr zu tun. Ich verlor jeglichen Respekt vor dem hiesigen Gericht und glaubte mich zurück in ein totalitäres System versetzt, in dem nicht Recht gilt, sondern die Meinung einer Führungselite.

Niedergeschmettert verließ ich das Gerichtsgebäude und streifte planlos durch die Straßen, wütenden Gedanken nachhängend, wie ich mich für diese bodenlose Ungerechtigkeit rächen könnte. Ja, es waren tatsächlich Rachegelüste, die ich empfand. Und das heutige Wetter tat sein übriges und schien sich meiner Gemütsverfassung genau anzupassen. Dunstschwaden durchzogen die Gassen, tauchten Menschen und Hausfassaden in ein trauriges Allerlei. Irgendwo in diesem Grau fand sich ein einladendes Café, dass Wärme ausstrahlte, mir Geborgenheit vermittelte. Ich wählte einen Stuhl am Fenster, von wo ich über die Straße blicken und die Passanten beobachten konnte. Mit hochgeschlagenem Kragen, steifem Gang, gegen den Wind gebückt, strebten sie mürrisch einem mir unbekannten Ziel entgegen. Keinen freut das nassgraue Matschwetter, verleitet es doch zu trüben Gedanken.

Meine Überlegungen kreisten end- und ergebnislos um die vergangenen Stunden, die Art und Weise, wie man mich übertölpelt, mir den Schwarzen Peter zugeschoben hat. Von angsterfüllter Unruhe geplagt, versuchte ich mich zusammenzureißen, meine alte Contenance zurückzugewinnen, die für Klarheit in meinem Kopf sorgen würde. Ohne sie, ohne eine rettende Idee, wäre ich hilflos verloren. Nach der dritten Melange, dem dritten Croissant fühlte ich, wie sich meine wirren Gedankensplitter peu à peu zu einem Ganzen ordneten – der Nebel lichtete sich.

Dem gleichtuend, fiel ein einzelner Sonnenstrahl aus dem wolkenverhangenen Himmel, mir zu zeigen, es gäbe immer einen Lichtblick, irgendwo, egal wie düster der Moment einem erscheinen mag. Trübsalblasen und Selbstmitleid tragen faule Früchte, von üblem Geschmack und taugen nicht für den Mut zur Wende. Ich aber wollte mein Schicksal wenden, wollte Gerechtigkeit einfordern. Dazu brauchte ich Hilfe, die Unterstützung einer getreuen, tatkräftigen und einfallsreichen Gefolgsmannschaft. Und genau an die wandte ich mich, nach meiner Rückkehr im Hotel.

Umgehend trommelte ich meine Mitstreiter Pierre, Jan, Judd und Bernard zu einer Telefonkonferenz zusammen und schilderte ihnen in kurzen Zügen die vertrackte Schieflage, in die mich meine Widersacher bugsiert hatten. Man kann sich denken, dass allgemeine Bestürzung ausbrach. Tumultartig quatschten alle durcheinander, fragten nach, konnten nicht glauben, was sie hörten. Keiner hatte einen Plan, wie es weitergehen sollte.

Niedergeschlagen, gerade zu verzweifelt sahen wir all unsere Felle davonschwimmen. Die ganze penible Vorarbeit, sollte das alles umsonst gewesen sein? Und unsere Erwartungen? Schachermair, von dem sich jeder Enthüllungen erhofft hatte, stand zur Aussage nicht mehr bereit, keine Anklage, keine Verurteilung, kein Knast, keine Entlarvung grauer Eminenzen. Kaum zu glauben, dass wir unserem Zeugen Harry T.

Longford derart auf den Leim gegangen sein sollten. Entlarvte die gegnerische Partei diesen doch als Alkoholiker und stempelte ihn als unglaubwürdig ab. Wie konnten wir so blind sein? Was der Angelegenheit allerdings die Krone aufsetzte, war die Unverfrorenheit zu behaupten, Glens eidesstattliche Erklärungen seien durch die belastenden Darstellungen einer Frau und eines Mannes, denen ich nie begegnet bin, nichtig geworden. Unglaublich, man schenkte diesen Aussagen mehr Glauben als Mitarbeitern von Interpol. Nicht genug damit, urplötzlich stand die Thompson & Sike Financial Management Ltd. vollkommen unbefleckt dar. Trotz nachweislicher Verbindungen zu Offshore-Firmen, ein Umstand, der zwar nicht strafbar ist, aber eine Grauzone darstellt und darin agierende Firmen zurecht in ein schlechtes Licht rückt. Mehr hatten wir nicht aufzubieten, zumal Geldwäsche, die strafbar wäre, dem Konzern nicht nachgewiesen werden konnte. Unsere Anklage mit mir als Hauptankläger und Zeuge brach demnach in sich zusammen wie ein wackliges Kartenhaus. Wir hatten verloren, wir und all die Frauen und Mädchen, die der Prostitution zum Opfer fielen und Rainholds Vergnügungsreisenden weiterhin willfährig sein müssen.

Jan intervenierte tröstend: „Zum Glück ist es ist nicht immer, wie es anfänglich scheint. Knifflige Winkeladvokaten und spezielle Service-Agenturen, wie auch Cleaner, die für andere den Druck wegschaffen, sind nicht allmächtig und vermögen nicht alle Spuren zu verwischen. Und je mehr neue Spuren sie zur Irreführung legen, desto mehr Ansatzpunkte für Nachforschungen liefern sie damit. Die Kunst liegt darin, alle Puzzlesteinchen richtig anzuordnen und für Lücken passende zu finden."

„Moment mal … Lücken ... Puzzlesteinchen ... das Geld!", rief ich in den Hörer. „Folge der Fährte des Geldes und du wirst fündig, sagte mal irgendein Ermittler." Damit zog ich eine der letzten Registerkarten, die uns noch blieben.

„Okay, wir müssen weitersuchen, weiter auswerten, was wir haben … ich schlage vor, wir treffen uns alle in Paris zu einer Krisensitzung", meinte Judd ernst.

Ein simultanes „Einverstanden!" aller Gesprächspartner verdeutlichte die Dringlichkeit der Sachlage.

Der Termin wurde auf den Nachmittag des folgenden Tages gelegt. So hatte jedes Kommissariat Gelegenheit, alle Unterlagen nochmals genau zu überprüfen und mitzubringen, was von Bedeutung ist. Mir kam diese Entscheidung gut zu passe, denn ich erwog, so schnell wie möglich Wien zu verlassen. Keine zehn Pferde hielten mich an diesem Ort, an dem maßgeblichen Personen von Rang und Namen die Laster Kumpanei und Eigennutz wichtiger sind als die Tugenden Gerechtigkeit und Menschenwürde. Zum Glück durfte ich mich frei bewegen, ganz soweit hat sich der Untersuchungsrichter dann doch nicht vorgewagt, einen Haftbefehl gegen mich zu erlassen oder mir zu verbieten, das Land zu verlassen. Eine Anklageschrift würde mir früh genug zugestellt werden.

Also auf nach Paris. Ich nahm die nächste Maschine und ließ mit zunehmender Entfernung einen Teil meiner maßlosen Wut hinter mir. Von jetzt an ging es darum, noch akribischer nach Ungereimtheiten in der gegnerischen Argumentation zu suchen, diese aufzudecken und im Gegenzug Beweise für unsere Theorie zu finden, handfeste Beweise, nicht bloß Indizien.

Ich für meinen Teil hatte alle Aufzeichnungen griffbereit auf Tablet-PC und Handy. Keinen Versuch ungenützt lassend, rief ich gleich nach meiner Ankunft in Paris, noch auf dem Weg zu meiner Wohnung, meinen guten Bekannten Glen Riser in Bangkok an. Ich bat ihn, ob er nicht irgendwelche Überwachungsvideos aus den Hotels auftreiben könne, wo Rainhold mit seiner Reisegruppe abgestiegen war und die ihn oder seine Reiseteilnehmer in irgendeiner verfänglichen Situation, quasi in flagranti zeigten. Vielleicht zusammen mit dem asiatischen Gangster, der vor dem Frauenhaus lungerte und später ermordet wurde. Wir bräuchten alles, was er auftreiben könne, seien es Phantomzeichnungen von Leuten, die ihn in Begleitung von zwielichtigen Gestalten gesehen haben, Aussagen, Geschäftsverbindungen – irgendetwas müsste doch über Rainholds Tätigkeit in Bangkok zu erfahren sein. Irgendeinen Anhaltspunkt, mit wem er Kontakte pflegt, in welchen Etablissements er verkehrt. Auch sollte er über die angeblichen Zeugen Deng Chao und Niran Yaiwong Erkundigungen einholen – die Namen hatte ich mir zum Glück merken können.

Das nächste Telefonat galt meinem alten Kumpel und Vertrauten René in Kuala Lumpur. Er sollte Nachforschungen anstellen, in welche Firmen Rainhold involviert ist. Was mit den Kinderheimen sei, die Rainhold ins Leben gerufen hat und ob es dort Auffälligkeiten gäbe.

Beide versprachen mir hoch und heilig, direkt ans Werk zu gehen und alle Hebel in Bewegung zu setzen, Belastungsmaterial gegen Rainhold aufzutreiben – sofern überhaupt welches vorläge.

Glen meinte tröstend: „Wenn etwas da ist, dann finden wir es, glaube mir, Pascal!"

Zurück in meiner Wohnung, überfielen mich Skepsis, Unwohlsein - schließlich wurde meine Privatsphäre empfindlich gestört - und entsetzliche Leere. Meine vier Wände waren nicht mehr die meinen, der Killer hatte sie entweiht. Mag die Fensterscheibe repariert sein, mein Vertrauen war es nicht.

Erst jetzt gewahrte ich die Folgen der letzten Tage und Wochen in vollem Maße in Mark und Bein, spürte, wie Körper und Nerven ausgezehrten, wie mein Akku auf Reserve schaltete. Ausgepowert genehmigte ich mir ein Glas Rum, wie öfters, nur diesmal war es ein besonders großes, eigentlich waren es drei. Oder vier? Ich weiß es nicht mehr. Wollte es auch nicht mehr wissen, wollte gar nichts mehr wissen, wollte eigentlich nur noch meine Ruhe. Ich legte mich auf das weiche Ledersofa, streckte mich aus, versuchte zu entspannen, aber die Sorgen blieben. Mir wollte es partout nicht in den Sinn, wie solche Dreistigkeit vor Gericht siegen konnte, wie das Recht nach Belieben gebogen wurde. Das Gedankenkarussel kreiste: Indizien - Beweise - Rainhold - Bangkok - dazwischen Belinda - und erneut Rainhold - immer und immer wieder marterten mich meine Angstfantasien, es war zum Verrücktwerden.

Ich bewundere irgendwie die Blauäugigen und Schönredner, die Träumer, die sich angesichts vieler ähnlicher Vorfälle taub und blind stellen. Sie glauben doch allen Ernstes an Gewaltenteilung, an ein funktionierendes Justizsystem. Ich habe diesen Glauben verloren, eigentlich schon länger, jetzt, nach dem Erlebten jedoch gänzlich. Selbst in einem sogenannten demokratischen Land ist die Justiz obrigkeitshörig, abhängig von Eliten und befolgt Weisungen aus der Politik, wenn auch nicht offiziell. Wer ernsthaft annimmt, ein Jurist sei so standfest in moralischen Werten verankert, dass er trotz einer Parteizugehörigkeit unparteiisch sei, der ist nicht nur blind und taub, sondern auch ignorant.

Verschlimmernd kommt hinzu, dass in einer Spaßgesellschaft, wie der unsrigen, allein Ansehen, Luxus, Statussymbole und Macht zählen. Ein Leben im Partyrausch, so könnte man den kostspieligen Trend der Modernen nennen, ein Ertränken in Oberflächlichkeit, Dekadenz und

Gleichgültigkeit. Das alles will finanziert sein. Legal, hin oder her, Hauptsache Spaß.

Als heilsamer Lichtblick erschienen mir da neben meinen alten, meine neu gewonnenen Freunde und natürlich Belinda, mein Sonnenschein, bodenständig, natürlich, bescheiden und alles andere als oberflächlich. Ich schätzte mich glücklich, Belinda noch hier in Paris zu wissen, in meiner Nähe. Strahlt sie doch so viel Wärme und Zuversicht aus, Kostbarkeiten, die ich jetzt so dringend benötigte. Dank ihres Engagements bei Florence hatte sie weitere zwei bis drei Wochen zu tun und wohnte währenddessen in meiner Wohnung. Ohne ihre fürsorgliche Unterstützung hätte ich diesen Rückschlag nicht annähernd so gut weggesteckt. In den wenigen Stunden, die ihr zu Verfügung standen, neben ihrem anstrengenden und aufreibenden Job, der sie von morgens früh bis abends spät in Anspruch nahm, hegte und pflegte sie meine Nerven, gab mir moralische, psychische, und physische Unterstützung. Quasi in einem Rundum-Wohlfühlpaket brachte sie es fertig, in kürzester Zeit aus einem geknickten Schwarzseher wieder ein lachendes, zuversichtliches Wesen zu schaffen, der neuen Mut schöpfte und schon bald mit glühender Energie ans Werk ging, die Knackpunkte im Gerichtsverfahren aufzuspüren, um gezielt neue Strategien zu entwickeln. Ich war wieder voll bei der Sache, ich war wieder ich.

Diesen neu gewonnen Optimismus, verbunden mit meinem wiederhergestellten Selbstbewusstsein, stellte ich gleich am nächsten Tag unter Beweis. Noch bevor meine Gesprächspartner aus London und Amsterdam eintrafen, ging ich mit Bernard und meinem Freund Pierre die Unterlagen der Spezialeinheit VIPER durch, die Bordier ins Revier hatte kommen lassen. Zu ihnen gehörten auch einige Papiere, die sich bei Rainholds Festnahme in seinem Handgepäck befanden. Zu unserer Enttäuschung gaben die Schriftstücke nichts Belastendes her, es handelte sich um reine Firmenpapiere, die ich flüchtig überflog.

Allerdings fiel mir der Name auf, der für eine Reisegruppe mit ZEDOR vermerkt war, jedoch ohne Auflistung der einzelnen Teilnehmer, nur ZEDOR in großen Lettern geschrieben. Dahinter ein Zeitraum, der merkwürdiger Weise nahezu identisch mit meinem letzten Aufenthalt in Bangkok lag. Dem Kontext war zu entnehmen, dass diese Gruppe Hilfsprojekte in Thailand besucht hatte. War deshalb Rainhold in Bangkok, während der Besuch der BNC-Tagung ihm lediglich ein willkommenes Zubrot bescherte, um Neukunden zu akquirieren?

„ZEDOR, ZEDOR“, murmelte ich nachdenklich, ...wo habe ich den Namen schon gehört oder gelesen? Er kommt mir bekannt vor … ZEDOR … hmmm? – Oder vielleicht? … einen Moment!“

Ich holte mein Smartphone hervor, auf dem ich pflege, wichtige PDF-Dateien zu speichern, damit ich sie immer parat habe. In diesem Fall war es die geheimnisvolle Liste aus Los Angeles, die ich mir ansah.

„Bien sûr! – Ich wusste, ich hatte den Namen schon einmal gelesen, wenn auch in Kleinbuchstaben, dadurch nicht so markant, was mir die visuelle Übereinstimmung im Gedächtnis erschwerte.“

Ich erklärte Bernard, was es mit dieser Liste auf sich hat, dass wir aber noch nicht entschlüsseln konnten, wer oder was sich hinter den einzelnen Namen verbirgt. Außer Frage stand, es müsse sich um Verbindungen handeln, die in ein internationales Firmengeflecht involviert sind, das mit Menschenhandel zu tun hat.

„Und da steht das Wort ZEDOR?“, fragte der Capitaine de Police.

„Exactement! Leider steht auf meiner Liste der Begriff zwischen einer ganzen Litanei von Firmen und Personen numerisch aufgelistet, ohne erkennbaren Zusammenhang, außerdem als zedor klein geschrieben. Es war keineswegs ersichtlich, dass es sich um eine Gruppe handeln könnte. Wer also war oder ist ZEDOR? Wüssten wir, wer sich hinter dieser ominösen Gemeinschaft verbirgt, dann wären wir einen gehörigen Schritt weiter.“

„Hmmm! … Einen Moment, ich glaube, da kann ich eventuell weiterhelfen“, meinte Bordier, womit er einen Hoffnungsschimmer aufflackern ließ. Er wühlte in seinen Unterlagen und meinte: „Hier muss sich doch – ich bin mir ganz sicher – unter dem im Kloster beschlagnahmten Material, eine Gästeliste von Personen befinden, die sich für diverse Seminare in Rodez eingeschrieben hatten …“

„Was sagten sie eben? Rodez?“

„Ja, Rodez, der kleine Ort, in dessen Nachbarschaft sich das Seminarhotel befindet, wo Herr Schachermair festgenommen wurde - Sie waren doch mit von der Partie.“

„Rodez? Das ist es – RODEZ ist ZEDOR!“

Wir blickten uns entgeistert an, als hätten wir den Stein der Weisen gefunden.

Der Kreis schloss sich, als Bernard den gesuchten Zettel fand und über einer der Gästelisten der Begriff „ZEDOR“ handschriftlich vermerkt war. Diesen Zettel nebst anderen Papieren hatten die Spezialagenten von EUROPOL in Ordnern der Buchhaltung sichergestellt, erklärte er. Bisher hätte man dem wenig Beachtung geschenkt. Doch jetzt stand es außer Frage, dass die namenlose Reisegruppe ZEDOR, über die bei Rainhold eine Notiz gefunden wurde, mit der Seminargruppe ZEDOR identisch ist.

Als deren Teilnehmer wurden 30 Personen aufgeführt:

1. Rupert Lewis (London)
2. Allan Lockwood (London)
3. Humphrey Allington (London)
4. Ash Wineburg (London)

Überrascht rief ich: „Sie da, Rupert Lewis, Humphrey Allington und natürlich Allan Lockwood, das wird Judd freuen.“ Weiter kam ich jedoch nicht, denn als hätte Judd seinen Namen rufen hören, platzten er und Jan, der ihm dicht auf dem Fuß folgte, in das Dienstzimmer von Capitaine Bordier.

Forsch traten beide auf uns zu. Die Mundwinkel zu einem breiten Grinsen verzogen, reichten sie uns die Hände und begrüßten uns freudig. Die passende Gelegenheit, meinen Freund und Chef Pierre Flaubert persönlich vorzustellen, denn sie kannten ihn ja bisher nur vom Telefon her. Die Stimmung lebte von einer ungezwungenen Ausgelassenheit, als träfe man sich zu einem Kaffeekränzchen, um ein wenig vom Alltag zu plaudern und nicht zu einer Krisensitzung.

Judd fragte angeregt: „Was haben Sie mit mir? Worüber soll ich mich freuen?“ Und an mich gewandt stichelte er ironisch: „Na, wieder aus Wien zurück? It’s a nice place to come from – isn’t it?“

Alle grinsten, eine vorgetäuschte Schadenfreude spielend. Mir hingegen vermochte der Scherz nur ein tiefes Grollen zu entlocken. In Anbetracht der heiklen Lage wunderte es mich allerdings, wieso Judd so prächtiger Stimmung sein konnte und fragte daher seinen Begleiter Jan: „Wo haben Sie denn diesen Spaßvogel aufgegabelt?“

Alle lachten erwartungsvoll und harrten der Beantwortung meiner Frage, die immerhin berechtig war, denn Judd musste einen triftigen Grund haben, so guter Laune zu sein.

„Das soll er Ihnen lieber selbst erzählen“, wich Jan schmunzelnd aus.

Judd wies diese Aufforderung aber sogleich mit einer freundlichen Geste von sich und meinte neugierig: „Nein, zuerst ist Pascal an der Reihe. Also, worüber soll ich mich freuen? Schließlich weckten Sie zuerst meinen Wissensdurst. Nun löschen Sie mal“, feixte er.

Capitaine Bordier überreichte den beiden Ankömmlingen besagtes Blatt, aus dem ich die Namen zitiert hatte und erklärte, was es damit auf sich hat.

Judd und Jan blickten sich erst gegenseitig überrascht an und dann in unsere Richtung. Das Lachen schien Judd vorerst vergangen zu sein, als er sich räusperte und scharf formulierte:

„Eine Vergnügungsreise, oder wie auch immer man den gemeinsamen Ausflug von Lewis, Lockwood und Allington bezeichnen will, beweist immerhin einen Interessenkonflikt. Schnell werden dadurch Abhängigkeiten geschaffen. Wir haben es hier mit einem weiteren Mosaikstein zu tun, der die Tragweite des kriminellen Netzwerkes verdeutlicht. Der Name Ash Wineburg ist mir jedoch nicht bekannt, ich werde gleich in der Zentrale anrufen, die sollen herausfinden, was es mit der Person auf sich hat.“

Während er dies ankündigte, hatte er bereits sein Handy in der Rechten und drückte eine Taste. Keine zehn Sekunden später stand die Verbindung.

„Hallo Ruth, ich bin’s, Judd, ich benötige dringend Deine Hilfe ... bitte such alles raus, was Du über einen gewissen Ash Wineburg findest ... es eilt ... schick mir alles aufs Handy ... okay? – Ja danke, bis dann.“

„Wir waren gerade dabei, diese ominöse Liste genauer unter die Lupe zu nehmen und mit anderen Aufzeichnungen zu vergleichen, als Sie beide hereinstürmten“, klärte ich Judd und Jan auf, worauf ich die Namensauflistung wieder an mich nahm, um sie gänzlich durchzulesen. Hatte ich doch beim Namen Humphrey Allington, wegen des unerwarteten Eintreffens der beiden, abbrechen müssen. Weit kam ich jedoch nicht, denn ich wurde durch Judds Wortmeldung erneut von meinem Vorhaben abgehalten.

„Da kamen wir ja gerade rechtzeitig, wie mir scheint – die Beteiligung an der Reisegruppe sowie die Mitgliedschaft in der Gruppe ZEDOR untermauern vortrefflich die Ergebnisse unserer Recherchen, die ich Ihnen jetzt unterbreiten werde“, kündigte Judd an. Dabei fletschte er angriffslustig seine weißen Zähne und zog erneut ein unergründliches Lachen auf, das sein hageres Gesicht zu einer Grimasse verzerrte.

„Die Billing's Bank zeigte sich äußerst hilfsbereit … oder sagen wir korrekter, Julie Bright erwies sich als aufgeschlossene Zuträgerin sensibler Daten. Pascal, Sie gaben mir den Tipp dazu!"

„Welchen Tipp?", fragte ich verblüfft und horchte auf.

„Die Fährte des Geldes … wir wussten zwar bereits, dass Herr Schachermair von der Child Hood Europe Finanzvollmacht hatte. Was wir nicht wussten, war, wozu er diese Vollmacht einsetzt. … Haben Sie eine Idee?" Dabei schaute er uns prüfend an, als handle es sich um eine Preisfrage. Doch niemand vermochte sich einen Reim darauf zu machen – vorläufig wenigstens.

„Wer, glauben Sie, hat bei der Billing's Bank, in der Filiale auf Gibraltar, noch sein Konto?"

Als er wieder keine Antwort erhielt, sondern sich nachdenklichen Gesichtern gegenüber sah, konkretisierte er seine Frage.

„Auf einige Konten, die wir bisher zuordnen konnten, flossen hübsche Sümmchen von der CHE, unterzeichnet von einem gewissen Herrn Schachermair – nun, dämmert's?"

Wir waren immer noch ratlos, ich hegte zwar einen Verdacht, verwarf ihn jedoch sofort wieder. Es wäre zu schön um wahr zu sein, wenn ausgerechnet einer der Engländer von der Liste, sprich Rupert Lewis oder Humphrey Allington dort ein Schmiergeldkonto eingerichtet hätte.

„Da die Frage an uns alle gerichtet ist, müssen uns die Namen bekannt sein", sinnierte Bernard laut. „Und Ihre diebische Freude, mein lieber Judd, spricht Bände, dass es sich neben der Tatsache von Offshore-Konten um ein persönliches Anliegen handeln muss. – Ihren ‚lieben' Vorgesetzten gehören die Konten, ist es nicht so?", kam mir Bernard zuvor.

„Erraten!", zischte Judd mit geradezu diabolischer Freude durch die Lippen, wobei sein Gesicht einen drohenden Ausdruck annahm.

„Aber nicht nur die beiden, sondern auch Allan Lockwood, der Chef der Thompson & Sike Financial Management Ltd. – sie alle erhielten regelmäßig hohe Summen. Um genau zu sein, monatlich bis zu 10.000 EURO … allein von Herrn Schachermair. Damit nicht genug, weitere

Gelder flossen einerseits aus ostasiatischen Kanälen, nämlich aus Singapur und andererseits aus Panama. Die monatlichen Überweisungen dieser Banken erreichten weit höhere Dimensionen. Allein das Konto von Allan Lockwood verbucht jeden Monat ein Guthaben von 100.000 EURO. Auftraggeber ist der Thompson Financial Trust in Singapur. Wer hinter den Geldtransfers aus Panama steckt, konnten wir noch nicht ermitteln. Im Gegensatz zu Lockwood muten da die Buchungen auf den Konten von Lewis und Allington mit läppischen 5.000 Euro pro Monat eher als Taschengeld an. Ob noch weitere Personen vom Geldsegen beglückt sind, wird sich hoffentlich in den nächsten Tagen herausstellen. Wir benötigen handfeste Bewiese, schwarz auf weiß, keine heimlich zugespielten Dokument-Kopien, die vor Gericht nicht zählen. Deshalb haben wir eine Hausdurchsuchung der Billing's Bank angeordnet."

Judd machte eine Pause und wartete, bis wir seine Mitteilung verdaut hatten.

„Summa summarum haben damit Rupert Lewis und Humphrey Allington pro Jahr jeweils um die 120.000 € erhalten, die sie in England nicht versteuerten. Lockwood sogar 1,32 Millionen."

„Nicht schlecht, aber jetzt haben wir sie damit am Ar…, äh, im Sack", äußerte ich erfreut. „Wer hätte das gedacht? Ich hätte, ehrlich gesagt, nie in Betracht gezogen, dass Rainhold für die Verteilung solch hoher Summen Schmiergeld verantwortlich ist. Tja, Rainhold, dumm gelaufen, Bestechung von Beamten gilt laut Gesetz als strafbare Handlung. Endlich liegen uns Beweise für seine Vergehen vor, nicht nur Indizien". Ein Umstand, der mich mit Genugtuung erfüllte.

„Es wird nicht bei dem einen Beweis bleiben", prophezeite Judd. „Meine Leute sind guter Dinge, denn für Humphrey Allington, dem der Amtsmissbrauch eindeutig nachgewiesen werden kann, steht ziemlich viel auf dem Spiel. Als wir ihn gestern mit dem Ermittlungsstand konfrontierten, ist er eingenickt und stand kurz vor einem Nervenzusammenbruch. Dass er hier auf der Liste steht, was er ja noch nicht weiß, wird ihm gänzlich das Genick brechen. Aus Angst, seine Pension und seinen Ruf zu verlieren, signalisierte er bereits Kooperationsbereitschaft, sofern wir einen Deal mit ihm eingingen. Nach den neuen Erkenntnissen wird der Deal mit dem Staatsanwalt jedoch anders aussehen, denn aufgrund der hinzugekommenen Straftatbestände von Bestechlichkeit, Vorteilsannahme und Steuerhinterziehung, drohen ihm einige Jahre Gefängnis. Sollte er noch irgendetwas retten wollen, bleibt ihm eine letzte Chance: Er muss auspacken, alles auf den Tisch legen, was er weiß. Keine Fisimatenten, keine Ausflüchte, eine klare Ansage ist gefragt. Die Flucht nach vorn ist die einzige Alternative zu jahrelangem Knast."

Man sah Judd die Genugtuung förmlich ins Gesicht geschrieben. Jetzt griff er in seine Jackentasche, zog sein Handy heraus und meinte: „Mit abgenagten Knochen geben wir uns nicht mehr zufrieden. Ich rufe sogleich den Untersuchungsrichter an, bei dem Allington vermutlich gerade seine Aussage verfasst."

Während Judd seinen Anruf tätigte, widmete ich mich wieder der ZEDOR-Liste.

1. Ewald Frömmler (Berlin)
2. Norbert Bödich (Köln)
3. Erik Diekenson (Brüssel)
4. Victor Kopenkov (St. Petersburg)
5. Yun Li Chao (Hongkong)
6. Chen Chu (Vancouver)
7. Jalil Babak (Baku, Aserbaidschan)
8. Habib Al Yami (Saudi Arabien)
9. Santiago Ortega (Heroica Matamoros, Mexiko)
10. Luca Fabresi (Milano)

… Okay, da stand der Name Luca Fabresi, doch das half uns nicht viel weiter, wir wussten schließlich von seiner Verstrickung in die kriminellen Machenschaften des Syndikats. Ich las weiter – stutzte – und unterdrückte nur mit Mühe einen Wutschrei, als ich drei Namen las.

Ich ballte meine Hände zu Fäusten, hob die linke drohend und erklärte gepresst: „Das, Ihr Lieben, ist der letzte Beweis, den wir benötigen, um den Sack zuzuschnüren."

„Was meinen Sie, Pascal, von welchen Beweisen reden Sie?", fragte Jan erstaunt.

Jetzt konnte ich meine Freude nicht mehr zurückhalten und ereiferte mich lautstark: „Diese verdammten Schurken stecken alle unter einer Decke - ich wusste, das konnte nicht mit rechten Dingen zugehen. Jetzt ist mir alles klar.“

„Ein bisschen leiser, wenn ich bitten darf, ich kann ja mein eigenes Wort nicht verstehen“, ermahnte mich Judd, der noch am Hörer hing. Und Bernard, überrascht von meinem plötzlichen, etwas derben Gefühlsausbruch, fragte:

„Was denn, … was ist Ihnen klar, warum echauffieren Sie sich so?“

„Sehen Sie, die Namen hier!“ Dabei deutete ich auf die Namen im letzten Teil der Liste.

1. Luciano Romano (San Luca, Kalabrien)
2. Francesco Muri (Crotone, Kalabrien)
3. Antonio Batista (Marbella, Spanien)
4. Conny Farrel (Gold Coast, Australien)
5. Paul Slessinger (New York)
6. Carry Goldman (Miami)
7. Juan Xing (Shanghai)
8. Wladimir Toschenko (Moskau)
9. Agran Turku (Shkodra, Albanien)
10. Jore Malmström (Stockholm)
11. Kees Sunfleet (Cape Town)
12. Koto Lindani (Cape Town)
13. Thomas Gutbrod (Wien)
14. Franz Siebenböck (Wien)
15. Joseph Stöger (Wien)
16. Dumitru Nadra (Timisoara)

„Thomas Gutbrod, Franz Siebenböck und Joseph Stöger – es war ein Komplott. Diese Schweine haben mich reingelegt“, rief ich heiser.

Und mit trockener Kehle fuhr ich fort: „Wir ahnten es zwar, aber jetzt wissen wir es und können es belegen. Thomas Gutbrot der Staatsanwalt in Wien, seine halbherzige Anklageschrift schien mir gleich verdächtig. Dann der ach so aufgeschlossene Richter Joseph Stöger, der alles andere als unparteiisch war und in dessen Vokabular der Begriff Fairness nicht enthalten zu sein scheint. Und zu guter letzt Franz Siebenböck, dem wir die

Verlegung von Rainhold Schachermeier nach Österreich verdanken, anstatt nach Holland. In den Niederlanden hätte ihn keine Gnade erwartet. Wohl aber daheim, da fiel er in die rettenden Arme von korrupten Amigos, die liebend gern Gefälligkeiten von Rainholds Freudenservice annehmen und ihm dafür etwas schuldig sind. Es war von Anfang an eine abgekartete Sache – ich hatte keine Chance.“

„Schau, schau! Die Namenaufzählung entpuppt sich immer mehr zu einem unbezahlbaren Schatz“, beteiligte sich jetzt wieder Judd am Gespräch, der sein Telefonat beendet hatte.

„Diese Gauner, sie sind allesamt Vasallen des Teufels, Teile eines Erd umspannende Netzwerks menschlicher Gier. Was ich daraus wieder einmal bitter lernen muss, ist, niemandem zu vertrauen. Ich bin treudoof auf die TSFM reinfallen. Glaubte ich doch ernsthaft, sie würden Herrn Schachermair opfern, dabei hatten sie das niemals vor. Das angebliche 'Fallenlassen' von Herrn Schachermair entpuppte sich als raffinierter Trick. Allan Lockwood wusste genau, dass die Anklage keine Chance hat“, resümierte Judd tief erregt.

„Aber damit dürften sie nun endgültig der Beteiligung an einer kriminellen Vereinigung überführt sein“, gab ich mich siegessicher.

„So einfach, wie Sie sich das vorstellen, lieber Pascal, ist das bei Leibe nicht“, erwog Bernard skeptisch. „Sie sind da meines Erachtens etwas zu blauäugig. Als Erstes müssen wir herausfinden, was es mit dieser Liste tatsächlich auf sich hat. Die bloße Vermutung, es handle sich um die Namen einer Verbrecherorganisation, reicht nicht aus für eine Anklage. Die Liste, so wie sie sich darstellt, könnte schlicht eine Aufzählung von Reiseteilnehmern sein. Das können Sie doch nicht abstreiten, Pascal.

Wir müssen erst klären, welche Funktion die hier genannten Personen bekleiden? Erhalten sie Schmiergeld oder andere Zuwendungen … oder beides zusammen? Können ihnen irgendwelche kriminellen Geschäfte nachgewiesen werden? Wenn ja, welche sind dies explizit? Dann erst sind wir in der glücklichen Lage, das Rätsel von ZEDOR lösen zu können. Dann kennen wir Schlüssel, Schloss und das Geheimnis dahinter. Die Liste scheint schon mal der Schlüssel zur Wahrheit zu sein. Wie hängen die Namen und Firmen zusammen? Welche Beweise und Indizien stehen uns zur Verfügung. Eine Übersicht muss her. Ich werde eine auf dem Flipchart anlegen“, schlug Bernard vor. Er stand auf und trat zur Schreibtafel, um die ersten Fakten aufzuzeichnen und zu erklären.

„Wir müssen chronologisch vorgehen – welche Indizien sprechen gegen Schachermair?“

1) Die Aussage von Samak und Glen in Bangkok

2) Die Videoaufzeichnungen von Pieter van Stromen

3) Die Aufnahmen der Videoüberwachung am Flughafen, die zumindest beweisen, dass Herr Schachermair mit dem Mörder im selben Flugzeug saß.

4) Die Aussage des Schankwirts in Slough, die nicht mehr relevant ist, können wir streichen …

„Halt, halt! - Nicht so eilig, ich war mit meiner Rede noch nicht fertig. Unsere beiden Eiferer Pascal und Bernard hatten einfach das Wort übernommen, ohne mich ausreden zu lassen“, unterbrach Judd die Ausführungen von Bernard und lachte vielsagend.

„Ich gebe zu, im Moment überschlagen sich die Informationen geradezu, deshalb müssen wir uns zusammenreißen, dürfen nichts auslassen. … Nummer '4' bleibt nämlich stehen“, triumphierte Judd.

„Wie? … Aber?“ Bernard schaute Judd überrascht an, während sich ein Gemurmel breitmachte.

„Nach unserer letzten Telefonkonferenz habe ich umgehend Nachforschungen angestellt“, erklärte Judd Spencer. Ich konnte partout nicht glauben, dass der Wirt in Slough Alkoholiker ist, ich hatte schließlich persönlich mit ihm gesprochen – Pascal, Sie waren ja dabei. Machte er auf Sie den Eindruck eines Alkoholsüchtigen?“

„Nein, ganz und gar nicht“, bestätigte ich Judds Ansicht.

„Um seine Aussage schriftlich aufzusetzen, musste er ins Präsidium, wo ich länger mit ihm sprach. Es wäre mir sicherlich nicht entgangen, wenn er eine Fahne gehabt hätte, fahrig oder zittrig gewesen wäre oder wenn die Blutgefäße Nase und Wangen blau verfärbt hätten. Nichts dergleichen. Glauben Sie mir, ich habe schon viele heimliche Trinker erlebt, selbst bei uns im Dienst. Nicht immer merkt man es gleich, aber wer bereits mehrere Therapien abgebrochen hat, bei dem muss es unbedingt auffällig sein.

Auf meine Weisung hin, stöberte unsere Computerspezialistin Ruth gezielt in Strafregistern und Datenbanken, rief Krankenhäuser und Suchtkliniken auf. Dort gab sie den Namen Harry T. Longford ein und …

wurde fündig.

Siehe da, es gibt zwei Harry Longford. Der eine, ein Harry T. Longford ist unser Wirt und kein Alkoholiker, der andere, ein Harry Longford in Südlondon wohnend, ist Alkohol abhängig und hat tatsächlich zwei Entziehungskuren abgebrochen. Er gilt als ziemlich hoffnungsloser Fall. Beide Longfords haben miteinander nichts zu tun, sind weder verwandt, noch verschwägert. Die gegnerische Seite arbeite mit einer unerlaubten Finte, die man, weiß Gott, nicht mehr als juristischen Kniff abtun und als Verwechslung entschuldigen kann – sie haben schlichtweg gelogen. Und das ist strafbar“, grinste Judd.

„Das ist ja großartig“, begeisterte ich mich. Am liebste hätte ich wie ein kleines Kind Luftsprünge vollzogen und gejuchzt.

„Das sind doch mal gute Neuigkeiten, Punkt vier bleibt damit stehen … und in Punkt '5' können wir die Beamtenbestechung von Rupert Lewis und Humphrey Allington durch Herrn Schachermair festhalten. Punkt '6' die Umstände seiner Ergreifung“, ergänzte Jan die Aufzählung.

„Genau!“, stimmte Bernard zu und machte sich an der Tafel zu schaffen. „Das sind '5' und '6'! So, das wär's ... und in Punkt '7' halten wir die bewiesene Intrige in Wien fest, wogegen wir umgehend vorgehen müssen, einschließlich den Korruptionsvorwürfen gegen Richter, Staatsanwalt und Auswärtigem Amt – dann knüpfen wir den Sack zu und machen Herrn Schachermair den Prozess in Amsterdam“, schlug Bernard vor.

„Und Punkt '8' stellt die Aussage eines Mitarbeiters vom Kloster in Rodez dar“, ergänzte Bernard stolz. „Bei der Flut von Mitteilungen fand ich noch keine Gelegenheit, Sie davon zu unterrichten. Hier geht es im Moment ja zu wie in einem Taubenschlag, eine Meldung jagt die nächste.“

Bernard schnappte einmal tief nach Luft, um mit dem nächsten Atemzug fortzufahren.

„Sie müssen wissen, dass trotz harter Bandagen, die VIPER-Agenten dem Hotelpersonal beim Verhör anlegten, die Informationen nicht so recht aus den verstummten Mündern sprudeln wollten. Jedes Wort musste einzeln herausgekitzelt werden – ein zähes Unterfangen.

Erst nach der Brecheisenmethode in Form unmissverständlicher Drohungen, bröckelte die Mauer des Schweigens. Einer der Portiers, wegen schlechter Bezahlung und ungerechter Behandlung auf seine Arbeitgeber wütend, zeigte sich bereit, auszusagen, wenn auch widerwillig. Plaudertaschen droht immerhin der ultimative Kick, ein finaler im Leben eines geschwätzigen Singvogels."

Begleitend zu seinen Worten, fuchtelte Bernard mit der unterschriebenen Aussage seines Singvögelchens vor unseren Nasen herum und rief: „Mit dieser Erklärung gibt endlich alles einen Sinn. Aus den vielen Puzzleteilchen formt sich allmählich ein Bild. In einem Gespräch unter vier Augen bestätigte nämlich der Portier, die Personen auf der Gästeliste mit dem Vermerk 'ZEDOR', würden sich alle drei Monate im Hotel treffen und wilde Gelage abhalten, ungezügelt und frivol mit Wein, Weib und Gesang. Das Feiern artete manchmal so weit aus, dass am nächsten Morgen einige der Callgirls mit blauen Flecken das Hotel verließen. Die Besorgung der Mädchen erfolgte stets von ein und derselben Person, so der Concierge. Bei dieser Person handle es sich um Herrn Schachermair, der allerdings nicht der Chef sei, sondern lediglich ein Befehlsempfänger, der sich um die Logistik kümmere. Ihm oblag unter anderem die Aufgabe, sogenannte „Studienreisen" für die Gruppe „Z" in asiatische Länder zu organisieren. In Wahrheit ginge es dabei um Sextourismus. Er habe dazu zwar keine Beweise, hätte jedoch öfters Teilnehmer von ihren zweifelhaften Eroberungen prahlen hören."

„Dachten wir es uns doch und das erklärt einiges", atmete ich erleichtert aber zugleich betroffen auf. „Dann ist Rainhold nichts weiter als ein Statist?", fragte ich Bernard.

„Ja! Unsere derzeitigen Erkenntnisse lassen den Schluss zu, eine Elite aus der Gruppe ZEDOR müsse an der Spitze der Organisation stehen. Herr Schachermair ist, wie wir lesen können, nicht einmal als Mitglied dieser Gruppe ausgewiesen. Er spielt demnach nur eine untergeordnete Rolle, weswegen man ihn als verschmerzbares Bauernopfer auserkoren hat, nicht ohne Angst, damit einen Mitwisser ans Messer zu liefern, der sich jederzeit zum Kronzeugen wandeln könnte. Nur aus diesem Grunde kam die Wiener Sektion von ZEDOR, in Gestalt der Herren Siebenböck, Gutbrot und Stöger zum Zuge und schon nahm das Ränkespiel seinen Lauf. Natürlich mit Wissen und auf Anordnung von Mister Lockwood und anderen aus den höheren Etagen.

Übrigens trifft sich die Führungsriege als Gruppe in der Gruppe öfters zu Sitzungen auf dem ehemaligen Templerhof. Glücklicherweise können wir ihr anhand von Gästelisten Namen zuordnen.“ Bernard blätterte bei diesen Worten in seinem Schnellhefter, nahm ein Blatt heraus und las folgende Namen vor:

1. Santiago Ortega,
2. Luciano Romano,
3. Antonio Batista,
4. Conny Farrel,
5. Paul Slessinger,
6. Chen Chu,
7. Ash Wineburg,
8. Juan Xing,
9. Victor Kopenkov,
10. Agran Turku,
11. Jore Malmström
12. Kees Sanfleet

„Ich behaupte, bei diesem Zwölferrat handelt es sich um mächtige Bosse diverser Sektionen aus strategisch wichtigen Ländern. Bei ihnen laufen die Fäden des internationalen Verbrechernetzes zusammen.“

Der Capitaine schaute uns mit zu Schlitzen zusammengezogenen Augen an und wiederholte mit dem Unterton der Überzeugung: „Dies, meine Herren, ist der innere Kreis der Macht.“

Erneut gönnte er uns eine Gedankenpause, bevor er am zuvor Gesagten anknüpfte.

„Laut den Ausführungen unseres Zuträgers ging es während der Zirkelsitzungen, unter Ausschluss der restlichen ZEDOR-Mitglieder, ziemlich gesittet zu. Lediglich abends kam es manchmal vor, dass einer über den Durst getrunken wurde. Ansonsten bestachen die Beteiligten durch ihre außergewöhnliche Disziplin.“

Während Bernard seinen Vortrag hielt, nahm ich ihm das Blatt aus der Hand und verglich die Namen mit meiner L.A.-Liste.

„Moment, da haben wir es doch!“, unterbrach ich den Wortschwall von Bernard. „Sehen Sie mal her! … Die Namen der Führungsgruppe finden sich ausnahmslos auf meiner Liste wieder.“

„Dann ist es eindeutig“, konstatierte Jan. „Es handelt sich um die Rädelsführer, die Bosse der Bosse.“

„Der Kreis schließt sich“, frohlockte Bernard. „Vor allem, wenn man den detaillierten Ausführungen des abtrünnigen Mitarbeiters Glauben schenken darf. Ich gehe davon aus, bei acht Jahren, in denen er im Seminarhaus arbeitete, wird ihm kaum etwas verborgen geblieben sein. Umso spannender sind seine Enthüllungen bezüglich Sinn und Zweck der Seminare. Laut Tagungsunterlagen bestehen diese in der Aus- und Weiterbildung handverlesener Personen, die zuvor einen Master der IBSM, der International Business School of Malta, erlangt haben. Ohne diesen qualifizierten Abschluss brauchen sich interessierte Mitglieder des Konsortiums erst gar nicht für eine Seminarteilnahme auf dem ehemaligen Klostergut zu bewerben.“

Bei Nennung dieser Schule schauten wir uns alle fragend an, denn keiner wusste mit dieser Einrichtung etwas anzufangen, ihr Name war bisher nirgends aufgetaucht.

„Nie von der Schule gehört.“, meinte ich überrascht. „In meiner bisherigen journalistischen Tätigkeit bin ich dieser Schule nirgends wissentlich begegnet.“

„Verständlich, denn die Schulungen sind nicht öffentlich, zumindest findet man keinen Eintrag im Internet oder in irgendeinem Seminarportal“, erklärte Bernard. „Es handelt sich um Weiterbildungsmaßnahmen für Führungskräfte, ausgearbeitet von Fachleuten der IBSM und in Workshops meisterhaft vermittelt. Das Oberthema lautet 'Erfolgsmanagement'. Dies geht alles aus den Seminarunterlagen hervor, die wir fanden. Ich sage Ihnen, alles ist bis ins Detail ausgearbeitet. Ein ausgeklügeltes Schulungsprogramm umfasst Intensivkurse im Selbst-, Krisen-, Interventions- und Interaktionsmanagement. Immer wieder tauchen in den Schulungsunterlagen Schlagworte wie Selbstanalyse, Stil, Körpersprache, Selbstdisziplin, Kommunikationstraining, Rhetorik, Personalführung, Motivation, NLP sowie Stress- und Angstbewältigung auf, die belegen, wie gezielt die zukünftige Elite gedrillt wird.

Ziel ist es, aus den Anwärtern redegewandte Persönlichkeiten zu formen, die sich weltmännisch geben, einen einnehmenden aber effektiven Führungsstil verkörpern, jeder Situation gewachsen sind und sich in ihrem Umfeld durchzusetzen wissen. Eine harte Schule, die sich für die wirtschaftliche Expansion des Konsortiums als zweckdienlich erweist. Die Leitung obliegt einigen wenigen aber mächtigen Entscheidungsträgern, die in der Führungsspitze der IBSM zu suchen sind. Ihre Identität ist uns derzeit nicht bekannt. Jedoch wäre es durchaus denkbar, dass es sich bei ihnen um dieselben Personen handelt, wie im Zwölferrat. Was wir mit Sicherheit sagen können ist, dass sie weltweit Headhunter ausschicken, deren Aufgabe es ist, Koryphäen anzuwerben und Aspiranten für den inneren Kreis auszuwählen. Es muss sich dabei um einen überaus exklusiven Kreis handeln, mit hochkarätigen und finanzstarken Mitgliedern, denn allein die einmalige Aufnahmegebühr für den inneren Kreis beträgt 350.000 €. Als jährlicher Mitgliedsobolus folgen 40.000 €. Mit diesen Geldern, zusätzlich unterstützt durch üppige Spenden großer Wirtschaftskonzerne, werden die Kosten für den Lehrbetrieb einschließlich der Ausgaben für die Umsetzung der internen Ziele beglichen. Letztere lassen sich auf einen Nenner komprimieren: Die uneingeschränkte Verfolgung eigener wirtschaftlicher Interessen, verbunden mit der totalen Kontrolle untergeordneter Systeme durch Infiltration aller Ebenen gesellschaftlicher, wirtschaftlicher, politischer und kirchlicher Strukturen."

Bernard unterbrach seinen Redeschwall für eine kurze Erholungspause und goss sich einen heißen Kaffee aus der Thermoskanne ein. Nach einem tiefen Schluck, dessen Ende wir vor Spannung kaum erwarten konnten, präsentierte er uns den Rest der polizeilichen Ergebnisse.

„Wer in ihren elitären Schulen studieren will, muss die entsprechenden Empfehlungen mitbringen, ohne die rein gar nichts geht. Erst einmal zugelassen, ist die private Universität auf Malta mit all ihren weltweiten Obödienzen für den Aspiranten zwar nicht kostenlos, aber dennoch mit 25.000 € pro Semester relativ günstig. Zumal jedem, der diese Business-Schule erfolgreich absolviert, eine blendende Zukunft erwartet. Überall auf der Welt, in Banken, Konzernen, in der Politik, sowie in der Justiz wartet auf ihn, es handelt sich um eine eingeschworene Männergesellschaft, ein lukratives Betätigungsfeld. Er gehört von nun an zum elitären Kreis der Macht. Und wer obendrein im Klostergut seinen Intensivlehrgang besteht, hat Chancen, irgendwann zum inneren Führungszirkel zu gehören – eine Ehre, die wohl nur wenigen zuteil wird."

„Da sitzen wir ganz schön in der Scheiße", schlussfolgerte Judd. „Wer weiß, wo die überall ihre Leute sitzen haben, wer auf ihrer Lohnliste steht und uns das Leben schwer machen könnte. Denken wir nur an Lewis und

Allington in London oder die Wiener Gruppe, alles Leute in führenden Positionen."

Just in diesem Moment summte Judds Smartphone. Ruth, seine Sekretärin, war dran und berichte ihm, was sie zu dem Namen Ash Wineburg herausgefunden hat. Judd gab uns die Information umgehend weiter.

„Laut verschiedener Einträge leitet Ash Wineburg eine große Import-Export-Firma, die aber bisher nie unangenehm ins Licht der Behörden gerückt ist. Auffallend ist lediglich, dass im Aufsichtsrat Humphrey Allington sitzt, meint Ruth."

„Wen wundert's, dass unter diesen Umständen die Firma nie auffällig wurde", kombinierte Jan. „Wir sollten anhand der Namensliste versuchen, Verflechtungen aufzudecken, die beteiligten Personen überwachen und notfalls unter Druck setzen. Beginnen wir in Wien, wo wir drei aus der ZEDOR-Gruppe in die Zange nehmen können. Allein, was wir heute zusammengetragen haben, reicht, um den Klüngel in Wien auszuheben und ein neues Verfahren zu erwirken – vorausgesetzt, es stecken nicht alle mit der Organisation ZEDOR unter einer Decke."

„Vor allem müssten die Anschuldigungen gegen mich aus dem Weg geräumt werden, um meine Glaubwürdigkeit als Zeuge wiederherzustellen", gab ich zu bedenken. „Schließlich steht die infame und haltlose Anschuldigung im Raume, ich hätte in Bangkok eine Frau zum Sex gezwungen – kein Kavaliersdelikt, sondern eine Straftat, die meinen Leumund ziemlich belastet. Ich fiebere schon Glens Anruf entgegen. Die Aussagen der beiden angeblichen Zeugen wurden doch polizeilich aufgenommen, also muss dazu Näheres in den Unterlagen stehen."

„Ich habe diesbezüglich eine Idee", mischte sich mein Freund Pierre ein. „Meine Firma pflegt recht gute Beziehungen zu der Blue Note Convention, einer englischen Hilfsorganisation, die weltweit agiert und von Freimaurern gegründet wurde.

Pascal, Du kennst sie ja ziemlich gut und hattest bereits mehrmals das Vergnügen, mit ihnen zu arbeiten."

„Vergnügen? - Ja", grinste ich.

„Ihr jetziger Chef, Mark Tanner, ist ebenfalls Freimaurer. Ich telefonierte kürzlich mit ihm und erzählte beiläufig von dem bevorstehenden Prozess gegen Rainhold Schachermair in Wien, worauf er einen tiefen Seufzer hören ließ. Auf meine Frage, was ihn diesbezüglich bedrücke, meinte er, in Wien liefen die Uhren anders, generell und im Besonderen. Was die Gerichtsbarkeit anginge, würden viele der Urteile bereits im Vorfeld bei einem gemütlichen Plausch im Café Demel oder im Sacher ausgehandelt.

Ich hielt das natürlich zuerst für Nonsens, für einen schlechten Witz. Nachdem ich dann erfahren habe, wie der Haftprüfungstermin in Wien abgelaufen ist und wie man Pascal in die Pfanne gehauen hat, habe ich meine Skepsis revidiert. Eindeutig hatten diesbezüglich Absprachen im Vorfeld stattgefunden.

Aufgrund seiner Verbindungen hat Mark recht guten Einblick in die österreichischen Verhältnisse. Und genau das könnte uns helfen. Wenn wir wissen, wie man dort tickt, ist man vorbereitet und kann besser damit umgehen."

„Gut, das leuchtet mir ein, doch wie sollte, wie könnte uns das von Nutzen sein?", fragte ich neugierig.

„Dies, mein Lieber, wirst Du gleich erfahren, denn dazu muss man wissen, wo die Freimaurer in der österreichischen Gesellschaft stehen und welchen Einfluss sie besitzen.

Nach Marks Einschätzung sind in Österreich Justiz, Politik, Beamtentum und Führungseliten miteinander stark verwachsen und bemüht, ein symbiotisches Verhältnis am Leben zu halten. Das Establishment sorgt sich peinlichst um den Erhalt ihrer Pfründe. Wer ihnen in die Quere kommt, wird hart bekämpft, bis hin zu unfairen Tricks und Diffamierungen. Dabei schafften es die beiden Hauptgruppierungen, die Rechtsliberalen und die Linksliberalen, bisher perfekt, sich immer gegenseitig die Bälle zuzuschieben, so dass der Klüngel nicht weiter auffiel. Mal war der Futtertrog mehr für den einen, mal mehr für den anderen gefüllt, aber gefüllt war er immer. Ein üppiger Selbstbedienungsladen, der nicht für jeden offen steht. Geschlossen zeigt er sich für diejenigen, die sich nicht vom korrupten System vereinnahmen lassen und damit riskieren in der Mitte zerrieben zu werden. Zu diesen zählen die einfachen Menschen, Arbeiter, aber auch Selbständige. Mitten drin stünden auch die Freimaurer, meint Mark. Mit Ausnahme derer, sie sich adaptiert hatten. Die Freimaurer, von keiner Seite geliebt, halten sich in Österreich daher sehr bedeckt. Sie wissen genau, dass man sie wegen ihrer Gesinnung für Toleranz, Freiheit,

Gleichheit und Gerechtigkeit argwöhnisch beäugt, ja sogar hasst. Ihre Gegner scheuen nicht davor zurück, ihnen Märchen anzudichten, sie mit übler Nachrede zu überziehen und in der Öffentlichkeit zu diffamieren."

„Ja gut, und was hat das jetzt mit uns zu tun", unterbrach ich meinen Freund ungeduldig.

„Oh! – Unter Umständen sehr viel. Denn wenn es stimmt, was Tanner behauptet, und viele der Urteile unter der Hand abgesprochen werden, dann benötigen wir Hilfe, Hilfe von denen, die gegen das korrupte System ankämpfen. Unter anderem handle es sich dabei um die Freimaurer, die gut vernetzt sind, quasi als Netz des Guten."

„Na, ich weiß nicht recht, in Österreich hört man doch, wie auch in Deutschland, nichts, was darauf deuten ließe, sie kämpften gegen Ungerechtigkeit, Einschränkungen der Freiheit und gegen Intoleranz. Sie halten mehr von stiller Zustimmung. Schweigend kann man wohl kaum kämpfen und sich gegen Unrecht wehren.

Bei uns in Frankreich ist das anders, hier liest man in den Gazetten häufig über lobenswerte Engagements der Freimaurer. Laufen bei uns irgendwo undemokratische Prozesse oder Bestrebungen gegen unsere verfassungsmäßig gesicherten Prinzipien von Liberté, Ègalité und Fraternité, zu denen auch die Laicité gehört, zeigen sich die Freimaurer des Grand Orient de France sehr aktiv. Erst jüngst gegen den Versuch Sarkozys, die Laizität in Schulen zu untergraben. Aber in Österreich? Das kann ich mir nun wirklich nicht vorstellen."

„Das liegt daran, dass die Freimaurer in Österreich sich öffentlich nicht als solche zu erkennen geben dürfen", erklärte uns Pierre. „Um Tanner zu zitieren, hätten die Freimaurer mit enormen Repressalien zu rechnen. Also arbeiten sie im Verborgenen, aber sie arbeiten fleißig und engagieren sich für Gerechtigkeit.

Tanner gab mir daher den Rat, uns an die Freimaurer in Wien zu halten. In der Rauhensteingasse 3 besitzen sie ein großes Logenhaus. Dort sollen wir uns nach einem guten Rechtsbeistand erkundigen und Grüße von Mark Tanner und der BNC ausrichten. Mark hätte dort schon öfters bei internationalen Veranstaltungen als Repräsentant der englischen Logen teilgenommen. Sollte man uns dort nicht weiterhelfen können, was er nicht glaube, gab er mir einen Namen von einem englischen Freimaurerbruder, der in Wien lebt und den er kenne. Er würde diesen Freund umgehend anrufen und ihn bitten, sich Deiner Angelegenheit anzunehmen."

Als er seinen Satz beendet hatte, schrieb Pierre einen Namen auf einen Zettel und überreichte ihn mir. Darauf standen der Name Michael Leeds und eine Telefonnummer.

„Okay, warum nicht … Hilfe kann man immer gebrauchen. Vor allem als gebranntes Kind, wie ich, wenn man am eigenen Leibe erfahren hat, wie ungerecht es zugehen kann", stimmte ich diesem Angebot zu.

„Was halten Sie davon, wenn wir jetzt erstmal einen Happen zu uns nehmen ... und danach einen kleinen Verdauungsspaziergang? Entspannung täte uns gut und würde unsere Gehirnzellen auffrischen", schlug Bernard vor.

Es war uns deutlich anzumerken, wie massiv uns die letzten Stunden in Anspruch genommen hatten, allein die Flut von Informationen zu verarbeiten und zu koordinieren. Ein gewisser Abstand würde nicht schaden, zumal es dann leichter fiele, von einer Art Metaebene aus auf das Geschehen herabzublicken und die Tatsachen objektiver beurteilen zu können.

„Ich kenne ein nettes kleines Restaurant, bequem zu Fuß zu erreichen, mit Pariser Flair und kaum von Touristen frequentiert. Die Menüs sind delikat und frisch zubereitet", machte Bernard uns den Mund wässrig.

Doch keiner von uns konnte wie bei einem Kippschalter auf ‚privat' umschalten. Die Angelegenheit beschäftigte uns zu intensiv, hämmerte weiter in unseren Köpfen, was jedem anzusehen war. Vereinzelt glomm zwar der Funken ausgelassener Stimmung auf, um gleich darauf durch geäußerte Bedenken wieder gelöscht zu werden.

Das Essen schmeckte vorzüglich, dennoch vermieden wir es, uns den Bauch voll zu schlagen. Wie sagt doch ein weiser lateinischer Spruch *plenus venter non studet libenter.* Schließlich wartete noch ein gehöriges Pensum an Arbeit auf uns. Müdigkeit durch einen vollen Magen, würde sich dabei nur hinderlich auswirken. Als regenerierender erwies sich der nachfolgende Spaziergang entlang der Seine. Die frische Luft blies durch unsere Lungen und versorgte unsere ausgezehrten Gehirnzellen mit Sauerstoff.

Gesättigt und entspannt ging es frisch ans Werk. Gleich darauf klingelte mein Handy. Es war Glen, der sich mit düsterer Stimme meldete, was in meinen Ohren nicht gerade verheißungsvoll klang.

„Pascal?“

„Ja, ich bin’s.“

„Hallo, mein Lieber. Ich habe gute und schlechte Nachrichten. Ich erspare mir die übliche Frage, welche Du zuerst hören möchtest, ich lege mit der schlechten los. Laut Samak, der dich übrigens recht herzlich grüßen lässt, sind Deng Chao und Niran Yaiwong nicht auffindbar. Unter der bei der Polizei hinterlegten Adresse gibt es die genannten Personen nicht. Die Nachprüfung ihrer Ausweiskopien ergab, dass sie gefälscht sind. Keiner kennt die Personen oder hat sie je gesehen. Es ist, als würden sie nicht existieren. Der Polizist, der ihre Aussagen aufgenommen hatte, versäumte es, während der Protokollierung ihre Identität genau zu überprüfen. Dies ist zwar nachlässig und verstößt gegen die Dienstvorschriften, ist aber geschehen und nicht zu ändern. Wobei Samak den Verdacht hegt, der Vernehmungsbeamte sei bestochen worden.“

„Und was nun?“, warf ich erschrocken ein.

Ich glaubte ein verhaltenes Lachen Glens zu vernehmen, als er mich aufklärte: „Samak meint, dass unter diesen Umständen die Vernehmungsprotokolle nichts wert seien. Sie sind unter falschen Angaben getätigt worden und haben damit keine Beweiskraft. Können damit auch nicht gegen Dich verwendet werden – ist das nicht toll? Eine Bestätigung in englischer Sprache ist schon via E-Mail an Dich unterwegs.“

„Äh ... und das war die schlechte Nachricht?“, fragte ich reichlich verwirrt.

„Na ja, halb und halb. Schlecht, weil wir die Belastungszeugen nicht auftreiben und somit nichts über deren Auftraggeber in Erfahrung bringen konnten. Andererseits entlastet Dich dieser Umstand. Das ist gut. Und noch besser geht es weiter. Wir sind nämlich fündig geworden, was die Aktivitäten von Schachermair & Co angeht.

Seit geraumer Zeit bringt die Polizei immer wieder versteckte Überwachungskameras in diversen Bordells an und siehe da, auf einer der Mitschnitte ist Dein Busenfeind mit einer Gruppe von Europäern zu erkennen, wie sie sich gerade auf verschiedene Separees aufteilen. Die Damen, von denen sie begleitet werden, sind bei dreien alles andere als erwachsen zu nennen. Es handelt sich augenscheinlich um Minderjährige. Eine von ihnen geht mit Herrn Schachermair aufs Zimmer. Samak hat bei

Aufdeckung dieser Straftat den Bordellbetreiber ziemlich hart in die Mangel genommen, bis dieser bestätigte, der Europäer, den wir Schachermair nennen, würde öfters Mädchen aber auch Jungen buchen, für sich und für mehrere Begleitpersonen. Er nenne sich aber nicht Schachermair, sondern Gerd Dichtl.

Bei seinen Buchungen handle es sich öfters um spezielle Arrangements mit Gruppensex. Sie mieteten in solchen Fällen den Salon mit Pool und Bar. Eine ganze Reihe asiatischer Schönheiten wurden dabei verschlissen, meinte der Zeuge. Einer der Freier zeichnet sich durch eine Vorliebe für minderjährige Jungfrauen aus, ein anderer bevorzuge Knaben. Die ganze Palette ist gefragt, von Missbrauch an Kindern bis hin zu SM ohne Tabus. – Scheußlich, sage ich Dir."

„Scheußlich, in der Tat, aber hoch interessant. Kannst Du mir alles schriftlich zukommen lassen, besser noch zusammen mit einer Filmkopie?", bat ich Glen.

„Natürlich!" Glen stockte. … „Leider habe ich noch eine weniger gute Neuigkeit für Dich." Bei diesem Satz hörte sich Glens Stimme reichlich überdreht an. Ein Umstand, der mich hellhörig werden ließ. Allerdings trug Glen umgehend zur Klärung bei und meinte beschwichtigend: „Keine Bange, Du wirst sie sicherlich verschmerzen können. Sie und sie!"

„Wie sie und sie? Eine Neuigkeit und eine zweite, folglich noch zwei?"

„Mit dem zweiten ‚sie' meine ich Deine Inspiration gegen trübe Gedanken, Deinen Lichtschein in dunklen Momenten, Deine Muse in kühlen Tagen, kurz Deine bezaubernde Stadtführerin", lachte mir Glen überlaut ins Ohr.

„Ahhh – Du Lump, Du!", stieß ich trocken heraus. „Ahnte ich es doch – in Deinem letzten Mail ist Dir nämlich eine Unvorsichtigkeit unterlaufen, eine vorschnelle Andeutung, die Du schriebst."

„Bist Du sauer auf mich?", fragte Glen, der durch meine harsche Tonlage verunsichert wurde.

„Nein, woher denn, es war eine wunderschöne Episode mit Charine, aber eben eine Episode. Ich bin sogar erleichtert, dass sie einen gut aussehenden, starken und vor allem treuen Beschützer wie Dich an ihrer Seite weiß. Ich hätte ihr das niemals bieten können. Wie auch, wenn ich ständig unterwegs bin."

„Charine und ich teilten eine gewisse Besorgnis, Du könntest eingeschnappt sein. Gerade im Freundeskreis ist das immer eine heikle Kiste, wenn man eine Liaison mit der ehemaligen Geliebten eines Freundes eingeht. Du weißt, was ich meine, es ist häufig ein Vertrauensmissbrauch, der die Freundschaft nachhaltig überschattet“, bemühte sich Glen, mir seine inneren Konflikte vor Augen zu führen.

„Mach Dir bitte keinen Kopf, Glen. Es war eine Liebelei, keine feste Beziehung, sie war für uns beide in dem Augenblick zu Ende, als ich Bangkok verließ. Wir empfanden Sympathie füreinander aber eben keine Liebe. Trotzdem, wenn ich das sagen darf, war es eine schöne Beziehung – Charine ist eine tolle Frau, ich hoffe, Du weißt das zu würdigen.“

„Aber selbstverständlich – Du musst wissen, ich liebe Charine aus vollem Herzen.“ Glens Ehrlichkeit bei diesen Worten war nicht zu überhören.

- Dies bestätigte sich bei meinen späteren Besuchen in Bangkok, wo ich stets ein willkommener Gast bei den beiden Turteltäubchen war. Charine wirkte so gelassen, so zufrieden. Mir fiel ein Stein vom Herzen, denn ich hatte irgendwie ein schlechtes Gewissen Charine gegenüber. Zu schnell suchte ich Zuwendung bei anderen liebreizenden Geschöpfen. Viele Väter haben hübsche Töchter. Stolz kann ich behaupten, Charine ist keine Momentaufnahme, die bald im Dunkel des Vergessens verschwand, sie ist ein Teil meines erfüllten Lebens, wofür ich ihr dankbar bin. Dankbar für die gemeinsamen schönen Stunden, für ihre Zuneigung, ihre schnippische Art, wie sie lachte, weinte, mich zu trösten wusste. Momente, die sich im Herzen einnisten. Ich gebe zu, ich ertappte mich gelegentlich, wie ich mit einem Hauch von Schwermut behaftet, mir besonders pikante Begebenheiten ins Gedächtnis zurückrief. Der ein oder andere Wimpernschlag von Charine bei meinen Besuchen, ließ ähnliche Erinnerungen vermuten. Aber das blieb unser Geheimnis. Damals war damals und heute ist heute. -

„Pascal!“, unterbrach Glen meine Gedanken, „wir haben eine Reihe von Personen auf den Videos, die wir nicht zuordnen können. Ich schicke Dir eine MMS auf Dein Handy mit den Visagen, vielleicht findet ihr mehr zu deren Identität – es sind ausnahmslos Europäer, die eine Vergnügungsreise ins Paradies der Sinnesfreuden buchten.“

„Danke, wir kümmern uns darum, wir geben sie gleich weiter an EUROPOL, mal sehen, was dabei rauskommt. – Und gib Charine einen Kuss von mir.“

„Mach ich, sie wird sich freuen – ich halte Dich auf dem Laufenden. Mach's gut Alter, bis bald.“ Es klickte und das Gespräch war beendet.

Es war nicht zu vermeiden, dass sich während meines Telefonats die Ohren der Anwesenden, die zu unfreiwilligen Mithörern wurden, zu einer ungeahnten Größe aufrichteten. Die Folgen bekam ich sogleich leidvoll zu spüren.

„So, so, Liebeskummer, wie?“, erdreistete sich Judd, eine Spitze an mich loszulassen. Dabei verzog sich sein Gesicht zu einem Meer aus Lachfalten.

„Wer den Schaden hat, braucht für den Spott nicht zu sorgen“, amüsierte sich Jan und schlug damit in die gleiche Bresche.

Bernard, der mich nicht privat kannte, hielt sich mit Äußerungen bedeckt, konnte aber ein verstohlenes sowie freches Grinsen nicht unterdrücken, zumal ich ihm bereits meine neue Flamme, Belinda, vorgestellt hatte. Auch Pierre enthielt sich eines Kommentars, lehnte sich erheitert zurück und zog seine Unschuldsmiene auf, die ich nur allzu gut kannte. Hatte er das kurze Techtelmechtel zwischen Belinda und mir in seinem Büro doch mitbekommen?

„Ha, ha!“, knurrte ich Verbitterung spielend. „Schadenfroh sind Sie ja überhaupt nicht, oder? Und Takt scheint nicht gerade Ihre Stärke zu sein, wie?“

„Wieso? Wir hegen aufrichtiges Mitgefühl, merken Sie das nicht? … Es schmerzt uns richtig, wie Sie leiden“, unkte Judd. Dabei prustete er vor Lachen.

Jan kicherte leise in sich hinein, sagte aber kein Wort. Brauchte er auch nicht, sein Blick sprach Bände.

Ich hatte schon eine entsprechende Erwiderung auf den Lippen, als mein Handy erneut summte. Die angekündigten Filmsegmente trafen ein, die ich umgehend und wortlos per Blootooth auf einen Computer überspielte. Die ausgelassene Atmosphäre wich umgehend einer ernüchternden Ernsthaftigkeit. Alle schauten gespannt auf die gelieferten Bilder.

„Damned!“, rief Judd und deutete mit dem Finger auf eine Person. ... „Das ist doch Rupert Lewis, der dort mit der Minderjährigen im Zimmer verschwindet. Und jener – Verflucht! Das ist Humphrey Allington vom Innenministerium.“ Dabei überschlug sich Judds Stimme regelrecht.

Wir anderen kannten die Gesichter nicht und schauten uns bestürzt an. Unglaublich – was für ein besonderer Glücksfall, der uns dieses Material in die Hände spielte. Das hätten wir niemals zu hoffen gewagt.

Ungeduldig spulte Bernard das Video weiter nach vorn, in der Hoffnung, die gesamte Brut entlarven zu können.

„Halt!", zischte ich energisch. „Zurück – noch ein Stück. Der, der ... dieser dort...!", stotterte ich aufgebracht. Ohnmächtiger Wut nahe aber gleichzeitig befriedigt über den Fund, schnappte ich nach Luft, sackte zurück in meinen Stuhl, den ich beinahe verfehlt hätte, hustete heiser – mir wurde übel.

Ich deutete auf das Standbild, riss mich zusammen und erklärte: „Das ... das ist Joseph Stöger, dieser arrogante Richter aus Wien."

Nach Sekunden verdutzten Schweigens konnten sich meine Mitstreiter nicht mehr halten und jubelten vor Freude. Selbst der sonst so besonnene Pierre konnte nicht mehr an sich halten, rieb sich schadenfroh die Hände und ereiferte sich lautstark: „Mon Dieu, das kann doch nicht wahr sein, alle Canaillen beisammen, beim Naschen an verbotenen Früchten erwischt."

„So kann man es auch nennen", grinste ich, meldete aber sogleich meine Zweifel an. „Werden Videoaufzeichnungen überhaupt als Beweis akzeptiert?"

„Nun ja, alleingesehen sind sie zumindest kompromittierend und werfen Fragen auf, in Verbindung mit der Aussage des Bordellbetreibers dürften sie aber stark belastend und als Beweis zulässig sein", erklärte Judd.

„Fall gut, Ende gut, Monsieur Pascal", witzelte Bernard zufrieden.

„Hoffen wir es." Eine gewisse Skepsis vermochte ich jedoch nicht abzulegen. „Wie geht es jetzt weiter? Müssen wir nicht schleunigst eine Dienstaufsichtsbeschwerde sowie eine neue Anklage formulieren, damit Rainhold überführt und verurteilt werden kann?"

Jan, der vor Aufregung kopfschüttelnd auf und ab ging, fand allmählich seine Fassung wieder und machte den Vorschlag: „Wir geben unsere Ermittlungsergebnisse umgehend an EUROPOL weiter. Glauben Sie mir, deren Maschinerie wird damit auf Höchsttouren gefahren. Ich schätze, zuerst wird EUROPOL auf das österreichische Bundeskriminalamt zugehen. Mit diesem Hand in Hand werden beide, unter Einbeziehung unserer Kommissariate, schlagkräftige Koordinationsteams bilden. In der zweiten Phase müsste das österreichische BKA einen Haftbefehl gegen Joseph Stöger und Rainhold Schachermair erwirken, immerhin ist Fluchtgefahr gegeben. Aufgrund Ihrer Meldung, Pascal, und der Namensnennung von Thomas Gutbrod auf der ZEDOR-Liste, müsste der Staatsanwalt als befangen abgelehnt werden. Bis dato können wir ihm leider weder eine Straftat noch eine Beteiligung am Komplott nachweisen. Immerhin besteht die wage Chance, Richter Stöger könne, um seine eigene Haut zu retten, Staatsanwalt Gutbrot belasten."

„Okay, meine Herren, dann wollen wir mal, uns läuft die Zeit davon", drängte Judd.

„Moment, einen Augenblick noch", gab Bernard zu bedenken. „Wir sollten keine Schnellschüsse platzieren, wir sind noch nicht fertig. Um eine halbe Stunde mehr oder weniger kommt es wirklich nicht an. Ich werde sogleich meinen Kollegen Capitaine Jean-Jaques Bovoir aufsuchen. Als Chef der SCTIP, dem internationalen Kooperationsservice der hiesigen Polizei, arbeitet er häufig mit EUROPOL zusammen. Pascal, Sie haben ihn ja bereits kennengelernt. Während Sie bitte alle gemeinsam das verwirrende Firmengeflecht von CHE & CO in ein überschaubares Bild übertragen, schicken wir die Videoaufzeichnung samt Begleitschreiben per E-Mail an EUROPOL. Das ist der direkte Weg, um die entsprechenden Maßnahmen in die Wege zu leiten."

„Ein guter Vorschlag", meinte Jan. Auf diese Weise verlieren wir keine Zeit und bauen gleichzeitig an unserer Strategie. Meine Kontakte zu EUROPOL vermögen vielleicht die Angelegenheit zusätzlich zu beschleunigen. Ich würde daher gerne die Herren Bordier und Bovier begleiten. Sie, meine Herren, kommen derweil sehr gut ohne uns aus." Dieser Überzeugung, die er mit einem zuversichtlichen Lächeln hervorbrachte, wollten wir nichts entgegenhalten. Im Gegenteil.

„Ich schließe mich dem an", bekundete ich meine Zustimmung. „Wo er recht hat, hat er recht, zum Aufzeichnen des internationalen Firmenkonstrukts reichen Judd, Pierre und ich. Alle Fakten, die wir benötigen, liegen schließlich vor uns auf dem Tisch." Im gleichen Moment stand ich auch schon neben dem Flipchart, wählte einen Marker für die ersten Skizzen und schrieb an oberster Stelle den TFT, den Thompson Financial Trust.

Judd ergänzte: „Dank den Mitteilungen unserer Informantin aus der

Billng's Bank, Miss Julie Bright, und der Aussage des Portiers in Rodez, können wir davon ausgehen, dass alle Geldströme vom Thompson Financial Trust koordiniert und bewilligt werden. Einschließlich aller Schmiergeldzahlungen inklusive derer durch die CHE.

Ungeachtet der bisherigen Beweise, sollten wir nicht nachlässig werden, sondern untersuchen, ob nicht alle Personen der Liste 'Z'ein Konto auf Gibraltar besitzen und laufende Zahlungen aus Singapur oder von der Child Hood Europe erhalten", schlug Judd vor.

„Gut, das macht Sinn", stimmte Piere dem Vorschlag zu, „immerhin können wir mit ziemlicher Sicherheit davon ausgehen, die CHE mit Rainhold Schachermair als Geschäftsführer sowie die Thompson & Sike Financial Management Ltd. unterstehen dem Thompson Financial Trust. Und die TO ist eine Tochterfirma der CHE."

„Und welche Funktion mag wohl die IBSM erfüllen, die International Business School of Malta?", grübelte Judd. „Wo steht sie im Firmengeflecht? Ich traue ihr eine zentrale Bedeutung zu, immerhin fließt ein Großteil des Geldes nach Malta und andererseits herrscht dort der innere Kreis, der die Leitlinien der Schule und damit des Konzerns herausgibt. Vermutlich stellt die Eliteschule ein Bindeglied dar."

„Das denke ich auch", meldete sich Pierre. Ich halte sie für eine Art Werkzeug des Trusts, der damit seinen Nachwuchs rekrutiert. Sie gehört zum Mittelpunkt des Spinnennetzes. Jedoch glaube ich nicht, dass wir auf Malta Spuren eines verdächtigen Geldflusses finden werden. Wir werden sicherlich nur Strohfirmen begegnen."

„Mag sein, aber wie in einem Netz sind alle Firmen untereinander verknüpft. Wir müssen dieses dubiose Geflecht nur entwirren. Ich möchte wetten, ein Großteil aller Offshore-Firmen, die von der Thompson & Sike Financial Management Ltd. installiert werden, erfüllen ähnliche Aufgaben wie die CHE und ihre Tochterfirma, die THAI ORCHID. Vermutlich entsprechen alle Ortsangaben zu den Personen auf der ZEDOR-Liste einem Knotenpunkt und damit einem Ableger des Thompson Financial Trusts", ergänzte Judd.

„Dann zeichnen wir doch gleich ein Netz um unsere schöne Erde", schlug ich vor und versuchte mich, ohne eine Antwort abzuwarten, mit einer bildlichen, wenn auch etwas dilettantischen Darstellung.

„Das wär's … irgendwelche Einwände?", fragte ich die beiden, wobei ich auf meine Zeichnung deutete, eigentlich dem Abbild eines Spinnennetzes, dessen Knotenpunkte über bestimmten Städten lagen. Über diese Knoten und Fäden hangelte, wie bei einem echten Spinnennetz, die fette, gierige Spinne in Gestalt des TFT, immer auf Beute lauernd und darauf bedacht, diese dann in ihre Höhle zu zerren. Anhand von Aufzeichnungen, Aktivitätsprofilen und Aussagen glaubten wir, die Stützpunkte bestimmten Metropolen zuordnen zu können.

„Okay, dies sind die Zentralen der Mafia", stellte Judd fest. „So weit so gut, aber die eigentliche Höhle der Löwen haben wir damit noch nicht lokalisiert, genauso wenig wie deren Schatzhöhle. Wie auch, bei den zahlreichen Transaktionen über Scheinfirmen und Offshorekonten? Ein schier unmögliches Unterfangen, denn eine Schatzhöhle im Sinne Ali Babas oder Schatzkarten, wie sie in früheren Jahrhunderten von Piraten angelegt wurden, wird es nicht geben. Heutige Schatzkarten muss man im Internet suchen."

„Sehr richtig", lachte ich, „wäre doch zu schön, wenn wir jetzt nach alter Manier auf Schnitzeljagd gingen. Doch mittlerweile entpuppen sich derartige Suchaktionen als weit diffiziler. Pieter van de Stromen hat mich diesbezüglich eingehend aufgeklärt.

Machen wir uns also nichts vor, dank der Verflechtungen mit Banken und Regierungen brauchen kriminelle Organisationen nichts zu verstecken, sie benötigen keine reale Schatzhöhle. Heutige Schatzhöhlen sind virtueller Art, denn Bargeld wird zu fiktivem Buchgeld umgewandelt, und Buchgeld dann wieder zu Buchgeld, sprich von einem Konto auf Offshorekonten überwiesen und von denen auf weitere, für unerwünschte Personen nicht zugängliche Konten. Dies erfolgt so lange, bis das Schwarzgeld weiß gewaschen ist. Das Organisierte Verbrechen ist nicht auf Bargeld angewiesen, schon längst nicht mehr. Zahlen tut es meist auch nicht bar, denn dafür gibt es ja die Premium-Kreditkarten. Was uns Regierungen immer weis machen wollen, sie könnten durch die Abschaffung des Bargeldes die Kriminalität eindämmen, ist schlicht Nonsens. Selbst die Kleinkriminalität arbeitet längst mit Überweisungen, z.B. via Handy. Der Markt wird sich den Gegebenheiten schnell anpassen, schneller als die Überwachungsbehörden folgen können. Täglich werden neue Firmen gegründet, die sich dieser Problematik stellen und einen entsprechenden Service anbieten."

„Und wie funktioniert dieser Service der Verschleierung im Genauen, wir müssen ja wissen, wo wir zu suchen haben?“, fragte Pierre interessiert.

An meiner Statt antwortete Judd, der mit solchen Verfahren besser vertraut war. Er erklärte mit ernster Miene: „Nachdem schmutziges Geld z.B. in fiktiven Firmen im Ausland, in Taxi-Unternehmen, Gastronomie- oder Laden-Ketten, Casinos etc. platziert wurde, dem sogenannten 'Placement', wird es mittels internationaler Transaktionen über Offshore-Firmen verschleiert, dem sogenannten 'Laying'.“ Judd nahm seinen Ordner und suchte darin eine Tabelle, aus der er uns zitierte. „Sie müssen sich das so vorstellen, für dieses spezielle Laying bieten allein im karibischen Raum 520.442 international tätige Gesellschaften, 27.000 Treuhandgesellschaften und 4.000 Investmentfonds ihre Dienste an. Und alles mit Wissen unserer Regierungen.“

„Mein Gott, das ist ja hanebüchen“, echauffierte ich mich. „In Anbetracht dieser Geschäftsmodelle erweisen sich die scheinheiligen Gegenmaßnahmen europäischer oder nordamerikanischer Finanzministerien als reine Augenwischerei. Nach jahrelanger Mitwisserschaft und Duldung solcher Systeme und Machenschaften tut man jetzt so, als wolle man Briefkastenfirmen untersagen und den illegalen Geldfluss bekämpfen - lachhaft.“

Worauf Judd prompt ein sarkastisches Lachen ertönen ließ und grollte: „Richtig, keiner kann mir weismachen, die Verantwortlichen in den Regierungen wüssten nichts von solchen Praktiken. Sie tun treudoof und machen weiter wie bisher, sind sie doch nichts weiter als Handlanger großer Interessenverbände.“

Nach einer Atempause, die er nutzte, um einen Schluck Wasser zu trinken, fuhr Judd fort: „Hören Sie zu, es geht noch weiter, ich war noch nicht am Ende mit meiner Ausführung, denn nach dem 'Placement' und 'Laying' erfolg die dritte Stufe. In dieser werden die gewaschenen Gelder in Aktien, Staatsanleihen, Firmenbeteiligungen, Land, Immobilien und natürlich in Edelmetalle und Kunstschätze angelegt. Laut der DYMIMIC-Schätzung hat sich das gewaschene Jahresvolumen aus Einkünften der Organisierten Kriminalität in 20 OECD-Ländern im Jahr 1995 von 273 Mrd. US-Dollar auf 503 Mrd. US-Dollar im Jahr 2006 erhöht. Dabei handelt es sich um Schätzungen, die tatsächlichen Summen liegen vermutlich weit höher."

„Okay, okay!“, intervenierte ich genervt. „Dann wird unsere Spurensuche nach dem Geld ziemlich erfolglos bleiben, ist es nicht so?“, fragte ich ziemlich mutlos.

„Naja, wenn man bedenkt, wie sich der Umsatz im Bereich der Organisierten Kriminalität entwickelt hat, eigentlich schon. Laut Recherchen des NCIS (National Criminal Intelligence Service) ist der Gesamtumsatz aller krimineller Bereiche weltweit von 1,3 Billionen US-Dollar im Jahr 1989 auf 2,1 Billionen US-Dollar im Jahr 2003 angestiegen. Hätte man Kenntnis über Wege und Summen, gäbe es diesen Umsatzzuwachs sicherlich nicht“, vermutete Judd.

„Wo Sie das erwähnen, fällt mir ein Bericht der Johannes Kepler Universität Linz ein, den mir Rechtsanwalt Fink in Wien zum Lesen gab. Laut diesem habe sich allein in Deutschland, wenn ich mich recht erinnere, das Volumen der Geldwäsche von 3,5 Milliarden EURO im Jahr 1994 auf 7,3 Milliarden EURO im Jahr 2006 erhöht. Das sind beachtliche Steigerungen, ein Wirtschaftswachstum von ca. 100 Prozent“, ergänzte ich Judds Zahlen.

Judd, Pierre und ich sahen uns verbittert an, wir wussten genau, was jetzt jeder dachte: Hier trafen wir auf unsere Grenzen. Das Organisierte Verbrechen war uns aufgrund seiner weitreichenden, Länder übergreifenden Verflechtungen einfach über - eine Nummer, wenn nicht gar mehrere, zu groß für uns. Zumal es unbehelligt, zumindest weitgehend, handeln und walten kann, wie es will.

„Wir bräuchten einfach mehr Einblick in Bankunterlagen“, erwog ich, denn so einfach wollte ich mich nicht geschlagen geben.

„Das ist undenkbar. Was glauben Sie, dafür bräuchten wir Genehmigungen für Hausdurchsuchungen, nicht nur bei einer Bank, in einem Land, sondern für viele Banken in vielen Ländern. Nie und nimmer werden sich Richter finden lassen, die diese ausstellen“, äußerte Judd seine berechtigten Bedenken. „Überlegen Sie mal, Richter sind doch alle weisungsgebunden, ihr Dienstherr ist die Landesregierung. Sie müssen also tun und lassen, was man ihnen befiehlt. Ganz abgesehen davon haben wir auf viele Nationen, die als Steueroasen genutzt werden, weder Einfluss noch Zugriffsmöglichkeiten.“

„Könnte man die kooperationsunwilligen Länder nicht wirtschaftlich unter Druck setzen, irgendwann brechen sie dann zusammen“, schlug ich blauäugig vor.

„Pustekuchen, erstens werden die dortigen Regierungen sich einen Dreck scheren, uns zu helfen und ihre Geldgeber, von denen sie schließlich leben, ans Messer liefern. Zweitens wird kein Regierungsmitglied ernsthaft Interesse daran haben, dass seine Kumpels aus Wirtschaftsunternehmen, in deren Aufsichtsrat er sitzt, auffliegen“, erklärte Judd vehement.

„Hm?“, grübelte Pierre laut. „Pascal, ich erinnere mich an Worte von Ihnen, in denen Sie über die Mönche auf dem Berg Athos sprachen. Pieter in Amsterdam hatte Ihnen von diesen erzählt ...“

„Ja, genau“, unterbrach ich ihn. „Der Berg Athos, keine Höhle, sondern ein Berg, aber das beste Versteck, dass man sich vorstellen kann, unverfänglich, nicht überprüfbar, absolut diskret und sicher. Der ideale Ort, um seine Reichtümer zu verbergen. Die Mönche kaufen weltweit Wertpapiere und Immobilien und keiner weiß für wen. Niemand zahlt Einkommensteuer. Weder bei der Einfuhr von Edelmetallen, Öl, Kunstschätzen oder Konsumgütern noch bei deren Ausfuhr werden Zölle oder Umsatzsteuer erhoben. Doch einen Lichtblick scheint es zu geben, wie ich neulich las. Die griechische Justiz von Athen hat 2011 gegen den Abt des Vatopedi-Klosters auf dem Berg Athos Untersuchungshaft angeordnet. Er soll, mit Beihilfe einiger hochrangiger griechischer Politiker in einen millionenschweren Immobilienbetrug verwickelt sein. Die griechische Justiz wirft ihm Geldwäsche und Betrug vor.“

„Ähnliches haben wir ja schon von der Vatikanbank gehört“, ergänzte Pierre. „Im Übrigen bin ich der Meinung, dass die moderne Organisierte Kriminalität es perfekt beherrscht, ihre illegalen Gelder vor unseren Nasen zu verstecken. Neben den von Ihnen, Judd, breites genannten Reinvestitionen suchen sie sich TV-Sender, Medienkonzerne, Filmgesellschaften und nicht zuletzt Nicht-Regierungs-Organisationen jeglicher Couleur, um ihr Geld unterzubringen. Wie haben diesbezüglich schon einiges an Lehrgeld gezahlt. Schon oft hatte man uns unter Druck zu setzen versucht, hatte unsere Agentur übernehmen wollen, nur um Veröffentlichungen zu verhindern, übrigens auch seitens der Justiz. Man muss schon ein charakterstarkes Mitarbeiterteam haben, um diesen Attacken zu widerstehen.“

„Vollkommen richtig, mein lieber Freund, und das haben Sie ja“, bestätigte ich Pierres Aussage. „Um aber auf den Berg Athos zurückzukommen, möchte ich hinzufügen, dass sich selbst die Mönche dort, um ihren Ruf aufzubessern, neuerdings mit wohltätigen Aktionen befassen. Übrigens ein beliebtes Mittel krimineller Organisationen, sich mit den weißen Umhang der Unschuld, Moral und Wohltätigkeit zu kleiden. Charin, eine liebe Freundin von mir aus Bangkok hatte es deutlich ausgedrückt: *Dort wo die Moral am dicksten heraus trieft, steckt sehr häufig tiefste Unmoral dahinter.*“

„Ah ja, die Freundin“, lachte Judd süffisant.

Eigentlich ein unbedeutender Zwischensatz von Judd, der es aber schaffte, die bedrückende Stimmung leicht aufzuhellen, denn diese stagnierte auf einem gefährlichen Tiefpunkt. Wir hatten uns schon damit abgefunden, nichts ausrichten zu können, was die Entlarvung der Hintermänner und ihrer illegalen Schatzkammern anbelangte. Was sollten wir als kleine, unbedeutende Gruppe denn ausrichten, wenn schon ganz andere Kaliber und Organisationen an dieser Aufgabe scheiterten. Es schien alles so sinnlos, als kämpfte man gegen Windmühlen, noch dazu auf verschlungenen Faden und in Sackgassen.

Just in diesem Moment einer sich breitmachenden Resignation betraten van Dommelen und Bordier das Zimmer. Erstaunt blickten sie in unsere niedergeschlagenen Gesichter.

Jan meinte, wohl mit der Absicht, uns aufzumuntern: „Hey, was schauen Sie so trübsinnig? So häßlich ist das Schaubild, das Sie Drei entworfen haben, doch garnicht“, lachte er vergnügt.

„Darum geht es nicht“, erwiderte Judd mit belegter Stimme.

Jan und auch Bernard konnten ja nicht ahnen, welche Laus uns über die Leber gelaufen ist. Nachdem wir beide aufgeklärt hatten, tat es deren Stimmung der unseren gleich. Doch nur für einen Moment.

„Pah!“, fauchte Bernard plötzlich mit bissigem Ingrimm. „Wir müssen uns den Tatsachen stellen und damit abfinden, weitgehend machtlos zu sein gegen die großen Konsortien, das ist leider Realität. Wir können die Welt nicht retten, aber verbessern, im Kleinen, hier und jetzt. Teilerfolge sind auch Erfolge. Aber aufgeben? Nein, das kommt nicht infrage. Sehen Sie, wir haben schon so viel erreicht: Beweise gesammelt, Zusammenhänge gelüftet, wie das Schaubild gut verdeutlicht. Nutzen wir unsere Erkenntnisse, zu analysieren, wie die Vernetzung der kriminellen Bahnen funktioniert, wo wir gezielt angreifen und Knotenpunkte sowie Transportwege kappen können." Bernard zeigte sich dabei enthusiastisch und zuversichtlich, was uns seine äußerst energische Stimme verriet. Indirekt erteilte er uns damit einen unmissverständlichen Rüffel bezüglich unserer Resignation, in der wir die Sache schon als verloren gaben. Wir verstanden den Wink, der uns tatsächlich aus der Lethargie riss.

Lamentieren hilft nicht, das sahen wir jetzt ein. Bernards symbolische Tritt in den Allerwertesten wies uns die Richtung, zurück auf den Boden der nackten Tatsachen. Und diese belegten eindeutig, dass wir recht viel erreicht hatten. Eigentlich Grund genug, getrost in die Zukunft zu blicken, trotz des ernüchternden Zahlenmaterials. Für heute sollte es genug sein. Jedem war die Erschöpfung ins Gesicht geschrieben, verlangte nach Ruhe und Schlaf. Optimistisch, zu optimistisch, wie sich später herausstellen sollte, verabschiedeten wir uns von einander und gingen unserer Wege.

Kaum allein, fiel meine Stimmung in ein dunkles Loch. Vergessen waren die Worte Bernards. Schwermut verdrängte die eben gewonnene Hoffnung, Depression ergriff mich, schnürte mein Gemüt ein. Warum? Es schien doch alles gut zu laufen. Mir wollte kein Grund einleuchten, kein vernünftiger. Waren es meine ausgezehrten Energiereserven, die mich schwanken, die mich zaudern, mein Gehirn martern ließen? Oder lag es an der hereinbrechenden Dämmerung, die alles grau in grau malte? Die Menschen, die Häuser, Fassaden und Chausseen, sie alle lagen in tiefer Trostlosigkeit, einschließlich meiner Wenigkeit. Sicherlich war es die Summe von allem, die mich in eine Phase der Schwarzmalerei manövrierte. Ich konnte mir keinen Reim darauf machen. Warum gerade jetzt mein emotionales Tief? Ich kramte vergeblich in den Windungen meiner Gehirnbahnen. Was soll's, nur nicht kirre machen lassen, vermutlich handelte es sich wieder um eine meiner albernen Vorahnungen. Wie immer äußerte sich diese in Gestalt diffuser Angst vor dem Kommenden, vor dem nicht Greifbaren, nicht Definierbaren. Mein kriminelles Umfeld schien bereits seine Schatten auf mich geworfen zu haben, gaben mir keine Luft, keinen Freiraum, nagten an meinem Optimismus. Ich vermochte mittlerweile nur noch negativen Gedanken nachzuhängen. Es war zum Heulen, ich schwor mir, dies so bald wie möglich zu ändern.

Mittlerweile wich die Dämmerung dem Dunkel der Nacht. Ich schlenderte gedankenverloren, mit leicht geneigtem Kopf durch spärlich beleuchtete Gassen, in denen dichter Nebel hing. Erinnerungen stiegen in mir hoch. Keine guten. Ein Hund jaulte kläglich aus einem der Hinterhöfe. Mich schüttelte, als ich plötzlich eines Schattens gewahr wurde. Erschrocken drehte ich mich um – nichts, kein Schatten, niemand außer ein paar Kindern, die mit einer alten Blechdose kickten. Erleichtert stakste ich weiter, meine Paranoia hatte mir wohl einen Streich gespielt. Meine angespannten Nerven, die Finsternis, die leergefegten Straßen, das leichte Säuseln des Windes und der feine Nieselregen, der das Kopfsteinpflaster gefährlich rutschig werden ließ, lieferten genügend Stoff, meine Fantasie anzuregen. Einzig der matte Schein des Mondes suchte sich vereinzelt durch die schweren Wolken zu zwängen. Ein Szenenbild, dem etwas Unheimliches, Geisterhaftes anhaftete – die passende Kulisse für einen Thriller, dachte ich mir, während eine unheilbringende Kälte nach mir griff.

Eine schwarze Limousine fuhr bedächtig die enge Gasse entlang, an mir vorbei, stoppte, eine Tür sprang auf und ehe ich mich versah, packten mich starke Hände, stülpten mir irgendetwas aus Stoff über den Kopf und zerrten mich in den Wagen. Ich kam nicht zum Schreien, denn kräftige Finger schraubten meine Kehle zu, während man mir ein feuchtes Tuch vor Mund und Nase drückte. Lediglich mein abgeschnittenes Röcheln verlief sich im fahlen Grau des Nebels. An mehr konnte ich mich nicht erinnern.

16 ENDSTATION

Ich erwachte in einem feuchtkalten Raum, der wie der Keller eines dem Verfall preisgegebenen Hauses anmutete. Man hatte mich auf eine alte, dreckige Matratze abgelegt, wie einen sterbenden Hund. Ein bestialischer Geruch von Moder, Aas und Urin drang in meine Nase und ließ mich würgen. Überall in diesem muffigen Kabuff krabbelten Asseln über Unrat, lagen totgetretene Kakerlaken auf dem bröckelnden Estrich. Einige Lebende krochen aus Ritzen und verschwanden wieder in selbigen. Ich konnte mich zwar frei bewegen, den Raum aber nicht verlassen. Eine schwere Feuerbrandtür aus Eisen versperrte mir den Ausgang, ein Fenster hatte der niedrige Raum nicht. Lediglich eine verstaubte, lose hängende Glühbirne schaukelte an der Decke und spendete ein schummriges Licht. – Plötzlich vernahm ich ein Knacken.

Eine eisige Stimme sprach mich an, verzerrt unwirklich hallte sie von den Wänden, vermutlich aus versteckten Lautsprechern und brachte mein Blut zum Gefrieren. Ein Gedanke durchfuhr mich blitzartig und verschaffte mir ein wenig Hoffnung. Hätte man mich liquidieren wollen, würde ich bereits im Jenseits weilen, auf weißen Wolken schweben, umgeben von gleißendem Licht – oder irgendetwas derart. Die Tatsache, noch am Leben zu sein, konnte nur bedeuten, ich bin den Entführern für irgendein Vorhaben von Nutzen. Mich aus reiner Grausamkeit vor meinem Tod zu quälen, das konnte ich mir nicht vorstellen. Bisher unterzog die Pariser Unterwelt ihre Todgeweihten meist einem Prozedere, bei dem das Ableben für den Betroffenen rasch und weitgehend schmerzfrei ablief. Und mit einem sadistisch veranlagten Psychopathen hatte ich es hier ja hoffentlich nicht zu tun.

„Herr Ferrol, schön sie hier bei uns begrüßen zu dürfen“, fielen blecherne Worte abgehackt und kratzend. „Ich hoffe, es fehlt Ihnen nicht an Annehmlichkeiten“, spottete der Unbekannte. „Leider, und das wurmt mich ungemein, muss ich gestehen, würde Ihr Tod zu viel Aufsehen erregen. Die Mühlräder, die bereits mahlen, rotierten in einer Weise, die uns hinderlich würden. Ginge es allein nach meiner Meinung, würden Sie bereits in der Seine schwimmen, Kopf unter, versteht sich. Aber es gibt einige Erwägungen, die das derzeit für unklug erscheinen lassen. Man gewährt Ihnen wohlwollend noch einen Aufschub, einen letzten. Sehen Sie es als Galgenfrist. Wenn Sie unserer Empfehlung nicht nachkommen, ergeht es Ihnen wie Damjan Stipic, den man allgemein als den Serben kannte.“ Dabei vibrierte seine Stimme bedrohlich.

Genau! Das war es, was in meinem Unterbewussten rumorte, mich nicht losließ, der ungelöste Mordfall an dem Serben. Solange sein oder seine Mörder frei herumliefen, bestand immer noch Gefahr für mich und weitere Zeugen. Die Kriminalpolizei schätzte die Wahrscheinlichkeit für einen weiteren Anschlag auf mein Leben zwar für gering ein, aber ein Restrisiko von zehn Prozent bestünde weiterhin. Und jetzt erwischten mich diese zehn Prozent voll. Das Leben würde man mir vermutlich für eine Gegenleistung lassen, sofern ich diese Schuld tilgen könnte. Um welche Gegenleistung handelt es sich, was würde man mir abverlangen? Egal, erst einmal raus hier, was dann geschieht, steht auf einem anderen Blatt.

„Was verlangen Sie von mir, soll ich alles vergessen, was ich gesehen und gehört habe?“

Der Unbekannte lachte bösartig und antwortete hämisch: „Im Gegenteil, werter Herr Ferrol, sie werden ab sofort unsere Augen und Ohren bei der Polizei sein. Alles, ich wiederhole alles, was uns angeht, berichten Sie uns.“

„Und was geht Sie an? Wer sind Sie und wem berichte ich, im Falle meines Einverständnisses?“, konterte ich schroff.

„Oh! … das mit dem ‚im Falle‘ können sie gleich vergessen. Wir zweifeln nicht an Ihrer uneingeschränkten Mitarbeit. Es geht nicht nur um Ihr Leben. Sie haben eine so hübsche Freundin, der soll doch nichts zustoßen, oder?“

„Verdammt, was sind Sie bloß für Menschen“, grollte ich entmutigt. Ich war am Boden zerstört, fühlte mich so unendlich hilflos.

„Überlegen Sie nicht lange – ich gewähre Ihnen fünf Minuten, eine Entscheidung zu treffen."

„Und was ist mit Rainhold Schachermair, soll ich meine Aussage zurückziehen?"

„Keineswegs, keineswegs, der ist uns gleichgültig. Außerdem wirkt es nach außen beschwichtigend, wenn er sein Los annimmt, schließlich hat er es selbst heraufbeschworen und uns alle in Gefahr gebracht."

„Verstehe ich nicht, wieso Sie alle? … Von Ihnen ist uns doch nichts bekannt", log ich. „Deshalb wollte ich wissen, wem ich Bericht zu erstatten habe und welche Fakten Sie interessieren, ich kann doch nicht alles sammeln."

„Das erfahren Sie früh genug, wir werden Sie im konkreten Fall kontaktieren." Es schien mir, als würde seine Antwort auf meine Äußerung befriedigt klingen, zumindest hob sich die Stimmlage des Sprechers. Ob ich ihn überzeugen konnte, wir hätten keine Ahnung von den Hintermännern? Ich vermochte mir nicht vorzustellen, er wisse von unseren Namenslisten, schon gar nicht von der aus Los Angeles.

„Fällen Sie die richtige Entscheidung, die Uhr läuft, in fünf Minuten melde ich mich wieder", klang die unsympathische Stimme mit abschreckender Kälte, einer Kälte, die keine Widerworte duldet. „Und", fügte er warnend hinzu, „glauben Sie ja nicht, sie könnten mit uns Spielchen treiben, erst zustimmen, um dann irgendwo unterzutauchen. Denken Sie nicht einmal daran, wir finden Sie und Ihre Gespielin, in welches Rattenloch sie sich auch immer verkriechen mögen." Es knackte. Die Stimme überließ mich wilden Mutmaßungen.

Ich war ratlos, wie sollte ich mich entscheiden, was tun? Gab es überhaupt Alternativen? Ablehnen bedeutete mit Sicherheit meinen Tot. Und ein Ja? Nicht gerade rosige Aussichten als Spitzel. Wer weiß, was die Unbekannten mir alles abverlangten. Einmal Schnüffler, immer Schnüffler. Erstmal gefangen in ihren gierigen Klauen, würden sie die Daumenschrauben von Mal zu Mal enger anziehen, immer riskantere Aktionen von mir einfordern. Was blieb mir anderes übrig, als vorerst meine Seele dem Teufel zu verschreiben, es ging immerhin um Belindas und mein Leben. Ich hatte keine Wahl. Vielleicht böte sich mit der Zeit ein

Ausweg.

Als sich die Stimme nach Ablauf der Frist erneut meldete, gestand ich meine Niederlage ein und erklärte mich bereit, als Informant tätig zu werden. Keine angenehme Vorstellung, denn von nun an würde mir Satan höchst persönlich und permanent im Nacken sitzen.

„Aber nur unter der Bedingung, Sie lassen Belinda und meine Freunde und Freundinnen in Ruhe. Sollte ihnen etwas zustoßen, weiß ich mich abzusichern“, drohte ich. Ich hoffte kompromisslose Härte demonstrieren zu können, was jedoch kläglich in die Hose ging.

„Oha! Wird der Kleine jetzt mutig, mir scheint etwas übermütig. – Junge, Sie befinden sich nicht in der Position, Bedingungen zu stellen. Wenn ich dürfte, wie ich wollte, kämen sie mir nicht so glimpflich davon, das können Sie mir glauben. Und ich verspreche Ihnen, sollte irgend ein Zweifel an Ihrer Kooperationsbereitschaft aufkommen, werde ich mich persönlich darum kümmern, Sie dafür zur Rechenschaft zu ziehen – es wird mir ein Erlebnis sein, Ihre reizende Freundin auf Herz und Nieren zu untersuchen.“

Eine ohnmächtige Furcht verkrampfte meine Backenmuskeln derart, dass ich keinen Mucks von mir hören ließ. Die Lage war, wie sie schlimmer nicht hätte sein können. Von nun an würde ich mit den Wölfen heulen. Wie sollte ich mir je verzeihen, meine Freunde verraten zu haben. Belinda müsste ich belügen – wie soll ich ihr je wieder reinen Gewissens unter die Augen treten können? Tausend Gedenken suchten nach einer Lösung, nach einem Hintertürchen – es gab keines. Ich war am Ende.

Wieder ertönte die fremde Stimme: „Fangen wir mit einem ersten Test an. Sie waren heute den ganzen Tag im Kriminalkommissariat, was gab es dort zu bereden?“

„Es ging um die abgeschmetterte Anklage gegen Rainhold Schachermair und den bevorstehenden Prozess gegen mich“, erklärte ich kurz und bündig.

„Und weiter?“, schnarrte die Stimme.

Erst wollte ich nicht so recht, doch was hätte ich zu verlieren? Zögernd antwortete ich wahrheitsgemäß: „Wir benötigen juristischen Beistand, um die Anklagepunkte gegen mich zu entkräften … das dauert.“

„Was haben Sie bisher herausgefunden“, lauerte die Stimme aggressiv.

Eine verbale Drohgebärde, die in mir ein denkbar mulmiges Gefühl hervorrief. Nicht, weil ich gezwungen wurde, gegen meinen Willen Auskunft zu erteilen, sondern aus einem anderen Grunde. Was, wenn die ‚Stimme' mehr wusste, als sie sagte, wenn ein korrupter Beamter im Kommissariat säße? Nicht unter uns Fünfen, aber die Bürotür stand meist offen. Damit wäre es ein Leichtes für die im Vorzimmer arbeiteten Polizisten, Gesprächsfetzen aufzuschnappen. Diesem Risiko wollte ich mich keinesfalls aussetzen. Zu schnell hätte ich damit mein Leben verwirken können. Kurzum, ich besann mich rasch und berichtete wahrheitsgemäß, wobei ich die Sachlage jedoch als wage und als noch nicht erwiesen darstellte. Ich wollte damit den Eindruck erwecken, es bestünde keine dringende Notwendigkeit, die involvierten Personen in Wien zu benachrichtigen. Deshalb wählte ich meine Worte mit Bedacht und log damit ja nicht.

„Bezüglich der Behauptung, der Besitzer des Pubs in Slough sei Alkoholiker, tauchten berechtigte Zweifel auf. Außerdem waren die zwei angeblichen Zeugen in Bangkok nicht auffindbar, womit deren Aussagen auf wackeligen Beinen stehen. Hinzu kommen Vermutungen, die auf eine Befangenheit des Richters deuten könnten, der Rainhold anscheinend kennt. Für Rainhold selbst könnte sich als belastend erweisen, dass zwei hochrangige Engländer wegen des Vorwurfs der Bestechlichkeit verhaftet wurden. Es liegen zwar noch keine Geständnisse der Beschuldigten vor, aber alles deutet darauf hin, dass sie Geld von Herrn Schachermair erhalten haben. Wofür wissen wir nicht."

Mit dieser sachlichen Schilderung zeigte ich mich willig und mitteilungsfreudig. Hoffte ich doch insgeheim, es der 'Stimme' damit recht zu machen. Objektiv betrachtet beinhalteten meinen Aussagen keinerlei Geheimnisse, jeder würde von den Fakten erfahren. Spätestens in Wien, wenn es darum ging, das Verfahren gegen mich einzustellen. Es konnte mir nur recht sein, wenn Rainhold als Sündenbock herhalten sollte. Blieb mir dadurch doch genügend Gesprächsstoff den Wissensdurst meiner Kidnapper zu befriedigen.

„Ich sehe, Sie bemühen sich", dröhnte es zufrieden aus dem Lautsprecher. „Ich hoffe, Sie werden morgen Abend genauso redselig sein – glauben Sie mir, es liegt in Ihrem eigenen Interesse. Sie erhalten morgen gegen 20:00 Uhr einen Anruf von mir auf Ihrem Handy. Ich werde mich mit dem Namen Jean melden. Wenn Sie ohne Zuhörer reden können, fassen Sie sich kurz, stellen keine Fragen und beschränken ihre Mitteilung auf 45 Sekunden, andernfalls brechen wir das Gespräch ab. Sollten sie nicht frei sprechen können, sagen Sie sinngemäß folgenden Satz: „Gerne, wir können uns diese Woche zu einem Café treffen – ich rufe Sie an." Dann legen Sie auf. Für den Fall, dass ein Anwesender fragen sollte, mit wem Sie sich zum Café verabreden, überlegen Sie sich schon jetzt einen Alibinamen aus Ihrem weiteren Bekanntenkreis. – Haben Sie mich verstanden?"

„Ja, habe ich!", gab ich kleinlaut zu.

„Gut, dann wird in fünf Minuten Gas in Ihre Zelle strömen und Sie betäuben. Seien Sie unbesorgt, außer leichten Kopfschmerzen werden Sie keinen Schaden nehmen, was eigentlich schade ist, wie ich meine", erklärte mir die Stimme frostig.

„Was haben Sie mit mir vor", wollte ich wissen, erhielt jedoch keine Antwort. Ich schaute mich in meinem unbehaglichen Gefängnis suchend um, fand aber keine Luftschlitze, Ventilatorklappen oder irgendwelche verdächtigen Öffnungen – außer den zahlreichen Rissen im Mauerwerk. Nur aus ihnen konnte das Betäubungsmittel eindringen. Weder sah ich es noch roch ich es.

Als ich wieder zu mir kam, lag ich auf einer Parkbank im Jardin du Luxembourg. Es war dunkel, keine Menschenseele zu sehen, leergefegte Straßen, kein Vogel, der zwitscherte, gespenstische Stille herrschte um mich herum, während leichte Nebelschwaden die Sicht einschränkten. Ein Blick auf meine Uhr sagte mir, es ist 01:00 Uhr – die Geisterstunde war vorbei. Wie vorausgesagt spürte ich ein leichtes Ziehen in den Schläfen, außerdem eine gewisse Taubheit in den Gliedern. Ich benötigte einige Minuten, bis ich realisierte, auf was für einen Deal ich mich da eingelassen hatte. Wer einen Packt mit dem Teufel schließt, bleibt für immer und ewig sein Eigentum, seine Marionette. Seinen Fängen wird man niemals entrinnen können.

Niedergeschlagen und leicht benommen ging ich zu meiner Wohnung, wo Belinda trotz der fortgeschrittenen Stunde sehnsüchtig auf mich wartete.

„Oh je, so schlimm?", fragte Sie, als Sie meine Verfassung bemerkte.

„Noch schlimmer – es war ein harter Tag bis spät in die Nacht, die ständigen Verhandlungen in dem miefigen Dienstzimmer von Bernard - katastrophal", log ich.

„Ja, ich weiß, jemand vom Präsidium hat angerufen und mir gesagt, dass es spät werden wird. Soll ich Dir die Kopfhaut massieren oder Dir einen Tee zubereiten?“, fragte Belinda fürsorglich.

Aha, dachte ich mir, meine Entführer wollten unnötigen Fragen vorbeugen und lieferten durch den Anrufer eine plausible Erklärung für mein langes Ausbleiben.

„Nein danke, ich muss mich nur hinlegen, ausspannen und viel schlafen – um 09:00 Uhr wartet auf mich die gleiche Tortour.“

„Wie Du meinst“, äußerte sie besorgt und blickte mich an, als bemerke Sie die Veränderung, die in mir vorgegangen ist.

Erstaunlich, unsere Beziehung währte erst kurz und trotzdem wusste sie jede meiner Regungen zu deuten. Wie lange würde ich Ihr etwas vorspielen können, ohne unsere Verbindung empfindlich zu beschädigen? Nichts belastet eine innige Freundschaft mehr, als ein Vertrauensbruch. Darüber war ich mir zwar im Klaren, aber wie sollte ich Ihr mein Verhalten jemals plausibel erklären? Ich fürchtete mich vor der Konfrontation, fürchtete mich vor Belindas Antwort und den Folgen, wenn ich nicht nach der Pfeife der Gangster tanzte.

Der Rest der Nacht verlief wie befürchtet, ich quälte mich über die Stunden hinweg, wälzte mich im Bett hin und her zwischen Schlaf und Wachsein, wachgerüttelt durch Horrorszenarien, die mir meine Nachtruhe stahlen. In meinen zerrissenen Albträumen wurde ich getrieben wie ein Stück Vieh, hoch hinauf in zerklüftete Berghänge, haarscharf an gähnenden Abgründen vorbei, entlang eines schmalen Stolperweges. Hinweg über kleinere und große Steine, die mir bei einem unbedachten Schritt leicht zum Verhängnis hätten werden können. Scharfe Kanten, tiefe Furchen, vorstehende Grate, immer dem Absturz nahe, tastete ich mich weiter. Vom Gehen war schon lange nicht mehr die Rede. Plötzlich brach die Nacht herein, es wurde stockfinster, kein Mond, keine Sterne, die ihr sanftes Licht auf meinen Weg hätten werfen können. Ein eisiger Wind malträtierte Nase und Augen, verursachte ein grelles Heulen in meinen Ohren, schmerzte an Schläfen und Nacken. Meter um Meter quälte ich mich weiter, jedes Mal, wenn ich mich aufraffte, einige Meter gehend zu überwinden, fiel ich erschöpft auf die Knie zurück, wurde gezwungen, im Kriechgang meine Reise über diesen Höllenpfad, auf den mich mein Traum verbannte, fortzusetzen. Ein endloser Weg, wie es schien. Ein Zurück gab es nicht, nur der Sprung der Erlösung in die Tiefe blieb als einziger Ausweg, um all der Marter ein Ende zu setzen. Bevor ich diese Entscheidung fällen musste, wachte ich schweißgebadet auf.

Jetzt plagten mich tatsächlich heftige Kopfschmerzen. Die Uhr zeigte gerade Viertel nach Fünf. Ich drehte meinen Kopf und suchte Belinda, die aber nicht im Bett lag. Besorgt schaute ich umher und fand sie friedlich schlafend auf der Couch. Der Grund war simpel, wie sie mir später beim Frühstück, an dem ich nur passiv teilnahm, denn mein flauer Magen hätte es kaum bei sich behalten, erklärte. Bei meinem friedlosen Rumgewühle fand sie keine Ruhe und schlug daher ihr Nachtlager im Wohnzimmer auf dem Sofa auf. Es war mir peinlich und ich entschuldigte mich.

„Es nimmt Dich zu sehr mit, der Rückschlag in Wien, die abstruse Lage korrupter Machenschaften – ich kann das verstehen. Aber bitte, arbeite Dich nicht auf, sei achtsam auf Dich und Deine Gesundheit. Nichts ist so wertvoll wie sie“, ermahnte mich Belinda.

„Ich werde mir Deinen Rat zu Herzen nehmen“, versprach ich, wobei ich nicht den Eindruck hatte, sehr überzeugend zu wirken. Belindas rügender Blick bestätigte meine Annahme, was mich wiederum zu einem gequälten Grinsen veranlasste.

„Nein, nein!“, unterstrich ich jetzt energischer meinen Vorsatz. „Wir werden heute unsere Ermittlungsergebnisse in ein strukturiertes Korsett schnüren, damit ich gewappnet nach Wien fliegen kann. Danach wird alles anders sein.“ Wie anders konnte und wollte ich Belinda nicht anvertrauen.

„Wann rechnest Du mit Deinem Abflug?“

„Das hängt davon ab, wie schnell EUROPOL reagiert hat, doch das werde ich nachher in der Präfektur erfahren. Spätestens heute Abend werde ich Dir genaueres mitteilen können.“

„Gut, hoffen wir mal das Beste – dann bis heute Abend.“ Sie gab mir einen liebevollen Kuss, konnte sich aber nicht verstellen und zog mit besorgter Miene von dannen.

Missmutig begab ich mich gegen 09:00 Uhr, wie verabredet, ins Präsidium. Mit unterdrückter Sorge und gespielter Freundlichkeit begrüßte ich die bereits anwesenden Kommissare, nachdem ich hinter mir die Bürotür sorgsam zugezogen hatte. Als hätten sie von meiner schlechten Laune nichts bemerkt – vielleicht war das auch so – erwiderten alle überschwänglich meinen Gruß.

„Guten Morgen, Pascal“, tönte es aus der Runde. „Jetzt sind wir ja komplett, konstatierte Jan. Lassen Sie uns rekapitulieren. Die Auslieferung von Rainhold Schachermair nach Holland wird erst möglich sein, wenn die Glaubwürdigkeit von Pascal wiederhergestellt und die Anklagepunkte gegen ihn abgeschmettert sind. Deshalb gilt unser vorrangiges Augenmerk seiner Rehabilitierung. Andererseits benötigen wir erdrückende Beweise, die Herrn Schachermair eindeutig belasten, damit wir ihn endgültig aus dem Verkehr ziehen können. Mit welchen Geschützen können wir aufwarten? Haben wir überhaupt schon etwas Brauchbares in der Hand?“

„Ich bin bereits seit 06:00 Uhr auf dem Revier und habe ein wenig vorgearbeitet“, berichtete Bernard mit einem berechtigten Ton des Selbstlobes. „Die aktuelle Lage erlaubt keinen Aufschub, bedenken wir, wie schnell und zielgerichtet wir handeln müssen, um das Blatt zu wenden. Glücklicherweise erhielt ich bereits ein positives Feedback von EUROPOL, die umgehend mit dem Bundeskriminalamt in Österreich Kontakt aufgenommen hat. Man bittet uns, alle Fakten feinsäuberlich in einem Dosier zusammenzufassen, einschließlich einer Namensliste aller derer, die wir im Visier haben. Ich habe schon eine Mappe angelegt, die ich Sie bitte, zu überprüfen.“

Mit diesen Worten händigte er jedem von uns einen beigefarbenen Ordner aus, den er von einem Stapel auf seinem Schreibtisch nahm.

Nach einer Weile, in der wir mit den Unterlagen beschäftigt waren, meldete sich Judd zu Wort: „Alle Achtung, da waren Sie wirklich fleißig. Ich habe Ihrer Darstellung nichts hinzuzufügen. Anscheinend trifft auch hier in Paris der Spruch zu *Morgenstund hat Gold im Mund*.“

„Ich würde eher sagen, *der frühe Vogel fängt den Wurm*“, bemerkte Bernard spitzfindig. „Während Sie noch alle faul in den Federn lagen, nutzte ich die Leere des Büros und die Klarheit meiner Gedanken, um Nägel mit Köpfen zu machen.“ Die weiteren Teilnehmer der Runde musternd, fragte er: „Und – wie passt es Ihnen?“

Die allgemeine Begeisterung äußerte sich von ausgezeichnet über famos bis hin zu perfekt. Keiner hatte etwas auszusetzen oder zu ergänzen. Jeder war froh, sich nicht weiter um technische, beziehungsweise bürokratische Details kümmern zu müssen. Ätzend lange Zusammenfassungen zu schreiben oder Akten zu sortieren ist nicht jedermanns Leidenschaft. Wozu

Bernard zwei Stunden benötigte, hätten wir alle gemeinsam, durch Lärm und Bürohektik abgelenkt, vermutlich weit länger gebraucht. In jedem Fall ein respektables Ergebnis, mit dem wir aufwarten konnten.

„Jetzt steht nur noch ein Rückruf von René aus, der eventuell Neuigkeiten bringen könnte“, meinte ich abschließend.

„Die kann man sicherlich während des Prozesses nachreichen, sollten sie relevant sein“, schwächte Pierre meine Bedenken ab.

„Auch war – gut meine Herren, kommen wir zum Schluss. Ich bin Ihnen zutiefst verbunden, mir in meiner misslichen Lage so beherzt engagiert geholfen zu haben“, erklärte ich dankbar.

„Das war doch selbstverständlich, schließlich liegt es in unser aller Interesse, die Bande auffliegen zu lassen“, meldete sich Jan, worauf alle Anwesenden zustimmend nickten.

„Wie dem auch sein, ich werde Ihnen das nie vergessen“, antwortete ich tief bewegt. Nach einer kurzen Unterbrechung, bei der ich mir eine vorwitzige Träne aus dem Auge wischte, kündigte ich an, dass ich mir umgehend einen Flug nach Wien buchen wolle.

„In Wien gedenke ich gleich nach meiner Ankunft einen vertrauenswürdigen Rechtsanwalt zu suchen. Es kann nur von Vorteil sein, eine zuverlässige Person vor Ort zu wissen, denn wie die Sachlage steht, stellt sich die Frage, wem man heutzutage noch vertrauen kann? Wobei ich für meinen Teil allerdings glaube, schon manchmal paranoid zu werden und Gespenster zu sehen.“

... Ich stockte, fiel mir doch gerade siedend heiß ein, wie zerbrechlich so ein Vertrauensverhältnis ist. Es benötigt nur eines Gegners, der weiß, wo er den Hebel anzusetzen hat, um den entsprechenden Druck auszuüben und schwups kippt man um und wird zum Verräter. Diesen Gedanken behielt ich natürlich für mich.

„Alles Weitere müssen wir den Kompetenzteams von EUROPOL und dem österreichischen BKA überlassen. Meine Bekannten von EURPOL sind instruiert und werden nicht locker lassen, falls Herr Schachermair Kontakte zum BKA pflegt und die Angelegenheit ins Stocken geraten sollte. Die Kollegen merken rasch, wenn Verfahren willentlich auf die lange Bahn geschoben werden.“ Mit diesen Worten fegte Jan die letzten Zweifel, die ich hegte, fort.

Zufrieden und guter Dinge verabschiedeten wir uns, mit den Versprechen, sich wieder zu treffen, spätestens nach erfolgreicher Niederschlagung meines Verfahrens. Diesmal in Amsterdam, um dort mit EUROPOL zukünftige Strategien zu besprechen. Nachdem ich meinen Flug für den Folgetag gebucht hatte, verbrachte ich die verbleibende Zeit mit Überlegungen, wie und vor allem was ich dem Anrufer am Abend mitteilen solle, könnte, dürfte oder müsste. Immer wieder formulierte ich im Geiste Sätze, die mich ins Licht eines gehorsamen Spitzels rücken würden, ohne wirklich alle Geheimnisse preiszugeben. Ich befand mich in einem inneren Zwiespalt, hin- und hergerissen zwischen dem Drang, die Mischpoke ans Messer zu liefern und der Furcht vor Repressalien, womöglich getötet zu werden. Die Stunden des Wartens schienen sich endlos in die Länge zu ziehen, als würde man sich in der Weite einer Wüste verlieren. Ohne Wasser, richtungslos, dem Zufall ausgeliefert. „Hmmm? Nach meiner Devise gibt es keinen Zufall", schoss es mir in den Sinn. Dies bedeutet allerdings für mich, Ursache und Wirkung zu finden und sich nicht kampflos dem Chaos preiszugeben. Denn dreht man sich erst einmal ständig im Kreis, verliert man seine Ruhe, die Verfassung und den Überblick, man sieht keinen Ausweg mehr. Das ist wie mit dem Gleichnis von der Käferhöhle, einer runden Sandkuhle. Laut Plutarch befindet sich im griechischen Olynth ein Ort, den man den ‚Käfertod' nannte. Wenn dort Käfer hineingerieten, kamen sie nicht mehr heraus, liefen immer im Kreis, bis sie starben. Ähnliches durchleben diejenigen, die aus Kummer und ständigem Grübeln in ein schwarzes Loch fallen und aus diesem nicht mehr herausfinden, sie sterben oder verfallen dem Wahnsinn.

So weit durfte es nicht kommen. Vor allem durfte ich Belinda meine Zerrissenheit nicht merken lassen. Gottlob, dass sie, wie jeden Abend, lange bei Florence zu tun hatte, so entging ihr wenigstens meine tiefe Besorgnis, die ich mit mir herumtrug. Zu viel stand auf dem Spiel, als sie unnötig in die Angelegenheit mit hineinzuziehen.

Endlich war es so weit, mein Handy summte. Mir kam es vor, als würde es energischer, kälter klingen als sonst, was natürlich auf purer Einbildung basierte. Ich projizierte schlicht und einfach meine Gemütsverfassung auf den Klingelton. Eine raue Stimme, die am Telefon allerdings anders als die meines Entführers klang, meldete sich und stellte sich kurz als Jean vor, mehr sagte sie nicht. Ich schluckte bevor ich unsicher antwortete und wahrheitsgemäß den Hergang in der Präfektur telegrammstilartig zusammenfasste.

„Einen Aktenordner? Gut, sehr gut!“, reagierte der Fremde auf meinen Rapport. „Ich werde noch für heute Abend ein Treffen arrangieren. Es ist so schön friedlich, wenn es Nacht wird in Paris. Sie begeben sich umgehend auf die oberste Terrasse vor Sacré Coeur. Wenn Sie auf das Meer glitzernder Lichter blicken, das den Himmel über Paris erhellt, fallen Sie nicht weiter auf und erwecken den Eindruck eines Touristen. In einer Stunde wird dort ein Mann an Sie herantreten und Ihnen Grüße von Claude ausrichten. Sie antworten mit der Frage. Wie geht es Claude, was macht sein Bein? Wenn sie die Rückantwort erhalten „es heilt allmählich, bald wird er wieder gehen können“, übergeben Sie ihm eine Kopie der Mappe. Seien Sie pünktlich und … vergessen Sie die Namensliste nicht!“

Mir stockte das Blut. Woher wusste mein Anrufer von der Namensliste, ich hatte sie schließlich nicht explizit erwähnt? Ich fragte vorsichtig: „Was für eine Namensliste?“ Dabei tat ich recht unbedarft, als gäbe es vielerlei solcher Listen.

„Tun Sie nicht so, als wüssten Sie nicht was ich meine - die Liste aller Verdächtigen natürlich, von der im Kommissariat die Rede war. Wir wissen mehr, als Sie ahnen. Noch einen Rat: Kommen Sie allein, wir beobachten Sie.“ Damit war das Gespräch beendet, der Gesprächsteilnehmer hatte aufgelegt.

„Merde!“, durchzuckte es mein Hirn, „was wissen die sonst noch alles?“, fragte ich mich still. Ihnen Lügen aufzutischen, konnte ich mir nun gänzlich abschminken. Bloß gut, dass ich mich entschlossen hatte, von Anfang an die Wahrheit zu sagen, wenn auch leicht verdreht. Mein Bauchgefühl hatte mir recht geraten - wieder einmal. Aber woher hatten sie die Informationen? Standen Polizisten auf ihrer Lohnliste, die uns nachspionierten? Oder hatten sie Wanzen installiert? Wie dem auch sei, alle benötigten Daten scheinen sie nicht heranzuschaffen zu können, sonst bräuchten sie mich ja nicht.

Beunruhigt schaltete ich meinen Kopierer ein und erstellte ein Duplikat der Akte. Dann streifte ich meinen Windblazer über und begab mich auf die Straße, ein Taxi zu rufen, das mich bis zum Fuße von Sacré Coeur fuhr. Ich erstieg in Windeseile die Stufen hinauf bis zur obersten Plattform und wartete. Exakt nach Ablauf einer Stunde gewahrte ich neben mir eine finstere Gestalt, die sich bis zur Unkenntlichkeit vermummt hatte. Ich wollte mich ihr gerade vollends zuwenden, als mich eine beißende Stimme in unterdrückter Lautstärke anherrschte: „Drehen Sie sich nicht um! … Ich soll Ihnen Grüße von Claude ausrichten!"

Der Dialog spulte sich ab, wie ausgemacht, worauf ich dem grau in grau gekleideten Mann die gewünschte Mappe übergab. Ich vermochte den Ankömmling nur aus den Augenwinkeln zu sehen, weder konnte ich das durch eine Kapuze verhüllte Gesicht erkennen, noch etwaige Auffälligkeiten. Während ich mich bemühte, sämtliche Eindrücke abzuspeichern, verschwand die Gestalt im Dunkel der Nacht. Als ich mich vorsichtig umdrehte, war sie nicht mehr zu sehen. Verdammt vorsichtig die Burschen, dachte ich mir. Gut, dass ich nicht gelogen hatte, sondern die Namensliste der Verdächtigen - natürlich nicht meine aus Los Angeles - mitlieferte. Lügen haben kurze Beine. Allein der Umstand, in Wien würde jeder Hansel von der Akte erfahren, wofür die Presse schon sorgen würde, brächte uns – vor allem mich – in Bredouille. Wenn die Mafia erführe, dass ich ihnen die Mappe samt Liste vorenthalten hätte, wären mein Leben und das von Belinda keinen Pfifferling mehr wert.

Der Abend verlief ziemlich unharmonisch, ich zeigte mich gereizt, ständig bemüht, den Fragen von Belinda auszuweichen. Mit fadenscheinigen Erklärungen schob ich meine miese Laune auf die zu erwartende Anhörung vor Gericht und vertröstete Belinda auf meine Rückkehr. Versprach ihr das Blaue vom Himmel, machte ihr weis, alles würde sich einrenken, wenn ich aus Wien zurück sei. Irgendwie glaubte ich selbst nicht an meine Worte, wie auch, das Schicksal nahm seinen bitteren Lauf. Luzifer hatte die Weichen gestellt, um mich ins Ungewisse irren zu lassen. Er hatte mich dahin manövriert, wo er mich hin haben wollte, wo er mich am besten manipulieren konnte. Auf ein Abstellgleis – meine Endstation.

Gleich nach meiner Ankunft in Wien begab ich mich ins Altstadtzentrum, von der U-Bahn Station Karlsplatz über die Kärtner Straße, bog um zwei Ecken und gelangte in die Rauhensteingasse. An der hölzernen Pforte der Hausnummer '3' klopfte ich dreimal, wartete etwa zwei Minuten und klopfte erneut. Endlich bequemte sich jemand, die schwere Holzpforte langsam nach innen aufzuziehen. Ich ahnte ja nicht, dass es in diesem Haus mehrere Stockwerke gab, die der Wachthabende heruntersausen musste, um seinen Dienst zu verrichten. Vorsichtig lugte ein schwarz gekleideter Mann von rundlicher Statur um die Ecke. Im ersten

Augenblick dachte ich, ich hätte es mit dem Kellner der Loge zu tun, schwarzer Anzug, weißes Hemd und eine schwarze Fliege um den Hals gebunden. Kontrastreich zu diesem elegant-schlichten Outfit fiel mir sein schwergoldener Schmuck auf, den er um die Handgelenke, als Krawattennadel und in Form von Manschettenköpfen trug. Etwas zu aufdringlich, wie ich fand. Oben auf dem steifen Hemdkragen lag oder saß übergangslos ein runder Kopf, dem der Hals abhandengekommen zu sein schien. Die lockige Haartracht zog sich indes weit über den Kragen hinaus und setzte sich gesichtwärts in einem gepflegten weißen Vollbart fort. Mitten aus dieser Künstlermähne strahlten mich pfiffige aber wache Augen an und musterten mich neugierig. Nach Sekunden eingehender Begutachtung fragte mich die seltsame Erscheinung, was mein Begehr sei. Ich trug mein Anliegen ohne Umschweife vor, erwähnte den Namen Michael Leeds und sogleich hoben sich die Augenbrauen des kleinen Pförtners wissend.

„Ah! Der gnädige Herr Direktor – man hat Sie bereits avisiert. Man gab mir oan Zedel für Sie“, den er sogleich aus der Westentasche seines Anzugs nestelte. „An Herrn Dr. Franz Fink solln's sich halten. Er ist Atvokat und bereits über Ihre Causa unterrichtet. Urasn's keine Zeit … .“

„U- was?“, bat ich den Pförtner um Aufklärung.

„Na schnell machen solln's halt – er ist nämlich recht trabig, der Herr Doktor. Sie haben doch sicher ne Handgurken im Sackerl, um ihn anzurufen, oder? Hier steht seine Nummer“, worauf er auf einige Zahlen deutete, die handschriftlich und ziemlich krakelig auf dem Stück vergilbten Papier vermerkt waren.

„Und das soll einer lesen können“, sagte ich aus Spaß, wurde aber missverstanden.

„Geh hörn's her und werdn's net raunzert.“ Dabei nahm er mir den Zettel ungeduldig aus der Hand, drückte ihn gegen die Wand und schrieb die Zahlen deutlich unter die weniger lesbaren. „So … passt's dem gnädigen Herrn Direktor jetzt?“, fragte er mich leicht spöttisch.

„Aber ja doch, sein's bedankt für Ihre Galanterie“, bemühte ich mich, meine Wortwahl auf die österreichische Mundart abzurichten.

„Bitte danke“, erfolgte die zuvorkommende Antwort. Dabei schaute er mich an, als käme ich aus der tiefsten Provinz und demgemäß der

Weltsprache Wienerisch nicht mächtig.

Ich wechselte nach dieser kurzen Begegnung der seltsamen Art – übrigens ein Musterbeispiel von einem Wiener, der allgemein als etwas melancholisch, sarkastisch, humoristisch und granteInd gilt – die Straßenseite und blieb vor dem direkt gegenüber liegenden Buchladen stehen, zog mein Telefon und wählte die Nummer, die ich eben erhalten hatte. Nach kurzer Vorstellung meiner Person, wurde ich mit dem Anwalt direkt verbunden. Ich erklärte ihm in kurzen Zügen mein Anliegen, worauf er mich bat, seine Kanzlei aufzusuchen, er würde trotz Zeitdruck, in dem er sich befände, auf mich warten. Sein Büro lag an der rechten Wienzeile, nicht weit entfernt von meinem jetzigen Standort. Ein kleiner Fußmarsch, mehr nicht.

Eine hohe Stimme, die so gar nicht zu der fülligen Erscheinung des Anwalts passte, bat mich sogleich nach meiner Anmeldung in das Arbeitszimmer und begrüßte mich freundschaftlich, obwohl wir uns keineswegs vertraut waren. Eine Geste, die ich den Umständen unserer Bekanntschaft zu verdanken hatte – ein Freimaurer hatte für mich gebürgt, was mir den Status einbrachte, einer der ihren zu sein.

„Ich wurde von einem Bruder – Sie wissen ja, das wir Freimaurer sind, ein Faktum, das Sie aber bitte für sich behalten – dahingehend instruiert, dass Sie sich an mich wenden würden. Es beträfe ein Verfahren gegen Sie. Was können Sie mir darüber sagen?“

Ich reichte ihm meine Unterlagen, damit er sich einen schnellen Überblick verschaffen könne und erklärte schemenhaft den Kontext. Nach einigen Minuten des Wartens, zeitweise mit einigen für mich bloß halb verständlichen Sätzen unterbrochen, gab er mir seine Einschätzung kund.

„Für Ihren Fall hege ich keine Bedenken, der Richter, dieser Gannef, muss Obacht geben, nicht in den Häfn zu wandern. Er ist raus aus dem Spiel. Damit ist auch die Anklage gegen Sie, werter Herr Forell, hinfällig, zumal alle Verdachtsmomente wie Schnee in der Sonne dahingeschmolzen sind.“

Ich grinste verständnisvoll und berichtigte den Rechtsgelehrten:„Entschuldigen Sie, mein Name ist nicht Forell, ich schreibe mich Ferrol und komme nicht aus Sibirien. Meine Füße tragen mich von nicht ganz so weit hierher, nämlich aus Paris - per Flugzeug.“

„Oh wie patschert, ein winziger Verdreher meinerseits, nichts für ungut, Herr Ferrol!“

„Kein Problem, dieser Verwechslung fällt mein Name des Öfteren zum Opfer.“

„Ahh, verstehe. Nun aber zu Ihrer Angelegenheit, Herr Ferrol. Ich bin mir sicher, diese wird bestens laufen. Für die Causa Schachermair hege ich da noch meine Zweifel. Da müssen wir zuerst noch einige größere Stolpersteine aus dem Weg räumen. Nachdem man mir bereits aus Paris seinen Namen gemailt hatte, war ich in der Lage, schon einige Nachforschungen über ihn anzustellen. Er wohnt zurzeit in seinem Wiener Haus. Sobald der Haftbefehl vom hiesigen Richter abgesegnet ist, schicken wir die Kiebara los, ihn einzukasteln. Das wird noch heute in die Tat umgesetzt, denn die Fluchtgefahr ist zu groß. Wenn er erfährt, dass seine Komplizen aufgeflogen sind, wird er sich höchstwahrscheinlich umgehend von dannen machen. Ich kann mir vorstellen, er findet schnell ein Mauseloch bei seinen Kumpanen aus dem Rotlichtmilieu, diesen Strizzis. Das Beste wird sein, ihn sofort den Holländern auszuliefern.“

„Wäre es möglich, damit noch ein wenig zu warten? Wir gedenken nämlich den Überraschungsmoment gezielt für uns zu nutzen. Sicher wird er noch unter Schock stehen, weil er mit einer Verhaftung nicht gerechnet hat. Wir drängen ihn in die Ecke, machen ihm Angst. Er soll das Ärgste befürchten, die Höchststrafe, sprich lebenslänglich Zuchthaus. Im Gefängnis bringen wir dann in Umlauf, er hätte für Pädophile Kinder besorgt, was ja den Tatsachen entspricht. Damit setzen wir ihn gehörig unter Druck, denn die normalen Knastbrüder mögen das gar nicht. Schon mancher wurde in so einer Situation weich und redselig. Vielleicht können wir ihn überrumpeln und so die Namen seiner hiesigen Verbindungsleute erfahren. Je länger wir jedoch warten und ihm Zeit geben, nachzudenken, desto mehr wird er sich wieder in den Griff bekommen.“

„Vergessen Sie’s. Der wird seine Pappen nicht aufmachen, das können Sie mir glauben, der vernadert niemanden. Außerdem wird er hier in Wien nichts zu befürchten haben, so verhabert wie hier die einzelnen Gruppierungen sind. In Holland wird für den Rotznigel das große Erwachen kommen, er wird petschiert sein und seines Lebens nimmer froh werden, was mich sakrisch freun tät.“

„Mich auch“, gab ich belustigt zu, wenn ich auch nur erahnen konnte, was er meinte. Aus Höflichkeit wollte ich nicht um eine exakte Übersetzung bitten. Ich fuhr daher fort.

„Sie könne sich nicht vorstellen, wie schwer es war, dieses Phantom dingfest zu machen. Wir müssen ihn jetzt seiner Vergehen überführen. Gelingt uns das nicht und kommt er erneut davon, wird er sicher für alle Zeiten untertauchen. Das muss unter allen Umständen verhindert werden. Wer konnte vor dem blamablen Haftprüfungstermin ahnen, wie weit Rainholds Kontakte nach oben reichen? Nicht im Traum hätte ich derartige Verflechtungen zur Justiz vermutet, geschweige denn, dass selbst das Auswärtige Amt in die Angelegenheit involviert ist. – Erst durch spätere Erkenntnisse wurde uns dies offenbar, erst nachdem wir eine Mittäterschaft eines gewissen Franz Siebenböck vom Auswärtigen Amt belegen konnten. Unglaublich diese Zustände."

„Mir san halt in Wean, da laufen die Uhren anders", gestand Dr. Fink lakonisch, so als wäre Kumpanei im Amt das Selbstverständlichste von der Welt und kein Straftatbestand.

„Bei einem Kaffeetscherl im Demel lassen sich heikle Angelegenheiten gemütlich aushandeln – das baut Stress ab, machen's sich deswegen kein Schädelweh", erklärte er mir in seiner üppig wienerischen Art.

„Es ist schon spät … treffen wir uns morgen gegen 09:00 Uhr bei Richter Spannagel, Raum 015, im Landesgericht für Strafsachen – Sie wissen wo das ist?"

„Ja, in der Josefstadt. Ich hatte, wie sie wissen, vor einigen Tagen das zweifelhafte Vergnügen, einen Einblick in das Justizgebäude zu gewinnen."

„Also dann Baba!", meinte der Anwalt freundlich und geleitete mich zur Tür.

Der nächste Tag lief, was mein Verfahren anging, ganz zu meiner Zufriedenheit ab. Wie wir in Paris hofften, und es Dr. Franz Fink vorausgesagt hatte, war dem Druck von EUROPOL und unseren Ermittlungsergebnissen nichts entgegenzusetzen. Richter Stöger wurde umgehend seines Amtes enthoben und in Untersuchungshaft gesteckt. Selbiges Schicksal ereilte Franz Siebenböck vom Auswärtigen Amt und Staatsanwalt Gutbrot.

Mit dem Ausschalten seiner Fürsprecher, würde es Rainhold schwer fallen, weiterhin in Wien unbehelligt seiner Wege zu gehen. Ich fragte mich, wie schnell der Arm des Gesetzes zuschlagen würde, hier in Wien bei all den Beziehungen, die Rainhold vermutlich in jahrelanger Kleinarbeit aufgebaut hat? Wie schnell würde er von der Inhaftierung seiner drei Genossen Wind bekommen und entsprechend reagieren? In diesen Gedanken versunken verließ ich Raum 015 im Parterre, in dem die Anhörung stattfand und näherte mich gerade dem Ausgang, als das Portal wirsch aufgestoßen wurde und ein in Handschellen gelegter, wütend umherblickender Mann ins Gerichtsgebäude geführt wurde. Die innere Rage war ihm auf zehn Meter anzumerken. Seine Visage, zu einer hässlichen Grimasse verzogen, schoss mit den Blicken seiner Augen auf jeden, der ihm begegnete, flammende Dolche ab. Wenn Blicke töten könnten, würden diese es mit Gewissheit.

Jäh stoppte er mitten im Gehen, förmlich erstarrt, als hätte ihn der Blitz getroffen. Seine Pupillen weiteten sich und ein wutentbranntes Röcheln entwich seinem verzerrten Mund. Genau in dem Moment, in dem ich in sein Gesichtsfeld trat. Die angeschwollenen Adern seiner Augäpfel färbten das Weiß seiner Augen in ein feuriges Rot, wie bei einem Teufel. Die Anstrengung war ihm anzusehen, mit der er sich zwang, seine Selbstbeherrschung nicht zu verlieren.

Unfähig ein vernünftiges Wort zu artikulieren, spitzte er stumm seine Lippen zu einem Trichter und spie mich in blinder Wut an. Dank meiner antrainierten Reaktionsgeschwindigkeit in meiner Kindheit, wo ich immer bereits im Vorfeld Aktionen meiner Schwestern voraussehen musste, wich ich behänd zur Seite und ein gelblich, schleimiges Etwas flog seitlich an mir vorbei.

Erbost zerrten die Gendarmen ihren Gefangenen, bei dem es sich um niemand anderen handelte, als um Rainhold Schachermair, von mir weg. Stießen ihn den Gang entlang, beflissentlich einen Sicherheitsabstand zu mir haltend, um ein weiteres Malheur zu vermeiden. Im Vorbeischieben drehte Rainhold seinen Kopf um und fauchte mich, seine Worte wiederfindend, an: „Das wirst Du mir büßen, Du Drecksack! An mir wirst Du dich vergebens festbeißen, Du verdammte Zecke. Wenn ich Dir nicht persönlich den Hals umdrehe, werden das meine Freunde für mich erledigen."

Augenblicklich musste ich an meine Kidnapper denken, die diese Drohung jeder Zeit hätten wahr werden lassen können. Es lief mir eiskalt den Rücken herunter.

– Wenn doch bloß Bernard anrufen würde. Ich verharrte im Schritt und mühte mich, konzentriert nachzudenken, meiner Nervosität Einhalt zu gebieten, vor allem meinen Adrenalinspiegel herunterzufahren.

Ich gebe zu, Rainholds Drohung versetzte mir einen psychologischen Stoß, den ich nicht so einfach wegstecken konnte. Mein geplanter Altstadtspaziergang wurde durch diese Entwicklung hinfällig. Wichtiger erschien es mir, zu erfahren, was geschehen ist. Wie wurde man Reinhold habhaft, verlief die Festnahme reibungslos, fand man irgendwelche Indizien, besser wären Beweise, auf seine Mittäterschaft oder die seiner Kumpane? Es gab Hunderte offener Fragen. Wir mussten schnell handeln.

Mein Wiener Rechtsanwalt, der sich noch beim Untersuchungsrichter aufhielt, kam mir da gerade recht. Ich kehrte um, klopfte an der Tür zum Zimmer des Richters und betrat, ohne auf ein 'Herein' zu warten, den Raum. Das Erstaunen der beiden Überrumpeltem, bezüglich meiner Unhöflichkeit, verflog rasch, als ich mein Vorgehen entschuldigte, indem ich Ihnen das eben Erlebte, meine Ängste und Sorgen und vor allem meine Fragen unterbreitete. Richter Dr. Alois Spannagel zeigte sich schnell entschlossen und reagierte prompt.

„Sie beide warten hier … Herr Ferrol, nehmen Sie bitte Platz. Ich werde mich über den Stand der Dinge erkundigen und Sie umgehend unterrichten", versprach der Richter, der sich übrigens mit meinem Anwalt duzte, wie ich bei meinem Hereinplatzen bemerkte. In meiner Gegenwart zogen sie allerdings das 'Sie' vor. Während der Richter raschen Schrittes hinauseilte, erzählte ich meinem Verteidiger ausführlich die unerwarteten Vorkommnisse im Gang. Wir spekulierten über die wildesten Theorien, wie es jetzt wohl weitergehen mag, immer mit einem gewissen Zweifel behaftet, es könne enden, wie das Hornberger Schießen, nämlich sich zu einer erneuten Niederlage für uns entpuppen. Vertieft in unsere Diskussion, rannen die Minuten dahin, als sich die Tür schwungvoll öffnete und ein verhalten strahlender Richter eintrat.

„Herr Schachermair war von der Ankunft der Polizei vollkommen überrumpelt", erklärte Richter Spannagel während er auf seinen Schreibtisch zusteuerte. „Er hatte wohl nicht damit gerechnet, im Land seiner Kumpane, mit einer Strafverfolgung rechnen zu müssen. Mein Kollege, der den Haftbefehl ausgestellt hatte, war so umsichtig, gleichzeitig eine Hausdurchsuchung anzuordnen. Und, meine Herren, was glauben Sie, was man da Schönes fand?“, fragte er uns, sich genüsslich in seinen Lederdrehstuhl niederlassend.

„Spann uns nicht so auf die Folter, los red schon“, ereiferte sich mein sonst so ruhiger Mister Fink und vergaß im Eifer des Gefechts sein 'Sie'. Der Richter sah jedoch gelassen darüber hinweg.

„Peinlich säuberlich geordnete Nachweise über Reisen nach Asien, in denen akribisch die Namen von Teilnehmern aus ganz Europa vermerkt sind. Beim Überlesen der Unterlagen fielen dem Einsatzleiter Namen einflussreicher Honoratioren aus Politik und Gesellschaft auf. Zu einer endgültigen Aussage bedarf es aber erst der genaueren Auswertung aller Details.“

„Würden Sie uns erlauben, einen Einblick in die konfiszierten Unterlagen zu erhalten?“, fragte ich höflich.

„Ich glaube, wir können eine Ausnahme machen, immerhin trugen Sie wesentliche Fakten zur Überführung von Herrn Schachermair bei. – Kommen Sie, wir werden zum Oberstaatsanwalt gehen, der die Untersuchung leitet.“

Es bestätigte sich, dass Rainhold Schachermair in Eigenregie, wenn auch im Auftrag der Firma Thompson & Sike Financial Management Ltd., Reisen in diverse asiatische Länder organisierte – alles unter dem Namen seiner Hilfsorganisation Child Hood Europe. Zu den illustren Gästen zählten zahlreiche Personen von Rang und Namen aus Politik, Fernsehen, Medienkonzernen, Schauspieler sowie Wirtschaftsunternehmen. Und nicht allein aus Österreich, sondern vorrangig aus England, nachfolgend aus Deutschland, Frankreich, Belgien, anderen EU-Ländern sowie aus der Schweiz und Monaco. Auffallend war, dass gerade in England ein ganzer Ring von 'Lustreisenden' aktiv zu sein schien. Die meisten der genannten Personen fanden sich auf Listen von Wohltätigkeitsveranstaltungen wieder, wo sie anscheinend als Werbeträger und Lockvögel fungierten. Nicht selbstlos, wie sich offenkundig herausstellte. Auffallend war, dass es sich bei diesen Personen ausnahmslos um Vertreter des männlichen Geschlechts handelte. Ihre Reisekosten beglichen sie anstandslos aus eigener Tasche, bzw. verbuchten sie als Geschäftskosten, keiner nahm die Reise als Geschenk an. Der Verdacht einer Vorteilsnahme war damit leider vom Tisch. Erst später erfuhren wir, wie sie das deichselten.

Wir ließen uns durch den ersten Eindruck natürlich nicht foppen, wir wussten zu gut, welcher Tricks sich Kriminelle bedienen. Deshalb stellten wir eine Fotodatei aller aufgeführten 'Studienreisenden', sofern sie uns bekannt waren, zusammen, einschließlich der jeweiligen Reisedaten, und schickten diese einmal nach Bangkok, damit sich Lieutenant Samak und Glen um eine Überprüfung kümmern konnten. Zum anderen an Scotland Yard, wo Chief Inspector Judd Spencer sie mit Daten der Billing's Bank und den beschlagnahmten Unterlagen der TSFM vergleichen solle. Dank der Computertechnik brachte Scotland Yard keine zwei Stunden später die ersten Resultate.

Alle Reisende besaßen Konten bei der Billing's Bank auf Malta, auf die sämtliche Reisekosten inklusive der privaten Ausgaben vom Thompson Trust zurückerstattet wurden. Zu diesen privaten, sehr privaten Kosten wurden Bordellbesuche und Sexgelage gezählt, massenweise Champagner, Kaviar, erlesene Rotweine der Gattung Grand Crue Classé aus Spitzenlagen und -jahrgängen sowie 40 Jahre alten Single Malt Whisky. Nicht zu vergessen die kubanischen Montecristo el Rey oder Cohiba Espléndidos Zigarren – was halt Herz, Magen und Genital so begehren. Konsumgüter der Kategorie Mundschmaus gingen aus Lieferscheinen hervor, allesamt ausgestellt von einem Catering-Service und zur Bezahlung in den Akten der TSFM abgeheftet. Aufzeichnungen bezüglich sonstiger leiblicher Vergnügungen fehlten in der Buchhaltung verständlicherweise. Auffallend schlugen dafür ungewöhnlich hohe Pauschalbeträge für Fitness, Wellness und Kosmetik zu Buche.

Eigentlich schien damit die Causa Rainhold im Abschluss begriffen, seine Aussage zu Kontakten und Helfershelfern hatte sich mit Auffinden der Dokumente erübrigt. Kopfzerbrechen bereitete es mir lediglich, wie ich es vermeiden könne, meinen Kidnappern Näheres vom Inhalt dieser Papiere zu berichten. Auf keinem Fall dürfte ich Namen nennen. Ich plante, mich damit rauszureden, dass die beschlagnahmten Asservate noch nicht ausgewertet seien. Sind sie ja auch nicht, noch nicht vollständig, genau genommen hatte man bisher nur einen flüchtigen Blick darauf geworfen. Und ob die Hausdurchsuchung in der Billing's Bank erfolgreich war, darüber wollte ich mich nur kryptisch äußern und sachdienliche Hinweise tunlichst verschweigen.

Ich musste dieses Risiko eingehen, war ich doch gezwungen, Informationen sorgsam zu filtern, wenn der Überraschungseffekt nicht gefährdet werden sollte. Schließlich galt es, die ganze Mischpoke, die Organisatoren, alle Sextouristen, die korrupten Beamten sowie ihre Handlanger auf einen Schlag zu ergreifen. Eine Frühwarnung durch unbedachtes und übereiltes Ausplaudern von brisanten Details würde den Zugriff unweigerlich erschweren, vor allem bei Mittätern im Ausland. Ich sah mich diesbezüglich in einer prekären Zwickmühle, denn wie schaffte ich es, ohne mich dabei selbst ans Messer zu liefern, dem ominösen Jean plausibel zu erklären, dass die exakte Auswertung der Unterlagen noch zwei bis drei Tage dauerte. Gelänge mir dies, hätten wir zumindest einen Zeitaufschub erwirkt. Und den brauchten wir dringend. Denn in jedem Fall erwartete uns ein Wettlauf um die kommenden Ereignisse – alles hing davon ab, wer zuerst anrufen würde, Bernard mit hilfreichen Neuigkeiten oder der Mann mit dem Tarnnamen Jean?.

17 IN DEN KATAKOMBEN VON PARIS

Es war Bernard, der mich als erster anrief. Hoffnung keimte. Als ich jedoch seine verhaltene, irgendwie hektische Begrüßung vernahm, verkrampfte sich schlagartig mein Magen. Was war geschehen? Angst erfasste mich, Angst vor schlechten Nachrichten. Entpuppte sich die Mission in Paris womöglich als Fehlschlag? Von ihrem Erfolg hing alles Weitere ab, meine Zukunft, eigentlich mein gesamtes Leben und das meiner Freunde. Nicht zuletzt der ersehnte Sieg gegen das organisierte Verbrechen.

„Merde!“, fluchte ich leise und verbissen. Ich musste bitter schlucken, nahm mich aber zusammen und erwiderte wortkarg: „Was gibt es?“ Mein Mund schien trocken wie der Sand einer Wüste. Horrorszenarien jagten in Nanosekunden durch meine elektrisierten Gehirnwindungen. Quälende Ungewissheit dehnte das Warten auf Antwort zu einer gefühlten Ewigkeit.

Erst nach zwei bis drei formlosen Einleitungssätzen wurde ich des leicht beschwingten Untertons Bernards gewahr, vernahm den süßen Klang von Optimismus und Entspanntheit, die in seiner Stimme mitschwangen. Ich wurde hellhörig.

„He Pascal, haben Sie mich verstanden? Wir haben sie, wir haben alle erwischt.“ Bernard schien euphorische Freudentänze am anderen Ende der Leitung aufzuführen, als er fortfuhr: „Ist das nicht toll? Nun sagen Sie doch etwas. Dank Ihrer couragierten Mitwirkung konnten wir ein Nest von neun Kriminellen ausheben. Bei allen handelt es sich um per Haftbefehl gesuchte Verbrecher. Auch der hiesige Boss, den Sie als Jean kennen, schwamm uns nichtsahnend ins Netz. Ich habe Ihnen die Visagen auf Ihr Mobiltelefon geschickt. Vielleicht kommt Ihnen das eine oder andere Gesicht bekannt vor."

Im gleichen Moment summte mein Handy und ich öffnete hastig die Datei mit den Fotos. Ausnahmslos Ganovenfressen, geprägt durch ein Leben jenseits von Recht und Ordnung mit verschlagenem Blick und brutalen Zügen. Gesehen hatte ich noch keinen von ihnen, vermittelte ich Bernard mit zitternder Stimme, so freudig erregt hatte mich die Nachricht.

„Wie und ob die festgenommenen Galgenvögel mit der Gruppe ZEDOR zusammenhängen, ist noch offen", meinte Bernard. „Nichts desto trotz verdanken wir es allein Ihrer schauspielerischen Darbietung, diesen Schlag gegen das Organisierte Verbrechen gelandet zu haben – eine perfekte Komödie, die Sie inszenierten."

Allmählich beruhigte ich mich ein wenig und fand wieder Worte:„Na wissen Sie, von Komödie kann wirklich nicht die Rede sein", wehrte ich schroff ab. „Mir war keineswegs zum Lachen. Wenn Leib und Leben bedroht sind, ist das nicht komisch, eher tragisch."

„Okidoki, dann haben Sie Ihren Entführern eben eine Tragikkomödie vorgespielt. Außerdem wussten Sie, dass Belinda vom gleichen Moment an unter Personenschutz stand. Wer hätte vermutet, dass Ihr Handy angezapft wurde, um Gespräche selbst im Stand by Modus über das Mikro mitzuhören. Wenn Sie dies nicht geahnt hätten, wären wir in meinem Büro unweigerlich in eine Abhörfalle getappt. So konnten wir alle eifrig mitspielen und glaubhaft unsere Angriffstaktik durchziehen. Bloß gut, dass Sie mich gleich nach Ihrer Freilassung per Festnetz kontaktiert hatten, so konnte ich bei Zeiten in der Präfektur Vorbereitungen treffen und Judd, Jan und Pierre genaue Regieanweisungen geben. Und im Übrigen, hatten wir nicht eine feine Mappe zusammengestellt? Einschließlich der Namensliste: Die vier vom Containerhafen in Amsterdam, die Zeugen aus Bangkok, die zwei Beamten aus England, die drei Toten, den Chef der Thompson & Sike Financial Management Ltd., der Pubbesitzer aus Slough, die beiden Sekretärinnen – Namen involvierter Personen, die sowieso schon bekannt sind."

„Ich befürchtete schon, die Entführer würden uns auf den Trichter kommen und das Spiel durchschauen. Haben Sie denn den Mittelsmann problemlos von Sacré-Coeur aus verfolgen können?"

„Es lief alles wie am Schnürchen, die Gauner hegten nicht den geringsten Zweifel an Ihrer Todesangst, lieber Pascal. Sie schienen überzeugt, mittels der massiven Drohgebärden aus Ihnen eine absolut hörige Marionette geformt zu haben."

„Nun, meine Angst war nicht gespielt", gab ich freimütig zu. „Immerhin war nicht abzusehen, ob unser Plan aufging, zu viele Wenn und Aber standen im Raum. Das machte mir allerdings Angst."

Nach einer kurzen Pause fragte ich: „Haben Sie den ominösen Jean, der mich entführen ließ, tatsächlich identifizieren können, oder ist das nur eine Annahme? Keiner von uns wusste schließlich, wer sich hinter der falschen Identität verbirgt, keiner hatte ihn je zu Gesicht bekommen. Außer einer verzerrten Stimme hatten wir doch nichts."

„Haben wir. Wir schnitten schließlich das Telefonat zwischen Ihnen beiden mit. Ein Computerprogramm zur Entzerrung von Stimmen belegte eindeutig, dass es sich um diesen Jean handelt. Wir fanden sogar das Verlies, wo man Sie festhielt und einen Nebenraum mit einer Sprechfunkanlage samt zahlreicher Fingerabdrücke! Die Burschen fühlten sich zu sicher, um diese abzuwischen. So konnten wir bereits einige den Gaunern zuordnen und damit die Verbindung zu Ihrem Kerker herstellen. Es läuft also alles bestens für unsere Sache und natürlich für Sie, Pascal", beruhigte mich Bernard mit ausgelassen freudiger Stimme, so, als amüsierte ihn meine missliche Lage, in die ich unfreiwillig hineingeschlittert war.

„Bernard!", rief ich etwas angefressen in den Hörer, „Was gibt es da zu lachen? Meine Lage war beschissen genug, zum Lachen war mir da sicherlich nicht." Leicht verärgert fügte hinzu: „Ihr Leben war ja nicht in Gefahr!"

Bernard ließ darauf ein amüsiertes Kichern hören, das mich beinahe auf die Palme brachte. Was ist bloß in ihn gefahren? Ich verspürte absolut keinen Sinn für solche Späße, nicht im Moment, und schon erst recht nicht, wenn anscheinend ich selbst die Pointe war, frei nach dem Motto *wer den Schaden hat, braucht für den Spott nicht zu sorgen.* War ich es doch, der aus Angst Rotz und Wasser schwitzte, nicht Bernard. Sein unpassendes Benehmen wunderte mich doch arg, irgendwie verletzte es mich auch. Zornig fuhr ich ihn etwas unsanft an: „Verdammt, Bernard, geht's noch? Ich versteh nicht, worüber Sie sich so amüsieren? Ich empfinde Ihr Verhalten schon ein wenig daneben."

„Lieber Pascal, so war das nicht gemeint“, beschwichtige mich Bernard. „Kein Grund zur Aufregung, mein Lachen galt nicht Ihnen und dem, was sie durchmachen mussten, wofür ich Ihnen übrigens mein volles Mitgefühl und meinen Respekt versichere, sondern dem, was ich Ihnen noch zu sagen habe.“

Erneut vermittelte mir die Tonlage seiner Worte den Eindruck freudiger Gemütsverfassung. Mir kam er beinahe so vor, als hätte ich es mit einem äußerst kindlichen Gemüt zu tun. Was mochte es geben, dass ihn so freudig stimmte? Ich fragte daher forsch und immer noch leicht angesäuert: „Und das wäre?“

„Ich habe noch ein Praliné für Sie, ein ganz besonderes“, offerierte er mir geheimnisvoll.

„Oh Mann, spannen Sie mich nicht unnötig auf die Folter. Rücken Sie schon raus, welche Scheußlichkeit haben Sie nun schon wieder für mich auserkoren? Ist Ihr Praliné mit Senf und Chilly gefüllt, um mir den Rest zu geben?“

„Nicht den Rest, ganz im Gegenteil, aber Feuer hat sie, das Praliné. Wie heißt es so schön, das Beste kommt zum Schluss“, ... wonach er eine rhetorische Pause einfließen ließ, um meine Neugierde noch mehr zu wecken.

„Was noch? Sagen Sie schon!“, murrte ich genervt.

„Also gut, Ihr kurzer wenn auch schmerzlicher Ausflug, in die Rolle eines Denunzianten zu schlüpfen, hat noch weitere Früchte getragen. ... Wir haben eine Spur von Elaine!

„Wie bitte?“, stotterte ich. „Elaine, oh mein Gott Elaine! In den Turbulenzen der letzten Tage hatte ich den Kummer um sie schon ganz verdrängt.“ Ich schluckte und musste tief durchatmen. - „Bitte erklären Sie!“, forderte ich Bernard mit klebrigem Mund auf.

„Liebend gern. Wir folgten Ihrem ominösen Kontaktmann vom Montmartre aus und mussten feststellen, dass er in den Untergrund von Paris verschwand. Ein Umstand, der uns ganz und gar nicht gefiel, zu weitläufig ist das unterirdische kilometerlange Labyrinth. Dort nun hat sich herausgestellt, dass sich die Gangster ein hübsches Versteck eingerichtet haben, das wir allerdings noch nicht genau zu orten vermochten. Ohne exakte Ortung kein Zugriff. Es bedurfte erst weiterer Informationen, um

Zuschlagen zu können, denn wie bei einem Fuchsbau handelt es sich bei besagtem Versteck vermutlich, so beschrieb es unser verdeckter Ermittler, um ein System mit mehreren Fluchtwegen. Diese mussten wir allesamt ausfindig machen, andernfalls dürfte der Erfolg fraglich sein. Einen Fehlschlag in diesem Untertage-Irrgarten können wir uns nicht leisten. Um das Leben von Elaine nicht zu gefährden, müssen wir auf Nummer Sicher gehen. Außerdem hielten wir es für angebracht, unserem Geheimagenten genügend Luft zu verschaffen, bei der Bande Vertrauen zu gewinnen, um ein lukratives Geschäft vorzuschlagen. Er gab vor, einen spendablen Interessenten für sehr junge Mädchen an der Hand zu haben, dem kein Preis zu hoch sei." Er dehnte dabei die letzten Worte derart, dass ich nichts Gutes ahnte und heftig zusammenzuckte als prompt seine Erläuterung folgte, die wie ein Blitz durch meinen Körper schlug. „Nämlich Sie, lieber Pascal!"

„Feuer und Galle ... ein Praliné mit Feuer und Galle!", rief ich erschrocken.

Eiskalt lief es mir den Rücken runter, während mein Puls raste. Mein Körper wand sich im Abwehrfieber. In die Höhle der Löwen, ich? Ich mit meinem zerrütteten Nervenkostüm? Gerade wollte ich diese Bedenken anmelden, als Bernard erklärte: „Pascal, kein Grund zur Panik, wir werden sie kosmetisch so verwandeln, dass Sie niemand erkennen wird, vertrauen Sie mir. Überlegen Sie doch, Sie sind der einzige, der die kleine Elaine zu identifizieren vermag, ein Umstand, der für unser Vorhaben entscheidend ist. Geben Sie sich einen Ruck, es geht um Elaine, um Ihre Elaine. Ohne Ihre Mithilfe schaffen wir das nicht. Wenn Sie sich in den nächsten Flieger nach Paris setzen, können Sie heute Abend dabei sein, wenn wir das Nest ausheben und die Brut hochgehen lassen. Sagen Sie ja und unser Agent arrangiert alles Nötige."

Gut war mir nicht zumute, beileibe nicht, aber ich zögerte nicht eine Sekunde, um zuzustimmen. Auch wenn mir der Schreck in Glieder und Mund gefahren war und ich einen Frosch, eher eine Kröte verschluckt zu haben schien, versprach ich mit stockender Stimme, umgehend einen Flug zu buchen. Wir verabredeten, dass mich nach meiner Ankunft in Paris eine Zivilstreife vom Flughafen abholen würde, um mich direkt in die Einsatzzentrale zu fahren. Begleitet von ständigen Hitzewallungen und Schweißausbrüchen informierte ich telefonisch meinen Rechtsanwalt in Wien, Herrn Fink, von meiner überstürzten Abreise. Die wahren Gründe dafür nannte ich ihm allerdings nicht. Wir verabredeten, dass ich mich sofort nach meiner Rückkehr in Wien bei ihm melde würde, denn um die Causa Schachermair endgültig abschließen zu können, bedurfte es noch einiger Aussagen und Unterschriften meinerseits.

Etwa vier Stunden später landete mein Airbus in Paris - Charles de Gaulle. Ich trug wie üblich nur Handgepäck bei mir und saß bereits 25 Minuten später neben einem voluminösen aber sehr agilen Brigadier, der mich durch seine freundliche aber bestimmte Wortkargheit an den Rande des Wahnsinns trieb. Immerhin war ich begierig zu hören, und das mit steigender Ungeduld, wie weit die Vorbereitungen gediehen seien, ob Elaine sich mit Gewissheit an dem besagten Ort befände oder ob es sich lediglich um eine unbestimmte Vermutung handle und der heikle, keinesfalls ungefährliche Einsatz damit vergebens sei. Doch zu meinem Leidwesen gab es bei diesem brünetten Sturkopf kein Durchkommen. Mich mit großen grauen Augen musternd, ein spielerisches Lächeln um die Mundwinkel, vertröstete er mich auf seinen Chef, Capitaine Bordier. Ich müsse warten, der Capitaine würde mir alles haarklein darlegen, er jedoch sei dazu nicht autorisiert. Zähneknirschend ließ ich von meinen penetranten Aushorchversuchen ab, gab mich geschlagen und lehnte mich entmutigt zurück. Als Reaktion streifte mich ein flüchtiger, durchaus zufriedener Seitenblick. Ich gebe zu, eine andere Antwort hätte ich auch nicht ertragen, ohne meinem Fahrer an die Gurgel zu springen.

Der mundfaule Chauffeur lieferte mich direkt bei der Maskenbildnerin ab, die sich als Yvonne vorstellte und bereits alle notwendigen Utensilien für meine Verwandlung bereit gelegt hat. Ein kurzes „Hallo!" ihrerseits und ein betont schnippisches „à bientôt" vom Brigadier war alles an Konversation, die man mir gewährte. Es schien Eile geboten. Deshalb schwieg ich vorerst, obwohl mir Hundert Fragen auf den Lippen lagen. Yvonne bemerkte natürlich meine Nervosität und bemühte sich, mich etwas zu beruhigen.

„Herr Ferrol, Capitaine Bordier wird sicher bald vorbeischauen. Wir wollen versuchen, Sie bis dahin in einen glaubwürdigen Pädophilen verwandelt zu haben, zumindest was das Äußere angeht, so dass selbst Bordier Sie für einen Fremden hält."

Dabei lachte sie diebisch und boshaft, wie mir schien. Mit flinken aber überaus geübten Fingern fummelte sie mir im Gesicht herum, klebte mir einen schmalen, exakt getrimmten Schnauzbart auf die Oberlippe, vergrößerte meine Augenbrauen zu einem Bürsten ähnlichen Gebilde, setzte mir grau-grüne Kontaktlinsen über die Iris meiner Augen, kleisterte mir irgend eine zähe Masse auf die Nase und formte daraus einen eindrucksvollen Zinken auf den sie später eine eckige, ziemlich altmodisch wirkende Brille setzte. Mit selber Masse modellierte sie meine Jochbeine zu erhabenen Wülsten, die meine Wangen eingefallen erschienen ließen. Meine Lippen färbte sie rötlich, rasierte mir die Haare an den Seiten kurz, wogegen ich zuerst Protest erheben wollte, dies aber kleinlaut aufgab, nachdem ich merkte, wie ungehört mein Einwand verschallte. Vielmehr rasierte sie freudig weiter, schmierte mir zu allem Überdruss in den verbleibenden Haarrest, eher Restchen, reichlich Pomade und zog einen geraden Scheitel. Widerlich! Zuletzt knöpfte sie mir das Hemd zu bis zum Halse hoch, um mir einen steifen, zwanghaften Ausdruck zu verleihen.

Auch das schaffte meine Maskenbildnerin vorzüglich, wie sie insgesamt gesehen, ein Glanzstück der Verwandlung an meinem Gesicht und Äußeren vollbrachte. Die Maskerade war so gelungen, dass ich mich im Spiegel selbst nicht erkannte. Der mir da Entgegenblickende war ein älterer Mann mit harten, fast brutalen Zügen und hohen Wangenknochen. Die Visagistin hat es meisterlich verstanden, meine Physiognomie so zu verändern, dass mir vor mir selbst schauderte. Kleiden tat man mich unauffällig elegant, jedoch mit luxuriösen Accessoires, bemüht einen wohlhabenden Eindruck zu vermitteln. Just in dem Moment, in dem meine versierte Verwandlungskünstlerin den letzten Schliff an meinem Äußeren vornahm, trat Bernard ins Zimmer, stutzte, staunte dann aber nicht schlecht über meine Metamorphose, die er anerkennend lobte:

„Pascal, was man aus ihnen so alles zaubern kann ... steht Ihnen gut zu Gesicht!“, kicherte er leise und hämisch.

„Sie mich auch ... danke! Aber mal im Ernst, meinen Sie, so erkennt mich wirklich niemand?“, fragte ich ihn doch etwas zweifelnd und verunsichert.

„Keine Spur, nicht einmal Belinda würde Sie erkennen!“ Erneut hörte ich sein unverschämtes, ironisches Lachen, das in meinen Ohren eher wie ein schadenfrohes Gegacker tönte.

„Um Gottes Willen“, rief ich abwehrend, „auf keinen Fall möchte ich Belinda so gegenübertreten. Und ich warne Sie, Fotos von mir zu schießen, um diese dann Belinda unter die Nase zu reiben. Es ist besser, dass sie nichts von unserem Vorhaben weiß. Damit muss ich alleine klar kommen. Elaine zuliebe werde ich mein Kostüm schon eine Weile ertragen, wenn auch mit Widerwillen“, gab ich mich kleinlaut.

„Allez, vite! Pascal, wir müssen los“, drängte Bernard ungeduldig. „In einer Stunde findet das Treffen im ‚Le Chat Noire‘ statt. Und wir haben noch einiges vorzubereiten.“

Was für eine Name, dachte ich mir, aber bezeichnend für die schaurige Spelunke, die wir kurz darauf in einer düsteren Seitengasse nahe des Place Pigalle betraten. Wir, damit meine ich nicht Bernard, der sich auf einen Beobachtungsposten zurückzog, sondern den Undercover Agenten François. Ein ungepflegter Typ, fettige Haare und Stoppelbart. Seine Kleider hatten schon mal bessere Tage gesehen, so zerschlissen, wie sie aussahen. Aber ich hütete mich, ihn nach seinem Äußeren zu beurteilen, ihn zu unterschätzen, zumal er mich direkt an den guten Pieter van de Stromen in Amsterdam erinnerte.

Was François anbelangte, so kann man behaupten, er passte haargenau in diese verrauchte Kaschemme, in der sich skurrile Gestalten, halbseidene Mädchen und lichtscheues Gesindel drängten. Ihre Gesichter waren geprägt vom harten, aber ehrlosen Leben, das sie zu Geächteten werden ließ, ohne Hoffnung, ohne Ehre und ohne Würde. Sie hatten nichts mehr zu verlieren, wie es schien. Im Gesamten mögen etwa 30 Personen anwesend gewesen sein, die uns provozierend angafften. Wohl war mir nicht in meiner Haut, zumal man vor allem mich argwöhnisch musterte, so als wolle man mir unter das Hemd sehen, genau dort hin, wo ich das kleine Mikrophon trug, das man mir zuvor verpasst hatte. Schweißperlen sickerten auf meine Stirn, die allerdings, im Falle der Nachfrage, leicht dem feuchtwarmen Mief von Rauch und Bierdunst anzulasten wären und nicht meiner Angst. Das beruhigte mich ein wenig. Außerdem ließ das vernebelte Halbdunkel es sicher nicht zu, alle Details an mir wahrzunehmen.

François dirigierte mich ohne Hektik durch den Schankraum, jede Aufmerksamkeit vermeidend am Tresen vorbei, steuerte zielsicher auf eine Tür zu, öffnete sie und schob mich in einen verqualmten, süßlich riechenden Raum. Leise zog er die Tür hinter sich zu und deutete mir, still stehen zu bleiben. Mitten im Hinterzimmer lümmelten an einem klobigen Holztisch einige verwegene Kerle, die ihre Köpfe über ihre Spielkarten neigten. Als wir hereinkamen, verstummten sie, unterbrachen ihr

Kartenspiel und taxierten uns misstrauisch, insbesondere wieder mich.

Nach der Zeitspanne einer halben Zigarettenlänge bemühte sich endlich ein äußerst hagerer Mann mit tiefliegenden Augen, ausgeprägter Stirn, eingefallenen Wangen und spinnenartigen Armen, meine Begleitperson anzusprechen.

Kalt ertönte seine kehlige Stimme: „François, ist das der Mann?“

„Ja!“, klang es einsilbig aus dem Munde von François.

„Ist er sauber?“, fragte der, der einem Totenkopf glich, während seine Kumpane sprungbereit wie Wildkatzen auf ihren Stühlen hin- und herrutschten.

„Ja!“, wieder die kurze, fast untergebene Antwort.

Der Totenkopfmann, der trotz der dürren Statur voll zäher Energie zu stecken schien, drückte seine filterlose Zigarette aus, erhob sich und schlenderte federndes Schrittes auf mich zu. Der prüfende Blick und seine Bewegungen kamen mir wie die einer Spinne vor, die im nächsten Moment ihre wedelnden Arme um ihr Opfer schlingen würde, um es erst abzutasten und dann dessen Blut auszusaugen. Düstere Gedanken, aus denen mich die drohende Stimme des Fremden aufschreckte.

„Haben Sie das Geld dabei?“, fragte er mich direkt.

„Ja!“, tat ich es François gleich und beließ es bei diesem einen Wort. Scharf und kaltschnäuzig erwiderte ich den bohrenden Blick des Skelett-Menschen, wobei ich mich arg zusammenreißen musste, um als die Person zu erscheinen, die ich darstellen sollte - einen rücksichtslosen Pädophilen. Bei den Vorbereitungen hatte man mir neben dem Mikrophon eine Summe von 15.000 Euro übergeben, die als Kaufpreis für das kleine Mädchen, von dem wir hofften, es sei Elaine, ausgehandelt waren. Zumindest sah ihr das Bild im Katalog, nach dem man sich die Mädchen aussuchen konnte, verblüffend ähnlich. Wenn auch zu einer kleinen Prinzessin aufgedonnert, blond gelockt mit weißem Kleidchen, so war die Ähnlichkeit nicht zu verleugnen.

„Gut! Dann folgen Sie mir!“, forderte er mich mit knöcherner Stimme auf, so als ging es zum Schafott.

Ohne auf eine Antwort zu warten wandte er sich um, schob einen muffigen Vorhang zurück und geleitete uns durch einen verwinkelten

Korridor zu einer robusten Hintertür aus schwerem Holz mit eisernen Beschlägen. Er entriegelte zwei Sicherheitsschlösser und führte uns hinaus. Über schmieriges Kopfsteinpflaster ging es durch einen engen Hof, der penetrant nach Kloake roch, hinein in das knacksende Treppenhaus eines alten abbruchreifen Hauses. Zumindest machte es von außen diesen verwahrlosten Eindruck, der allerdings zu trügen schien, wie sich bald herausstellte. Im Parterre, am Ende des Flurs, öffnete der Gangster geräuschlos eine kleine Eisenpforte und stieg mit uns in den dortigen Keller hinunter. Die Wände, an denen die Luftfeuchtigkeit perlte, zeigten sich in einem tadellosen Zustand. Vereinzelt notwendig gewordene Ausbesserungsarbeiten waren sachgemäß durchgeführt worden und einige nachträglich eingezogene Stützpfeiler schützten vor Einsturzgefahr. Man konnte sofort sehen, dass dieser Gang, ich vermutete, er diente der Bande als Fluchtweg, oft frequentiert wurde. Er führte weiter, an mehreren verwahrlosten Kellerabteilen vorbei, in einen feuchten mit Spinnweben verhangenen Raum, der gespenstisch die Erscheinung unseres knochigen Führers unterstrich. Zur rechter Hand stand ein wuchtiger Wandschrank, der sich durch einen gezielten Griff an dessen linker oberen Einfassung spielend leicht beiseite rücken ließ.

Dahinter verbarg sich ein Mauerdurchbruch, der den Zugang zu einem unterirdischen Tunnel freigab. An dessen Ende ging es eine steile Treppe mit schmalen Stufen weiter in die Tiefe, in die Unterwelt von Paris.

Über eine Zeitspanne von fast 2000 Jahren lieferte der Untergrund von Paris sowohl die Steine für den Bau der Stadt, als auch Gips und Ton. Der Abbau erfolgte zunächst in offenen Bergwerken und seit dem 12. Jahrhundert zunehmend unter Tage, in einer Tiefe von 5 bis 35 m. So entstand unter fast allen Pariser Stadtbezirken, außer dem 1. bis 4. ein unterirdisches Stollennetz von ungefähr 300 km Länge. Zusätzlich schätzt man die Länge von unerforschten Nebengängen auf weitere 100 km. Genutzt wurden die Gänge in Zeiten der Pest als unterirdischer Friedhof, auf dem man die Gebeine der Toten, die zuvor verbrannt wurden, aufschichtete. Noch heute können Touristen, die es hübsch schaurig mögen, Führungen buchen, die unterirdischen Lagerstätten, die sogenannten Katakomben, zu bestaunen oder sich zu gruseln.

Und in diesem weit verzweigten Stollensystem befanden wir uns jetzt, für einen Unkundigen schier unmöglich, sich hier zurechtzufinden. Zuerst gelangten wir in einen alten Gewölbegang, zu dessen beiden Seiten elektrische Kabel und Abwasserrohre entlangliefen, von denen es ständig monoton tropfte. Als nächstes erreichten wir einen Kreuzgang, dessen linken Abzweig wir einschlugen und der uns, zu meinem großen Erstaunen, in eine Sackgasse führte. Der Stollen war hier zugemauert und das wohl schon seit Jahrzehnten. „Was sollte das?“, fragte ich mich nervös. Hatte man mich enttarnt und gedachte mir hier ein Ende zu bereiten? Fragend schaute ich François an, der nur unmerklich mit seiner rechten Augenbraue zuckte, einem vorher verabredeten Zeichen, das mir signalisierte, es sei alles in Ordnung, ich solle mich ruhig verhalten.

In diesen bangen Sekunden bemerkte ich gerade noch, wie unser unheimlicher Begleiter mit seinen spindeldürren Fingern auf eine bestimmte Stelle an der zugemauerten Wand drückte. Wie von Geisterhand bewegt, schwang unter diesem Druck eine verborgene Tür, die geschickt verkleidet und beim ersten Hinsehen nicht von der Umgebungsmauer zu unterscheiden war, auf. Genau wie im Kloster bei Rodez, dachte ich mir. Hinter der Geheimtür befand sich ein kurzer Gang mit mehreren Türen. An eine davon, es war die zweite auf der rechten Seite, klopfte der Gauner in einem bestimmten Rhythmus, worauf nach wenigen Momenten des Wartens geöffnet wurde. Ein grobschlächtiges Muskelpaket mit fliehender Stirn und, wie mir an Augen, Verhalten und Ausdrucksweise schien, mit dem Intelligenzquotienten eines Neandertalers bedacht, wachte hier und grunzte gnädig, als er unseren Begleiter erkannte. Schwerfällig gab er unter dem Gebrabbel einiger mir unverständlichen Worte den Weg frei und wir gelangten in einen ziemlich geräumigen, hell beleuchteten Saal.

Ich traute meinen Augen nicht, wir befanden uns in einem rechteckigen Gewölbe von mindestens vier Metern Höhe, das man auf das Modernste renoviert und üppig eingerichtet hatte. Schier endlose Regale füllten den Raum, vollgestopft mit Waren aller Art, deutlich beschrifteten Kartons, Wassergallonen, Werkzeug, Lebensmittelkonserven, Benzinkanistern und vielen anderen nützlichen Dingen, bestens geeignet für einen längeren Aufenthalt im Untergrund. Passend dazu standen in der Mitte des Raumes zweistöckige Feldliegen, die fast alle belegt schienen, was sich auch sogleich bewahrheitete, als wir um die Betten herum schritten und an zwei zusammengestellten Klapptischen eine Gruppe spielender Kinder sahen - sieben an der Zahl. Es waren Mädchen im Alter zwischen fünf und elf Jahren. Ihnen zugesellt hatten sich zwei Frauen mittleren Alters, in weiten Cargo-Hosen und schwarzen Schnürstiefeln, denen wohl die Aufsicht über die Kinder oblag. Einen vertrauenserweckenden Eindruck machten sie allerdings nicht auf mich.

Hastig musterte ich die Gesichter der Kinder, in der Hoffnung, das Gesicht von Elaine zu finden. Leider, zu meiner großen Enttäuschung, stellte ich fest, dass sich Elaine nicht unter ihnen befand. Ich wollte mich schon fragend zu François umdrehen, als mein Blick durch ein schabendes Geräusch auf eine Schiebetür gelenkt wurde, durch die ein kleines blondes Mädchen verstört hervortrat - Elaine.

Am liebsten wäre ich auf sie zugestürmt, hätte ich sie an mich gedrückt, geherzt und getröstet, aber ich durfte mir keinerlei Erregung, zumindest nicht in in dieser Form, anmerken lassen. Jede Bewegung, jede Geste musste dem Verhalten eines Triebtäters entsprechen. Für Mitleid, Herzlichkeit oder Empathie war da kein Platz. Ein schwieriges Unterfangen bei meinem sonst recht dilettantischen schauspielerischen Können, wie ich es, im Gegensatz zu Bernard, einschätzte. Doch zu meiner Genugtuung stellte ich fest, dass weder die anwesenden Personen mein Spiel durchschauten, noch Elaine mich in meiner tollkühnen Maskerade als den Freund ihrer Eltern erkannte.

Nachdem der Skelettkopf, der hervorragend in die Katakomben von Paris passte, die 15.000 Euro, die er von mir überreicht bekam, nachgezählt hatte, meinte er zu Elaine: „Das ist der liebe Onkel, von dem ich Dir erzählt habe und der Dich nun mitnimmt in sein wunderschönes Zuhause. Wenn Du artig bist und tust, was der Onkel Dir sagt, wirst Du seine Prinzessin und ein eigenes Pferd besitzen, auf dem Du reiten darfst. Mach uns also keinen Kummer, Du weist, was sonst passiert!", drohte er.

Was auch immer das heißen, wie diese angedrohte Bestrafung auch aussehen mag, das arme Mädchen zuckte merklich zusammen, schaute erst betreten auf den Boden und dann schüchtern mich an. Ihre Augen glänzten dabei voller Hoffnung, trotz meines unsympathischen Aussehens. Glaubte es vielleicht, endlich aus diesem Gefängnis frei zu kommen. Es schnürte mir das Herz zusammen. Hier betteln Menschen, wie Hunde im Tierheim, für ein lebenswertes, für ein besseres Dasein. Was mag diesen kleinen Wesen hier alles an Schrecklichem widerfahren und was erwartet sie draußen?

Sicherlich verspricht man ihnen das Blaue vom Himmel - zuerst. Eine Weile später wird man ihren Willen brechen, ihnen all ihrer Hoffnungen berauben, um sie kurz darauf neu aufzubauen als willfährige Marionetten, als Sklaven. Ich musste an die Millionen von Kindern denken, die jährlich dem Menschenhandel zum Opfer fallen, als Sexobjekte missbraucht werden, als Haussklaven, als billige Arbeitskräfte oder als Organspender. Für mich wird es immer unbegreiflich bleiben, was Menschenhändler dazu bewegt, Menschen nur als Ware zu sehen, sie zu verschachern wie Vieh und selbst gegenüber Kindern kein Pardon kennen. Alles nur aus reiner Geldgier? Wie kann ein Mensch nur so tief fallen?? Ich werde das nie verstehen. Genauso wenig werde ich je begreifen, dass sich Menschen an Kindern sexuell vergehen.

Mörderische Wut kochte in mir hoch, die es galt, umgehend zu unterdrücken, denn allein von meiner schauspielerischen Darstellung und Glaubwürdigkeit hing das Leben von Elaine ab. Und natürlich das all der anderen, die ich heimlich schwor, ebenfalls zu befreien. Vorsichtig nahm ich die Hand von Elaine, raunte ihr verstohlen ins Ohr, Sie solle keine Angst haben und folgte dem Vermittler, der uns zum Gehen aufforderte.

Leider hatte ich keine Gelegenheit, die Räumlichkeit, die mehrere Nebenzimmer zu haben schien, genauer zu inspizieren. Eine zu große Neugierde meinerseits hätte nur Verdacht erregt. Das Ausspionieren beschränkte sich diesbezüglich auf eine kleine Kamera in meinem oberen Hemdenknopf, ein Wunderwerk der Technik, die mit einem Weitwinkelobjektiv versehen war und, wie man mir versicherte, Bilder in hoher Auflösung schoss. Auf sie alleine verlassen wollte ich mich jedoch nicht. Auf dem Hinweg konnte ich mir schon einige Details einprägen, jetzt auf dem Rückweg wollte ich das vertiefen. Mein 'Geschäftspartner' machte mir jedoch einen Strich durch die Rechnung, indem er uns auf einem anderen Weg aus diesem Labyrinth heraus lotste. Ein Blick zu François, der ja selbst zum ersten Mal diese Katakomben betrat, verriet mir, dass er genau so überrascht war wie ich.

Okay, kein Grund zur übertriebenen Besorgnis, jetzt galt es, doppelt aufmerksam zu sein, Schritte zählen, sich Abzweigungen und markante Zeichen genauestens einbläuen und geheime Verriegelungen merken. Dies fiel umso leichter, weil der Rückweg durch den Irrgarten sich als kürzer und weniger verzweigt erwies. Er mündete erst in der Kanalisation der Stadt und weiter in einen stillgelegten Zweig der Pariser Metro, von dem, nur durch ein Gitter versperrt, eine Treppe ans Tageslicht führte. Der Hagere schloss das Gittertor auf, wies uns an, den Stufen nach oben zu folgen, drehte sich wortlos um, schloss wieder ab und verschwand.

„Das war's!“ Ich atmete erleichtert auf und schickte ein zufriedenes Lächeln in Richtung François. Mehr sagte ich nicht, denn ich wollte mich gegenüber Elaine keinesfalls zu erkennen geben - noch nicht. Solange nicht, bis wir vollkommen in Sicherheit seien.

Ich winkte einem Taxi. Wir stiegen ein. Unser Ziel: die Polizeipräfektur. Auf halbem Weg dorthin, den wir weiterhin schweigend absolvierten, stieg François an einer Metro-Station aus. Wir verabschiedeten uns kurz aber bewegt, ohne vor Elaine und dem Taxifahrer auf Einzelheiten einzugehen. Ich umschloss nur seine rechte Hand mit meinen beiden, drückte freundschaftlich zu und sah ihm wohlwollend und dankbar in die Augen. François meinte nur: „Wir sehen uns“, wobei er mir heimlich mit einem Auge zublinzelte.

Am Quai des Orfévres angekommen, zahlte ich das Taxi, nahm Elaine fest bei der Hand und wir betraten schleunigst das Gebäude. Es war höchste Zeit, Elaine aufzuklären, ihr die Angst zu nehmen. Bisher hatte sie sich nämlich nicht getraut, auch nur ein einziges Wort herauszubringen, keine Frage, keinen Mucks, kein Lachen. Sie schien sich vollkommen eingeschüchtert ihrem Schicksal ergeben zu haben. Hoffentlich hatte man sie nicht mit Drogen ruhiggestellt, war mein flüchtiger Gedanke.

Nur noch wenige Schritte. Ich riss die Tür zu Bernards Büro auf und dann war es so weit. Monique und Robert stießen einen Glücksschrei aus, liefen auf Elaine zu, die beinahe zusammenbrach und fürchterlich zu weinen begann. François hatte die Wartenden, nachdem er das Taxi verlassen hatte, sofort telefonisch über unser baldiges Erscheinen informiert. Seitdem fieberten sie unserem Erscheinen entgegen, weniger dem meinen, als vielmehr dem ihres so lange vermissten Kindes, ihrem Ein und Alles. Es war herzzerreißend, diese Wiedersehensfreude, diese ungebändigten Emotionen. Der Tränenfluss brach nicht ab. Selbst Bernard und ich trockneten uns mit einem Taschentuch die feuchten Augen. Die Umarmungen zwischen Eltern und Kind wollten schier nicht enden, immer wieder herzten, streichelten, liebkosten sie ihre verloren geglaubte Tochter, strichen ihr zart über die Wangen, um dann wieder in Tränen auszubrechen. Es war ein rührender Anblick. Vor allem zu sehen, wie sich die Gesichtsfarbe von Elaine aufhellte, die Schatten der Erinnerung wegwischend und einem zarten Lächeln Platz machend. Auch mir gönnte sie ein verhaltenes Strahlen, nachdem ich meine Maske entfernt hatte und sie mich erkannte.

In Anbetracht der Umstände - die Praxis lehrte dies - hatte man vorsorglich eine Kinderpsychologin hinzugezogen. Diese sollte beurteilen, in wie weit Elaine psychische Schäden, körperliche schien sie keine erlitten zu haben, davongetragen hätte. Die vorläufige Diagnose war durchaus beruhigend. Alles sah danach aus, dass Elaine die Erlebnisse recht gut verkraftet hat, zumindest auf den ersten Blick. Natürlich zeigte sie sich noch sehr eingeschüchtert und redete kaum über das Erlebte. Wir erwarteten aber schon bald, Näheres über die Umstände ihrer Entführung und den Verbleib in dem Geheimversteck zu erfahren, denn Anzeichen einer Amnesie zeigte sie nicht.

Wir konnten von Glück reden, dass sich die Kinder nach so vielen Wochen überhaupt noch in Paris aufhielten. Wären sie bereits ins Ausland verfrachtet und verkauft worden, läge die Chance, sie wiederzufinden, bei Null. Warum die Kinder nach so vielen Wochen überhaupt noch in Paris weilten, lag wohl daran, dass die Gendarmerie zahlreiche Razzien und Verkehrskontrollen durchgeführt und Paris hermetisch abgeriegelt hat. Die Entführer fürchteten, auf einem Transport entdeckt zu werden und planten, erst etwas Gras über die Sache wachsen zu lassen. Schließlich waren die Kinder in dem idealen Unterschlupf gut aufgehoben. Hätten sich dann die Wogen geglättet, wäre man aus der Versenkung aufgetaucht. Und dieser Zeitpunkt war jetzt. Die Kinder wurden inzwischen zum Verkauf angeboten. Gerade noch rechtzeitig haben wir den Moment abgepasst, um zuzuschlagen. Eigentlich wiederum eine glückliche Fügung, denn wäre es nicht zu meiner Entführung gekommen und damit zu dem Treffen auf Sacré-Coeur, hätte man die Kontaktperson nicht verfolgen können und wäre somit auch nicht auf das Versteck gestoßen.

Jetzt galt es schnell und gezielt zu handeln, Elaine war zwar befreit, die anderen Kinder aber befanden sich nach wie vor in den Händen der Menschenhändler. Alles war vorbereitet, für ein erneutes Eindringen in den Untergrund von Paris.

Drei Teams einer Spezialeinheit teilte Bernards Chef, Commandant Frederic Galy, dafür ein. Team I sollte zusammen mit Team II in einer Blitzaktion den Schankraum der Ganoven stürmen und alle Insassen verhaften. Aufgabe von Team II wäre es dann, sich umgehend auf den von mir beschriebenen Weg zu begeben und den Unterschlupf von der vorderen Seite zu sichten, zu sichern und auszuheben. Team III, dem ich angehörte, würde sich von der alten U-Bahn-Station in gegengesetzter Richtung vorarbeiten, um dann von der rückwärtigen Seite zeitgleich zuzuschlagen. So hofften wir, dass keiner der Gangster entkäme. Natürlich konnten wir uns dessen keineswegs sicher sein in diesem Irrgarten an Gängen, Stollen und Räumen. Wie recht wir mit dieser Befürchtung hatten, sollten wir bald feststellen.

Der Countdown begann: „5 - 4 - 3 - 2 - 1 - Los!“, erfolgte das Kommando von Bernard, das er leise in sein Sprechfunkgerät gab.

In Verbindung mit den Videoaufzeichnungen stellten sich die Ortsangaben von François und mir als präzise heraus und halfen dem Kommando, die richtige Route einzuschlagen. Die Karten der Stadtverwaltung erwiesen sich hingegen als unbrauchbar, da die Nebengänge auf diesen nicht erfasst und damit auch nicht eingezeichnet waren.

Drillmäßig stürmten Team I und II die Kneipe der Halunken, richteten ihre Waffen auf die Überrumpelten, denen teilweise der Mund offen stehen blieb, und zwangen alle Anwesenden, sich auf den Boden zu knien, die Hände zu erheben und sich nicht zu bewegen. Die Überraschung war gelungen, die Anwesenden waren so verblüfft, dass ihnen keine Zeit zur Gegenwehr blieb. So mancher Griff der Gangster unter die Jacke stockte harsch angesichts der auf sie gerichteten Gewehrläufe. Trotzdem gelang es einer Person zu fliehen. Es handelte sich, wie man mir später berichtete, um ein hoch gewachsenes, äußerst hageres Bandenmitglied. Dieser musste die Situation blitzartig überschaut haben und reagierte in Sekundenschnelle. Mit einem kühnen Hechtsprung in den hinteren Gang, den man von außen, ohne bemerkt zu werden, nicht hatte sichern können, erreichte er eine Geheimtür, die sich hinter der hölzernen Wandvertäfelung befand, drückte sie auf und verschwand dahinter. Obwohl sich Team II unmittelbar an seine Fersen heftete, war der Flüchtende im Vorteil. Seine Leichtfüßigkeit und seine Ortskenntnis vergrößerten zusehends den Abstand bis er nicht mehr zu sehen und nicht mehr zu hören war. Wahrscheinlich hatte er sich durch eine weitere versteckte Tür in Sicherheit bringen können. Team II war ratlos, sollte es an der Verfolgung festhalten oder umkehren? Der Teamleiter fackelte jedoch nicht lange und entschied, gemäß ihrem Auftrag, voranging die Mädchen zu befreien, sich der Suche nach deren

Aufenthaltsort zu widmen. Eine Aufspaltung und damit Schwächung der Sicherheitskräfte stand da nicht zur Debatte. Eine Entscheidung, die sich als richtig erwies. Während Team I sich um die Festnahme der Kneipeninsassen kümmerte, folgte Team II den Anweisungen der Einsatzzentrale, die über Kameras und Ortungssignale eine exakte Wegbeschreibung übermitteln konnte. Es vergingen nur wenige Minuten und Trupp II stand vor dem gesuchten Raum.

Ich hatte mir das Klopfzeichen an der Pforte zu dem Aufenthaltssaal gut gemerkt: kurz - lang - lang - lang - kurz! Dies verwendete nun Team II.

Ahnungslos öffnete der stiernackige Hüne und wurde, ehe er sich versah, von zwei kampferprobtem und nicht gerade zimperlichen Gendarmen außer Gefecht gesetzt. Er wehrte sich zwar wie ein Berserker, was ihm aber nichts half. Ein schneller, heftiger Schlag traf ihn an der Schläfe und lies ihn zu Boden taumeln. Noch im Zusammensacken hebelten die beiden Beamten seine Arme rücklings und sicherte sie durch Handschellen. Die Spezialkräfte sind auf solche Aktionen trainiert und bewiesen hier ihre Effektivität und Effizienz. Während ein Flic als Wächter bei dem verdutzt dreinschauenden Koloss blieb, kümmerten sich drei weitere sofort um die Kinder. Keine Sekunde zu spät, wie sich gleich zeigte, denn eine der Betreuerinnen zog ein Messer und wollte eins der Mädchen als Geisel nehmen. Doch bevor sie dazu kam, schoss ihr ein Beamter in den Arm, mit dem die Frau das Messer hielt. Vor Wut und Schmerz aufschreiend ließ sie das Messer fallen. Sekunden später lag auch sie in Handschellen, ungeachtet der Armverwundung. Wie man mir später schilderte, dauerte die ganze Aktion keine Minute. Alle Mädchen waren befreit und ihre Entführer in Gewahrsam.

Während bei Team I und II alles glatt verlief, trafen wir auf eine Hürde, mit der wir nicht gerechnet hatten. Wir hatten uns ohne Vorkommnisse bis zu der unterirdischen Kanalisation mit den vielen Abwasserrinnen vorgearbeitet und waren gerade im Begriff, die Einmündung eines Seitenarms zu überqueren, als unerwartet auf uns geschossen wurde. Dumpf hallend schlugen neben uns Projektile ein, Steinsplitter und Querschläger surrten an unseren Köpfen vorbei. Ein Amtmann schrie auf, ein verirrtes Geschoss hatte ihn am Bein verletzt. Blitzartig sprangen ihm zwei Polizisten zu Hilfe, stützten ihn unter den Achseln und geleiteten ihn sicher zurück hinter den nächsten Mauervorsprung. Dem ersten, der den Trupp anführte, gelang es, sich mit ein paar heftigen Sätzen nach vorn an die andere Uferseite in Sicherheit zu bringen, um von dort in den Seitenarm, aus dem der Angriff erfolgte, gezielte Schüsse abzugeben.

Immer noch dröhnten wilde Salven aus dem abzweigenden Abwasserkanal, Blei pfiff uns um die Ohren und schlug rechts und links von uns ins Mauerwerk. Zu unserem Glück zielten die Angreifer schlecht, sie schossen eher wahllos in unsere Richtung, ohne weiteren Schaden anzurichten. Zusätzlich boten wir in der Dunkelheit - unsere Taschenlampen hatten wir sofort ausgeschaltet - ein schlechtes Ziel.

In dieser Situation blieb uns nichts weiter übrig, als in Deckung zu verharren, geduldig zu warten und beim Aufblitzen feindlichen Mündungsfeuers gezielt zu antworten. Hier bewährte sich die harte Ausbildung unserer Spezialisten und ihre Überlegenheit, die sich in wütenden Verwünschungen der Gegner äußerten. Unsere Polizisten mussten einige Treffer gelandet haben, denn auf einmal wurde es in dem Seitenarm still, lediglich aus der Ferne war noch das Quietschen einer Tür und das Schnappen eines schweren Riegels zu vernehmen. Dann war es gänzlich still. Den Heckenschützen schien entweder die Munition ausgegangen zu sein oder der Mut verlassen zu haben.

Wie auch immer, jetzt konnten wir es wagen, vorsichtig die Kanalmündung zu überqueren und unseren Weg fortzusetzen. Denn wir fürchteten schon, durch diesen außerplanmäßigen Aufenthalt und der damit einhergehenden Verspätung die gesamte Aktion gefährdet zu haben. Die heimtückischen Schützen in dem Gängewirrwarr jetzt zu verfolgen, machte wenig Sinn. Wir beeilten uns lieber, die restliche Strecke möglichst rasch zurückzulegen, jedoch ohne die nötige Achtsamkeit vermissen zu lassen.

Als wir den Aufenthalts- und Vorratsraum der Gangster von der rückwärtigen Seite erreichten, wurden wir schon freudig von Team II empfangen, jedoch nicht ohne Frotzelei, die man sich nicht hatte verkneifen können. Man fragte, wo wir so lange geblieben wären, ob wir noch eine Kaffeepause eingelegt hätten, ob man mich, den Zivilisten, womöglich hätte tragen müssen, weil ich mit dem forschen Tempo nicht Schritt halten konnte? Eben den üblichen Spott, wenn auch gut gemeint, den man in solchen Fällen über sich ergehen lassen muss, dient er doch der Entspannung, den Adrenalinschub zu kompensieren und abzubauen. Ein Umstand, der mich daher recht wenig juckte. Die Witzeleien, in denen ich eher Ausdruck einer tiefen Erleichterung sah, waren locker zu ertragen.

Selbst ich, dem die Hosenbeine immer noch schlotterten, dessen Puls raste, musste herzhaft lachen. Schließlich kam es darauf an, dass der Einsatz von Erfolg gekrönt war, der angeschossene Polizist nur leicht verletzt, alle Kinder frei und unversehrt und alle angetroffenen Gangster arretiert. Auch gab es glücklicherweise auf beiden Seiten keine weiteren Verletzten oder gar Tote. Das lag wohl am Überraschungsmoment, denn es stellte sich heraus, dass die Ganoven nie und nimmer damit gerechnet hätten, entdeckt zu werden. Ein fataler Irrtum, den sie nun teuer bezahlen mussten. Hatte die falsche Annahme sie doch dazu veranlasst, nicht mehr als drei Personen zur Beaufsichtigung der Kinder abzustellen. Und glücklicherweise hatte sie der flüchtende Hagere nicht warnen können. Wo dieser abgeblieben ist und wie viele Mitglieder die Bande insgesamt zählte, konnten wir von den Gefangenen - es waren insgesamt elf, acht aus dem Wirtshaus und drei vom Unterschlupf - nicht erfahren. Wie so üblich in solchen Kreisen setzt man auch in der Unterwelt von Paris gnadenlos auf das Gesetz der Omertà.

Immer noch zittrig, eine Folge des rasch gesunkenen Adrenalinblutspiegels, begab ich mich gemeinsam mit den Gendarmen ins Kommissariat, wo von Bernard eine Nachbesprechung angeordnet war. Auch François war zu dieser bereits eingetroffen. Allen Beteiligten, obwohl sie lachten und scherzten, sah man die Anspannung an, die erst langsam abklang.

Bernard, bei dem solche Einsätze fast zur Tagesordnung gehörten, beobachtete mit Sorge mein fahles Gesicht, das ständig die Farbe zu wechseln schien, wie er mir verriet.

„Pascal, geht es Ihnen gut?“, fragte er zweifelnd.

„Danke, danke, geht schon!“, haspelte ich erregt.

So richtig glauben wollte mir Bernard jedoch nicht. Er ging zu einem Aktenschrank, öffnete eine der Türen, griff eine Flasche Rum von einer namhaften Destille aus dem Nord-Osten von Martinique, goss einen kräftigen Schluck in ein Glas und reichte mir dieses.

„Runter damit! Sie werden sehen, es wird Ihnen gleich besser gehen!“ Dabei grinste er mitfühlend und verstehend.

Der samtige, sehr aromatische Zuckerrohr-Schnaps zeigte in der Tat seine wärmende, durchaus belebende Wirkung, denn das Blut stieg mir umgehend in die Wangen und entkrampfte Muskeln und Glieder. Ein wahrhaft edles Tröpfchen, das nach mehr verlangte. Eine Bitte, die mir lächelnd gewährt wurde.

„Sie beweisen Geschmack, Bernard, das muss man Ihnen lassen, dieser Stoff hat es wirklich in sich!“, lobte ich den Capitaine mit belegter Zunge.

„Na fein, dann können wir ja loslegen!“, eröffnete Capitaine Bordier die Besprechung. „Zuerst möchte ich allen Anwesenden und denen, die jetzt nicht hier sein können, für ihr Engagement und den gelungenen Einsatz danken. Mein besonderes Lob gilt hierbei dem Undercover Agenten François, ohne den der Deal erst garnicht zustande gekommen wäre. Wir alle wissen, es handelte sich um eine höchst riskante Aktion, die sich sehr schnell zu einem Desaster hätte entwickeln können.“ Man hörte förmlich, wie erleichtert Bernard aufatmete, ein schwerer Stein schien ihm vom Herzen gefallen zu sein.

„Und, so leid es mir tut“, Bernard grinste dabei unverschämt, „muss ich auch einem Zivilisten ein großes Lob aussprechen, der sich tapfer zu schlagen wusste. Ohne dessen Mut zu dieser Maskerade wäre es sicherlich nicht zu dem Deal mit den Schleppern gekommen!“

Alle Anwesenden applaudierten und sahen zustimmend zu mir herüber. Ich jedoch blickte betreten und etwas beschämt auf den Boden, während ich mein Gewicht nervös von einem Bein auf das andere verlagerte. Am liebsten hätte ich um einen dritten Drink gebeten, der jetzt einiges geklärt hätte, ein Gedanke bei dem ich grinsen musste. Als hätte man mein Flehen erhört, öffnete sich die Bürotür und eine Ordonanz trug ein Tablet mit Sektgläsern herein.

Bernard nahm den ersten Kelch, blickte stolz in die Runde und sprach einen Toast aus: „Nun, meine Herren, auf diesen Erfolg und seine Helden müssen wir anstoßen!“ Und zu mir gewandt fügte er fragend an: „Pascal, wäre Ihnen ein Gläschen mit dem braunen Saft lieber?“

Als er meine glänzenden Augen sah, füllte er mein Glas ordentlich voll und lachte aus voller Brust, was auf die Anwesenden ansteckend wirkte. Der Raum barst schier vor frohem Gelächter, eine gelöste Stimmung kam auf und spülte die nervlichen Strapazen der letzten Tage nahezu fort.

Ein gemütlicher Umtrunk, entspannte Laune, banale Gespräche, ein paar Possen reißen, all das hilft, Dampf abzulassen. Wir alle hatten das dringend nötig, vor allem ich selbst, der ich seit Wochen unter Strom stand. Ich spürte die Anspannung, eigentlich war es Angst, besonders intensiv. Bei all dem Freudentaumel vergaßen wir jedoch nicht, unsere eifrigen Mitstreiter Jan und Judd über unseren Erfolg zu informieren. Ihre Erleichterung schien geradezu durch das Telefon zu dringen, als sie uns beglückwünschten.

Aber war es wirklich vorbei? Schließlich lag die Bedrohung immer noch in der Luft, weniger was den Abschluss meines Verfahrens in Wien anging, als die Tatsache, die eigentlichen Hintermänner, die Gruppe ZEDOR, noch nicht gefasst zu haben. Während hier in Paris das Schlimmste überstanden sein dürfte, nachdem auch der Erpresser mit den Tarnnamen Jean, der mich als Spitzel dingen wollte, inhaftiert war, wartete noch genügend Arbeit auf uns. Das Netz der Gier war noch nicht zerschlagen.

„Sehen Sie, Pascal!", unterbrach Bernard mein Nachsinnen, „Sie wollten es mir nicht glauben, aber Sie sind nun mal ein guter Schauspieler, ein Naturtalent."

„Das wohl weniger, es war eher die Verzweiflung, die mich zwang, über meinen eigenen Schatten zu springen. Ich war mir durchaus bewusst, welches Risiko ich eingehe, aber Elaine war und ist mir einfach zu wichtig. Und dass mich die Gangster unter massiven Drohungen zwingen wollten, ihr Spitzel zu werden, auch über diese Folgen war ich mir im Klaren. Wir hatten uns auf ein waghalsiges Vabanquespiel eingelassen - aber gewonnen."

„Das sehe ich genauso. Neun einschlägig Vorbestrafte atmen jetzt gesiebte Luft - für lange, lange Zeit. Hinzu kommen die elf von heute, macht zusammen 20. Wenn das kein Erfolg ist, dann weiß ich nicht", meinte Bernard stolz.

„Und glauben Sie mir Pascal, mögen die Schurken noch so verbissen schweigen, wir werden Mittel und Wege finden, ihre Zungen zu lösen. Erst nehmen wir sie in die Zange und dann auseinander. Denen wird Hören und Sehen vergehen", gab er sich zuversichtlich. „Im Übrigen können wir auf ausgezeichnete Profiler und Psychologen zurückgreifen, die sich hervorragend mit Körpersprache auskennen. Die verstehen ihr Handwerk bestens. Mittels geschickt gestellter Fragen, die ausschließlich mit 'Nein' oder 'Ja' zu beantworten wären, was die Befragten allerdings wegen ihrem Schweigegelübde nicht tun werden, wird ihre Körpersprache allerdings, einschließlich dem Pupillenreflex, ein klares Nein oder Ja signalisieren. Das hat bisher fast immer funktioniert."

Bernard räusperte sich, als er flüsternd weiterfuhr: „Und zur Not, ich meine, nur in ganz besonders dringenden Fällen, steht uns eine neue chemische Substanz zur Verfügung. Ein Mittel aus den USA, das jegliche Widerstandskraft runterschraubt und den Willen des Gefragten bricht. Er wird zwar nicht plaudern wie ein Wasserfall, aber seine Reaktionen werden unkontrollierter ausfallen."

„Ist das nicht illegal?", fragte ich Bernard erstaunt.

„Hmmm? Naja, eigentlich schon, aber auch wieder nicht, das Mittel soll den Verhörten entspannen, damit er sich nicht so aufregt - Sie verstehen? Man könnte es quasi als gesundheitliche Vorsorge ausgelegen."

Als Bernard meine mangelnde Zustimmung in meinem Gesichtsausdruck registrierte, gab er mir folgendes zu verstehen: „Wenn man täglich mit diesem Abschaum zu tun hat und sieht, wie viele Menschen leiden, ja sterben müssen, nur weil wir nicht die nötigen Informationen erhalten, um dies zu verhindern, dann könnte ich durchdrehen. Die Ganoven, die Entführer, die Mörder und Menschenhändler sind es doch, die das Recht gebrochen haben, die die Würde eines anderen Menschen aufs Gröbste missachtet haben. Dürfen diese dann das, was sie selbst missachtet haben, nun, da es sich um sie selbst dreht, dieses Recht für sich einfordern? Hier geht es um das Leben Tausender Frauen und Kinder. Wenn ich diese mit unserer Vernehmungstechnik, die keinem Schmerzen zufügt, retten kann, nehme ich dafür meine Entlassung aus dem Polizeidienst gerne in Kauf. Wir nehmen immer nur Rücksicht auf die Täter und deren Rechte, entschuldigen ihr Verhalten mit einer psychischen Störung, mit einer schweren Kindheit – Bullshit, sage ich Ihnen. Was die mit den Opfern taten und tun, steht in keinem Vergleich zu den Rechten der Peiniger."

Die Rage, die in Bernard hochkochte, war nicht zu überhören. Aus ihr sprachen Wut und Verzweiflung, die sich im Laufe seiner Dienstjahre angehäuft hatten.

„Das erinnert mich sehr an die Worte meines Freundes René", pflichtete ich ihm nun doch bei, trotz gewisser Bedenken, die ich nicht von einer Minute auf die andere ausräumen konnte. „René meinte einmal zu mir: *Wer die Spielregeln verletzt, kann sich nicht auf die Spielregeln berufen.* Das heißt, wer die Würde eines Menschen mit Füßen tritt, hat kein Recht, selbige für sich einzufordern - eine Sichtweise, die ich absolut nachvollziehen kann."

„So ist es! Wir als Polizisten kümmern uns mehr um die Täter und um deren Rechte, als um die der Opfer. Auch der Staatsanwalt kümmert sich nur bedingt um die Opfer, in erster Linie geht es ihm um die Anklage und Verurteilung der Täter. Um die Belange, die Sorgen sowie die psychischen und physischen Qualen der Opfer kümmert sich eigentlich kaum keiner. Es sei denn, ihnen steht das nötige Geld zur Verfügung, um sich einen Rechtsbeistand zu leisten, der parallel zum Strafverfahren eine Klage einreicht. Wo bleibt in solchen Fällen die Gerechtigkeit, werden sich die Angehörigen der Opfer fragen – und nicht nur die.“

„Ja, Bernard, da stimme ich Ihnen voll zu. Diese Frage nach Gerechtigkeit beantwortete ein mir bekannter Rechtsanwalt mit den Worten: *Gerechtigkeit gibt es nicht, das Einzige, worauf Du hoffen kannst, ist, dass Dir Recht zuteil wird.* … Sehr tröstlich, wo das Recht sich dehnbar wie ein Kaugummi zeigt, der sich zur Blase aufbläht und alle Träume nach Gerechtigkeit zerplatzen lässt. Hoffe vor Gericht niemals auf Gerechtigkeit, du bist immer der Gelackmeierte. Verdienen tun ausschließlich die Rechtsanwälte, die ihr Möglichstes tun, dieses System zu erhalten, leben sie doch davon und das nicht schlecht. René zitiert bei dergleichen Gelegenheit gerne Tacitus, der schon vor 2.000 Jahren erkannte: *je verdorbener der Staat, desto mehr Gesetze hat er.* Mann kann aber auch behaupten, je unmündiger die Bürger eines Landes, desto dicker dessen Gesetzbücher. In jedem Fall ist etwas faul in unserem Staat.“

„In unseren Staaten“, verbesserte mich Bernard.

„Ja, wohl wahr! … Das geschriebene Recht schützt die Privilegierten, überall auf der Welt. Es schützt die oberen Zehntausend, die unsere Geschicke wie ein Dirigent lenken. Ein Recht, das diese mit allen Mitteln zu erhalten suchen. Wen wundert’s, wenn Regierungspolitiker, um die eigenen Interessen zu schützen, es tunlichst versäumen, Gesetze zu erlassen, mittels denen stinkende Sümpfe an Schlupflöchern sowie Steueroasen mit verschachtelten Steuer-Abschreibungs-Projekten ausgetrocknet würden? Sie würden sich damit im Endeffekt nur selbst schaden. Für die Summe der entstandenen Mindereinnahmen an Steuergeldern, lassen sie diejenigen bluten, die sich nicht wehren können, gemeint sind der untere Mittelstand und das breite Fußvolk. Es trifft immer die gleichen, das zahlende Volk schluckt, was andere verbockt haben. Sollte dieses Volk wider Erwarten aus Wut aufbegehren, hungert man es am lang gestreckten Arm einfach aus“, provozierte ich Bernard, dem ich als Staatsvertreter durchaus eine abweichende Meinung zutraute.

Jedoch ohne seine Erwiderung abzuwarten, die ich im Moment auch gar nicht hören wollte, fuhr ich aufgebracht fort: „Erst allmählich kommt der Stein ins Rollen, erfährt das Volk, was sich hinter den Kulissen abspielt, welche Sonderrechte, welche Top Boni sich die Reichen, führende Politiker und Wirtschaftsbosse vorbehalten.

Nur langsam und widerspenstig beginnen sich die Regierenden dem Zorn der Masse zu beugen, einer Masse, die zuvor im Argen gelassen und für dumm verkauft wurde. Da helfen keine Lippenbekenntnisse von Verantwortlichen, keine Leumundsbezeugungen, die mit Engelszungen vorgetragen werden, kein geheucheltes Verständnis, kein Beteuern, man wisse von nichts. Ebenso wenig hilft ein bass erstaunter Blick, als wäre man das Unschuldslamm per se. Es sind die dogmatischen Moralisten, vor denen man sich in Acht nehmen muss. Ich hoffe inständig, dass die Menschen endlich aufwachen, hellhöriger, kritischer und argwöhnischer werden.

„Ja, noch auf dem Grabe pflanzt der Mensch das Fähnlein der Hoffnung“, spottete Bernard. „Seit über 4.000 Jahren hat sich der Mensch nicht geändert, nur Haus und Kleidung gewechselt, innerlich ist er ein Egoist geblieben. Heute kommen noch verstärkt Narzissmus und Hedonismus hinzu, meinen Sie nicht?“

„Hmm? ... Unrecht haben Sie nicht. Sollte man deshalb aber jegliche Hoffnung fahren lassen?“

„Nein, nein, so meine ich das nicht, ich wollte Ihnen nur den Grund meiner Frustration erklären. Sie empfinden ja ähnlich wie ich. Wir beide denken und fragen einfach zu viel. Und wer viel fragt, erhält nicht immer die gewünschten Antworten, wie wir beide wissen. Antworten und Fakten können hart und ernüchternd sein. Und wer erst gar nicht fragt, kann weiter in seiner Scheinwelt leben, als Spielball und fügsame Marionette.“

Ich musste schlucken, das Thema war mir unangenehm, denn mir wurde erneut meine eigene Borniertheit vor Augen gehalten, in der ich früher lebte. Aber lernfähig, wie ich bin, erzählte ich: „Über dieses Thema führte ich mit dem ermordeten Pieter van de Stromen eine heiße Debatte, in die wir uns leidenschaftlich hineinsteigerten. Pieter hat mir dabei gehörig den Kopf gewaschen und die Augen geöffnet. Während ich früher treudoof konsumierte, was Politik, Wirtschaft und Medien mir vorsetzten, gehe ich mittlerweile bewusster durch die Welt, aufmerksamer, hinterfrage

Konstellationen, Projekte und Parteiprogramme kritisch."

„Da tun Sie gut dran, mein Lieber", gab Bernard für mich überraschend zu und übernahm das Wort. „Legen Sie alles auf den Prüfstand – stündlich werden wir mit Lügen überschüttet, die man gewillt ist, uns als Wahrheit anzudrehen. Und die Rechtssprechung macht gute Miene zum bösen Spiel. Nehmen wir nur als Beispiel die Problematik mit den Persönlichkeitsrechten von Opfer und Täter bei Überwachungsaufnahmen. Hält eine Videokamera ein Verbrechen fest, dürfen die Aufnahmen, die zur Ergreifung des Täters nützlich wären, erst dann an die Öffentlichkeit weitergegeben werden, wenn etliche Hürden durch Staatsanwaltschaft und Richter genommen sind. Bis das geschehen ist, können Wochen vergehen, Wochen, in denen er Täter schon längst auf Nimmerwiedersehen verschwunden ist. Glauben Sie mir, Pascal, es ist zum Auswachsen. Ich habe kein Vertrauen mehr in unser Rechtssystem ... aber bitte, das sage ich Ihnen persönlich und auch nur unter vier Augen.

Es entstand betretenes Schweigen, doch dann, einen tiefen Schluck Rum später, räusperte sich Bernard und gestand niedergeschlagen: „Wissen Sie, manchmal kann ich nicht schlafen, nicht wegen der vielen Verbrechen, mit denen ich täglich konfrontiert werde - sicherlich, das kommt noch dazu - nein, sondern weil ich mich dafür schäme, selbst ein Vertreter dieser Gesetze zu sein. Von Gesetzen, die teilweise sehr ungerecht und kurzsichtig sind und deren Umsetzung oft noch ungerechter gehandhabt wird. Das können Sie mir glauben, Pascal, das ist nicht leicht. Vor allem müssen wir Stillschweigen bewahren. Totschweigen und Vertuschen von Schweinereien, Versäumnissen, Korruption, Fehlurteilen und sonstigen Fehlverhalten staatlicherseits gehören schon zum Tagesgeschäft. Wir sehen das Unrecht, nicht nur auf der Straße, sondern im maroden System selbst, sehen, wie die Bürger angelogen werden, dürfen darüber aber nicht sprechen, tragen diese Bürde täglich mit uns herum, eine Last, die von Tag zu Tag schwerer drückt. Würden wir an die Öffentlichkeit gehen, verlören wir unseren Job und alle Pensionsansprüche, denn als Beamte haben wir eine Klausel zur Geheimhaltung unterschrieben."

Bei diesem Eingeständnis war das Gesicht von Bernard nahezu zusammengefallen, die Mundwinkel wiesen bodenwärts und seine Stimme trug keinen Optimismus mehr nach außen. Jetzt schien mir Bernard in der gleichen Verfassung zu sein wie ich zuvor. Ich bemühte mich daher ihn aufzumuntern, ihn aus seinem Tief zu reißen.

„Wir sind tatsächlich schon ganz gut aufeinander eingespielt, die Laune des einen färbt gleich auf den anderen ab. Doch in diesem Fall halte ich das nicht für angemessen, lieber Bernard. Wir können nun mal leider nicht die ganze Welt vom Unrat befreien, erst recht nicht, wenn es sich um System-Sumpf handelt. Zustände, wie Sie sie hier beschreiben, treffen überall zu. Werfen Sie doch nur einen Blick über den Kanal zu Scotland Yard“, beschwichtigte ich Bernard.

„Sie selbst hatten uns doch die Leviten gelesen, uns ermahnt, objektiv die Fakten anzuerkennen. Wir haben famose Teilsiege errungen, auf die wir stolz sein können. Und wir haben uns durch diese einen Vorteil herausgearbeitet. Mir scheint, das will Ihnen im Moment nicht deutlich genug zu Bewusstsein kommen. Jetzt ist es an mir, Sie aufzubauen und auf die Tatsachen hinzuweisen, lieber Bernard. Bis jetzt lief doch alles nach Plan. Bleibt noch die ZEDOR-Gruppe, der wir den Garaus machen müssen. Okay, das wird der schwierigste Teil.“

„Eben! ... Darüber wollte ich noch mit Ihnen sprechen, denn wir beabsichtigen baldmöglichst, wie ich Ihnen bereits mitgeteilt hatte, in Amsterdam ein Meeting einzuberufen. Es geht darum, die zukünftige Vorgehensweise genau zu überlegen und abzustimmen. Doch zuvor müssen Sie ja zurück nach Wien.“

„Verzeihen Sie mir, lieber Bernard, leider muss ich Ihnen da einen Korb geben. Entwerfen Sie ruhig einen neuen Strategieplan, tüfteln an Fallstricken und hecken Tricks aus, aber ohne mich. Ich muss mich dringend um meine Belinda kümmern, die schon ganz verängstigt sein wird.“

„Können Sie das nicht nebenbei?“, fragte Bernard mit einem süffisanten Unterton.

„Nein!“, erwiderte ich mit Bestimmtheit. „Da würde ich zu viel Frust bei ihr ablassen und wäre nicht fähig, mich ungezwungen auf sie einzustellen. Das funktioniert nicht. In den nächsten Tagen endet ihr Arbeitsverhältnis und dann glaube ich, wäre es von Vorteil, sie aus der Schusslinie zu ziehen. Ich plane, mit ihr für eine Woche nach Los Angeles zu fliegen. Meine dortigen Probleme dürften sich durch die Aktualisierung der Sachlage relativiert haben, zumal wir ja gleichzeitig Interpol eingeschaltet haben, die mit Sicherheit den Secret Service über unsere Aktivitäten und Ergebnisse in Kenntnis gesetzt hat.“

„Eine Woche? – Wir werden Sie vermissen“, zog mich Bernard mit einem spöttischen Unterton auf.

„Ich Sie, ehrlich gesagt, im Moment nicht, ich habe erstmal die Schnauze voll. Die letzten Tage zehrten gehörig an meinem Nervenkostüm.“

„Ja, okay, ich kann das nachempfinden – melden Sie sich, wenn Sie wieder in Europa sind. Am besten Sie rufen mich an, damit ich Ihnen mitteilen kann, wie weit unsere Planungen gediehen sind und wo die nächsten Treffen stattfinden.“

„Das werde ich mit Sicherheit, grüßen Sie bitte Ihre Kollegen Judd und Jan. Ich für meinen Teil werde mit Pierre die Artikelserie über den organisierten Menschenhandel und die weltweite Verstrickung eines Netzes aus Gier, Macht und Geld zum Abschluss bringen und über unsere Medienkanäle weit verstreuen. Vielleicht vermögen wir die Bevölkerung damit wach zu rütteln und verschaffen den geplagten und gepeinigten Frauen und Kindern Gehör.“

„Ich wünsche Ihnen viel Erfolg dabei. Derweil versuchen Sie im sonnigen Kalifornien etwas abzuschalten. Genießen Sie die Tage und das Lotterleben an der Seite Ihrer süßen Freundin.“ Bernard lachte und schüttelte mir warmherzig die Hand. „Und vor allem“, ergänzte er, „kommen Sie mir gesund wieder nach Hause.“

Nach dem ich mich nacheinander bei seinen Mitarbeitern herzlich verabschiedet und ihnen nochmals für ihre Hilfe gedankt hatte, begab ich mich erleichtert in meine Wohnung und buchte zuerst online einen Flug nach Wien, schließlich warteten dort dringende Termine, die ich jetzt, nach allem was die letzten Tage geschehen ist, gelassen wahrnehmen konnte.

Bis zum Abflug in vier Stunden blieb mir noch genügend Zeit, mich erstmal entspannt zurückzulehnen. Die gute Laune fand zurück zu mir, ich entledigte mich all meines mentalen Mülls, warf jeglichen Ballast ab, durfte wieder Mensch sein, Ich sein, Hoffnung schöpfen, dass am Ende das Gute siegen würde. Fast schon manisch tanzte ich im Geiste durch die Straßen, lachte, weinte, spürte die Fluten warmer und kalter Schauer, die meinen Körper schüttelten - wohl eine Nachwirkung des reichlich genossenen Rums. Wie auch immer, ich genoss den Moment ausgelassener Freude und rief euphorisch Belinda an. Sie hatte gerade Pause und war überglücklich, meine Stimme zu vernehmen, zu hören, wie alles glatt lief, wie uns die Ereignisse den Ball zuspielten. Selbstverständlich hatte ich sie umgehend nach meiner Entführung eingeweiht. So mimte Belinda in unserer Wohnung lediglich die Ahnungslose.

Wir hatten den unbekannten Zuschauern oder -hörern ein herzzerreißendes Drama geboten, das keinen Zweifel an meiner nervlichen Zerrüttung ließ - zerrüttet war ich in der Tat. Die Angst war daher spürbar, knisterte förmlich in der Luft, wie in einem gut inszenierten Krimi. Dummerweise handelte es sich um keinen Film, unser Krimi bestand aus einem Segment unseres realen Lebens. Um so mehr freute sich Belinda zu hören, dass die letzten Szenen in diesem makabren Spiel gedreht seien und dass ich mit ihr, wenn ich aus Wien zurück sei, nach L.A. fliegen wolle.

„Ich drücke Dir ganz fest die Daumen, dass auch Wien ein gutes Ende nimmt", wünschte sie mir. „Dann haben wir Zeit für uns. Ein paar Tage in L.A. werden uns gut tun. Nur wir zwei, ohne Sorgen, ohne Eile, wäre das nicht schön?"

„Na ja, mit dir so ganz allein, ob ich das aushalte?", wagte ich Sie aufzuziehen, was mir aber umgehend einen Tadel einbrachte.

„Du kannst ja auch in Wien bleiben, wenn Dir das lieber ist, ein Kaffeetscherl schlürfen, oder wie das heißt. Es sollen dort ja auch recht fesche Madel rumlaufen. Vielleicht möchtest Du lieber mit denen die Woche verbringen, he?", fauchte Sie mich wie eine kleine Wildkatze an. Ein Fauchen, das ich zu gut kannte.

„Nein, was denkst Du von mir, ich doch nicht", beschwichtigte ich Sie. „Dazu reichen mir doch die nächsten Tage voll und ganz."

„Um Dich auszutoben?", fragte Sie gespielt argwöhnisch mit einem deutlich vernehmbaren, aber unterdrücktem Lachen.

„Du, Liebes, ich muss jetzt auflegen, mein Flieger geht bald", lenkte ich schnell ab.

„Ja, ja, wir sehen uns, warte nur ab, Du Fiesling!"

Wir mussten, wie so oft am Ende eines Telefonats, herzlich lachen und vertrösteten uns auf bald.

Wieder in Wien, führte mich mein erster Weg zu Rechtsanwalt Fink, dem ich jetzt ausgiebig meine Erlebnisse in Paris schilderte. Auch er hatte Neuigkeiten für mich.

„Tja, Herr Ferrol, das sind ja gute Nachrichten. Meine sind weniger gut.

Wir hatten alle Vorbereitungen getroffen, Herrn Schachermair nach Holland zu überführen, wo auf ihn der ersehnte Mordprozess wartete. Leider muss der Prozess noch länger auf den Angeklagten warten."

„Wie das?", unterbrach ich Herrn Fink überrascht.

„Es gab bei der Überführung einen Zwischenfall. Herr Schachermair sackte auf dem Transport zum Flughafen totenbleich zusammen und erbrach gelblich-weißen Schaum. In letzter Sekunde konnte er ins Krankenhaus gebracht werden, wo ihm der Magen ausgepumpt wurde und die Ärzte ihn durch entgiftende Sofortmaßnahmen am Leben hielten. Eine letzte Galgenfrist für ihn vor dem Show down in Holland, wie wir unkten. Doch die Wahrheit stieß uns bitter auf, wir mussten zugeben, uns gehörig geirrt zu haben. Uns von der Heftigkeit des Geschehens blenden lassend, offenbarte sich Tags drauf die ganze Tragweite dieses nicht vorhersehbaren Vorfalls."

„Oh, ist er tot?", unterbrach ich erneut die Schilderung. Dabei konnte ich trotz aller Vorfälle eine Betroffenheit nicht unterdrücken. Zumal Rainhold nun nicht die gerechte Strafe ereilte, über die, einschließlich seiner Schuld, er hätte jahrelang im Gefängnis nachsinnen können.

„Nein! Herr Schachermair ist verschwunden!", klärte mich Dr. Fink zähneknirschend auf.

„Wie bitte?" Mir stockte der Atem. „Wie konnte das geschehen?"

„Tja, das war verdammt clever eingefädelt. Trotz einer 24-Stunden Bewachung war es ihm gelungen, sich klamm heimlich aus dem Zimmer zu schleichen. Er wurde nämlich nicht vergiftet, wie dem Tox- Screen tags drauf eindeutig zu entnehmen war. Man wies zwar eine Hypoxie, also eine Sauerstoffunterversorgung, mit einem hohen Anteil an Kohlenmonoxid im Blut nach, wozu allerdings ein einfaches Mittel geführt hatte, wie die Rekonstruktion des Vorfalls ergab. Rainhold hatte sich vor dem Transport eine Zigarettenpause erbeten, außerdem müsse er aufs Klo. Seine Bewacher gewährten beides, unbedacht der Folgen, denn Rainhold konnte dadurch unbeobachtet mehrere Zigaretten rasch hintereinander inhalieren, ohne Frischlust zu atmen. Dies führte zu seiner Blässe und zum Erbrechen kurz später im Auto. Damit sein Auftritt dramatisch aussehe, hatte er in der Toilette eine Tube reinen Senf geschluckt, was zusätzlich den Brechreiz erhöhte, und dem Erbrochenen eine beängstigende Farbe verlieh. Dies bestätigte eindeutig die Analyse des Mageninhalts, den man ihm abgepumpt hatte. Die zusätzlichen Zigaretten als auch die Tube Senf waren zuvor von irgendjemandem auf der Toilette gezielt deponiert worden.

Herr Schachermair wusste, sobald die Laboruntersuchungen die Wahrheit ans Licht brächten, wäre seine Inszenierung aufgeflogen. Es blieben ihm nur wenige Stunden zu handeln, die unbeobachtete Situation in seinem Krankenzimmer auszunutzen. Die Infusionen, zwei Liter Wasser und viel frische Luft hatten ihn schnell wieder auf die Beine gebracht. Unter dem Verdacht, vergiftet worden zu sein, hatte man eine rasche Genesung nicht für möglich gehalten und nur eine Wache vor die Tür gesetzt. Vorsorglich jedoch einen Arm des Kriminellen mit Handschellen ans Bettgitter gefesselt. Diese muss er mit einem Dietrich geöffnet haben. Wie dieser in seine Hände gelangte, bleibt ein Rätsel. Einziger Hinweis seines Fluchtweges war das offene Fenster und einige Blutanhaftungen an einem nahe liegendem Regenablaufrohr. An diesem musste er vom dritten Stock heruntergehangelt sein. Der Wachthabende konnte sich das Geschehene nicht erklären, das Verschwinden des Häftlings schien ihm mehr als peinlich zu sein, so bedrückt, wie er war. Wir mussten ihn wegen seiner Selbstvorwürfe regelrecht beruhigen, schließlich konnte er für den Vorfall wirklich nichts, auch wenn er kurzzeitig verdächtigt wurde, dem Geflohenen geholfen zu haben. Dahingehende Bedenken konnte jedoch zerstreut werden.

Der Umstand, dass die Flucht in der Nacht ausgeübt und das Verschwinden erst in der Früh entdeckt wurde, verschafften dem Flüchtigen entscheidende Stunden Vorsprung, der für seine Verfolger nicht mehr einzuholen war. Herr Schachermair entkam und tauchte unter. Wo, weiß bis dato niemand."

„Auch das noch!", zischte ich wütend, während mir mein Gedächtnis die drohenden Worte Rainholds einflüsterte: *Das wirst Du mir büßen, Du Drecksack! Wenn ich Dir nicht persönlich den Hals umdrehe, werden das meine Freunde für mich erledigen.* Herr Fink wusste ja von diesem Satz und deshalb nahm ich kein Blatt vor den Mund und äußerte meine Bedenken.

„Dass Rainhold mit Rachegelüsten schwanger ging, dürfte niemanden wundern. Die Frage ist, wie weit würde er sich tatsächlich wagen? Würde er riskieren, durch übereilte Aktionen erneut der Polizei in die Hände zu fallen? In seiner Rage wäre alles denkbar. Andererseits war seine Flucht so exakt geplant, dass von einer Kurzschlussreaktion nicht die Rede sein konnte. Er würde keineswegs unüberlegt handeln, nein, diese Möglichkeit schließe ich aus. Seine Freiheit dürfte ihm wichtiger sein, als sein Rachebedürfnis zu befriedigen, zumal ihm in Freiheit genügend Zeit bliebe, dahingehende Pläne in Ruhe zu schmieden. Aber was nun, Herr Fink?", fragte ich mit blasser Stimme und ziemlich ratlos. Erst jetzt viel mir auf, dass mein Gegenüber in reinem Hochdeutsch gesprochen hatte. Deshalb wollte ich zuerst wissen: „Herr Dr. Fink, sie überraschen mich, wo ist denn Ihr charmanter Wiener Akzent geblieben?"

„Gel, da staunen Sie? Ich beherrsche auch Fremdsprachen, sonst würden Sie ja nur die Hälfte verstehen und mich ständig unterbrechen. Das ist mir zu zeitraubend, verstehn's?"

„Oh bitte gerne, bleiben Sie dabei. Als Franzose habe ich schon mit Deutsch meine Schwierigkeiten und dann erst die klassische Form des Wienerischen? Das ist schon heftig", grinste ich. „Doch etwas anderes interessiert mich noch brennender, was gedenkt die Polizei nun zu tun? Besteht irgendeine Chance, Rainhold schnellstmöglich aufzugreifen? Österreich wird weitläufig von grünen Grenzen umschlossen, die kaum zu überwachen sind. Im Übrigen bin ich mir sicher, da alles so minuziös geplant war, dass man auch diesbezüglich für eine geeignete Fluchtroute gesorgt hat."

„Da muss ich Ihnen leider recht geben, Herr Ferrol! Dennoch glaube ich nicht, dass Herr Schachermair so schnell von sich hören lässt. Seien Sie unbesorgt."

„Sie haben gut reden, hinter Ihnen ist er ja nicht her. In manchen nachdenklichen Momenten werde ich den Verdacht nicht los, Rainhold könne nur noch für seine Vergeltung leben. Und ehrlich gesagt, ich traue ihm mittlerweile so ziemlich alles zu, vor allem nachdem, was wir jüngst über seine hinterhältigen Spielchen, seine Gefühlskälte und seine niederträchtigen Aktionen erfahren haben. Ein gewisser Abstand, vor allem zu ihm, täte mir gut ... Ich möchte Sie nur bitten, mich auf dem Laufenden zu halten. Sie können mir ja eine E-Mail schicken."

„Nehmen Sie sich da nicht etwas zu wichtig, werter Herr Ferrol?Glauben Sie ernsthaft, Sie seien der einzige und ärgste Feind von diesem Unmenschen?", gab mir Herr Fink zu denken. „Dass Sie auf seiner ‚Schwarzen Liste' stehen, darüber gibt es sicherlich keinen Zweifel, vermutlich auch ganz oben an, aber allein befinden Sie sich da sicherlich nicht."

„Hoffen wir es. Wohl wird mir jedoch erst dann wieder sein, wenn er die Schwedischen Gardinen von innen betrachtet, und das für immer", antwortete ich mit leicht resigniertem Unterton.

Ein Boxer, den man nach einem Lucky Punch des Gegners anzählt, und das in der letzten Runde, die er glaubte sicher zu gewinnen, müsste sich genau so fühlen wie ich mich jetzt. Nur ein Gedanke beseelte mich, schnell fort, möglichst weit weg von hier. Ich brauchte Zeit, mich zu besinnen, mich zu sortieren, meine trüben Gedanken zu ordnen. Vielleicht würden sich neue Perspektiven bei der Besprechung in Amsterdam herauskristallisieren. Ich beschloss, aufgrund der neuen Umstände, nun doch daran teilzunehmen, sofern sie nicht genau in die Zeit meiner Los Angeles-Reise fiel.

Ich verabschiedete mich von Herrn Fink, nachdem ich die notwendigen Unterschriften geleistet hatte und kümmerte mich um einen baldigen Flug zurück nach Paris. Ich hatte die Schnauze gestrichen voll, von Wien, dem Klüngel, dem Schmäh, den nostalgisch-steifen, irgendwie leblosen Kaffeehäusern mit dem Charme einer verblassten Glanzzeit und dem Hochmut einiger ihrer Bewohner.

So imposant wie Wien andererseits durch beeindruckende Bauwerke sein mag, ich empfand es als Wohltat, wieder in Paris zu sein, diese Stadt mit ihrem pulsierenden Flair, den lebhaften Straßencafés, die schlichte Art zu leben, zu genießen, ohne Prunk und Protz, Merkmale des typischen französischen Laissez-faire. In Paris wird Genuss nicht zum Statussymbol erhoben, als Privileg der Reichen. In Paris, wie in Frankreich überhaupt, genießt jeder, legt jeder Wert auf gehobene Qualität.

Zwei Tage blieben mir noch zwischen Café au Lait und intensivem Schreiben bis zum Abflug nach Los Angeles. Zwei Tage, meine Artikel für die nächsten beiden Wochen abzuschließen und von der Redaktion absegnen zu lassen. Pierres Agentur drängte, endlich mit unserem Material an die Öffentlichkeit zu gehen und jede Woche den Medien eine Enthüllungsstory zu liefern. Pünktlich vor Redaktionsschluss und unserer Abreise meldete ich Vollzug.

Glücklicherweise hatte ich noch zwei Sitzplätze nach L.A. ergattern können – die letzten zwei – und das obendrein zu einem relativ günstigen Preis. Zwar ein Nachtflug, den ich nicht besonders mag, aber wir konnten froh sein, bei der kurzentschlossenen Planung überhaupt noch freie Plätze erwischt zu haben. Ich bevorzuge bei Überquerungen größerer Zeitzonen normalerweise, in den Abendstunden mein Ziel zu erreichen. Der lange Flug ermüdet von Haus aus und ich kann getrost, entsprechend der Tageszeit, ins Bett fallen, was mir die Zeitverschiebung erträglicher macht. Landet man in der Früh, bleibt man entweder wach und provoziert damit Schlafentzug und letztendlich den Jetlack. Oder man haut sich aus lauter Müdigkeit trotz der Morgenstunde aufs Ohr, was unweigerlich dazu führt, gänzlich aus dem Rhythmus zu geraten.

Infolgedessen hatten wir die nächsten Tage zu kämpfen, unseren Biorhythmus zeitlich anzupassen. Nach zwei Tagen vermochten wir uns zu lösen von den Druckgeistern der letzten Wochen, wir hatten es geschafft, zumindest für eine Atempause. Mit zunehmendem Abstand und wieder einkehrender Ruhe fielen auch all die Sorgen des Alltags von uns ab. Doch diese, fast himmlisch anmutende Phase währte nur kurz, allzu kurz. Der Alltag lässt sich nun mal nicht überlisten, er erweist sich als innovativ und erfindet sich immer wieder neu. In unserem Fall meldete er sich in Gestalt zweier unangenehmer Nachrichten zurück. Eine von Glen, die andere von René aus Kuala Lumpur.

René fand heraus, dass Rainholds gut abgeschirmten Waisenhäusern in bestimmten Kreisen der Ruf von Discounterläden für Pädophile und Menschenhändler anhafte. Für alle möglichen Dienste mussten die Kinder herhalten, ob Zwangsarbeit oder Prostitution. Wer nicht spurte, wurde hart bestraft. René bewahrte dazu schriftliche Aussagen in einem speziell dafür angelegten Dossier auf. Viele hatte er nicht, denn die Angst vor öffentlicher Stellungnahme war zu groß. Kopien hatte er bereits an Interpol und EUROPOL weitergereicht. Sicherlich würde die Staatsanwaltschaft als Verantwortlichen für die Heime in Asien Rainhold zur Rechenschaft ziehen, unabhängig von seinen anderen Verbrechen. Vorausgesetzt man würde ihm wieder habhaft werden.

Glen trug nicht weniger hässliche Neuigkeiten bei. Zu einigen der ihm übermittelten Fotos aus dem Asservat von Rainholds Hausdurchsuchung in Wien fanden sich im Rotlicht-Milieu Bangkoks Zeugenaussagen, die bestätigten, es handle sich bei den Reisenden nach Asien um Sextouristen, die teilweise perversen Neigungen nachgingen. Samak hätte zu diesen Geständnissen maßgeblich beigetragen, wie mir Glen mit einem gewissen Unterton erklärte. In einem konkreten Fall sei eine jungfräuliche

Achtjährige an den Folgen einer äußerst brutalen Penetration durch einen Freier, im Krankenhaus gestorben. Wäre sie vorher den schweren Verletzungen im Genitalbereich erlegen, hätte man davon keine Kenntnis bekommen, die Kleine wäre irgendwo in einem Kanal oder auf der Müllhalde entsorgt worden. Lediglich der Fürsorge zweier Prostituierten war es zu verdanken, dass das arme Kind ins Hospital eingeliefert wurde. Hier durfte es wenigstens ohne Schmerzen sterben und nicht unter elenden Qualen in irgendeinem Rinnstein, wie so viele. Als mutmaßlicher Täter konnte Ewald Frömmler identifiziert werden, zwar nicht bei der Tat, aber laut Aussagen der zwei Nutten sei er der letzte Freier des achtjährigen Mädchens gewesen. Kurz nachdem er das Separee überstürzt verlassen habe, sei eine der Prostituierten in das Zimmer gegangen, um nachzusehen, warum der Mann so rasch verschwand. Sie fand das kleine Mädchen, einem Haufen blutigen Elends gleichend, zusammengekauert und bewusstlos.

Irgendwie passte der Name ‚Frömmler' zu seiner Tat. Ich kannte so einige bigotte Zeitgenossen, unangenehme Zeitgenossen, die in ihrer Frömmelei aufzugehen schienen – vordergründig heuchelnd, vielleicht auch sich selbst belügend. In Wahrheit missachteten sie, wenn sie sich unbeobachtet fühlten, fast jedes Gebot ihres vermeintlichen Gottes.

In jedem Fall reichte der Tatverdacht aus, bei dem ach so ehrenwerten Herrn Frömmler Hausdurchsuchungen, den Abruf von Telefon- und Handydaten sowie die Kontrolle seiner E-Mails einschließlich seiner bevorzugten Internetseiten, richterlich anzuordnen. Mit diesen Daten wäre man in der Lage, ein aussagekräftiges Profil zu erarbeiten, wie Ewald Frömmler einzuschätzen sei, wie er tickt, welche Kontakte er pflegt und welchen Gewohnheiten er wo und wann nachgeht. Diese Auswertungen standen noch an, wie ich bei dem nachfolgenden Gespräch mit Jan erfuhr. Man hätte allerdings erste Anhaltspunkte, die auf einen internationalen Ring von Pädophilen hindeuten, dem Ewald Frömmler angehört.

Mit Genugtuung stellte ich fest, wie tatkräftig sich Jan, Judd und Bernard, die sich aufgrund der aktuellen Lage doch schon ohne mich in Amsterdam getroffen hatten, um die Klärung der Vorgänge bemühten. Natürlich in Zusammenarbeit mit EUROPOL und Interpol, die man eingeschaltet hatte, um die weltweit wirksamen Haftbefehle möglichst rasch auszustellen. Zudem wurden alle Personen der Gruppe ZEDOR steckbrieflich gesucht. Bloß dem Zwölferrat war nichts Konkretes vorzuwerfen, dennoch wollte man sie verhören. Da aber keinerlei Beweise wie Fotos oder Aussagen gegen sie vorlagen, standen die Chancen schlecht, sie einer kriminellen Tat überführen zu können. Man biss bei ihnen auf Granit, Vorladungen wurden umgehend von gewieften Anwälten als unbegründet abgeschmettert. Als einziger Ausweg blieb, ihnen zumindest die Zugehörigkeit zu einer kriminellen Vereinigung vorzuwerfen, was ebenso einer Straftat entspräche, zumindest in Frankreich und Italien. In Deutschland ist die bloße Mitgliedschaft in der Mafia nicht strafbar, das Strafgesetzbuch gibt diesbezüglich nichts her. Anscheinend wollen die Deutschen nicht wahrhaben, dass selbst in ihrem Land die Mafia ihr Unwesen treibt. Aber auch in Frankreich und Italien bedürfte es strafrechtlich relevanter Aussagen von Zeugen, um den ZEDOR-Mitgliedern den Prozess machen zu können. Das Ausrichten von Seminaren im Namen einer Business-Schule ist nicht strafbar. Überhaupt jemanden zu finden, der bereit wäre, Farbe zu bekennen, galt als höchst unwahrscheinlich, immer vorausgesetzt, es käme überhaupt zur Ergreifung der Gesuchten. Das Beispiel Luca Fabresi zeigte, wie schwer es ist, ein führendes Mitglied der Verbrecherliga zu schnappen. Fabresi war nach wie vor in der Versenkung verschwunden und entzog sich erfolgreich seiner Festnahme. Nachdem auch Reinhold sich den Fängen der Justiz entziehen konnte und untergetaucht war, gab es nicht mehr viele Möglichkeiten, wo man gezielt nachhaken konnte. Vielleicht brächten die Verhöre der in Paris verhafteten Gauner einige neue Erkenntnisse.

Ich wollte meine Zuversicht auf keinem Fall verlieren, auch wenn die Tatsache von Reinholds Flucht sich keineswegs beruhigend auf mich auswirkte. Im Gegenteil, je intensiver ich darüber nachdachte, desto mehr fragte ich mich, ob jetzt alles wieder von vorne beginne, das Versteckspiel, die Nachstellungen, die Drohungen, die Angst um mein Leben und das meiner Lieben? Aus Vorsicht bat ich Belinda, für die nächsten Wochen zu ihren Eltern nach Renton, in der Nähe von Seattle zu ziehen, wo sie sicher sei. Mir selbst blieb keine andere Wahl, als nach Europa zurückzufliegen. Wenn auch meine Mitwirkung nicht unbedingt von Nöten war, so wollte ich unmittelbar am Ort des Geschehens sein, um notfalls schneller reagieren zu können. Außerdem erschien mir Europa sicherer als das weite Land der USA, nahe der Grenze von Mexiko, von wo eine nicht unerhebliche Gefahr durch die ZEDOR-Gruppe und ihrer Verbündeter ausging. Immerhin sind dort Kartelle angesiedelt, denen nichts heilig ist, außer ihr Ego und der Reichtum, den sie sich ergaunert haben. In Paris wäre es mir freigestellt, selbst aktiv zu werden, während mir in Los Angeles weitgehend die Hände gebunden waren. Dort bliebe mir nichts anderes übrig, als untätig rumzusitzen, abzuwarten und Däumchen zu drehen, that's it. Die Wand stumpfsinnig anstarren und lähmenden Fiktionen nachzuhängen, das konnte ich genauso in Paris, was ich aber keineswegs beabsichtigte.

Hier in Europa saßen Freunde von mir, einflussreiche Freunde, ein Netzwerk des Guten, das ich zu nutzen wüsste und das es zu mobilisieren galt. Ein Plan musste her, wie man die Gesuchten aus ihren Mauselöchern hervorlocken, wie Bewegung ins Spiel gebracht werden könnte, ohne jemanden von uns in Gefahr zu bringen. Und dieser Plan entspann sich auf dem Rückflug von L.A. nach Paris.

Nach einer eingehenden Faktenanalyse mit meinem Chef Pierre entschlossen wir uns, alle Agenturen und Zeitungen, mit denen wir zusammenarbeiten, in unser Vorhaben mit einzubeziehen. Wir traten damit eine Maschinerie los, die in ihrer Schlagkraft nicht zu unterschätzen war. Nicht ohne Grund bezeichnet man die Medien als die vierte Macht im Staat. Zu unserem Aktionsplan gehörte es, die bereits erscheinende Artikelserie über den internationalen Menschenhandel zu intensivieren, noch mehr mit Fakten zu unterlegen, keine wagen Anschuldigungen, sondern konkrete, jeder Zeit belegbare Hinweise, ohne Hetze, sachlich recherchiert und überzeugend dargestellt, aber unverblümt. Es ging Zug um Zug, Schlagzeile auf Schlagzeile, wir attackierten wo wir konnten, gaben Namen preis, die im öffentlichen Interesse standen, warfen Überlegungen auf, stellten Verknüpfungen an und redeten ins Gewissen. Unsere Absicht war, die Leser und Zuschauer für unser Thema zu gewinnen, zu bannen und sie möglichst wenig durch andere Tagesthemen ablenkten zu lassen. Das Leitthema in allen Gazetten lautete: ***Das Organisierte Verbrechen - Auswüchse und Verflechtungen. Untertitel: Das Netz der Gier***. Der Erfolg unserer gut aufgemachten Enthüllungs-Storys stellte sich, wie erhofft, bald ein, trotz anfänglich heftigen Gegenwindes. Nicht jeder war auf unserer Seite, viele wurden von denen bezahlt, die wir unterschwellig anschuldigten. Zuerst war es ein Kampf als David gegen den Mainstream Goliath. Aber Beharrlichkeit und ehrliche Überzeugung zeichneten uns aus. Die Leser und Zuhörer spürten dies, von Tag zu Tag mehr. Langsam, peu à peu, heizte sich die öffentliche Stimmung gegen das eingefahrene und korrupte Establishment auf und immer mehr Redakteure und

Programmdirektoren ließen sich von unseren Fakten überzeugen und zogen mit. Es war ja nicht so, dass wir ihnen ein X für ein U vormachen mussten, die Tatsachen, endlich mal offengelegt, sprachen für sich selbst. Mittlerweile diskutierten alle mit, auf der Straße, in den Wirtshäusern, in Funk und Fernsehen. Aller Munde sprach von unseren Themen. Sachlichkeit und Respekt verdrängten allmählich Verblendung und Verbohrtheit. Dennoch gab man seinem Unmut unverhohlen Ausdruck und beschuldigte gezielt all diejenigen, die an der vertrackten Situation Mitschuld trugen. Es war großartig, wie eine wachsende Zahl von Sympathisanten mithalf und sich für unsere Sache, es war ja schließlich auch die ihre, engagierte. Mit Ausnahme einer verbissenen, hasserfüllten und ignoranten Menge, die blind und realitätsfremd durchs Leben liefen, immer darauf bedacht, ihre Pfründe zu sichern. Es handelte sich um diejenigen, die als Teil des System nicht schlecht an und mit diesem verdienten. Leider war diese Menge nicht unbedeutend, hatte sie sich doch über Jahrzehnte etabliert und bestens eingenistet.

Ungeachtet dieser Gegenströmungen, vor allem in den staats- und damit wirtschaftstreuen Medien einschließlich der sozialen Netzwerke, arbeitete unser Aktionsbündnis Tag und Nacht. Fernseh-Interviews und Talk-Shows rundeten das Bild ab, Politiker wurden zu Stellungnahmen eher genötigt als gebeten. Wir überhäuften Regierung und Behörden mit Petitionen, beauftragten Fachjuristen, Strafanzeigen und Beschwerden zu formulierten und stellten hunderte von Anträgen. Kurz, wir legten mancherorts den gesamten Verwaltungsapparat lahm. Um unsere Schlagkraft entscheidend zu erhöhen, bildeten wir Netzwerke und Kompetenzteams, richteten digitale Archive und Informationsstellen ein. Magazine und Tageszeitungen, die weiterhin dem Mainstream folgten, wurden zunehmend gemieden und verloren Kunden. Langsam begannen auch sie einzulenken, nicht aus Einsicht, sondern aus Geldnöten. Mit all diesen Maßnahmen sollte die Politik zum Handeln gezwungen werden.

Dies erschien uns als die einzige Möglichkeit, zukünftig für mehr Gerechtigkeit zu sorgen, die Menschen aufzurütteln und nebenbei die Hintermänner der scheinheiligen Organisationen aufzuschrecken. Alle Maßnahmen zusammen würden viel Staub aufwirbeln und die Gruppe ZEDOR sowie Rainhold & Co hoffentlich aus der Reserve locken, sie zu unvorsichtigen Handlungen verleiten, die letztendlich eine Spur hinterließen. Weder ihm, noch den involvierten Firmen konnte es recht sein, ständig im Visier der Medien zu stehen, sich Kritik und Vorhaltungen gefallen lassen zu müssen. Wer ständig in der Schusslinie steht, muss mit Treffern oder zumindest Querschlägern rechnen. Nicht gerade vorteilhaft für eine Hilfsorganisation oder eine Business School, schon erst recht nicht für involvierte Politiker.

Material zum Schreiben bot sich ja reichlich: Wer steckt hinter dem Thompson Financial Trust und wer hinter der International Business School of Malta? Welchen Zweck verfolgt die IBSM? Was geschieht mit den Spendengeldern der TO und CHE? Was hat der Zwölferrat mit den kriminellen Machenschaften von ZEDOR zu schaffen? Welche Beziehungen bestehen zu Regierungen und Wirtschaft? Welche Spenden fließen an welche Partei und warum? Welcher Politiker sitzt bei welchem Konzern im Aufsichtsrat? Warum werden Steuerschlupflöcher nicht gestopft, Scheinfirmen nicht verboten und Machenschaften, wie Cum-Ex-Geschäfte, nicht untersagt? Eine Fülle peinlicher, äußerst lästiger Fragen.

Aufgepeppt und mit Spannung versehen lancierten wir geschickt Überlegungen, in wie weit hinter all den kriminellen Machenschaften Bestrebungen zu einer neuen Weltordnung oder eine Geheimorganisation stecken könnten. Weit hergeholt war dies ja keineswegs, bei den weltweiten Verflechtungen von Organisiertem Verbrechen, Großindustrie, Politik, Kirche und Medien.

Schließlich wäre die geheime Gruppe ZEDOR, geheim ist sie zweifelsfrei tätig, guten Gewissens als legale Mafia und als Geheimorganisation einzustufen. Schließlich erhält niemand Einblick, Geschäftsberichte und Firmenstrukturen werden nicht offengelegt. Was Außenstehende, in diesem Fall Finanzämter, aber keineswegs die Öffentlichkeit, erfahren, sind lediglich geschönte Bilanzen, denn die eigentlichen Umsätze finden im Verborgenen statt, in Ländern, die keine Auskunft geben, bei Banken, die Teil dieses Netzwerks sind. Damit ähnelt ihr Tun sehr dem mafiöser Strukturen.

Mit spitzer Feder umschwärmten wir unbeirrt, lästigen Schmeißfliegen gleichtuend, diesen Haufen kriminellen Mists, mit der Erwartung, er würde sich irgendwann durch polizeiliche Säuberungsaktionen in Wohlgefallen auflösen. Wunschdenken. Wir mussten eingestehen, wenig zu wissen über dieses bösartige Myzel, das nahezu unsichtbar seine Fäden zieht. Dennoch, unsere Aktionen trugen Früchte. Zumindest fiel mit der Zeit, durch heftiges

Schütteln, gar manches faule Früchtchen in die Hände der Polizei.

Fest stand mittlerweile, dass die CHE gemeinsam mit ihrer Tochterfirma TO, die beide mit dem moralischen Mantel einer Hilfsorganisation blendeten, führende Persönlichkeiten aus Politik und Gesellschaft mittels illegaler Praktiken zur Mitarbeit zwangen. Durch Gefälligkeiten in die Abhängigkeit getrieben, wurden sie erpressbar, damit zwangsrekrutiert und letztendlich Baustein der Organisation. Dank zahlreicher Aussagen, kompromittierender Photos und Filme von Überwachungskameras konnte ein Teil der Brut, summa summarum 135 Personen, festgenommen werden. Es führte eins zum anderen, auf beschlagnahmten Computern fanden Kriminaler ausreichend Beweismaterial, um Anklage gegen die Betroffenen zu erheben.

Wenn auch die meisten der Überführten zum Fußvolk des Organisierten Verbrechens gehörten, fanden sich darunter einige von der ZEDOR-Liste, von denen sich aber ein Großteil hatte frühzeitig absetzen können, leider aber keiner aus dem Zwölferrat. Wir schwelgten in Optimismus und gaben uns der festen Überzeugung hin, die tagelangen Verhöre würden endlich Aufschluss über Organisationsstruktur und Hintermänner geben. Es müsste wahrlich mit dem Teufel zugehen, wenn nicht ein einziger der Angeklagten auspacken und EUROPOL wertvolle Fakten lieferte.

Und es ging mit dem Teufel zu, keines der ZEDOR-Mitglieder, das aufgrund eines Haftbefehls gefasst werden konnte, sah sich veranlasst, auch nur ein Sterbenswörtchen auszuplaudern. Ihr Arkanum, die Verpflichtung zum Schweigen, ist ihnen heilig, dient sie doch als Lebensgarantie für sie selbst und ihre Familien. Selbst nach vierundzwanzigstündigen Befragungen, in denen die Vernommenen durch Schlafentzug hätten gesprächig werden sollen, ergab sich nicht ein einziger brauchbarer Hinweis. Die Verhörspezialisten wären beinahe vor Wut aus der Haut gefahren. In Anbetracht verbotener Non-Stop-Verhöre und dem beruflichen Risiko, das sie damit eingingen, standen sie nicht nur in der Kritik der Öffentlichkeit, sondern auch ohne durchschlagenden Erfolg da.

Okay, nicht ganz, immerhin hatte die internationale Fahndung zur Festnahme der 135 Kriminellen geführt. Ein Erfolg nicht zuletzt dadurch, dass sich an Hand einiger spärlicher Aussagen und zahlreicher beschlagnahmter Unterlagen im Kloster nahe Rodez, bei der TSFM sowie der Billing's Bank, folgende Fakten und Abläufe rekonstruieren ließen.

Es betätigte sich, dass die Mitglieder des Zwölferrats als international agierende Geschäftsleute ihre dunklen Deals abwickeln. Die Presse nahm da kein Blatt vor den Mund, bezeichnete vielmehr die Faktenlage, wie sie sich darbot, zumal von den Betroffenen keine Stellungnahmen abgegeben wurden. Um so mehr, als den 'ehrenwerten' Geschäftsleuten nachzuweisen war, eine Art neue Weltbank gegründet zu haben, im Sinne eines gigantischen Finanzdienstleisters, der mehrere Billionen Dollar verwaltet und weltweit von nahezu allen lukrativen sowie einflussreichen Firmen und Banken Beteiligungen besitzt. Dank märchenhafter Geldreserven und einer marktführenden Position kontrolliert dieser Mammutkonzern den Finanz-, Gold-, eigentlich den gesamten Rohstoffmarkt, übt gnadenlosen Druck auf Regierungen aus und lenkt dadurch uneingeschränkt die Geschicke von Ländern. Eine Präambel oder Firmenphilosophie, wie sie oftmals von Firmen veröffentlicht werden, besitzt der nach außen wortkarge Konzern nicht. Man findet auch keine Interna im World Wide Web, denn der Konzern zeigt sich sehr bedacht, was Diskretion angeht und vermeidet, in den Vordergrund zu treten. Böse Zungen könnten meinen, sie scheuen das Licht. Nichtsdestotrotz lassen sich Verknüpfungen zu einem weltweit agierenden Netzwerk nachweisen. Unter der unverfänglichen Firmierung ‚Thompson Financial Trust' zeigt sich dieses Konsortium unter anderem für die Finanzierung der International Business School of Malta sowie für die Koordination von Spendengeldern zuständig. Was sich nach außen als Bildung für die Welt, vorrangig für die Jugend, vor allem die der Dritten Welt, darstellt, erweist sich von Grund auf als knallharte, eigennützige Strategie. Bereits im Kindesalter werden Knaben und Mädchen, vor allem Knaben, von Headhuntern, die Talente suchen, beobachtet. Ob im Kindergarten, in der Schule, im organisierten Nachhilfeunterricht oder in Ausbildungsstätten, überall werden Leistungsdaten erfasst und Profile erstellt. Nicht selten beginnt genau dort die Konditionierung der nachfolgenden Generation und eine gezielte Auslese. Staatliche Normen und Richtlinien schaffen die nötigen Voraussetzungen, während Burschenschaften, Geheimbünde und elitäre Klubs an Elite-Universitäten als Werkzeug fungieren. Wer als geeignet erscheint, wird selektiert, finanziell gefördert und als Zögling des Trusts in Eliteschulen wie der Business School of Malta gedrillt.

Nicht Wohltätigkeit, Fürsorge oder Mitgefühl für die Armen dieser Welt stehen an oberster Stelle, in Wahrheit strebt der Konzern tatsächlich eine neue Weltordnung an, bei der alle Macht dieser Erde auf wenige Köpfe verteilt ist. Politiker, Militär und Wirtschaftsbosse fungieren nur noch als Marionetten und wahren den Schein nach außen, um die Massen im Argen zu wähnen, unerwünschte Aufstände und Revolten zu vermeiden - umgekehrt selbige, so erwünscht, anzuzetteln. Der Waffenhandel beschert schließlich Hunderte von Milliarden Umsatz pro Jahr, ein lukratives Geschäft. Nicht selten, eigentlich immer, werden so zwei Fliegen mit einer Klappe geschlagen, der Umsatz steigt und unbequeme Konkurrenten werden ausgeschaltet.

Dort, wo rabiate Methoden nicht als angebracht erscheinen, geht man subtiler vor. Geschickt lässt der Trust durch Mittelsmänner, ohne selbst in Erscheinung zu treten, seine auf Leistung und Gehorsam getrimmten Vasallen in Schlüsselfunktionen von Staat, Wirtschaft und Kirche positionieren. Die infolge eintretende totale Infiltration aller öffentlichen und privaten Bereiche, einschließlich ihrer Vernetzung leitet ein neues Zeitalter ein. Dies lässt sich skizzieren durch ein Überwachungssystem gigantischen Ausmaßes, insbesondere durch das Anzapfen sämtlicher Geld- und Informationsquellen, wodurch die eigentlichen Macher, die im Hintergrund heimlich die Fäden ziehen, ihren Einfluss behaupten. Gezielt nutzen sie ihre Verbindungen, wie zu den Medien, um mittels eines ausgeklügelten Lügengebäudes von sich selbst abzulenken. Eine der beliebtesten und zugleich wirksamsten Methoden ist es, andere Organisationen oder Personen der Unredlichkeit zu bezichtigen, sie öffentlich zu diffamieren. Das geht recht einfach, mit Schlagworten wie ‚Nazi', ‚Rassist', ‚Extremist', ‚Fanatiker' oder mit Begriffen wie ‚kapitalistische Weltverschwörung', ‚Rechts- oder Linksradikalismus' und ‚Sozialistische Weltherrschaft' lässt sich gut hantieren. Sie dienen als K.O.-Kriterien und werden gezielt als Waffe eingesetzt, um Kritiker in ein Schubladensystem zu pressen, sie zu diskreditieren, zu kriminalisieren und mundtot zu machen.

Vorsicht ist geboten, denn das vermeintlich Offensichtliche entspricht nicht immer der Wahrheit. Jeder sollte sich bei allen seinen Überlegungen und Analysen fragen: „Cui Bono?", wem nützt es? Diese elementare Frage, die Marcus Tullius Cicero erstmals 80 v. Chr. in seiner Verteidigungsrede äußerte, trifft heute genauso zu wie damals.

Diesbezüglich sei auch die Frage erlaubt, wem nützt eigentlich der Terror, der in den letzten Jahren weltweit eskaliert? Allein den Terroristen und deren angeblichen Ideologien? Oder steckt dahinter eine besondere

Form der organisierten Kriminalität, während die Ideologie nur als Vorwand herhält? Waffenschieberei, Öl- Diamanten- und Zigarettenschmuggel, Drogen- und Menschenhandel, Bodenschätze, Bauindustrie, eben alle Sparten, in denen und mit denen viel Geld zu verdienen ist, kommen Terroristen und Kriminellen gleichermaßen gelegen. Schließlich gilt es, ihre Unternehmungen und Gelüste zu finanzieren.

Und trifft es nicht zu, dass Terroranschläge gute, ja beste Argumente liefern, die totale Kontrolle des Bürgers zu rechtfertigen. Mit zunehmender Gefahr durch Gewaltverbrechen und terroristische Anschläge schreit jeder nach mehr Sicherheit, egal, was man vorher dachte über Daten- und Videoüberwachung, Polizeipräsenz oder zunehmende Einschränkungen der persönliche Freiheit, man findet sich mit der totalen Überwachung als kleineres Übel ab - BIG BROTHER IS WATCHING YOU!

Der Bürger konsumiert, was man ihm feinsäuberlich filtriert vorsetzt, und glaubt dies treu und brav. Wie sollte er auch anders reagieren, anders denken, er hat konform das zu denken, was man ihm eintrichtert, von Geburt an, über Kindergärten, Schulen, Universitäten, Arbeitsplatz, und Medien. Schließlich vermag er nur zu beurteilen, was er weiß, was ihm als Information zur Verfügung steht. Doch diese Information ist oft nur ein kleiner Teil vom ganzen Kuchen und dann ist er meist noch eingefärbt, je nach Farbe der Regierung. Objektivität, wirkliche Objektivität bleibt ein frommer Wunsch, ein Trugschluss. Der Bürger hat zu wenig Einblick, ihm fehlen die Möglichkeiten, auf Daten zuzugreifen. Er ist auf die Meldungen in der Presse angewiesen und kann diese glauben oder nicht. Und genau diese Presse verfolgt ihre eigenen Interessen, nämlich die ihrer Bosse. Die Medien greifen gezielt Themen auf, die in den Mainstream, der von ihnen selbst bestimmt wird, hineinpassen. Deshalb ist es für Pierre auch nur dann möglich, seine Kollegen von anderen Verlagen und Nachrichtenagenturen einzubeziehen, wenn derartige Mainstreamthemen, wie Kindesmissbrauch, Phädophilie und Menschenhandel mit angesprochen werden. Es wäre unklug, zu viel Schlamm aufzuwühlen und in die eigentliche Tiefe zu dringen, schnell hätten einige bekannte Agenturen aus Rücksicht auf ihre Eigner einen Rückzieher gemacht. Hier bedurfte es einer gehörigen Portion an Geschicklichkeit, die Berichte so zu formulieren, dass sie von den Medien nahezu 1:1 übernommen und verbreitet werden.

Neben dem öffentlichen Feuersturm, den wir anzettelten, erhofften wir uns insgeheim sehr wohl, mehr von dem wahren Schlamm ans Tageslicht zu fördern. Staatssekretär Frömmler schien uns da geeignet, war er es doch, der veranlasste, Gelder vom deutschen Ministerium für Entwicklung an die CHE fließen zu lassen. Wir hofften, ihn aufgrund dieser Fakten festnageln zu können, denn die Filmaufnahme aus Bangkok stellt keinen eindeutigen Beweis dar, seine Unterschrift in den Überweisungsanordnungen schon. Beides zusammen wäre ausreichend, ihn ordentlich schwitzen zu lassen, ihn weich zu kochen, so lange bis er plaudern würde, um seinen Hals zumindest etwas aus der Schlinge zu ziehen. Auf Frömmler wartete die Höchststrafe, er hätte demnach nichts zu verlieren, zu gewinnen dagegen einiges. Für Geständige springen meist einige Jahre Haftminderung heraus. Wäre er damit zu ködern? Versuchen könnte man es.

Das Problem bestand in der Tatsache, dass bisher weder dem Thompson Financial Trust noch der International Business School of Malta eine Verbindung zum organisierten Verbrechen hatte nachgewiesen werden können. Es war zum Davonlaufen. Wir mochten mutmaßen wie wir wollten, es blieb bei reinen Verdächtigungen, Verdächtigungen, die keiner wirklich hören wollte, zumindest nicht die Regierungen.

Wenngleich ein Teilerfolg, wie Jan, Judd, Bernard, Pierre und ich uns einredeten – nein, nicht einredeten, es war ein Erfolg, wenn auch ein kleiner! Wir wussten nur zu gut, dass es nicht zu Ende ist, wussten, dass immer neue Hyänen gierig ihr Revier markieren würden. So ist es, so geschieht es seit Beginn der Menschheit und so wird es auch bleiben, sofern sich der Mensch nicht grundsätzlich ändert und humanistische Werte verinnerlicht, ohne sie nur auf dem Papier zur Schau zu stellen. Solange das nicht der Fall ist, muss das Übel an der Wurzel gekappt, müssen soziale Unterschiede ausgeglichen und Schwächere vor der Gier der Stärkeren beschützt werden. Um die Nester der Gier auszumachen, bleibt einzig, der Spur des Geldes zu folgen, eine Spur, die über Dritt- und Viertländer, über Offshorekonten und Scheinfirmen trickreich verwischt wird und einer mühseligen Enttarnung bedarf.

Geld schürt die Gier, weckt Begehrlichkeiten. Anhäufungen von Reichtümern, deren Herkunft nicht klar belegbar aus legalen Quellen stammen, avancieren damit zum Kernindikator für derlei Nester, denn wo viel verdient wird, wird auch viel gemauschelt. Geld lockt Scharen von Blutsaugern an, die im Falle des Human Trafficking den Lebenden auch noch deren letzten Blutstropfen entziehen. Die Wirtschaftsware 'Mensch', ausgebeutet, verkauft und vergessen, nicht einmal einer Randnotiz würdig.

***

Mit dieser traurigen Gewissheit dümpelten die Tage dahin und ich mit ihnen. Zwischendurch erreichte mich die Nachricht, man hätte einen weiteren der Gesuchten aufgegriffen. Schön, okay, Befriedigung verspürte ich jedoch keine, denn es blieb trotz allen Teilerfolgen die Ernüchterung, nichts, aber auch rein gar nichts gegen die eigentlichen Rädelsführer ausrichten zu können, trotz der Mühen, die wir uns machten. Diese sitzen weiterhin auf hohem Ross in Luxuschalets, umgeben von Prunk, käuflichen, schön anzuschauenden Mätressen und reichlich fließendem Champagner. Immer fleißig bedacht, die Strippen zu ziehen, Lücken im Netz zu flicken, um es dann erneut auszuwerfen, noch größere Fische zu fangen.

Unerwartet und schon in leichte Depression gefallen, erhielt ich einige Tage später einen Anruf von Glen, der sehr aufgeregt schien.

„Pascal, Du glaubst nicht, was ich Dir mitzuteilen habe." Seine Stimme tanzte dabei von Oktave zu Oktave rauf und runter.

„Hast Du Charine geehelicht?", lachte ich sarkastisch.

„Quatsch … ähh, natürlich wäre das kein Quatsch, Idiot Du – nein, etwas ganz anderes, Rainhold ist wieder aufgetaucht."

Mir stockte das Blut und ich erwachte blitzartig aus meiner Lethargie. „Wo?", wollte ich sofort wissen.

„Hier in Bangkok!"

„Mon Dieu, ist er Euch ins Netz gegangen?", fragte ich erregt.

„Eigentlich nicht", erfolgte die Antwort, die von einem verräterischen Unterton getragen wurde.

„Wie meinst du das? Red schon, was ist passiert?", wollte ich, aufgebracht ob der in meinen Augen unnötigen, ja quälenden Geheimniskrämerei, von Glen wissen.

„Es ist vorbei, er ist raus aus dem Spiel … man fand seine Leiche in der Nähe eines Nachtklubs, ermordet von einem minderjährigen Knaben, der für die THAI ORCHID zum Blumenverkauf gezwungen worden war und jetzt von Rainhold für sexuelle Dienste missbraucht wurde. Aus lauter Verzweiflung habe dieses Blumenkind seinen Peiniger mit einer Gabel mehrmals in die Halsschlagader gestochen, worauf Rainhold verblutete, so steht es zumindest im Polizeibericht, den Lieutenant Samak zur Kenntnisnahme bereits an EUROPOL schickte. Du kannst also aufatmen."

„Was für eine Ironie des Schicksals", äußerte ich nachdenklich. Wenn Glen allerdings glaubte, ich würde vor Freude Purzelbäume schlagen, war er schief gewickelt. Mag die Strafe des Schicksals als gerecht erscheinen, mir wäre es lieber gewesen, er wäre als abschreckendes Beispiel in den Knast gewandert, für viele, lange und harte Jahre.

„Glen, ist es hundert Prozent sicher, dass es sich um Rainhold handelt?", hakte ich misstrauisch nach. Nachdem, was ich bisher erlebt hatte, wie sich Rainhold immer wieder aus prekären Lagen hinaus lavieren konnte, schien mir ein berechtigter Zweifel an Rainholds Tod für angemessen.

„Er ist es, mach Dir keine Sorgen – ein Gentest hat dies bestätigt, sonst hätte ich es nicht erfahren. Die Behörde hatte die Nachricht erst in Umlauf gebracht, nachdem man sich absolut sicher war. Keine erneute Finte eines gerissenen Gauners – Rainhold ist tot!"

Auch wenn ich mir den Ausgang anders gewünscht hätte, mir fiel ein Stein vom Herzen.

„Glen, verzeih, wenn ich das Gespräch hier abbreche, ich muss diese Neuigkeit sofort an das Kleeblatt weitergeben, sofern sie es noch nicht von EUROPOL erfahren haben."

Und natürlich Belinda, der ich Entwarnung signalisieren durfte, diesmal endgültig. Ihr galt mein erster Anruf. Nachdem sie begriffen hatte, was ich sagte, denn zuerst nahm sie meine Worte nicht für voll, konnte sie sich ein befreiendes Schluchzen nicht verkneifen. Konsequenterweise hieß dies, wir träfen uns das nächste Mal ohne Albträume und Paranoia. Dieses nächste Mal wäre, so hofften wir, bald.

Als nächstes erstatte ich Jan einen Kurzbericht. Froh gelaunt sprudelte es aus mir heraus: „Damit kann das Kapitel Rainhold abgeschlossen werden, Deckel zu, Affe tot - naja, im wahrsten Sinne des Wortes." Etwas verhaltener hängte ich meine Bedenken an. „Nichts desto trotz bleiben einige Kapitel offen und deren Ausgang ungewiss. Die Suche nach restlichen Verschwörern und Paten geht weiter – mal sehen, was uns die

Zukunft bringt."

„Lieber Pascal, wir sollten uns erstmal über das Jetzt und Hier freuen, über unseren Erfolg", meinte Jan mahnend. „Und nicht darüber ärgern, wie viele uns entwischt sind. Immerhin sind uns einflussreiche Leute ins Netz gegangen. Rupert Lewis (London), Allan Lockwood (London), Humphrey Allington (London), Ewald Frömmler (Berlin), Thomas Gutbrod (Wien), Franz Siebenböck (Wien), Joseph Stöger (Wien) plus einige andere und natürlich Rainhold Schachermair."

„Und", ergänzte ich sofort, „nicht zu vergessen die zwanzig einschlägig aktenkundigen Gangster der Pariser Unterwelt und etwa Hundert weitere. Darauf können wir stolz sein. Stolz sein können wir ebenso über eine funktionierende europaweite, eigentlich weltweite Zusammenarbeit einzelner Organisationen, die unbeirrt und ehrenhaft gegen die organisierte Kriminalität kämpfen. Ich gebe zu, um diese Ergebnisse zu erzielen, bedurfte es des Öfteren eines kurzen, unbürokratischen Dienstweges."

„Einschließlich der Bereitschaft, über den eigenen Schatten zu springen", ergänzte Bernard naseweis. Ich wusste gleich, worauf er da anspielte. „Vergessen wir nicht", fügte er ernüchternd an, ohne mir Gelegenheit zu geben, auf seine Anspielung einzugehen, „es gibt noch viel zu tun, jeder Mafiaboss, der noch frei herumläuft, ist einer zu viel, ist einer, der Hunderten, wenn nicht Tausenden Menschen Leid zufügen kann. Die Dramatik liegt darin: Wo wir einen von ihnen aus dem Verkehr ziehen und kurzzeitig eine Lücke klafft, warten schon mindestens drei neue, um selbige Lücke zu schließen."

Geprägt von dieser Erkenntnis lautete der Schlussabsatz unserer Artikelreihe, die wir in mehreren engagierten sowie couragierten europäischen Zeitungen veröffentlichten, wie folgt:

Die Kernkraft des Bösen sind Habgier und ideologische Verbohrtheit. Ihnen gilt es klare Schranken zu setzen, durch Vernunft, Bildung und die überzeugte Aneignung einer humanistisch-demokratischen Gesinnung. Geben wir dem Bösen keine Chance, bieten wir den dunkeln Mächten Paroli, entziehen ihnen den Nährboden für ihr verabscheuenswürdiges Handeln, wachen endlich auf aus unserem Dämmerschlaf, erheben uns gegen das Unrecht auf dieser Welt, gegen Armut, Hunger, Krieg, Unterdrückung, Ausbeutung, gegen Dogmatismus und gegen ideologischen wie religiösen Fanatismus. Dies sind die Ursachen allen Übels, ihre Beseitigung wird zum obersten Gebot, wenn ein langfristiger Erfolg sichergestellt werden soll. Andernfalls wird es weiter Täter und Opfer geben, wir werden uns weiter winden in einer ewigen Spirale, ohne Ende, ohne menschenwürdige Zukunft, ohne Hoffnung und ohne Liebe.

Und in einem Telefonat mit meinem Freund René, dem ich natürlich schnellstens diese brisante Neuigkeit übermitteln wollte, schlussfolgerte ich: „Es ist wenig erfolgversprechend, ausschließlich symptomatisch vorzugehen, mühselig eine Pestbeule nach der anderen zu entfernen, ungeachtet der vielen, die nachwachsen, was einer Sisyphusarbeit gleichkommt. Übertragen will ich damit zum Ausdruck bringen, wo ein Gangsterboss verhaftet und verurteilt wird, lauern schon ausgehungerte Nachfolger, noch gefährlicher, noch rücksichtsloser als ihre Vorgänger, denn ihre Taschen sind noch nicht so gefüllt. Sie haben Nachholbedarf, ihre Gier zu stillen. Zeigen wir uns kämpferisch!“

„Ja, mein Freund, zeigen wir uns kämpferisch“, meinte René zuversichtlich. „Aber“, gab er dann zu bedenken, „sei Dir bitte der Gefahr bewusst, wie schnell man selbst zum Sumpf wird, in dem man ständig rumstochert. Irgendwann wirst Du den Geruch nach Scheiße, in die Du ständig reinlangst, nicht mehr los. Zu oft lässt man sich von seinen Gefühlen leiten und in den menschenverachtenden Morast hinunterziehen. Bleib wachsam!“

„René, du hast so recht. Dafür danke ich Dir. Ich danke Dir auch dafür, dass Du mir all die Jahre ein Freund warst. Ich danke Dir dafür, dass ich immer, zu jeder Gelegenheit, mit Dir über jedes noch so heikle Problem reden durfte. Das baut mich immer wieder auf in dieser kalten, materialistischen Welt.“

„Hey, Alter, was ist los? Warum plötzlich so sentimental?“

„Ach, weißt Du, es gibt wenige Menschen, die es wert sind, ‚Freund‘ genannt zu werden. Der moderne Mensch mutiert zum Kommunikationskrüppel, der unter ‚Miteinander Reden‘ das Simsen abgehackter Sätze versteht. Werte wie Freundschaft und Freund schrumpfen zur Bedeutungslosigkeit. Wir sind alle nur noch ‚friends‘ in diversen Internet Communities. Das, was man als gesellschaftliches Miteinander bezeichnet, als *common sense*, läuft auf einen gemeinsamen Spaßfaktor hinaus oder fußt auf gegenseitigem materiellen oder ideologischen Nutzen, während Eigen- und Mitverantwortung, Mut, Offenheit, gegenseitiger Respekt, Toleranz, Treue, Güte, Zuverlässigkeit,

Dialogbereitschaft, Geborgenheit, Vertrauen und Liebe nur noch marginal zum Ausdruck kommen. Werte dienen meist nur noch als Stilmittel der Rhetorik. Aus diesem Defizit heraus bröckelt der Zusammenhalt, in der Familie, in der Gruppe, vor allem zwischen Jung und Alt."

„Pascal, das ist ja das Schlimme, Oberflächlichkeit und Heuchelei, wohin das Auge schaut. Eine vertrackte Lage. Der Mensch hat sich nicht geändert, hat nichts aus der Geschichte gelernt. Er ist, wie er ist. Neben wenigen rühmlichen Ausnahmen erweist er sich als kurzsichtig, teilweise sogar als stockblind, egoistisch, rücksichtslos, verbohrt und ignorant. Die Masse erweist sich als allzu träge und feige. Seit Tausenden von Jahren lässt sie sich mit Brot und Spielen abspeisen. Gut genährt konsumiert sie Tag für Tag alles, was ihr die Medien vorsetzen und glaubt es auch noch, ohne zu hinterfragen, ohne den Verstand, sofern vorhanden, einzuschalten.

Der gelangweilte, sensationssüchtige Wohlstandsmensch ist ein perfekter Empfänger, ein ideales Opfer für Manipulationen und er folgt blind einer neuen, selbst erstellten Werteskala. Wie eine Marionette hängt er am Gängelband der Mächtigen und gibt sich tatsächlich dem Trugschluss hin, er sei frei. Doch das ist er schon lange nicht mehr und wird es zukünftig immer weniger sein. Ob durch Gehirnwäsche, wofür das permanente Einpauken der Medien sorgt oder durch staatliche Erlasse - der einst so gerühmte Wert der Freiheit muss neu definiert werden.

Und was ebenso gravierend zu Buche schlägt, ist das Mittelmaß, das überall Einzug hält. In Ermangelung umfassender Bildung, Einsicht und Kompromissbereitschaft akzeptiert das Individuum, welches an seine Einzigartigkeit glaubt, außerhalb seiner selbst keinen Maßstab, es selbst wird zum Maßstab, dogmatisch und intolerant. Sich selbst als ethisch denkenden und handelnden Zeitgenossen wähnend, bestimmt es selbst die Werte, denen es folgen will und setzt sie als Messlatte zur Beurteilung seiner Mitmenschen - ein sehr arrogantes und egoistisches Unterfangen, wie ich meine."

„Und genau aus diesen Gründen zweifle ich manchmal an unserem Tun, am Sinn unseres Tuns."

„Halt, mein Freund, nicht so schnell. Denken wir an die Ausnahmen, an diejenigen, die gegen den Strom schwimmen und sich wehren. Waren es nicht wieder und wieder Außenseiter, Rebellen, Freiheitskämpfer,

Querdenker, die Couragierten, die sich dem allgemeinen Trend entgegenstellen, sich wehrten, neue Impulse setzten und somit der Geschichte ihren Stempel aufdrückten? Jesus, Giordano Bruno, Mahatma Gandhi, Che Guevara, Sokrates, Jeanne d'Arc, Andreas Hofer, Abraham Lincoln, Martin Luther King, Rosa Luxemburg, Carl von Ossietzky, Hans und Sophie Scholl, Nelson Mandela, Simon Bolívar, um nur einige zu nennen?“

„Ja, und alle außer den beiden Letztgenannten sind ermordet worden. Und überhaupt, was redest Du da? Sollen wir uns etwa mit denen vergleichen? Ich bitte dich, das ist doch affig.“

„Mensch Pascal, das war doch nur ein Beispiel, was eine einzelne Person zu leisten vermag, zu welchen tiefgreifenden und weitreichenden Veränderungen sie beitragen kann. Wir dürfen nicht denen die Welt überlassen, die sie zerstören, dafür ist die Welt zu schön. Destruktive Egoisten gab und gibt es zuhauf, die lange Liste ihrer Namen brauche ich Dir wohl nicht aufzuzählen, oder? Und neben all den großen Namen, die unsere Welt positiv beeinflusst haben, gibt es auch viele kleine, die täglich und nicht unwesentlich zu unserer Geschichte beitragen. In jeder Stadt, überall findet man sie, die Selbstlosen, die für Gerechtigkeit und Menschlichkeit eintreten. Sollen wir, wo uns Möglichkeiten und Kontakte zur Verfügung stehen, um Änderungen zu erwirken, all jene, wie Madame Chuan in Bangkok, im Stich lassen? Ohne sie wäre die Welt verloren, trostlos, ja sinnlos. Denken wir an die vielen Samariter, aber auch an mutige Ausnahmepersonen wie Malala Yousafzai, Mutter Teresa, Richter Falcone oder die Journalistin Anna Stepanowna Politkowskaja.“

„Auch erschossen“, erwiderte ich lakonisch. „Und Malala hat den Mordanschlag auf sich nur knapp überlebt. Mutter Teresa ist die einzige, die eines natürlichen Todes gestorben ist. Sie hatte allerdings auch niemandes Pfründe streitig gemacht. Die traurige Wahrheit ist, wer gegen das herrschende Regime aufbegehrt und wagt, dessen Kreise zu stören, der muss mit Repressalien rechnen, der wird denunziert, diffamiert oder liquidiert.“

„Und genau deshalb müssen wir ein Bündnis des Guten knüpfen, wir sind doch schon dabei - Pierre, Jan, Judd, Bernard, Glen, Samak, Du, natürlich Belinda und Charine und meine Wenigkeit. Wir werden immer mehr, immer schlagkräftiger."

„Du hast recht!"

Optimistisch und voller Tatendrang verabschiedeten wir uns voneinander, es galt dem Netz der Gier weiterhin die Stirn zu bieten.

Dennoch flog ich mit gemischten Gefühlen und einem leicht bitteren Geschmack im Mund nach Seattle. Von dort beabsichtige ich mit Belinda nach Vancouver zu reisen. Eine Stadt, die von ehemaligen Hongkong-Chinesen geradezu heimgesucht und mehr als nur infiltriert wurde, die Chinesen haben sie übernommen. Hatte Chen Chu, Mitglied des Zwölferrats, bei dieser feindlichen aber lautlosen Übernahme seine Hand mit im Spiel? Mein neuer Auftrag wartete.

NACHWORT

„Hoffnung ist viel zu passiv. Wir brauchen Willen."
(Leonard Cohen 21.09.1934 - 10.11.2016)

Wer lediglich auf eine Besserung der Welt hofft, ohne selbst aktiv zu werden, der ändert nichts und lässt andere gewähren.

Wer ständig schweigt zu allem, was geschieht, der stimmt dem Geschehen zu und lässt es gewähren.

Wer das Böse sieht, ohne sich dagegen zu erheben, der akzeptiert es und lässt es kampflos gewähren.

Passivität ist nicht die Lösung. Erst wer den Willen aufbringt, verändert, verändert sich und die Welt. Stark ist zwar, wer seinen Gegner besiegt, mächtig jedoch, wer sich selbst besiegt. Seien wir mächtig!

Die Gedanken von heute sind die Taten von morgen. Das, was man seinen Kindern mitgibt, tragen sie in die nächste Generation und diese in die ihre. Es gibt kein Ende, keinen Anfang, alles fließt und ordnet sich in ein großes Ganzes. Deshalb ist nichts sinnlos, nichts verloren, alles trägt in sich den Keim der Wandlung, irgendwie, irgendwann, irgendwo. Wie im nächsten Gleichnis.

Der alte Baum

Im Laufe der vielen Jahre wurden seine Äste müde, das Blattwerk dünn, die Rinde runzlig und der Stamm morsch.

Die Zweige bogen sich nicht mehr geschmeidig im Wind wie in der Jugend als alles noch anders war.

Was hatte der alte Baum nicht schon alles gesehen. Die lodernden Flammen, die drohten ihn zu verschlingen, die röhrenden Kanonen, die kein Erbarmen kannten. Das Rasseln der Säbel, die Schreie der sterbenden Menschen, der Klang der Totenglocken, die Seuchen und Hungersnöte.

Aber auch die tanzenden Kinder, die verliebten Jungen und Mädchen, die mit erröteten Wangen Herzen in seine straffe Rinde schnitzten.

Die Liebespaare, die im Schutze seiner dichten Belaubung die ersten schüchternen Liebkosungen austauschten. Die Hochzeitsglocken. Die glückliche junge Frau im Brautkleid, die bald gebückt und gebrechlich mit ihrem Korb an seinem kräftigen Stamm Ruhe suchte.

Die Bären, die ihren Rücken an ihm rieben und bald nie mehr gesehen wurden.

Die Vögel auf seinen Zweigen, die voller Begeisterung ihre Lieder übten, die Rehe und Hasen, die auf den satten Wiesen tollten.

Die Kinder, die sorglos um ihn herum tanzten und die Wanderer, die ihre Picknickdecken in seinem Schatten ausbreiteten.

Er sah den weiten dichten Wald, der einer radikalen Urbarmachung weichen und Feldern und Häusern Platz machen musste.

Was einst seine Krone stolz und erhaben überblickte an üppigem Grün zeigte sich als allzu vergänglich.

Der Mensch rodete, pflanzte, spannte Zäune, baute Straßen.

Wenn Menschen früher Blumen und Kinder mal ihren Teddy verloren, so waren es jetzt Flaschen und Tüten, Blech und Plastik.

Die Wiesen färbten sich bedenklich braun und keiner hörte angeblich das verzweifelte Seufzen der sterbenden Gräser. Nur er hörte sie, er sah ihr letztes qualvolles Aufbäumen, den Schrei nach Menschlichkeit und Würde, den letzten Versuch zu überleben.

Er sah wie das Schwache dem Starken weichen musste und er sah, wie auch er schwach wurde.

Einst trotzte er dem Schnee, hielt sein Gesicht dem Eiswind entgegen, lachte und schüttelte kraftvoll in jedem Frühling den Winter aus seinem Gewand, erhob und streckte sich, widerstand allen Unwirtlichkeiten, bot seine Stirn jedem Parasit und Verführer.

Doch was in jugendlichen Jahren biegsam dem Sturm trotzte, ächzte und knarrte nun bedenklich. Die Rinde riss auf, der saure Regen schmerzte auf den Blättern, die Wurzeln brannten und das Atmen viel so schwer.

Seine Kameraden und Freunde waren schon lange gegangen und nun schien auch seine Zeit gekommen, denn seine Krone senkte sich traurig bodenwärts.

Die Wunden bluteten schon lange nicht mehr. Er war zu alt um all dies noch zu verstehen.

Doch wie er so betrübt auf den Boden blickte sah er auf einmal einen kleinen Trieb, der seine Blätter frech aus der Erde erhob, ein neuer Spross von seiner Art und Gattung, ein Teil von ihm, gesund und biegsam wie einst er selbst.

Mit der Beschwingtheit und Sorglosigkeit der Jugend entfaltete er sein hoffnungsvolles zartes Blattgeflecht, lachte die Sonne an und grüßte den alten Baum.

Da keimte wieder Hoffnung. Mit einem letzten Lächeln brach der mächtige Stamm des Baumriesen in sich zusammen, aber so, dass er einen schützenden Wall um den kleinen Baum bildete.

Sein Leben war erfüllt.

PERSONEN

Alle handelnden Personen sind frei erfunden. Sollten sich Ähnlichkeiten mit lebenden oder verstorbenen Personen ergeben, so ist dies reiner Zufall und keineswegs beabsichtigt.

Pascal Ferrol, Fotojournalist und Hauptfigur

René Monnier, Schulfreund von Pascal Ferrol und Leiter der Pressestelle in Kuala Lumpur für die Agentur Flaubert & Gaillac

Elaine, die Tochter von Monique und Robert, einem befreundeten Ehepaar von Pierre Flaubert und Pascal Ferrol

Pierre Flaubert, Freund und Chef von Pascal Ferrol; Inhaber der Agentur Flaubert & Gaillac

François Gaillac, der Partner von Pierre Flaubert

Laetitia, Fabienne und Michelle, die drei älteren Schwestern von Pascal Ferrol

Imre, der Freund von Laetitia

Philippe, der kleine Bruder von Pascal Ferrol

Giulia, die erste Kusspartnerin von Pascal Ferrol

Bernard Bordier, Capitaine der Pariser Polizeipräfektur, Abteilung DCPJ

Robert Preston und Lars Morrison, Gründer der Blue Note Convention (BNC)

Rainhold Schachermair, ein unangenehmer Zeitgenosse

Glen Riser, zweiter Sektionschef der BNC in Bangkok

Mark Tanner, Chef von BNC Bangkok und Glens Vorgesetzter

Charine, eine aparte Begleitung von Pascal in Bangkok

Madame Chuan, die Direktorin der Schule in Khlong toei

Lalana, eine Freundin von Charine

Lieutenant Samak, Polizei Leutnant in Bangkok und ein Freund von Glen

Fernando Ruiz, Chefredakteur der Presseagentur MPA in Phoenix, Arizona

Tiziana, eine rassige Mexikanerin; Prokuristin der MPA

Jerome Baker vom Auswärtigen Amt der USA

Madame Fleurant, eine alt eingesessenen Pariserin, die ein Café leitet

Belinda, ein Modell aus Los Angeles und Freundin von Pascal Ferrol

Pieter van de Stromen, ein Detektiv in Amsterdam

Luuk Hasebrook und Kees Bregweg, Vorstand der THAI ORCHID Holding N.V. (=TO)

Jan van Dommelen, Polizeiinspektor in Amsterdam

Finn McGregor, Mitarbeiter der Billing's Bank in London und Kontaktperson von Pieter van de Stromen

Julie Bright, Sekretärin von Finn McGregor

Harry T. Longford, Besitzer eines Pubs in Slough bei London

Judd Spencer, Chief Inspector des New Scotland Yard, Dezernat V

Melanie Grinder, Sekretärin der Thompson & Sike Financial Management Ltd. (=TSFM)

Tom R. Cooper, Rechtsanwalt und Chef von Melanie Grinder

Luca Fabresi, Mailänder Mafia Boss

Florence Dussart, Direktrice einer Pariser Modefirma

Franz Siebenböck, Auswärtiges Amt von Österreich

Rupert Lewis, Detective Chief Superintendent der Kriminalpolizei in London

Allan Lockwood, Chef der Thompson & Sike Financial Management Ltd. (=TSFM)

Mike Frazer, Chief Constable von Scotland Yard

Humphrey Allington, London, Innenministerium

Michael Piers, Leiter der Sondereinheit „VIPER"

Frederic Galy, Commandant de Police

Jean-Jaques Bovoir Capitaine vom SCTIP

Gustave Latour, Captaine und Leiter der Mafia-Bekämpfung UCRAM

Joseph Stöger, Richter in Wien

Thomas Gutbrod, Staatsanwalt der Strafkammer Wien

Deng Chao und Niran Yaiwong, Zeugen aus Bangkok

Ewald Frömmler vom Deutschen Entwicklungsministerium

Norbert Bödich, Import-Export, Köln

Erik Diekenson, Brüssel, EU-Parlament

Victor Kopenkov, St. Petersburg, Sohn des Besitzers eines multinationalen Energie-Konzerns

Yun Li Chao, Hongkong

Chen Chu, Vancouver

Jalil Babak, Aserbaidschan

Habib Al Yami, Saudi Arabien

Ash Wineburg, London

Santiago Ortega, Heroica Matamoros, Mexiko

Luciano Romano, San Luca, Kalabrien

Francesco Muri, Crotone, Kalabrien

Antonio Batista, Marbella, Spanien

Conny Farrel, Gold Coast, Australien

Paul Slessinger, New York

Carry Goldman, Miami

Juan Xing, Shanghai

Wladimir Toschenko, Moskau

Agran Turku, Shkodra, Albanien

Jore Malmström, Stockholm

Kees Sunfleet, Cape Town

Koto Lindani, Cape Town

Dumitru Nadra, Timisoara

Michael Leeds, Freund von Mark Tanner

Dr. Franz Fink, Strafverteidiger in Wien

Dr. Alois Spannagel, Richter in Wien

Damjan Stipic, der Serbe

ÜBER DEN AUTOR

Andreas Manuel GRUSS, 1952 in Wiesbaden geboren, absolvierte sein Abitur an einem humanistischen Gymnasium, dessen Einfluss ihn zeitlebens prägte. Nach seiner Militärzeit als Zeitsoldat studierte er Tiermedizin mit Nebenstudium Chemie und Jura. Seit über vierzig Jahren befasst er sich mit den Themen Humanismus, Gesundheit, Ernährung, Philosophie, Psychologie, Politik und sozialen Themen, die er allesamt kritisch hinterfragt. Eigentlich aus der Humanmedizin kommend, arbeitete er in diversen Krankenhäusern, als Offizier an der Sanitätsakademie der Bundeswehr sowie im Max-Plank-Institut für Psychiatrie. Auf seinem Werdegang bereiste er die halbe Welt, vorrangig abseits des üblichen Massentourismus, und sammelte reichlich Erfahrungen im Umgang mit anderen Kulturen und Menschen. Er sieht sich in erster Linie als Europäer, der strikte Nationalitäten ablehnt, aber auch als Weltbürger. Besonders verbunden fühlt er sich den Ländern Frankreich und Spanien, wo er nach wie vor viel Zeit verbringt.

Einem Weltethos verpflichtet und aus tiefer Überzeugung gegenüber dem Wertekanon eines aufgeklärten Humanismus, hat er den Bund aktiver Humanisten gegründet, kurz BAKHU e.V.

Als Autor hat er neben kleineren Fachartikeln bisher folgende Schriften veröffentlicht:

1. „Gesundheit ist kein Zufall“ oder das Zwölfmaleins der Gesundheitsprävention; Pro Business Verlag, Berlin 2007

2. „Geistige Arbeit und Gesundheit“; ORA-Verlag, Icking 2013

3. „Das Geheimnis des Baphomet“, Eine Studie über das freimaurerische Gedankengut des 18. Jahrhunderts und seine Verbindung zu den Templern; Verlag Gebrüder Kornmayer, Dreieich 2013

4. „Phoebus: Die Suche nach dem Licht“; GRUSS-Media, Bayerbach 2014; Kindle e-book

5. „Zur Freimaurerei im Allgemeinen“; GRUSS-Media, Bayerbach 2014; Kindle e-book

17276442R00244

Printed in Poland
by Amazon Fulfillment
Poland Sp. z o.o., Wrocław